HEYNE <

MEGAN ANGELO

Follow Us

Roman

Aus dem Amerikanischen
von Sabine Thiele

WILHELM HEYNE VERLAG
MÜNCHEN

Die Originalausgabe FOLLOWERS erschien erstmals 2020
bei Graydon House Books, Toronto.

MIX
Papier aus verantwortungsvollen Quellen
FSC® C014496

Penguin Random House Verlagsgruppe FSC® N001967

Deutsche Erstausgabe 11/2022

Redaktion: Julia Martin
Printed in Germany
Umschlaggestaltung: Nele Schütz Design
unter Verwendung des Originalumschlags: 2020
by Harlequin Enterprises ULC/Cover Design:
Jovanna Rebecca Tosello; Art Direction: Erin Craig
Satz: Leingärtner, Nabburg
Druck und Bindung: GGP Media GmbH, Pößneck
ISBN: 978-3-453-42565-1

www.heyne.de

Für Mom und Dad,
die mir beigebracht haben, was echt ist.

Was? du suchst? du möchtest dich verzehnfachen,
verhundertfachen? du suchst Anhänger? –
Suche Nullen!

FRIEDRICH NIETZSCHE

Ich weiß, wie viel Einfluss ich
auf meine Fans und Follower habe.
Irgendwie löse ich mit allem, was ich tue –
sei es mit meiner Haarfarbe oder meinem Make-up –,
immer riesige Trends aus, und mir ist gar nicht klar,
wozu ich fähig bin.

KYLIE JENNER

PROLOG

Marlow

New York, New York

2051

Sie vertraute also immer noch auf die Post, diese Frau, wer auch immer sie war. Beim Betreten des Gebäudes fiel Marlows Blick als Erstes auf eine Reihe Metallbriefkästen, alle mit einem Fenster für ein Namensschild, die Schlüssellöcher mit Spinnweben überzogen.

Die meisten Kästen waren unbeschriftet, doch der zur Wohnung 6D gehörende trug denselben Namen, den Marlow sich im Archiv mit Eyeliner notiert hatte. Hinter dem kleinen Glasfenster sah sie einen weißen Umschlag.

Marlow zog eine Haarnadel aus ihrer Frisur, ignorierte die Strähne, die sich dadurch löste und an ihrem verschwitzten Hals kleben blieb. Ellis hatte ihr bei ihrem dritten Date gezeigt, wie man ein Schloss knackte. »Woher weißt du so was?«, hatte sie gefragt und ihn dabei beobachtet, wie er die Haarnadel zurechtbog. Auch wenn sie ihn noch nicht gut kannte, war sie sich sicher, dass er ganz bestimmt noch nie hatte stehlen müssen. Sie wusste, dass er unter denselben Bedingungen aufgewachsen war wie sie.

»Ich finde gern Schwächen heraus und nutze sie aus«, hatte Ellis geantwortet. Und Marlow, zweiundzwanzig und in einer hoffnungsvollen Phase, hatte gelacht und dieses unheilvolle Vorzeichen hoch über ihren Kopf hinwegsegeln lassen.

Jetzt stocherte sie mit dem verbogenen Stück Metall im Schlüsselloch und lauschte auf das Klicken, so wie Ellis es ihr beigebracht hatte. Endlich sprang das Türchen auf, und der Brief fiel ihr entgegen. Sie schob ihn in ihre hintere Hosentasche, schloss den Briefkasten wieder und ging zum Aufzug.

Der bekiffte Hausmeister am Empfang starrte sie an, während sie wartete. Er saß hinter einem Tresen, der so hoch war, dass er eigentlich dahinter hätte stehen müssen. Die blutunterlaufenen Augen des Mannes waren auf Höhe der Verkleidung aus Walnussholz. Er musste gesehen haben, wie sie das Schloss geknackt hatte, sagte aber nichts.

Die Türen im sechsten Stock waren jadegrün gestrichen. Der Teppich schien früher dieselbe Farbe gehabt zu haben, war jetzt allerdings nur noch schmutzig braun. Marlow fand die Tür mit dem ölig wirkenden D aus Messing und klopfte. Keine Reaktion. Sie drehte prüfend den Knauf, und die Tür ließ sich öffnen. Schon stand sie auf einem Fußabstreifer aus schwarzem Gummi mit grellen, pinkfarbenen Streifen. Marlow zuckte zusammen. Seitdem sie Farben wieder deutlich sehen konnte, wurde ihr erst klar, wie viele ihr nicht gefielen. Eine Erinnerung blitzte auf, das mit Rosen vollgestellte Badezimmer ihrer Mutter, kurz bevor sie davongelaufen war. Das war es also mit Pink. Die Farbe würde sie von jetzt an immer damit verknüpfen.

Die Wohnung war leer. Es roch, als sei schon länger niemand mehr hier gewesen. Die Tür fiel hinter Marlow ins Schloss. Zu ihrer Linken befand sich eine enge Küche mit billigen weißen Schränken. Drei Hocker waren unter die graue Theke geschoben, die die Küche von einem langen, reizlosen

Raum abtrennte, der etwa sechs Meter breit war. Vom nackten Fenster aus blickte man auf die Eighth Avenue. Die Wände waren in einem langweiligen Baumarkt-Weiß gestrichen, ganz so, als ob die Wohnung auf neue Mieter wartete.

Als sie die Couch betrachtete, kam ihr zum ersten Mal der Gedanke, dass irgendetwas nicht zusammenpasste. Sie war groß, abgenutzt und hatte die Farbe von geschmolzener Schokolade. Auf dem Kissen, das am nächsten zum Fenster lag, war ein säuberliches, von der Sonne ausgebleichtes Rechteck zu sehen. Das, dachte Marlow mit einem unguten Gefühl im Magen, lässt man nicht einfach geschehen. So wie man intuitiv einen Eindringling spüren würde, nahm sie hier das genaue Gegenteil wahr, eine Abwesenheit, die genauso unheilvoll war.

Sie wusste nicht genau, wie lange sie zitternd auf der Couch gelegen und versucht hatte, sich von der Verfolgungsjagd zu erholen. Nach einer Minute oder auch nach einer Stunde setzte sie sich auf und betrachtete den Brief, den sie zuvor gestohlen hatte. Der Umschlag war weich vom Alter. Die verblasste Briefmarke auf der Vorderseite trug einen Poststempel von Los Angeles. Marlow kratzte an der vergilbten Lasche, riss sie nach und nach auf. Sie wusste nie, wie man diese Dinger öffnete.

Sie zog ein paar Blätter Kinderbriefpapier heraus, dessen oberen Rand eine Kette aus Gänseblümchen schmückte. Darüber war in Großbuchstaben ein Name gedruckt. Die Härchen in ihrem Nacken stellten sich auf, als sie ihn las: *MARLOW CLIPP*. Sie hatte diese Blätter noch nie gesehen.

Jede einzelne Seite – es waren insgesamt drei – sah gleichermaßen bizarr aus. Vorder- und Rückseite waren bis zum letzten Zentimeter beschrieben. An den Rändern standen die Buchstaben enger beieinander, wo der Verfasser oder die Verfasserin den verbleibenden Platz falsch eingeschätzt hatte.

Erst nach einigen Sekunden fiel ihr auf, dass sie die Worte gar nicht richtig las, gar nicht lesen konnte. Der Brief schien in einer anderen Sprache, in einem anderen Alphabet abgefasst zu sein – voller Schleifen und Rundungen, Verbindungen, die aus den Buchstaben etwas Fremdes und zugleich Vertrautes formten. Da – dieses Wort erinnerte sie an »frei«. Doch war es das wirklich?

Sie würde den Brief mitnehmen müssen. Als ob sie nicht schon verdächtig genug wirkte, und jetzt hatte sie auch noch drei Papierblätter bei sich. Sie übte vorsorglich einen unschuldigen Gesichtsausdruck – *Ja, ich habe zufällig Papier dabei. Was ist das Problem? Es wird immer noch für vieles verwendet.* Sie selbst hätte ihre Ausrede als Allerletzte geglaubt. Papier war in Marlows Kindheit ein schwieriges Thema gewesen. In ihrem Elternhaus stand in der Garage auf einem hohen Regal ein Schredder, den ihre Eltern abwechselnd herunterholten, wenn der andere gerade nicht da war. Ihre Mutter vernichtete damit die Kassenzettel, auf deren Ausdruck sie aus alter Gewohnheit immer noch bestand, damit ihr Mann ihre verschwenderischen Ausgaben nicht so leicht nachverfolgen konnte. Marlows Vater fütterte das Gerät mit zerknitterten Cocktailservietten, nachdem er sich die darauf notierten Namen und Telefonnummern gemerkt hatte.

In ihrer Kindheit war Papier immer mit Geheimnissen verbunden gewesen, weshalb es sie immer noch überraschte, wie leicht es sich in ihren Händen anfühlte.

Marlow sah mit dem Brief in den Händen auf, als sich draußen auf dem Flur Schritte näherten. Sie wartete auf das

Klicken einer sich öffnenden Tür, auf das Geräusch eines Menschen, der jedes Recht hatte, hier zu sein, nach Hause zu kommen. Die Schritte wurden lauter, bis sie schließlich verstummten. Marlow sah, wie sich der Knauf der Wohnungstür drehte – langsam und lautlos, ganz so, als ob die Person auf der anderen Seite der Tür sie noch nicht aufschrecken wollte.

Vorsichtig legte sie den Brief auf die Theke. Erst auf die Augen zielen, dann die Eier? Oder erst auf die Eier, dann die Augen? Sie wünschte, sie und Jacqueline wären vor dem Selbstverteidigungskurs nicht noch zur Happy Hour gegangen. »Das ist doch sowieso nur zum Spaß«, hatte Jacqueline gesagt, die Lippen am Rand ihres Wodka Martinis geschürzt. »Wenn man ernsthaft angegriffen wird, wird einem der Chip Anweisungen geben.«

Doch Marlow hatte ihren Chip nicht mehr.

Soweit sie sich erinnerte, war in dem Selbstverteidigungskurs auch erklärt worden, wie man einen außer Kontrolle geratenen Bot entwaffnete. Doch Bots übten so gut wie nie Gewalt gegenüber Menschen aus, weshalb Jacqueline und sie in dieser Stunde am wenigsten aufgepasst hatten. Stattdessen hatten sie sich unterhalten und den herrlichen Bizeps des Trainers bewundert.

Wenn das ein Bot sein sollte, würde sie sich auf seine Hüftgegend konzentrieren, wo die Kontrolleinheit normalerweise versteckt war.

Wenn es ein Mensch war, würde sie auf die Eier oder den Bauch zielen. Die Vorstellung ihrer Daumen auf fremden Augäpfeln bereitete ihr Übelkeit, auch wenn das als effiziente Verteidigungsmaßnahme empfohlen wurde.

Die Tür öffnete sich. Marlow wappnete sich, versuchte,

unzerstörbar auszusehen, als wäre sie aus haltbarerem Material gemacht als das, was sich da im Flur befand. Stärker als herzloser Stahl, stärker als bedrohliche Muskeln. Da fiel ihr plötzlich wieder ein, was die fremdartigen Schnörkel auf dem Papier waren. Der Brief war von Hand geschrieben.

I

Orla

New York, New York

2015

Orla war ohne ihr Handy zu der schlechten Salatbar gegangen, weshalb sie erst nach einer Weile herausfand, dass Sage Sterling gestorben war. Man hatte Sage auf einem Liegestuhl am Pool des Hotels in Los Angeles gefunden, in dem sie seit einem Jahr gelebt hatte. Oft war sie so pleite gewesen, dass sie den Hotelangestellten kein Trinkgeld aus ihrer Handtasche, sondern gleich die ganze Tasche überreichte: abgenutzte Louis Vuittons, alte Balenciagas, bei denen die Hälfte der Fransen bereits abgerissen war. Die Pagen dankten ihr immer überschwänglich, nur um die Taschen dann schnell bei den Fundsachen zu deponieren.

Sage war launisch und schlampig und gelegentlich richtiggehend bösartig, und sie hielt in ihrem Zimmer ein Frettchen namens Mofongo. Trotzdem fühlten sich alle verpflichtet, freundlich zu ihr zu sein, denn außerhalb der Mauern des Hotelkomplexes wartete die Welt nur begierig auf ihr nächstes Missgeschick. Deshalb war es auch nichts Besonderes, wie die Angestellten später der Polizei gegenüber aussagten, dass niemand Sage aufhielt, als sie um etwa drei Uhr morgens an den Pool ging. Und es war auch nicht ungewöhnlich, dass niemand sie ansprach, als die Sonne aufging und sie tief und fest auf einer Liege schlief. Schließlich war sie dafür bekannt, dass nichts und niemand sie aufwecken konnte, sobald sie einmal eingeschlafen war. Paparazzi hatten Sage schon bei einem Schläfchen in abgetrennten VIP-Bereichen von exklusiven New Yorker Bars abgelichtet, in einem Skilift in Gstaad (sie hatte stundenlang darin ihre Runden gedreht) und sogar bei der Premiere eines ihrer letzten Filme, einem aufwendig animierten Abenteuerfilm, der auf dem Spiel *Candy Crush Saga* basierte. (Sage verkörperte einen der seltenen zitronengelben Spielsteine.) Mit zurückgelegtem Kopf hatte sie während des ganzen furchtbar schlechten Films geschnarcht. Jemand hatte sie dabei gefilmt, das Video wurde auf einem Nachrichtenportal namens *Lady-ish.com* veröffentlicht und ging sofort viral. Orla hatte es gepostet.

Sage hatte bis etwa acht Uhr morgens still am Pool gelegen, als ein Handtuchjunge sah, wie ihr eine Möwe direkt auf den Bauch kackte. Sage zuckte nicht einmal zusammen. Der Handtuchjunge – »Mitarbeiter des Handtuchservice«, wie er später einen Journalisten korrigierte – ging zu ihr und überlegte, welcher Teil ihres Körpers wohl am angenehmsten anzufassen wäre. Da sah er ihre blauen Lippen. Ihre Augen waren starr und halb geschlossen, wässrige Schlitze unter spröden Wimpern.

Er berührte ihre Schulter, die von der Sonne beschienen wurde. Sie war kalt.

Orla bestellte gerade ihren Salat, als die Nachrichten auf dem Flachbildschirm über ihrem Kopf eine Luftaufnahme des Hotels zeigten. Die Kamera kreiste über dem grauen Schieferdach und verharrte über den nichts ahnenden Werbetafeln am Sunset Boulevard. Der Nachrichtensprecher verkündete, dass irgendwo da unten Sage Sterling im Alter von siebenundzwanzig Jahren gestorben war.

Eine junge Frau hinter Orla, in schmuddeligen Flipflops und Kostümrock, sah von ihrem Handy auf und sagte gelangweilt: »Ich dachte, die wäre schon längst tot.«

Der kräftige Guatemalteke hinter dem Tresen seufzte und vermischte braunrandigen Romana-Salat mit seiner Zange, während Orla mit offenem Mund auf den Bildschirm starrte. Er wartete darauf, dass sie ein weiteres Topping auswählte. Orla tat immer eine ganze Weile so, als würde sie über weiteres Gemüse nachdenken, bis sie dann, als sei es ihr ganz plötzlich eingefallen, sagte: »Ach, einfach zweimal Croûtons, bitte.«

Der Mann vor Orla tippte in Großbuchstaben in sein Handy: *SAGE STERLING IST TOT!* Als ob niemand davon erfahren würde, dachte sie, wenn dieser Typ die Neuigkeit nicht im Internet postete.

Nicht, dass sie sich so sehr von ihm unterschied. Im Büro von *Lady-ish* würde ihre Praktikantin bereits den Nachruf überprüfen, den Orla vor achtzehn Monaten für Sage geschrieben und den sie mit dem Vermerk *Auf keinen Fall veröffentlichen, bevor ...* gekennzeichnet hatte. Sage war in den letzten Jahren in der Redaktion Orlas Hauptthema gewesen. Ingrid, Orlas Chefin, hatte schon früh Sage als Ursache für »irrwitzigen« Traffic auf der Website ausgemacht, nachdem ein Beitrag von Orla über Sages Nageldesign neunzigtausend Klicks in zehn Minuten eingebracht hatte. Von da an musste Orla zu allem, was Sage betraf, Artikel schreiben – wo sie sich aufhielt, welchen Mann oder welche Frau sie küsste, welches Kleid sie trug. Die Klicks wurden immer mehr, vor allem, als Sages Wutanfälle bekannt wurden: Sage packte die Kameras der Fotografen und zwang sie nach unten Richtung Gehsteig. Sage kratzte einen Türsteher so heftig, dass dieser beinahe erblindete. Sage stieß ihren Freund von der Jacht seiner Eltern. Für

Storys, die an einem Tag über fünf Millionen Aufrufe erzeugten, erhielt Orla Bonuszahlungen. Sages Ausbruch auf der Jacht hatte Orlas Laptop finanziert. Jetzt versuchte sie sehr angestrengt, nicht darüber nachzudenken, wie viel ihr der Tod des Stars einbringen könnte, verdrängte den Gedanken an ein Paar Stiefel, das sie letztens in einem Schaufenster gesehen hatte – kniehoch und aus hellgrauem Wildleder, für Temperaturen, die noch Wochen entfernt waren. Vielleicht sogar Monate, angesichts der momentanen Hitze.

Orla entschuldigte sich bei dem Guatemalteken und trat ins Freie. Die Praktikantin würde Sages Nachruf unter Orlas Namen bereits veröffentlicht haben. Die Klicks würden durch die Decke gehen, Ingrid schier ausflippen. Nur dieses eine Thema würde heute im Internet wichtig sein. Orla konnte sich jetzt – sowohl zeitlich als auch finanziell – die gute Salatbar leisten.

An diesem Abend schrieb sie dreihundertsechsundneunzig Wörter für ihren Roman, während sie eine Datingshow im Fernsehen ansah. Eigentlich hatte sie sich sechshundert Wörter als Ziel gesetzt, doch die Show war zu fesselnd gewesen. Eine Finalistin hatte sich mit einem Taschentuch die Nase abgetupft und gestanden, dass sie bipolar war. Der haferbreigesichtige Moderator hatte die Augenbrauen gehoben und geantwortet: »Wow. Das hatten wir auch noch nicht.«

Orla nahm sich vor, am nächsten Tag mehr zu schreiben. Dreihundertsechsundneunzig Wörter konnte sie leicht auf sechshundert erweitern, wenn sie noch ein paar Informationen über die orthodoxen Juden einbaute, die sie allerdings erst noch recherchieren musste. Sie selbst kannte keine orthodoxen Juden, doch neben Themen wie Selbstfindung und weiblicher Sexualität sowie kleinen selbst gezeichneten Kritzeleien und Grafiken brauchte das Buch ihrem Gefühl nach einen oder zwei orthodoxe Juden, um *edgy* und relevant zu sein. Fürs Erste markierte sie jedoch die betreffenden Stellen und fügte am Rand den Vermerk »Noch ausbauen« hinzu.

Sie schrieb an einem Buch, das sie eigentlich gar nicht schrieb. Das Frustrierende war, dass sie das früher einmal sehr gut gekonnt hatte. Als Kind hatte Orla ihre Nachmittage über der elektrischen Schreibmaschine auf dem Zimmerteppich verbracht. Sie hatte nicht einmal Zeit, die blauen Schulkniestrümpfe auszuziehen, war so voller dringender, grotesker Tragödien. Zum Beispiel die von der mörderischen Küchenhilfe, die ihre kindlichen Opfer zu Tacofleisch verarbeitete, oder die von dem Baseballspieler, der von einem wilden Pitch getötet wurde, einem Fastball, der seine neun Töchter mit albernen Namen als Waisen zurückließ. Sie war ungeheuer produktiv.

Doch es gab einen bedeutenden Unterschied zwischen der Zeit in der zweiten Klasse und jetzt. Damals hatte sie noch kein Internet. Wenn sie jetzt mit einem Satz kämpfte oder gar nicht erst den Anfang fand, gab sie auf. Sie ließ ihren Blick von dem trostlosen Word-Dokument zu dem verlockenderen Bildschirm ihres Handys wandern. Plötzlich war es dann ein Uhr nachts, und sie reihte im Halbschlaf irgendwelche Sätze aneinander – wenn sie Glück hatte, in ihrem Manuskript, ansonsten bei Facebook.

Das ganze Scrollen und Starren hielt sie von ihrem großen Lebensplan ab. Orla hatte nämlich schon immer gewusst, dass sie nach New York – die Stadt der Schriftsteller – ziehen würde. Und genau das wollte sie sein. Als Kind hatte sie immer angenommen, dass die Romane in den Regalen der Buchläden allesamt von dem jeweils besten Schreibtalent einer amerikanischen Highschool stammen mussten, die als Erwachsene quasi automatisch zu Autorinnen und Autoren geworden waren. Auf ihrer Schule war sie das größte Talent gewesen und hatte ständig Preise für ihre überzeugenden Essays gewonnen, die von Dingen handelten, die mittlerweile keine Rolle mehr spielten. Sie hatte vom Governor eine Auszeichnung für ihren Artikel über Napster erhalten. Damals hatte sie sich fröhlich vorgestellt, dass New York nur auf sie wartete. Dann kam sie nach New York und stellte fest, dass dem nicht so war. Keinen interessierte ihre Auszeichnung. Sie lernte, was frühere Schulstars wirklich taten, sobald sie in die Stadt gezogen waren. Sie bloggten.

Seit sechs Jahren bloggte sie nun schon auf *Lady-ish.com* und versuchte genauso lange, ein Buch zu schreiben. Sie gab sich Mühe, ihre alten Lehrer zu ignorieren, die sie auf Facebook aufgestöbert hatten und die ihr zwischen *FarmVille*-Posts freudige Nachrichten hinterließen, dass sie schon gespannt auf ihr nächstes Projekt warteten.

Doch nicht die Voraussagen und Erwartungen ihrer Lehrer verfolgten sie, sondern die von Danny. Seltsamerweise wurde der Druck immer größer, je mehr Jahre seit ihrer letzten Begegnung verstrichen. Orla redete sich ein, dass sie einen Handel mit sich selbst einging: Wenn sie schon nicht für die ganze Welt etwas Besonderes war, dann würde es reichen, wenn wenigstens er so von ihr dachte.

Jetzt war sie achtundzwanzig, ihr Gehirn von Tausenden von *Lady-ish*-Beiträgen ausgelaugt und ihr Körper vom täglichen Überlebenskampf in New York müde. Sie suchte nach einer Abkürzung, auch wenn sie das so nicht zugeben konnte, nicht einmal vor sich selbst, einem Weg, um jemand zu sein, der etwas zustande gebracht hatte, ohne es tatsächlich tun zu müssen.

Eine frühere *Lady-ish*-Kollegin – sie war eine der Älteren im Team gewesen und Anfang, Mitte dreißig – hatte gekündigt, nachdem sie eine Sammlung ihrer Dating-App-Chats an einen großen Verlag verkauft hatte. »Jetzt muss ich das verdammte Ding nur noch schreiben«, hatte Orla die Frau an ihrem vorletzten Tag bei *Lady-ish* auf der Damentoilette sagen hören. Ihre Agentin, hatte sie hinzugefügt, hatte das noch nicht existierende Manuskript auf Basis eines einzigen Kapitels verkauft. Da war Orla hellhörig geworden. Ein bisschen mehr als ein Kapitel hatte sie bereits. Jetzt brauchte sie nur noch eine Agentin. Doch sie hatte keine Ahnung, wie sie das bewerkstelligen sollte.

Und dann, ganz plötzlich, tauchte eines Morgens vor ihrem Apartment eine auf.

Orla würde nicht sagen, dass sie die Visitenkarte gestohlen hatte. Nein, wirklich nicht. Zum einen war eine Visitenkarte heutzutage doch sowieso nichts anderes als eine Zusammenstellung von Informationen, die man auch online finden konnte. Zum anderen würde Florence sich nie daran erinnern, dass sie die Karte verloren hatte. Als sie am Abend zuvor nach Hause gekommen war, war sie so betrunken gewesen, dass sie kaum die Wohnungstür gefunden hatte. Orla war davon aufgewacht, wie Florence den Hausflur entlangstolperte und den Schlüssel in verschiedene Schlösser zu rammen versuchte. Endlich wurde ihre Wohnungstür aufgestoßen, und Florence brüllte: »Sechs! D! Verdammt! Ich wohne in 6D!« Eine Flut an Gerüchen – Rum, Schawarma, Florence' erdrückendes Zuckerwatteparfüm – strömte zu Orla unter der Tür in der nachträglich eingezogenen Wand hinein, die das Wohnzimmer in zwei Hälften teilte und damit ein zweites Schlafzimmer möglich machte.

Florence war vor drei Wochen eingezogen und seither nie vor der letzten Runde nach Hause gekommen. Orla hatte ihre neue Craigslist-Mitbewohnerin seit dem Tag ihres Einzugs kaum zu Gesicht bekommen, als sie in einem weißen Top ohne BH eingetroffen war und ihr langes, dunkles Haar sich in ihren Achselhöhlen verfangen hatte. Florence schlief tagsüber und wachte in der Abenddämmerung auf, um sich dann zurechtzumachen. Der Gestank ihrer vom Glätteisen verbrannten Haare vermischte sich mit dem Geruch von Orlas Mikrowellenessen. Sie verließ die Wohnung jeden Abend, nachdem Orla ins Bett gegangen war, kam im Morgengrauen zurück und legte sich schlafen, wenn Orla zur Arbeit ging und sich durch die Spuren von Florence' nächtlichen Abenteuern im Wohnzimmer kämpfen musste. Schuhe lagen vor der Tür, auf dem Linoleumboden in der Küche eine einsame Clutch, Kreditkarten waren halb unter den Herd gerutscht, die Schlüssel hingen noch im Türschloss.

Doch an diesem Morgen fand Orla noch etwas anderes: Visitenkarten, die auf dem fusseligen Teppich im Wohnzimmer verstreut lagen. Orla sammelte sie auf und las sie alle. Modelscouts, Fernsehproduzenten, kleine Angestellte von Kosmetikfirmen sowie ein Mann, der sich »Designer von Personenmarken und 360-Grad-Imageguru« nannte. Orla legte die Karten auf die Theke und verließ die Wohnung.

Beim Aufzug lag eine weitere Karte auf dem verfilzten jadegrünen Teppich. Orla konnte die Aufschrift lesen, ohne das Stück Papier aufheben zu müssen: *Marie Jacinto, Literaturagentin*. Die Karte war wenig beeindruckend. Der Name der Agentur klang nach einem kleinen Unternehmen, das Papier war so dünn, dass es sich leicht im Luftstrom bewegte, als der Aufzug kam und die Türen sich öffneten.

Orla trat in die Kabine, dann legte sie die Hand an die Tür und trat wieder hinaus. Kann ja nichts schaden, dachte sie sich. Damals hatte sie noch keinen Grund, es nicht zu glauben. Während sie die Visitenkarte aufhob und in ihrer Handtasche verstaute, formulierte sie im Kopf bereits eine E-Mail an Marie Jacinto.

Die ungewohnte Stille hing morgens schwer in der Wohnung zwischen den heulenden Sirenen der Feuerwehrwagen, die die Eighth hinaufrasten. Auch wenn sie schon seit Jahren hier lebte und damit ältere Rechte hatte, versuchte Orla, Florence nicht aufzuwecken. Sie schaute die Morgennachrichten ohne Ton, ließ ihre Haare an der Luft trocknen und holte sich unterwegs einen Kaffee, anstatt in der Küche Bohnen zu mahlen. Sie sagte sich, dass die Ruhe ihrem Gehirn guttat und dass die feuchten Haare sie in der Augusthitze in der U-Bahn abkühlten. Und ein Pappbecher mit Kaffee in der Hand gehörte in New York einfach sowieso dazu. Doch Orla wusste, dass es letztendlich einfach ihrer Persönlichkeit entsprach. Sie war schon immer diejenige gewesen, von der sich unverschämte Klassenkameradinnen Kleidung geliehen hatten, die sich vielmals entschuldigte, wenn sie auf der Straße angerempelt wurde. Die Art Mensch, die bei den Teambuilding-Tapasabenden der Redaktion keinen Einspruch erhob, wenn die Kolleginnen schreckliche Sachen wie Tintenfisch und Ente bestellten, und es dann nicht schaffte, sich Kohlenhydrate zu sichern. Orla hasste Tapas. In Sachen Essen hasste sie überhaupt vieles in New York: dicke Fleischscheiben in den Sandwiches, meterlange Schlangen wegen irgendeines komischen neuen In-Gebäcks, wie die Menschen von Köchen sprachen, als würden sie sie persönlich kennen. (»Der Laden gehört Boulud«, hatte Ingrid letztens beiläufig gesagt, als ob sie früher jeden Tag mit ihm Basketball gespielt hätte.) Vor allem aber hasste Orla Brunch, weil er sich den ganzen Tag hinzog und die Leute aus ihren Wohnungen auf die Gehsteige holte und sie sich unglaublich allein fühlte, wenn sie mit ihrem einsamen Bagel an ihnen vorbeilief.

Doch das Brunchen hatte auch etwas Gutes, denn sonntags war Florence damit beschäftigt. Orla hörte sie in ihrem Zimmer – dem eigentlichen Schlafzimmer der Wohnung –, vor allem aber ihr dauernd piepsendes Handy, bis sie endlich jemanden anrief und endlos über die Auswirkungen des vorherigen Abends sprach. »Haaallo, Süüüße«, jammerte sie dann lang gezogen. »Maaaaann. Ich habe soooo einen Kater.« Das Gespräch endete immer damit, dass Florence sich in zwanzig Minuten irgendwo mit irgendwem treffen wollte. »Ich springe gleich in ein Taxi«, war ihre übliche Verabschiedung. Dann schlief sie eine weitere Stunde, bis sie unter großem Getöse die Wohnung verließ.

An dem Sonntag, nachdem Orla die Visitenkarte aufgehoben hatte, hörte sie durch die Wand wieder eines dieser Telefonate. Plötzlich verstummte Florence so abrupt, dass Orla schon Angst hatte, ihre Mitbewohnerin ersticke gerade. Sie holte den Laptop vom Schreibtisch und googelte bereits das Heimlich-Manöver, als sie Florence sagen hörte: »Verdammt. Ich rufe dich gleich zurück.« Offensichtlich hatte sie einen anderen Anruf erhalten. Orla klappte den Laptop zu und bewegte sich nicht. Etwas an Florence' Ton ließ sie rätseln, wer sie da zu erreichen versuchte.

»Hallo, Mommy«, sagte Florence. Ihre Stimme hatte einen leicht erschrockenen, aber gleichzeitig auch harten Unterton, als ob sie etwas Scharfem ausweichen würde, bevor es geworfen werden konnte.

»Was ist mit ihr?«, fuhr sie besorgt fort. »Oh. Das ist ja nicht so schlimm. Du hast mir echt Angst eingejagt. Ihre Pfote ist immer so.« Pause. »Soll das ein Witz sein? Sie *einschläfern?* Sie ist doch nicht einmal krank. Du willst dich nur nicht um sie kümmern ...«

Die Klimaanlage unter dem Fenster erwachte ratternd zum Leben. Orla sprang auf und schaltete sie ab.

»Mach bitte nichts«, sagte Florence, »bis ich mir einen Flug nach Hause leisten kann. Ich hole sie und nehme sie mit zu mir ... Bitte, Mom.«

Orla stellte sich vor, wie jemand am anderen Ende der Leitung blechern protestierte, glaubte es beinahe zu hören.

»Ich weiß, dass du mir nicht glaubst«, fuhr Florence fort. »Aber ich fasse hier wirklich Fuß. Die Leute lieben meine Stimme. Sie verstehen mich. Ich lerne so viele kennen ... Gib mir ein paar Wochen, okay? Vergiss die Flugpreise nach Ohio – wenn es so weitergeht, habe ich bald einen Plattenvertrag. Ich kann dir ein neues Haus kaufen.«

Noch eine Pause, dann sprach Florence so schnell und mit so niedergeschlagener Stimme weiter, dass Orla fast zu ihr gerannt wäre und sie in den Arm genommen hätte. »Nein, nein, nein. Ich liebe unser Haus. So habe ich es nicht gemeint. So etwas macht man eben als berühmte Sängerin.«

Dieses Mal war Orla überzeugt, Spott am anderen Ende der Leitung zu hören.

»Also, *ich* glaube schon, dass ich es werden könnte«, antwortete Florence leise.

Danach hörte Orla nur noch, wie ihre Mitbewohnerin auf und ab ging. Orla stand auf, vermied die quietschende Stelle auf dem Bett und setzte sich an die Tür, um ein Ohr dagegenzupressen.

Florence tätigte weitere Anrufe, die alle kurz ausfielen.

»Ich habe Ihnen vor ein paar Monaten mein Demo geschickt … Oh, haben Sie?«

»Und Sie dachten, Sie hätten vielleicht einen freien Platz in der Show … Oh, das war schon?«

»Ich habe gesehen, dass Sie nach neuen Models suchen … Hallo?«

»Ja! Das ist *so* nett von Ihnen. Ich meine, ich arbeite schon so lange an diesen Songs … Oh. Nein, tut mir leid, da muss ich Sie gleich unterbrechen. Ich bin nicht blond. Nein, ich war die mit den dunklen Haaren. Klar. Ich verstehe. Ich bin unter dieser Nummer zu erreichen, falls Sie … Okay. Tschüs.«

Orla hielt den Atem an, wartete, wie es weiterging. Sie konnte sich ungefähr vorstellen, wen Florence gerade anrief: die sogenannten Promoter und Produzenten, die immer männlich waren, die behaupteten, alles und jeden zu kennen, und überall die Finger im Spiel hatten, die ihre Geschäfte vom Handy aus führten statt von einem Büro, die Anrufe auch sonntags entgegennahmen. Solche, die irgendwie immer nur in hübschen Mädchen Potenzial sahen, sich in Bars an sie heranmachten und Treffen vereinbarten, die unweigerlich in der Wohnung des Mannes endeten.

Nach einer Weile hörte sie, wie Florence leise in dem steifen Ton von jemandem sprach, der eine Nachricht auf einer Voicemail hinterließ: »Ich wollte mich wegen der Junior-Programmiererstelle melden. *Fuck*«, fügte sie leise hinzu, und Orla hoffte, dass sie vorher aufgelegt hatte. Zehn Sekunden später ging Florence zum Brunch.

Nachdem sie eine Stunde die leere Wohnung genossen hatte, wurde es Orla langweilig, und sie machte sich auf den Weg ins

Büro. Sie spazierte die Twenty-Third Street nach Osten entlang, direkt in die Sonne und auf das weder alte noch neue Gramercy-Gebäude zu, das sich die Redaktion mit Zahnärzten und Buchhaltern teilte. Sie wollte schon mal an ihren Posts für die kommende Woche arbeiten. Sage war seit sechs Tagen tot. Die Slideshow der Promis bei ihrer Beerdigung hatte ihnen bisher neun Millionen Klicks eingebracht, doch die Leserinnen und Leser verloren langsam das Interesse. Orlas Folgeartikel darüber, dass drei Stars bei der Beerdigung denselben Hut getragen hatten, hatte fast doppelt so viele Aufrufe geschafft, auch wenn das gesamte Internet Entsetzen über die unsensible Berichterstattung vorgetäuscht hatte. *DAS IST WIRKLICH UNPASSEND!*, hatte eine *Lady-ish*-Leserin kommentiert und damit Orlas eigentliche Meinung zu dem Beitrag wiedergegeben. Doch Ingrid hatte nur gesagt: »Hätten wir es nicht gebracht, hätte es jemand anders getan.«

Orla war gern am Wochenende im Büro – sie mochte das gedämpfte Licht und die natürliche Kühle, wenn nicht alle Schreibtische von nervösen Kolleginnen besetzt waren. Sie setzte sich an ihren Platz und legte die Hand auf die Maus, mit der sie den Computer aus dem Ruhezustand aufweckte. Während sie die Social-Media-Plattformen durchforstete, um zu sehen, ob zum Beispiel irgendeine Schauspielerin sich plötzlich am Wochenende die Haare abgeschnitten hatte, sah sie aus dem Augenwinkel, wie Ingrids Bürotür aufgeschoben wurde.

»Hallo«, sagte Ingrid, als sie neben Orlas Schreibtisch stand. Orla blickte auf. Ingrids Haare waren noch fettiger als sonst. Ihre Chefin brauchte sechs Arbeitsschritte, bis sie sich die Lippen fertig geschminkt hatte, inklusive Konturenstift, Gloss und Puder, doch ihre Haare wusch sie anscheinend nur einmal pro Mondzyklus. »Wie war dein Wochenende?«, fragte sie, als ob es schon vorbei wäre, und fuhr gleich darauf fort: »Kannst du morgen einen roten Teppich übernehmen? Diese Wie-hieß-sie-noch-gleich wird dort sein, und ihre Presseagentin nervt mich immer, aber wir müssen sie bei Laune halten, weil sie auch dieses YouTube-Mädchen vertritt, du weißt schon, die mit der Harfe.«

»Morgen?« Orla blickte zur Seite und suchte nach einer Ausrede.

»Ich dachte nur, dass du jetzt Zeit dafür haben könntest«, sagte Ingrid bedeutungsvoll, »nachdem es über Sage ja bald nichts mehr zu schreiben gibt.«

Orla nickte. Sie würde es machen. Im Jahr zuvor hatte ein hübscher europäischer Prinz, der immer betrunken vor irgendwelchen Clubs hingefallen war, dem Alkohol abgeschworen, war der Armee beigetreten und von der Bildfläche verschwunden, woraufhin eine Bloggerin bei *Lady-ish* ihren Job verloren hatte. Orla wollte ihren auf jeden Fall behalten – schließlich hätte sie sonst nie die Chance, von selbst zu gehen. Und davon fantasierte sie ständig: Wie sie bei *Lady-ish* kündigte, nachdem sie ihr Buch verkauft hatte, genauso wie die Kollegin mit ihren Tinder-Erlebnissen. Wie sie eine Kiste mit ihren Sachen hinaustrug, auch wenn sie gar nichts im Büro aufbewahrte. Ihr Arbeitsplatz war nur ein sechzig Zentimeter breiter Abschnitt eines langen, Cafeteria-ähnlichen Tisches, den sie sich mit neun weiteren Bloggerinnen teilte. Keiner hatte Rollcontainer oder Pflanzen oder Bilderrahmen – es fehlte ihnen ja schon an Büromaterial. »Wo ist der Stift?«, rief immer irgendwer in regelmäßigen Abständen, und wer auch immer ihn gerade hatte, ließ ihn über den Tisch zur nächsten Nutzerin rollen.

Sie wusste, sie war nicht die Einzige, die davon träumte zu

kündigen. Wenn sie und ihre Kolleginnen im Konferenzraum saßen und Ingrid dabei zusahen, wie sie mit ihrem Laserpointer auf einem Bildschirm einige der meistgeklickten Headlines abfuhr (»Kaum zu GLAUBEN, wie dieser Megastar OHNE Extensions aussieht«), dachte Orla daran, dass alle geistig gerade woanders waren, ihre nächsten Schritte überlegten, sich bewusst machten, dass sie besser waren. Besser als dieser Job und auch besser als die andere junge Frau neben ihnen. Vor allem das war wichtig. Orla glaubte fest daran: Irgendwann würde sie hier weg sein, würde größere Dinge tun, und die junge Frau neben ihr würde immer noch auf ihrem Platz sitzen. Hoffentlich. Irgendjemand musste bleiben und das sein, was Orla vorher gewesen war.

Doch was kam nach dem Vorher? Das fragte sie sich im Morgengrauen, wenn Florence die Wohnungstür polternd öffnete und sie weckte, und nachts, wenn sie auf ihr Handy starrte, während sie eigentlich schreiben oder schlafen sollte. Mehr als alles andere – eine Schriftstellerin zu sein, einen Freund zu haben, wie es sich anfühlte, zu atmen ohne vierzigtausend Dollar Schulden – wollte sie eine Antwort auf diese Frage. Sie lebte in einem Vorher, und langsam hatte sie es satt. Das Gefährliche an diesem Zustand war, dass sie nicht genau wusste, was eigentlich passieren sollte, und es war ihr auch egal, dass sie es nicht wusste. Fast jede Veränderung wäre willkommen.

2

Marlow

Constellation, Kalifornien

2051

Der Morgen sorgte für die Einschaltquoten. Marlow wachte um sieben auf und nahm eine Tablette vor den Augen von – sie warf im Kopf einen Blick auf ihr Dashboard, auf dem die Zahl ihrer Zuschauer blinkte – momentan elf Komma sieben Millionen Menschen. Sie hakte die Decke unter ihren Achseln an zwei Stellen ein – um Kleiderpannen zu vermeiden, waren überall an ihrem Bettzeug Schlaufen angenäht sowie kleine Haken in die Spitzensäume der kurzen Seidennachthemden, die sie beim Schlafen trug. Dann setzte sie sich auf und nahm drei tiefe Atemzüge. Beim letzten öffnete sie die Augen. Langsam blinzelte sie viermal. Lächelte zweimal. Das erste Lächeln sollte noch verschlafen aussehen, das zweite dann spontan und fröhlich, als ob ihr gerade wieder bewusst würde, dass sie am Leben war und sich deshalb unglaublich gesegnet fühlte.

Mit anderen Worten, es sollte so aussehen, als würde die Tablette schnell wirken.

In letzter Zeit hatte Marlow ein paar Bewegungen zu dem zweiten Lächeln hinzugefügt, hatte geseufzt und die Arme über den Kopf gestreckt. Doch das Network hatte ihr gestern eine tadelnde Nachricht geschickt und sie daran erinnert, *so viel wie möglich auf Kontinuität zu achten. Abweichungen von lang eingeführten Routinen können auf die Zuschauer wie Zeichen seelischer Probleme wirken.* Ihre Follower hingegen hatten andere Sorgen. Marlow senkte die Hände und schloss die Augen, doch zuvor sah sie gerade noch rechtzeitig einen Kommentar auf dem Bildschirm vorbeilaufen: *Finde das nur ich, oder hat Mar irgendwie dicke Achselhöhlen?*

Marlow sah zu Ellis, der neben ihr auf dem Bauch schlief. Sie konnte ihn nicht fragen, ob er fand, dass ihre Achselhöhlen fett waren. Es vor der Kamera anzusprechen würde die Existenz des Kommentars anerkennen, überhaupt die Existenz ihrer Zuschauer. Das verstieß gegen die Beschäftigungsvereinbarungen. Was natürlich eine totale Farce war; ihre Follower wussten, dass sie wusste, dass sie ihr zusahen. Sie wussten, dass sie sah, wie sie über sie redeten. Doch sie und die anderen Darsteller gaben immer vor, einfach zu *leben* – das wollten die Zuschauer. Sie fühlten sich gern wie Voyeure; sie wollten nicht, dass man ihnen in die Augen sah. Weshalb auch in Marlows Vertrag stand: *Das Constellation Network duldet keinerlei Verstoß gegen das Aufrechthalten der Illusion.*

Sie stand auf und tappte zum Badezimmer, lauschte auf das leise Summen der Kameras in den Ritzen in den Wänden, die sich mit ihr bewegten.

Die Drehbuchautoren hatten ihren Schrank schon wieder umgeändert, bemerkte Marlow, als sie die Türen aufzog. Als sich der gestrige Tag endlos vor ihr erstreckte, hatte sie sich auf ihrer Veranda im Garten zurückgelegt, die Augen hinter der Sonnenbrille geschlossen und träge in Gedanken einen Befehl gegeben, um etwas zu tun zu haben: *Bilder von Vintage Fashion.* Das Stöbern wurde zu einer Obsession, die Obsession wurde zu der Anfrage, den Kleiderschrank neu auszustatten, die innerhalb einer Stunde erfüllt wurde. Als Marlow in ihrem Sarong im Schneidersitz auf der taubengrauen Sonnenliege saß und einen Spinatsalat mit Erdbeeren aß, näherte sich eine Drohne und landete auf der Veranda. Sie klappte ihre Arme aus und stellte eine Kleiderstange ab, an der die Sachen hingen, die sie angefordert hatte: Jeans mit Rissen an den Knien, schulterfreie Blusen, die sich im Wind blähten.

Als sie alles angezogen hatte, grinste Marlow ihrem Spiegelbild zu und fühlte sich wie ein Pin-up aus den Nullerjahren. Doch dann sah sie, dass ihr Dashboard vor Kommentaren geradezu vibrierte. *Bei dieser Hose habe ich überlegt, ob ich wirklich dieselben Pillen schlucke wie sie,* hatte jemand geschrieben.

Als sie an diesem Abend im Bett lag, hörte Marlow die Haushaltsdrohne lauter als sonst, wie sie abwusch, das Geschirr wegräumte und die Decken zusammenfaltete, die Marlow und Ellis auf den Sofas liegen gelassen hatten, als sie ins Bett gingen. Danach räumte die Drohne in Marlows Kleiderschrank herum. Und natürlich waren die Vintage-Sachen heute Morgen alle verschwunden.

Jetzt zog Marlow einen limettenfarbenen Kapuzenpullover und dazu passende Leggins von einem Kleiderbügel. Wenn dem Network ihre Outfits so wichtig waren, dann sollten sie sie selbst digital per Greenscreen einfügen.

Ganz schön mutig, das Blumenmuster auf der Strickjacke, aber sie kann das tragen!, erschien einen Moment später ein neuer Kommentar. *Schon gekauft!*

Marlow unterdrückte den aufsteigenden Würgereiz bei den Worten »mutig« und »Blumenmuster«. Sie könnte schwören, dass es jemand vom Kleiderteam auf sie abgesehen hatte.

Andererseits, dachte sie, während sie in die Küche ging und

den Kühlschrank öffnete, hatte sie einen Schutzengel im Requisitenteam. Kürzlich hatten Wissenschaftler einen Zusammenhang zwischen Koffein und Angstzuständen nachgewiesen, und das Network war sofort ausgeflippt, weil Marlow Kaffee trank. Doch irgendjemand bei der Requisite war ihr zur Rettung geeilt und hatte einen Kaffee nur für sie entwickelt, dem man die Farbe von frisch gepresstem Saft verpassen konnte. Jetzt öffnete Marlow eine Plastikflasche, auf deren Etikett *Karotte-Apfel* stand, trank einen Schluck von der terrakottafarbenen Flüssigkeit und schmeckte bitteren, kalten Iced Espresso. Sie entspannte sich sofort; ihre Schultern sanken herab, ihre Stimmung wurde besser, ihr Gesicht weicher. Sie spürte, wie attraktiv sie in diesem Moment war, und wie aufs Stichwort hörte sie ein gedämpftes Klicken. Die Kamera im Messingknauf der Schranktür auf der anderen Küchenseite hatte den Moment eingefangen, ein perfektes Bild für die Hysteryl-Werbung, die in der Ecke ihres Live-Feeds eingeblendet werden würde. In – Marlow zählte mit – drei, zwei …

Sie sieht WIRKLICH immer so zufrieden aus, erschien ein Kommentar auf dem Dashboard. *Beim nächsten Promocode für Hysteryl probiere ich es vielleicht mal aus.*

Findet niemand komisch, wie sie den Saft trinkt?, fragte ein anderer Follower. *Sie GENIESST selbst die kleinsten Schlucke. Ich wette, sie trinkt eigentlich Kaffee, und sie ändern es digital ab.*

Marlow erstarrte, die Flasche noch an den Lippen. Sie wartete einen Moment, bis der Kommentar verschwand, dann legte sie den Kopf zurück und zwang sich zu einem großen Schluck. Sie atmete unauffällig aus, um keinen verräterischen Kaffeeatem auszustoßen. Dann unterdrückte sie ein Lächeln; ihre Follower konnten sie schließlich nicht *riechen*. Ihr Herzschlag stockte einen Moment, wie immer, wenn ihr etwas Neues einfiel, auch wenn sie manchmal jahrelang nichts zu der Liste hinzufügte: *Dinge, die mir gehören.* Die Stunde zwischen drei und vier Uhr morgens, wenn die Übertragung für Werbung unterbrochen wurde. Ankleideräume und Behandlungszimmer bei Ärzten, Toiletten zu Hause und in der ganzen Stadt. Am liebsten mochte sie eine Toilettenkabine in dem veganen Bistro in der Innenstadt – als Teenager hatte sie oft mit einer Nagelfeile gemeine Sachen über einige ihrer unhöflicheren Follower in die Emaille-Wände geritzt. Und jetzt: ihr Geruch. Eine Kleinigkeit, doch sie gehörte ihr ganz allein.

So war es seit fast einem Jahrzehnt auf Jacquelines Partys gewesen. Marlow hatte immer auf dem melonenfarbenen Sofa gesessen, an der rechten Armlehne, ihre gute Seite zeigte zur Kamera Ost. Ihr gegenüber hatte Ida auf dem Sessel mit dem Gänseblümchenmuster gesessen und irgendeinen Mist geplappert. Marlow hatte ihr gern gegenübergesessen, als die Frau noch eine derbe, schlampige Alkoholikerin gewesen war. Doch dann wurde Ida trocken, Hausfrau und Mutter und führte die meiste Zeit kleine Dramen wegen ihrer Allergien auf. Einmal war sie schnüffelnd um einen Polsterhocker herumgelaufen, als ob er eine Landmine wäre. »O Gott, ist das etwa Mohair?« Ida war regelmäßig durchs Zimmer gestürzt, um ein Fenster zu schließen, und hatte dabei gejammert: »Tut mir leid, die Pollen, das muss sein.« Einmal hatte ein Roboterkellner Idas Allergien nicht von ihrem Chip ablesen können und ihr ein Tablett mit Krabbencocktails angeboten. In der nächsten Woche war sie ins Rathaus gegangen und hatte dort einen zwanzigminütigen Vortrag über ihren Ausschlag gehalten, gekrönt von der Forderung, dass das Network die beleidigende Maschine außer Dienst nehmen, nein, sogar *zerlegen* solle, wie sich Marlow mit einem schockierten Schaudern erinnerte.

Heute Abend fehlte Ida jedoch, war ohne Erklärung ersetzt worden. Eine junge Frau mit olivfarbener, glatter Haut, wunderschönen Wangenknochen, bronzefarbenem Lippenstift und schwarzem, zu zwei Zöpfen geflochtenem Haar saß stattdessen in Idas Sessel. Sie hatte die nackten Füße unter sich gezogen, als ob sie schon immer dabei gewesen wäre.

Marlow sah zu Jacqueline, die in der Mitte des Raums auf dem dicken sandfarbenen Teppich stand und etwas hochhielt, das man »Scrunchie« nannte. Bei diesen Partys bewarb Jacqueline Dinge, die angeblich *ihr Leben verändert* hatten: Bauchmuskeltrainer, Smoothies, hässliche wattierte Handtaschen. Marlow wusste, wie alle anderen auch, dass keines dieser Dinge Jacquelines Leben verändert hatte. Das Network wählte die Gegenstände nach Werbeverträgen aus. Dann veranstaltete Jacqueline Partys, auf denen sie die Sachen hochhielt und ihrem Dutzend Gästen im Wohnzimmer sowie ihren etwa neun Komma neun Millionen Followern – plus den Followern der anderen Anwesenden – davon vorschwärmte. Die Gegenstände, die das Network auswählte, spiegelten Jacquelines Kernzuschauergruppe wider: verheiratete Mütter in ganz Amerika, zwischen achtundzwanzig und vierundvierzig, die an Wochentagen abends um neun einschalteten, während sie Wäsche zusammenlegten. Auch wenn Jacqueline hervorragend zu ihren Followern passte – sie war achtunddreißig und hatte zwei Töchter –, war sie immer verlegen, wenn jemand ihre Zielgruppe erwähnte. »Ich fühle mich dabei so alt und langweilig«, hatte sie Marlow einmal erzählt. »Immer noch besser als meine«, hatte Marlow erwidert. Dagegen konnte keiner etwas sagen.

»Wo ist Ida?«, rief Marlow Jacqueline über die anderen Gäste hinweg zu, die wegen des Scrunchies bewundernde Geräusche von sich gaben.

Jacqueline ignorierte sie, schob das samtige Haargummi auf ihr Handgelenk und drehte es so, dass alle es sehen konnten. »Als Armband ist es auch supersüß«, schwärmte sie.

»Jac«, wiederholte Marlow. »Ist Ida im Urlaub?«

Der letzte Teil ihrer Frage ging unter, als etwas klirrend zu Boden fiel. Die Frauen drehten sich um; ein Roboterkellner stand gebeugt über den Scherben eines Weinglases. Marlow sah, wie sich die Lilien in der Vase auf dem Couchtisch in dieselbe Richtung drehten. Ihre roten Stempel reckten sich, damit die winzigen Kameras das Geschehen besser einfangen konnten. Sie hätte schwören können, dass der Bot das Glas hatte fallen lassen, um Idas Namen zu übertönen.

Sie sah wieder zu Jacqueline. Ihre Freundin nickte knapp und tippte sich an die Lippen. Ihr Zeichen für *Erzähle ich dir ohne Kameras.*

Eine Stunde später ging Marlow gerade an der Toilette vorbei, als Jacquelines Arm herausschoss und sie in den Raum zog. »Ida ist weg«, erzählte Jacqueline, während sie die Tür schloss.

»Weg?« Marlow sah sich im Spiegel. Eine von Jacquelines Frisierdrohnen hatte ihr mit klappernden silbernen Greifern eine lächerliche Seidenschleife in die dunklen, welligen Haare geklemmt.

»Ja«, antwortete Jacqueline. »Hat Mike und die Kinder einfach verlassen. Ist aus dem Stadtgebiet abgehauen und hat sogar den verdammten *Staat* verlassen.« Sie zeichnete mit den Fingern einen unsichtbaren Weg in der Luft nach. »Schau mal auf deine Karte. Sie ist in *Denver.* Und um Himmels willen, Marlow, sprich vor der Kamera nicht mehr von ihr.«

»Aber was ist mit ihrem Vertrag?«, fragte Marlow. »Ich dachte, sie und Mike sollten sich dieses Jahr trennen.« Sie öffnete die Haarspange und massierte sich die Kopfhaut, wobei sie Jacquelines empörtes Schnauben ignorierte.

»Sie haben offensichtlich noch nicht einmal eine Jagd nach ihr veranstaltet«, sagte Jacqueline und rückte den Perlenkamm an ihrer Schläfe zurecht. Sie saugte die Wangen ein und sah ihr Spiegelbild böse an. »Wie beschissen *das* wohl für einen ist? Es scheint ihnen total egal zu sein, dass sie weg ist. Ich glaube ernsthaft, dass das Network froh war, so die Neue unterbringen zu können. Diversity und so.«

»Jacqueline«, sagte Marlow mit fester Stimme. Seit sie fünfunddreißig geworden war, versuchte sie das öfter. Dieses Alter fühlte sich für sie wie eine Art kosmische Deadline an, um endlich stark und selbstbeherrscht zu sein. Vollständig. »Jagden sind nicht echt.«

»Natürlich sind sie das«, gab Jacqueline in einem noch entschiedeneren Tonfall zurück. Marlow ließ es durchgehen. Jacqueline war eine überzeugte Besserwisserin, und das liebte Marlow an ihr. Die dreiste Autorität ihrer Freundin vermittelte ihr immer Sicherheit.

Jacquelines Blick zuckte einen Moment zur Seite. Sie nickte, aber nicht zu Marlow. Ihr Chip teilte ihr etwas mit. »Ich muss wieder nach draußen«, sagte sie. »Wir sehen uns später.«

Marlow blieb in der Toilette und drehte die Stäbchen in der Raumduftflasche auf dem Waschbecken. Sie schloss die Augen. *Finde Ida Stanley,* befahl sie stumm.

Vor ihrem inneren Auge schrumpfte Kalifornien und flog davon. Marlows Magen machte einen Satz, als ob sie selbst fallen würde. Ihre Karte veränderte sich, Hunderte Symbole ihrer Nachbarn strichen undeutlich vorbei, und Marlow landete in Denver wieder auf dem Boden. Idas Symbol – der rote High Heel, der Marlow immer deprimiert hatte – schwebte über der Stadt. Da war sie, stolz nach ihrer Flucht, im Bundesstaat – Marlow musste ins Bild zoomen, um sich in Erinnerung zu rufen, in welchem Staat Denver lag – Colorado. Marlow stellte sich Ida auf einem Berg mit lilafarbenen Blumen vor. Niesend.

Der schwarze Chip an ihrem Handgelenk vibrierte sanft. *Ich habe eine Nachricht aus der Produktion,* ertönte die Stimme in ihrem Gehirn. *Ich sollte an einen Ort mit Kameras zurückkehren. Ich war jetzt fünf Minuten außer Sicht. Während dieser Zeit habe ich achtundsiebzig Follower verloren.*

Marlow sah im Spiegel, wie sie vor Gewissensbissen errötete. Es war, als wüsste das Network, was sie in diesem Moment gedacht hatte: Wie es wohl wäre, wenn sie auch einfach abhauen würde.

Ich habe neunundachtzig Follower während meiner Zeit außerhalb des Kamerabereichs verloren, ertönte die Stimme erneut.

Neunundachtzig Follower war gar nichts. Marlow hatte durchschnittlich immer über zwölf Millionen Zuschauer. Und deshalb hatte Ida auch weglaufen und damit durchkommen können, dachte sie, im Gegensatz zu ihr. Ida hatte ... wie viele Follower? Eins Komma fünf Millionen? Sie war kein Liebling der Fans, vor allem nachdem aus dem Partygirl eine durchschnittliche Hausfrau geworden war. Sie hatte nicht einmal einen Sponsor.

Marlow hingegen war die Frau, die die meisten Blicke auf sich zog und von einem Weltklassepartner präsentiert wurde: Hysteryl. Ihre Follower – die Menschen, die jede ihrer Bewegungen verfolgten – waren über ganz Amerika verteilt und setzten sich aus verschiedenen Altersgruppen und Ethnien zusammen. Ihre Gemeinsamkeit war, dass sie alle Probleme hatten. So hatte das Network Marlow vermarktet, als Aushängeschild für jemanden mit Problemen, Constellations Star, der verstand, was die Menschen da draußen durchmachten. Das Network durchforstete öffentliche Daten, suchte nach Erwachsenen, deren Chips zu viele Tränen oder zu viel Essen verzeichneten. Es suchte nach Kindern, deren Herzschlag sich im Sportunterricht panisch beschleunigte. *Kennst du schon Marlow?*, schickte das Network direkt eine Werbung auf ihre Chips. *Sie weiß genau, wie es dir geht.* Die traurigen Menschen, die sich freuten, dass man mit ihnen sprach, schalteten sofort zu. Sie sahen, wie Marlow in heiterer Normalität ihre Tage verbrachte, und wurden in regelmäßigen Abständen daran erinnert, dass Hysteryl dies für sie möglich gemacht hatte. Jacquelines Aufgabe war es, Amerika zu zeigen, was man kaufen konnte, um glücklich zu bleiben. Marlows Aufgabe war es, den Leuten zu zeigen, was sie schlucken sollten.

Sie zwang sich zur Ruhe, drängte die Röte in ihren Wangen zurück.

Ich sollte vor die Kameras zurückkehren.

In Marlows Haaren war ein Knick zu sehen, wo sie die Spange mit der Schleife herausgelöst hatte. Sie befestigte sie wieder, zog sie sogar noch fester, und ging zurück zu der Party.

3

Orla

New York, New York
2015

Das Red-Carpet-Event, zu dem Ingrid Orla geschickt hatte, fand in einem schrecklichen Klub in einem schrecklichen Viertel statt. Müllfetzen klebten an dem schmutzigen roten Teppich, der auf den Eingang zuführte. Ein Türsteher starrte geradeaus, als versuchte er, den heruntergekommenen Waschsalon auf seiner rechten Seite auszublenden.

Orla ließ den Blick über den Boden schweifen und fand ihren Platz, ein rechteckiges Stück Gehsteig in der Größe einer Cornflakes-Schachtel, das mit einem laminierten Schild gekennzeichnet war: ORLA CADDEN, *LADY-ISH.COM*. Sie drängte sich neben eine nervöse, gertenschlanke Modelfrau, deren Kleid bis zum Bauchnabel ausgeschnitten war. Offensichtlich hoffte sie, mit diesem Outfit später noch nach drinnen eingeladen zu werden. Ein stämmiger Latino mit Hornbrille filmte sie mit seinem Handy, während sie sagte: »Wir sind hier beim Launch von Hilaria Dahls Hundepullover-Kollektion, und die heißesten Tierliebhaber der Celebrity-Welt haben sich deshalb hier versemmelt.«

»Versammelt!« Der Mann mit der Hornbrille kreischte, als hätte er Feuer gefangen.

Hilaria Dahl war Jurorin in einer Realityshow, bei der

Krebsüberlebende in Backwettbewerben gegeneinander antraten. Bis sie bei Orla angekommen war, hatte Hilaria schon achtzehn andere Interviews gegeben, und Speichel klebte in ihren Mundwinkeln. »Ich liebe *Lady-ish!*«, quietschte sie, und ihre langen Ohrringe baumelten wild.

Orla nickte und setzte ein breites Lächeln auf. »Also, Hundebekleidung! Was war der Anstoß für dieses Projekt?«

Hilaria verlagerte das Gewicht. »Nun, es liegt mir sehr am Herzen.«

»Was genau?«, fragte Orla.

»AIDS«, antwortete Hilaria.

»AIDS?« Orla sah zu Hilarias Presseagentin, einer schwarz gekleideten Frau mit Headset.

»Zehn Prozent der Erlöse aus der Kollektion kommen der AIDS-Bekämpfung zugute«, erklärte die Frau unfreundlich.

»Und ich liebe Tiere«, fügte Hilaria hinzu. »Ich fand die Vorstellung toll, meinen Namen auf etwas zu verewigen, das sie warm hält, so, wie sie *uns* warm halten.«

Die Modelfrau neben Orla nickte nachdrücklich, während sie eine Hand auf ihr Herz presste.

»Im Moment konzentrieren wir uns auf Hunde«, fuhr Hilaria fort, »doch ich liebe auch Katzen sehr. Deshalb wollen wir auch in den Katzenmarkt expandieren.«

Orla konnte sich nicht zurückhalten. »Könnten Katzen nicht die Bekleidung tragen, die Sie schon herstellen?«

Hilaria sah zu ihrer Presseagentin. »Ich schätze, die kleinen Größen könnten Katzen passen, oder?«, fragte sie unsicher. »Wie der Alpakapullover mit dem Wasserfallausschnitt?«

»Katzen können die kleinen Größen tragen«, bestätigte die Presseagentin mit wütendem Blick.

»Und jedes Stück ist hundertprozentig vegan!«, verkündete Hilaria laut.

»Haben Sie nicht gerade etwas von Alpaka gesagt?«, entgegnete Orla. »Ein Alpaka ist ein *Tier*. So eine Art Lama.«

»Und jetzt muss Hilaria auch schon weiter«, erklärte die Presseagentin, nahm ihre Klientin am Ellbogen und führte sie zum Eingang. Sie drehte sich zu Orla um. »Fuck you«, sagte sie klar und deutlich. »Nicht du«, fügte sie in ihr Headset hinzu. »Aber du vielleicht auch bald, wenn du nicht herausfindest, wohin Isabelle verschwunden ist.«

Einen Moment lang trafen keine neuen Stars ein, und die Modelfrau neben Orla beschwerte sich bei dem Mann mit der Hornbrille, behauptete, ihr Impro-Lehrer finde sie zu hübsch für Comedy. Da wedelte der Hornbrillenmann mit der Hand vor ihrem Gesicht und rief: »Halt die Klappe, Mädchen, da kommt sie!«

Orla reckte ihren Hals in Richtung des SUVs, der gerade vorgefahren war. Hilarias Presseagentin hatte sicher schon Ingrid geschrieben und eine Entschuldigung von Orla gefordert. Vielleicht konnte Orla ihr Vergehen mit einem Zitat der Person wieder wettmachen, wegen der der Hornbrillenmann gerade verzückt in die Hände klatschte.

Blitze zuckten so hell auf, dass Orla den Kopf senken musste. Sie sah ein Paar glänzender Beine, das auf sie zukam. Neben ihr beugte sich die Modelfrau vor und sagte atemlos: »Floss, ich fühle mich ja *so* geehrt.«

Da erkannte Orla, nachdem das Blitzgewitter aufgehört hatte, wer schräg vor ihr stand. Florence, ihre eigene Mitbewohnerin.

Orla starrte sie von der Seite an. Sie war Florence gerade näher als je in der Wohnung. Ihre Wange schimmerte so stark perlmuttartig, dass Orla ihren eigenen Schatten darin erkannte. Florence' Augen waren dunkel und glänzten feucht, sie blinzelte langsam und schläfrig unter dem Gewicht ihrer dichten, künstlichen Wimpern. Ihre Haare waren üppiger als sonst, und die Extensions waren lächerlich schlecht, schlaff und glänzend, und sie stanken nach irgendeiner Chemie. Florence trug dazu dieselbe Kleidung wie Orla bei offiziellen Anlässen: einen halterlosen beigefarbenen BH und einen ebensolchen Bauch-weg-Slip, der bis zu den Oberschenkeln reichte. Das war allerdings Florence' einzige Kleidung.

Sie war so wunderschön, dass Orla sich wünschte, mehr von Florence' schlechten Seiten zu kennen, um sich damit beruhigen zu können.

Dann verabschiedete sich Florence plötzlich mit Luftküssen von der Modelfrau und trat vor Orlas kleinen Bereich. »Hi«, zwitscherte sie und erschreckte Orla mit ihrer plötzlich veränderten Stimme, die irgendwo ganz weit oben aus ihrer Nase zu kommen schien. »Oh! Ich liebe *Lady-ish!*«

»Florence«, begrüßte Orla sie.

»Nennen Sie mich doch Floss!« Florence kicherte, zog ihre Haare auf eine Schulter und streichelte sie wie ein Tier.

Sie waren in einer Sackgasse angelangt: Floss erkannte Orla nicht, und Orla wusste nicht, wer Floss sein sollte. Während sie zu entscheiden versuchte, was sie als Nächstes sagen sollte, schaltete sich Floss' Presseagent – sie hatte einen *Presseagenten!* – ein.

»Ich bin Jordie von Liberty PR«, stellte er sich vor. »Sie kennen Floss Natuzzi natürlich aus dem Reality-Format *Wer will bei Surf Shack arbeiten.*« Er sprach so mechanisch, als würde er morgens beim Aufstehen nicht mehr hoffen, dass ihn irgendwer ernst nahm. Orla sah die halb fertige Bewerbung für den Jurastudienplatz auf seinem Schreibtisch vor sich. »Sie ist außerdem fester Bestandteil der Fashion-Welt von Akron«, fügte Jordie hinzu, »wo sie bis vor Kurzem noch mit dem Star der Columbus Blue Jackets, Wynn Walters, zusammengelebt hat.«

»Die Fashion-Welt von Athens?«, fragte Orla.

»Klar, so können wir das auch sagen«, antwortete Jordie seufzend, während Floss gleichzeitig laut verbesserte: »Nein, Akron. Akron, Ohio.«

Jordie sah sie scharf an, dann lachte er und warf die Hände in die Luft. »Ja, Akron«, sagte er erschöpft. »Sie findet hauptsächlich, äh, im Untergrund statt. Sehr Avantgarde. LeBron James ...« Er verstummte bedeutungsvoll. Und es war tatsächlich keine Lüge, er hatte ja nur »LeBron James« gesagt. Orla nickte anerkennend. Er würde einen guten Jurastudenten abgeben.

Sie sah zu Floss, die nicht zuzuhören schien, sondern auf das laminierte Schild unter Orlas Füßen starrte. Dann sah sie Orla ins Gesicht. Während Jordie sie zur nächsten Reporterin lotsen wollte, dämmerte ihr eine Erkenntnis. »Moment mal.« Sie blinzelte und sah zurück. »Ach herrje.«

Orla winkte ihr ungeschickt zu.

»Komm mit rein«, rief Floss ihr über die Schulter zu. »Ich möchte mit dir reden.« Sie stakste auf ihren High Heels davon. Orla sah, wie Jordie vortrat und Floss etwas vom Handgelenk zog. Es war Orlas gelbes Haarband, das sie heute Morgen auf dem Waschbeckenrand hatte liegen lassen.

»Wie, du kennst sie?«, brummte die Modelfrau beleidigt. Instinktiv reagierte Orla nicht. Floss kam zwar als Letzte zu einer Party für Hundepullover in Midtown, doch bei manchen Leuten schien sie einen Namen zu haben, und sie hatte zu

Orla gesagt, sie solle mit in den Klub kommen. Orla musste nicht mehr mit der Modelfrau sprechen.

Die Frau mit der Gästeliste an der Tür zeigte sich hingegen unbeeindruckt. »Ich bin persönlicher Gast von Floss Natuzzi«, wiederholte Orla. »Es wird ihr gar nicht gefallen, wenn sie das erfährt.« Die junge Frau blickte nur hinter sie und winkte jemanden nach vorne. Orla trat zur Seite, um einen Afghanischen Windhund mit Barett und seine Halterin vorbeizulassen.

Sie ging die Fifty-Seventh Street entlang und stellte fest, dass sie durch einen schmiedeeisernen Zaun in den Hof des Klubs schauen konnte, wo sich die Gäste aufhielten. Floss war nur ein paar Meter entfernt und sprach mit einem kleinen, verschwitzten Mann, dessen Hemd nur zur Hälfte zugeknöpft war.

Orla legte ihr Gesicht an die Gitterstäbe und zischte: »Floss!«

Ihre Mitbewohnerin sah auf, wandte sich ab, während der Mann noch sprach, und kam zu Orla. »Was machst du denn da? Ich habe doch gesagt, du sollst *reinkommen.*«

»Man hat mich nicht reingelassen«, sagte Orla. »Kannst du mich einschleusen?«

Floss sah auf Orlas abgestoßene Ballerinas hinunter und murmelte: »Wahrscheinlich liegt es daran.« Sie nahm ein Glas Champagner vom Tablett einer Kellnerin und schob es Orla zwischen den Gitterstäben zu.

»Sie dürfen nicht …«, wollte die Kellnerin Einspruch erheben, doch Floss lächelte sie kalt an und fragte: »Hat man das Problem mit den Austern schon gelöst? Könnten Sie bitte Gus finden und ihn danach fragen? Ich warte solange hier.« Die Kellnerin eilte davon.

»Wer ist Gus?« Die Champagnerflöte fühlte sich so zart in Orlas Hand an, dass sie aufpassen musste, sie nicht zu zerquetschen.

Floss verdrehte die Augen. »Es gibt keinen Gus.« Sie trank ihr Glas aus und bedeutete Orla, es ihr gleichzutun. »Warte hier«, sagte sie.

Drei Minuten später kam Floss auf Orla zu und versuchte mit erhobenem Arm, ein Taxi anzuhalten. Als eines reagierte, stand sie blinzelnd da, bis Orla vortrat, die Wagentür öffnete und Floss zuerst einsteigen ließ.

Jordie stürzte aus dem Klub auf das Taxi zu und rutschte in seinen genähten Schuhen mit den glatten Sohlen auf dem Gehsteig. Er schob den Kopf durch das Wagenfenster. »Verdammt, wo willst du hin?«, sagte er zu Floss. »Weißt du, wie sehr ich betteln musste, dich auf diese Party zu bringen? Du bist ein Niemand, Schätzchen.« Ein Tropfen Schweiß fiel von seiner Stirn auf Floss' Oberschenkel, genau an die Stelle, an der die Bauch-weg-Shorts in ihrem Overknee-Stiefel verschwanden.

Floss tupfte daran herum. »Wenn du so sehr betteln musstest«, erwiderte sie ruhig, »dann bist du wohl auch ein Niemand.«

Die Ampel wurde grün. Während das Taxi anfuhr, warf Orla einen Blick zurück zu Jordie. Sie hätte gedacht, dass er ihnen nachstarren würde, verunsichert von dem Gespräch, doch er eilte schon mit dem Handy am Ohr zurück zur Party.

Vielleicht weil sich Orla gemerkt hatte, wie er aus der Entfernung aussah – seine Sommersprossen sah man schon von Weitem –, erkannte sie ihn über ein Jahr später auf dem Cover der *New York Post*, noch während sie auf den Kiosk zulief. Sie würde ihn nie vergessen. Niemand würde das. Jordie war der Erste, der in der großen Flut starb. Der Artikel über seinen Tod erwähnte seine Arbeit mit Floss nicht, was Orla zuerst überraschte. Zu diesem Zeitpunkt wäre selbst die kleinste Begegnung mit Floss das Irrste, das die meisten Menschen je erlebt hatten, und jeder Reporter mit einem Gehirn und einem LinkedIn-Account hätte Jordies Kontakte ausgraben können. Dann fiel es ihr jedoch wieder ein: Der Reporter, der von Jordies Tod berichtete, hätte seine LinkedIn-Seite gar nicht sehen, hätte ihn nicht googeln können. Der Reporter hätte sich auf mündliche Erzählungen und Jahrbücher verlassen müssen. Jordies Tante wurde zitiert, wie sie sagte, dass er gerade zum Jurastudium zugelassen worden war. Als Orla das las – ihren höhnischen Gedanken von damals schwarz auf weiß –, heulte sie auf und zerknüllte die Zeitung in der Hand. Der Zeitungsverkäufer, der auf sein nutzloses, eingefrorenes Handydisplay gestarrt hatte, schreckte auf. »Das macht einen Dollar, ja?«, sagte er zu Orla. Doch er klang verängstigt, als sei es nur ein Vorschlag. Orla ließ die Zeitung fallen und ging weinend davon. Das war zu dem Zeitpunkt, als es so schlimm gekommen war, wie alle vermutet hatten, und als niemand wusste, wie schlimm es tatsächlich noch werden würde. In den Late-Night-Shows machte man noch Scherze darüber. Da gab es noch Late-Night-Shows.

Als Orla und Floss wieder zurück in der Twenty-First Street waren, grinste ihnen der Portier anzüglich zu. Orla war klar, dass sie wohl betrunken aussahen. Sie erwiderte das Lächeln und fühlte sich dabei ganz anders als sonst, wie jemand, der es gewohnt war dazuzugehören. Im Aufzug wollte sie auf den Knopf für den sechsten Stock drücken, doch Floss schlug ihre Hand beiseite und fuhr ins Dachgeschoss. Das letzte Mal war Orla ein paar Wochen, nachdem sie in die Stadt gezogen war, auf dem Dach gewesen. Eines Abends war sie mit einem Buch und einem Glas warmem Weißwein nach oben gefahren, weil sie zweiundzwanzig war und noch nicht wusste, dass man Weißwein kühlte. Das Dach war eine Enttäuschung. Von der Bank aus, die neben ein paar Lüftungsanlagen stand, sah man nichts, denn das höhere Nachbargebäude versperrte die Sicht. Orla hatte fünfzehn Minuten immer wieder dieselbe Seite gelesen und dann aufgegeben. Sie war wieder hineingegangen und hatte sich vorgestellt, wie die Menschen, deren Fenster zu der Dachterrasse hinausgingen, beim Abendessen über sie gelacht hatten.

Die Ecke, die nicht im Schatten des Nachbargebäudes lag, gehörte den Bewohnern des Penthouses. Floss steuerte direkt auf das Tor zu dem abgetrennten Bereich zu und öffnete es. Ohne zurückzublicken, ob Orla ihr folgte, betrat sie die private Terrasse. Orla ging ihr nach.

Ein bescheidener Tisch sowie eine Reihe von Funkien in Holztöpfen standen auf der Terrasse. Floss stieß einen rot-gelben Kinderwagen aus dem Weg, dann griff sie in einen der Blumentöpfe und zog eine Flasche Whisky heraus. Über der Einzäunung erstreckte sich der Blick ungehindert Richtung New Jersey. Die Sonne war bereits untergegangen, das letzte Licht schwebte noch über dem Hudson. Orla nahm einen weiteren Lichtschein aus dem Augenwinkel wahr und drehte sich um. Hinter einer gläsernen Schiebetür flimmerten die Nachrichten über einen riesigen Flachbildfernseher, vor dem ein Mann zurückgelehnt auf seiner Couch saß. Die Füße in den schwarzen Socken hatte er auf dem Couchtisch abgelegt. Ohne zu lächeln, prostete er Orla zu.

»Himmel«, zischte Orla. »Floss, er hat uns gesehen.«

»Schon okay.« Floss trank einen Schluck Whisky. »Er lässt

mich die Terrasse benutzen. Das ist sowieso nur seine Zweitbude, weil er hier arbeitet. Eigentlich wohnt er in Delaware.« Sie reichte Orla die Flasche.

»Aber …« Orla sah zu dem Kinderwagen, dann wieder zu dem Mann im Penthouse, der sie immer noch beobachtete. »Aber das ist komisch.«

Floss zuckte mit den Schultern. »Egal. Er kommt aus der Ukraine.«

Sie tranken und unterhielten sich, Ersteres mehr, da die Unterhaltung ständig stockte. Orla spürte, dass Floss sie beide noch betrunkener machen wollte, bevor sie mit dem herausrückte, was sie eigentlich sagen wollte. Schließlich, während Orla die Frage nach den vorherigen Mitbewohnerinnen beantwortete – Jeannette mit der üppigen Haarpracht und den Sportreporterambitionen, dann die schüchterne Priya, die dauernd Besuch von Verwandten hatte –, unterbrach Floss sie für ein Geständnis.

»Also, ich weiß schon, wer du bist«, sagte sie. »Ich meine, ich kenne deinen Namen. Ich wusste nur nicht, dass *du* meine *Mitbewohnerin* bist. Um ehrlich zu sein, habe ich deinen Namen bei unserer ersten Begegnung sofort wieder vergessen – du weißt ja, wie das ist. Für mich warst du dann Olga.« Floss breitete die Hände aus und schwenkte die Whiskyflasche. »Und dabei warst du die ganze Zeit *Orla Cadden*. Ich kenne deine Arbeit.«

»Meine Arbeit?«, wiederholte Orla. Der Ausdruck schien viel zu bedeutungsvoll für ihre Blogartikel.

Floss antwortete sofort. »Sage Sterling. Echt traurig, dass sie gestorben ist.«

»Das war wirklich traurig«, stimmte Orla zu. Absurderweise vermisste sie Sage irgendwie.

»Du hast im letzten Jahr einhundertunddreiundzwanzig Mal über sie geschrieben«, sagte Floss und wischte mit ihrem manikürten Finger über ihr Handy. Orla sah ihren eigenen Namen zusammen mit dem Foto über einer Liste mit Überschriften auf dem Display. »Das ist der Artikel, in dem du die Zutaten des Salats aufgelistet hast, mit dem die Paparazzi sie immer geknipst haben«, murmelte Floss. »Das fand ich cool.«

»Das hat uns den besten Traffic von allen Beiträgen über sie eingebracht«, antwortete Orla. »Sogar noch mehr als meine Todesmeldung.«

Floss wartete, bis das Heulen einer Sirene leiser wurde, und fuhr fort: »Glaubst du, du könntest das, was du für sie getan hast, auch für mich tun?«

»Äh. Ich habe einfach nur die Salatbar angerufen, und sie haben mir gesagt, was sie immer bestellt. Einen Standard-Cobb-Salat mit Edamame, mehr nicht.«

»Nicht das.« Floss trank einen Schluck Whisky und stellte die Flasche an den Dachrand. »Als du das erste Mal über Sage geschrieben hast«, sagte sie, »war sie nur die Tochter von irgendeinem Studiomanager. Sie war ein Niemand.«

»Stimmt, aber dann hat sie angefangen zu schauspielern«, wandte Orla ein. »Sie hat ziemlich bald die Rolle in dem Remake von *Manche mögen's heiß* bekommen …«

»Nein.« Floss schüttelte entschieden den Kopf. Ein Stück ihrer Extensions löste sich aus der Frisur, und die Klebefläche des Haarteils wurde sichtbar. »Nein, die Rolle hat sie nicht sofort bekommen. Zuerst war sie mit auf diesem Foto, als die ganzen Models in einen dieser dämlichen Läden im Einkaufszentrum gegangen sind, wo man Drinks bekommt und alle dasselbe Bild malen. Es erschien auf Instagram, und du hast dann einen Beitrag geschrieben, in dem du alle Personen auf dem Foto identifiziert hast.«

Orla hatte ganz vergessen, dass es so angefangen hatte.

»Das ganz allein hat gereicht, um ihr einen Presseagenten zu beschaffen«, fuhr Floss fort. »Und der wiederum hat irgendwen überredet, ihr die Stiefel zu schicken, diese weißen aus Leder mit den regenbogenfarbenen Schnürsenkeln. Sie hat sie getragen, weshalb die Stiefelleute die Bilder an die Blogger weitergeleitet haben. Du erinnerst dich noch, wie du die Fotos bekommen hast?«

Orla nickte. Daraus hatte sie einen Beitrag mit der Überschrift »Sage Sterlings total durchgeknallte Stiefel: Top oder Flop?« gemacht.

»Dann hast du einen Artikel über ihre Stiefel gebracht, mit Fotos von allen Modellen, die sie je getragen hat.« Floss wischte sich mit der Handfläche das Lipgloss ab und verteilte es auf der Rückseite eines cremefarbenen Stuhlpolsters. »Du hast sie eine Stiefelikone genannt. Zwei Monate später hat die Stiefelfirma ein Modell nach ihr benannt, worüber du berichtet hast, worauf die Stiefel sofort ausverkauft waren. Eine Modemarke hat sie dann eingeladen, eine ganze *Stiefelkollektion* für sie zu kuratieren.« Floss machte so nachdrücklich Anführungszeichen in die Luft, dass Orla zusammenzuckte. »Dadurch ist sie auf die Fashion Week gekommen. Sie sollte eigentlich in der zweiten Reihe sitzen, doch ihr Presseagent hat ein paar Ausdrucke mit ihrem Namen darauf mitgebracht und damit die Plätze der Front Row Girls, die nicht erschienen waren, belegt. Das war klug. Der Schachzug hat mir gefallen.«

Es war dunkel geworden. Ein Flutlicht über der Schiebetür schaltete sich ein. Es war zu hell für die kleine Terrasse und war eher für einen großen Garten in einem Vorort gedacht.

Orla hätte Heimweh verspüren können, wenn sie sich nicht gerade gefragt hätte, ob der Ukrainer unter ihren Rock schauen konnte, während sie sich über das Geländer in die Nacht lehnte. Sie hatte Durst und trank von dem Whisky, was allerdings nicht half.

»Du hast sie in einer Übersicht aller It-Girls der Fashion Week aufgeführt«, sprach Floss weiter. »Eine Leserin hat dich gefragt, wer sie eigentlich ist, weshalb du einen Beitrag mit ein paar Fakten über sie veröffentlicht hast. Weißt du noch?«

»Neun UNGLAUBLICHE Dinge über Sage Sterling.« Niemals zehn Punkte – die Leserinnen hassten die Zahl Zehn. Sie war zu perfekt, zu choreografiert. Verdächtig.

»Und du hast das alte Foto von ihr gefunden, mit dem Typen aus der Boyband, der heute richtig angesagt ist«, fuhr Floss fort.

»Ja«, sagte Orla. »Ich dachte, sie wären in der Highschool ein Paar gewesen.«

»Hat nicht gestimmt«, antwortete Floss, »aber das war egal. Du hast es geschrieben und dich dann korrigiert, aber irgendwer hatte es bereits ihren Wikipedia-Einträgen hinzugefügt. Ich wette, da steht es immer noch. Den Presseagenten hat es gefallen, also haben sie die beiden tatsächlich daten lassen.« Floss schlang die Arme um ihren Körper und schauderte. Es war zwar August und warm genug, um auf dem Dach in der Nähe des Flusses zu stehen, aber nicht, wenn man nur Unterwäsche trug. »Und dann hast du losgelegt«, sagte sie.

Orla erinnerte sich. »Sage und Finn – nein, SINN – zum ersten Mal zusammen in der Öffentlichkeit.« »Jedes Outfit, das Sage auf Tour mit Finns neuer Band getragen hat.« »Sinn feiern einen richtig sexy hawaiianischen Veterans Day – hier gibt es die Bilder!«

»Himmel, und dann«, meinte Floss, »hat sie sich diese Omafrisur zulegt, platinblonde Haare und Lockenwickler.«

»Ähm, WER war noch mal Marilyn Monroe? Seht euch Sage Sterlings neuen Look an.« Ingrid hatte das »Ähm« hinzugefügt, nachdem Orla abends nach Hause gegangen war.

»*Danach* hat sie dann die Rolle in *Manche mögen's heiß* bekommen«, erwiderte Floss bitter. »Nachdem du gesagt hast, sie sieht aus wie Marilyn Monroe. Dabei hat sie wie ein verdammtes Golden Girl ausgesehen!«

Floss klang so aufgebracht, dass Orla sich beinahe entschuldigt hätte. Stattdessen erinnerte sie Floss daran, dass der Film von dem Studio produziert worden war, das Sages Vater leitete, und dass sie die Rolle wahrscheinlich auch bekommen hätte, wenn nur er sie gekannt hätte. »Außerdem«, fügte sie hinzu, wollte Sage auf einmal verteidigen, die Schutzheilige ihres Zusatzeinkommens, »willst du mir gerade sagen, dass du eifersüchtig bist? Sie wurde heroinsüchtig und ist *gestorben.*«

Floss winkte ab. »Sie ist nachlässig geworden. So bin ich nicht.«

Orla starrte sie an. Sie überlegte, nach unten und in ihr Zimmer zu gehen. Die dünne Wand zwischen sich und diese seltsame, berechnende Frau zu bringen. Vielleicht sollte sie dem Hausmeister Manny von dem Verrückten im Penthouse erzählen, der junge Frauen auf seiner Terrasse beobachtete, wo er doch mit seinem Kind zu Hause in Delaware sein sollte.

»An dieser Stelle«, sagte Floss geduldig, »solltest du fragen, was für dich dabei herausspringt.«

Orla schüttelte den Kopf. »Was soll da schon für mich herausspringen? Sei mir nicht böse, aber du bist ein bisschen zu alt, um jetzt noch berühmt werden zu wollen. Ich meine, du bist …?«

»Ich bin achtundzwanzig«, antwortete Floss. »Genau wie du, stimmt's?«

Orla straffte die Schultern und hoffte, Autorität auszustrahlen, wie jemand zu wirken, der Sage Sterling bekannt gemacht hatte. »Und wirst erst *jetzt* zu Partys für Hundebekleidung eingeladen.«

Floss strich sich das Haar aus dem Gesicht und warf es über die Schulter. »Wenigstens arbeite ich nicht dort.«

Die Antwort war gemein, doch Floss ließ sie klingen wie einen alten Insiderwitz zwischen ihnen. Das gab für Orla den Ausschlag. An dem Tag, an dem sie nach New York gezogen war, hatte sie zu sich selbst gesagt, dass die innere Leere verschwinden würde, sobald der Fernseher angeschlossen war, und jetzt fühlte sie sich schon seit sechs Jahren innerlich leer.

Sie fragte: »Was ist für mich drin?«

»Wenn wir das hier richtig angehen«, antwortete Floss, »dann alles, was du brauchst. Du willst sicher nicht bis in alle Ewigkeit bloggen. Du hast doch bestimmt … ein Buch geschrieben, oder? Dann brauchst du einen Agenten. Wenn du mir hilfst und wenn ich so groß werde, wie ich es meiner Ansicht nach werden kann, wird man mit dir reden wollen, einfach weil du neben mir stehst.«

Orla dachte an den Laptop, der zusammengeklappt und unberührt in ihrem dunklen Zimmer stand. Sie sagte sich, dass sie sofort, nachdem sie ausgetrunken hatte, nach unten gehen und tausend Wörter schreiben würde. Ohne dass der Fernseher nebenher lief. »Ich brauche deine Hilfe mit meinem Buch nicht«, sagte sie. »Ich kann mir auch allein einen Agenten beschaffen.«

Floss lachte. »Ach ja? Bist du dir da ganz sicher? Denn das solltest du sein. Sei dir besser sicher, dass du zu den fünf besten

Schriftstellern in New York City gehörst und dass du alle Leute kennst, die sie kennen, und dass *diese* Leute dich mehr mögen und dass diese Leute der richtige Anfang sind. Denn sieh mal, Orla.« Floss legte ihre Hände an die Seiten von Orlas Kopf und drehte ihn zu dem Nachbargebäude, das den Blick auf den Himmel versperrte. »Es ist Montagabend, Viertel vor elf, und alle Lichter brennen. Was glaubst du, was die alle machen?« Sie schob Orlas Kopf grob in Richtung eines anderen Gebäudes unter ihnen, einem niedrigen Bau aus rosagrauen Ziegeln. »Noch mehr erleuchtete Fenster«, sagte sie. »Was machen die Leute?«

Orla sah eine junge Frau im Sport-BH, die sich über ihren Laptop beugte und mit den Fingern gegen das Kinn trommelte.

»Ich habe es mir ausgerechnet«, fuhr Floss fort. »Hier leben acht Millionen Menschen, und alle wollen genauso brennend ein bestimmtes Ziel erreichen wie du und ich. Wir werden es nicht alle schaffen. Es ist einfach nicht möglich, dass die Träume all dieser Menschen zur selben Zeit, am selben Ort wahr werden. Es reicht nicht, Talent zu haben. Es reicht nicht, hart zu arbeiten. Man muss diszipliniert sein, und man muss skrupellos sein. Man muss alles, wirklich alles tun, und man darf nicht daran denken, das *Richtige* zu tun.« Mit einem leichten Schubs gab sie Orla frei und stemmte die Hände in die Hüften. »Überlass diesen Schwachsinn den Leuten im Mittleren Westen.«

Sie schwiegen und ließen Floss' Monolog auf sich wirken. Orla beruhigte sich und musterte ihre Mitbewohnerin. Als Schauspielerin würde sie es nicht schaffen, dachte sie. Sie machte ein bisschen zu viel, wollte es ein bisschen zu sehr. Doch anscheinend wollte Floss gar keine Schauspielerin sein, sondern das, was sie bereits war, auch wenn das bisher noch niemand wusste: eine Berühmtheit. Etwas Besonderes. Und ihr Argument – die kalte Dusche aus acht Millionen Träumen um sie herum – setzte etwas in Orla in Bewegung.

»Ich weiß nicht«, sagte sie schließlich unsicher. »Für mich klingt das wie totaler Mist.« Sie versuchte, einen Rülpser zu unterdrücken, merkte jedoch, dass sie sich übergeben musste. Sie beugte sich vor und erbrach sich auf die Terrasse. Der Whisky brannte jetzt doppelt so stark in ihrer Kehle. Sie schob Floss ihre Handtasche mit dem Fuß zu. »Kannst du mir bitte ein Taschentuch geben?«, fragte sie nach Atem ringend.

Floss wühlte in Orlas Handtasche. »Oooh«, sagte sie nach einem Moment atemlos und nahm etwas heraus. »Das kommt mir bekannt vor.«

Keuchend und mit auf die Knie gestützten Händen sah Orla blinzelnd auf. Floss hielt Marie Jacintos billige Visitenkarte zwischen zwei eiförmigen Fingernägeln. Die Karte, die Orla beim Fahrstuhl gefunden hatte. Diesen Anblick würde sie nie vergessen, wie Floss dastand und grinsend mit dem Stück dünner Pappe wedelte. An jenem furchtbaren letzten Tag würde sie erneut daran denken, wenn das Blut durch ihr Oberteil dringen und Floss, die ausnahmsweise mal nicht gehört werden wollte, leise sagen würde: *So war der Deal, und das wusstest du.*

Da hatten sie auch einen tatsächlichen Deal, mit Anwälten und Siegeln und Duplikaten, doch Orla hatte nie das Gefühl, dass die Unterschriften, die sie betäubt unter diese Dokumente setzte, so bindend waren wie ihr Unvermögen, Floss' nächsten Worten zu widersprechen. Ihre Mitbewohnerin schob die Karte vorsichtig zurück in Orlas Tasche, als wolle sie sie dort sicher aufbewahren. Sie stieß den Kinderwagen von dem Erbrochenen weg und führte Orla vom Dach, kümmerte sich nicht um das Malheur und das weit offen stehende Tor. Als sie drinnen auf den Aufzug warteten, grinste Floss und sagte dicht an Orlas Ohr: »Ich glaube nicht, dass das für dich wie totaler Mist klingt. Ich glaube, du bist wie ich.«

4

Marlow

Constellation, Kalifornien

2051

Nach Jacquelines Party befahl Marlow ihrem Auto, sie nach Hause zu bringen. Die Fahrt würde lange dauern, und sie hoffte, dass Ellis dann schon ins Bett gegangen war. Der Wagen gehorchte und bog auf die Clooney Street ein, die sich träge durch Constellation wand. Marlow stellte ihren Sitz zurück und legte sich auf die Seite, sah zu, wie ihre Heimatstadt vor dem Fenster vorbeizog. Sie war etwas benommen nach zwei Cocktails und einem Blick darauf, wie lächerlich alt sie mit einer Haarschleife aussah.

Wie anders ihr Constellation erschienen war, als sie jung gewesen war, als sie noch so wenig darüber gewusst hatte. Als Kind hatte sie die Bäume bewundert, die im Herbst rubinrote Blätter und im Frühjahr weiße Blüten getragen hatten. Am Stadtrand erstreckten sich sanfte grüne Hügel, über denen in Korallenrosa die Sonne unterging – immer pünktlich, immer spektakulär. Später erfuhr sie jedoch, dass die Sonnenuntergänge nur vorgetäuscht waren – im Boden eingelassene, riesige Scheinwerfer strahlten nach oben, denn das Network mochte Beständigkeit und konnte sich nicht auf das Wetter verlassen. Die Hügel, auf denen sie als Teenager im Bikini gelegen und genossen hatte, dass sie das einzige Kind in der

Stadt war, dessen Mutter ihm erlaubte, braun zu werden, waren in Wahrheit Schutzbunker, um dort im Fall eines Angriffs die Hauptdarsteller zu verstecken. Auch die Bäume stellten sich als Fälschung heraus. Sie waren feuerfest, ihre Stämme aus Mineralwolle unter einer Ummantelung aus Vinyllaminat. (Constellation war schließlich auf den verbrannten Überresten eines verheerenden Feuers erbaut worden.) Die Blätter und Blumen, die Marlow so liebte, hätten in einer natürlichen Umgebung niemals nebeneinander existiert, vor allem nicht in Kalifornien. Die Blätter waren aus Kunststoff und Melamin, mit einem Laser geschnitten. Wenn sie farbenfroh leuchteten, dann auf Knopfdruck, auf Befehl des Networks.

Doch obwohl so vieles inszeniert war, hatte Constellation immer noch mehr reale Seiten, als die Fans glaubten. Auch wenn Marlow wusste, dass die Leute das Gegenteil dachten, verlief ihr Leben nicht nach einem Drehbuch. Natürlich gab es Autorinnen und Autoren – sie lebten in den grauen Hochhäusern am Stadtrand, die so hässlich waren, dass die Bewohner wohl immer an ihre Stellung erinnert wurden –, doch sie bestimmten nicht, was Marlow sagte. Sie waren eher wie erdrückende Tanten, die aufmunternd auf Marlow einredeten und ihren Kleiderschrank aussortierten. Die Network-Vertreter waren mysteriöser, aber gleichzeitig auch präsenter. Sie lebten unter den Darstellern, fungierten als wachsame Statisten an den verschiedensten Orten. Vor Kurzem war Marlow überraschend auf den Head of Storyline gestoßen, wie er hinter der Theke der Saftbar stand und ihr ihren üblichen Smoothie reichte. Vor den Kameras sprachen sie die Darsteller nie offen an, doch sie waren ständig in Marlows Kopf und gaben ihr über den Chip Anweisungen. Sie erlaubten ihr, eigene Entscheidungen zu treffen, schlossen allerdings aber auch viele

Möglichkeiten aus. Sie fühlte sich ein wenig wie eine Maus in einem Irrgarten. Sie konnte so schnell laufen, wie sie wollte, durfte aber nicht eigenständig abbiegen.

So war auch ihre Ehe mit Ellis zustande gekommen. Das Network hatte ihn in Marlows Laufrichtung gestupst – den einsamen Weg, den sie seit der neunten Klasse entlanggerannt war, als Hysteryl ihr Sponsor geworden war und das Network ihre Klassenkameradinnen gezwungen hatte, ihr beim Mittagessen Gesellschaft zu leisten. Marlow wusste, dass die Eltern ihren Kindern gedroht und sie überredet hatten – *sei nett zu ihr, oder wir müssen Strafe zahlen, im nächsten Schuljahr bist du wieder bei deinen echten Freundinnen* –, und diese hatten immer gehorcht. Sie waren immer nett gewesen. Doch sie hatte die nahezu greifbare Abneigung gegenüber der aufgezwungenen Sitzordnung gespürt. Seit Grace hatte sich niemand mehr freiwillig zu ihr gesetzt. Niemand war aus eigenem Willen ihre Freundin gewesen seit der Nacht, als sie zu »einem hervorragenden Gesicht« für die Hysteryl-Kampagne wurde, wie sich das Network ausdrückte.

Nach dem Schulabschluss bekamen alle in Marlows Klasse ihre beruflichen Handlungsstränge zugeteilt – der Frischluft liebende Koch, die promiskuitive Krankenschwester – und wurden für die ein Jahr dauernde Ausbildung weggeschickt. Marlow bekam jedoch nur ein Memo mit der Anweisung, sie dürfe ihre Zeit mit allem verbringen, was sie glücklich mache. Also ging sie mit ihrer Mutter zum Wellness. Sie arrangierte die Möbel in ihrem Zimmer neu und täuschte damit Interesse für Inneneinrichtung vor. Sie ging weiter zum Ballettunterricht, auch wenn die anderen Mädchen jedes Jahr jünger wurden. Das Tanzen an sich machte Marlow nie Spaß, doch sie liebte es, in einer Gruppe mit den anderen zu posieren. Sie liebte das leise Zischen, wenn sie alle gleichzeitig einatmeten, bevor sie sich in Bewegung setzten, das synchrone dumpfe Geräusch ihrer Spitzenschuhe, wenn sie eine Kombination beendeten. Sie erlaubte sich die Vorstellung, dass diese Mädchen wirklich ihre Freundinnen waren und absichtlich dicht bei ihr standen. Nach dem Unterricht beobachtete sie, wie die anderen Tänzerinnen ihre Strumpfhosen bis zu den Knien hochrollten und über die anderen in der Klasse redeten. Mit der Zeit kannte sie alle Namen, alle individuellen Geschichten, jeden Winkel dieses Ökosystems, zu dem sie nicht gehörte. Wenn sie unterwegs war, erkannte sie manchmal ein Mädchen, über das die anderen getratscht hatten. Und auch wenn sie es noch nie getroffen hatte, glaubte sie, es so gut zu kennen, dass es ihr schwerfiel, es nicht zu grüßen. Zum ersten Mal verstand sie, wie sich ihre Follower bei ihr fühlen mussten, und beim Blick auf diese Fremden kam ihr immer derselbe Satz in den Sinn: *Oh, du bist eine von denen. Aus meiner Sammlung.*

Schließlich wurde Marlow einundzwanzig und war bereit für die Liebe. Einundzwanzig war das Alter, in dem die von allein aufkommenden Flirts der jungen Darstellerinnen und Darsteller untereinander durch vom Network arrangierte Dates ersetzt wurden. Sie fanden in Restaurants mit gedämpfter Beleuchtung statt, das köstliche Essen wurde nicht angerührt, damit die Kaugeräusche nicht die Stimmen der zwei Stars am Tisch übertönten. Das Network sendete Marlow jeden Freitagmorgen neue Matches, beim Frühstück erschien das Lächeln eines heterosexuellen Single-Mannes, den das Network genehmigt hatte, in ihrem Kopf. *Möchte ich ihn treffen?*, regte der Chip an, und sie stimmte jedes Mal zu. Auch wenn sie nie etwas aßen, bestellte Marlow immer Dessert, um die Erfahrung zu verlängern, sich an einem Ort voller glücklich wirkender

Paare in ihrem Alter zu befinden. Es war fast so, wie Freunde zu haben.

Ellis lernte sie bei einem dieser schlechten Dates kennen. Marlow konnte sich mittlerweile nicht mehr an das Gesicht des jungen Mannes erinnern, mit dem sie in die Bar gekommen war – es war immerhin vierzehn Jahre her –, doch sie wusste noch, dass ihre Follower nicht begeistert gewesen waren von der Art, wie er endlos von dem Weingut seiner Eltern erzählte. Bei einem Blick auf ihr Dashboard hatte sie damals gesehen, dass einundsechzig Prozent ihrer Zuschauer fanden, sie hätte ihn sofort in den Wind schießen sollen.

Über die Schulter ihres Dates hinweg beobachtete sie eine Gruppe um einen großen, schlanken jungen Mann, der dichtes rotbraunes Haar und einen markanten Kiefer mit Bartstoppeln hatte. Sein T-Shirt hatte kleine Löcher an den Schulternähten. Schließlich drängte er sich zwischen den Leuten hindurch und stellte sich vor den Toiletten in die Schlange. Seine Freunde sahen ihm nach, ihre Drinks an die Brust gedrückt. Als er ihnen über die Schulter hinweg einen Scherz zurief, lachten sie in herzlichem Einklang. Sie hielten ihm den Platz frei, auf dem er gestanden hatte.

»Entschuldige bitte«, sagte Marlow, nachdem sie die Szene verfolgt hatte, und duckte sich unter dem Arm ihres Dates hindurch. »Ich gehe nur mal schnell aufs Klo.«

Sie stellte sich hinter den jungen Mann. Er sah in ihre Richtung, doch sie merkte, dass er auf seinen Chip konzentriert war. Sie überlegte, was sie sagen, wie sie seine Aufmerksamkeit erregen könnte, sodass er wahrnahm, worauf seine Augen sowieso schon blickten. Der Song, der gerade an der Bar gespielt wurde – eine Frau, die gequält zu einer bitter kreischenden Gitarre sang –, drang zu ihnen herüber.

Bevor sie das Wort ergreifen konnte, bemerkte Ellis sie. »Ich kenne dich«, sagte er. »An meiner Wand hängt ein Poster von dir.« Dann wurde er rot, und sie lachte. »An meinem Arbeitsplatz im Büro«, erklärte er. Die Zuschauer liebten diesen Teil der Geschichte, und Marlow hatte ihn auch einmal toll gefunden. Wenn sie jetzt darauf zurückblickte, dachte sie nur: *Natürlich*.

Marlow sagte immer, dass sie sich an diesem Abend verliebt habe – und das stimmte auch, nur nicht in ihn. Sondern in die Gruppe, zu der Ellis sie mitnahm, als sie von den Toiletten zurückkamen. Seine Hand lag auf ihrem Rücken, und er führte sie zu dem Platz, den seine Freunde für ihn frei gehalten hatten. »Alle mal herhören, das ist Marlow«, sagte er. »Marlow, meine Freunde.« Alle wandten sich ihr freundlich zu, umfassten ihre Hände, ohne zu zögern. Ein junger Mann gab ihr so beiläufig ein Bier, als wäre es eine Serviette. Die Mädchen strichen sich die Haare aus dem Gesicht und stellten sich vor.

Ellis beugte sich durch das Fahrerfenster und küsste sie, bevor sie nach Hause fuhr. Die Knie an die Brust gezogen, kicherte sie den ganzen Weg über wegen ihres Glücks: Sie hatte einen süßen Typen kennengelernt und seine ganzen Freunde noch dazu. Sobald sie zu Hause war und ihrer Mutter mit ihren Fragen die Tür vor der Nase zugeschlagen hatte, fügte sie alle als Kontakte hinzu. Zu ihrer Überraschung leuchteten die persönlichen Symbole auf ihrer Karte überall in der Nachbarschaft auf. Diese freundlichen Menschen waren die ganze Zeit hier gewesen, in ihrer Nähe. Und trotz ihrer Vergangenheit – trotz des alles verändernden Vorfalls, wegen dem sie bekannt war und von dem sie sicher alle wussten – hatten sie sie behandelt, als sei sie normal. Ellis Trieste neben ihr hatte Jahre des Ausgeschlossenseins ausgelöscht.

Als sie an diesem Abend im Bett lag, forschte sie ihm nach. Sie erfuhr, dass seine Eltern im Vorstand des Networks saßen. Sie gehörten zu der ursprünglichen Gruppe alter Hollywood-Produzenten, die Constellation erfunden und in den Zweitausendzwanzigern den verbrannten Landstrich gekauft hatten, auf dem die Stadt gebaut werden würde. Sie erfuhr, dass er ein Business-Class-Darsteller war, was bedeutete, dass er einen echten Job hatte und nicht nur ein paar Dinge vor der Kamera machte, um so zu tun, als ob. Er durfte sogar Constellation verlassen, da Antidote Pharmaceutical – für die er im Marketing arbeitete – ihren Sitz außerhalb der Stadtgrenzen hatte. Außerdem – Marlow legte die Beine auf das Kopfende des Bettes, wobei sie ungeduldig mit einem Knie wippte – war diese Firma zufällig ein geschätzter Werbepartner des Networks. Unter dem ernsten Profilfoto von Ellis, das Marlow im Kopf hatte und das sie Millimeter für Millimeter studierte, stand eine Zeile: *Frag mich nach Hysteryl.* Die Pille, die für ihre Ausgeglichenheit und ihren Platz im Fernsehen sorgte.

Als sie zu daten begannen, sagte sie sich: Was ist schon dabei? Was war schon dabei, wenn ihre Beziehung in einem Meeting beschlossen worden war? Was machte es schon, wenn irgendein ehrgeiziger Antidote-Praktikant, der sich mit Marlow beschäftigt hatte, angemerkt hatte, dass sie einsam wirkte, dass sie wahrscheinlich sehr gern mit jemandem zusammen wäre, der eine Gruppe von Freunden mitbrachte? Was machte es schon, wenn irgendein VP beim Vorschlag des Praktikanten genickt und sich dann an Ellis gewandt hatte. »Trieste, du bist doch Single, oder?« Was spielte es schon für eine Rolle, ob Ellis, ganz der loyale Mitarbeiter, genickt und geantwortet hatte: »Klar, das kann ich übernehmen.«

Was war also schon dabei, wenn ihre Vermutungen sich als

Wahrheit herausstellen sollten? Egal, wie alles zustande gekommen war, Marlow war damals froh, unter Menschen zu sein. Sie freute sich, Freunde zu haben, und war stolz, den schwer zu erobernden Ellis Trieste für sich gewonnen zu haben. Schon früh gestand er ihr, ein »Charaktersnob« zu sein und dass seine Ansprüche wahrscheinlich zu hoch und ihm die meisten Frauen zu dramatisch waren. Vor diesem Hintergrund fand sie es noch süßer, als er ihr Komplimente für ihre mangelnden Gefühle machte. Er merkte an, wie cool sie sei, für eine Frau – wie ausgeglichen, wie ungerührt. Doch für Marlow war es keine Herausforderung, so zu wirken, als wäre ihr vieles egal. Hysteryl hielt ihre Emotionen in Schach wie Kleider in einer ordentlichen Schublade: Sie wurden nur herausgenommen, wenn es angemessen war, und danach wieder zurückgeräumt. Sie freute sich so, als »cool« bezeichnet zu werden – sie, das Mädchen, dessen Ruf so lange unter einem gewalttätigen Impuls gelitten hatte –, dass sie übersah, wie dumm es war, jemanden nur aus Freude darüber zu heiraten, weil man ihn beeindruckt hatte.

Ihre Hochzeit feierten sie inmitten der Leute, die sie zusammen mit Ellis in der Bar kennengelernt hatte. Als die Platzanweiser sie zu ihren Plätzen bringen wollten – Sitzen Sie bei der Braut, beim Bräutigam? –, winkten die Freunde ab und sagten, das sei egal. Sie sagten, sie würden beide lieben. Marlow war noch nie so zufrieden gewesen.

Dann gingen die Leute nach Hause, und die Ehe begann. Marlow wurde bald klar, wie naiv sie gewesen war zu glauben, dass sie nach der Hochzeit ihre Freunde genauso oft treffen würden wie vorher. Diese heirateten auch, und Ellis hatte irgendwann keine Lust mehr auf »die Szene«, wie er es nannte. Marlow hielt den Kontakt zu ihren Freunden jedoch weiterhin aufrecht. Sie spielte mit ihnen Tennis, ging mit ihnen zur Massage und zur Maniküre, half ihnen bei der Planung von Brunch-Einladungen und anderen Partys. Sie versuchte angestrengt, nicht mit ihrem Mann allein zu sein, denn die erschreckende Wahrheit trat immer mehr zutage: Sie war nicht gern mit Ellis verheiratet. Wenn sie mit ihm redete, war er immer auf seinen Chip konzentriert, arbeitete im Kopf an anderen Sachen und tat nur so, als höre er ihr zu. Er nahm sie nur wahr, wenn sie über ihre Medikation sprach – ihre einzige Gemeinsamkeit, das eine, was er im Blick behielt. Sie hasste auch viele Kleinigkeiten an ihm, die ihr mit den Jahren immer mehr zuwider wurden, und das war irgendwie noch schlimmer. Vor allem eine Eigenheit machte sie wahnsinnig. Er versteckte seine Lieblingssnacks unter ihrem gemeinsamen Bett, damit er sie nicht mit ihr teilen musste. Lieber aß er warmen Käse – Cashew Cheddar, den er im Dunkeln neben seinem Snowboard aufbewahrte –, als ihr etwas davon abzugeben. Alles lief letztendlich auf etwas hinaus, das sie kaum überraschte: Den Mann mit der unbekümmerten Ausstrahlung kümmerte tatsächlich nichts.

So ging es zehn Jahre. Manchmal dachte Marlow – aus einer abgekoppelten, theoretischen Distanz –, sie müsse gleich schreien oder einen Teller zerbrechen. Doch meistens sah sie auf ihre Karte mit ihren Kontakten, den prall mit Verabredungen gefüllten Kalender und rief sich in Erinnerung, dass sie einen geringen Preis zahlte. Manchmal dachte sie es so angestrengt, dass ihr Chip es für einen Befehl hielt. *Ich zahle einen geringen Preis,* wiederholte die tonlose Stimme. *Bedeutung: ein kleines Opfer bringen. Die Mühe wert sein.*

Aus der Ehe war schon lange die Luft raus, ebenso wie aus dem Content, den sie zusammen ablieferten. Mehr als ein Mal hatte das Network sie getadelt wegen ihres Schweigens beim

Abendessen, ihrer schweren Seufzer, wenn sie nebeneinander im Bett lagen. Für Ellis war die Lage gleich doppelt ernst. Wie alle Network-Darsteller war er dazu verpflichtet, interessant zu sein. Und als Angestellter von Antidote stand er unter dem Druck, seine Ehefrau – das Gesicht von Hysteryl – zufrieden wirken zu lassen. Doch Marlow gab sich keine Mühe mehr, in Ellis' Gesellschaft zufrieden auszusehen. Insgeheim hoffte sie, dass ihre Ehe den Zuschauern so langweilig werden würde, dass das Network sie beenden musste.

Und jetzt war Ida, die in dieser Staffel eigentlich den Scheidungsplot hätte bekommen sollen, ausgestiegen.

Irgendjemand würde den Handlungsstrang übernehmen müssen – das Network brauchte Trennungen. Die Einschaltquoten für die Heteropaare waren besonders gut, vor allem bei Frauen in den ländlichen Gegenden zwischen fünfundvierzig und sechzig. Das Network investierte echtes Geld in solche Entwicklungen. Wenn Marlow den Scheidungsplot bekam, durfte sie vielleicht sogar eine Reise unternehmen, trotz des Reiseverbots in ihrem Vertrag. (Außerhalb von Constellations Stadtgrenzen war es zu schwer, die Umgebung zu kontrollieren und dafür zu sorgen, dass nichts ihre Stimmung beeinflusste und damit auch Hysteryls Ruf.) Sie konnte sich das Ende glasklar ausmalen, sah sich selbst, wie sie sich rührend von Ellis verabschiedete und sich ein letztes Mal in dem Haus umschaute, das sie miteinander bewohnt hatten. Sie würde nicht schluchzen oder keuchen, so wie ihre Mutter in so einer Situation. Sie würde aufrecht dastehen, vielleicht mit frisch geföhnten Haaren. Sie würde Klasse und leichten Optimismus ausstrahlen. Und *dann* würde sie sich bestimmt wie fünfunddreißig fühlen. Sie war bereit für eine neue Geschichte.

Eines Abends, nicht lange nach Jacquelines Scrunchie-Party, saßen Marlow und Ellis auf der Couch und schauten verschiedene Filme in ihren Köpfen. Plötzlich meldeten sich ihre Chips gleichzeitig. Die neuen Plotentwicklungen für die Darsteller wurden verkündet.

Scheidung, na los, Scheidung, flehte Marlow stumm. *Scheidung, und ein vorübergehender Umzug nach Anguilla. Mit einem Personal Trainer. Einem Mann.*

Sie und Ellis beugten sich vor.

Herzlichen Glückwunsch!, hörte Marlow in ihrem Kopf. *Wir werden in dieser Staffel ein Baby bekommen.*

Marlow zerlegte das Wort in Silben – *Ba-by* – und konnte keinen Sinn in diesem Kontext erkennen, in diesem Kontext, der ihr Leben war.

Die eingefrorenen Eier für die weibliche Hauptdarstellerin Marlow Clipp, fünfunddreißig, haben ihr Ablaufdatum erreicht. Weitere Details zu unserem Babydesignprozess und der Befruchtungsfeier folgen.

Ba. By.

Marlow versuchte, sich selbst in einem Krankenhausbett zu sehen, mit Ellis an ihrer Seite, wie ihr ein Säugling auf die Brust gelegt wurde. Sie konnte sich nicht vorstellen, wie sie einander anlächelten, wie Eltern das in solchen Situationen taten. Plötzlich verstand Marlow, was diese Plotwendung bedeutete. Zum ersten Mal in ihrem Leben vor der Kamera würde sie schauspielern müssen.

Sie sah zu Ellis, wie er die Neuigkeiten aufnahm. Er war ihr einen Schritt voraus. Seine Augen waren größer, als sie sie je gesehen hatte, sein Lächeln fremd, er zeigte zu viele Zähne. Er hob eine Hand und schlug sich theatralisch an die Stirn.

Er hat es gewusst, dachte Marlow. *Er ist nicht überrascht.*

Und sie eigentlich auch nicht, wenn sie genauer darüber nachdachte. Und dann war da ja noch der Liberty-Deal.

Vor sechs Monaten war Ellis mit Neuigkeiten nach Hause gekommen. Er hatte einen neuen Kunden und leitete seinen ersten Merger, erzählte er Marlow stolz. Antidote übernahm Liberty Family Planning, die Firma, die schon seit Langem für Constellations Nachwuchs verantwortlich war. Liberty expandierte im gesamten Land, und es war Ellis' Job, die Fans von Constellation mit dem Unternehmen bekannt zu machen und sie davon zu überzeugen, Kinder auf genau dieselbe teure Weise wie ihre Lieblingsstars zu bekommen. Der Prozess umfasste drei Phasen: die Entnahme der Eier, das Designen des Babys, das Einsetzen der Eier.

»Superwichtig für mich«, hatte Ellis an dem Tag gesagt und mit den Händen auf den Tisch getrommelt. »Superwichtig für uns.«

Marlow hatte eine Champagnerflasche geöffnet und sich dabei sehr wie eine echte Ehefrau gefühlt. Während sie die Gläser gefüllt hatte, hatte sie an ihren eigenen Besuch bei Liberty gedacht. Dort waren ihr, wie jedem Mädchen in Constellation mit achtzehn Jahren, ihre Eier entnommen und eingefroren worden, bis das Network grünes Licht für eine Schwangerschaft geben würde. »So bist du völlig frei von deiner biologischen Uhr«, hörte Marlow immer noch die Stimme der Krankenschwester. »Und hast die Freiheit, zu wachsen und etwas zu erreichen.« (Hier hatten die Autoren geschlampt, hatte Marlow später gedacht. Libertys Firmenmotto lautete »Freiheit zu wachsen. Freiheit, etwas zu erreichen. Freiheit von Ihrer biologischen Uhr.«) Das Network arbeitete eng mit Liberty zusammen, um die Geburten der Babys ihrer Stars zu planen. Und damit sich die Zuschauer nicht zwischen Jacquelines zweitem Kaiserschnitt und der überraschenden Geburt von Idas Zwillingsjungen entscheiden mussten. Oder damit die Eier schnell aufgetaut werden konnten, wenn die Zuschauer auf ein Paar besonders gut ansprachen.

Oder, dachte Marlow, wenn sie von einem Paar gelangweilt waren und dessen Story dringend etwas aufgepeppt werden musste.

Sie stand auf und ging ins Bad neben dem Schlafzimmer. Ellis folgte ihr und schloss die Tür hinter sich. Einen Moment wirkte er abwesend, dann sah er sie grinsend an. »Ein Baby!«, sagte er. »Mann, ich kann es kaum erwarten, Vater zu werden. Ich kann es kaum erwarten, es dem Kunden zu erzählen.«

Er sagte diese beiden Dinge, dachte Marlow, als gäbe es einen Zusammenhang, als wären sie gleichwertig. Sie hörte sich selbst lachen, hörte, wie die Medikamente in ihrem Blutkreislauf die Verzweiflung aus dem Geräusch nahmen. Ihr Lachen klang fröhlich. Normal.

Ellis fand das auch. »Warte!«, sagte er und wedelte mit den Händen. »Bleib so, Mar. Das ist deine authentische Reaktion auf die Nachricht, dass du Mutter wirst. Das musst du mit deinen Followern teilen.« Er öffnete die Tür und schob sie zurück ins Schlafzimmer, vor die Kameras.

Ihre Fans waren natürlich begeistert. Sie liebten Babys.

Am nächsten Tag fuhren Marlow und Ellis zu demselben runden roten Gebäude, in dem man Marlow ihre Eier entnommen hatte. Libertys Wartezimmer hatte sich nicht verändert. Die Möbel waren alle aus dem matten Plastik, das in ihrer Jugend modern gewesen war, die Vorstellung der Vergangenheit von Zukunft, die jetzt leicht vergilbt war.

»Haben Sie sich für ein Geschlecht entschieden?«, fragte

die übertrieben freundliche Schwester im Behandlungsraum. Sie reichte ihnen sechs Genanalysetests, für sie selbst und für ihre Eltern, die sie mit Abstrichen und Haaren füllen und wieder zurückbringen sollten. Dann würden die Designer sich Marlows und Ellis' Genpool ansehen, die Eigenschaften markieren, die das Kind haben sollte, und unerwünschte streichen. Das war die zweite Phase: das Designen.

»Wir wissen es noch nicht«, antwortete Marlow, während Ellis zeitgleich sagte: »Einen Jungen.«

Die Schwester lächelte. »Sie müssen nicht schüchtern sein. Die Behandlungsräume haben keine Kameras. Sie werden also nicht spoilern.«

»Das bin ich nicht«, erwiderte Marlow und warf ihrem Mann einen scharfen Blick zu. »Wir müssen noch weiter darüber sprechen.«

Ellis schwieg.

»Das ist natürlich ein besonderer Fall.« Die Schwester legte ihre Hände flach auf den Tisch und spreizte die Ellbogen, während sie auf ihr Tablet sah. »Hysteryl ist zwar ein wahres Wundermedikament, kann aber immer noch schädlich für die Entwicklung des Babys sein. Wir müssen Sie also nach und nach entwöhnen, Marlow, bevor wir Ihre Eier wieder einsetzen.«

»Sie wird immer noch das Gesicht des Medikaments sein«, schaltete sich Ellis ein, als ob das das Wichtigste wäre, als ob das die Krankenschwester kümmern würde. »Ja, sie wird die Tabletten eine kurze Weile nicht nehmen, doch die Werbekampagne wird weiterlaufen. Wir testen einige neue Anzeigen, in denen das Baby im Mittelpunkt steht. Was könnte es für ein glücklicheres Ende für ein Mädchen mit Problemen geben, das zu einer völlig normalen Mutter herangewachsen ist?«

Marlow beobachtete sein Profil, während er sprach. Seine Ohren waren rot. Er schien unbedingt die Bestätigung der Schwester haben zu wollen. »Das hast du mir nicht gesagt, Schatz«, murmelte sie. »Ich wusste nicht, dass das Marketing schon über mein Happy End entschieden hat.«

Ellis ignorierte sie. »Sehen Sie, wie sie Witze macht?«, fragte er die Schwester. »Sie wird wunderbar zurechtkommen.«

Die Schwester nickte unbehaglich. »Natürlich«, antwortete sie. »Nun, es ist unglaublich wichtig ...« Sie verstummte, als lauschte sie auf eine Nachricht auf ihrem Chip, dann nickte sie und sah Ellis mit bedrohlich verengten Augen an. »... dass Marlow in dieser Zeit Stress vollkommen vermeidet, da sie nicht auf ihr normales emotionales Abwehrsystem zurückgreifen kann.«

An diesem Abend surrte die Haushaltsdrohne ins Schlafzimmer und legte nur eine halbe Tablette auf Marlows Nachttisch. Marlow und Ellis drehten beide den Kopf in die Richtung. Ellis tätschelte die Decke, ungefähr dort, wo Marlows Bein darunter lag.

»Keine Angst«, sagte er. »Du musst einfach nur gut auf dich aufpassen. Du musst einfach nur glücklich bleiben.«

Eine Woche später hatte sie kein Hysteryl mehr im Körper, und der kleine Teller neben ihrem Bett war zum ersten Mal, seit sie vierzehn war, leer.

»Dir geht's gut? Braves Mädchen«, sagte Ellis und musterte sie jeden Morgen über seinen Kaffee hinweg, wenn sie in die Küche kam.

Zuerst fühlte sie sich auch gut, dann jedoch immer merkwürdiger, als würde sie sich ausdehnen, zu schnell immer mehr Raum einnehmen, um mit ihrer eigenen Topografie Schritt zu halten. Gefühle kamen zurück wie Spielzeuge, die sie seit ihrer Kindheit nicht gesehen hatte, und sie hielt sie ungeschickt in der Hand, wusste nicht, was sie als Erwachsene damit anstellen sollte.

Wut und Gereiztheit überfielen sie mehrmals am Tag wie ein überwältigender Hunger.

Einmal lag sie gerade in der Badewanne und stürzte nackt und nass ins Schlafzimmer, holte Ellis' Snacks unter dem Bett hervor und warf alles in den Müllzerkleinerer. Ein paar Tage später verließ sie den Quizabend, zu dem sie und Ellis sich einmal im Monat mit ihren Freunden trafen, nachdem sie eine falsche Antwort gegeben hatte.

»Was ist los?«, fragte Ellis tödlich ruhig, als er auf dem Parkplatz zu ihr stieß.

»Ich hasse Quizabende«, antwortete Marlow. »Ich bin so schlecht darin.«

Ellis fuhr sich langsam mit den Fingern durch die Haare. Er machte das immer noch so oft wie damals, als sie sich kennengelernt hatten, nur dass er jetzt nur noch ein Drittel seiner Haare besaß. »Du bist schlecht«, erklärte er, »weil du nicht schummelst. Alle anderen machen das, weißt du.«

Marlow starrte ihn an. »Was meinst du damit? Wie schummeln sie?«

Ellis hielt sein Handgelenk hoch. »Wir benutzen unsere Chips«, sagte er. »Wir stellen ihnen einfach die Fragen, und wer am schnellsten ist …«

Und da kam sie, mit einer Wucht, die in keinem Verhältnis zu der Situation stand: ihre Wut. Sie stellte sich vor, dass sie schwarz und knisternd war, aus all den Orten quoll, an denen Hysteryl sie so lange versteckt hatte – hinter ihren rosafarbenen Organen, zwischen den grauen Falten ihres Gehirns. Der

Quizleiter gab vor jeder Runde die Anweisung: *Keine Chips! Nutzt den Rest eures Gehirns!* »Alle schummeln?«, wiederholte Marlow. »Wo ist dann der Spaß?«

»Wenn man gewinnt«, antwortete Ellis. »Komm schon«, fügte er mit leicht scharfem Unterton hinzu. »Sei nicht traurig.«

»Ich bin nicht *traurig.*« Marlow drehte der Bar den Rücken zu, damit ihre Freunde ihr Gesicht nicht sahen, selbst wenn zwölf Millionen Fremde das konnten. »Ich bin wütend.«

Ellis zuckte mit den Schultern und nahm etwas aus seiner Jeanstasche. »Warum weinst du dann?«

Sie nahm das Taschentuch, das er ihr reichte. Ihr war nicht bewusst gewesen, dass sie weinte.

Sie ging wieder zu einer von Jacquelines Partys. Diesmal wurden Schlammpackungen beworben, und sie merkte, wie sich ihre Lungen irgendwann zusammenzogen, ihr Gehirn plötzlich erschüttert war von dem Gefühl, dass sie viel zu viel Zeit ihres Lebens hier vergeudet hatte, indem sie Jacqueline beim Anpreisen irgendwelcher Sachen zusah. Leise zog sie sich zur Eingangstür zurück und floh nach draußen. Auf dem Weg zu ihrem Wagen blieb sie an der Reihe Vintage-Plastikflamingos in Jacquelines Vorgarten stehen.

»Wozu seid ihr eigentlich da?«, zischte sie ihnen zu und starrte in die schwarzen Knopfaugen. Ihre Hände zuckten. Sie wusste, was beim Aufwachen auf sie warten würde, wenn sie dem Drang nachgab: eine Nachricht des Networks in ihrem Kopf, mit der Warnung, dass *mein unberechenbares Verhalten gemeldet worden war,* dass *man eine Werbepause hatte einblenden müssen,* dass *ich solches Verhalten bitte in Zukunft auf kamerafreie Bereiche beschränken sollte.*

Sie holte aus und verpasste jedem der Plastikvögel einen Schlag, verspürte eine überwältigende Frustration, als sie nicht umstürzten. Jacqueline hatte sie gut befestigt, weshalb sie jetzt nur hin und her wippten. Ihre Schnäbel glänzten im trüben Licht der Illumidrohnen, die am Himmel darauf warteten, dass irgendjemand auf dem Boden sie benötigte. Wenn eine Illumidrohne einen Menschen im Dunkeln registrierte, flog sie herab, um den Weg zu leuchten. Aus der Ferne sah sie aus wie eine herabfallende Sternschnuppe. Als Kind hatte Marlow sie auch genau dafür gehalten. Noch etwas Hübsches, bei dem sie sich geirrt hatte.

Sie schaltete im Kopf zu den Kommentaren ihrer Follower.

Sie flippt schon wieder aus. Na los! Zeig's diesen einbeinigen Scheißern!

Was haben dir die Vögel denn getan, Mar? LOL

NEEEEEEEEIN. NIEMAND WILL NOCH EINE PILLENWERBUNG SEHEN – ZEIGT WIEDER, WIE MARLOW DIE FLAMINGOS K. O. SCHLÄGT!!!!!

Und:

Ich verstehe nicht, warum sie sich wegen der Schwangerschaft so aufregt. Als ob das eine so große Überraschung wäre. War doch klar, dass sie ihr eine verpassen würden; schließlich hat Ellis diesen Deal, und sie ist verdammte fünfunddreißig. Dieser »Twist« war so klar.

So war es, wenn man die Maus im Irrgarten war, dachte Marlow, während die Flamingos aufhörten zu beben und wieder stillstanden. Sie war als Einzige davon überrascht, was mit ihr passierte.

5

Orla

New York, New York

2015

Von Anfang an war es verdächtig leicht. Zumindest Orla hätte infrage stellen müssen, wie mühelos zwei junge Frauen das öffentliche Interesse vom Boden ihrer Mietwohnung in Chelsea aus an sich reißen konnten. Ihr Fehler war, die Einfachheit des Ganzen – wie sich alles für sie und Floss entwickelte – als Zeichen dafür zu interpretieren, dass sie auf dem richtigen Weg war.

Sie fingen so an wie alle anderen auch und teilten Momente aus ihrem Leben. Floss postete ständig Bilder – von sich, ihren Sachen, ihrem Essen –, als ob sie jemand wäre, dessen Mahlzeiten allein deshalb schon faszinierend waren, weil sie davor saß. Orlas befürchtete, dass die Leute sie mit Zweifeln bombardieren würden: *Womit verdienst du eigentlich deinen Lebensunterhalt?* Oder: *Wer ist die Tussi überhaupt?* Doch niemand interessierte sich für diese Fragen. In keinem von Floss' Social-Media-Accounts stand eine vernünftige Selbstbeschreibung, sondern nur ein Zitat: »Auf dieser Erde gibt es keine Sicherheit. Nur Gelegenheiten.« Sie hatte es erst Britney Spears zugeschrieben, doch dann hatte Orla recherchiert und herausgefunden, dass es von General Douglas MacArthur stammte.

Einmal bereitete Floss einen Post für Snapchat vor, in dem sie erklärte, wie man Augenbrauengel auftrug. »Hot«, übte sie, während sie mit dem Bürstchen über ihre Brauen strich, »das sieht sooo hot aus.« Orla fiel etwas ein, das sie bei berühmteren Leuten als Floss gesehen hatte.

»Weißt du, was du am Ende machen solltest?«, sagte sie. »Sag, dass du keinen Werbevertrag mit der Firma hast, die das Brauengel herstellt. Sag so was wie: ›Die bezahlen mich nicht einmal dafür, dass ich das sage, ernsthaft!‹«

»Warum?« Floss rammte das Bürstchen zurück in die schmale Tube und riss die Augen vor dem Spiegel auf.

»Weil die Leute dann denken, dass andere Marken dich *tatsächlich* bezahlen«, erwiderte Orla. »Um über ihre Produkte zu reden.«

Das war um halb acht Uhr morgens. Floss dachte über den Vorschlag nach, während Orla duschte und dann zur Arbeit fuhr. Sie saß an ihrem Schreibtisch, als Floss das Video um Viertel vor neun postete. »Leute, ich bekomme dafür auch kein Geld«, zwitscherte sie pflichtbewusst. Um 9:03 Uhr schickte Orla das Video an Ingrid, die dreißig Sekunden später den Kopf aus ihrer Bürotür streckte. Ihre Lippen waren korallenrot geschminkt. Vor Kurzem hatte *Lady-ish* Korallenrot nachdrücklich zum neuen Rot erklärt.

»Orla«, rief Ingrid. »Warum soll mich kümmern, dass diese Frau ihre Augenbrauen bürstet?«

»Das ist Floss Natuzzi«, antwortete Orla. »Auf Instagram ist sie richtig angesagt. Du kennst doch außerdem dieses Hundert-Dollar-Brauengel, von dieser koreanischen Make-up-Linie, die gar nichts auf ihre Verpackungen schreibt? In dem Video sieht es so aus, als wäre Floss einer der ersten Stars hier im Land, an die man das Gel geschickt hat.«

Es sah tatsächlich so aus, aber nur weil Orla beim Aufzug noch einmal umgedreht und in die Wohnung zurückgelaufen war, um den Aufdruck von einer alten Maybelline-Tube zu kratzen, die sie dann Floss in die Hand gedrückt hatte.

»Na gut«, sagte Ingrid und schloss die Tür.

Um 9:27 Uhr veröffentlichte Orla folgenden Post: »Aaalso, was kann das teuerste Brauengel der Welt eigentlich? Ein Instagram-It-Girl probiert es aus.« Dann loggte sie sich auf ihrem Handy in Floss' Twitter-Account ein und veröffentlichte den Link zu dem Beitrag. Sie taggte *Lady-ish* und wartete.

Zwei Minuten später bekam Orla eine E-Mail von Ingrid. *Floss hat unseren Beitrag getwittert! Was für ein SCHATZ! RT bei Lady-ish, bitte.* So war Ingrid: Jeden semiberühmten Promi fand sie zum Kotzen, bis er oder sie ihr einen Knochen hinwarf.

Orla loggte sich an ihrem Computer in den *Lady-ish*-Account ein und retweetete Floss' Post, den sie selbst geschrieben hatte. Rasch stellte sie ihr Handy auf stumm, als die Benachrichtigungen über neue Follower auf Floss' Account eintrafen. Es war Punkt 9:30 Uhr.

Als Orla an diesem Abend nach Hause kam, wartete Floss an der Tür auf sie. Außerdem eine Kiste Wodka mit Sahnearoma, eine Palette hauchdünner Diätchips und ein Dutzend Vierzig-Dollar-Lippenstifte, die wie Schokolade in einer schwarzen Schachtel angeordnet waren.

»Das hier hat ein Kurier vorbeigebracht«, erzählte Floss. »Und er hat mich um ein Selfie gebeten.«

Je mehr sie twitterte, desto weniger Geld gaben sie beide aus. Orla lebte bald fast vollständig von Floss' Werbegeschenken. Ihre Wohnung füllte sich mit Dingen, die Orla für sich nie gekauft hätte – glutenfreie Tiefkühlfertigmahlzeiten mit dem

Gesicht eines Popstars auf der Verpackung, Schuhe mit weichem Kalbfellbesatz, Handtaschen aus Straußenleder –, doch sie aß die Gerichte und trug die Sachen eifrig, weil sie kostenlos waren und außerdem der Beweis dafür, dass sie und Floss Erfolg hatten. Der Hausmeister am Empfang grinste sie nicht mehr herablassend an. »Paket für euch«, sagte er immer wieder müde und stand von seinem Stuhl auf, wenn er eine von beiden hereinkommen sah. Orla steckte ihm manchmal Tüten mit Keksen oder Chips zu, nachdem sie die hoffnungsvollen Nachrichten von irgendwelchen PR-Assistentinnen entfernt hatte. Irgendwie hießen sie fast alle Alyssa.

An den meisten Abenden hatte Orla keine Zeit, um an ihrem Buch weiterzuschreiben. Sobald sie zur Tür hereinkam, reichte Floss ihr eine Schale Frühstücksflocken als Abendessen. Im Schneidersitz saßen sie auf dem Parkettboden, einen Laptop zwischen sich, und arbeiteten. Schon bald wurde Floss zu Dutzenden Veranstaltungen pro Woche eingeladen – in der Zwischenzeit hatte sie einen Weg gefunden, sich in die E-Mail-Accounts diverser Presseagenten zu hacken und so im Blick zu behalten, welche Einladungen gerade herumgingen. Sie leitete die Anfragen an eine Adresse weiter, die sie für ihren imaginären Presseagenten namens Pat White eingerichtet hatte. »Geschlechtsneutral und leicht zu vergessen«, war ihr Kommentar dazu gewesen. Als Pat bestätigte Orla Floss' Teilnahme plus One an Events, zu denen sie gar nicht eingeladen war. Orla musste schwören, niemandem davon zu erzählen, niemals. »Ich könnte richtig Ärger bekommen«, sagte Floss. Doch Orla wusste, dass es nicht darum ging. Hacken erforderte Intelligenz, und Intelligenz war unsexy.

Orla war dafür zuständig, auf *Lady-ish* über Floss zu schreiben und die Kartons zu zerreißen, in denen die kostenlosen

Geschenke ankamen. Außerdem verwaltete sie Floss' Twitter-Account. Sie änderte zweimal die Woche das Passwort und vermischte pflichtbewusst Zahlen und Buchstaben mit Sternchen und Ausrufezeichen. Natürlich waren die Passwörter bereits nutzlos, während sie sie zusammenstellte. Später, nach der großen Flut, hätte sie beinahe darüber gelacht, als sie sich erinnerte, wie sie über den Kombinationen gebrütet hatte. Sie alle hatten gedacht, dass Sonderzeichen sie retten würden.

Eines Tages gelang es ihr, Floss weltweit trenden zu lassen, indem sie eine Kontroverse auf dem offiziellen Account eines Snackherstellers anzettelte. Der Social-Media-Betreuer hatte ein Rezept für Bruschetta mit den firmeneigenen Weizencrisps »ein italienisches Wunder gleichauf mit der Sixtinischen Kapelle« genannt. Als Floss bombardierte Orla den Hersteller mit Behauptungen, dass dieser Vergleich sie stellvertretend für alle Italiener und Italo-Amerikaner beleidige, einer »Gruppierung, deren Kultur ständig unterschätzt wird« – auch wenn Floss nur zu einem Achtel Sizilianerin war, halbe Latina und ein paar andere Dinge, an die sie sich angeblich nicht mehr erinnerte. Während ihr Online-Ich sich Kämpfe mit dem Crackerhersteller lieferte, war Floss im Fitnessstudio und machte Armtraining mit einem berühmten Trainer, der sehr teuer war, außer man ging mit ihm ins Bett. Orla erzählte ihr nicht einmal von dem Manöver. Floss' Identität war zu etwas geworden, das sie respektvoll miteinander teilten, so wie die Magermilch im Kühlschrank.

Als Orla im Büro an ihrem Schreibtisch saß und gerade auf dem Handy einen Aufruf, den Snackhersteller zu boykottieren, für Floss' Twitter-Account tippte, erhielt sie eine Chatnachricht von Ingrid. *Hast du gesehen, wie Floss wegen rassistischer Cracker DURCHDREHT? THREAD,* schrieb sie und schickte einen Link zu Orlas Arbeit. *Los, poste das. Himmel, du hast sie ja quasi erfunden.*

Du hast ja keine Ahnung, dachte Orla. Sie war ganz aufgedreht vor Adrenalin. All die Jahre in New York hatte sie sich vor dem Badezimmerspiegel immer gesagt, dass sie eine moderne Frau war und modernen Zielen nacheiferte. Doch manchmal, während die U-Bahn durch den Tunnel rumpelte, erhaschte sie in dem verschmierten Fenster einen Blick auf sich und sah sich so, wie die Welt sie wahrnahm: eine weitere junge Frau mit einem Traum und einem Rocksaum, der genau auf Kniehöhe endete, lang genug, damit kein Catcaller es bemerkte, damit kein Kollege daran ihre Glaubwürdigkeit festmachte. Auf dem dunkelsten Abschnitt der Strecke, wenn der Zug beinahe den parallel fahrenden berührte, stockte Orla oft der Atem, wie austauschbar sie aussah.

Doch jetzt, mit nichts weiter als ihrem Job und ihrem Telefon und ihrem Instinkt, hatte sie eine kleine Superkraft erlangt. Sie hatte jemanden berühmt gemacht, einfach weil sie gesagt hatte, dass dieser Mensch berühmt war.

Und was noch besser war: Sie hatte eine Freundin gefunden. Wenn sie sich zum Ausgehen fertig machten, rief Floss über ihre ohrenbetäubend laute Musik hinweg durch den Flur: »Was ziehen wir heute Abend an? Ich hasse meine Klamotten!« Wenn sie Chinesisch bestellten, bekam Orla beide Glückskekse. Floss erschuf schließlich ihr eigenes Schicksal und brauchte dafür keine dämlichen Kekse – außerdem aß sie keine Kohlenhydrate. Orla fand es trotzdem großzügig. Nur, weil man etwas nicht wollte, gab man es nicht unbedingt leicht weg.

Bald würde sie an ihrem Buch weiterschreiben, doch jetzt war sie damit beschäftigt, wichtig und nicht allein zu sein. Die

Veränderung, nach der sie sich gesehnt hatte, geschah um sie herum. Jetzt wartete sie nur noch auf eins.

Danny.

Eines Morgens, als Floss und Orla verkatert dösten, rief der Hausmeister über das weiße Haustelefon an der Wand an. Orla schleppte sich vom Sofa und nahm ab. »Bin gleich unten«, murmelte sie automatisch.

»Keine Pakete, Miss Orla. Heute ist Sonntag«, sagte er. »Ihre Mutter und Ihr Vater sind hier, okay?«

»Okay«, antwortete Orla. Sie legte auf und rannte zu Floss, die sich auf dem Zweisitzersofa eingerollt hatte. Eine Brust war aus dem schwarzen Satinnachthemd herausgerutscht. Orla ging vor ihr in die Hocke. »Hey, meine Eltern sind hier. Könntest du …?«

»Deine Eltern?« Floss war sofort hellwach, rückte das Nachthemd zurecht und eilte auf ihr Zimmer zu. »Warum?«, fragte sie schroff über die Schulter.

Wut stieg in Orla auf – nicht auf ihre Mitbewohnerin, sondern auf ihre Eltern, weil sie ihre gemeinsame Welt störten. Orla hatte eine Berühmtheit erschaffen; ihre Mutter musste ihr keine Tupperdosen mit gegrillter Hühnchenbrust bringen. Beim Auspacken würde sie sagen: »Du brauchst Eiweiß, und ich weiß, dass du dir nicht selbst die Mühe machen wirst.«

Orla öffnete die Tür. Gayle und Jerry drehten ihr abrupt die Köpfe zu, als ob sie sie erschreckt hätte, zwei Paar Augenbrauen, besorgt zusammengezogen. So hatten ihre Eltern sie schon damals begrüßt, wenn sie sie vom Schulbus abgeholt hatten: Als ob sie den ganzen Tag über ihr besorgniserregendes Verhalten gesprochen hätten.

»Überraschung!«, sagte ihr Vater, packte Orla an den Schultern und drückte sie fest.

»Hallo«, begrüßte ihre Mutter sie auf ihre seltsam formelle Art. Sie umarmte Orla nicht, sondern tätschelte ihr nur leicht den Nacken. Sie trug ein jägergrünes, langärmeliges Shirt und eine aggressiv karierte Weste. Orlas Vater steckte in abgetragenen Khakihosen, den schwarzen Sneakers, die er als Anzugschuhe ausgab, und einem alten Anzughemd mit schlaff herabhängendem Kragen. Wenn seine Arbeitshemden allmählich unansehnlich wurden, warf er sie nicht weg, sondern integrierte sie stattdessen in seine Freizeitkleidung.

»Du hättest uns sehen sollen, wie wir hergekommen sind«, sagte Gayle seufzend und strich die Ponysträhnen ihres grellrot gefärbten Haares zurück. »Wir sind ganz schön aufgefallen.«

»Du meinst, weil es draußen fünfundzwanzig Grad hat?«, fragte Orla und musterte die Weste. Doch sie wusste, was Gayle meinte. Orla kam aus Mifflin, Pennsylvania, was genau zwischen New York und Philadelphia lag. Mit der Schule hatte sie Ausflüge in beide Zoos gemacht. Mifflin war bis zu den Achtzigern nur eine Aneinanderreihung von Feldern und Farmen gewesen, bis Familien wie Orlas eingefallen waren und überall Häuser mit Kunststoffverkleidung hingestellt hatten. Ihr Viertel hatte Gehsteige und frisch gepflanzte Bäume und einen überflüssigen Namen, der in einen Betonblock an der Einfahrt eingelassen war: Hidden Ponds – Versteckte Teiche. (Der einzige Beinahefreund, den Orla je aus der Stadt mit nach Hause gebracht hatte, hatte in ihrer Auffahrt gestanden, das kurz geschnittene Gras und den Schotter betrachtet und gesagt: »Die Teiche hat man aber wirklich gut versteckt.«) Trotzdem taten Orlas Eltern so, als wären sie keine typischen Vorortbewohner, sondern gaben sich wie Menschen, die mit der Erde arbeiteten. Gayle stapfte das ganze Jahr in Gummistiefeln herum und trug Kleidung, die sie in einem Katalog bestellte, auf dem eine Stockente abgebildet war. Ihr Vater werkelte an ihrem ein paar Hundert Quadratmeter großen Rasen und vier Tomatenpflanzen herum, als sei das sein Hauptberuf. »Heute Nacht friert es«, hatte Jerry, ein Wirtschaftsprüfer, ihre ganze Kindheit hindurch wehmütig gesagt, als ob sie dann nichts zu essen hätten. Gayle rief Orla aus dem Garten zum Essen hinein, indem sie eine große Glocke läutete, die sie an einen Balken bei der Hintertür genagelt hatte. »Achtzehn Uhr, Abendessen ist fertig!«, verkündete sie dann. Die Kinder in den benachbarten Gärten erstarrten mit den Kickball-Bällen in Händen und blinzelten in Orlas Richtung. »Warum macht sie das?«, fragte eines der Nachbarkinder einmal, als sie mit ein paar Barbies spielten. »Damit ich weiß, wie spät es ist«, antwortete Orla. Das Mädchen deutete auf die CoreStates Bank auf der anderen Seite der Zypressen hinter der Siedlung. Die große Uhr an dem Gebäude zeigte rot blinkend 18:01 Uhr. »Wir schauen einfach da rüber«, sagte sie.

Nachdem sie die Hähnchenbrüste im Kühlschrank verstaut hatte, sah sich Gayle in der Wohnung um und musterte die flach gefalteten Kisten, die sich neben der Tür stapelten. »Was ist das alles?«, fragte sie.

Orla reichte ihren Eltern je ein Glas Wasser. Ihr Vater nahm sein Taschentuch hervor, tauchte es ins Wasser und wischte sich damit den Kopf mit den wenigen Haaren ab. »Ich weiß es nicht«, antwortete Orla. »Die gehören meiner Mitbewohnerin.« Floss in ihrem Zimmer gab keinen Ton von sich, nicht einmal ihr Handy wagte es zu piepsen.

Gayle hob einen der Kartons an und versuchte, die Aufschrift zu lesen.

»Mom«, zischte Orla. »Ich habe doch gesagt, die gehören nicht mir.«

»Ich schaue doch nur«, erwiderte Gayle. »Du würdest es uns sagen, wenn du shoppingsüchtig wärst, nicht wahr?«

»Ja, Mom.«

»Weil du weißt doch noch, als Tante Diane uns einmal diese ganzen seltsamen Sachen geschenkt hat? Die Truthahnfritteuse deinem Vater …«

»Die fand ich super«, fiel Jerry tonlos ein.

»… und dir die schwarzen Perlenohrringe«, fuhr Gayle streng an Orla gewandt fort, »die gar keine *echten* Perlen waren.«

»Ich bin nicht shoppingsüchtig, Mom.« Orla begann mit der anstrengenden Aufgabe, sich ein Restaurant zu überlegen, das nicht teuer war, zu dem man laufen konnte und das normales Brot in seinen Brotkörben anbot, kein Focaccia oder Olivenbrot oder irgendwas, bei dem ihre Mutter verächtlich »Oh là, là« sagen würde.

»Ich erwähne es nur, denn es liegt uns im Blut.« Gayle schniefte.

Zehn Minuten später sagte sie »Oh là, là«, als die Kellnerin den Brotkorb auf dem Tisch abstellte.

Orla seufzte. »Aber das sind nur Brötchen.«

Gayle deutete auf die Schale neben dem Korb, die keine kleinen Butterpäckchen, sondern Öl und Kräuter enthielt, in die man das Brot dippen konnte.

»Wie läuft es in der Arbeit?«, fragte Jerry Orla. »Sitzt du an etwas Interessantem?« Jerry hatte keine Ahnung, worüber Orla schrieb, und es war beiden auch lieber so. Er konnte seinen Kollegen weiterhin erzählen, Orla sei eine »Kulturjournalistin«, wenn er solche Artikel wie »In nur dreizehn

Schritten zu den heißen Shorts dieser Promi-Göttin« gar nicht erst sah.

Gayle, die Orlas Beiträge oft auf Facebook teilte, schlug mit ihrer Serviette nach ihm. »Jerry, sie schreibt doch diese Mädchensachen«, sagte sie, als wäre Orlas Job eine Schachtel Tampons. »Sie will nicht mit dir darüber reden.« Gayle zerdrückte ein Stück Brot zwischen Daumen und Zeigefinger. »Wie auch immer. Rate mal, wen ich letztens gesehen habe. Catherine. Und Danny.«

Orlas Herz machte einen Satz. Sie kaute betont noch einen Moment länger, und als sie ihrer Stimme wieder traute, fragte sie: »Und wie geht es ihnen?«

»Um ehrlich zu sein«, antwortete Gayle, »haben sie sehr unglücklich gewirkt.«

Orla spürte, wie sich rote Flecken in ihrem Dekolleté bildeten, und betete, Gayle würde sie nicht bemerken. Sie war sich nicht sicher, wie viel ihre Mutter damals darüber gewusst hatte. Oder jetzt auch noch. »Was meinst du?«, fragte sie. »Woran hast du das erkannt?«

Bevor Gayle antworten konnte, stieß Jerry mit dem Ellbogen seine Gabel vom Tisch und sah seine Frau hilflos an. Statt der Kellnerin ein Zeichen zu geben, stand Gayle auf und holte ein neues Besteckset von einer Anrichte. »Nun«, sagte sie und wickelte das Besteck für ihren Mann aus der Serviette, »sie haben sich eine ganz schöne Szene im *Chick-fil-A* geliefert. Hier in der Gegend würde es vielleicht gar niemandem auffallen.« Sie sah bedeutungsvoll zu zwei Männern am Ecktisch, die sich an den Händen hielten. »Sie haben gestritten, und sie …«

»Sie hat was?«, drängte Orla und vergaß, dass sie ja so tun wollte, als wäre es ihr egal.

»Sie hat geschrien«, erzählte Gayle weiter. »Aus Leibeskräften.«

»*Catherine* hat geschrien?« Orla stellte sich Catherine vor, mit ihrem strengen Fußballerinnen-Zopf, die Orla auf Partys sofort nach der Ankunft am Arm gezogen und gewimmert hatte, *Lass uns gehen, ich weiß, dass die Cops kommen werden.*

»Offensichtlich«, sagte Gayle, »wollte sie, dass Danny mit ihr vor dem Essen betete. Und er wollte das nicht.«

Jerry schluckte und lachte vor sich hin, ohne aufzusehen.

Orla hatte schon einen religiösen Unterton in Catherines Posts bemerkt, als sie das letzte Mal im Netz herumgeschaut hatte. So stellte sie es zumindest vor sich selbst dar – *herumschauen* klang nett und irgendwie zufällig –, während sie alles verschlang, was sie über Danny finden konnte, und dabei im Licht ihres Laptopdisplays Eis löffelte. Sie erinnerte sich an ein Foto auf Instagram, ein Sonnenuntergang, der von Dannys und Catherines Garten aus aufgenommen war, nur ein paar Meilen vom Haus ihrer Eltern entfernt. Der Text hatte gelautet: *Wenn etwas Wunderschönes passiert und man Ihm einfach danken muss. #nofilter.*

Gayle beobachtete Orla aufmerksam, als sie sagte: »Nachdem er sie beruhigt hatte, sagte sie: ›Deshalb kann ich nicht mehr mit dir zusammen sein.‹«

Orlas Finger zuckten. Sie musste die beiden loswerden, zurück in die Wohnung und ins Internet gehen. Seit sie und Floss zusammenarbeiteten, hatte sie Danny seltener hinterherrecherchiert. Aber es war eigentlich egal, wie viele Stunden sie damit verbrachte, in seinem Leben herumzuklicken, wie oft sie seinen Namen in eine Suchmaschine eingab und an wie vielen Tagen sie es sich verkniff. Sie wartete immer noch, die ganze Zeit.

Jerry rief: »Salz?«, und schüttelte den leeren kleinen Behälter. Die Kellnerin kam zu ihnen, um das Gefäß nachzufüllen, und musste sich prompt Gayles typischen Vortrag zum Thema Allergien anhören (sie selbst hatte keine; sie wollte nur ihre Meinung bekunden, dass das alles nur neumodische Erfindungen waren. Die Menschen sollten sich nicht so haben wegen Erdnüssen oder Gluten, das war alles). Die Kellnerin sah Hilfe suchend zu Orla, doch die war dankbar für die Ablenkung. Die Buchstaben auf der Speisekarte vor ihr verschwammen, während sie an Danny dachte und an das letzte Mal, dass sie mit ihm gesprochen hatte.

Am Abend vor ihrem letzten Tag in der Highschool fand eine Party statt, im Haus eines Jungen namens Ian, dessen Eltern nie da waren. Genauso wenig wie Orla und Catherine normalerweise. Gayle und Jerry mussten sich nie fragen, wo Orla steckte, denn ihre beste Freundin hatte vor allem Angst. Doch jetzt stand der Schulabschluss bevor, und Orla überredete Catherine mit dem Argument, dass sie den letzten Abend in der Highschool doch nicht damit verbringen wollten, überbackene Käsenachos zu machen und wieder einmal *Austin Powers* anzuschauen. »Wir nehmen Danny mit«, fügte Orla mutig hinzu. »Danny wird nicht zulassen, dass etwas passiert.« Schließlich gab Catherine nach.

Danny machte den Fahrer. Catherine schlüpfte auf den Beifahrersitz, und er gab ihr einen Kuss auf die Wange. Orla sah vom Rücksitz aus zu, sie saß hinter Catherine, von wo aus sie ihn beobachten konnte.

Orla hatte ihn schon immer geliebt. Seit dem ersten Tag der neunten Klasse, als sie und Catherine – Verbündete aus der Mittelstufe – nebeneinander im Englischunterricht saßen.

Dannys Tisch war auf der anderen Raumseite. Die blassen, muskulösen Arme hatte er verschränkt, und er trug ein einfaches graues T-Shirt. Alle anderen hatten an diesem Tag ihr Outfit danach ausgesucht, als hinge ihr Leben davon ab. Als er sich auf die Aufforderung der Lehrerin hin zu einer Schautafel zum Thema Bibliografien umdrehte, blickten seine dunkelblauen Augen direkt in Orlas hellbraune. Sie würde nie vergessen, wie er sie freiwillig angesehen hatte, während so viele Jungen sich bei Blickkontakt fast in die Hose machten. Orla sah zu ihm und er zu ihr, und sie wünschte, die Lehrerin würde nie aufhören, über korrektes Zitieren zu sprechen.

Danach drehte sich Catherine im Flur zu Orla, rot wie ein wütendes Baby, und sagte: »Hast du ihn gesehen?«

Und Orla antwortete: »Ich weiß.«

Auf dem Weg zur nächsten Stunde sprachen sie über ihn, leise, weil er hinter ihnen ging, noch unsicher in dem neuen Gebäude. Catherine drehte sich rasch um, als ob sie sonst den Mut dazu nicht mehr aufbrächte. Ihr Zopf schwang herum und streifte Orlas Gesicht, ein blitzschneller Schlag. »Hi«, sagte sie zu Danny. »Weißt du, wo Abschnitt B liegt?« Danny warf Orla einen Blick zu, nickte und erklärte Catherine den Weg. An dem Wochenende wurden Danny und Catherine ein Paar und waren es auch heute noch.

Orla hätte wüten oder weinen oder die Beziehung stören können, doch sie war seltsam zufrieden damit, einfach nur dabei zu sein. Vier Jahre lang leistete sie Danny und Catherine Gesellschaft im Kino und auf Campingausflügen und spürte nur einen dumpfen Schmerz, wenn die beiden zusammen in dem einen Zelt verschwanden und sie in dem anderen. Sie ging mit vielen seiner Freunde aus, akzeptierte mit Freuden jedes Date, weil Danny davor grinsend an ihrem Schließfach lehnte und eine Hand auf ihre Schulter legte. »Sei nett zu dem Jungen«, witzelte er immer. Sie verbrachten die Highschooljahre in denselben mit Teppich ausgelegten Kellern und auf denselben Parkplätzen unter Sternenhimmel, unter den Armen von verschiedenen Menschen. Und als Danny und Catherine sich an denselben staatlichen Colleges bewarben, versuchte Orla nie etwas, machte nie einen Vorstoß, gestand nie ihre Gefühle. Stattdessen wies sie ihm einen Platz in der Geschichte ihres zukünftigen Lebens zu, das sie schon genau geplant hatte. Sie würde zu einer New Yorkerin werden, einer Autorin mit schicker Brille und einem Plan, was sie mit ihren widerspenstigen Haaren anstellen sollte. Mit siebzehn ging sie abends ins Bett und träumte nicht davon, mit Danny zum Abschlussball zu gehen, sondern dass er an die Tür ihres Brownstone-Hauses klopfte. Sie verknüpfte ihn mit Erfolg und Selbstbewusstsein – Dingen aus der Zukunft –, und dass sie darauf warten konnte, vermittelte ihr ein Gefühl von Tapferkeit und Reinheit und Weisheit, als wäre sie ein Mönch. Catherine erzählte oft die Geschichte, wie sie und Danny einander kennengelernt hatten. »Am ersten Tag der Highschool hat er mich die ganze Englischstunde über angestarrt«, sagte sie dann und wandte sich für eine Bestätigung an ihre beste Freundin. »Frag Orla. Sie war dabei.« Orla nickte dann und murmelte: »Es stimmt. Ich war dabei.« Doch die Wahrheit, die simple, unanfechtbare Tatsache, die jeden Tag in ihr pulsierte, war, dass Dannys Blick zuerst auf sie gerichtet gewesen war.

Auf Ians Schulabschlussparty kippte Catherine zu schnell Mad-Dog-Cocktails aus einem Marmeladenglas mit Motiven aus *Der König der Löwen*. Danny und Orla schafften sie in den einzigen von der Party verschonten Raum des Hauses auf das Bett von Ians Eltern mit der dunkelblauen Bettdecke, damit sie ihren Rausch ausschlafen konnte. Danny legte sie auf die Seite und stützte sie mit Kissen, falls sie sich übergeben musste. Als er und Orla wieder nach unten kamen, waren die anderen Gäste entweder eingeschlafen oder nach Hause gegangen. Ein Stroboskop blinkte einsam auf einem Beistelltisch. Orla war am Verhungern. Danny schlug vor, in die Stadt zu fahren und Sandwiches zu holen.

Als sie mit schwingenden Tüten den Laden verließen, dachte Orla, sie würden gleich wieder zurückfahren, um auf Catherine aufzupassen, doch Danny hatte Lust auf eine Spritztour. Orla, die ausnahmsweise mal auf dem Beifahrersitz saß, berührte den Schaltknüppel und sagte: »Ich wünschte, ich könnte mit Gangschaltung fahren.« Eigentlich war es ihr völlig egal, doch sie suchte immer nach etwas, das sie interessant erscheinen ließ.

Ohne den Blick von der Straße abzuwenden, legte Danny seine Hand auf ihre und schaltete mit ihr zusammen durch die Gänge. Orla hatte nichts gesagt, sich nicht bewegt, nicht geatmet. Er fuhr zu schnell, dachte sie, kam der gelben Mittellinie zu nahe, nahm die Haarnadelkurven zu gewagt. Noch nie in ihrem Leben hatte sie sich so sicher gefühlt.

Später saßen sie auf Ians Veranda, aßen ihre Sandwiches und unterhielten sich. Orla hatte Danny ein paar Wochen zuvor ein Buch geschenkt, eine weinerliche Teenagertirade, die für sie damals eine Offenbarung war. »Es hat mir total gut gefallen«, sagte er. »Ich habe auch Catherine überredet, es zu lesen, aber ich glaube nicht, dass sie es verstanden hat.« Er blickte über das Verandageländer, als würde sich eine großartige Szenerie vor ihnen erstrecken, auch wenn das gegenüberliegende Haus nur zehn Meter entfernt war. Eine weihnachtliche Lichterkette hing noch von der Dachrinne, die

Hälfte der Birnen war durchgebrannt. »Das ist dann unser gemeinsames Ding«, fuhr Danny fort.

Sie gingen hinein. Catherine schlief immer noch tief und fest. Danny überprüfte mit der Hand ihren Atem, dann legte er sich neben sie auf das Bett. Orla entschied sich für den Boden, und Danny warf ihr sein Kissen zu. »Wirst du dich an uns erinnern, Orla?«, fragte er leise.

Orlas Herz klopfte bis zum Hals, als sie sich kurz fragte, ob sie alles falsch gemacht hatte, ob es ein Fehler gewesen war, tapfer und rein und weise zu sein, ob sie ihren Studienplatz an dem idyllisch gelegenen, schicken College nicht antreten oder ihn bitten sollte, mit ihr zu kommen. Sie war siebzehn Jahre und sah großes Potenzial in ihm, das allen anderen außer ihr verborgen blieb.

»Wen meinst du mit uns?«, fragte sie schließlich.

Danny schlief schon fast, als er antwortete. »Uns alle. Du wirst irgendwo anders sein, eine berühmte Schriftstellerin …« Er gähnte ausgiebig. »Und ich werde sagen: ›Hey, die kenne ich.‹«

Am nächsten Morgen musste Orla nach dem Schuldirektor und dem Jahrgangssprecher eine Rede halten. Sie hatte sich auf Gayles Drängen hin wegen ihrer College-Bewerbungen als stellvertretende Jahrgangssprecherin beworben und war als einzige Kandidatin auch gewählt worden. Nun stand sie auf der Bühne, ein Blatt mit nicht ganz zutreffenden Metaphern vor sich, und sprach langsam, weil sie hoffte, Danny und Catherine würden noch auftauchen. Doch ihre Plätze waren immer noch leer, als Orla ihre Rede beendete.

Ein paar Stunden nach der Abschlussfeier klingelte das Telefon. Es war Catherine. Auch wenn beide Mädchen da schon Handys hatten, riefen sie einander immer noch auf dem elterlichen Festnetz an, eine sowohl förmliche als auch vertraute Angewohnheit, stolzer Beweis ihrer langjährigen Freundschaft. Catherine zitterte vor Schuldgefühlen. Sie hatte sich den ganzen Morgen übergeben müssen, erzählte sie. Dann war sie mit Danny zur Autowaschanlage gefahren, damit er dort den Wagen reinigen lassen konnte, denn auf dem Heimweg von Ian hatte sie sich über den ganzen Beifahrersitz erbrochen.

»War ich schlimm?«, fragte Catherine. »Bei der Party?«

»Nicht *schlimm*«, antwortete Orla. Sie zog das Wort sorgfältig in die Länge, als hätte Catherine sich richtig lächerlich gemacht, und Orla würde ihr die peinliche Wahrheit ersparen.

»Ich fühle mich schrecklich, weil ich deine Rede verpasst habe.« Catherine klang atemlos, wie immer, wenn sie den Tränen nah war. »Ist alles okay zwischen uns?«

»Klar«, erwiderte Orla. Sonst nichts. Sie hörte Catherines zitternden Seufzern am anderen Ende der Leitung zu, wie sie darauf wartete, dass Orla sie beruhigte. Doch Orla konnte nur daran denken, wie Catherine in Dannys Wagen kotzte, auf den Sitz, der in der Nacht noch ihr gehört hatte. Sie schob den Hörer unters Kinn und schwieg beharrlich.

Als Orla auflegte, sah sie Gayle an ihrer Tür stehen, die Plastikkiste mit Deckel in den Händen, die in Orlas Zimmer an der Lehigh University unter dem Bett stehen würde. »Du hast doch so viel, Orla, so viele Talente«, sagte Gayle. »Nimm Catherine nichts weg.«

Der Sommer verging, und Orla erfand Ausreden, um Catherine nicht zu treffen. Sie verabschiedeten sich oberflächlich am Telefon, bevor das College anfing. Orla hatte bei ihrer Antwort auf Catherines Frage nicht gelogen. Es war alles okay zwischen ihnen. Sie war nicht wütend. Sie sah nur keinen Sinn darin, die Freundschaft aufrechtzuerhalten. Ihre Gefühle für Danny waren bestätigt worden: *Und ich werde sagen: Hey, die kenne ich.* Er wollte erfahren, was aus ihr werden würde. Egal, wie es von jetzt an weiterging, dachte Orla, Catherine würde als Fußnote enden.

Am College fing sie an, ihn aus der Ferne zu beobachten, denn hier war sie zum ersten Mal allein. Aus für sie nicht nachvollziehbaren Gründen ignorierten die anderen Erstsemestermädchen im Studentenwohnheim sie, als hätten sie sich abgesprochen. Ihre Mitbewohnerin murmelte etwas von Schlafproblemen und zog im Oktober aus. Das war nur ein paar Wochen, nachdem sie und Orla sich steif darauf geeinigt hatten, wo sie die Poster aufhängen und den kleinen Kühlschrank hinstellen sollten. Nachdem die Möbel ihrer Mitbewohnerin abgeholt worden waren, nahm Orla sich vor, sich jeden Tag vor eines der anderen Mädchen auf dem Korridor zu stellen und zu sagen: »Ich wohne jetzt übrigens allein, wir könnten uns alle heute Abend bei mir treffen und was trinken.« Doch sie fasste nie den Mut dafür – vielleicht, weil sie einander hauptsächlich in Handtücher gehüllt auf dem Weg zur oder von der Dusche sahen.

Zu Beginn der Herbstferien hatten sich die Cliquen gebildet und gefestigt. Orla hörte die Gruppen von Freundinnen vor ihrer Tür, die sie nicht mehr länger hoffnungsvoll halb offen stehen ließ, wie ihr Erstsemesterbetreuer es empfohlen hatte. Sie hörte, wie sie ohne sie zu einem späten Frühstück aufbrachen, wie sie ohne sie zu einem frühen Abendessen oder mit viel Getöse zu Partys gingen. Ihr Alleinsein war so zufällig, so umfassend und grundlos, dass sie fast schon damit rechnete, dass jemand von der Universität es aufklären würde, so wie einen Fehler bei der Zimmerbelegung oder dem Stundenplan. Kurz vor der Winterpause versuchte sie, einer Studentinnenverbindung beizutreten. Auf der Informationsveranstaltung sah sie sich zweihundert Mädchen in beinahe identischen schwarzen, spitzen Stiefeln, tintenblauen Jeans und karierten Schals gegenüber. Nur ein weiteres Mädchen im Raum trug etwas anderes. Sie kam aus Indien, und Orla erkannte sie aus ihrem Kurs zu diskreter Mathematik. Die eifrige Blonde, die mit der Inderin sprach und dabei jedes Wort laut und deutlich betonte, wandte sich an Orla, als diese sich auf einen Stuhl setzte. Sie ließ den Blick über Orlas Lehigh-Kapuzenpullover wandern, die himmelblauen Jeans und die Plastikklammer in ihren Haaren. »Und aus welchem Land kommst du?«, fragte die Blondine laut.

Im Frühjahr war Orla geradezu isoliert. Sie verkaufte ihre aufgeladene Mensakarte weiter und aß Buffalo Wings in ihrem Zimmer. Sie arbeitete sich durch die *Sex-and-the-City*-DVDs. Sie schrieb: Kurzgeschichten, Liedtexte, niemals endende Drehbücher. Und nach und nach gab es immer mehr Möglichkeiten, Danny im Blick zu behalten. Sie schrieb vier Minuten, dann aktualisierte sie Dannys Myspace-Seite. Wenn sie bei einem Absatz nicht vorankam, starrte sie auf seinen Namen in ihrer Instant-Messenger-Kontaktliste und sah zu, wie sich die Buchstaben von Schwarz zu Grau färbten, wenn er eine bessere Beschäftigung gefunden hatte.

Einmal sah Orla die Inderin von dem Informationsabend im Studentenzentrum. Sie ging auf sie zu, überlegte sich schon einen Begrüßungssatz – *Weißt du noch, dieser Abend, wie verrückt war das denn? Haben wir da irgendeinen Burberry-Dresscode nicht mitgekriegt?* –, doch beim Näherkommen sah sie, wie eine gestresst wirkende Rothaarige heraneilte und die Inderin in den Arm boxte. Die beiden fanden einen Tisch und öffneten ihre Jacken. Orla sah, dass die Inderin den richtigen Schal trug, die richtigen Jeans und die richtigen Stiefel. Dazu einen Pullover mit Rundhalsausschnitt, auf den die griechischen Buchstaben Alpha und Phi gedruckt waren.

Wenn sie bei ihren Eltern war, sah Orla manchmal beim Klingeln des Festnetztelefons auf. Doch nach einem ganzen Collegejahr des Schweigens schrieb ihr Catherine mittlerweile SMS. Sie schickte vorgefertigte Nachrichten – *Alles Gute zum Geburtstag, Frohe was auch immer, Grüß deine Eltern von mir* –, und sie fragten einander, wie es der anderen so ergangen war. Was konnte man auf diese Weise schon erzählen? Zweimal drückte sich Orla und schrieb mit einem Smiley: *Gibt nichts Neues zu berichten!* Facebook war noch nicht an Catherines staatlichem College verbreitet, doch Orla brauchte es auch nicht. Sie konnte sich vorstellen, wie gut sich ihre alte Freundin weiterentwickelt hatte. Sie sah ihre Fußballkameradinnen vor sich, mit flachen, muskulösen Bäuchen und strahlenden Gesichtern, die großes Aufhebens um Danny machten, als er das erste Mal zu Besuch war. Sie malte sich aus, wie sie Catherine neckten, weil die so wenig Alkohol vertrug, und sie kurz darauf behutsam ins Bett brachten, wenn sie dann sturzbetrunken war. Nur eines interessierte sie wirklich: Wie lange Catherine und Danny zusammenbleiben würden.

Die Antwort bekam sie ein paar Wochen nach dem Collegeabschluss. Orla zog direkt zurück nach Mifflin, um eine Abmachung mit ihren Eltern zu erfüllen. Ein Jahr würde sie zu Hause wohnen und in der Gegend arbeiten, um Geld für den Umzug nach New York anzusparen. Sie hatte einen Job bei der Zeitung bekommen, die vor Mifflins Türschwellen geworfen wurde, und würde über die Stadtratssitzungen berichten.

Eine Woche vor ihrem Arbeitsbeginn begegnete Orla Catherine zufällig, als sie bei *TGI Fridays* eine Essensbestellung abholen wollte. (Jerry sagte ständig, dass das Jack-Daniel's-Huhn der Kette das beste Essen auf der Welt sei und dass »du« – wen auch immer er damit meinte – »deine Michelin-Sternerestaurants behalten kannst«.) Als sich ihre Blicke trafen, hielt Orla gerade die Kreditkarte ihres Vaters in der Hand und Catherine einen Drink mit einem blinkenden Hodensack zwischen den Eiswürfeln.

»Heute ist mein Junggesellinnenabschied!«, quietschte sie und packte Orlas Ellbogen, um nicht das Gleichgewicht zu verlieren. »Danny und ich heiraten nächsten Monat.« Ihre Augen wurden groß, und sie grub ihre Finger in Orlas Arm. »Bleib doch!«, bat sie. »Setz dich zu uns.« Orla rief zu Hause an und hoffte, sich drücken zu können, doch Gayle beharrte fröhlich darauf, dass Orla sich nicht um das Essen kümmern und einen schönen Abend haben solle.

Catherines Fußballfreundinnen – drei an der Zahl – sahen genauso aus, wie Orla sie sich vorgestellt hatte. Sie strahlten vor Gesundheit und waren durchtrainiert, und die Haut über den definierten Muskeln war gleichzeitig gebräunt und voller Sommersprossen. Ihre Haare sahen aus, als würden sie nur an besonderen Abenden wie heute offen getragen werden – sie waren zu lang, zu schlaff und wirkten irgendwie feucht, doch alles in allem nicht unattraktiv. Catherine passte perfekt dazu, dachte Orla, auch wenn ihre alte Freundin ausnahmsweise einen ordentlichen Haarschnitt hatte. Catherines Zopf war von einem hübschen Bob abgelöst worden, dessen goldene Spitzen sich in ihren Mund verirrten, wenn sie sprach.

»Das ist Orla«, sagte Catherine, und Orla entging nicht, wie die anderen Frauen bei ihrem Namen die Augen verengten und einander ansahen, die Schultern strafften. Es war offensichtlich, dass sie schon von ihr gehört hatten.

Orla nahm ihren Penisstrohhalm. Sie erduldete die ständigen Insiderwitze. Sie achtete darauf, dass niemand ihre Blicke auf die Uhr bemerkte. Catherine ignorierte sie den restlichen Abend weitestgehend, bis sie schließlich aufbrachen und die herrischste der Fußballerinnen mit ihren Autoschlüsseln wedelte. »Okay«, verkündete sie und nahm Catherine den Drink aus der Hand. »Dann bringen wir dich mal nach Hause.«

Catherine schüttelte den Kopf. »Das ist doch ein Umweg für dich«, antwortete sie. »Orla nimmt mich mit.«

Orla fuhr den Wagen aus ihrer Highschoolzeit, einen kastenförmigen Ford Taurus mit Katzenaugenscheinwerfern. Sie sah zu, wie Catherine das Handschuhfach öffnete, ein automatischer Reflex, und die kleine Hülle mit Orlas alten gebrannten CDs herausnahm. »Wo ist denn die mit Incubus?«, fragte sie verwaschen und wühlte weiter.

»Ich habe ganz vergessen, dass die da noch liegen«, sagte Orla. Plötzlich war sie den Tränen nahe und froh, dass Catherine offenbar zu betrunken war, um es zu merken. Ihr Zeigefinger schwankte, wenn sie Orla auf die nächste Abzweigung hinwies.

Das Haus war ein kleines Ziegelgebäude im Cape-Cod-Stil mit weißen Metallmarkisen über den Fenstern, in die Fliegengittertür war ein schwarzes Pferdegespann mit Kutsche eingelassen. »Warte kurz«, sagte Catherine. Sie stieg aus und marschierte auf das Haus zu, wobei sie jede Blausteinplatte auf dem Weg verfehlte. Ihre Absätze wirbelten bei jedem Schritt den Mulch auf. Das Metallgeländer an der Eingangstreppe wackelte, als sie danach griff.

Er ist da drin, dachte Orla und fixierte das Fenster neben der Haustür. *Danny ist da drin.*

Und dann sah sie ihn, wie er von der Couch gegenüber dem Fenster aufstand, um Catherine die Tür zu öffnen. Er rieb sich die Augen, während er durch den Raum ging. Das Licht war hinter ihm, Orla sah nur seinen Umriss, sein Gesicht lag im Schatten. Er öffnete die Haustür und spähte durch die Fliegengittertür, doch Catherine schob ihn zurück, als sie sich ins Haus drängte und die Tür hinter sich zuzog. Orla packte das Lenkrad. Sollte sie trotzdem warten?

Eine Minute später stolperte Catherine zurück zum Wagen, in der Hand einen Umschlag, der mit schwarz-weißem Damast umrandet war. Sie setzte sich wieder ins Auto und warf ihn Orla zu. Orla schaltete die Innenbeleuchtung ein, öffnete ihn und zog eine Karte heraus, auf der stand: »Daniel und Catherine, zusammen mit unseren Familien …«

»Oh«, sagte sie. »Catherine, das … das musst du nicht.« Sie hielt die Hochzeitseinladung schräg. Selbst in dem schwachen Licht sah sie, dass die Wörter leicht schief auf die rechte obere Ecke der Karte zuliefen. Catherine musste sie selbst ausgedruckt haben. Der Kloß in Orlas Kehle wurde größer, und plötzlich wurde ihr der Grund dafür klar: Sie wollte nicht zu der Hochzeit gehen, sie hatte überhaupt nicht vor, zu der Hochzeit zu gehen. Doch die Geste überwältigte sie; sie war so gemein gewesen, und jetzt war Catherine so nett zu ihr. Zumindest dachte sie das, bis Catherine etwas sagte. Ihre Stimme klang plötzlich so eindringlich, seltsam aufgeladen, dass Orla so erschrocken aufsah, als hätte ihre alte Freundin geschrien.

»Du warst auf dem Junggesellinnenabschied«, sagte Catherine, »da *gehört* es sich eben, dass du auch eine Einladung bekommst.« Orla sah, wie sie wieder das Handschuhfach öffnete und darin herumwühlte. Sie zog einen Stift heraus und hielt ihn Orla mit der Spitze voran hin, dann nickte sie zu der Einladung. »Wähl jetzt dein Hauptgericht«, befahl sie. »Dann sparst du dir die Briefmarke.«

Orla schluckte und sah zum Haus. Das Fenster war dunkel, die Couch leer.

»Er kommt nicht raus.« Catherine stützte ihren Ellbogen an der Beifahrertür ab. Das Fenster war vollständig heruntergelassen. Sie strich mit den Fingernägeln über den Kunststoff in der Einfassung. Sie warf Orla ein wissendes Lächeln zu. »Er kommt nicht raus, um dich zu sehen.«

Der Kloß in Orlas Kehle löste sich auf, und sie wurde ganz ruhig. So fühlte sie sich, wenn sie mit einer Prüfung anfing, auf die sie sich gut vorbereitet hatte. Was auch immer Catherine für eine Theorie hatte, egal, ob sie zutraf oder nicht – es war nur eine Theorie, ohne Beweise. Orla hatte so sehr darauf geachtet, keine Beweise zu hinterlassen, und sie würde sich auch jetzt nichts anmerken lassen.

Sie sah zu Catherine. »Natürlich nicht«, antwortete sie entspannt. »Es ist schließlich schon spät.« Sie blickte auf die Einladung und fuhr mit dem Finger über das Datum. »Ich weiß nicht, ob ich da Zeit habe.«

Catherine lachte höhnisch auf. Sie schlug sich die Hand vor den Mund, als hätte sie nicht lachen wollen, dann nahm sie sie weg und kicherte. »Aber wo sollst du schon sein?«, fragte sie. »Ich weiß, dass du immer *dachtest,* du würdest irgendwo anders sein, aber du bist hier. Du bist in der Nähe.« Sie riss Karte und Kugelschreiber wieder an sich, drückte immer wieder auf den Knopf, auf und ab, auf und ab. »Huhn oder Steak?«

»Ich muss erst in meinen Kalender schauen«, erwiderte Orla.

Catherine schnaubte. Sie malte nachdrücklich ein X neben »Steak«. Dann stieg sie aus, schlug die Beifahrertür zu und beugte sich durch das offene Fenster. »Ich freue mich, dass du kommst, Orla«, sagte sie. »Ich glaube, es ist wichtig, dass du dabei bist und es mit eigenen Augen siehst.«

Doch Orla war nicht dabei, um es mit eigenen Augen zu sehen. Am Montag nach dem Junggesellinnenabschied schrieb sie der Zeitung eine E-Mail, dass sie die Stelle nicht würde antreten können, weil etwas Unabänderliches dazwischengekommen sei. Gayle bekam deshalb fast einen Herzanfall. Sie hinterließ dem Chefredakteur sogar eine ausschweifende Nachricht auf der Mailbox, in der sie ihren vollen Namen buchstabierte und beteuerte, sie habe ihre Tochter eigentlich besser erzogen.

Eine Woche später mietete Orla von einer gewissen Jeanette ein noch nicht existierendes Zimmer in New York, im Stadtteil Chelsea in Manhattan. Jeanette erklärte es immer wieder: Die Wohnung habe nur ein Schlafzimmer, und sie habe sie ursprünglich allein bewohnen wollen, brauche jetzt aber doch Hilfe bei der Miete. Ob Orla das klar sei? Sie würde eine Wand ins Wohnzimmer einziehen müssen, um einen Raum für sich zu schaffen. Orla antwortete, ja, das habe sie verstanden, das sei ihr egal, und ja, ihr sei auch klar, dass sie die Kosten für die Wand tragen müsse.

Am Morgen von Catherines und Dannys Hochzeit machten sich Orla und Jerry mit einem Transporter auf den Weg nach Manhattan. Orla wartete mit einem Anruf bei der Braut, bis die Skyline geradezu in Greifweite war, grau zu ihrer Rechten lag, während der Miettransporter auf Jersey City zurumpelte.

Sie erzählte Catherine dasselbe wie ihren Eltern: dass sie einen Job bei einem Internetportal bekommen habe. Schon bald würde das auch stimmen – innerhalb weniger Monate würde sie den Job haben, der zu der Stelle wurde, aus der sich schließlich *Lady-ish* ergab. In diesem Moment jedoch war es noch eine Lüge. Orla hatte den Scheck für Jeanette finanziert, indem sie ihre ganzen alten Sparbriefe aufgelöst hatte, die ihr Großeltern und Paten zu den wichtigen Ereignissen ihrer Kindheit gegeben hatten, wie Taufe, Geburtstagen, dem Abschluss der Mittelstufe. »Die hier haben aber noch Laufzeit«, hatte der Bankangestellte Orla gewarnt, »falls Sie lieber noch warten wollen.« Orla wollte nicht warten. Sie bat darum, alles in bar ausbezahlt zu bekommen.

Nimm Catherine nichts weg, hatte ihre Mutter vor Jahren gesagt. Aber das tat Orla doch auch gar nicht. Catherine durfte Danny haben, bis Orla zu *dem* Menschen geworden war, den er vorhergesagt hatte. Und genau das würde sie werden: der Mensch, den Danny in ihr sah, nicht der, für den Catherine sie hielt. Sie sollte verdammt sein, wenn sie zu jemandem wurde, über den Catherine vom anderen Ende der Straße aus lachen konnte. Sie sollte verdammt sein, wenn sie tatsächlich *in der Nähe* sein sollte.

»Die Absage kommt aber wirklich spät«, sagte Catherine, als Orla anrief und ihr mitteilte, dass sie es nicht zur Hochzeit schaffen würde. Orla hörte im Hintergrund das heiße Zischen des Glätteisens. »Wir haben sechsundzwanzig Dollar pro Gast gezahlt«, fügte Catherine hinzu.

»Ja, tut mir leid«, antwortete Orla. »Ich musste den Einzugstermin nehmen, den mir die Hausverwaltung genannt hat. In New York sind sie da ziemlich streng.«

Orla sprach nie wieder mit Catherine, doch sie sah sie oft,

während sie Danny im Auge behielt, wie schon all die Jahre auf dem College. Ständig taten sich unzählige neue technische Möglichkeiten auf, um Kontakt zu ihm aufzunehmen, doch sie beobachtete ihn nur. Sie sah zu, wie ihm die Haare ausgingen und er in der Nachbarstadt ein Kühlhaus managte. Sie sah zu, wie Catherine Gewicht zulegte und ihre athletische Figur zwar ihre Form, aber nicht die Festigkeit bewahrte; wie sie anfing, eine Hautpflegeserie zu verkaufen. Sie sah zu, wie die Frischverheirateten Kohlenhydraten abschworen und mit Freunden aus dem Fitnessstudio verreisten. Sie sah zu, als sie darauf keine Lust mehr hatten und einen Blog mit Catherines Tipps für ihren Schongarer und Dannys Heimwerkeraktivitäten starteten. Orla fand alles an dieser Ehe schrecklich, online und im echten Leben. Doch seltsamerweise war sie nicht abgeschreckt. Jetzt verstand sie, anders als noch auf dem College, dass das Warten auf ihn einfach ein Teil ihres Lebens war. Dass sie nie richtig damit aufhören würde. Wenn Leute auf der Straße in sie hineinliefen, ohne sie zu sehen, dachte sie: *Jemand wartet darauf, dass er damit angeben kann, mich zu kennen.*

Deshalb lauerte der Gedanke auch recht nahe unter der Oberfläche, dass die Arbeit mit Floss sie vielleicht auf eine Höhe befördern würde, die Danny nicht ignorieren konnte. Irgendwohin, wo er sie leicht finden und dann feststellen konnte, dass er von Anfang an recht gehabt hatte.

6

Marlow

Constellation, Kalifornien

2051

Am Morgen, nachdem sie Jacquelines Flamingos einen Schlag verpasst hatte, wachte Marlow mit einer Terminerinnerung ihres Chips auf, die sie mit Furcht und der tiefen Sehnsucht nach der Chemie erfüllte, die ihre Angstgefühle normalerweise dämpfte.

In fünfundvierzig Minuten sollte sie sowohl ihre Mutter als auch ihre Schwiegermutter beim Bekleidungsgeschäft treffen, um ihr Kleid für die Befruchtungsfeier anzuprobieren.

Sie ging zu Fuß, nahm die Lohan Street statt der Pitt, damit sie nicht so nahe am Haus ihrer Familie vorbeilaufen musste. Es war schlimm genug, es aus drei Block Entfernung zu sehen. Der Dachgarten war überwuchert, peinliches Gestrüpp aus Efeu und braunen Blättern hatte die früher gepflegten Grasfläche verdrängt, die bei ihrem Einzug angelegt gewesen war. »Die Häuser haben ja alle Haare!«, hatte Marlow an dem Tag gekräht, an dem ihr Vater den Wagen zu dem herrschaftlichen grauen Haus mit dem moosfarbenen Metalldach gelenkt hatte. Sie hatte sich für sehr schlau gehalten, und ihre Eltern hatten über die witzige Bemerkung gelacht. Als am Abend die Sonne unterging, hatten die meisten anderen Kinder dasselbe aber auch schon gesagt. Über die Häuser mit den Haaren wurde überall auf den frisch asphaltierten Gehwegen gesprochen, die Eröffnungsmelodie einer Stadt, die sich innerhalb von zwölf Stunden von seelenlos zu belebt gewandelt hatte. Marlow erinnerte sich noch, wie sie an diesem Abend auf der Straße gestanden hatte, als der erste menschengemachte Sonnenuntergang der Stadt reibungslos zelebriert wurde und die Banner sich von den Straßenlaternen entrollten. *Willkommen in Constellation. Wo Ruhm unser patriotisches Privileg ist.* Die Kameras wurden eingeschaltet. Die neuen Nachbarn jubelten, stellten sich einander vor. Marlows Mutter wandte sich mit glänzenden Augen an sie. »Jetzt bist du offiziell berühmt, Schatz«, sagte sie und lachte, als Marlow nach dem Grund fragte. »Weil du hier bist«, erwiderte ihre Mutter. »So läuft das jetzt.«

Im Stadtzentrum angekommen, ging sie um den Brunnen herum, der das Wasser hoch in den wolkenlosen blauen Himmel spritzte. Die Lilien, die im Becken darunter schwammen, enthielten Mikrofone, um die Gespräche der Darsteller, die sich am Beckenrand niederließen, aufnehmen zu können. Auf der anderen Seite des Kreisverkehrs blieb Marlow stehen, um eine Gruppe Bots vorbeizulassen. Tag und Nacht strömten sie wie fröhliche Pendler eine Treppe hinauf an die Oberfläche, unter der eine U-Bahn-Station simuliert war, durch die jedoch keine Züge fuhren. Es war nur eine stille Höhle, in der die Bots warteten, bis sie zur Arbeit gerufen wurden. Sie dienten hauptsächlich als Statisten, füllten leere Restaurants oder spärlich besuchte Partys. Ihre Stimmen waren auf stumm geschaltet, damit die menschlichen Darsteller im Mittelpunkt standen. Der echte Zug, ein Hochgeschwindigkeitsröhrenzug, hielt an einem Bahnhof, der sich zwar noch innerhalb der Stadtgrenzen, aber weit weg von den Bereichen mit Kameras befand. Er spuckte jeden Tag Hausangestellte aus dem Süden aus, für die Constellation-Stars, die es nicht mochten, wenn Roboter ihre Wäsche sortierten.

Als Marlow die Straße überquerte und auf das Bekleidungsgeschäft zulief, sah sie, dass ihre Mutter und Schwiegermutter bereits dort waren. Der Anblick der beiden zusammen bereitete ihr leichte Übelkeit, doch als sie einen Blick auf ihr Dashboard warf, schossen ihre Zuschauerzahlen gerade auf zwölfeinhalb Millionen. Die Feindseligkeit zwischen den beiden Frauen war der Teil von Marlows Ehe, der für hohe Einschaltquoten sorgte. Sie wusste, dass in diesem Moment eine Menge Leute – vor allem pensionierte Frauen aus den Südstaaten und schwule Männer im ganzen Land – sich auf ganz besonders konfliktreiche Szenen freuten. Die Vorbereitungen für Marlows Befruchtungsfeier, mit der man ihre bevorstehende Schwangerschaft zelebrieren und die viermal so groß wie ihre Hochzeit sein würde, hatten die Einschaltquoten bereits hochgetrieben. Bisher hatten sich die Mütter zweimal gestritten. Das erste Mal gerieten sie aneinander, als Ellis' Mutter vorschlug, wiederverwertete Kaffeebohnensäcke als Tischdecken zu verwenden, und Marlows Mutter geantwortet hatte, dass nur ein schmaler Grat rustikal von potthässlich trennte. Das zweite Mal stritten sie darüber, wen von ihnen das Baby *Nana* nennen sollte.

Im Laden stand Marlow vor dem dreiteiligen Spiegel und betrachtete sich in dem Kleid, das auf ihre Maße geändert worden war. Ihre Schwiegermutter hatte recht gehabt, als Marlow es vor einigen Monaten zum ersten Mal anprobiert hatte. Es war scheußlich. Marlow hätte schwören können, dass es irgendwie buttercremefarben war, doch ohne Hysteryl – eine der Nebenwirkungen der Tabletten war Farbenblindheit, die alles in Sepiatöne tauchte – sah sie, dass das Kleid eine grünliche, neongelbe Farbe hatte.

»Es tut mir leid«, sagte sie seufzend, »aber ich finde es furchtbar.«

Ihre Mutter sprang auf, wobei der Stuhl, der an ihrem breiten Hinterteil geklebt hatte, nach hinten kippte, und marschierte auf Marlow zu. Sie trug spitz zulaufende Kalbsfellstiefel, eine Pelzweste mit Schulterpolstern und schwarze Lederleggins. Ihre Perücke verrutschte, als sie Marlow im Spiegel ansah und den Kopf schüttelte.

»Machst du verfischt noch mal Witze?«, sagte Floss. »Du hast es dir verfischt noch mal selbst ausgesucht. Und jetzt?« Marlows Mutter hatte vor langer Zeit einmal den jährlichen Höchstsatz an Bußgeld wegen ihrer exzessiven Verwendung von Schimpfwörtern vor der Kamera bezahlen müssen und sich seither besser im Griff.

Floss strich mit den Fingern über die silbernen Stickereien, die sich um die Taille des Kleides schlängelten, bauschte die Tüllschleppe und breitete sie hinter ihrer Tochter aus. Dann wurde sie von ihrem Gesicht im Spiegel abgelenkt. Marlow sah, wie ihre Mutter vergaß, was sie gerade getan hatte, und in ihre üblichen Reflexe beim Anblick ihres Spiegelbilds verfiel: Sie schürzte die Lippen, drehte ihr Kinn in diese und jene Richtung.

Marlows Schwiegermutter Bridget überschlug unter ihrer einfachen weißen Tunika die Beine. Die beiden Stühle waren identisch, doch in ihrem nahm sie nur weniger als die Hälfte des Platzes ein – ganz im Gegensatz zu Floss. »Ich glaube, ich kann mir vorstellen«, sagte sie, als wüssten nicht alle noch genau, dass sie das Kleid von Anfang an furchtbar gefunden hatte, »was du daran grässlich findest.«

Floss seufzte. »Aber Gelb ist doch deine Lieblingsfarbe«, sagte sie verträumt. Dann klang ihre Stimme auf einmal belegt. »Wir können ein anderes nehmen, aber dein Dad wird mich umbringen wegen der Kosten.«

Bridget erhob sich halb aus dem Stuhl und setzte sich dann wieder. »Marlow, ich glaube …«

Marlow nickte. Sie griff bereits nach Floss' Händen und half ihr von der mit Teppich belegten Plattform herunter. »Ich habe sie«, sagte sie. »Alles in Ordnung.«

»Kommt sie zurecht?« Bridgets Stimme klang hoch und ungeduldig, und Marlow stellte sich kurz eine enorme Kraft vor, die Bridgets Stuhl nach hinten saugte – zack, durch das Fenster hinter ihnen – und ihre Schwiegermutter in eine andere Dimension verfrachtete. Bridget hatte kein Recht, überheblich auf Floss' Nebelattacken zu reagieren. Sowohl sie selbst als auch Ellis' Vater Ryan mussten von ihrem Haushälterbot sofort weggebracht werden, wenn ihre eigenen Gehirne sich zu vernebeln begannen. Die Anfälle dauerten lang und waren massiv, versetzten sie in einen stumpfen, sabbernden Zustand, der vorbeikommende Kinder zu Tode erschrecken würde, ganz zu schweigen von Network-Aktionären. Marlow war eine der ganz wenigen Menschen, die von dem Kellerraum wussten, den ihre Schwiegereltern heimlich in Auftrag gegeben hatten und in dem sie während einer Nebelattacke vor sich selbst und den Blicken anderer geschützt waren. Die Wände waren gepolstert – grün, nicht weiß. Natürlich. Wie allen Amerikanern in einem gewissen Alter jagten weiße, gepolsterte Wände Ellis' Eltern Schauder über den Rücken.

Dagegen hatte Floss regelrecht Glück, vor allem wenn man bedachte, wie viel sie ihre alten Smartphones früher benutzt hatte. Floss' Arzt hatte Marlow einmal auf einem Schaubild gezeigt, in welchem Zustand sich der Geist ihrer Mutter eigentlich befinden sollte: im dunkelsten Bereich der von Hellrosa bis Tiefrot reichenden Skala. Doch Floss' Nebelattacken waren kurz und relativ mild, machten sich durch verhangene Augen und mentale Zeitreisen bemerkbar. Wer es nicht wusste, dachte vielleicht, sie wäre nur high oder gerade sehr nostalgisch. »Das ist wie Rauchen, wenn Sie davon schon mal gehört haben«, sagte der Arzt. »Normalerweise können wir den entstandenen Schaden anhand der Häufigkeit einschätzen, mit der jemand Displays benutzt hat, doch es gibt Ausnahmen. Ihre Mutter hat vorerst Glück.«

Bei Marlows Vater sah es natürlich ganz anders aus.

Floss blickte ihre Tochter an, ohne sie zu sehen, die Hand schlaff zwischen Marlows Fingern. »Er hat mich beim Frühstück wegen der Kreditkartenabrechnung angebrüllt«, murmelte sie.

»Mom«, meinte Marlow leise und versuchte, ihre Mutter sanft wieder auf den Stuhl zu schieben. »Dad hat dich nicht angeschrien. Er ist nicht mehr zu Hause.«

Bridget war nervös aufgestanden und bewegte sich zur Tür des Anproberaums. »Wasser«, sagte sie. »Ich hole deiner Mutter etwas Wasser.«

»Kannst du mir erst mit dem Reißverschluss helfen?«, bat Marlow, doch Bridget war schon verschwunden. Floss lehnte sich in ihrem Stuhl zurück und schloss die Augen.

Marlow hob die Ellbogen über den Kopf und streckte die Fingerspitzen nach unten zum Reißverschluss. Sie konnte ihn weit genug nach unten ziehen, um mit den Armen aus dem Kleid zu schlüpfen, doch dann verklemmte er sich. Sie zog und zerrte daran, versuchte, das Kleid so weit zu sich zu drehen, dass sie den Reißverschluss erreichen konnte. Als sie mit nacktem Oberkörper dastand, wurde der Vorhang zur Seite geschoben, und die Verkäuferin kam herein.

»Einen Moment …« Marlow legte einen Arm über ihre Brüste.

»Kommen Sie zurecht?«, fragte der weibliche Bot. Er war schlank und hatte leicht asiatisch anmutende Züge. Marlow erkannte, dass man die Maschine so verändert hatte, dass die Kurven weniger aufreizend wirkten. Wahrscheinlich war es einmal ein Escortbot gewesen, den man umprogrammiert und einer neuen Bestimmung zugeführt hatte. »Das Kleid sieht *hinreißend* an Ihnen aus«, schwärmte die Verkäuferin. Marlow sah, dass die glasigen Augen hin und her blickten zwischen ihrer Stirn und dem Stuhl, in den Floss gesunken war, und zu entscheiden versuchten, welcher Körperwärmepunkt am Ende die Rechnung bezahlen würde. Marlow nahm den Arm von der Brust, denn hier im Anproberaum gab es keine Kameras, und vor einer Maschine musste man sich nicht bedecken, egal, wie sehr sie einem Menschen ähnelte. Dieser Bot – *Kendra* stand auf dem Namensschild – war eine sogenannte Kundenkontaktvariante, mit feiner Körperbehaarung und ein paar menschlichen Ticks. Kendra kaute leicht an der Innenseite ihrer Wange, während sie darauf wartete, dass jemand sprach. Doch unter der von einem Algorithmus erzeugten Authentizität war Kendra nicht anders als die Versionen, die im Hintergrund arbeiteten. Marlow hatte zuvor einen gespenstischen Blick auf so einen Bot werfen können, als Kendra ins Lager ging, um ihr Kleid zu holen. Die aufrechte Gestalt, die Marlow durch die weit aufschwingende Tür sah, hatte menschlich aussehende Hände – schmale Finger, weiche Handflächen, sogar blasse Fingernägel. Die Hände griffen in einen Schwall aus weißem Satin, zogen eine aufblitzende

Nadel heraus und stießen sie wieder hinein. Doch von den Handgelenken aufwärts bestand der Bot aus Chrom und Drähten, glänzenden Stahlgliedmaßen. Anstatt eines Gesichts war da nur eine glänzende Linse aus schwarzem Glas.

»Ganz im Ernst. Hinreißend.« Kendras Stimme durchbrach die Stille. Sie neigte den Kopf zur Seite, wobei das leise mechanische Surren zu hören war, das ihr wahres Wesen verriet. »Haben wir das richtige Kleid gefunden?«, zwitscherte sie aufgekratzt.

Marlow dachte, dass sie das gelbe Kleid lieber jeden Tag für den Rest ihres Lebens tragen würde, als noch einen Moment länger mit nacktem Oberkörper vor diesem fröhlichen Roboter zu stehen. Sie wollte sowieso nichts von dem tun, was vor ihr lag, welche Rolle spielte es da, was sie trug?

»Wir haben das richtige Kleid gefunden«, sagte sie zu der künstlichen Verkäuferin. »Sie können es zur Kasse mitnehmen.«

Die drei Frauen ließen das Kleid in seinem Kleidersack in Floss' Wagen und gingen über den von Wildblumen gesäumten Hauptweg des Shoppingcenters auf das Café zu. Ellis wartete davor, einen Fuß gegen die Wand gestützt, und starrte ins Leere. Sein Mund öffnete und schloss sich. Marlow kannte diesen Blick: Er diktierte etwas. Eine E-Mail oder, dachte sie bitter, eine Einkaufsliste mit Dingen, die er vor ihr verstecken würde. Auch wenn es überhaupt nicht nötig war – und auch wenn Marlow ihm wiederholt gesagt hatte, dass sie es abstoßend fand, als ob er mit offenem Mund kauen würde –, sprach Ellis immer stumm die Worte mit, die er dem Chip in seinen Gedanken übermittelte.

Bridget hasste diese Angewohnheit auch – das Einzige,

worin sie und Marlow sich einig waren. Bridget warf ihrem Sohn einen missbilligenden Blick zu und schnalzte abfällig mit der Zunge. »Nun«, sagte sie seufzend, als Ellis sie ignorierte, »wahrscheinlich ist das besser als die Alternative.« Marlow wusste, was sie meinte. Menschen im Alter ihrer Eltern sprachen oft davon, wie es war, als es noch die alten Telefone gegeben hatte: ganze Warteräume, ganze Flugzeuge, ganze Partys voller Menschen, die alle mit gebeugtem Kopf auf bläulich scheinende Rechtecke gestarrt hatten, so ruhig und abgekoppelt von ihrer Umgebung, als hätte ein Gasleck sie einschlafen lassen. Bridget erzählte von diesem Phänomen voller Abscheu, Floss hingegen wehmütig.

Marlow konnte es sich kaum vorstellen. Sie hatte die Zeit der sogenannten Smartphones um ein paar Jahre verpasst. Die große Flut hatte auch sie vernichtet. In den chaotischen Nachwehen, die nie aufzuhören schienen, hielten die Ärzte die ersten alarmierenden Symptome bei Patienten mittleren Alters – plötzliche, aggressive Vergesslichkeit – für Nebenwirkungen des kollektiven Schocks, den das Land erlitten hatte. Doch der Nebel im Gehirn trat immer häufiger auf, bei immer mehr Menschen, wurde dichter, breitete sich aus. Schließlich wurde nüchtern eine Studie veröffentlicht, die den Gebrauch von persönlicher Elektronik – Handys, Tablets, alles, was aus nächster Nähe blaues Licht auf das menschliche Auge abstrahlte – mit der rasch fortschreitenden Demenz in Verbindung brachte, die laut der Ärzte nach und nach die Generation von Marlows Eltern zerstören würde. Die Millennials. Über Nacht stürzte ein Unternehmen namens Apple ab, die Produkte verschwanden. Kurz darauf stand ein neunzehn Jahre altes Genie in einem bauchfreien Oberteil auf einer Bühne, ein Mädchen, das seit seiner Geburt die Telefone seiner Eltern auseinandergebaut hatte, und präsentierte das Gerät, das sie ersetzen würde: den Chip.

An ihrem siebten Geburtstag wurde Marlow, wie allen anderen, die sie kannte, ein glänzendes schwarzes, quadratzollgroßes Stück Elektronik auf die weiche Innenseite ihres Handgelenks geklebt. Der Chip gab kein Geräusch von sich, hatte keinen Bildschirm. Es tat alles, was die alten Telefone gekonnt hatten, und brauchte dazu nur Gehirnwellen. Alles fand im Kopf des Benutzers statt.

Marlow konnte sich noch an die Beispielbefehle erinnern, die sie mit geschlossenen Augen zusammen mit dem Chip durchgearbeitet hatte. *Nenn mir einen Pizzalieferdienst. Sag mir, wie gerade das Wetter an der Großen Mauer in China ist. Zeig mir ein Bild der Präsidentin auf dem College.* Die statischen Stöße an ihrer Haut, das plötzliche Aufploppen der ersten Antwort in ihrem Gehirn: *Flower Crust Express, in zwei Komma eins Meilen Entfernung. Bin ich hungrig? Möchte ich etwas bestellen?* Dann der Zweifel: Ihr Gehirn wusste das bereits, oder? Dort bestellten sie dauernd Pizza. Doch dann kam die Antwort auf ihre zweite Frage, so selbstverständlich wie ihr eigener Name: *Im Moment sind es an der Großen Mauer in China elf Grad Celsius.* Und schließlich erschien auf einer Leinwand in ihrem Kopf, von deren Existenz sie nichts gewusst hatte, das Bild der heute neunundsechzigjährigen Präsidentin zu Collegezeiten. Sie stand fröhlich auf dem Campus von Princeton, die Finger in die Gürtelschlaufen ihrer taillenhohen Jeans gehakt, der Kopf von einem ordentlichen, weichen Afro gekrönt. *Möchte ich mehr sehen?* »Das ist so komisch«, hatte Marlow zu Floss gesagt, die ihre Tochter nervös beobachtete, als ob sie eine Partydroge geschluckt hätte. »Es nennt mich ›ich‹. Oder es sagt, es sei ich.« Eine

Woche später hatte sie sich vollständig daran gewöhnt und wusste schon gar nicht mehr, wer sie zuvor gewesen war und wer sie jetzt war, was sie zuvor gewusst hatte und was sie jetzt wusste. Was im Prinzip alles war.

Ellis und Marlow aßen schweigend, während ihre Mütter einen passiv-aggressiven Kampf ausfochten.

»Mein Großvater mütterlicherseits«, sagte Floss und wedelte mit einer Gabel voll tropfendem Grünkohl, »hatte bis zu seinem Tod dichtes, dunkles Haar. Keine grauen Haare, keine kahlen Stellen.« Sie warf einen mitfühlenden Blick auf Ellis' spärlich bewachsenen Kopf.

»Sehr schön«, gab Bridget zurück. »Die Designer wären wohl gut beraten, einen großen Teil der *physischen* Attribute deiner Familie zu übernehmen.« Sie kratzte das Dressing von einem Salatblatt und wandte sich an Marlow und Ellis. »Ihr beiden wisst, dass mein Vater ein entfernter Cousin von Stephen Hawking war, oder? Ich habe den Designern gesagt, dass sie in Ellis' Genen explizit danach suchen sollen.«

»Der Skateboarder?« Floss verzog das Gesicht. »Damals, vor hundert Jahren oder so?«

»Das Genie«, erwiderte Bridget. Sie sah Ellis an und lachte.

»Nun«, sagte Floss und tätschelte Bridgets Hand. »Ich stimme zu, dass man sich bei eurer Familie auf die Intelligenz beschränken sollte. Marlow hat es mir erzählt.« Floss schüttelte gespielt mitfühlend den Kopf. »Deine vorstehenden Zähne. Es war bestimmt nicht leicht, ein hässliches Kind zu sein. Aber es hat dich sicher auch stärker gemacht. Du hast so eine starke, fast schon maskuline Ausstrahlung.«

Marlow wollte ihrer Mutter einen Fußtritt verpassen, trat jedoch ins Leere, da Floss die Reaktion geahnt und rechtzeitig ihren Stuhl zurückgeschoben hatte. Sie stolzierte arrogant zu den Toiletten, als ob die Follower, die zweifellos gerade von ihrer Gehässigkeit schwärmten, direkt hier im Café wären.

Sobald Floss außer Hörweite war, sah Bridget zwischen Marlow und Ellis hin und her. Ihr Gesicht war angespannt und missbilligend. »Wann werdet ihr beiden es ihr sagen?«

»Das ist unsere Sache, Mom«, gab Ellis scharf zurück, den Mund voller Aubergine.

»Wir werden es ihr bald sagen«, erwiderte Marlow. Und das meinte sie auch so. Sie hatte Schuldgefühle, weil sie das Abstammungsprotokoll verletzen würden. Egal, wie sehr Floss sie in den Wahnsinn trieb, Marlow wollte ihr nicht verheimlichen, was Bridget bereits wusste – ganz zu schweigen von allen, die Marlows und Ellis' Feeds verfolgt hatten, als sie die Entscheidung getroffen hatten.

»Das hoffe ich.« Bridget legte ihr Besteck kreuzförmig über ihr kaum angerührtes Essen. »Sonst wird es hässlich«, sagte sie in einem warnenden Singsang.

Die Angelegenheit wird sowieso unangenehm werden, dachte Marlow, während sie beobachtete, wie Floss sich zwischen den eng stehenden Tischen durchzwängte. Mit ihrem breiten Hinterteil streifte sie immer wieder Gäste. Ihr Baby würde keinen solchen Arsch haben, dachte Marlow. Ihr Baby würde keine DNA mit ihrer Mutter teilen. Nach kurzer Diskussion hatten sie vereinbart, die Designer zu bitten, Floss' Gene außen vor zu lassen, sie komplett rauszuwerfen, wenn sie die DNA des Babys zusammensetzten. Marlow wünschte, es wäre Ellis' Idee gewesen, und sie könnte behaupten, man hätte sie dazu überredet. Doch sie hatte es selbst vorgeschlagen.

Um 3:05 Uhr in der Nacht meldete sich Ellis' Wecker. Er schüttelte Marlow und flüsterte: »Die Kameras sind aus.« Er legte sich auf die Seite und boxte sein Kissen zurecht, um sie anzusehen. Kurz hatte sie Angst, dass er vielleicht Sex haben wollte. Sie versuchte, ihren Widerwillen zu unterdrücken. Sie könnte immer noch den Chip bitten, Fotos der Feuerwehrmännerdarsteller von Constellation einzuspielen.

Doch Ellis wollte keinen Sex. »Wir müssen uns wegen des Babys entscheiden«, sagte er. »Die Befruchtung ist nächste Woche. Es wird allmählich lächerlich.«

Marlow zog die Decke bis unters Kinn. »Ich habe gesagt, Akne wäre in Ordnung«, murmelte sie. Tagelang hatten sie über den Formularen gesessen, die Fragen im Kopf gelesen und sich dann laut darüber ausgetauscht. Sie zählten ausführliche Familiengeschichten auf, Geburts- und Sterbeorte, Krankheiten, Unterschiede. So würde das Baby zusammengesetzt werden: Die Designer würden ein Genom auf der Basis des Genmaterials entwerfen, das ihnen die beteiligten Personen zur Verfügung gestellt hatten. Marlow und Ellis würden aus der DNA alle Eigenschaften auswählen, die ihr Kind bekommen sollte. Die Versuchung war groß, das Baby perfekt zu gestalten, doch Studien – und Jacqueline – sagten, dass Kinder, die ohne potenzielle Schwächen auf die Welt kamen, »psychologisch benachteiligt« waren. Oder, wie Jacqueline es unverblümt ausdrückte, »Petrischalen-Irre«. »Man muss sie ein wenig vermurksen«, hatte sie Marlow mit einem verstohlenen Nicken zu dem Muttermal am Hals ihrer Tochter gesagt. Doch selbst kleine Schwächen wirkten grausam. Marlow fiel keine Abweichung ein, mit der sie leben konnte. Schließlich hatte Ellis Akne vorgeschlagen. »Von ein paar Pickeln ist noch niemand gestorben«, hatte er gesagt.

»Nicht die Schwächen«, erwiderte er jetzt. »Das Geschlecht.«

Marlow wusste, dass Ellis einen Jungen wollte. Sie wusste,

dass er bereits plante, das Familienvermögen, das er erst noch erben musste, weiterzugeben, und trotz der Tatsache, dass seine Mutter als Businesslegende verehrt wurde und er ein Vintage-T-Shirt mit dem Aufdruck *WILD FEMINIST* besaß, konnte er sich nur schwer etwas Besseres vorstellen als das, was er im Spiegel sah.

Es ging gar nicht darum, ob Marlow einen Jungen oder ein Mädchen wollte, sondern dass die Wahl eines Geschlechts das Kind endgültig machen würde, das bisher nur als hypothetisches Laborkonstrukt und in überdrehten Partygesprächen existiert hatte. Es gab einen Grund, warum die Fruchtbarkeitsklinik das Geschlecht des Babys vor der Befruchtung wissen musste, denn bei der Feier würde eine Simulation des Kindes auf eine riesige Leinwand projiziert werden. Marlow graute davor. Sie hatte das Gefühl, dass es beim Anblick des Babys, wie es von der Leinwand aus gluckste, endgültig kein Zurück mehr gab – noch viel mehr als bei der Nachricht, dass sie schwanger werden sollte, sogar mehr als in dem Moment, in dem man ihr den Embryo einsetzen würde. Wie konnte sie dann noch daran denken, sich aus der ganzen Sache herauszuziehen, wenn sie ihr Kind erst einmal gesehen hatte?

»Lass uns morgen darüber reden«, sagte sie und drehte ihm den Rücken zu. Beinahe sofort schlief sie wieder ein. Schlaf ohne Hysteryl war eine völlig neue Erfahrung, zuerst war er stumpf und schwarz und tief, dann voller lebendiger Träume. Die alten Erinnerungen waren zurück, so schmerzhaft wie eh und je: Grace flehte, Honey sah zu der Kamera im Armaturenbrett, das Wasser, in dem der Wagen versank. Heute Nacht träumte sie jedoch von ihrer Befruchtung. Sie sah sich selbst in dem gelben Kleid, Ellis neben ihr. Beide standen wie geplant vor einer lächelnden Menge im Garten ihrer Mutter.

Alle hatten den Blick auf eine Leinwand über dem Altar gerichtet, auf der Marlows Baby zu sehen war, mit pummeligen Füßen und Grübchenhänden und flaumigen Locken auf dem Kopf. Doch anstelle des Gesichts hatte das Kind nur eine gewölbte Glaslinse, wie der Bot, auf den sie im Bekleidungsgeschäft einen verbotenen Blick erhascht hatte. Über dem schockierten Murmeln der Gäste hörte Marlow laut und deutlich, wie ihre Mutter hinter ihr nach Luft schnappte und sagte: »O mein Gott. Sie ist wunderschön.«

Die Nebelklinik war zwanzig Minuten zu Fuß entfernt und von einem künstlichen Wald versteckt, da das Network nicht wollte, dass sie von den Kameras eingefangen wurde. Marlow machte der Spaziergang nichts aus, nach dem Traum konnte sie sowieso nicht mehr schlafen. Die Hälfte des Weges legte sie im Finsteren zurück. Erst als sie den Waldrand erreichte, bemerkte eine Illumidrohne sie und tauchte den Trampelpfad vor ihr in weißes Licht. Sie ging an dem mattschwarzen, kastenförmigen Gebäude vorbei, in dem die Server des Networks untergebracht waren, mied den Blick der bewaffneten menschlichen Wachen, die an den Mauern postiert waren. Das Network gab sich größte Mühe, seine Daten zu sichern. Die Menschen, die Gewehre, der Tarnkappenbomber-Anstrich – alles war von Anfang an da gewesen, um die Einwohner von Constellation davon zu überzeugen, dass die Sicherheit ihrer Privatsphäre oberste Priorität hatte. Marlow hatte die Logik dahinter nie verstanden. Was war denn in Constellation schon privat? Sie mussten vor der Kamera essen und weinen, sogar Kinder auf die Welt bringen. Doch hier waren sie in einer Festung geschützt, alle Daten – was ihrer Einschätzung nach nur ein anderes Wort für langweilige Dinge war: Wie viel Geld sie für die Reinigung ausgaben, die Schließfachkombination im Fitnessstudio, die Nachrichten, die sie einander im Kopf schickten. Wer war auf so etwas aus?

»Das dachten wir damals auch«, hatte Floss trocken gesagt, als Marlow das Thema einmal angesprochen hatte.

Da verstand sie: Die Festung musste ihren Eltern bei ihrem Einzug Sicherheit gegeben haben. Wie die glänzenden Fitnesseinrichtungen und der glitzernde Stadt-Swimmingpool – seit der Wasserrationierung gab es so wenige in Kalifornien – musste Datensicherheit verlockend gewesen sein. Constellation wurde zu Beginn des neuen regierungsgesteuerten, regierungsüberwachten Internets gegründet, als die Amerikaner noch zu geschädigt und verängstigt waren, es zu benutzen. Marlows Stadt war ein Lockvogel, ein Weg, die Menschen wieder online zu bringen. Die Werbung dafür war unwiderstehlich: Schaut euch nur diese wunderschönen Menschen an, die nonstop gefilmt werden. Marlow war jetzt alt genug, um die Geschichte ihrer Stadt zu kennen, um zwischen den Zeilen lesen zu können. Die echten Stars von damals – Oscar-Gewinner und Rockmusiker – wollten nichts mit Constellation zu tun haben. Doch die B-Promis, wie Marlows Eltern, waren pleite, sehnten sich nach ihrem alten Ruhm und waren empfänglich für die Anwerbeversuche des Networks. *Damals habt ihr die Menschen auf angreifbare Plattformen geholt – glaubt ihr wirklich, ihr hattet nichts mit der großen Flut zu tun? Ihr habt Blut an den Händen.* Und so unterzeichneten die alten Realityshow-Darsteller und Promis und langweiligen Geschwister von Schauspielern die Verträge. Sie zogen nach Constellation und lebten. Sie teilten Tag und Nacht mit den Zuschauern und bewiesen durch ihre furchtlose Rückkehr zu dem Format das uramerikanische Mantra: Die Terroristen hatten nicht gewonnen.

Die Sonne ging hinter Marlow auf, als sie bei der Nebelklinik ankam. Ein Mann in Hausschuhen stand hinter der Glasscheibe und sah sie an, als sie ihren Chip an die Tür hielt. Sogar zu dieser frühen Uhrzeit öffneten sich die Türen; sie war eine nächste Angehörige.

Floss schauderte immer theatralisch, wenn sie von der Einrichtung sprach, doch Marlow gefiel es hier. Es war der einzige Ort in Constellation – abgesehen von Orten, an denen sich die Menschen auszogen –, der nicht von Kameras eingefangen wurde. Da draußen gab es kein Publikum für nebeldemente Menschen, denen das Frühstück aus dem Mund fiel. Marlow hatte allerdings keine Angst vor den Patienten. Ihr Vater war schon jahrelang wie sie gewesen, bis Floss und Marlow einsahen, dass er hierherverlegt werden musste. Sie war an die ausdruckslosen Augen gewöhnt, die starren Gesichter. Der Ort strahlte für sie Frieden und Bedeutsamkeit aus, wirkte irgendwie fast königlich. Das hier waren wohlhabende Menschen. Die Männer trugen immer tadellose Kaschmirmorgenröcke, die Frauen teure Ohrringe. Einmal hatte Marlows Lieblingspfleger, ein stämmiger Mann namens Sean im Alter ihres Vaters, ihr einen Kaffee ausgegeben und sie seinen Lieblingspatienten vorgestellt. »Ich war eine Twitter-Berühmtheit«, krächzte ein alter Mann und starrte sie an, und Marlow nickte nur und lächelte, gab vor, beeindruckt zu sein. Sie hatte Twitter nie richtig verstanden, auch wenn Floss immer noch davon sprach wie von einem toten, geliebten Freund. Kurznachrichten, die jeder lesen konnte, die meisten sinnlos, offensichtliche Lügen waren erlaubt – Marlow konnte sich nicht vorstellen, was daran interessant gewesen sein sollte.

Als sie im Stockwerk ihres Vaters aus dem Aufzug trat, sah sie Sean hinter seinem Schreibtisch. Der lavendelfarbene

Morgenhimmel rahmte seinen Kopf ein, während er stirnrunzelnd einige Krankenblätter studierte. »Na, Frühaufsteherin?«, sagte er, als er Marlow näher kommen sah. »Was machst du hier?«

Marlow grinste, schob ihre Tasche die Schulter hinauf und tätschelte sie. »Ach, du weißt schon. Ich habe dem großen Mann sein Lieblingsessen mitgebracht. Filet Mignon, Hummer. Eisriegel.«

Es war ein düsterer Witz zwischen ihnen beiden. Ihr Vater aß mittlerweile kaum noch etwas.

»Er ist auf.« Sean nickte zu dem Zimmer hinter ihm. CLIPP, ASTON stand an der Tür.

Marlows Vater saß in dem Stuhl neben seinem Bett, schon in seinen Kaschmirmorgenmantel gehüllt. Floss hatte ihn hektisch an dem Tag gekauft, an dem sie Aston hergebracht hatten, wie eine nervöse Mutter, deren Kind am College die richtigen Sachen tragen sollte.

»Dad«, sagte sie. »Wie geht es dir?«

Als er nicht antwortete, erzählte sie von der Befruchtung. Wie sehr sie sich wünschte, dass er dabei sein könnte oder dass sie nicht dabei sein müsste. Dass Ellis einen Jungen wollte und sie Ellis nicht wollte. Sie sagte mehr als eigentlich nötig, um ehrlich zu sich selbst zu sein. Sie genoss, dass jedes ihrer Worte in diesem Raum leben und sterben würde.

»Ich bin am Arsch, Dad«, sagte Marlow. »Richtig am Arsch.« Noch ein Grund, warum sie so gern hierherkam. Hier konnte sie fluchen, wie sie wollte, und musste nicht zu fischigen Ersatzwörtern greifen.

Sie dachte, er würde sich vorlehnen, weshalb sie ihm den Strohhalm in den Mund schob. Ihr Vater sog Wasser in den Mund. Marlow spürte ein winziges bisschen Freude, so winzig, dass sie es nicht für möglich gehalten hätte, bis seine Krankheit ihre Welt schrumpfen ließ.

Ihr Vater hatte sich damals um sie gekümmert, nachdem man ihr die Eier entnommen hatte. Ihre Mutter hatte aus Versehen einen anderen Termin vereinbart, weshalb sie während Marlows Operation einige Tage verreist war. Floss und Aston sprachen damals kaum miteinander, erinnerte sie sich, auch wenn sie den genauen Grund nicht wusste. Marlow hatte irgendwann aufgehört zu zählen, wie oft die beiden sich im Lauf ihres Lebens getrennt und wieder versöhnt hatten. Wenn Floss alte Geschichten erzählte, bezog sie sich manchmal auf Trennungen, an die Marlow sich nicht erinnern konnte. Wenn sie das anmerkte, rief Floss leise: »Ach ja!« Dann erklärte sie das Zerwürfnis in dem bedauernden Tonfall, in dem man von einem lange zurückliegenden, verregneten Urlaub sprach.

Marlow erinnerte sich an Folgendes aus der Woche ihrer Eientnahme: Ihre Mutter wollte nicht, dass ihr Vater wusste, dass sie nicht zu Hause sein würde, um sich um Marlow zu kümmern. Deshalb bat sie ihren Fahrer Amadou, auf sie aufzupassen, und schickte ständig schuldbewusste Nachrichten. *Wie geht es dir, Schatz? Hast du genug Traubeneis? Ich habe Amadou gesagt, er soll das unbedingt kaufen. Warst du überrascht, als du das Eis am Stiel gesehen hast? Ich wette, du dachtest, ich hätte es vergessen! Ich würde doch nie vergessen, wie gern mein Mädchen Eis mit Traubengeschmack mag. Ich habe Amadou gesagt, dass das sehr wichtig ist!* Marlow hatte nicht geantwortet. Das war typisch Floss: Sie war nicht die Mutter des Jahres, sondern einmal im Jahr Mutter, war ständig abwesend und wollte trotzdem gelobt werden.

Als Marlow vor lauter Schmerzen geweint hatte, hatte Amadou die Augen geschlossen und über seinen Chip einen

Anruf getätigt, während er ihr die ganze Zeit übers Haar gestrichen hatte. Marlows Vater war sofort mit einer kleinen Reisetasche gekommen, hatte Amadou die nächsten Tage freigegeben und versprochen, dass Floss nie davon erfahren würde. Er gab Marlow eine kleine Glocke, mit der sie läuten sollte, wenn sie ihn brauchte und er im Erdgeschoss war. Während ihrer langen Nickerchen schlenderte er durch sein früheres Haus, strich mit den Fingern über Risse in den Wänden und Wasserflecken an der Decke. Er holte Handwerker, die sich darum kümmerten.

»Dad, was soll ich nur tun?«, flüsterte Marlow jetzt, während sie den Strohhalm sanft zurückzog. Sie sah ihn staunend an, wie so oft, seine dunklen, glänzenden Augen, seinen Kiefer unter der für sein Alter zu straffen Haut, zu weich und lebendig für jemanden, der dahinwelkte. Wie sehr sie sein Gesicht vermissen würde, wenn er erst völlig verschwunden war.

Ihr Vater blinzelte, ohne zu antworten, und plötzlich wurde ihr etwas klar. Dieses geliebte Gesicht – es könnte sie beide überleben. Sie könnte es in ihr Kind einprogrammieren, ihr eigenes Aussehen überspringen, das so eine verwässerte Mischung ihrer Eltern war, dass Menschen sie manchmal voller Mitleid ansahen, bevor sie sich wieder im Griff hatten. Marlows Eltern hatten immer abgewinkt und geschworen, dass ihre blauen Augen die Form der braunen ihres Vaters hatten, dass Floss' Haare in dem Alter genauso wie Marlows gewesen waren – ungezähmt und aschblond. Marlow hatte sich nie viel Gedanken darüber gemacht. Sie wusste, dass die Amerikaner im zwanzigsten Jahrhundert stolz ihre Abstammung aufgezählt hatten – *ich bin ein Viertel irisch, halber Ugander, zu einem Teil französisch* –, doch heutzutage tat das niemand mehr. Bei Marlows Geburt waren die Bestandteile zu kompliziert geworden, und die Kinder, die nach ihr auf die Welt kamen, mussten sich noch mehr Abstammung merken. Nasen und Augenbrauen und Kinne waren weniger vorhersehbar, deuteten auf viel weniger hin. Dennoch fragte sich Marlow gelegentlich, wo sich die Züge ihrer Eltern bei ihr versteckten. Manchmal riss sie vor einem Spiegel den Kopf hoch, bevor ihr Gesicht sich darauf einstellen konnte, in der Hoffnung, einen Blick auf ihre Mutter oder ihren Vater zu erhaschen. Es funktionierte nie. Wenn ihr Vater tot war, würde nichts in ihrem Gesicht an ihn erinnern.

Vielleicht, dachte sie plötzlich schuldbewusst, könnte sie ein wenig wie Ellis sein und Potenzial in dem Kind sehen. Eine Möglichkeit, das Gesicht ihres Vaters zu retten, ihm einen Neuanfang ermöglichen. Sie würde ihn so jung sehen, wie es ihr selbst nicht möglich gewesen war. Wenn sie lange genug lebte, würde sie es vielleicht sogar wie in ihrer Lieblingserinnerung sehen. Sie sah es vor sich: der Tag, an dem er ihr Radfahren beigebracht hatte und neben ihrem regenbogenfarbenen Fahrrad hergejoggt war, ein Seil in der Hand. Das andere Ende war um Marlows Taille befestigt – ein Kompromiss. Sie wollte nicht, dass er sie hielt, er konnte sie noch nicht loslassen. »Schatz, schau, wohin du fährst«, wiederholte er immer wieder. »Schau nach vorn.« Doch sie fühlte sich besser, wenn sie ihn ansah, wie sein Haar wild flatterte, als er neben ihr herlief. Sie konnte immer noch den Schweiß an seinen Schläfen sehen, die Falten in seinen Augenwinkeln, wenn er mit ihr lachte.

Wie alt war ihr Vater in dieser Erinnerung? Sie bat ihren Chip um die Berechnung, und das Ergebnis durchfuhr sie schockartig: *Achtundzwanzig*. Sieben Jahre jünger, als sie jetzt war.

»Oh, Anna«, sagte ihr Vater plötzlich schwach, seine Stimme kämpfte sich durch die Trägheit vieler sprachloser Stunden. »Es geht dir gut.«

Marlow wusste nicht, wer Anna war, doch sie war ihr mittlerweile vertraut. Ihr Vater nannte sie bei etwa jedem dritten Besuch so. Die anderen Male sagte er gar keinen Namen. Marlow verbesserte ihn jetzt nicht, er klang so erleichtert. Sie nickte nur, steckte die Decke um ihn fest und konzentrierte sich darauf, genauso auszusehen: als ginge es ihr gut.

Sie und Ellis einigten sich schließlich. Er bekam den Jungen, den er wollte, mit dem Gesicht von Marlows Vater. Sie gaben dem Liberty Center Bescheid und erhielten die Antwort, dass die Designer sofort mit der Simulation beginnen würden.

Die letzten Tage vor der Befruchtung waren turbulent und vergingen schnell. Floss geriet mit dem Caterer in Streit, was in einer kurzen, harmlosen Schubserei mündete. Bridget bekam einen Anfall wegen des CO_2-Fußabdrucks des Kuchens, den Floss am anderen Ende des Landes bestellt hatte. Marlow hängte ihr gelbes Kleid ins Haus ihrer Mutter, wo sie es nicht sehen musste. Sie ging zu dem Wellness-Tag, den Jacqueline zur Feier ihrer baldigen Mutterschaft organisiert hatte. Die Frauen waren alle etwas steif, weil auf solchen Partys kein Alkohol getrunken wurde. Die zukünftige Mutter musste nüchtern bleiben, weswegen die anderen auch nichts tranken. »Kopf hoch, ihr Loser«, sagte Jacqueline scharf und stampfte mit dem Fuß in der Pedikürewanne auf. »Wenigstens können wir über Tia reden.« Tia war als Einzige aus ihrer Gruppe nicht dabei. Kinderlose Frauen wurden nie eingeladen.

»Dann müsst ihr ja in den letzten Jahren echt *viel* über mich geredet haben«, sagte Marlow. Alle lachten nervös.

Am Morgen der Befruchtungsfeier saß Marlow am Küchentisch ihrer Mutter und nippte an heißem Wasser mit Zitrone. Vor dem Einsetzen ihrer Eier hatte man ihr endgültig den Kaffee entzogen. Durch die Glastüren, die in den Garten führten, sah sie, wie Drohnen goldfarbene Stühle auf den Rasen absenkten, während ein Drehbuchschreiber und ein Abgesandter des Networks zusahen. Die Leinwand, auf die ihr Sohn später projiziert werden würde, hatte man bereits aufgebaut. Um sie herum arbeiteten drei Bots unter Hochdruck. Einer dämpfte Marlows Kleid im Flur, einer schnitt Obst auf der Kücheninsel, ein dritter setzte Teelichter in breite Schalen voll Wasser. Wegen des besonderen Anlasses handelte es sich bei allen um Kundenkontaktvarianten. Die Gäste machten sich nicht fein, um dann Stangen und Drähte sehen zu müssen.

Die Roboter waren im Zeitplan, die Menschen jedoch nicht. Floss war irgendwo im Haus und zelebrierte ihr »Make-up vor dem eigentlichen Make-up«-Ritual. Bald würde sie mit Bronzer im Gesicht auftauchen und behaupten, völlig ungeschminkt zu sein. Jacqueline war auf dem Weg, etwas zu spät, nachdem es ein Drama mit einer ihrer Töchter gegeben hatte. Ellis war mit den Männern seiner Schwestern in einem Surfsimulator. Die Website versprach, dass die Männer sich wie auf den Wellen an der Gold Coast fühlen würden, wie auf Oahu und den Kanarischen Inseln, alles in einem Lagerhaus fünfzig Meilen vom Pazifik entfernt.

Während Marlow wartete, erschien eine Nachricht in ihrem aufgewühlten Gehirn. *Dringend! Hier ist Liberty Family Planning – Marlow Clipp, können Sie* sofort *zu uns kommen?*

Klar, antwortete Marlow. Sie schlüpfte aus der Küche, ohne den Bots Bescheid zu geben, die mit einem leichten Lächeln auf den Lippen stumm weiterarbeiteten.

Sie fuhr zu der Klinik und trat ein. Das Büro war dunkel und ruhig, die aufgedrehte Schwester, die bei ihrem letzten Termin dort mit ihnen gesprochen hatte, war nirgends zu sehen. Jemand winkte ihr am Ende des Flurs zu.

Marlow ging auf die Gestalt im Gegenlicht zu und sah sie mit jedem Schritt deutlicher. Eine stämmige Frau in rot-grauer Schwesterntracht, in ihrem Alter, mit ernst blickenden Augen und warmer brauner Haut. Ihre Haare waren zu einem festen Pferdeschwanz zurückgebunden. Sobald Marlow sie sah, kribbelten ihre Finger bei der tief vergrabenen Erinnerung, wie sich die Haare anfühlten. Marlow wusste noch immer, wie es war, die Haare zu Zöpfen zu bändigen und sie vorsichtig mit Gummibändern am Ende zu verschließen.

»Grace«, sagte sie atemlos. »Du arbeitest hier?«

Grace schluckte nervös. »Wir müssen eine kurze Untersuchung durchführen«, erklärte sie laut. »Ihr PAP-Abstrich wies Auffälligkeiten auf. Bitte folgen Sie mir.«

»Kein Problem«, erwiderte Marlow. Und einfach so, zum ersten Mal überhaupt, verstieß sie gegen ihren Vertrag. Er enthielt eine Klausel, die ihr verbot, mit allen zu sprechen, die in jener Nacht dabei gewesen waren. Doch sie waren keine Kinder mehr, nicht wahr? Sie hatte Grace seit zwanzig Jahren nicht mehr gesehen.

7

Orla

New York, New York

2015

»Hey«, sagte Floss eines Sonntags beim Brunch und drehte ihr Glas am Stiel zwischen den Fingern. »Du kennst doch den Sänger, Aston Clipp?«

»Ist er denn ein Sänger?«, fragte Orla. Sie trank einen Schluck von ihrem Mimosa und schmeckte dabei nicht das Geringste. Ihr übliches Brunch-Café – eine billige Dachterrassenbar in Midtown, die immer noch nach Bleiche und Alkohol stank, wenn sie Sonntagvormittag für die Brunch-Gäste öffnete – warb eigentlich mit einer Mimosa-Flatrate. Doch Orla und Floss waren seit fast drei Stunden hier. Die Flüssigkeit in den Gläsern, die der verärgerte Kellner ihnen brachte, war jedes Mal ein wenig dunkler gewesen, bis Orla sich sicher war, dass sich kein Tropfen Champagner mehr darin befand. Jetzt mischte er sogar den Orangensaft mit Wasser. Zumindest hoffte sie, dass es sich um Wasser handelte.

»Was auch immer er ist …«, Floss zuckte mit den Schultern, »ich glaube, er wäre perfekt. Findest du nicht?«

Seit Wochen sprachen sie über den nächsten Schritt. Sie wollten Floss mit jemandem verkuppeln, der ihren Stern noch mehr zum Leuchten bringen würde. Orla dachte an ein unscharfes Video, das sie kürzlich auf *Lady-ish* veröffentlicht hatten: Aston Clipps Faust, die sich aus einer Menge auf Ibiza erhob, der Schlag, den er einem Typen verpasste, von dem er dachte, er hätte seinen Manager herumgeschubst. Der Typ stellte sich allerdings als vierzehnjähriges Mädchen heraus.

»Ich weiß nicht«, meinte Orla. »Er könnte Ärger bedeuten.«

»Oh, das wird er.« Floss versuchte, mit den Augenbrauen zu wackeln, doch dank des Botox zuckten nur ihre Schläfen.

Orla stellte sich Floss auf einer Party vor, wie sie auf Aston Clipps Schoß saß und sich vorbeugte, um zu hören, was er ihr zuflüsterte. Eifersucht durchzuckte sie. Sie war noch immer in Gedanken versunken, als Floss aufstand und sie aufbrachen. Als sie fast am Ausgang waren, fiel Orla auf, dass sie nicht bezahlt hatten. Beschämt drehte sie sich um und fing den Blick des Kellners auf. Er starrte ihnen nach, blieb aber stehen. Er wirkte hauptsächlich erleichtert, sie endlich los zu sein.

Aston Clipp hieß eigentlich Austin Kumon und war der vierte Sohn von Lee, einer alleinerziehenden Mutter aus Kentucky, die ihr schwarzes, japanisches Haar bleichte und davon träumte, ihr hübschestes Kind auf Disney Channel zu sehen. Ein paarmal im Jahr tauchte sie in L.A. auf und ließ Austin bei Auditions antreten, wo Jungen in seinem Alter mit gesenkten Köpfen Textzeilen von Kinderdetektiven mit sprechenden Hunden murmelten, von kindlichen Surftalenten mit sprechenden Hunden und kindlichen Computergenies mit sprechenden Hunden. Austin hatte allerdings einen schrecklichen Sprachfehler. »Walph«, sagte er zu dem Castingassistenten, der den sprechenden Hund spielte, »willst du suwfen gehen, Kumpel? Ich bin auf dem Weg nach Wedondo. Du solltest mal sehen, wie die Jungs dowt suwfen!« Die Castingleute baten Lee freundlich, ihren Sohn nicht mehr zu Vorsprechen zu bringen, doch Lee hörte nicht auf sie und meldete Austin einfach unter falschem Namen an. Auf den dreißigstündigen Autofahrten übte sie gnadenlos mit ihm, um ihm seinen Sprachfehler abzutrainieren. Auf einem dieser langen Trips hatte Austin die Schnauze voll und filmte Lee heimlich, wie sie ihn immer wieder drängte, legte ein paar Effekte darüber und stellte alles auf YouTube ein. Er nannte den Clip »Meine beschissene Bitch-Mom«. Sechs Millionen Menschen sahen, wie Lee, eine Zigarette im Mundwinkel, einem Sattelschlepper auswich und ihrem Sohn vorsprach: »Der runde Ball … rollt … den Berg hinunter.« Austin erstellte noch weitere Videos, trieb seine Mutter zu Wutausbrüchen, die er ohne ihr Wissen filmte, bis ein Hollywood-Manager namens Craig sie in ihrem Wohnmobil besuchte. Sechs Wochen später hatte Austin unerklärlicherweise einen Plattendeal sowie einen Vertrag mit einem Fernsehsender, der sich auf Formate für Männer spezialisiert hatte. Sie gaben ihm die Möglichkeit, seine eigene Sitcom zu entwerfen und darin aufzutreten. Am Ende des Jahres lebten Austin und Lee in Malibu, und sie trug ständig Feinrippunterhemden mit dem Aufdruck *BBM*. Austin war damals sechzehn.

Schon bald war der Skandal da. Es gab heftige Proteste gegen die Sitcom, in der ein Junge plante, seine beschissene Nervensägen-Mom umzubringen. Das Fernsehen – vor allem der Sender, der sich ein Bürogebäude mit den Idioten des Männersenders teilte – lud genüsslich erzürnte Eltern und aufgebrachte Vertreter religiöser Vereinigungen ins Studio ein. (Teenagermädchen, die von Austins blendendem Lächeln und seinem weichen, welligen schwarzen Haar verzaubert waren, schalteten hinter dem Rücken ihrer Eltern die Sitcom ein und reagierten dann mit Zitaten wie »Hausarrest, Bitch?

Ich fackel deine Leiche ab!«) Der Männersender stellte die Sitcom ein, entschuldigte sich bei der Öffentlichkeit und fand eine Möglichkeit, die Kumons nicht weiter zu bezahlen. Lee versuchte verzweifelt, an ihrem neuen Lebensstil festzuhalten, und verklagte jeden in Sichtweite. Sie brachte sogar Austin vor Gericht, weil sie ihm Verleumdung vorwarf. Auch wenn die Richterin die Klage abwies, die Beziehung zwischen den beiden war dauerhaft beschädigt. Craig riet Austin, sich von seiner Mutter zu lösen. Austin stimmte zu, packte Jeans und das Handyladegerät in eine Plastiktüte und zog in Craigs Gästezimmer.

Kurz darauf spürte Lee Austin und Craig in einer Pinkberry-Filiale auf. Sie stürzte sich auf ihren Sohn, der hinter den Tresen mit den Frozen-Yoghurt-Sorten und Toppings flüchtete. Lee folgte ihm, und als ihr Craig in den Weg trat, packte sie seinen Kopf und hieb ihn gegen den Tresen. Als er sich wieder aufrichtete, blutete seine Nase, ein paar bunte Toppingkrümel klebten daran. So viele Schaulustige hatten den Zwischenfall mit ihren Handys gefilmt, dass die Nachrichtensender praktisch ein professionelles Video der Auseinandersetzung zusammenschneiden konnten, komplett mit diversen Gesichtsausdrücken und verschiedenen Blickwinkeln. Ein paar Fans der Sitcom fragten sich, ob das Ganze nur gestellt war.

So kam Craig, noch bevor seine Nase verheilt war, auf die Idee, so zu tun, als sei wirklich alles arrangiert gewesen. Alles so hinzustellen, als sei Austin – von seinen ersten YouTube-Videos über die Autotune-Singles bis hin zu den Schimpfwörtern, mit denen er seine Mutter bedachte – ein einziges langes Experiment in Sachen Medien und Moral. »Wenn man genauer darüber nachdenkt«, flehte Craig seine Vorgesetzte an, »ist er wirklich ein Künstler. Er fordert unsere Sicht auf Sprache und

Anstand heraus.« Die Abteilungsleiterin schnaubte. »Er ist ein kleines Hinterwäldler-Arschloch«, sagte sie. »Ich denke nur darüber nach, weil jedes Teenagermädchen im Land seinen Schwanz lutschen will. Also los, tun Sie sich keinen Zwang an.«

Und so änderte Austin seinen Namen zu einem der Alias, unter denen seine Mutter ihn zu den Vorsprechen angemeldet hatte – Aston Clipp –, und nannte sich von da an Künstler. Er tauschte seine Michael-Jordan-Sneakers gegen Sandalen ein und reiste um die Welt, wo er vor allem Perlenarmbänder sammelte. Er saß mit nacktem Oberkörper auf dem Holocaust-Denkmal in Berlin und nervte tibetische Mönche wegen Selfies. Er erforschte seine Wurzeln in Japan, wo ihm die üblichen Verbeugungen langweilig wurden und er als Reaktion darauf spontane Tanzschritte erfand. (Er bat auch überall um eine Gabel, weil er, wie er es ausdrückte, »nicht mit Stäbchen herumscheißen« würde.) Auf einer Reise nach Südafrika twitterte er, während er in seinem Learjet auf der Rollbahn in Johannesburg stand: *Voller Trauer denke ich an den Volksmord hier in Ruanda – man stelle sich nur vor, wie viele junge Mädchen (und Jungs! LOL) Clippers hätten werden können.*

Schließlich bestand Craig darauf, dass Aston etwas erschuf. Einen Song, ein Buch, eine Webserie – irgendetwas, das er zu Geld machen konnte.

»Ich dachte an ein Stand-up-Special, bei dem ich mich die ganze Zeit wie ein Irrer aufführe und das Publikum beleidige oder so«, meinte Aston, während er auf einem Pogo-Stick herumhüpfte.

»Nein«, wehrte Craig ab und versuchte, sich vorzustellen, was Aston unter »Irrer« verstand. »Künstler«, erinnerte er ihn. »Du bist ein Künstler.«

Aston nickte. Schnupfte ein bisschen Kokain. Sieben Minuten später hatte er eine Idee. Er wollte eine Ausstellung veranstalten, in der er in einem stockfinsteren Raum saß, völlig nackt bis auf ein Paar leuchtender Gipsbeine, wie die, die er in dem Sommer vor der fünften Klasse hatte tragen müssen, nachdem er unter das Quad eines Freundes gefallen war. Die Besucher durften fünf Minuten allein mit ihm verbringen, um die Gipsbeine mit Schwarzlichtstiften zu signieren. »Wir könnten uns ein Museum suchen«, sagte er zu Craig. »Wer uns am meisten zahlt, bekommt die Ausstellung.«

»So sind Museen aber nicht organisiert«, antwortete Craig.

Aston, der am Tag zuvor einundzwanzig geworden war, zuckte mit den Schultern und meinte: »Dann eben bei Urban Outfitters.«

Aus diesem Grund gingen Orla und Floss an dem Abend zu dem Laden an der Ecke Sixth Avenue und Fourteenth Street. Sie standen in einer langen Schlange unter einer Anzeigetafel, auf der stand: »Urban Outfitters präsentiert ein herausragendes Werk: Aston Clipps *Meine Beine, eure Leinwand – Als der Sommer 2005 so richtig beschissen war.*«

»Er ist sieben Jahre jünger als du«, erinnerte Orla Floss, als sie langsam voranrückten.

»Stimmt. Aber schau ihn dir an.« Floss warf einen Blick auf das stockwerkhohe Schwarz-Weiß-Foto von Aston im Fenster, auf dem er eine alte Wasserpistole in der einen Hand hielt und mit der anderen der Kamera den Mittelfinger zeigte. »Er ist einfach eine total alte Seele«, schwärmte Floss seufzend.

Eine schwarze Mercedes-Limousine bog langsam um die Ecke und hielt vor ihnen an. Ein Model, dessen schwindelerregend hohe Schuhe aus rutschigem Holz gefertigt waren, stieg aus und ging schwankend auf den Laden zu, als sei jeder Schritt ihr erster. Ein Türsteher im Blazer und mit Knopf im Ohr ließ sie hinein.

Jemand hinter Floss und Orla sagte: »Oh, ich glaube, die beiden sind zusammen.«

Floss grub ihre Finger in Orlas Arm. Tränen glitzerten gefährlich nahe an ihren Nerzwimpern, für die sie gespart hatten und die nicht nass werden durften. »Mach dir keine Gedanken wegen ihr«, sagte Orla. Sie dachte daran, wie Catherine das erste Mal mit Danny geredet und ihrer beider Schicksal besiegelt hatte. »Geh einfach da rein und wirf dich an ihn ran, als sei sie gar nicht da«, sprach sie fest weiter. »Wenn er dich kennengelernt hat, ist sie unwichtig.«

Nachdem sie eine Stunde durch das Obergeschoss des Ladens spaziert war und Traumfänger und übergroße Creolen berührt hatte, entdeckte Orla Floss, wie sie gerade aus dem dunklen Raum im Erdgeschoss kam, in dem Aston nackt saß. Sie ging zum Kopf der Treppe, um dort auf sie zu warten.

Als Orla dort stand, schob sich plötzlich das Model an ihr vorbei und begann, langsam auf ihren hohen Teak-Absätzen die Treppe hinunterzubalancieren. Orlas Puls beschleunigte sich, als Floss auf dem Weg nach oben stehen blieb, die Hand am Geländer, und auf das Model wartete. Orla sah ihr an, dass sie gerade eine Idee hatte. Als das Model nur noch eine oder zwei Stufen über ihr war, wischte Floss sich betont provokant den Handrücken am Mund ab.

Das Model fluchte und spuckte sie an, schwankte, als sie ihren Finger in Floss' Richtung streckte. Floss jedoch grinste nur höhnisch und ging weiter die Treppe nach oben. Als sich die beiden trafen, knickte das Model in ihren gefährlichen

Schuhen um, ihr Oberkörper zuckte nach links. Sie schrie auf und griff nach Floss, um das Gleichgewicht zu wahren.

Floss' Bewegung war so klein, so schnell wie das Flattern eines Kolibris und trotzdem unverkennbar: Sie riss ihren Arm zurück. Das Model stürzte die Treppe hinunter, sein Kopf traf zweimal auf den Stufen auf. Sie kam am Fuß der Treppe zum Liegen, und allein der Anblick ihres unnatürlich unter dem Körper verdrehten Armes schmerzte schon. Die Anwesenden schnappten nach Luft, laut und trotzdem bei der hämmernden Trance-Musik kaum zu hören. Floss sah hilflos zu Orla nach oben.

Orla erwiderte ihren Blick mit offenem, trockenem Mund. Sie wusste nicht, ob das dumpfe Poltern von den Schuhen des Models verursacht worden war oder von ihren Knochen, die so dicht unter der Haut saßen, dass Orla das Gefühl hatte, sie könnte das ganze Skelett sehen. Das Model stöhnte und warf den Kopf von einer Seite zur anderen. Niemand bewegte sich. »Paulina!«, schrie jemand. »Ruft einen Krankenwagen«, eine andere.

Floss kletterte die Treppe nach oben, in ihrem engen Wickelkleid war jede Stufe mühsam. Als sie den oberen Absatz erreichte, drängten sich Menschen zwischen sie und Orla, schrien sie an, versuchten, Floss zur Seite zu schubsen. Zusammen rannten sie davon – über eine zweite Treppe nach unten, zur Tür, zur Straßenecke, zu dem Taxi, das sie hektisch anhielten. Sie sahen das andere Taxi nicht, in das sich die hysterischen Mädchen stürzten, hörten nicht, wie eine zum Fahrer sagte: »Folgen Sie dem Wagen!« Sie sahen den Fahrer nicht, der verzückt von den Dekolletés der jungen Frauen war, wie er einen Befehl befolgte, über den er normalerweise gelacht hätte.

»Was zum Teufel hast du dir dabei gedacht?«, sagte Orla im Taxi.

»Ich weiß es nicht, ich weiß es nicht!« Floss schlug die Hände vors Gesicht. »Sie hätte mich schlagen können, oder?«

»Nein, das hätte sie nicht.« Orla krümmte sich, ihr war schlecht. »Und du glaubst das auch nicht.«

Sie achteten nicht darauf, dass das zweite Taxi ebenfalls vor ihrem Apartmenthaus hielt, als sie ausstiegen und ins Gebäude eilten. Sie waren bereits in ihren Schlafzimmern, blass und ernüchtert, als die Teenagermädchen Fotos von der Eingangstür schossen und sie mit beißenden Kommentaren in den sozialen Netzwerken verbreiteten.

Hier wohnt diese BÖSE, widerwärtige Schlampe.

Aston + Paulina forever pass bloß auf, Bitch.

Hier wohnt die Schlampe, die Paulina wehgetan hat, falls jemand vorbeischauen und ihr die Scheiße aus dem Leib prügeln will. Na los, Welt. Nur nicht schüchtern sein.

Am nächsten Morgen wachte Orla vom hartnäckigen Piepsen ihres Handys auf. Sie rollte sich auf den Bauch und tastete unter dem Kissen danach, wischte mit dem Daumen übers Display und versuchte, die Weckfunktion auszuschalten. Erst als sie die leise blecherne Stimme ihrer Mutter hörte – »Orla? Orla, bist du da? Orla *Jane!*« –, wurde ihr klar, dass das Telefon geläutet hatte.

Sie schob es zwischen ihre Wange und das Kissen. »Mom.«

»Schau aus dem Fenster, Orla.« Gayles Stimme zitterte. »Dein Haus ist in den Nachrichten. Deine Eingangstür.«

»Was meinst du damit, meine Eingangstür?« Orlas Fenster ging auf die Eighth Avenue hinaus, nicht die Twenty-First Street, wo sich der Hauseingang befand, sie konnte die schwarz vergitterten Doppeltüren also nicht sehen. »Geht's um einen Terroranschlag?«, fragte Orla. »Mom!«

»Sag ihr, es läuft auf Kanal zehn!«, rief Jerry im Hintergrund, als wären die Sender überall gleich. Orla tastete im Bett nach der Fernbedienung für den Fernseher, der sie seit dem ersten Jahr am College begleitete.

»Orla«, sagte Gayle. »Bitte versperr die Tür. Du kennst doch meine Freundin Adele aus dem Bastelladen? Ihr Sohn hat eine Twitter…«

Orla stand auf, um den Riegel an der Wohnungstür vorzuschieben. Aus dem Flur hörte sie laute Stimmen am Aufzug.

»Getwittert«, sagte Jerry zu Gayle im Hintergrund. »Man nennt das *twittern.*«

»Jemand in deinem Haus«, jammerte Gayle, »hat eine junge Frau verletzt, ein Model. Paulina Kratz. Ich kenne sie aus *Dancing with the Stars.* Sie hat den Tsunami überlebt, und jetzt stößt ihr das zu? Sie hat so *wunderschön* mit Maks getanzt.«

»Val«, verbesserte Jerry sie. »Sie hat mit Val getanzt.«

»Diese Frau in deinem Haus hat sie die Treppe hinuntergestoßen«, fuhr Gayle fort. »Kannst du dir das vorstellen? Es kommt überall in den Nachrichten. Die Leute sind außer sich. Jemand hat deine Adresse getwittert. Sie stehen vor deiner Tür. Mit Schildern. Jemand hat den Hausmeister mit Paintballkugeln beschossen.«

Orla schloss die Augen. Der arme Manny. Sie hoffte, sein Sohn Lucas, der ihm kaum von der Seite wich, hatte es nicht gesehen.

»Sag ihr, dass die Polizei gerade vorgefahren ist«, rief Jerry. »Sie errichten eine Absperrung.«

Wie aufs Stichwort wurde an die Tür geklopft. »Ms. Natuzzi?«, ertönte eine tiefe, drängende Stimme. »Machen Sie bitte auf. NYPD.«

»Wer ist das?«, wollte Gayle wissen. »Du bist alt genug für Männerbesuch, aber …«

»Um Himmels willen«, knurrte Jerry.

Orla sah, wie die Tür beim zweiten Klopfen im Rahmen erzitterte.

»Das ist kein Mann, Mom«, erwiderte Orla. »Sondern die Polizei. Sie suchen nach meiner Mitbewohnerin. Sie hat das Model gestoßen. Ich muss jetzt aufhören.« Sie beendete das Gespräch.

Floss schlenderte in grüner Satinunterwäsche zur Tür. »Machst du auf?«, fragte sie und rieb sich die Augen.

Orla starrte sie an. Die Tür erzitterte erneut. Würde die Polizei Orla glauben, wenn sie alles leugnete? Sie wie ein unschuldiges Kind anblickte und sagte, dass Floss nur ihre Untermieterin war? Es gab niemanden, der ihre Freundschaft bestätigen konnte. »Ich weiß wirklich nichts über sie«, stellte sich Orla ihre Antwort vor und erstarrte mitten in dem Gedanken. *Ich weiß wirklich nichts über sie*. Es war die Wahrheit. Woher stammte Floss eigentlich, wo hatte sie vor Akron gelebt? War sie auf dem College gewesen? Wie hatte sie gelernt, sich in die Mails anderer Leute einzuhacken? Wann hatte sie ihre erste Periode gehabt? Ihren ersten Kuss erlebt? Hatte sie Geschwister? Freunde? Feinde? Einen Führerschein? Eine Polizeiakte? Zusammen hatten sie Floss' Interessen aus den Dingen ausgewählt, die auf ihrer Türschwelle landeten, ihre Träume aus den gemeinsamen Nennern der Tipps, wie man berühmt wurde, und so ihre offizielle Persönlichkeit geschaffen. Sie hatten die seelenlose Armee, aus der ein Großteil ihrer Follower bestand – die Internetbots, die ihre Bilder bejubelten und ihre Gedanken verbreiteten –, auf einer Website zusammengesammelt, die sie aus dem Russischen übersetzen mussten. Welche Siege und welche Triumphe, welche Kämpfe und welche Niederlagen waren ihren Bemühungen vorangegangen, wen oder was hatte sie geliebt? Floss hatte nie etwas erzählt, Orla hatte nie gefragt.

Und das würde sie auch ganz sicher nicht. Nicht seitdem sie vor ein paar Tagen ein Päckchen mit nach oben gebracht hatte, das ganz und gar nicht aussah, als ob es von irgendeinem Publizisten geschickt worden wäre. Floss blätterte auf der Couch durch eine Zeitschrift und sah kaum auf, als Orla es öffnete und aus einem Meer aus Schaumstoffkugeln eine Art Vase heraushob. Sie war seltsam schwer und plump, grün marmoriert, mit einem dazu passenden, festgeschraubten Deckel mit Goldrand. Darauf war eine gravierte Goldplakette befestigt.

»›Biscuit‹«, las Orla laut vor. »Komischer Name für eine Ausstattungsreihe.«

Floss hatte sich gerade den Finger abgeleckt, um umzublättern, hielt jedoch inne, stand auf und nahm Orla die Vase aus den Händen. Ihre Arme knickten leicht unter dem Gewicht ein.

Sie sagte, den Blick auf das Porzellan gerichtet: »Biscuit war meine Hündin.«

»Was?« Das Blut pulsierte zwischen Orlas Augen und Ohren, sie fühlte sich beschämt, als sei sie bei etwas erwischt worden.

»Meine Hündin«, wiederholte Floss. »Ich vermute, das hier ist ihre Asche.« Unter Orlas erschrockenem Blick warf

Floss ihre Haare zurück und presste die Wange gegen die Urne. »Ich habe meiner Mom gesagt, sie soll noch warten. Sie wollte sich nicht um sie kümmern. Ich habe ihr gesagt, dass ich bald das Geld habe, um nach Hause zu fliegen und sie zu holen, aber sie hat mir nicht geglaubt. Sie hat nicht geglaubt, dass ich es schaffen würde. Sie hat nicht geglaubt, dass ich überhaupt *irgendetwas* schaffen würde.« Floss hielt die Urne vor sich und blinzelte ungläubig. »Biscuit war noch *viel* zu jung.« Dann drehte sie Orla den Rücken zu und brach in Tränen aus.

Orla leckte sich über die Lippen, wollte schon die angemessenen Fragen stellen. *Aber warum hat deine Mom das getan? Wie kann eine Mutter so etwas tun?* Doch bevor sie etwas sagen konnte, wirbelte Floss herum. Wimperntusche verschmierte ihre Wangen, dunkle Tropfen zitterten an ihrem Kinn.

»Nein«, sagte sie mit brüchiger Stimme. »Frag mich nichts. Hiermit …« Sie hob die Urne. »Hiermit endet etwas. Und wenn du irgendeine Scheiße in deiner Vergangenheit hast, will ich auch nichts davon wissen.«

Also schwieg Orla. Sie verstand, was Floss ihr sagen wollte: Von nun an zählte nur noch, wer sie in Zukunft sein würden.

Und auch jetzt, während das Klopfen des Polizisten immer feindseliger wurde, schwieg Orla. Sie sah zu, wie Floss in einen Morgenmantel schlüpfte, den Gürtel fest verknotete und in Richtung Tür nickte. »Na los«, sagte sie. »Mach auf.«

Orla konnte es kaum fassen. Über Nacht war sie berühmt.

8

Marlow

Constellation, Kalifornien

2051

Als sich Marlow im Untersuchungszimmer auf die Liege setzte, sagte Grace, sie müsse sich nicht ausziehen. »Ich musste dich nur von den Kameras wegbringen. Außerdem habe ich gar keinen Zugang zu den Ergebnissen der PAP-Abstriche. Hoffentlich braucht die Wochenendbesetzung des Networks ein paar Minuten, um das zu begreifen.«

»Ich kann nicht glauben, dass sie dir einen medizinischen Lebenslauf verpasst haben«, erwiderte Marlow. »Weißt du noch, die Katze?« In der siebten Klasse hatte die Biologielehrerin den Schülerinnen und Schülern eine einbalsamierte Katze gezeigt, deren Bauch aufgeschlitzt war, um den Blick auf die eingelegten Innereien zu ermöglichen. Grace hatte sich sofort in den Gang zwischen den Tischreihen übergeben, worauf die Lehrerin die Katze abgestellt und einen Sack mit Sägemehl geholt hatte.

»Keine Angst, ich bin weit weg von Blut und Innereien«, erklärte Grace. »Ich habe eine Ausbildung in Naturwissenschaften bekommen und bin Gendesignerin. Ich habe an deinem Baby gearbeitet.« Sie grinste, als Marlow der Mund offen stehen blieb. »Ja, ich weiß«, murmelte sie. »Sie verbieten, dass wir miteinander reden, aber ich darf dir ein Baby zusammenbauen. Stell dir das mal vor!« Aus einem langen Regal an der Wand nahm Grace ein Tablet, dessen lebloses Display grau und nebelsicher war. Sie strich über die fleckige Oberfläche. »Ich muss dir etwas zeigen«, sagte sie.

Marlow sah zu, wie Grace ein Diagramm aufrief, eine Honigwabe aus gelben Zweigen, die blaue, grüne und rote Punkte miteinander verbanden. Die Grafik war mit *BABY #1217, TRIESTE* beschriftet. »Ich habe lange mit dem Einschicken der Simulation gewartet«, erklärte Grace. »Ich konnte nicht glauben, was ich beim Durchsehen eurer Gene fand. Ich dachte, vielleicht hätte das Network etwas geplant – irgendeine große Enthüllung oder so. Aber heute ist deine Befruchtungsfeier, nicht wahr? Und sie haben es dir immer noch nicht gesagt.«

»Mir was gesagt?«, fragte Marlow. Eine verdrehte Hoffnung, ein zarter Spross erwachte in ihr – was, wenn die Designer entdeckt hatten, dass sie und Ellis entfernte Cousins waren? Dann *mussten* sie die Ehe doch auflösen.

»Es geht um deinen Dad.« Grace beugte sich vor und begann zu erklären.

Als sie daran arbeitete, aus Marlows und Ellis' Vorgaben einen Menschen zu erschaffen, war ihr etwas aufgefallen. Die physischen Merkmale von Marlows Vater, die sie für das Baby ausgesucht hatten – braune Augen mit einfacher Oberlidfalte, schwarze, dicke Haare –, passten nicht zu der DNA in Marlows eigenem Genom. An allen Stellen, in denen eigentlich ihr Vater hätte vertreten sein sollen, saßen die Gene eines anderen Mannes. Jemand, dessen Haare und Nägel und Speichel Marlow und Ellis nicht in die Klinik mitgebracht hatten.

»Es tut mir leid, dass ich es dir sagen muss«, fuhr Grace fort. »Aber ich kann Aston nirgends finden. Er ist nicht dein biologischer Vater.«

»Doch, er ist mein Vater«, sagte Marlow wie betäubt. »Hast du geschaut … Könntest du noch einmal nachsehen?« Ihr Atem ging schneller. Das war ein Fehler. Menschen machten ständig Fehler.

Die erste Warnung des Networks ertönte in ihrem Kopf. *Ich sollte an einen Ort mit Kameras zurückkehren.* Grace bekam die Meldung auch, wie Marlow erkannte.

»Ich habe versucht, noch etwas nachzuforschen, bevor ich dich aufrege«, sagte Grace rasch. »Es war auch seltsam, dass ich deine Geburtsurkunde nirgends finden konnte. Ich weiß, heutzutage braucht man die kaum noch für irgendetwas, aber trotzdem.« Sie blickte stirnrunzelnd auf ihre Fingernägel. »Ich meine, es *könnte* auch nichts damit zu tun haben, falls du keine hast«, fügte sie zurückhaltend hinzu. »Im Hinblick auf dein Geburtsdatum wäre es nicht das Verrückteste.«

Floss gab immer damit an, wann Marlow auf die Welt gekommen war. »Die ganze Welt teilt sich danach auf, ob man davor oder danach geboren wurde«, sagte sie manchmal. »Nicht viele können sagen, sie wurden ›währenddessen‹ geboren.«

Grace schob Marlow ein Stück Papier über den Tisch zu. Marlow erschrak bei dem Anblick und nahm es schnell auf, automatisch, als wolle sie es vor den Kameras verbergen. Doch dann fiel ihr wieder ein, dass niemand sie sehen konnte, und sie betrachtete das Papier näher. Es war dick und pflaumenfarben, mit einem goldenen Muster, das sich unter Marlows Fingern wölbte.

»Das ist Tapete«, sagte Grace. »Von der Renovierung meines Esszimmers übrig. Ich hatte nichts anderes, um darauf zu schreiben.« Sie streckte die Hand aus und drehte den Zettel um.

Auf der gelblich-weißen Rückseite stand in Grace' Handschrift eine Adresse.

Mount Sinai West. 1000 Tenth Avenue, New York, New York.

»Das Krankenhaus, in dem ich auf die Welt gekommen bin«, sagte Marlow.

»Genau«, antwortete Grace. »Ich habe die Adresse aus deiner Akte. Vielleicht kann dir dort jemand weiterhelfen. Vielleicht haben sie Unterlagen zu deinem echten …« Sie konnte den Satz nicht beenden. Sie war wirklich schon immer ein herzensguter Mensch gewesen, dachte Marlow.

Sie fingerte nervös an dem Papier. »Kannst du mir die Info nicht einfach schicken?«, fragte sie.

Grace sah sie lange an, bevor sie antwortete. »Ich glaube, es ist besser, wenn ich das nicht tue. Ich habe Angst, dass …« Sie senkte den Blick, schüttelte den Kopf. »Das Network legt alle Storylines dem Informationsministerium vor, weißt du«, fuhr sie fort. »Und man wollte ganz offensichtlich nicht, dass du das herausfindest. Wenn ich es dir schicke, und das Informationsministerium wird darauf aufmerksam, fürchte ich, dass sie …« Grace hob resigniert die Augenbrauen. »Nun, es ist eine Abweichung. Wir weichen hier vom Drehbuch ab.«

Ein seltsames Gefühl durchzuckte Marlow. Sie hatte noch nie ein Geheimnis vor dem Network gehabt. Sie hatte überhaupt noch nie ein richtiges Geheimnis gehabt. Sie wusste gar nicht, wo sie es in ihrem Geist verstauen sollte. Ihr war unwohl.

Ich sollte sofort an einen Ort mit Kameras zurückkehren, wiederholte die Stimme nachdrücklich.

»Und ich an deiner Stelle würde deine Mom nach Informationen löchern«, meinte Grace. »Sag ihr, du willst ein Foto von deinem Dad sehen, im Krankenhaus, nach deiner Geburt.«

Marlow wusste bereits, dass es keine Fotos aus der Zeit ihrer Geburt gab. Sie hatte als Kind danach gefragt, weil sie ihre Mutter einmal ohne Make-up sehen wollte. »Das habe ich dir doch schon gesagt«, hatte Floss geantwortet. »Wir konnten keine Fotos machen. Alle Handys waren tot, und die meiste Zeit war es stockfinster. Außerdem, Schatz, kann ich dir versichern, dass ich geschminkt war.«

Grace stand auf. »Wir sollten jetzt gehen«, sagte sie. Mit einer Hand an der Tür drehte sie sich noch einmal um. »Es tut mir wirklich sehr leid, Marlow. Das hier, aber auch all das mit Honey. Deshalb musste ich es dir erzählen – ich schulde dir was. Ich hatte immer das Gefühl, als wäre es meine Schuld gewesen.«

Marlow spürte Tränen in sich aufsteigen und kniff sich in den Nasenrücken, um sie zurückzuhalten. »Nein, Grace«, erwiderte sie. »Das stimmt nicht. So sehe ich das ganz und gar nicht.«

Dann war die Tür offen, und sie standen wieder im Flur, wo Grace laut etwas von Testergebnissen erzählte und dass jetzt doch alles gut aussehe. Marlow nickte und spielte mit. Im Kopf sah sie ihren Vater, wie er als junger Mann neben ihrem Fahrrad herlief. Doch jetzt fühlte sie, wie das Seil von ihrer Taille glitt.

Vom Auto aus sah Marlow, dass die Party bereits begann. Gäste strömten in den Garten ihrer Mutter, nahmen Drinks von einem Roboter entgegen, der jedes Mal nickte, wenn sein Tablett um ein Glas erleichtert wurde. Marlow sah zum Dach hinauf. Statt das Unkraut zu mähen, hatte ihre Mutter einfach den ganzen überwucherten Dachgarten mit einer grellblauen Stoffbahne abgedeckt.

Ellis fand sie schließlich und riss die Wagentür auf. »Was machst du hier?«, fragte er aufgebracht. »Du weißt doch, dass mein Boss auch da ist, oder?« Seine Haare waren trocken – Marlow erinnerte sich, wie er ihr gesagt hatte, dass man im Surfsimulator nicht nass wurde.

Sie ließ zu, dass er sie in die Küche zerrte, wo Jacqueline Minzzweige und Gurkenscheiben in eine Karaffe mit Wasser warf. »*Da* ist unsere heiße Mama ja!«, rief sie aus.

Floss saß auf der anderen Seite des Raums in einem Klappstuhl. Sie stand auf, als sie sah, wie Marlow auf sie zustürzte. Ein Auge war bereits mit metallicgrauem Lidschatten geschminkt, das andere noch nackt, verletzlich. »Wo warst du?«, wollte Floss wissen. »Du weißt doch, dass es mindestens eine Stunde dauert, bis deine Haare nach *irgendetwas* aussehen, und die Gäste sind schon *da.*«

Die Make-up-Frau stand mit dem Pinsel in der Hand bereit. Sie war der einzige Mensch, den man für den Tag engagiert hatte – niemand wollte Roboter in der Nähe der eigenen Augen haben. »Soll ich weitermachen, Mrs. Clipp?«, fragte sie. »Oder soll ich mit der zukünftigen Mutter anfangen?«

Marlow straffte die Schultern. »Ich muss mit meiner Mutter reden«, sagte sie so nachdrücklich wie möglich und versuchte, so gebieterisch wie Floss zu klingen. »Könnt ihr uns bitte allein lassen?«

Es war überwältigend, wie schnell Floss ihr volles schauspielerisches Dramarepertoire auffuhr, sobald Marlow zu sprechen begonnen hatte. Eine Symphonie aus unruhigen Bewegungen, die alle gleichzeitig stattfanden, als wäre ein Notruf an ihr Nervensystem eingegangen. Floss bauschte ihre Haare wie eine Verrückte. Sie schürzte die Lippen zu einer verkniffenen Knospe. Sie tupfte mit dem Ringfinger an ihrem Unterlid. Das waren nicht einfach nur Ticks. Sie hatte es Marlow selbst einmal so beigebracht. »Wenn dir jemand etwas vorwirft«, hatte sie gesagt, »reagier nicht sofort. Warte einen Moment ab, damit so viele Follower wie möglich zuschalten können.« Jetzt atmete Floss hörbar ein und aus und ließ ihre Augen feucht werden.

»Wag es ja nicht zu weinen«, knurrte Marlow. Sie würde Floss am liebsten schütteln, ihren Kopf irgendwo dagegenstoßen – oh, wie ihre Gedanken sie erschreckten, ohne Hysteryl als Ausgleich –, und sie schloss einen Moment die Augen, um das Bild aus ihrem Kopf zu vertreiben. »Ich sollte doch viel eher weinen, Mom«, sagte sie, als sie die Augen wieder öffnete. »Ich.«

Floss ignorierte sie und stieß ein lang gezogenes, hohes Schluchzen aus. »Warum bist du so davon besessen«, jammerte sie, »diesen Tag kaputt zu machen? Ich habe *so* hart für diesen Tag gearbeitet.«

»Du hast mich mein ganzes Leben lang belogen«, zischte Marlow. »Die *Party* ist mir egal. Jemand anders ist mein Vater? Wer? Weiß Dad davon?«

Floss sah sie mit zitternder Unterlippe an. »Ich habe immer versucht, das Beste für dich zu tun«, antwortete sie. »Aston genauso. *Das* macht jemanden zu einem Elternteil.«

Bei diesem Satz ballte Marlow die Hände zu Fäusten. Er war so glatt, so perfekt und passte überhaupt nicht zu Floss' gestotterten Reflexen. Dieser Satz musste seit Jahren im Hintergrund gelauert und auf sein Stichwort gewartet haben. Bei seinem Klang wie aus einem Drehbuch kam ihr ein schrecklicher Gedanke. Er tauchte aus dem Nichts auf und war doch so offensichtlich. Er gründete auf der wiederkehrenden Erfahrung, dass Dinge, die sie für echt gehalten hatte, doch nicht real waren.

Sie hatte heute schon einmal gegen ihren Vertrag verstoßen. Warum nicht den Zauber brechen?

»Haben sie etwa einen anderen Vater für mich *gecastet?*«, flüsterte sie ihrer Mutter zu. »Das können sie nicht machen, oder?«

Floss schnappte nach Luft, packte Marlow am Ellbogen und zog sie durch den Flur ins Badezimmer, wo sie die Tür hinter ihnen zuschlug. »Wie kannst du es wagen?«, zischte sie. »Wie kannst du es wagen, so über das Network zu sprechen – noch dazu vor der Kamera? Schäm dich. Nach allem, was sie für uns getan haben, dem Leben, das sie uns ermöglicht haben …« Floss holte Atem. Ihre Brust hob und senkte sich unter dem Kleid, das einfach überall zu eng saß und sich erbarmungslos in das weiche Fleisch grub. Marlow bemerkte zum ersten Mal, dass ihre Mutter eine Kette mit diamantbesetzten Buchstaben trug, die das Wort NANA bildeten.

Und ihr fiel noch etwas auf: Die Dusche war voller Vasen, mit Hunderten von Rosen in verschiedenen Rosatönen. Manche waren eher perlmuttrosa, andere hatten die Farbe des grellen Lippenstifts, den Floss im Sommer trug, wieder andere zeigten alle Farbschattierungen dazwischen. Man hatte sie hierhergebracht, damit sie vertrockneten und verblühten, weil Floss nicht mit der Bestellung beim Floristen hatte warten wollen, bis Marlow und Ellis sich für ein Geschlecht entschieden hatten. Sie hatte einfach rosa und blaue Rosen geordert und dann die beiseitegestellt, die sie nicht benötigte.

Seltsamerweise konnte Marlow nur daran denken – all diese Blumen, die man abgeschnitten hatte und die jetzt hinter

Glaswänden starben, für nichts –, als sie sagte: »Weißt du, Mom, genau aus diesem Grund wollen wir nicht, dass das Baby deine Gene bekommt.«

Schweigend ging Floss zum Waschbecken, wo sie in ihrem riesigen Make-up-Vorrat wühlte, einen Lidschatten herauszog und die von der Make-up-Künstlerin begonnene Arbeit beendete. Marlow trat näher und sah, dass Tränen in den Augen ihrer Mutter standen und gleich zu fließen drohten. Doch dann verschwanden sie von allein.

Floss klappte den Lidschatten zu. »Es ist Zeit«, meinte sie, öffnete die Tür, drängte sich an Marlow vorbei zurück in den Flur. Einen Moment später hörte Marlow, wie die Terrassentüren zum Garten aufgerissen und mit einem Knall wieder geschlossen wurden.

Jacqueline hatte sich taktvoll in die Küche zurückgezogen, während Floss und Marlow im Bad stritten, doch jetzt hörte Marlow, wie jemand hinter sie trat. Sie blickte auf und sah Jacqueline mit dem geöffneten gelben Kleid hinter sich im Spiegel. Marlow stieg hinein, und Jacqueline schloss den Reißverschluss.

Als ihre Freundin sie einen Moment später den Flur entlangführte, sah Marlow, wie ihre Befruchtungsfeier begann. Am Fuß der Terrasse, deren Treppen sie hinunterschreiten sollte, saß das Streichquartett und spielte bereits.

Jacqueline begleitete Marlow zu den Terrassentüren und ließ ihre Hand einmal sanft in einem Kreis über Marlows Rücken gleiten. Dann war auch sie verschwunden.

Marlow betrachtete die Szenerie durch die Glasscheibe. Das war's, sie sollte jetzt da draußen sein. Die Musik verstummte und begann von Neuem – Brahms. Wie immer, wenn eine zukünftige Mutter gleich vor die Gäste trat. Jacqueline war an ihrem Platz, ganz vorne an der Seite, ihre Kinder umringten sie in ihrem bodenlangen Kleid, dienten als Erinnerung, worum es bei dieser Feier ging. Ellis stand vor den Gästen und wartete unter einem mit Glockenblumen geschmückten Bogen auf Marlow. Er lachte, machte Witze, die die Anwesenden nicht zu verstehen schienen. Bridget drehte sich auf ihrem Stuhl in der ersten Reihe, um zu sehen, wer mit ihrem wunderbaren Sohn lachte und wer nicht. Floss saß auf der anderen Seite des Mittelgangs und starrte nach vorn, ihr Gesicht war hinter der aufgebauschten Frisur nicht zu erkennen.

Wenn Marlow genauer darüber nachdachte, ging es nicht nur um ihre Mutter. Sie wollte aus keinem von ihnen ein Baby schaffen.

Ein Bot sortierte hinter Marlow in der Küche Cocktailservietten. Sie drehte sich um und ging zu ihm, sah ihm direkt in die Glasaugen und befahl: »Aus dem Weg.«

Der Bot trat höflich zur Seite, und Marlow griff an ihm vorbei zu der Tasche, die sie in einer Ecke der Küche verstaut hatte. Der Sender hatte ihrer und Ellis' Bitte nach einer Babymoon-Reise stattgegeben, nicht weit weg, nur bis hinter die mexikanische Grenze. Marlow hatte die für das Wohlbefinden der Darsteller Zuständigen darauf hingewiesen, dass die Reise Stress reduzieren würde. Sie hatte eine Akupunktur-Behandlung auf dem Hotelzimmer gebucht sowie eine private Sitzung mit einem Yogi, der sich auf Fruchtbarkeitsstellungen spezialisiert hatte. Ellis würde lernen, wie man Zigarren rollte. Alles war gepackt und bereit, damit sie nach der Party gleich aufbrechen konnten.

Marlow schob das Tapetenstück von Grace in eine kleine Tasche auf der Innenseite der Reisetasche.

Wenn sie wirklich flüchten wollte – bisher hatte sie nicht

ernsthaft darüber nachgedacht, doch plötzlich erschien es ihr als eine reale Möglichkeit –, gab es nur noch eins zu tun. Sie würde es nicht wie Ida machen, die nur halb verschwunden war und deren Schritte nachverfolgbar waren. Sie wollte nicht, dass ihr irgendjemand folgte.

Marlow legte die Finger um den Chip an ihrem Handgelenk und zögerte. *Dad*, dachte sie und schloss fest die Augen. *Hier ist Marlow. Bist du da?* Er trug seinen Chip immer noch – auch wenn er nie antwortete, erreichten ihn die Nachrichten rein technisch gesehen. *Ich liebe dich, Dad,* dachte Marlow. *Bitte versuch, etwas zu essen.* Sie fragte sich, ob er die Worte irgendwie hören konnte, ob er versuchte herauszufinden, wer sie war. Sie dachte an Grace in der Klinik, und ihr wurde klar, dass sie zum ersten Mal gleich waren, sie und Aston. Sie wusste gerade auch nicht, wer er war.

Marlow schob den Fingernagel unter den Chip, hob eine Seite nach der anderen an, zuckte zusammen, als der starke Klebstoff sich löste und ein paar Hautschichten abriss. Sie ließ den Chip zwischen die abgestellten Drinks auf die Arbeitsfläche fallen. Ein süßlicher Gestank stieg ihr in die Nase, der Geruch von Haut, die sie seit Jahren nicht gesehen hatte. Etwas wurde dunkler in ihrem Gehirn.

Wie lange würde es dauern, bis man nach ihr suchte? Sie war bereits eine Minute zu spät. Gleich würden es zwei sein. Ihre Mutter, Ellis, alle, die sie auf ihren Karten gesehen hatten, würden unruhig auf ihren Stühlen herumrutschen, im Kopf nach ihr suchen und bestätigen, dass alles in Ordnung war, hier war der Beweis: Sie war noch im Haus. Wie viele Minuten würde es dauern, bis jemand nach drinnen kam und nach ihr sah, ausnahmsweise den eigenen Instinkten vertraute und nicht dem Chip?

Das Streichquartett spielte weiter, tat so, als würde das Stück immer so lange dauern. Die Gäste standen und warteten, den Blick auf die Hintertür gerichtet.

Doch Marlow ging durch die Vordertür.

Sie eilte über den Rasen zu ihrem Wagen. Das Kleid breitete sich wie ein nutzloser Flügel aus, die Tüllschleppe strich raschelnd übers Gras. Ein Mann ging mit seinem kleinen Hund spazieren und blieb stehen, als sie das Kleid mit einer Hand zusammenraffte und sich auf den Fahrersitz zwängte. Dabei wurde ihr klar, warum sie das Kleid nicht mehr mochte. Es lag nicht daran, dass sie den Farbton damals bei der Auswahl falsch wahrgenommen hatte und der Stoff eigentlich viel greller war. Sondern dass sie Gelb generell nicht ausstehen konnte. Sie hatte es immer für ihre Lieblingsfarbe gehalten, doch das war die Schuld der Tabletten. Bevor sie alles klar und deutlich gesehen hatte, war es einfach die hellste Farbe gewesen.

9

Orla

New York, New York

2016

Als jemand, der seinen Lebensunterhalt damit verdiente, nichtssagende Zitate von irgendwelchen Promis aufzuschreiben, hatte Orla immer geglaubt zu wissen, was Ruhm bedeutete, woraus er bestand, was er versprach und was er einem nahm. Sie hatte Floss im August kennengelernt, dem melonenfarbenen Ende des New Yorker Sommers, wenn sich alle nach dem Herbst sehnten, der sie daran erinnern sollte, warum sie in die Stadt gezogen waren. Im Januar – noch ein Monat, in dem alle vergaßen, warum sie New York mochten – hatte Orla erfahren, dass nichts von dem stimmte, was sie über Ruhm zu wissen geglaubt hatte. Wie entzückend naiv sie gewesen war.

Das Verrückteste am Ruhm war zum Beispiel nicht, dass man erkannt wurde, vor allem von den Mädchen, die ihre Zwanziger in den East Thirties verbrachten, manchmal aber auch von Männern, die Brüste mit den Händen formten und die Straße entlangriefen: »Hey, die Mitbewohnerin!«

Das Verrückteste war nicht das Geld, das haufenweise auf Orlas Konto landete und irgendwann eine fünf- und schließlich unglaublicherweise sogar eine sechsstellige Summe erreichte.

Das Verrückteste waren auch nicht die Partys, bei denen Orla versuchte, möglichst locker zu wirken. Sie war eine schreckliche Tänzerin und eine noch schlechtere Drogenkonsumentin. »Heilige Scheiße«, hatte letztens jemand zu ihr auf einer Party gesagt, »wisch dir mal die Nase ab, die ist voller Koks. Du siehst aus wie ein Albinoschwein.« Die Vorstellung, etwas zu schnupfen, bereitete Orla Unbehagen, weshalb sie mit dem Gesicht nur über den Spiegel wischte, anstatt etwas durch die Nase zu ziehen.

Das Verrückteste am Ruhm war nicht die Tatsache, dass sie jetzt wusste, wie sie gutes Kokain verschwenden konnte.

Oder dass derjenige, der ihre gepuderte Nase bemerkt hatte, ein angesagter Olympiateilnehmer und Speerwerfer mit mehr Festnahmen wegen Alkohols am Steuer als Medaillen, ihr ins Badezimmer folgte, wartete, bis sie ihr Gesicht gesäubert hatte, und sich dann an sie drängte.

Das Verrückteste war vielleicht die Tatsache, dass der Ruhm das Wetter unwichtig machte. Der Winter in New York war für Orla plötzlich nicht anstrengender als andere Jahreszeiten. Die Tage, an denen sie eiskalte Pfützen unterschätzt und dafür mit feuchten Füßen bezahlt hatte, die den ganzen Tag nicht richtig trockneten, lagen nun in der Vergangenheit. Der Winter war zur Hälfte vorbei, und Orla hatte kaum ihren Mantel zugeknöpft. Die Gummistiefel von Gayle blieben unter dem Bett. Sie ging in flachen Seidenschuhen und Wildlederstiefeln mit Plateausohlen nach draußen, in allen möglichen anderen unpraktischen, zarten Schuhen. Wenn es regnete oder der Gehsteig voller Schnee war, schob Amadou, ihr Fahrer und Bodyguard, seine Hände unter ihre Arme und hob sie über die Nässe in seinen Cadillac Escalade.

Nein, das definitiv Verrückteste am Ruhm war für Orla –

die nie darauf hingearbeitet hatte –, dass er ihr tief im Inneren nichts ausmachte. Sie würde es niemals offen zugeben, aber wenn völlig fremde Menschen sie zweimal ansahen oder ihr auf Instagram folgten, dann verstand sie Floss und ihre Ziele für einen kurzen Moment. Sie wusste, wie Fremde sie wahrnahmen: als absoluten C-Promi, das Anhängsel einer Trash-Queen. Das Wichtigste war jedoch, dass man sie sah. Sie war sichtbar. Sie war da.

Auf den meisten roten Teppichen stand Orla etwa zehn Sekunden bei Floss, dann wurde sie oft zur Seite gebeten, damit Floss allein fotografiert werden konnte, auch wenn diese manchmal über das maschinengewehrartige Klicken der Kameras hinweg rief: »Das ist meine Freundin Orla Cadden, *C-A-D-D-E-N*, sie ist aufstrebende Schriftstellerin!« Doch das war Orla egal. Sie stand gern am Rand des Promobanners und sah zu, wie Floss den Fotografen das zeigte, was sie beide *Das Gesicht* nannten. Es war wirklich ein besonderer Anblick. Floss sog die Wangen ein, machte einen Schmollmund und warf mit feurigen Blicken um sich, als würde sie sich gleich in einen Kampf stürzen. Orla beobachtete sie immer fasziniert. Wen kümmerte es schon, dass Floss eigentlich nur dastand und den Kopf hierhin und dorthin drehte? Orla wusste, wie schwer es war, im Blitzgewitter unbeweglich stehen zu bleiben. Instinktiv wollte man bei so viel Helligkeit wegrennen oder zumindest blinzeln. Doch andere, die *Das Gesicht* mitansahen, waren weniger beeindruckt. Wenn Floss einen Kameraauslöser klicken hörte, während sie mit jemandem sprach, unterbrach sie sich mitten im Satz und nahm sofort eine Pose ein. Ihre Gesprächspartner ließ sie verblüfft und vergessen zurück, bis sie sich entweder entfernten oder Orla entschuldigend lächelnd einschritt und versuchte, Floss' Satz zu beenden. »Ist ihr nicht klar, dass wir sie sehen können?«, hatte mal jemand Orla zugeflüstert. Doch Floss waren die Leute direkt vor ihr egal, ihr waren die Follower wichtig. Diese sahen nur das Bild, und das Bild funktionierte immer.

Als Orla eines Abends am Rand wartete, sah sie zur Presseseite des roten Teppichs und entdeckte den laminierten Platzhalter, auf dem sie früher gestanden hatte – *LADY-ISH.COM*. Ein zartes Paar Füße mit neonfarben lackierten Fußnägeln bedeckte den Namen, der ihren ersetzt hatte, und Orla blickte nach oben auf die junge Frau, die gerade frisch vom College zu kommen schien. Erst vor Kurzem hatte Orla akzeptiert, dass eine neue Generation Menschen in New York lebte und arbeitete, die alle diverse Jahre jünger waren als sie selbst und keine Praktikantinnen waren, die ihren Sommeraufenthalt noch ausdehnten. Diese Leute würden bleiben und erwachsen werden und mit ihr konkurrieren.

Orla ging zu der jungen Frau. »Hi«, sagte sie und fühlte sich strahlend, großzügig.

Die junge Frau blickte von ihrem Block, auf dem sie sich Notizen gemacht hatte, auf. Sie trug eine riesige Brille mit schwarzem Gestell, hatte perfekte olivbraune Haut, die Lippen waren mit einem glänzenden Nude-Lipgloss geschminkt, von dem Orla gedacht hatte, dass er schon lange nicht mehr modern war. Verlegen berührte Orla ihre eigenen Lippen, zu deren leuchtendem Rotton Floss sie überredet hatte.

»Hm?« Die junge Frau musterte Orla. »Oh, stimmt. Du bist bei *Flosston Public*. Der Bücherwurm, richtig? Orla.«

Das war ihre Marke, doch Orla zuckte immer noch zusammen, wenn sie Bücherwurm genannt wurde. Da sie nicht wusste, was sie sonst tun sollte, zwitscherte sie gespielt: »Ich *liebe Lady-ish.*«

Die junge Frau grinste wissend. »Das glaube ich sofort«, sagte sie. »Du hast schließlich lange da gearbeitet.«

Orla wurde rot. »Äh, ja. Ein super Ort, um reinzukommen.«

Die junge Frau zuckte mit den Schultern. »Ich war in Yale«, meinte sie, als würde das alles erklären. »Ich werde nicht lange bei *Lady-ish* sein. Ich schreibe ein Theaterstück, es handelt von … Nun ja, ich sollte nicht zu viel verraten. Meine Agentin hätte etwas dagegen. Ich schwöre, mit vollem Namen heißt sie Polly ›Top Secret‹ Cummings.«

Orla nickte mit eingefrorenem Lächeln. Die Kleine bluffte doch bestimmt, dachte sie. Auf gar keinen Fall konnte Polly Cummings ihre Agentin sein. Polly war die Löwin unter den Literaturagenten, deren Namen Orla seit der Highschool kannte, als sie sich ein Buch über die Buchindustrie aus der Stadtbibliothek ausgeliehen hatte. Im letzten Schuljahr hatte sie Polly eine Kurzgeschichte geschickt, die jetzt auch den Großteil ihres Manuskriptes ausmachte. Sie erinnerte sich noch an den Tag, an dem die Antwort aus Pollys Agentur eingetroffen war. Gayle war in den Garten gerannt, wo Orla gerade in dem aufstellbaren Swimmingpool trieb, und hatte den Umschlag geschwenkt – im Jahr 2005 schickte man noch Sachen mit der Post. »Polly Cummings hat geantwortet!« *Ich erkenne Potenzial. Mach so weiter!! P.* stand auf dem Post-it, das auf dem Packen Papier klebte, den Orla eingeschickt hatte. Unter dem Post-it lag eine halbe Seite mit getipptem Feedback. Jetzt, da Orla die Abläufe besser kannte, wusste sie, dass der Brief von einer Assistentin geschrieben worden war – damals, als man von Menschen im Alter der Yale-Frau erwartete, dass sie sich als Assistentinnen verdingten und nicht selbst ernannte Theaterschriftstellerinnen waren. Die Yale-Frau erzählte bestimmt Unsinn. Ihre Gedanken mussten sich auf Orlas Gesicht abgezeichnet haben, Zweifel oder Neid oder Angst, denn plötzlich lächelte die Yale-Frau, als ob sie einen Wettbewerb zwischen ihnen gewonnen hätte. Bevor sie sich umdrehte, um zu sehen, wer noch den roten Teppich entlangkam, sah sie Orla mitleidig an. »Viel Glück«, sagte sie. »Das meine ich ernst.«

Im Weggehen wurde Orla erst klar, dass das Miststück ihr nicht eine Frage gestellt hatte.

Durch Paulinas Sturz in der Urban-Outfitters-Filiale im letzten September war Floss endgültig bekannt geworden. Eigentlich hätte der Vorfall ihr Leben ruinieren müssen, sie vielleicht sogar vor Gericht bringen können. Doch ein Soundeffekt rettete sie.

Natürlich gab es ein Video, was es für Floss zuerst nicht besser machte. Bei jedem erneuten Ansehen wirkte es schlimmer, wie Floss ihren Arm wegzog und Paulina verdreht am Fuß der Treppe zum Liegen kam. Sie kauerten sich auf Orlas Bett aneinander, während Paulinas Fans, die die Adresse auf Twitter gefunden hatten, sich vor dem Gebäude versammelten und überreife Kürbisse gegen die Ziegelmauer warfen. (Das Internet hatte beschlossen, dass Floss' Gesicht wie ein Kürbis aussah.)

Innerhalb der nächsten vierundzwanzig Stunden sprang das Video aus dem Internetchaos auf die lokalen und landesweiten Nachrichten über. Moderatoren schüttelten die Köpfe und sprachen von neuen Tiefpunkten. »Du verstehst das nicht«, sagte Orla und versuchte, Floss damit zu beeindrucken, wie groß und böse die Angelegenheit war. »Die Sache ist jetzt nicht mehr nur im Internet. *Erwachsene* wissen nun auch davon.«

Die kleinen Mobs kamen immer wieder. Orla und Floss waren in der Wohnung gefangen. Bald gingen ihnen die Lebensmittel aus. Die Polizei ließ wegen Sicherheitsbedenken keine Fahrradkuriere ins Haus, weshalb sie sich nichts zu essen bestellen konnten. Die Nachbarn hassten sie wegen des Aufruhrs, dort konnten sie also auch nicht um Hilfe oder ein paar Nudeln bitten. Vor Verzweiflung dachten sie, der Ukrainer im Penthouse hätte vielleicht Mitleid, weshalb sie nach oben aufs Dach fuhren. Doch der Zugang zur Terrasse war mit einem neuen Schloss versperrt. Floss war außer sich vor Wut. Sie nahm es persönlich. Doch als sie auf das Hängeschloss starrte, dachte Orla: *Gut gemacht.*

Gayle rief ständig an und weigerte sich dann, mit Orla zu sprechen, gab das Telefon an Jerry weiter, sobald sie abhob. Doch als Orla ihrem Vater erzählte, dass sie und Floss Hunger hätten, machte sich ihre Mutter an die Arbeit. Zwölf Stunden später hielt der Hausmeister ein wild beschriftetes Paket in der Hand – *ZERBRECHLICH!! VERDERBLICH!!* –, das voller Kartons mit Pasta und in Luftpolsterfolie gewickelte Gläser mit Prego-Soße war, Cambell's-Dosensuppen, Tüten mit Knabbergebäck, Oreo-Keksen, Bananen, Pulverkaffee und der Kaffeemaschine aus der Küche ihrer Eltern. Sie hatten einfach den Stecker aus der Wand gezogen und würden jetzt ohne die Maschine auskommen, extra für sie.

Bis sie die Vorräte von Gayle aufgegessen hatten, arbeitete das Video plötzlich für und nicht mehr gegen sie. Irgendjemand hatte Soundeffekte darübergelegt, und Paulinas Sturz wurde von einem rhythmischen *Womp-Womp* begleitet. Hilfreich war sicher auch, dass es Paulina laut der Nachrichten schon besser ging, vielleicht hatten auch alle den Sturz schon zu oft gesehen, um noch schockiert zu sein – jedenfalls gefiel den Leuten die *Womp-Womp*-Version des Videos. Sie lachten darüber. Teilten es. »Manchmal sind wir ALLE Floss Natuzzi«, schrieb jemand, und auf einmal stimmten alle zu.

Und dann stand Aston Clipp vor der Tür und rief seinen Namen.

Als Floss öffnete, sah Orla nur einen riesigen Würfel Blumen in leuchtenden Farben. Astons Gesicht verschwand völlig dahinter. Zuerst sah sie seine Hände, golden gebräunt und professionell manikürt, die den Boden der Vase hielten. Das Bouquet war zu breit für die Tür, doch Aston drängte sich trotzdem hindurch, wobei er Blumen am Türrahmen abknickte und Blüten unter seinen Space-Age-Converse zertrat.

Als er die Blumen absetzte, wurde klar, dass sich nicht nur ein Mensch dahinter verbarg, sondern drei.

Aston sah genauso aus wie auf den Fotos, wenn auch ein wenig kleiner. Er war wirklich der schönste Mensch, den sie je gesehen hatte. Sein dichtes schwarzes Haar fiel ihm in die Augen und wellte sich bis zu seinem Kiefer. Er hatte drei Grübchen – zwei in den Wangen und eins im Kinn. Seine dunklen, geschwungenen Augen zogen alle Blicke auf sich.

Hinter Aston sammelten Craig und Melissa Blumen vom Boden auf. Craig war rundum unattraktiv – mit fleckiger Haut, weißblondem Haar, wässrig blauen Augen und kleinen Zähnen – und verhielt sich trotzdem so, als sähe er umwerfend aus. Melissa war überraschend muskulös, mit von Bräunungsspray orangefarbener Haut und Haaren in fast demselben Farbton, die mit Haarlack zu festen Locken betoniert waren. Als sie fertig waren, ließ Melissa die Blütenblätter in Orlas Hände fallen. Orla war klar, dass die beiden sie für Floss' Assistentin hielten.

»Diese Wohnung«, sagte Aston zu Floss, »ist etwas Besonderes. Ich bin seit Monaten im *Bowery Hotel*. Ich hasse es. Es ist einfach … *zu* nett. Sie machen ständig mein Bett.« Er sah zu der flackernden Glühbirne bei der Tür, auf das verkratzte Parkett. »Diese Wohnung hat so … gar keine Atmosphäre. Aber manchmal haben gerade die seelenlosesten Orte am meisten Seele.«

»Genau«, schnurrte Floss, deren Name nicht einmal auf dem Mietvertrag stand. »Das ist so typisch für dich, dass du das verstehst.«

Aston stieß sich von der eingezogenen Wand ab und stellte sich so dicht neben Floss, dass die anderen den Blick abwandten. »Mit Paulina ist es aus«, sagte er. »Und ich würde dich gern kennenlernen. Darf ich dich zum Abendessen ausführen?«

»O mein Gott, aber *natürlich*«, quietschte Floss.

Craig sah von seinem Handy auf, auf dem er wild herumtippte. »Super«, meinte er. »Dann wäre das erledigt. Wir gehören übrigens zu dem Deal, Melissa und ich.« Er deutete auf sich, »Manager«, und auf Melissa, »Publizistin«.

»Sie meinen, bei dem Date?«, fragte Orla.

Craig ignorierte sie. Er sah langsam von Floss zu Aston und zurück, dann zu Melissa. »Ich glaube, das könnte gut werden. Ich glaube, das könnte richtig groß werden.« Er kratzte sich am Kiefer. »Was denkst du?«

Melissa warf ihre steifen Locken nach hinten. »Ich denke, was ich immer denke«, antwortete sie. »Wenn wir auf der Welle reiten und nicht dagegen ankämpfen, wird es gut für uns alle ausgehen.«

Aston führte Floss zum Abendessen aus. Orla wartete, trank Kaffee, um sich wach zu halten, dachte, dass Floss beim Heimkommen den ganzen Abend analysieren wollen würde.

Doch die beiden waren bis Sonnenaufgang unterwegs und verschliefen den Tag in Floss' Zimmer. Am zweiten Tag hatte Orla sie immer noch nicht gesehen, doch sie hatte ein paarmal gehört, wie die Tür geöffnet und wieder geschlossen wurde. Als sie das nächste Mal aus ihrem Zimmer kam, sah sie, dass sich Astons Sachen – Flaschen mit ätherischen Ölen, ein ferngesteuerter Helikopter, haufenweise Sneakers – in der Wohnung materialisiert hatten, wodurch sie sofort jünger, jungenhafter und kleiner wirkte. Ab da war er bei ihnen eingezogen. Manchmal störte es Orla sehr – ihr Rücken schmerzte vom vielen Bücken nach Spielzeugen und Schuhen, und ihre Ohren brannten von den Ohrstöpseln, mit denen sie die Geräusche aus dem Schlafzimmer nebenan ausblendete. Dann wieder machte es ihr überhaupt nichts aus, weil die Wohnung durch Aston auch freundlicher wurde. Er hatte eine sanfte Seite, die er nur im Privaten zeigte, wo Fans und Feinde keinen Zugriff darauf hatten. Orla hatte gesehen, wie er unkooperativ und unzitierbar vulgäre Telefoninterviews gab und dabei wie ein Kind unter einer Decke auf der Couch saß. Sie hatte aber auch gehört, wie er mit seinem »kleinen Bruder«, den ihm eine Organisation vermittelt hatte, über Skype sprach, dem Jungen sagte, er solle weiter die Schule besuchen (auch wenn Aston selbst in der neunten Klasse abgegangen war) und Frauen mit Respekt behandeln (auch wenn er dem Jungen ab und zu anzügliche Fotos seiner Ex-Freundinnen auf dem Handy zeigte). Wenn Floss unterwegs war oder schlief, schlenderte Aston ins Wohnzimmer und hängte sich an Orla. Wenn ein Buch in ihrem Schoß lag, fragte er: »Was liest du denn da, Bücherwurm?« Wenn sie ein Video auf ihrem Laptop ansah, fragte er: »Was schaust du denn da, Stubenhockerin?« Als beide Frauen einmal genug von seiner Hyperaktivität hatten, zog er sich friedlich in die Küche zurück und schrubbte die verkrusteten Töpfe, die sie nie anfassten und die zum Inventar der Wohnung gehörten. Dann backte er Blaubeermuffins.

Drei Wochen, nachdem Aston in die Wohnung 6D hereinspaziert war, unterzeichneten er und Floss einen Vertrag für eine »Dokusoap«, die zeigen sollte, wie sie sich ineinander verliebten.

Sechs Wochen danach nahmen Floss und Orla die Linie C zu einem Fitnessstudio, das ihnen Spinning-Gutscheine geschickt hatte, und entdeckten Floss' Gesicht auf einer riesigen Werbung in der U-Bahn. Filzstiftpenisse ragten aus ihren Nasenlöchern. Beide kreischten und umarmten sich.

Einen Monat danach lief die erste Folge der Show, was sowohl gute als auch schlechte Auswirkungen hatte. *Flosston Public* war sofort ein Hit und vollendete Floss' Wandlung von einer herzlosen Soziopathin hin zu einer sympathischen Göttin. Allerdings wurde auch Orla dadurch berühmt.

Flosston Public begann mit einem Streich. Die Drehbuchautorin der Show, eine große junge Frau mit strähnigem rotem Haar, erklärte mit heiserer Nikotinstimme den Ablauf. »Floss kommt durch die Wohnungstür, Floss ruft ›Babe‹, Aston springt aus der Küche hervor und kippt einen Eimer Mehl über ihr aus.«

Niemand hatte Orla zum Preproduction-Meeting eingeladen, doch es war ein Samstag, sie war zu Hause und lebte nun mal am Drehort. »Warum?«, fragte sie, als sie den Brita-Wasserfilter auffüllte.

»Es ist ein guter Streich«, antwortete die Drehbuchautorin. »Das Publikum liebt Streiche, Floss und Aston lieben Streiche. Es gehört zu ihrer Marke. Es ist perfekt.«

»Krass.« Aston klatschte in die Hände. »Ja, wir lieben Streiche, Babe.«

Einmal hatten Floss und Aston Sex auf der Frühstückstheke gehabt und Orlas Mikrowellen-Enchilada auf den Boden geworfen. Das war der einzige »Streich« der beiden, den Orla je gesehen hatte. Sie musterte Floss zweifelnd.

»Ich mag so was eigentlich nicht«, sagte Floss. »Was, wenn mein Shirt hochrutscht? Dann sehe ich fett aus.«

»Gut«, erwiderte die Drehbuchautorin scharf. »Es würde dir nicht schaden, etwas nahbarer zu wirken. Es ist ja schön und gut, dass du hot bist, aber dann schauen sich nur die männlichen Fans deine Clips auf YouTube ohne Ton an. Du musst die Frauen dazu bringen, dich zu mögen.«

»Abe Orla ist die einzige Frau, die mich mag«, meinte Floss. »Ich komme mit Männern viel besser aus.«

»Stimmt«, sagte Aston. »Wir verstehen uns super.« Er zog Floss den Flur entlang und schlug die Schlafzimmertür hinter ihnen zu. Die Drehbuchautorin verdrehte die Augen.

»DER STREICH WIRD FÜR EINE SPIELERISCHE ATMOSPHÄRE SORGEN«, dröhnte Mason, der Produzent. Er war ein aufgedunsener Mann mit dunklen Augenringen, der jedes Wort gleichförmig hinausbrüllte, ganz im Gegensatz zu seiner Autorin. Beim Lachen sagte er wortwörtlich: »He he he.«

»Das ist mir klar«, meinte Orla. »Aber warum ausgerechnet *Mehl?*«

Mason runzelte die Stirn und sagte: »Kannst du die Darsteller noch mal herholen?«

Vor dem Meeting hatten Floss und Aston in Floss' Zimmer eine Fernsehserie verschlungen, und jetzt drang die Titelmusik wieder durch die Tür. »Ich bin nicht die Assistentin der beiden«, erklärte sie Mason scharf. Sie nahm ihren Laptop von der Küchentheke und setzte sich zum Arbeiten auf die Couch, wo sie sich außerhalb der Kameras wähnte. Haare und Make-up hatten ihr Zimmer besetzt.

Hätte sie sich stattdessen für den Zweisitzer und nicht für die Couch entschieden, hätte ihr Leben vielleicht keine völlig neue Richtung eingeschlagen.

»Wir schicken sofort morgen früh eine Putzfrau vorbei, die sauber macht, versprochen«, versicherte Mason.

Den ganzen Abend über warfen sie das Mehl, drehten die Szene immer wieder, husteten gegen den Staub an, und am Morgen war keine Putzfrau da. Alles, was Orla in den nächsten Tagen berührte, war körnig. Als sie es nicht länger aushielt, meldete sie sich in der Arbeit krank und putzte die Wohnung, staubsaugte dreimal. Selbst die Innenseiten der Küchenschranktüren mussten abgewischt werden. In einem fand Orla ein Post-it mit Floss' hektischer Handschrift darauf. Die Tinte hatte sich tief ins Papier gegraben, als ob Floss den Stift mit aller Kraft geführt hätte. *Sei nahbar!!!!,* stand darauf.

Am nächsten Tag tauchte die Filmcrew wieder auf. »Der Ton von der Mehlszene ist totaler Mist«, verkündete Mason. »Wir müssen das noch mal drehen.« Er wies Orla an, sich mit ihrem Computer an dieselbe Stelle auf der Couch zu setzen. »Damit der Szenenanschluss stimmt«, sagte er. Sie zuckte mit den Schultern, dachte, sie würde sowieso nur ein verschwommener Fleck im Hintergrund und so wenig an der Szene beteiligt sein wie die IKEA-Stehlampe. Niemand hatte ihr etwas anderes gesagt.

Und dann kam die Premiere.

In der ersten Folge betatschten sich Floss und Aston kichernd und malten Striche in die Mehlschicht auf ihrer Haut.

Orla saß im Hintergrund, war aber trotzdem deutlich zu sehen. Jedes Augenverdrehen hatte man belassen, jedes Seufzen war gut hörbar. Die Dynamik war schnell klar: Floss und Aston waren die Verrückten, und Orla war das schlaue fünfte Rad am Wagen, das in ihrem Liebesnest gefangen war. Die Reaktionen im Internet folgten sofort. Blogger erklärten Orla zur »zickigen Heldin« von *Flosston Public,* Unmengen von Memes mit ihrem verkniffenen Gesicht entstanden. Der Finger, mit dem sie sich einen Krümel aus dem Gesicht gewischt hatte, wurde im Internet zum Symbol weiblichen Trotzes. SIE IST UNGLAUBLICH!, schrieb jemand. QUEEN! Jemand anders machte einen Screenshot von Orlas angewiderter Grimasse und schrieb *Ich feiere diese Frau, die keine Lust auf den ganzen Scheiß hat.*

Eine halbe Stunde nach der Premiere von *Flosston Public* fand jemand Orlas Identität über ihr Autorenfoto auf *Lady-ish.com* heraus.

Vierzig Minuten danach erhielt sie eine SMS von ihrem Vater: *Tante Marie sagt, du warst heute Abend im Fernsehen. Vielleicht magst du deine Mutter anrufen und ihr davon erzählen?*

Siebenundvierzig Minuten danach bekam sie eine Mail von ihrer Chefin. Ingrid fasste sich kurz. Betreff: *Du in Flosston Public.* Text: *Was zum Teufel?*

Orla blickte auf und sah, dass Floss sie von der anderen Couch aus beobachtete. Sie hatten Luftschlangen aufgehängt und André-Champagner gekauft – der letzte billige Champagner, den sie je trinken würden –, um die Premiere der Show zu feiern. Aston war sofort nach Sendebeginn mit dem Kopf in Floss' Schoß eingeschlafen, und als sie jetzt sein dichtes Haar mit den Fingern kämmte, starrte sie durch den Raum herüber. Orla wurde klar, dass sie vermutlich fröhlich aussah, wie sie durch die Kommentare zu ihrem Auftritt scrollte, und änderte rasch ihren Gesichtsausdruck. Sie legte das Handy beiseite, Ingrid konnte bis zum Morgen warten.

Doch als Orla am nächsten Morgen in die Arbeit kam, war ihr Stuhl verschwunden. An ihrem Platz lag nur noch ein sehniger Haufen Kabel in allen Regenbogenfarben.

»Orla«, rief Ingrid aus ihrem Büro. Sie bedeutete ihr hereinzukommen und schloss die Tür.

Orla saß ihrer Chefin gegenüber und versuchte, ihren Puls zu beruhigen, indem sie das stoffgerahmte Foto von Annabella, Ingrids Französischer Bulldogge, fixierte.

Ingrid bemerkte ihren Blick und legte das Foto beschützend mit dem Bild nach unten auf den Tisch. »Du bist gefeuert«, sagte sie und wollte noch etwas hinzufügen, legte jedoch dann die Hände mit weit gespreizten Ellbogen übereinander auf den Tisch und die Stirn darauf.

Orla starrte auf den Zentimeter graues Haar um Ingrids Scheitel herum und suchte nach Worten. Ein Satz aus ihrer Kündigungsfantasie fiel ihr ein. »Ingrid«, sagte sie. »Ich möchte dir für die Gelegenheit danken.«

Ingrid hielt den Kopf gesenkt. »Du kommst mir nicht wie der Typ vor, der sich verkauft, Orla«, sagte sie zu ihren Fingerknöcheln. »Ich weiß nicht, warum du mich – uns alle – in so eine Situation bringst.«

»Was meinst du damit, Situation?«, fragte Orla.

Ingrid richtete sich auf und tupfte auf die öligen Halbmonde zu beiden Seiten ihrer Nase. »Wir stehen jetzt da, als hätten wir dich *Lady-ish* benutzen lassen, damit du dich und deine Freundin berühmt machen kannst.«

Orla spürte, wie ihre Brust heiß wurde. »Ich nicht«, erwiderte sie. »Ich sollte eigentlich gar nicht in der Show sein.«

»Die Einzelheiten interessieren mich nicht. Geh einfach.« Ingrid sah auf ihr Handy. »In, Moment, zehn Minuten fangen die Vorstellungsgespräche für deine Nachfolge an. Oh, und Orla«, fügte sie hinzu, »nur damit du es weißt. Wenn das hier, was auch immer es ist, dir um die Ohren fliegt, werden wir auf jeden verdammten Fall darüber berichten.«

Als Orla zu Hause aus dem Aufzug trat, hörte sie hohes, verzweifeltes Weinen aus ihrer Wohnung. Sie blieb vor der Tür stehen und legte ein Ohr dagegen.

Sie hörte Masons Stimme. »Alle haben von der ersten Folge an nur über sie geredet. Ich bin verwirrt – wollen wir denn keine Show? Wollen wir nicht *bezahlt* werden?« Er klang so, als hätte er das alles schon tausendmal gesagt.

Dann antwortete Craig. »Na gut, Mason, aber ich bin mir sicher – ich bin mir *sicher* –, dass Floss und Aston für dich immer noch die Stars der Show sind. Nicht wahr, Mason?« Craig atmete aus und klopfte gegen etwas. »Melissa … *Kümmerst* du dich bitte um sie?«

Melissa sagte gehorsam und unbeteiligt: »Schon gut, Floss.« Orla dachte plötzlich an Melissa zurück, an den Abend, an dem sie das grüne Licht für die Show gefeiert hatten. Da hatte sie Melissa zum ersten Mal betrunken erlebt. Sie hatte Craig beim Armdrücken geschlagen und seinen Unterarm gegen den klebrigen Tisch gepresst. Danach hatte sie an niemand Bestimmten gerichtet geknurrt: »Ich werde *niemals* ein Kind bekommen!«

Floss schluchzte auf und brachte kaum verständlich heraus: »AstonLASSverdammtnochmaldenBALLinRuhe!«

Das Aufprallgeräusch im Hintergrund verstummte. »Sorry«, rief Aston.

»Floss, es tut mir leid«, sagte Mason. »Aber ich bin nicht hier, um dein Ego zu streicheln. Sondern damit *Flosston* für eine ganze Staffel unter Vertrag genommen wird. Du willst als Produzentin genannt werden? Ja? Dann solltest du Orla sofort anrufen und ihr sagen, wie großartig sie war.«

Langes Schweigen, und nur gelegentliches Schniefen war zu hören. »Na gut«, antwortete Floss schließlich. »Aber sie muss sich über ihre Rolle im Klaren sein.«

»Natürlich«, stimmte Mason zu. »Du wirst sehen, es wird lustig, ein bisschen *Herzbube mit zwei Damen ...*«

»Das meine ich nicht.« Orla hörte das entschiedene Klappern von Floss' Absätzen auf dem Holz, es näherte sich der Tür. »Ich meine, wir alle wissen, wer ich sein soll, und wir alle wissen, wer sie sein soll. Stimmt's?«

Alle antworteten im Chor: »Stimmt.«

Bis auf Aston, der ein prustendes Geräusch von sich gab und sagte: »Hä? Ich komme bei diesem toxischen Kram nicht mit. Wer soll Orla jetzt sein?«

Schweigen. Orla sah sie vor sich, wie sie auf die Antwort der Hauptdarstellerin warteten.

»Du weißt schon«, erwiderte Floss schließlich. »Eine Nebenfigur.«

An diesem Abend öffnete Floss Orlas Zimmertür. Ihre Augen waren immer noch vom Weinen gerötet. »Lass uns ausgehen«, sagte sie. »Nur wir zwei. Wir machen Karaoke und feiern unsere Einschaltquoten.« Das »unsere« klang in Orlas Ohren, als müsste Floss ein Stück Glas hochwürgen.

Sie gingen in eine Bar in Koreatown. Es war noch früh am

Abend, und als sie dort eintrafen, spuckte der Laden die Happy-Hour-Trinker aus, die sich auf die Suche nach einer Pizza machten. Die Gäste, die blieben und versuchten, sich in die Nacht hinüberzuretten, blinzelten und zogen ihre Handys hervor, als sie die beiden Frauen sahen.

»Sie twittern, dass wir hier sind«, flüsterte Floss Orla ins Ohr. Doch Orla beobachtete eine junge Frau mit silbernen Armreifen, die ihr Handy ihrer Freundin zuschob. Auf dem Display waren Suchergebnisse zu sehen. »Schau«, sagte die Frau mit den Armreifen triumphierend. »Ich habe dir doch gesagt, sie ist ein Promi.« Sie und ihre Freundin packten einander an den Unterarmen und kamen auf Floss zu. »Können wir ein Foto machen?«, fragte die mit den Armreifen.

Floss lächelte und nickte. Sie streckte höflich ihr Gesicht nach vorn, wie ein Zootier, das Futter durchs Gitter annahm. Die Armreifenfrau sah allerdings Orla an.

»Bist du nicht …«, begann sie fröhlich, wurde jedoch sofort von Floss unterbrochen.

»Orla«, sagte sie laut. »Könntest du das Foto von uns machen?«

Die Armreifenfrau hielt Orla das Handy hin, die es nahm und ein paar Schritte zurückging. Dann zählte sie: »Eins, zwei, drei.« Als sie fertig war, drückte ihr ein vom Singen völlig durchgeschwitzter Typ in einem Poloshirt sein schmieriges Handy in die Hand und stellte sich neben Floss, wobei er ungeniert auf ihre Brüste starrte.

So ging das für einige Minuten – Floss vor der Kamera, Orla dahinter. Mittlerweile hatte sich im ganzen Club herumgesprochen – oder alle hatten gegoogelt –, wer Floss war. »Wo ist Aston?«, rief jemand. »Wo ist die Zicke?«, sagte jemand anders, und Orla dachte: *Verdammt noch mal, ich bin doch hier.*

Als niemand mehr etwas von ihr wollte, packte Floss Orlas Hand und zog sie auf die Stufen ins Untergeschoss zu. Eine Sekunde zuvor war Orla so genervt gewesen, dass sie kurz davor war, verärgert die Bar zu verlassen. Doch jetzt sah sie auf Floss' Hand auf ihrer, wie sie sie durch die Menschenmenge zog. Sie hatte schon früher gesehen, wie sich Frauen in vollen Bars an den Händen hielten, um nicht getrennt zu werden, und sie hatte sich immer, immer, immer jemanden gewünscht, der das mit ihr machte.

Im Untergeschoss schlüpften sie in ein schalldichtes Separee, dessen Wände mit einer hässlichen rosa-burgunderroten Polsterung bedeckt waren. Auf einem großen Fernseher lief ein verschwommenes Video mit tanzenden Menschen. Eine Mappe mit laminierten Blättern, auf denen die Songs und die dazugehörigen sechsstelligen Nummern standen, lag auf einem klebrigen Tisch, der mit Getränkerändern übersät war. Floss nahm die Mappe und blätterte darin, dann tippte sie eine Nummer in die Fernbedienung.

Das Intro begann. Es klang vertraut, entweder kannte Orla den Song, oder er war wie Tausende andere. Sie hörte sowieso kaum zu, sondern dachte daran, wie verbittert und aggressiv Floss am Nachmittag das Wort »Nebenfigur« ausgespuckt hatte. Orla belebte ihre Wut erneut und versuchte zu glauben, dass sie es tun könnte – dass sie jetzt, in diesem Moment, zu Floss sagen könnte: *Ich habe dich gehört, wie kannst du das nur sagen, nach allem, was wir gemeinsam aufgebaut haben, du Miststück.*

Da erkannte Orla den Song, dessen Interpreten sie schon längst vergessen hatte. Ein Star, der einmal wegen seiner Musik berühmt gewesen war, dann in einem Reality-Romance-Format mitgespielt und Schuhe für eine große Kette entworfen hatte. Der Text erschien auf dem Bildschirm, und Orla stellte fest, dass sie immer noch jedes Wort auswendig konnte. Sie erinnerte sich an einen faulen Sommer während der Mittelschule. Über Catherines Festnetztelefon hatte sie einen Sender namens The Box angerufen, bei dem man sich Videos wünschen konnte, und den Code für diese Powerballade eingegeben. Catherine hatte die Hände gerungen, Orla die Augen verdreht und ihr gesagt, sie solle sich entspannen, ihre Eltern würden die Gebühr gar nicht bemerken.

Dann begann Floss zu singen, und Orla wurde aus ihren Gedanken gerissen. Floss' Stimme, nicht die übliche gekünstelte, sondern ihre echte, die sie sich viel zu selten erlaubte, war phänomenal, tief und voluminös. Sie traf perfekt jeden Ton und bewältigte spielend Noten außerhalb normaler menschlicher Reichweite. Floss drehte ihre Haare auf dem Kopf zu einem Knoten zusammen, achtlos, als wolle sie sich nicht länger von etwas abhalten lassen.

Orla dachte an Floss' gesichtslose Mutter, die das Talent ihrer Tochter anzweifelte, und platzte heraus: »Du bist so großartig, Floss. Wow. Wärst du nicht lieber Sängerin als …?«

Floss wartete, ob sie den Satz beendete, und lächelte dann traurig. »Ich habe es zuerst als Sängerin versucht«, sagte sie. »Aber wie wird man eine Sängerin? Es ist so anders als das, was wir jetzt machen. Es gibt keine Anleitung dafür.« Sie zuckte mit den Schultern. »Wenn die Show genügend Erfolg hat, darf ich vielleicht eine Single einsingen.«

»Du hättest es noch mehr versuchen können«, antwortete Orla. »Du könntest es immer noch. Wir könnten das andere Zeug vergessen.«

Das Lied war zu Ende. Floss legte das Mikrofon weg, nahm ihren Drink und schob den kleinen roten Strohhalm in einen

Mundwinkel. »Ich will aber nicht«, meinte sie. »Der Traum ist einfach nicht umsetzbar.«

Einige Sonntage später, nachdem drei Folgen *Flosston Public* mit wachsendem Erfolg gelaufen waren, war Orla mit ihrer Mutter verabredet. Gayle kam mit ihren Freundinnen aus dem Zumba-Kurs in die Stadt, um sich das Musical *Jersey Boys* anzusehen, das sie alle schon mehrmals besucht hatten. Orla hatte einen Kater, doch sie zwang sich, vor dem Treffen noch zu schreiben. Sie drückte auf verschiedene Tasten, erschuf kleine Bilder in ihrem Manuskript, die als Prokrastination anfingen und dann sogar wie eine sinnvolle Grafik aussahen, die man in die Story einbauen könnte. Orla markierte ein ungelenkes Segelboot, das sie aus einer Menge kleiner r und Sonderzeichen erstellt hatte, und kontrollierte den Wortzähler. Neununddreißig. Nicht schlecht.

Orla wusste auf den ersten Blick, dass Gayle weitere Neuigkeiten zu Danny hatte. Ihre Mutter leuchtete geradezu, wenn sie frischen Klatsch mitgebracht hatte.

Orla scheuchte Gayle und die anderen Damen in die Linie C, dann die Linie B. Sie führte sie an die Oberfläche zur Mulberry Street. Zu Orlas Beschämung schlenderten sie zu fünft nebeneinander her und fielen in Little Italy auf den ersten Restaurantanwerber, der sie heranwinkte, herein. Sie setzten sich an einen Tisch und aßen in roter, matschiger Soße ertränkte Nudeln. Alle außer Orla fanden, es schmecke »himmlisch«.

Orla versuchte, unbeteiligt zu wirken. Je drängender sie etwas über Danny hören wollte, desto länger würde ihre Mutter die Neuigkeiten zurückhalten. Deshalb lächelte sie, als eine von Gayles Freundinnen in epischer Breite eine Folge von *King of Queens* rekapitulierte. Als eine andere Orla fragte, ob »man die Stadt immer noch Big Apple nennt«, antwortete sie bedächtig. Als eine dritte aufschrie und ihren Stuhl umwarf, weil sie angeblich eine Kakerlake gesehen hatte – die sich als Schramme in einer Fliese herausstellte, doch die Frau beschwerte sich, dass sie allein wegen des Schrecks einen Nachlass bekommen sollten –, entschuldigte sich Orla für New York. Als die Zumba-Damen schließlich geschlossen die Toilette aufsuchten, waren Orla und ihre Mutter endlich allein.

Gayle zog übertrieben ihre Kreditkarte aus der Brieftasche. »Sie lassen sich scheiden«, verkündete sie. »Vielleicht möchtest du Kontakt aufnehmen.«

Orla errötete und fühlte sich ertappt. »Warum sollte ich?«, fragte sie.

Ihre Mutter verdrehte die Augen. »Nicht mit Danny. Mit Catherine. Ihr dein Mitgefühl aussprechen.« Sie schüttelte den Kopf. »Ich habe nie verstanden, warum du ihr damals die kalte Schulter gezeigt hast. Wenn du den Kontakt vielleicht nicht abgebrochen hättest, würdest du nicht ...«

Der Kellner füllte unnötigerweise ihre Wassergläser nach.

»Dann würde ich nicht *was?*« Orla wurde allmählich verzweifelt. Sie verschwendeten Zeit auf Orlas Verbindung zu Floss, in der sie stattdessen alle Details dieser Enthüllung analysieren könnten – *War Gayle ganz sicher wegen der Scheidung? Wer hatte es ihr erzählt? Wann?* Diese Konfrontation hatte sich seit Monaten angebahnt, das war Orla klar, während Gayles Nachrichten und E-Mails immer knapper geworden waren. Sogar noch vor Orlas Entlassung hatte ihre Mutter aufgehört, ihre Artikel auf Facebook zu posten.

»Dann würdest du nicht ... Nun, wie nennst du das, was du gerade machst?« Gayle beugte sich vor. »Ich habe die Videos von dir im Fernsehen gesehen. Du hast so *unfreundlich* gewirkt.« Ihre Freundinnen kamen aus der Damentoilette und bahnten sich den Weg zurück zu ihrem Tisch. »Ich dachte«, fuhr Gayle fort, »du wolltest Schriftstellerin werden.«

»Dachtest du denn, dass ich das vorher war?« Orla zerdrückte die Papierhülle ihres Strohhalms zwischen den Fingern. »Weil ich ehrlich gesagt gerade fast dasselbe mache wie in meinem alten Job. Nur dass ich jetzt auf der anderen Seite bin.«

Gayle öffnete ihre Handtasche und wühlte darin herum. Sie hatte die Tickets für alle, und Orla wusste, dass sie sich erst entspannen würde, wenn jede der Zumba-Damen auf ihrem Platz im Theater saß. »Meine Zusammenarbeit mit Floss«, fuhr Orla fort, »die ganzen Leute, die ich kennenlerne … Vertrau mir, Mom, das ist der schnellste Weg für mich, Schriftstellerin zu werden.«

Gayle blickte auf und zog den Reißverschluss ihrer Tasche zu. »Ich sage dir jetzt das, was ich dir seit deinem zehnten Lebensjahr sage, Orla«, erwiderte sie leise, als ob sie sie nicht in Verlegenheit bringen wollte. »Es ist nicht gut, jemandem hinterherzulaufen.«

»Das mache ich *nicht*«, wehrte sich Orla und klang dabei wie eine quietschende, genervte Zehnjährige. »Hör mal, Mom, es tut mir leid, aber du verstehst nicht, wie es ist, mit all dem klarzukommen.«

»Als ich in deinem Alter war«, sagte Gayle langsam, »hatte ich schon dich. Und eine Stelle bei der State-Farm-Versicherung.«

»Genau das meine ich«, entgegnete Orla. »Du verstehst nicht, wie die Dinge im echten Leben laufen.«

Gayle blinzelte und wirkte so verletzt und zurückgewiesen,

wie Orla sie noch nie gesehen hatte. Ihr Mund begann zu zittern.

»Ach ja?«, fragte sie. »Du findest dich so toll, hier in der großen Stadt, wo dich alle *verstehen*. Und das tun sie auch. Wenn du mich fragst, ist das der eigentliche Witz.« Sie rutschte mit dem Stuhl an den Tisch, um eine der Damen vorbeizulassen, und Orla schreckte bei dem scharrenden Geräusch zusammen. »Du glaubst es wirklich«, zischte Gayle. »Dass das, was auch immer du tust, wichtiger ist als die Tätigkeiten der Leute irgendwo anders. Nur weil du in einer Stadt lebst, in der wir Ratten auf Parkbänken sehen und Menschen, die in die U-Bahn scheißen, wenn wir dich besuchen!«

»Das war ein einziges Mal«, sagte Orla, auch wenn sie zweimal eine öffentliche Entleerung gesehen hatten.

»Hör mir mal gut zu.« Gayle beugte sich zu ihr. »Ich bin zu Hause in meiner Küche interessanter, als du es jemals in dieser Stadt sein wirst.«

Sobald sie es ausgesprochen hatte, zuckte sie zurück, als hätte sie Orla geschlagen. Doch sie entschuldigte sich nicht, sagte auch sonst nichts mehr. Die Zumba-Damen sammelten um sie herum ihre Taschen zusammen und diskutierten laut, wer von ihnen *Jersey Boys* als Erste gesehen hatte.

Orla brachte sie trotzdem zum Theater. Sie wusste, dass ihre Mutter das von ihr erwartete, auch wenn sie einander nicht mehr ansehen konnten. Jetzt verstand sie, warum ihre Eltern sie immer voller Sorge musterten. Auch wenn sie es nie so ausgesprochen hatten, fürchteten sie, sie würde nichts tun, nichts Richtiges zustande bringen. Das, was sie hier tat, schien Gayle offenbar für die Summe ihrer Investition in ihre Tochter zu halten: Orla kannte sich in Manhattan aus. Sie wusste, dass sie sich an dem immer noch neuen Wolkenkratzer nach

Süden orientieren musste, und wie sie den Hudson fand, wenn sie von der U-Bahn an die Oberfläche kam. Handys konnten das heutzutage auch, doch es lag ein gewisser Stolz darin, es selbst zu können. In den Augen ihrer Mutter hatte Orla eine teure Ansammlung von Instinkten angehäuft, die auf der anderen Seite des Flusses nutzlos waren.

Es dauerte eine Weile, bis Orlas Vertrag, der sie zu einem festen Castmitglied von *Flosston Public* machen würde, in trockenen Tüchern war – das Studio musste erst zustimmen, dann der Sender. Als Orla Craig fragte, warum alles so lange dauerte, redete er sich mit Feiertagen heraus. Bei Craig lag es immer an irgendwelchen Feiertagen, wenn er in Hollywood niemanden erreichte. Der Vierte Juli wurde vom Labor Day abgelöst. Rosch ha-Schana von Jom Kippur. Eine ganze Woche um den Columbus Day rief er niemanden mit italienischem Nachnamen an.

Schließlich kam der Vertrag. Orla würde sechzehntausend Dollar pro Folge verdienen – »sehr anständig für eine Nebenfigur«, meinte Craig. Orla nickte nur – sie hatte keinen Vergleich. Sie zögerte mit dem Stift in der Hand, dachte an den aufgebrachten Blick ihrer Mutter, dann an Floss in der Karaokebar, wie sie überzeugt davon war, dass ihr wahrer Traum die Mühe nicht wert war. Diese Show war nicht für immer, rief sich Orla in Erinnerung. Sie würde die Miete zahlen und ihr Bekanntheit verschaffen. Dann konnte sie ihr Manuskript verschicken, wenn sie bereit war, und Schriftstellerin sein. Wenn ihr Buch erst einmal an einen Verlag verkauft worden war, würde *Flosston Public* zur Nebensache werden, im Lauf der Jahre immer weiter auf ihrer Wikipedia-Seite nach unten wandern, während sie Erfolge ansammelte. Später würde sie darüber lachen, irgendwo auf einer Bühne, im *Autorengespräch*.

Melissa mailte ihr eine Übersicht über ihr Honorar, mit dem Zusatz: »Ich weiß natürlich, dass du dir meine Dienste im Moment nicht leisten kannst, aber schon mal für die Zukunft.« Sie hatte einen Zwinkersmiley hinzugefügt. Orla hob den Blick und sah zu Melissa, die ausdruckslos auf ihr Handy starrte.

Mason gab Orla eine Brille mit schwarzem Gestell. Sie hielt sie ungeschickt in der Hand, die Fingerspitzen auf die Gläser gepresst.

»Aber ich brauche keine Brille«, sagte sie.

Mason nickte. »Wir finden, das hebt deinen Charakter in der Show hervor. Du weißt schon, deine Nische in der Kopf-Muskel-Schönheit-Dreifaltigkeit. He he he.« Orla musste nicht fragen, welche Nische ihr zugedacht war. Sie setzte die Brille auf, ihre Sicht veränderte sich nicht.

Floss saß wie hingegossen auf einem Stuhl und ließ ihr Make-up vor dem nächsten Dreh auffrischen. Sie zwinkerte Orla zu und sagte mit der Stimme, mit der sie normalerweise nur mit anderen Leuten sprach: »Du siehst toll aus mit Brille. Das wird *so* cool.«

Im neuen Jahr war *Flosston Public* der große Hit. Melissa fasste den Pitch immer folgendermaßen zusammen: »Ein ausgeflipptes, total heißes Celebrity-Pärchen und die sarkastische Mitbewohnerin, die immer mit ihnen herumhängt.« Auf dem Handout stand Orlas Name in Klammern hinter dem Wort »Mitbewohnerin«.

Das Geld kam bergeweise herein. Floss und Aston gaben es mit vollen Händen aus, charterten zum Beispiel eine Jacht, um einen seltenen Kometen zu beobachten (auch wenn dann alle zu betrunken dafür waren). Orla hielt sich zurück, gab höchstens vierstellige Beträge im Kaufhaus *Saks* aus und verdrängte das Gefühl, möglicherweise jede Sekunde an den goldenen Eingangstüren als Hochstaplerin enttarnt zu werden und alle Einkäufe zurückgeben zu müssen.

Auch wenn Orla und Floss es sich leisten könnten, zogen sie nicht um. Sie blieben in der kleinen Wohnung, die die Paparazzi kannten. Die fünf – Orla, Floss, Aston, Craig und Melissa – hielten sich fast die ganze Zeit in der Wohnung 6D auf, fünf Kolleginnen und Kollegen, alle mit ihren eigenen Dresscodes. Floss trug nie etwas anderes als Dessous, Aston schlenderte in Designer-Tanktops herum, Orla steckte in Yoga-Hosen und Kapuzenpullovern. Craig und Melissa kleideten sich respektabel, mit Hosen, die mit einem Reißverschluss geschlossen wurden. Melissa kam als Erste um Punkt neun Uhr morgens und brachte Kaffee für sich und Floss und Aston mit, als wäre es das Natürlichste auf der Welt, mit drei Kaffees in einen Raum mit vier Anwesenden zu kommen. Aston setzte sich mit seinem Becher im Schneidersitz auf einen Barhocker, arrangierte seine Kristalle und chantete. Floss begutachtete die Selfies, die sie an diesem Morgen im Bett gemacht hatten und auf denen ihre Brüste kunstvoll von der Bettdecke verhüllt waren, und fragte Melissa, welches sie posten sollte. (Auch wenn sie Melissas Rat fast nie befolgte.) Melissa gab Floss und Aston dann ihren »Auftrag« für den Tag – sie sollten zum Beispiel einen langsamen Spaziergang durch den Bronx Zoo machen und dabei die gleichen Beaniemützen tragen oder fünfzehn Minuten in einer Suppenküche im East Village mithelfen. Auf den Bildern rutschte Floss bei den Eidechsen aus und stürzte, naschte theatralisch aus dem Behälter mit dem Mais.

Als ihr Post-it – *Sei nahbar!!!!!* – von der Schranktür abfiel, befestigte sie es wieder mit Klebeband.

Craig kam am Vormittag, oft mit einer Schachtel Strawberry-Shortcake-Eisriegel vom Supermarkt nebenan. Aston aß jeden Tag etwa vier Riegel. Craig stellte die Schachtel ins Gefrierfach und warf Orla dann einen verärgerten Blick zu. »Ist Kaffee da?« Dann setzten sie sich zusammen und gingen die Presseberichte und Tweets durch. Floss nahm sich alle gemeinen Bemerkungen zu Herzen, doch Aston grölte nur »ooooh«, als würde jemand anders ins Büro des Schuldirektors gerufen werden.

Dann tauchten Mason und die Crew auf, um bis zum Mittagessen zu drehen. Orla fiel mit der Zeit auf, dass die Szenen fast immer nach demselben Muster abliefen. Aston sagte etwas ekelhaft Anzügliches zu Floss, Floss warf ein Kissen nach ihm, und Orla schnaubte und sagte: »Leute, *echt* jetzt?« Dabei saß sie auf ihrem Platz, dem Sofakissen mit dem kleinen x aus Klebeband, das Mason ihr zugewiesen hatte. Ihr sagte man immer nur, sie solle die Augen für die Kamera noch stärker verdrehen.

Am Nachmittag hatten sie nichts zu tun, doch Orla schaffte trotzdem nichts anderes. Auf ihrem Laptop war das Manuskript immer geöffnet, doch überall lauerten Ablenkungen. Jetzt musste sie nicht nur Danny überwachen, sondern auch Floss und sich selbst. Sie arbeitete sich durch Twitter und Instagram, um zu sehen, wer unten vor ihrer Tür stand. Bis zu einem Dutzend Fans wartete immer an der Absperrung und hoffte, einen Blick auf die WG zu erhaschen. Sie brachten tonnenweise Kürbisse mit, diesmal jedoch als Liebesbeweis. Melissa hatte Floss in ihrer opportunistischen Weisheit überredet, die Kürbisse zu einer Obdachlosenunterkunft in der

Nähe zu bringen – wobei sie natürlich von Paparazzi verfolgt wurde, die Melissa herbeordert hatte. (Zumindest hatten sie das getan, bis das Obdachlosenasyl sie anflehte, keine Kürbisse mehr vorbeizubringen. Jetzt warfen sie sie einfach weg.)

Orla ging oft nach unten, um persönlich mit den Fans zu sprechen. Sie legte Foundation und Lippenstift auf und tat so, als wäre sie auf dem Weg irgendwohin. Sie gab sich überrascht, dass Menschen vor der Tür auf sie warteten. Sie machte Selfies mit ihnen, und sie konnte das warme Gefühl nicht leugnen, das die Freude dieser Menschen bei ihrem Anblick in ihr auslöste, auch wenn sie wusste, dass sie nur die dritte Wahl war. Einmal stand Orla bei *Jamba Juice* in der Schlange hinter einem Mädchen, das sie zehn Minuten zuvor vor dem Haus getroffen und das ihr gesagt hatte, sie sei ihr »Krafttier«. Jetzt telefonierte das Mädchen mit jemandem und meinte: »Ja, total blöd. Aber wir haben die Mitbewohnerin gesehen. Ihren Namen habe ich vergessen.«

An einem Tag im März schüttelte sie wieder Hände und bewegte sich an der Schlange entlang bis zu ihrem Ende, als er einfach so vor ihr stand. Das konnte doch nicht sein. Er wurde gegen die Metallabsperrung gedrängt, grinste und klammerte sich so fest, dass seine Finger sich weiß verfärbt hatten. *Leibhaftig* schoss es ihr in diesem Moment durch den Kopf, und zum ersten Mal verstand sie den Ausdruck. Sie musterte ihn langsam von oben bis unten, sein Gesicht, seinen Körper, um sich zu versichern, dass er es wirklich war. Er war es tatsächlich, und jeder Zweifel, ob Orla ihr Schicksal so eng mit Floss verknüpfen sollte, löste sich in Luft auf. Ein Model war gestürzt. Ihr Buch war noch nicht fertig. Man hatte sie gefeuert. Ihre Mutter war nicht stolz auf sie. Na und? Er war hier. Es war Wirklichkeit geworden.

»Hallo, Star«, sagte er, und ihr war klar, dass er die Begrüßung eingeübt hatte. Doch das war ihr egal.

Orla nahm die Sonnenbrille ab, die sie kürzlich für dreihundert Dollar gekauft hatte. Floss hatte mit den Beinen baumelnd auf dem Tresen bei Bergdorf's gesessen und sie angefeuert. »Aber was, wenn ich sie kaputt mache?«, hatte Orla gefragt. »Dann kaufst du dir eine neue«, hatte Floss erwidert.

Orla zog ihn vor aller Augen aus der Schlange. Man rief ihren Namen, alle hielten die Handys in die Höhe. Sie hätten erst ins Gebäude gehen sollen, doch sie konnte keine Sekunde länger warten. Sie umarmte ihn, die Sonne blendete sie, als sie ihr Kinn auf seine Schulter legte. Als sie zu sprechen begann, merkte sie, dass nicht nur Floss ihre Stimme verstellt hatte. Das hier war ihre Stimme von früher. Sie hatte sie schon seit Ewigkeiten nicht mehr gehört.

»Danny«, sagte sie, leicht erstickt wie früher. »Hallo.«

10

Marlow

New York, New York

2051

Als Marlow die Augen aufschlug, war sie in New York. Der Himmel vor den Fenstern des Flugzeugs hatte die Farbe von dunklem Lavendel. Der Pilot sagte durch, dass es 5:44 Uhr am Morgen war, und Marlow fühlte fast so etwas wie Euphorie. Egal, was sie unternahmen, Kalifornien und damit Constellation war drei Stunden hinter ihr. Sie war ihnen entwischt.

Es war allerdings nicht einfach gewesen. Ihr Auto war nicht darauf angelegt zu fliehen. Egal, wie sehr sie brüllte und auf das Lenkrad einschlug, es hielt auf dem Weg aus der Stadt ausgiebig an jedem Stoppschild. Es verlangsamte die Fahrt zu korrekten zehn Meilen die Stunde, während es unter dem efeuüberwachsenen Holzbogen am Stadtrand hindurchfuhr. *Willkommen in Constellation*, stand auf der Seite des Bogens, der zum Rest des Bundesstaates zeigte, als wäre der Ort für die Öffentlichkeit zugänglich. Marlow spannte jeden Muskel ihres Körpers an und wappnete sich gegen – was? Eine Kugel? Einen gepanzerten Truck, der ihr plötzlich den Weg abschnitt? Beim Wachposten angekommen, sah ihr der Mann in Uniform in die Augen. Er hob den Arm, schoss jedoch nur mit seinem Chip Fotos von ihr, während er sich aus dem kleinen

Fenster seiner Hütte lehnte und ihr nachblickte, wie sie die Stadt hinter sich ließ.

Auf der anderen Seite der Grenze befand sich Constellations Mini-Flughafen. Marlow stieg vor dem Gebäude aus dem Wagen und befahl ihm scharf, nach Hause zurückzufahren. Das Auto schlingerte davon wie ein gehorsames Haustier.

Auf der Damentoilette zog sie sich Jeans und einen schwarzen, dünnen Pullover an. Sie rollte das gelbe Kleid zusammen und ließ es unter dem Waschbecken zurück. Dann holte sie das Bargeld hervor, das sie und Ellis in Pesos hatten umtauschen wollen, und ging zum Schalter.

Der Bot am Schalter hatte allerdings keine Ahnung, was er mit Papiergeld anfangen sollte. Er rief eine erschöpft aussehende Frau zu Hilfe, die beim Anblick der Geldscheine in Marlows Hand seufzte. »Es ist ungefähr hundert Jahre her, seit man ein Flugticket mit Bargeld kaufen konnte«, informierte sie Marlow kühl, »und außerdem … New York, haben Sie gesagt?« Sie zählte das Geld ungeschickt. »Sie haben nicht genug für ein Hin- und Rückflugticket.« Die Frau schob die Scheine zu einem Haufen zusammen und tippte auf ihr Tablet mit dem grauen Display. Sie runzelte die Stirn. »Wir haben keinen genehmigten Reiseplan vom Network für Sie.«

Marlow lächelte und neigte den Kopf, auch wenn ihr Herz schneller schlug. Das Bargeld musste einfach funktionieren; sie hatte keinen Chip mehr, mit dem sie auf ihre Kreditkartendaten zugreifen konnte, und das Network hatte ihre Konten mittlerweile bestimmt sowieso eingefroren. »Wissen Sie«, sagte sie langsam, »mein Mann sollte sich für mich darum kümmern, weil er so oft reist. Ellis Trieste?«

Interessant, wie sich der Gesichtsausdruck der Frau änderte.

Er wurde nicht weich, weil Ellis zum Beispiel der Typ war, der allen bei einem Flug zuzwinkerte und sich bedankte. Im Gegenteil, die Frau wirkte ängstlich und erinnerte Marlow daran, wie die ganze Welt ihren Mann sah: nicht als jemand, dem man gern half, weil er ein freundlicher Mensch war, sondern weil er wichtig war und das auch ungeniert zeigte.

»Natürlich«, erwiderte die Angestellte und senkte rasch den Blick. »Er ist ein geschätzter Freebird-Platinum-Access-Kunde. Der Reiseplan ist bestimmt auf dem Weg. Dann besorgen wir Ihnen mal ein einfaches Ticket.« Sie schob die Scheine theatralisch mit dem Unterarm in ihre Hand und gab Marlow einen kleineren Stapel, das Wechselgeld, zurück. »Ich werde dafür sorgen, dass jemand die Zahlung weiterverarbeitet.« Sie tippte noch einmal auf ihr Tablet und nickte. »Flug 1361 nach JFK. Sitz 18A. Ich habe Ihren Namen auf die Passagierliste gesetzt. Guten Flug.«

Marlow ging zu der Reihe der wartenden Passagiere, die alle zu wissen schienen, wie sie sich zu verhalten hatten. Langsam bewegten sie sich auf einen Retinascanner zu. Nachdem jeder einzelne erfolgreich identifiziert war, nickte ein Bot und winkte sie durch.

Man würde also erfahren, dass sie nach New York geflogen war – ihr Name stand auf der Passagierliste, man hatte ihre Augen gescannt. Doch danach, so versicherte sie sich selbst, würde sie sich bewegen können, ohne Spuren zu hinterlassen. Als sie sich in die Schlange stellte, bemerkte sie, dass ein Bot auf die Angestellte zukam. Er hielt ein Tablet in der Hand und versuchte, die Aufmerksamkeit der Frau auf den Bildschirm zu lenken. »Dringende Sicherheitswarnung des Constellation Networks«, hörte Marlow ihn sagen. Doch die Frau, die gerade Marlows Geld zählte, hielt eine Hand hoch und befahl: »Sei still. Ich versuche, mich zu konzentrieren … Ach, verflixt, jetzt muss ich von vorn anfangen.«

Sie zählte immer noch, als Marlow den Gang zu dem wartenden Flieger entlangeilte.

Dann saß sie allein in der achtzehnten Reihe der spärlich besetzten Maschine. Ihr war leicht übel, sie war noch nie geflogen. Sie ließ den Sitzgurt mit einem nachdrücklichen Klicken einrasten. Dann schloss sie die Augen, vergaß ihr nacktes Handgelenk und dachte: *Wie geht Fliegen?*

Keine Antwort. Erst jetzt, Stunden nachdem sie sich von allen Menschen, die sie kannte, losgesagt hatte, fühlte sie sich allein.

Jemand berührte sie an der Schulter, als sie am Bordstein auf ein Taxi wartete. Marlow drehte sich um, zwei Frauen starrten sie an. Die jüngere – ein Teenager mit einem kurzen Kleid, das für ihr Alter und für die Tageszeit völlig unpassend war – schwankte auf ihren hohen Absätzen, während sie Marlow ansah. Unsicherheit und Aufregung wetteiferten auf ihrem Gesicht miteinander. Die ältere war etwa Mitte fünfzig, wirkte mürrisch und trug ein T-Shirt mit dem Aufdruck *I♥New York*, das ihr bis zu den Knien reichte. Als die jüngere die Hand nach Marlows Arm ausstreckte, warf ihr die ältere – wohl ihre Mutter – einen bösen Blick zu. »Man darf sie nicht anfassen«, flüsterte sie. »Es gibt Regeln.«

Marlow fühlte sich nackt und drückte ihre Tasche an die Brust. Das hier waren Menschen – echte Menschen –, die ihr nie begegnet waren und trotzdem wussten, wer sie war. Leibhaftige Follower. Irgendwie hatte sie wohl trotz allem nie geglaubt, dass hinter den Millionen von Usernamen Menschen mit Herzschlag und Gepäck steckten, genau wie sie.

Das Mädchen zog die Hand zurück. »Ich bin ein riesiger Fan«, sagte sie. »Ich habe mir früher ständig mit einem Radiergummi die Haut aufgerieben, aber …« Sie deutete auf Marlow. »Jetzt geht es mir gut.«

Marlow spürte, wie leiser Triumph durch sie hindurchschoss. Hierauf war sie vorbereitet. Sie verfügte über unzählige vorbereitete Antworten für Follower, die ihr von ihren eigenen psychischen Problemen erzählten. Das Werbeteam des Senders hatte sie in Zusammenarbeit mit Ellis als Vertreter von Antidote formuliert, und sie waren von den Networkstatuten abgesegnet.

»Ist es nicht großartig, was wir bewältigen können?«, sagte Marlow zu dem Mädchen. »Mit Willenskraft und ein bisschen Unterstützung durch Hysteryl?«

Die Mutter schnaubte, das Mädchen wirkte verwirrt. »Äh?«, antwortete sie.

»Und es freut mich, dass es dir besser geht«, fügte Marlow rasch hinzu, während ihr die Hitze in die Wangen stieg. »Ich meine … Radiergummiwunden tun gemein weh.« Das gehörte nicht zu den genehmigten Antworten, doch jetzt war sie weit weg von allen, denen es etwas ausmachen könnte. Bei dem Gedanken wurde ihr leicht zumute. Der Himmel schien sich aufzuhellen. So war also die Welt, in der Menschen nicht vor Kameras lebten. Und sie war hier. In diesem Moment hatte sie zwei Zuschauer. Sie ließ ihre Reisetasche ein wenig sinken.

Das Mädchen trat einen Schritt auf Marlow zu und schob gereizt die Hüfte vor. »Aber was ist bei deiner Befruchtungsfeier passiert?«, fragte sie. »Dein Feed ist down. Das macht mich wahnsinnig.«

Ihre Mutter warf ihr einen Blick zu. »Das reicht, Donna«,

sagte sie. Sie wollte ihre Tochter zurückziehen, doch das Kleid des Mädchens war so knapp, dass sie sie am Arm packen musste.

Donna schlug die Hand zur Seite und ließ nicht locker. »Ernsthaft«, sagte sie und verengte die Augen. »Was machst du hier? Wo ist Ellis?«

Marlow klopfte das Herz bis zum Hals, versuchte, sich aus ihr zu befreien. Das Mädchen hatte Ellis' Namen ausgesprochen wie sie selbst – als ob sie ihn schon immer kennen würde.

»Mom, sie antwortet nicht«, beschwerte sich Donna. »Wird es ein Junge oder ein Mädchen?«, fragte sie Marlow. »Wenigstens das könntest du uns sagen.«

Marlow wusste nicht, was sie erwidern wollte. Sie stand wie erstarrt da, bis die Mutter das enttäuschte und verärgerte Mädchen zusammen mit ihren beiden Koffern wegzog. Sie drehte sich zu den wartenden Taxis und gab vor, den Rest der Unterhaltung nicht zu hören.

»Ich will damit nichts zu tun haben«, sagte die Mutter. »Das andere Mädchen hat immer noch eine furchtbare Narbe.«

Eiseskälte durchzuckte Marlow, und ihr Gesichtsfeld wurde am Rand schwarz. Wut gesellte sich zu allem anderen, an dem sie sich festzuhalten versuchte: ihrem Alter und ihren Privilegien, ihrer moralischen Überlegenheit. Es würde nicht bei diesen beiden hier bleiben. Ihre Follower waren überall, und sie waren per Definition zerbrechlich. Sie konnte nicht allen die Meinung sagen.

Dieses eine Mal aber vielleicht doch.

Sie drehte sich um und rief der Frau nach: »Wer hat denn heutzutage noch eine *Narbe?*« Die beiden blieben abrupt stehen. Die Mutter zog ihre Tochter beschützend zu sich, während sie sich umblickten. »Niemand«, rief Marlow genauso laut. »Heutzutage hat niemand eine Narbe, der sie nicht unbedingt haben will.«

Marlows erster Eindruck von Manhattan war sicher nicht originell: Überall waren Leute. Menschen, genauer gesagt. Sie saß erschüttert in einem Taxi, das im Stau stand. Echte Menschen erledigten die Arbeit, die sonst Roboter ausübten. Ein Polizist regelte den Verkehr an einer chaotischen Kreuzung. Eine Frau schob Müll mit einem Besen auf eine Kehrschaufel. Marlow zuckte zusammen, als ein blaues, pelziges Maskottchen – zumindest *das* hätte doch eine Maschine sein müssen – seinen Oberkörper abnahm und darunter ein verschwitzter Mann zum Vorschein kam, der sich gegen ein Metallgeländer lehnte.

»Hölle, ist das heute schwül«, sagte er zu einer kostümierten Superheldin.

Die zuckte mit den Schultern. »Die Märzhitze.«

Marlow hörte ihnen vom Taxi aus zu. Abgesehen davon war New York so leise. Ihr Taxi wartete in höflichem Schweigen zusammen mit den anderen, bis sich der Stau auflöste. Ein Feuerwehrauto – eines von denen, die in die Höhe gebaut waren, damit sie so die verstopften Straßen umgehen konnten – näherte sich so lautlos von hinten, dass Marlow es erst bemerkte, als es über sie hinwegglitt und einen Moment den Himmel verdunkelte. Die Menschen, die die Thirty-Seventh Street entlangeilten, waren zum großen Teil in ihre Chips versunken, wippten mit den Köpfen zu Musik, die sie nicht hören konnte, bewegten den Mund im Gespräch mit Leuten, die sie nicht sehen konnte. Ihr fielen die schlaffen Kiefer auf, die schlechte Haltung der Leute, die hervortretenden Bäuche. So sahen Menschen aus, wurde ihr klar, die ohne Kameras durchs Leben gingen. Sie beobachtete, wie eine gehetzte Frau aus einem McDonald's kam, einen grauen Hund an einer Hand hinter sich herzerrte und mit der anderen einen Salatwrap aß. Dabei verdrehte sie die Augen, offensichtlich verärgert über die Person, mit der sie über den Chip sprach. Irgendwann vergaß die Frau ihr Essen und warf aufgebracht die Hand in die Höhe. Salat verteilte sich auf den Gehsteig. Ein Klecks Dressing landete auf der Brust der Frau. Sie stand einfach nur da und tat nichts. Der Anblick machte Marlow nervös. Sie musste sich in Erinnerung rufen, dass die Frau keine Follower hatte, keine Armee aus Voyeuren, die gnadenlos über die Soße auf ihrem Oberteil herziehen würden. Der Hund – Marlow schnappte nach Luft und schlug die Hand vor den Mund – *verrichtete währenddessen sein großes Geschäft auf den Gehsteig.* Es war ein *lebendiger* Hund. Sie fühlte sich beinahe beleidigt. Wo war der Sinn, hier an diesem Ort ohne Gras? Wer kratzte Hundekot vom Asphalt, wenn es Teetassen-Beagle-Bots gab, die man ausschalten und verwahren konnte, wenn man in den Urlaub fuhr?

Sie kamen an den Times Square, an dem sie von überall her Gesichter aus der Heimat anstarrten. Die Stars von Constellation schwebten wie Geister zwischen Modewerbung und Snackmarken auf den berühmten Hologrammen der Kreuzung. Ein Hologramm von Jacqueline – mit einer signifikant dünneren Taille, wie Marlow bemerkte – saß kokett auf dem runden Dach eines Hotels und trank einen lilafarbenen Saft, dessen Markenlogo bei ihrer Schulter schwebte. Auf einem Gebäude mit grüner Verspiegelung rechts von Marlows Taxi wurde Idas trauriges Gesicht unter den Titel einer Klatschmagazin-App projiziert, *Constellation Weekly*. IDA VER-

LÄSST IHRE FAMILIE, lautete die Schlagzeile. Ihre Nase war ein ganzes Stockwerk hoch. Das Taxi bewegte sich ein paar Zentimeter vorwärts, und Marlow entdeckte ihr eigenes Gesicht auf einer alten, herkömmlichen Anzeigentafel, von der sich das ausgeblichene Plakat an den Ecken ablöste. Die Anzeige war alt und zeigte ein Foto von ihrem Hochzeitstag. Marlow konnte sich nicht erinnern, dafür posiert zu haben. Sie lächelte heiter in Ellis' Armen, ihr Kopf lehnte an seiner Schulter. »Marlow + Ellis« stand neben ihrem linken Ohr und in größerer Schrift rechts von ihrem Kinn: »Zu lieben und zu ehren. Ewiges Glück – mit Hysteryl.«

Plötzlich verschwanden alle Bilder. Der Himmel war auf einmal blau, die Gebäude nackter Beton. Erst da sahen die New Yorker auf und wunderten sich über Leere um sie herum. Fußgänger blieben mitten auf der Straße stehen. Die Leute, die auf der roten Treppe ihr Mittagessen aßen, hielten mit ihren Gabeln inne. Sie warteten, Marlow mit ihnen, dass das vielfarbige Blinken um sie herum zurückkehrte. Dann erwachte das Coke-Zero-Hologramm, das Totem im Zentrum des Platzes, flackernd zum Leben. Über dem Logo erschien ein Gesicht.

Ihr Gesicht.

Erschrocken drückte sie sich in den Sitz. Sie schlug die Hände vor den Mund, spähte über ihre zitternden Fingerspitzen, während sich die Lichtpartikel zu ihren schwer zu bändigenden Haaren, ihren ernsten dunkelblauen Augen zusammensetzten. Um den ganzen Platz herum starrte ihr Gesicht sie an, ernst wie auf einem Polizeifoto. Sie war da, wo gerade eben noch Jacqueline und Ida zu sehen gewesen waren. Sie hatte die Kleidung ersetzt, die Snacks. Dutzendfach war sie hier. Sie war überall.

Die Menschen starrten die Hologramme ebenfalls an, wandten den Kopf nur, um untereinander verwunderte Blicke auszutauschen. Ein paar gingen weiter, schüttelten das Spektakel mit geübter Gleichgültigkeit ab, doch die meisten blieben einfach stehen und warteten, was als Nächstes passieren würde.

Die Ampel schaltete von Rot auf Grün, doch der Stau löste sich nicht auf.

Dann erschienen die Banner über Marlows von Software geglätteter Stirn in jedem Bild: GESUCHT: MARLOW CLIPP.

»Fans von Constellation!«, rief eine weibliche Stimme aufgekratzt über das leise Summen des Taximotors hinweg. »Heute ist ein besonderer Tag. Es ist Zeit für eine Schnitzeljagd! Marlow Clipp ist irgendwo da draußen in Manhattan und wartet darauf, von euch gefunden zu werden. Wer sie entdeckt, gewinnt großartige Preise. Auf geht's, ihr Spürnasen!«

Marlow drückte ihren Kopf gegen die Lehne und rutschte nach unten.

Jacqueline hatte recht. Die Jagden gab es wirklich.

Sie hatte nie daran geglaubt, und sie hatte auch nie Grund dazu gehabt. Niemand, der wichtig genug war, um das Programm wirklich nachhaltig zu stören, hatte je Constellation verlassen, zumindest nicht seit Marlows Kindheit. Etwa zwei Jahre, nachdem die Siedlung eröffnet worden war, hatten Dutzende der Originaldarsteller versucht zu fliehen. Einige von ihnen – die Idas, die Menschen, die sowieso niemandem wichtig waren – konnten gehen, ihre Feeds wurden eingestellt, ihre Follower sanft zu den Stars geleitet, die ähnlich aussahen und ähnliche Leben lebten. Andere – die mit den hohen Zuschauerzahlen – wurden auf andere Weise zur Rückkehr bewogen. Das Network erhöhte ihr Gehalt oder nahm ihr Vermögen als Geisel – schließlich hatten alle ihre Konten bei der First-Constellation-Bank. Es gab ein paar Fälle, in denen nichts davon funktionierte, und Marlow konnte sich erinnern, wie sie und die anderen Mädchen in der Grundschule bei Pyjamapartys Gerüchte austauschten und sich abseits der Kameras Angst einjagten, während sie sich in den Jacuzzi-Wannen der Eltern zusammendrängten. Wenn man ging, so hieß es, und wichtig war, dann würde es das Network so darstellen, als würden sie einen ziehen lassen. Sie würden einen nicht mit Gewalt aufhalten. Sie würden stattdessen einfach überall das Foto der oder des Flüchtigen veröffentlichen und die Follower bitten, bei der Suche zu helfen. Sie würden es wie ein Spiel aussehen lassen, ein Spaß für die Fans. Es würde Preise für Hinweise zum Aufenthaltsort geben, Preise für Fotos der Flüchtigen. Und einen Sonderpreis für denjenigen, der einen schließlich fasste und nach Hause schickte, in dem guten Glauben, man wäre ein Teil des Spiels.

»Völliger Fischmist«, hatte Floss gesagt, als Marlow ihr abends im Bett diese Geschichte erzählt und gefragt hatte, ob sie wahr sei. »Es stimmt, dass das Network manchmal Jagden veranstaltet, aber die sind immer nur zum Spaß. Niemand wird verletzt. Das Network beschützt uns.«

»Aber warum wollten die ganzen Menschen überhaupt unsere Stadt verlassen?«, hatte Marlow gefragt.

Floss hatte nachgedacht. »Sie haben zu lange auf die andere Art gelebt«, hatte sie schließlich gesagt. »Sie konnten sich nicht daran gewöhnen, dass ihre Follower die ganze Zeit bei ihnen sein wollten.«

»Aber du und Daddy«, hatte Marlow weitergefragt, »ihr geht nie von hier weg, oder?«

»Ach, Schätzchen, natürlich nicht.« Floss hatte die Decke

um Marlows Schultern festgesteckt. »Daddy und ich lieben es hier.«

Marlow erinnerte sich noch, wie sie sich gewünscht hatte, ihre Mutter hätte stattdessen geantwortet: »Natürlich nicht – wir würden dich doch nie verlassen.« Sie erinnerte sich noch an den Eindruck, dass Floss bei dem Gespräch ihrem Blick auswich. Sie wusste auch noch, wie ihr am nächsten Morgen beim Packen ihrer Schultasche klar wurde, wohin Floss geblickt hatte, als sie Marlow sagte, sie müsse keine Angst haben. Nicht zu ihrer Tochter, sondern zu dem gelben Auge eines Gänseblümchens, das am Kopfende des Bettes befestigt war – oder besser bekannt als Schlafzimmer, Kamera drei.

Marlow war so erschüttert davon, ihr Bild am Times Square zu sehen, dass sie einen Moment lang vergaß, dass sie auf dem Weg zu dem Krankenhaus in der 1000 Tenth Avenue war, dessen Adresse ihr Grace gegeben hatte. Als das Taxi anhielt, verschlang es Marlows Zwanzigdollarschein, den sie in einen schmutzigen Schlitz im Rücksitz steckte. Sie legte die Hand auf den Türgriff und wartete auf eine Lücke zwischen den Menschenmassen, die an ihr vorbeieilten. Als die Straße etwas leerer wurde, stürzte sie aus dem Wagen und auf einen dösenden Verkäufer auf dem Gehsteig zu. Er war uralt und vielleicht blind. Seine verspiegelte Brille erinnerte sie an die Sonnenbrille, die sie nach Amadous Tod als Andenken aus seinem Haus mitgenommen hatte. Der Verkäufer regte sich kaum, als sie Geld auf seinen Tisch legte, direkt neben eine Reihe von winzigen Souvenirschneekugeln mit ineinander verschlungenen Bronzesträngen in Form einer Helix darin. Marlow nahm sich einen stahlblauen Hidschab sowie eine breite Schildpattsonnenbrille. Sie setzte sie auf, wand das

Tuch um ihren Kopf und drehte sich zu dem Ort um, an dem sie auf die Welt gekommen war.

Doch er existierte nicht mehr. Es gab kein Krankenhaus in der 1000 Tenth Avenue. Sie hatte definitiv die richtige Adresse, denn dort stand sie in Eisen geschrieben, über dem Tor in dem Zaun, der sie von etwas Atemberaubendem trennte: einer riesigen, überlebensgroßen Version der Helix aus den Schneekugeln. Die Skulptur schraubte sich in die Wolken hinauf, eine endlose Kette aus miteinander verbundenen Armen aus Bronze. Marlow ging durch das Tor und sah, dass jedes Exemplar an der Fingerspitze begann, sich anmutig an den Ellbogen überkreuzte und abrupt an der Schulter endete. Von Nahem sah Marlow, dass jedes Paar einzigartig war. Manche Arme waren kräftig und behaart, andere zart und feminin, mit langen Fingernägeln oder Ringen. Und manche, bemerkte Marlow schaudernd, waren klein und glatt. Noch nicht ausgewachsen.

Marlow legte ihre Hände auf das Armpaar vor ihr – die Hände einer Frau, mit einem Tattoo über dem Ringfinger. AIDEN. Marlow zog sich näher heran und spähte über die Finger in das Innere der Skulptur. In jedes Handgelenk waren Name, Alter und Herkunftsort eingraviert. Die Hand unter ihren Fingern gehörte Ariel Long, zweiundzwanzig, aus Fort Pierce, Florida. Auf den Halbkreisen aus Gras, die das Denkmal umgaben, standen ernste Besucher, Headsets bedeckten ihre Augen und Ohren. Winzige Drohnen schwirrten über Marlows Kopf um die Skulptur herum und hielten über Informationstafeln inne.

Auf einer Tafel am Anfang der Armkette stand: *Jedes Händepaar gehört einem Amerikaner, der durch die große Flut umgekommen ist.* Neben der Tafel lagen Kerzenstumpen, vertrocknete Rosen und bräunlich verfärbte, laminierte Fotos übereinander. Eine kleine schwarze Flagge steckte im Gras, auf der weiße, gesteppte Vierecke abgebildet waren sowie der Schriftzug NIE WIEDER.

Etwas musste gespürt haben, dass Marlow stehen geblieben war. Ein Hologramm erschien vor ihr, ein Pfeil, der auf ein Gebäude mit Metallnetzverkleidung deutete. »Möchten Sie mehr über die Welt vor der großen Flut erfahren?«, sprach eine elektronische Stimme in gedämpftem, ehrfürchtigem Ton. »In unserem Internetarchiv wird das frühere World Wide Web aufbewahrt. Programmierer haben Jahrzehnte daran gearbeitet, die bei der großen Flut verlorenen oder beschädigten Daten wiederherzustellen. Heute können wir mit Stolz sagen, dass wir 97,6 Prozent des alten Internets zeigen können, wie es von seiner Erfindung 1989 bis zur Zerstörung 2016 existiert hat.«

Marlow stellte sich hinter eine vierköpfige Familie in die Schlange. Alle trugen orangefarbene Ponchos, auf deren Rückseite zwei graue Wolkenkratzer zusammen mit der amerikanischen Flagge abgebildet waren. Darüber stand FÜNFZIGSTER JAHRESTAG DES 11. SEPTEMBER. Die Teenagertochter unterhielt sich stumm mit jemandem, der ihr wichtig war. Immer wieder berührte sie verlegen ihre Haare, als ob die andere Person sie sehen könnte. Alle paar Sekunden kicherte sie mit hoher Stimme.

»Hör jetzt auf, mit deinem Freund zu reden, Barbara, und zeig ein wenig Respekt«, wies ihre Mutter sie zurecht. »Du stehst auf heiligem Boden.«

Die Tochter verdrehte die Augen. »Ich war schon den ganzen *Tag* auf heiligem Boden«, murrte sie. »Du hast versprochen, dass wir IRL-Shoppen gehen.«

Marlow ging hinter ihnen ins Gebäude. Ein Bot in einem auberginefarbenen Poloshirt – ein weibliches Exemplar, mindestens eine Generation alt, schon ein wenig schäbig um die Augen und mit den Überresten irgendeiner Kritzelei am Kiefer – nickte ihr freundlich zu. Hier waren also die New Yorker Roboter, was irgendwie auch logisch war. Die Regierung kaufte die alten Modelle auf, die die Industrie aussortiert hatte, und setzte sie in Museen und den Klassenzimmern staatlicher Schulen ein.

»Im Jahr 2016«, begann der Bot mit dumpfer, eintöniger Stimme, »war das Internet für alle zugänglich. Jeder konnte posten, was er wollte. Menschen definierten ihre eigenen Passwörter, die oft auf wichtigen Daten oder Haustiernamen basierten. Bitte nehmen Sie die Sonnenbrille ab«, fügte die Roboterfrau hinzu, als Marlow an ihr vorbeiging. »Gehen Sie geradeaus durch unseren Retina-Scanner. Aus Sicherheitsgründen möchten wir wissen, wer unsere Besucher sind – außerdem können wir Ihren Besuch dann auf Ihre individuellen Interessen und Bedürfnisse anpassen.«

Noch ein Retina-Scanner. Marlow zögerte. Da die Jagd jetzt angefangen hatte, konnte sie das Risiko nicht eingehen, hier registriert zu werden. Aber wenn hier drin wirklich noch so ein großer Teil des alten Internets – und damit vom alten Leben ihrer Eltern – existierte, könnte sie vielleicht ihren echten Vater finden.

Sie ging auf den roten Lichtstrahl zu. Die Menschen spazierten beiläufig vorbei, unterbrachen ihre Gespräche nicht, um geradeaus in den Scanner zu sehen. Kinder schlüpften einfach darunter hindurch. Die Secondhandroboter standen mit dem Rücken zum Scanner, der hier – im Gegensatz zum Flughafen – eher wie eine Empfehlung wirkte. Als Marlow sich dem Laserstrahl näherte, tat sie so, als wäre ihr etwas hinuntergefallen, bückte sich und schlüpfte daran vorbei.

Als sie sich auf der anderen Seite wieder aufrichtete, geschah nichts. Niemand holte sie zurück, damit sie sich registrierte. Niemand schien sie überhaupt zu bemerken. Auf einmal war sie stolz auf sich. Hatte sie etwa *Talent* dafür, auf der Flucht zu sein? Da sie die Sicherheitsschranke überwunden hatte, nahm sie die Sonnenbrille einen Moment ab und wischte sich über das verschwitzte Gesicht.

Als sie sie wieder aufsetzte, bemerkte sie, wie die Teenagertochter aus der Schlange vor ihr sie anstarrte.

»Mom«, flüsterte das Mädchen. »Mom …« Sie wölbte die Hand um den Mund und flüsterte ihrer Mutter etwas ins Ohr. Dann sah die ältere Frau zu Marlow.

Das Mädchen stieß ihre Mutter fest in die Seite. »Lass das«, sagte diese. »Unsere Führung beginnt in fünf Minuten. Beeil dich.«

»Aber …«, versuchte es das Mädchen noch einmal, bevor es zögernd seiner Mutter folgte.

Marlow schlug eine andere Richtung ein, löste sich von der sich langsam fortbewegenden Menge und folgte einem Pfeil zur Abteilung »Allgemeine Recherche«. Der lange Gang wurde zu beiden Seiten von Securityrobotern gesäumt, die alle alt und männlich waren, mit schmalen Taillen und breiten Schultern, sorgfältig ausgewählt mit unterschiedlichen Hautfarben. Sie trugen identische auberginefarbene Sakkos. Marlow lief wie eine Debütantin zwischen ihnen hindurch und sah starr geradeaus, während die Roboter ihre Augen erst von links nach rechts bewegten und schließlich den ganzen Kopf.

Am Ende des Reihe stand ein Bot mit einem so exakt gestutzten Bart, dass er nur von einer Software entworfen worden sein konnte. Auf dem Namensschild stand *Mateo*. Nachdem Marlow an ihm vorbeigegangen war, löste er sich aus der Reihe und folgte ihr im Abstand von etwa zwei Metern.

Angst machte sich in Marlows Bauch bemerkbar. Es war sicher nur eine zufällige Sicherheitsmaßnahme, sagte sie sich. Die Bots hatten keinen Grund, sie zu verfolgen. Bots kümmerten sich nicht um Schnitzeljagden.

Vor ihr tat sich ein riesiger, dunkler Raum auf. Sie ging auf eines der lilafarbenen Hologrammvierecke zu, die mit einem Symbol lockten: WWW. Marlow setzte sich auf den davorstehenden Hocker. Mateo lehnte sich hinter ihr an die Wand.

»Willkommen«, sagte eine forsche Stimme. »In welchem Internetjahr möchten Sie heute surfen?«

Marlow zögerte.

»Oder möchten Sie nach einer Person oder einem Ort suchen?«, fragte die Stimme weiter.

»Floss Natuzzi«, antwortete Marlow. »Und Aston Clipp.«

»Die Suchanfrage ergibt sechsundvierzig Millionen Ergebnisse für Floss Natuzzi und einundfünfzig Millionen für Aston Clipp«, erwiderte die Stimme prompt. »Hier sind einige Schlagworte, um die Suche einzugrenzen.«

Ein Hologramm leuchtete vor Marlow auf, Licht fiel auf die tanzenden Staubpartikel in der Luft. Helle Kästchen mit Schlagwörtern erschienen, die immer kleiner wurden, je mehr das System generierte. *Aston Clipp neues Album. Aston Clipp Lyrics. Aston Clipp Instagram. Aston Clipp Twitter. Aston Clipp Ruanda-Kommentar. Floss Natuzzi Instagram. Floss Natuzzi Brauen-Tutorial. Floss Natuzzi Paulina Kratz. Floss Natuzzi Dating. Floss Natuzzi Aston Clipp. Floss Natuzzi Flosston Public. Floss Natuzzi neue Frisur. Floss Natuzzi Anna Salgado. Aston Clipp Brand. Floss Natuzzi Hochzeit. Floss Natuzzi schwanger.*

Marlow hielt den Atem an und wartete auf ihren eigenen Namen. Doch an diesem Punkt hörten die Schlagwörter auf. Natürlich. Diese Version des Internets endete mit der großen Flut.

Sie stürzte sich auf die Schlagwörter, rief Berichte und Bilder mit einem Fingertipp auf und versuchte, die Daten nicht durcheinanderzubringen. Sie suchte nach Männern aus dem Umfeld ihrer Mutter, nach Hinweisen, dass sie ihre Gene in sich tragen könnte. Doch je länger sie suchte, desto weniger sinnvoll erschien ihr die Aufgabe. Es gab Hunderte Männer, allein Dutzende tauchten regelmäßig auf, und nahezu alle – selbst diejenigen, die sie für schwul hielt – berührten ihre Mutter auf den Fotos so, als ob sie mit ihr geschlafen hätten. Andererseits war Aston immer in der Nähe und wirkte unbekümmert, machte sich nicht die Mühe, seinen Anspruch auf die Frau, die alle wollten, zu verbergen, denn sie wollte nur ihn.

Schließlich lehnte sich Marlow zurück und rieb sich die Augen. Die Touristen um sie herum verließen allmählich den Raum, erschöpft von ihren vollgestopften Urlaubstagen. Sie selbst wollte bis zum Abend bleiben, doch was dann? Sie hatte keine Ahnung, was sie essen, wo sie schlafen würde, wie sie den Blicken der Menschen auf der Straße entkommen sollte, die von der Jagd gehört hatten.

Ein paar Stunden blieben ihr noch, bis es dunkel wurde. Sie beschloss, ihre Taktik zu ändern. Sie befahl dem Hologramm, alle Daten zu ihrer Mutter chronologisch aufzulisten, und begann am Anfang.

Die Anfrage ergab eine Reihe leicht verstörender Bilder: Aufnahmen wütender junger Menschen hinter Absperrungen vor einem Apartmentblock, ein Video, das Marlow nicht ganz verstand – ein kurzes Aufblitzen von Text neben einem kleinen, quadratischen Foto einer jungen Frau und darunter ein Foto der zweiflügeligen Eingangstür des Apartmentgebäudes. Marlow kniff die Augen zusammen, um den Text zu lesen. Twitter, erkannte sie. Das war dieses Twitter, von dem ihr Floss erzählt hatte. *Hier wohnt die Schlampe, die Paulina wehgetan hat, falls jemand vorbeischauen und ihr die Scheiße aus dem Leib prügeln will. Na los, Welt. Nur nicht schüchtern sein.* Und danach: eine Adresse.

Marlow wurde kalt. Sie nahm das Stück Tapete von Grace aus ihrer Tasche und drehte es auf die beschriftete Seite, dann merkte sie, dass sie keinen Stift hatte. Sie wühlte in ihrer Tasche nach etwas, mit dem sie wenigstens die Adresse einkratzen konnte, schob gefaltete Badeanzüge und Schwangerschaftsvitamine zur Seite. Dann ertasteten ihre Finger etwas, das sie nicht selbst eingepackt hatte: eine durchsichtige Kosmetiktasche. Marlow saß allein in dem dunklen Raum und lächelte. So war es immer. Auch wenn Marlow nie mehr als eine beruhigende Tagescreme für ihr Gesicht benutzte, deponierte Floss immer Make-up in ihren Taschen oder Badezimmerschubladen, als ob Marlow ein völlig neuer Mensch werden würde, wenn Floss nur den richtigen Farbton für sie fand.

In dem Make-up-Kit befand sich ein Eyeliner. Marlow zog die Kappe ab und notierte die Adresse unter Grace' Nachricht. 303 W 21st St.

Die schwarze Spitze des Stiftes zerbrach beim Schreiben, auf dessen Seite FACE BY FLOSS in kupferfarbenen Buchstaben stand. Das Haus ihrer Eltern war voll von diesen alten Kosmetikprodukten – Wimperntusche, die schon vertrocknet war, bevor man sie überhaupt geöffnet hatte, Lotionen, die sich zu öliger Schliere und Ablagerungen verwandelt hatten. Marlow wusste über die Kosmetiklinie nur, dass sie ein Jahr nach der großen Flut auf den Markt gekommen und ein völliger Misserfolg gewesen war. Solange sie sich zurückerinnern konnte, war der Keller vollgestellt gewesen, ihre alten Fahrräder hatten an den Kisten gelehnt, die sich bis zur Decke stapelten.

Sie steckte das Stück Papier ein. Sie war noch auf der ersten Seite der Suchergebnisse, auf denen sich bereits abzeichnete, dass ihre Mutter ein Star werden würde. Marlow tippte auf den ersten Eintrag. Ein weichgezeichnetes Foto von Floss öffnete sich, auf dem sie ihre Augenbrauen bürstete, wie auch Marlow es von ihr kannte, mit offenem Mund und weit aufgerissenen Augen. Die Überschrift lautete: »Aaalso, was kann das teuerste Brauengel der Welt eigentlich? Ein Instagram-It-Girl probiert es aus.« Seltsam, dachte Marlow, als sie den Blick unter die Überschrift wandern ließ. Der Name des Verfassers oder der Verfasserin fehlte. Nach »von« war nur eine weiße Leerstelle, als wäre etwas gelöscht worden. Daneben war das winzige Porträtfoto einer verhalten lächelnden Frau zu sehen. Die namenlose Autorin, dachte Marlow. Sie beugte sich vor, bis ihre Nasenspitze das Hologramm berührte. Die Frau wirkte bekannt.

Marlow kehrte zu den Fotos von Floss auf diversen roten Teppichen zurück und fand die Frau schnell. Da war sie – neben Floss, aber irgendwie auch nicht. Sie drückte sich im Schatten herum, wartete, hielt zwei Handtaschen fest, während Floss einen Schmollmund machte und fotografiert wurde. Nach normalen Maßstäben war sie dünn, doch ihre Taille war immer noch breiter als Floss', und neben Marlows Mutter war sie blasser, wirkte fast schon grau. Sie schien, dachte Marlow mitleidig, nichts weiter als ein Vergleichspunkt zu sein – eine in Dutzenden von Fotos wiederkehrende Erinnerung daran, wie trostlos Normalität neben Schönheit aussah. »Floss Natuzzi und Begleitung«, lauteten einige Bildunterschriften. »Floss Natuzzi und ihre Freundin Orla.« Marlow fand ein Video, in dem die Frau kurz mit Floss auf dem Teppich stand. Floss glitzerte in einem Kleid aus champagnerfarbenen Schuppen, eine Hand auf der Schulter der Frau, die andere hatte sie an den Mund gelegt. Stumm rief sie den Kameras etwas zu. Mit ihrem Chip hätte Marlow das Video hören können. Frustriert lehnte sie sich zurück und musterte mit zusammengekniffenen Augen Floss' Lippen, versuchte, von ihnen zu lesen.

Plötzlich tippte ihr jemand auf die Schulter. Sie wusste sofort, dass es ein Bot war; die Finger ahmten den Rhythmus eines Menschen nach, der ihre Aufmerksamkeit erregen wollte, doch der Druck war falsch. Zu hart. Selbst nach Hunderten Updates hatten Bots Schwierigkeiten mit dieser Bewegung.

Marlow drehte sich um. Mateo stand hinter ihr und hielt ihr einen Korb mit blauen In-Ear-Kopfhörern entgegen. »Brauchen Sie Hilfe?«, fragte er.

Marlow wühlte in dem Korb. »Funktionieren die noch?«, entgegnete sie.

Mateo nickte. »Das Archiv verwendet sie derzeit für unsere Besucher, die jünger als sieben Jahre alt sind, sowie für diejenigen, deren Einkommen darauf hindeutet, dass sie unter der Informationsgrenze leben«, antwortete er. »Mit anderen Worten, für unsere Besucher ohne Chips.«

Marlow steckte sich einen der kleinen Stöpsel ins Ohr. »Vielen Dank«, sagte sie. Mateo nickte wieder, blieb jedoch stehen. »Äh«, fügte Marlow hinzu, »das wäre alles.«

»Natürlich.« Mateo trat ein paar Schritte zurück, wobei er sie nicht aus den Augen ließ.

Marlow spürte, wie der Ohrstöpsel vibrierte und Kontakt

mit dem Hologramm vor ihr aufnahm. Floss war eingefroren, ihre Zunge im Mund eingerollt und würde sich gleich entfalten. Marlow tippte auf Play.

»Meine Freundin Orla Cadden«, rief Floss. »C-A-D-D-E-N. Sie ist eine aufstrebende Schriftstellerin …« Die alten Kameras übertönten mit ihren lauten Auslöser- und Blitzgeräuschen den restlichen Satz.

Marlow zog wieder die Kappe von dem Eyeliner, um den Namen zu notieren. »Such nach Orla Cadden«, befahl sie.

In all den Jahren, in denen Antworten für sie selbstverständlich gewesen waren, hatte sie noch nie die Worte gehört, mit denen das System reagierte. Die Stimme klang auf einmal eintönig, als hätte Marlow ihr den Spaß verdorben. »Error 404. Not found.« Fehlermeldung. Keine Suchergebnisse gefunden.

II

Orla

New York, New York
2016

Schon eine Stunde nach Dannys Ankunft tat Orla drei Dinge, auf die sie nicht stolz war.

Zuerst ging sie mit ihm in eine Bar. Keine der umliegenden in Laufweite, in denen die Barkeeper Orlas Namen kannten und diskret waren. Nein, sie wollte irgendwo hingehen, wo es schrecklich war, wo die Leute sie sehen und über sie reden würden. Sie gingen in eine billige Kneipe im Viertel der East Forties, in der Touristen Nachos mit halb geschmolzenem Käse aßen und Margaritas aus volleyballgroßen Gläsern tranken. Sie saßen in einer cremefarbenen Kunstledernische mit hoher, gesteppter Rückenlehne. Sie wusste, dass sie seinen Anblick nie vergessen würde, wie er ihr gegenübersaß. Sie wusste allerdings noch nicht, wie sehr sich die Nische an sich in ihre Erinnerung einbrennen würde. Weniger als ein Jahr später, als die Stadt immer noch unter den Nachwehen der großen Flut ächzte, würde Orla wieder an der Bar vorbeigehen und die Einrichtung auf dem Gehsteig vorfinden. Die Sitznischen waren Sperrmüll, dem Designexorzismus zum Opfer gefallen, der durch die USA tobte. Alle versuchten, weiße, gepolsterte Wände aus dem Bewusstsein zu verdrängen.

Danny sah auf, als zwei Mädchen – beide jung, beide asiatischer Herkunft, beide hatten ihre Drinks auf ihren Theory-Oberteilen aus Seide verschüttet – auf ihren Tisch zustaksten. Sie beugten sich zu Orla herunter und breiteten die Arme für ein Selfie aus.

»Ich bin eine Floss«, sagte das Mädchen rechts neben Orla und sog die Wangen ein, als sie die Fotos schoss.

»Und ich bin eine Orla«, sagte die andere. Sie trug eine Brille.

Danny beobachtete das Geschehen und schüttelte ungläubig den Kopf. »Wow«, meinte er.

Nach einer Runde – er hatte wie sie eine Kaktusfeige-Margarita mit Eis bestellt – waren beide leicht angetrunken und lächelten einander an.

»Also, bringen wir es hinter uns«, sagte Orla. »Was ist zwischen dir und Catherine passiert?«

Beide stöhnten übertrieben. Das war die zweite Sache, wegen der sich Orla schlecht fühlte.

»Willst du die Wahrheit?« Danny schwenkte seinen zweiten Drink. »Ich bin darüber hinweg. Sie ist darüber hinweg. Ich weiß, dass es eigentlich komplizierter sein sollte, aber das ist es nicht.« Er nahm einen großen Schluck und lehnte sich zurück. »Oh, und weil ich mich geweigert habe, in die Kirche zu gehen. Ihr Plan ist aufgegangen, genau das wollte sie.«

»Was meinst du?«, fragte Orla. »Was wollte sie?«

»Catherine ist schlau geworden.« Danny stützte die Ellbogen auf den Tisch. »Sie ist nicht mehr das kleine *Was, ich?*-Mädchen aus der Highschool.« Er sah zu einem der Nachbartische, von wo aus man sie anstarrte. Orla wusste, dass er glaubte, man würde zu ihnen sehen, weil er so laut sprach. Doch die Aufmerksamkeit galt Orla.

»Sie wollte nicht mehr mit mir verheiratet sein«, fuhr er leiser fort. »Aber sie ist nicht dumm. Sie würde mich nicht betrügen, sie will nicht die Böse sein. Wenn man in einer Stadt wie der unseren der Ehebrecher ist, dann viel Spaß im Supermarkt.« Er trank noch einen Schluck. »Also sucht sie sich eine Kirche. Jeden Abend ist sie bei einem Treffen, das ganze Wochenende, sie kommt nach Hause und zitiert die Bibel und schaut mich vorwurfsvoll an, warum ich das alles nicht verstehe. Als wäre ich plötzlich der Arsch, weil ich kein Jesus-Tattoo will.«

Er atmete tief durch, und Orla erkannte, dass er sich innerlich bremste, um nicht durch die Windschutzscheibe seiner Schimpftirade zu fliegen. »Aber letztendlich habe ich Glück«, sagte er. »Du hast keine Ahnung, wie oft ich dich schon suchen wollte, dir sagen wollte …« Er errötete und winkte ab, als ob er mit seinen Gedanken ihre Zeit vergeuden würde. »Ich dachte immer, du und ich könnten die Welt erobern.«

Wenn sie schon bei ihrem dritten Drink gewesen wäre – oder den zweiten fast ausgetrunken hätte –, wäre es Orla vielleicht gar nicht aufgefallen. Genauso wie vorher, als er sie an der Absperrung einen Star genannt hatte, klang dieser Satz eingeübt. Doch sie war auch nicht mehr bei ihrem ersten Drink, weshalb sie den Gedanken beiseiteschieben konnte. Sie vergrub ihren Instinkt unter ihrer Sehnsucht. Und das war die dritte Sache, auf die sie nicht stolz war.

Als sie das Gebäude betraten, lief Danny weit genug hinter Orla, dass der Hausmeister dachte, sie gehörten nicht zusammen. Er sah Danny in die Augen und nickte ihm lässig zu, statt mit gesenktem Blick wie sonst »Guten Abend« zu murmeln. Orla erkannte, dass er Danny für einen Gleichgestellten hielt, nicht für jemanden wie sie. Danny schüttelte ihm die

Hand und fragte ihn nach seinem Namen. Orla registrierte es und hatte es beim Aufzug schon wieder vergessen.

Auf dem Weg nach oben sah sie Danny an. Sein Lächeln war immer noch schöner als das aller Schauspieler, die sie in diesem Jahr kennengelernt hatte, und die steckten viel Arbeit in ihr Lächeln. Seines war von Natur aus gleichmäßig und strahlend. Doch er hatte sichtlich zugenommen, und seine Jeans – dunkelblau und mit zu vielen Taschen – waren ihr fürchterlich peinlich. Sein Haar wurde schon dünn, und er gab sich offenbar große Mühe, das mit seiner Frisur zu überdecken. Die Vorstellung schmerzte, wie er vor dem Spiegel stand, sich auf die Lippe biss und die Haarsträhnen sorgfältig arrangierte. Ein Mann, der zu affenartiger Fellpflege gezwungen war, nach einer Jugend müheloser Schönheit, in der er kaum einen Blick in den Spiegel geworfen hatte.

Ausnahmsweise war die Wohnung leer. Floss und Aston drehten in einem Lokal und aßen am Dienstagnachmittag Brunch, der extra für sie serviert wurde. Das Restaurant war für die Öffentlichkeit geschlossen und mit Statisten besetzt, um den Anschein eines Sonntagvormittags zu erwecken. Mason hatte gestern Abend angerufen und sie informiert, dass sie auf einen Streit vorbereitet sein sollten. »Wir haben zu wenig Konflikte in der Show«, war seine Stimme blechern aus Floss' iPhone-Lautsprecher gedrungen. »Wenn ihr beiden euch also etwas einfallen lassen könntet, vielleicht eine Auseinandersetzung über Floss' Art, sich zu kleiden, die Frau, mit der Aston sich bei den Grammys unterhalten hat …« Orla hatte gesehen, wie Floss und Aston zu Boden geblickt hatten. Sonst lachten sie, wenn Mason sie bat, sich zu streiten, mussten nach Dingen suchen, bei denen sie nicht einer Meinung waren. Doch sie hatten sich die ganze Woche schon über genau die Themen gestritten, die Mason vorgeschlagen hatte. Als ihre Auseinandersetzungen ins Wohnzimmer überschwappten, war Orla still auf ihrer Seite der eingezogenen Wand geblieben und hatte sich gefragt, warum eigentlich sie diejenige war, die versuchte, unbemerkt zu bleiben.

Dannys Augen leuchteten auf, als sie in die Wohnung kamen. Er nahm eine Tasse von der Theke und betrachtete sie wie ein seltenes Stück, bevor er sie vorsichtig auf exakt denselben Punkt zurückstellte. »Die Wohnung ist kleiner, als ich sie mir vorgestellt hatte«, sagte er. »Aber so ist das immer im Fernsehen, oder?«

»So in etwa«, erwiderte Orla. »Doch wir wohnen hier, deshalb ist es ein bisschen anders.« Sie eilte vor ihm in ihr Zimmer und schob miteinander verhedderte Yogahosen und Unterwäsche unters Bett.

Danny folgte ihr, füllte den Türrahmen aus. Weil sie nirgendwohin konnte, setzte sie sich aufs Bett. Er tat es ihr nach. Ihre Schultern lehnten aneinander.

Er sah sie an, und Orlas Herz schlug schneller. »Wie ist sie so?«, fragte er.

»Wer?« Orla konnte es nicht glauben – konnte es nicht *fassen* –, dass sie einander so nahe waren.

Er legte seine Hand auf ihre, wie damals im Auto, vor all den Jahren. Es war, als wäre er auf ein altes, unterirdisches Kabel gestoßen. Wie damals durchzuckte sie ein elektrischer Schock.

»Floss«, sagte er.

»Oh, äh.« Orla versuchte, sich zu konzentrieren. »Sie ist genauso, wie man sie sich vorstellt. Man bekommt das, was man sieht. Sie ist allerdings hübscher, falls das zu glauben ist.«

Danny drehte sich um und nickte zu dem dicken Stapel Papier auf Orlas Schreibtisch. Auf dem obersten Blatt stand etwas mit rotem Stift geschrieben. »Oh, da ist es ja«, sagte er. »Dein Buch.«

»Woher weißt du von meinem Buch?«

Er zwickte leicht in die Haut auf ihrem Handrücken. »Ich sehe es manchmal in der Show«, antwortete er. »Im Hintergrund. Ich wusste, was es sein musste.«

Orla stieg das Blut in die Wangen. Sie hatte ihn noch nicht geküsst, noch nicht mit ihm geschlafen, doch das hier war der Gipfel: köstliche Bestätigung. Er hatte sie genauso aufmerksam im Blick behalten wie sie ihn. »Du hast recht«, sagte sie. »Das ist mein Buch.«

»Ich wusste es. Ich wusste es schon immer.« Er legte die Hände an ihr Kinn und drehte ihren Kopf zu sich. Sie spürte das Stroboskoplicht der Abschlussfeier auf sich. Seinen ernsten Blick an ihrem ersten Tag in der neunten Klasse. Sie hörte ihn fragen, ob sie sich an sie alle erinnern würde – der Satz, der sie durch die ganzen Jahre gebracht hatte, der sie in die einzige Richtung geschickt hatte, die sie einschlagen wollte: zurückkommen und etwas Besonderes sein.

Als sie ihn auf die Matratze zog, führte sie ihn weg von dem Bettende am Schreibtisch, damit der Papierstapel, den er bewundert hatte, nicht in Unordnung geriet. Die Seiten waren voller Nonsens, Platzhalter-Lorem-Ipsum-Texte und all das. Als das Filmteam sie gebeten hatte, das Buch als Requisite auszudrucken, hatte sie immer noch erst neunundvierzig Seiten. Vor der Kamera sähe das nach nichts aus. »Kein Problem«, hatte Mason gesagt und einen Praktikanten herangewinkt. »Wir lassen es ganz echt aussehen.«

Danny blieb und sagte, er habe Unmengen von Urlaub übrig, weil Catherine nicht hatte wegfahren wollen. Orla gab vor, zum ersten Mal davon zu hören, als er von seinem Managerjob im Kühlhaus erzählte, obwohl sie seit Ewigkeiten über Facebook davon wusste, und hörte ihm zu, als er ihr seine Arbeit erklärte. Er kümmerte sich um die Verwaltung aller Ein- und Ausgänge von gefrorenem Fisch und tiefgekühlten Medikamenten, allein und in einen dicken Arbeitsparka gehüllt. Er arbeitete von frühmorgens bis spätabends und sah die Sonne nur am Samstag. Sie wollte nicht weniger, als seine Welt auf den Kopf stellen, wollte sie verwandeln, von dem unendlichen Kreislauf aus Kälte und Dunkelheit in etwas voller Licht und Wärme, und er sollte wissen, dass das Leuchten von ihr abhing. Sie nahm ihn zu allen Events mit: einer Charity-Gala, für die ihm Melissa widerwillig einen Leihsmoking organisierte. Einem Konzert in der Brooklyn Arena, das sie von einer privaten Luxuskabine aus verfolgten und in der Danny beim Anblick der glitzernden privaten Bar die Augen herausfielen. Der Party einer Frauenzeitschrift, die weibliche »Influencer« feierte. Danny fragte, was der Begriff bedeutete, und Orla zuckte mit den Schultern, bevor sie sich zur Chefredakteurin drehte, die ihr ins Ohr flüsterte: »Wenn diese Widerlinge von *Lady-ish* dich jetzt sehen könnten!«

»Los, lass uns hier verschwinden«, sagte Danny leise, nachdem die Chefredakteurin sich abgewandt hatte. »Besorgen wir uns eine Pizza.« In seiner Gesellschaft wurde Orla wieder bewusst, dass auch sie früher bei jedem schicken Event Hunger gehabt hatte, dass es einmal eine Zeit gegeben hatte, in der sie kunstvolle Arrangements von winzigen Häppchen auf Crackern nicht zufriedengestellt hatten.

»Wir gehen«, teilte sie Floss mit.

Die war mitten in einem Selfie und seufzte theatralisch, ohne den Blick von ihrem Handy zu wenden. »Musst du meine beste Freundin jeden Abend zu einer Langweilerin machen?«, beschwerte sie sich in Dannys Richtung, laut genug, dass die Chefredakteurin noch einmal über die Schulter zurückblickte.

Orla bedeutete Danny, er solle sich keine Gedanken wegen Floss machen. Floss behandelte ihn mit geduldiger Geringschätzung, ganz als hätte Orla plötzlich angefangen, überallhin einen geschmacklosen Hut zu tragen, und als könne man nur abwarten, bis sie keine Lust mehr darauf hatte. Wenn Orla nicht aufpasste, würde sie sich von dieser Zurschaustellung ihres Besitzanspruchs noch geschmeichelt fühlen. Denn sie durfte nicht vergessen, was es in Wirklichkeit war: eine Show. Sie zweifelte nicht daran, dass sie und Floss beste Freundinnen waren, doch das bedeutete nur, dass sie Floss gut genug kannte, um zu wissen, dass Freundschaft für sie Schauspielerei war. Floss kreischte vor Freude, wenn Orla ins Zimmer kam, und postete Bilder von ihnen beiden mit giftig-liebevollen Texten – *meine beste Freundin ist heißer als deine.* Die unterschwellige Eifersucht auf Danny war eine weitere Rolle, die auf die Leute auf den hinteren Plätzen vielleicht sogar echt wirkte. Doch Orla saß in der ersten Reihe und durchschaute sie. Es waren nur Ablenkungsmanöver, die die Wahrheit verschleierten. Floss mochte ja glauben, dass ihr Orla wichtig war, doch Orla wusste, dass Floss nur sich selbst liebte. Sie wusste, dass Floss die Art egozentrischer Freundin war, von der die meisten Frauen nur eine haben konnten. Die zu lieben sie sich wirklich bemühten, von der sie sich aber auch zweimal im Jahr zurückziehen mussten. Die, von der sie ihren anderen Freundinnen erzählten, mit Formulierungen wie »Du weißt, wie gern ich sie mag, aber …« Orla war sich des Risikos bewusst, so jemanden als einzige Freundin zu haben, ohne andere Kontakte als Puffer zwischen ihr und dem Wahnsinn.

Doch sie hatte auch die Alternative erlebt. Es war besser, als niemanden zu haben.

Ein Schneesturm war nötig, um Floss schließlich doch noch für Danny zu erwärmen. Der Sturm begann morgens am ersten Freitag im April und versetzte die ganze Stadt in Schock, mit mehr Schnee, als den ganzen Winter über gefallen war. Zu viert strandeten sie in der Wohnung 6D – Orla und Danny, Floss und Aston – und tranken Rum mit Kakaopulver, das jemand in einem der oberen Küchenschränke gefunden hatte. Der Strom fiel aus, was es nur gemütlicher machte. Sie redeten und redeten.

»Meine kleine Liberale hier hält mich für verrückt, wenn ich sage, dass die Regierung sich unsere Waffen holen will«, sagte Danny, während Orla sein Haar streichelte. »Aber irgendwann werden sie nicht nur unsere Gewehre wollen, sondern alles über uns wissen, werden jede Bewegung überwachen wollen. Es hat schon angefangen.«

»Aber *so was* von, Mann«, stimmte Aston zu und sprang mit ausgebreiteten Armen von der Couch auf. »In meinem Haus in Santa Monica habe ich eine ultraseltene Uzi, und es war so eine scheiß Mühe, sie zu registrieren. Lasst mich doch einfach machen. Ich hole sie sowieso nur bei Partys raus.«

»Ach, ihr zwei«, sagte Floss liebevoll. Orlas Herz machte einen Sprung, weil sie auch Danny meinte. Sie warf Floss ein Lächeln zu, die von ihren Haarspitzen, die sie auf Spliss untersuchte, aufblickte und zurückgrinste. *Männer,* schienen ihre Augen zu sagen. Orla hielt ihren Blick – *ich und meine beste Freundin, zusammen mit unseren Partnern* – und hatte sich noch nie im Leben zu zufrieden gefühlt.

So vergingen die Wochen. Sex, Essen vom Lieferdienst, Events, Sex. Fotos von Orla und Danny begannen sich zu verbreiten, schafften es ins Bewusstsein ihrer Heimatstadt. Das war einfach zu viel für Mifflin: Orla Cadden wurde richtig berühmt, und dann – *haltet euch fest* – hängt sie auch noch mit dem *American-Cold-Storage*-Typen herum. Ineinander verschlungen verfolgten Orla und Danny auf der Couch, was auf Facebook über sie geredet wurde. Sie lasen einander laut Auszüge aus den E-Mails vor, die sie bekamen und auf die sie nie antworteten, von Klassenkameraden, über die sie sich amüsierten. Sie wollten nicht gemein sein; die Existenz anderer Menschen kam ihnen nur auf einmal komisch vor.

Orla achtete allerdings immer darauf, dass Danny ihre Inbox nicht zu sehen bekam. Gayle mailte ungefähr ein Dutzend Mal pro Tag. Orla ignorierte erst eine Nachricht, dann noch eine, bis es schließlich so viele waren, dass allein die Vorstellung, sie alle zu lesen, zu überwältigend war, wie ein Uniprojekt, auf das sie lieber null Punkte bekam, als es in Angriff zu nehmen. Die Betreffzeilen klangen immer verzweifelter.

Hast du den Verstand verloren?

Das muss aufhören.

Bitte sprich mit mir.

Wir sind für dich da.

Als Danny Wochen später beiläufig nach ihrem Buch fragte, setzte sich Orla regelmäßig vor ihm an den Laptop. Doch sie kam nie voran, hatte immer eine Blockade und verbrachte die meiste Zeit mit Onlineshopping. Sie hatte gelernt, ihre Kreditkartendaten in einem Rhythmus einzugeben, der getippten Worten ähnelte.

Manchmal brachte Danny ihr ihre Brille. Orla hatte ihm nie erklärt, dass sie aus Fensterglas war. Am Anfang hatte sie es vergessen, und jetzt war zu viel Zeit vergangen. Die Wahrheit war peinlich und nicht wichtig genug, dachte sie, weshalb sie nichts sagte.

Eines späten Nachmittags lagen sie nach dem Sex im Bett und atmeten gerade wieder ruhiger, als Danny seinen Arm unter Orlas Kopf hervorzog und sich aufsetzte. Er nahm seinen Laptop vom Fensterbrett, kam zurück ins Bett, legte ihn auf seine Oberschenkel und klappte den Bildschirm so auf, dass beide daraufschauen konnten.

Er rief eine PowerPoint-Präsentation auf. Auf der ersten Folie stand in Blockschrift: MERCHANDISE-KONZEPT FLOSS NATUZZI.

Orlas Magen verkrampfte sich Unheil verkündend, als Danny leise fluchte, weil etwas nicht funktionierte. »Was machst du …«, sagte sie, doch er bedeutete ihr, still zu sein, als der Song begann.

Er klickte mit abgehackten Bewegungen auf dem Touchpad durch die Folien, während Orla mitlas: Ideen für Schmuck und Kleidung und unzerbrechliche Sporttrinkflaschen, die alle Floss' Logo tragen sollten, immer drei auf einer Seite.

Auf der Folie mit den Kosmetika stand »Masscarra« anstatt »Mascara«, außerdem bewegte sich ein Clip-Art-Lippenstift hin und her, bei dem ihr das Herz schwer wurde.

»Ich weiß, die Musik passt noch nicht richtig«, sagte Danny, »aber du bist jetzt auch nur das Testpublikum. Ich mache es noch perfekt, bevor ich es Floss zeige.«

Orla setzte sich auf, steckte die Bettdecke um sich herum fest und sah ihn an. »Bitte«, flüsterte sie, »mach das nicht.«

»Was soll ich nicht machen?« Der Song spielte weiter, auch wenn die Präsentation die letzte Folie zeigte, auf der stand: FORTSETZUNG FOLGT! »Ich habe echt hart daran gearbeitet«, sagte er, und seine Miene verdüsterte sich. »Floss muss ins Lizenzgeschäft einsteigen. Wir lassen uns eine Menge Geld entgehen.« Er griff in seinen abgewetzten Rucksack, der auf dem Boden lag, und holte ein Buch heraus. *Make Your Name Make You Rich: A Primer on Branding & Licensing,* lautete der Titel, eine Anleitung, wie man seinen eigenen Namen gewinnbringend vermarktete. Auf dem Cover war der Autor abgebildet, ein Libanese in Nadelstreifenanzug und mit akkurat gefaltetem rosa Einstecktuch. »Hier steht alles drin.« Er warf ihr das Buch auf den Bauch, mit ein bisschen zu viel Nachdruck, wie sie fand. »Du solltest es lesen. Auf Amazon ist es ein Wirtschafts-Bestseller.«

Orla nahm das Buch in die Hand. »Ich kenne den Typen«, meinte sie. Sie konnte ihn nicht ansehen. »Er kümmert sich persönlich um Floss' Lizenzgeschäft. Sie fangen mit einer Hautpflegeserie an. Face by Floss.«

Danny schlang die Arme um seine angezogenen Knie. »Nun«, erwiderte er nach einem Moment. »Sie braucht immer noch jemanden vor Ort.«

Orla legte ihm eine Hand auf den Rücken. »Das ist eine große Sache. Man kann das nicht neben dem eigentlichen Job machen.«

Er sah sie hart an. »Vielleicht habe ich den Job ja bald nicht mehr. Ich überlege, was ich als Nächstes machen könnte.«

Bis jetzt war es perfekt mit ihm gewesen, so, wie sie es sich immer vorgestellt hatte, fast schon unheimlich. Doch jetzt erkannte sie, dass das Leben, das sie sich in ihren Träumen aufgebaut hatte und das sie jetzt tatsächlich führte, an diesem Punkt endete. Hunderte Male hatte sie sich ihre erste Begegnung nach der langen Zeit vorgestellt, hatte Tausende Male über ihren ersten Kuss nachgedacht. Jetzt war keine Fantasie mehr übrig. Doch vielleicht reichten Dannys Pläne weiter als ihre, dachte sie. Vielleicht war sie nicht die einzige Person in diesem Bett, die wusste, wie es war, Pläne für eine bessere Zukunft zu schmieden. Die hören musste, dass sie es verdiente.

»Cool«, sagte sie hilflos.

Sie sprachen nicht mehr über die PowerPoint-Präsentation, doch nach diesem Tag veränderte sich die Stimmung zwischen ihnen. Orla sah, wie er seine Kiefer anspannte, wenn die Filmcrew in der Wohnung war und ihm wie einem Möbelstück auswich. Eines Tages blieb er beiläufig neben Orla auf der Couch sitzen, als die Crew mit dem Filmen anfangen wollte, und Mason meinte verärgert: »Hey, Orla, dein Freund ist im Bild. Können wir ihn woanders unterbringen?«

Danny zuckte danach verletzt mit den Schultern und sagte: »Ich möchte einfach die ganze Zeit mit dir zusammen sein.«

Sie sah auf sein Flanellhemd, das sich an der Brust spannte und an den Ellbogen schon ganz abgewetzt war, und antwortete: »Okay, ich kümmere mich darum.«

Sie gingen einkaufen, Amadou fuhr sie nach Orlas Anweisungen herum. Sie nickte, als die Verkäuferinnen, die sie in jeder Boutique kannte und die sie durch den Seiteneingang hereinließen, Danny in Wollpullover mit Schalkragen steckten, in Sakkos, die sich elegant um seine Schultern schmiegten, gut sitzende Jeans, die nicht zu seinen abgestoßenen Reeboks passten, dafür aber umso besser zu den butterweichen

Desert Boots aus dem Regal auf der anderen Seite des Ladens. Danny berührte zögernd einen hellgrauen Kaschmirpullover, und Orla nickte nachdrücklich. Dann nahm sie ihn zu Astons Friseur mit. Danny sah mit unverhohlener Bewunderung zu, wie der Stylist seine dünnen Stacheln zu einer dichten Frisur aufbauschte. Der Mann packte Pomade und Haarkräftigungsprodukte in eine kleine weiße Tüte und überreichte sie Danny lächelnd. »*Viel* besser«, sagte er. Orla bezahlte mit ihrer Kreditkarte, wie schon den ganzen Tag.

Danach trafen sie die anderen in einem Restaurant in der Downing Street. Orla führte Danny eine enge Treppe hinunter in den Keller, wo die anderen bereits in einem warmen Nebenraum bei der Küche saßen, mit Ziegelmauern und Walnussholzeinrichtung. Orla sah sofort, dass Floss und Aston stritten. Floss hatte die Ellbogen auf den Tisch gestützt und den Kopf zwischen Daumen und Zeigefinger abgelegt, die restlichen Finger hielt sie gespreizt vors Gesicht, um Aston nicht ansehen zu müssen. Aston kippelte auf seinem Stuhl nach hinten, sodass die Vorderbeine in der Luft waren, und runzelte traurig die Stirn. Dann entdeckte er Danny, sprang auf und nahm ihn freundschaftlich in den Schwitzkasten, wobei er rief: »Schick, Mann, total schick!« Craig und Melissa blickten von ihren Handys auf, musterten Danny und sahen einander an. Orla setzte sich auf den Stuhl neben Mason, der sich in derselben Sekunde zu ihr drehte und sagte: »Nein.«

Sie breitete die Serviette auf ihrem Schoß aus. »Was?«

»Orla.« Mason trank einen großen Schluck Wein und verzog dabei das Gesicht. »Er bekommt keine Rolle in der Show.«

»Er soll auch keine feste Rolle haben.« Orla trank von ihrem Wasser – es war still. Sie entdeckte eine Flasche Pellegrino und goss etwas davon in ein leeres Glas. »Ich wollte einfach, dass er gut aussieht. Damit ihr nicht um ihn herumfilmen müsst.«

»*Vielen* Dank«, erwiderte Mason sarkastisch. »Aber ich werde weiterhin um ihn herumfilmen.«

»Schh«, zischte Orla. Sie dachte, sie hätte gesehen, wie Danny die Ohren spitzte. »Warum?«, flüsterte sie verzweifelt.

Mason nahm ein tiefbraunes Brötchen mit weißen Mehlrauten aus dem Korb auf dem Tisch und riss es auseinander. »Was Danny mit dir macht«, sagte er, »habe ich schon unzählige Male gesehen.«

»Was er mit *mir* macht?«, fragte Orla. Sie gestikulierte Richtung Danny, den Jungen von zu Hause, in seinem neuen Outfit, für das sie bezahlt hatte, damit er wie ein Teil ihres Lebens aussah. »Sieht es für dich wirklich so aus, als ob er hier irgendeinen Plan verfolgte?«

Mason senkte entschuldigend das Kinn. »Aber klar.«

Sie wollte etwas erwidern, doch Danny stand auf und kam um den Tisch herum zu ihr. Rasch beugte sie sich zu Mason, wobei ihre Haare fast in sein Weinglas tauchten, und sagte: »Wenn du ihn nicht brauchst, dann brauchst du mich vielleicht auch nicht.«

Mason starrte sie wehmütig an. »Das wäre möglich.«

Die beiden Paare fuhren nach dem Essen gemeinsam nach Hause. Sie schwiegen, während Amadou den SUV nach Norden lenkte. Floss und Aston saßen weit auseinander und sahen aus ihren jeweiligen Fenstern, während Orla unter Dannys Arm auf der hinteren Sitzbank durchgeschüttelt wurde.

An einer roten Ampel kamen sie vor einem Laden mit einer rosa-weißen Markise zum Stehen. Die kopflose Schaufensterpuppe trug einen gut geschnittenen dunkelblauen Anzug. Danny legte eine Hand in Orlas Nacken und schob ihren Kopf unangenehm zur Seite, damit sie die Schaufensterpuppe sehen konnte. »Der würde mir gefallen«, sagte er. »Vielleicht können wir ja morgen mal vorbeischauen.«

Floss drehte sich zu ihnen um, ihr makelloses Gesicht war in den geisterhaften Schein ihres Handydisplays getaucht. »Du hast da wirklich ein paar hübsche neue Sachen, Danny«, bemerkte sie. »Ein paar echte Investitionen.« Sie verstummte. »Wo arbeitest du gleich noch mal? In einem großen Gefrierschrank, ja?«

Orlas Gesicht begann zu glühen.

»Du wirst nach Stunden bezahlt?«, fragte Floss weiter.

»Halt die Klappe, Floss«, wies Aston sie zurecht.

Danny blieb ruhig. »Das stimmt«, antwortete er. »Ich bin der Manager eines Kühlhauses. Aber wenn du darauf hinauswillst – ja, die Klamotten sind ein Geschenk von Orla. Ein sehr großzügiges Geschenk.« Er küsste Orlas Ohr.

Der Wagen hielt vor dem Apartmentgebäude. Amadou stieg aus und schloss leise die Fahrertür. Sie warteten schweigend, bis er zu ihnen auf die andere Seite kam.

Floss trug eine Jacke aus elfenbeinfarbenen Federn, die erbebten, als sie den Finger hob und damit einen Kreis zog. »Das *alles* hier«, erwiderte sie scharf, »ist ein Geschenk von Orla. Du bist als ihre Begleitung in unserer Welt. Vergiss das nicht.«

»Achte nicht auf sie«, sagte Orla zu ihm. »Sie ist eifersüchtig.«

Danny reagierte anders als erwartet, anders, als er hätte reagieren *sollen*. Er war nicht beleidigt oder verlegen. Sie hätte schwören können, dass er beinahe hoffnungsvoll wirkte. Plötzlich begriff sie, wie er sie verstanden hatte. Das unterschwellige Wissen, das sie beharrlich ignoriert hatte – *er benutzt dich, um an sie heranzukommen* –, brach jetzt klar und deutlich über sie herein.

»Nicht auf *mich* eifersüchtig, weil ich mit dir zusammen bin«, korrigierte sie ihren Fehler. »Sondern auf dich, weil du mit mir zusammen bist. Vorher hatte sie mich ganz für sich allein.«

Floss grinste. Sie hatte Dannys Gesicht auch gesehen.

Die Tür des Escalade wurde geöffnet. Floss stieg zuerst aus, dann die Männer, dann Orla. Sie griff nach Amadous Hand. Vor lauter Adrenalin zitterte sie in ihren neuen Schuhen. Über dem Fußrücken verlief eine Reihe Lederschleifen, die noch blutroter waren als die Sohle, und auch wenn die Verkäuferin beteuert hatte, dass die Schuhe stabiler wären, als sie aussahen, fühlte sich der Pfennigabsatz unter Orlas Fuß mit ihrem vollen Gewicht darauf zerbrechlich an.

Floss trödelte auf dem Gehsteig und stritt mit Aston, der aufgebracht ihre Handgelenke festhielt. »Ich bin müde«, hörte Orla ihn sagen. »Ich bin so verdammt müde, Floss.« Ein Teenagerjunge ging an ihnen vorbei, drehte sich abrupt um, nahm sein Handy aus der Tasche, schoss ein Foto und spazierte weiter, ohne aus dem Tritt zu geraten.

Danny ignorierte den freundlichen Blick des Hausmeisters am Empfang. Er folgte Orla in den Aufzug und sah sie wütend an, als er den Knopf drückte. »Du musst dich bei Floss entschuldigen«, verlangte er.

Orla sah zu seinem Spiegelbild auf der fleckigen Metallplatte. »Das meinst du verdammt nochmal nicht ernst, oder?«

»Du bist zu weit gegangen.« Sein Finger lag immer noch auf dem Knopf, und Orla fragte sich nach dem Grund. Dann näherten sich Floss' Schritte auf dem Fliesenboden, und Orla erkannte, dass Danny gar nicht auf den Knopf für das sechste

Stockwerk drückte, sondern auf den, der die Tür offen hielt. Er würde auf Floss warten, egal, wie lange es dauerte.

Ein paar Tage später bekam Orla ihre ersten Spritzen. Sie fühlte sich wie eine Verräterin, doch sie hatte kaum eine Wahl nach der Met Gala, zu der sie das falsche Kleid getragen hatte. Es war irre gewagt geschnitten und hatte die Außenseiten ihrer Oberschenkel entblößt. *Lady-ish* führte ihre Zerstörung an. Die Yale-Frau schrieb den Artikel und bestückte ihn mit Bildern von Orlas Beinen in Nahaufnahme, angeblich um auf eine hässliche Perlenstickerei an dem Kleid hinzuweisen. Doch die eigentliche Überschrift war der Anblick, der nicht erwähnt wurde: Orlas Oberschenkel, die käseweiß und von der Hüfte bis zum Knie voller Cellulitedellen waren. *Es ist unklar, ob ihr Bein die Titanic oder der Eisberg ist, aber es ist auf jeden Fall verdammt mächtig*, hatte jemand in der Kommentarspalte geschrieben. So etwas hätte Ingrid normalerweise sofort gelöscht, dachte Orla. Aber vielleicht hatte sie eine Ausnahme gemacht.

Cellulite war wie Kakerlaken, man konnte sie nicht besiegen. Das wusste Orla. Floss hatte Tausende Dollar für Gefrierkammern und Algenumschläge ausgegeben, und nichts hatte gegen die Dellen geholfen. Deshalb beschloss Orla, sich stattdessen auf etwas zu konzentrieren, das sie ändern konnte – die Falten auf ihrer Stirn.

Als sie abends mit kribbelndem Gesicht zurückkam, hörte sie Danny und Floss und erkannte, dass sich beide auf der anderen Seite der Wand befanden. Ihrer Wand.

Sie ging zu ihrem Zimmer und öffnete abrupt die Tür, die wie ein Stück Karton nachgab. »Was ist hier los?«, verlangte sie zu wissen.

Floss saß in einem ihrer Nachthemden – mit Leopardenmuster – auf dem Bett, die Beine weit gespreizt. Danny kniete auf dem Boden vor ihr, seine massige Gestalt zwischen die Matratze und das riesige Klimagerät gequetscht. Trotz des Anblicks der beiden, wie sie sich vor ihr versteckten, musste Orla sich zurückhalten, um Danny nicht vor der scharfen Kante des Kastens zu warnen.

Zwischen Floss' Beinen stand Dannys Laptop. Sein klobiger schwarzer Laptop, in dessen Tastatur Krümel versteinerten. Eine Peinlichkeit unter der Flotte an schlanker silberner Technik, die Floss und Aston und Orla besaßen, so viel, dass sie sich nicht immer erinnern konnten, was wem gehörte oder was davon ein Geschenk gewesen war.

Floss neigte den Kopf zur Seite. »Wir schauen uns gerade eine Präsentation an«, erklärte sie Orla. »Unzerbrechliche Wasserflaschen. Hättest du je zu träumen gewagt, dass mein Name mal auf einer Wasserflasche stehen könnte?«

Danny drehte den Bildschirm zu sich und warf Orla einen bösen Blick zu, als hätte sie etwas kaputt gemacht. Er sah zwischen den beiden Frauen hin und her und sagte: »Könntet ihr mich das hier bitte zu Ende bringen lassen?«

Orla ließ ihre Schlüssel auf den Schreibtisch fallen und musterte ihn lange. Er benutzte wieder das billige Gel, das er von zu Hause mitgebracht hatte. Orla sah, wie die letzte Folie auf dem Bildschirm aufblinkte. *FORTSETZUNG FOLGT!*

»Sieht so aus, als wärst du schon am Ende«, meinte sie. »Sieht so aus, als wärst du erledigt.«

Es wäre besser gewesen, wenn jemand hätte hinausstürmen können. Doch Orla wohnte hier. Und Danny musste sie fragen, wie er seinen Laptop an ihren Drucker anschließen konnte, um sich ein Busticket kaufen und ausdrucken zu können. Als sie die Geräte erfolgreich verbunden hatten, war auch die Anspannung aus dem Raum gewichen.

»Also dann«, sagte Danny müde, während der Tintenstrahler lautstark druckte. »Pass auf dich auf.«

»Ja«, antwortete Orla. »War schön, dich zu sehen.«

»War schön, dich zu *sehen?*«, quietschte Floss kichernd dreißig Minuten später, als sie mit dem Aufzug aufs Dach fuhren. Orla zwang sich ebenfalls zu einem Lachen.

Das Schloss an der Terrassentür des Ukrainers war entfernt worden. Floss hatte das schon vermutet. »Mittlerweile wird er wissen, wer wir sind«, hatte sie gesagt. »Er wird denken, dass wir jetzt Besseres zu tun haben.«

Orla bemerkte, dass der Buggy nicht mehr da war. Auf dem Terrassentisch standen zwei kleine Blumentöpfe, die mit Fingerfarbe bemalt waren. Auf dem einen stand in schiefen Buchstaben DAD, auf dem anderen KATYA.

»Kopf hoch.« Floss reichte Orla eine Whiskyflasche, irgendeine streng limitierte Abfüllung, die sehr viel besser schmeckte als das Zeug, das sie bei ihrem letzten Besuch hier oben getrunken hatten. »Ich habe auch bald keinen Freund mehr.« Ihr Blick folgte einem Ausflugsschiff, das über den Abschnitt des Flusses, den sie sehen konnten, nach Süden glitt, weg von der Insel. »Aston ist ein verdammtes Kind.«

»Nun, das stimmt ja auch irgendwie«, erwiderte Orla. »Er ist zweiundzwanzig.« Sie dachte an sich selbst in dem Alter, nach einem Jahr in New York. Sie hatte damals schon auf Danny gewartet, und ein Stich durchzuckte sie. Sie stellte sich ihn in der Schlange am Busbahnhof Port Authority vor, die versmogte Haltestelle, an der sie oft gestanden und auf den Bus nach Hause gewartet hatte. Als sie noch nach Hause gefahren war. Sie verdrängte Gayles Gesicht aus ihrem Kopf. »So viele Jahre habe ich verschwendet«, murmelte sie und vertraute darauf, dass Floss ihr folgen konnte.

Floss nickte. »Ich weiß nicht, wie du etwas die ganze Zeit wollen konntest, ohne einen Plan zu haben, wie du es bekommst.«

Orla dachte daran, wie sorgfältig Danny die Kleider, die sie ihm gekauft hatte, eingepackt hatte. Wie er alles ordentlich gefaltet hatte, so selbstgerecht, als hätte er die Sachen mitgebracht. Es lag etwas Gemeines darin, dachte sie, wie es ihm nichts ausmachte, dass sie sah, was ihm eigentlich wichtig war. Andererseits, dachte sie plötzlich schuldbewusst, war es auch das Mindeste, was sie tun konnte. Hatte sie ihm nicht vor all den Jahren ein schlaues Buch zu lesen gegeben? Hatte sie nicht geglaubt, dass er zu mehr fähig war, als ihm bewusst war, und ihm das Gefühl auch vermittelt? Dann war er nach New York gekommen und hatte sie auf die Probe gestellt, hatte versucht, vor ihren Augen seinem Potenzial gerecht zu werden. Und Orla hatte ihm gezeigt, was sie wirklich von ihm hielt. Natürlich war er etwas Besonderes und schlau – er war besser als Mifflin. Aber nicht so besonders und schlau wie sie selbst. *Diesen verdammten Monat werde ich mein Buch fertig schreiben,* nahm sich Orla vor. *Und ich werde mit dem Typen aus Craigs Büro auf ein Date gehen, der mit dem Papagei. Ich werde offen für den Papagei sein.* Sie holte tief Luft und wartete darauf, dass Floss das Gespräch wieder auf sich lenken würde.

»Wenn es mit Aston aus ist, ist *alles* vorbei«, sagte Floss leise einen Moment später. »Man kennt mich als seine Freundin. Ich bin die Hälfte eines Kombi-Markennamens. *Flosston.*«

Zum ersten Mal dachte Orla über eine andere Möglichkeit nach. Sie grinste. »Besser als *Ass.*«

Als sie langsam den Blick in die Ferne schweifen ließ, sah sie plötzlich die junge Frau, in deren Richtung Floss ihren Kopf vor einigen Monaten gedreht hatte. Die in ihrem Sport-BH spätabends noch an ihrem Traum gearbeitet hatte. Da war sie wieder, erneut in ihrem BH, immer noch am Computer. Sie starrte ernst auf den Bildschirm, die Finger an den Lippen eingerollt. Dann lächelte sie, hob die Hand und winkte dem Bildschirm zu. Sie sprach mit jemandem. Jagte keinem Ziel hinterher. Orlas Blick wanderte zum Bauch der jungen Frau. Kleine Speckröllchen erzitterten bei jedem Lachen. Es sah so mühelos aus – das genaue Gegenteil der Shapewear und Nerzwimpern, der Instagram-Filter und *Sei nahbar!!!!!*-Post-its. Das Gegenteil von allem, was Orla und Floss Tag und Nacht auf Trab hielt. Orla konnte den Blick nicht abwenden. Sie war wunderschön. Sie war echt. Eine Idee begann in ihrem Kopf Gestalt anzunehmen.

»Wo zur Hölle schaust du eigentlich hin?«, fragte Floss.

Orla sah ihre Freundin an. Sie war alles andere als perfekt, aber sonst war niemand mit ihr hier oben. Das zählte etwas. Nicht nur jetzt, sondern auch später, als das, was noch zwischen ihnen passieren würde, alles andere in den Schatten hätte stellen sollen.

»Ich weiß, was du tun könntest«, sagte Orla, »um auch allein berühmt zu sein.«

Floss klatschte in die Hände. »Schieß los. Ich mache alles.«

Melissa schüttelte Orla zwölf Stunden später aus dem Schlaf. Sie sprach schon, als Orla ihre hektische Erklärung erst wahrzunehmen begann. »Eine Tragödie«, sagte Melissa mit leiser, ernster Stimme. »Und so ist es nun mal mit Tragödien. Jeder will irgendwem schnell die Schuld zuschieben.« Sie verstummte, zufrieden, dass Orla wach war und ihr zuhörte, und trat einen Schritt zurück. »Doch es lässt sich nicht leugnen«, fuhr sie fort, »dass sie tot ist. Es ist ein riesiger Schlamassel, und er wird mit jeder Minute größer. Du musst also jetzt aufstehen.«

»Wer ist tot?«, fragte Orla und stützte sich auf einen Ellbogen. »Wovon redest du?«

Melissa schien sie gar nicht zu hören, als wollte sie einfach ihre vorbereitete Rede halten, egal was Orla sagte oder tat. »Ich will dir keine Angst einjagen«, sprach sie weiter. »Und ich sage nicht, dass es deine Schuld ist.« Melissa hielt ihre Hände wie eine Waage aneinander, hob erst eine Handfläche, dann die andere. »Andererseits ist es auch nicht *nicht* deine Schuld.«

12

Marlow

New York, New York

2051

Marlow stand in der Eingangshalle des Archivs und suchte nach einem Menschen oder einem Bot, der ihr die mysteriöse Meldung – *Error 404. Not found* – erklären konnte, als sie beim Anblick eines Fotos in der Slideshow, die auf eine Wand projiziert wurde, erstarrte.

Honey. Sie war erwachsen, ihre blonden Locken professionell zu sanften Wellen geglättet, inmitten einer Menge applaudierender Menschen. Sie hielt eine übergroße Schere in der Hand und war im Begriff, ein Band durchzuschneiden. Es versperrte den Eingang zu dem Raum, in dem Marlow gerade noch nach ihrem Vater gesucht hatte.

Unter dem Foto erschien folgender Text: »Marquee-Spenderin Honey Mitchell weiht den fünfundsechzig Millionen Dollar teuren Mitchell-Flügel ein, der sich ganz der allgemeinen Recherche im Internetarchiv verschrieben hat.«

Marlow sah wieder hinauf zu Honey. Die Frau am Flughafen hatte recht gehabt: Eine Seite ihres Gesichts war eine schmerzhaft aussehende Explosion glänzender, aufgeworfener Haut. In der Mitte lila, rosa-weißlich am Rand. Marlow trat einen Schritt zurück. Plötzlich fühlte sie sich so ausgeliefert, als stünde Honey direkt vor ihr. Honey, die immer so tödlich listig gewesen war. Honey, in deren Fänge sie naiv hineingerutscht war.

Vergiss die mysteriöse Fehlermeldung, vergiss Orla Cadden, vergiss den echten Vater – es war Zeit zu gehen. Marlow drehte sich um. Der Bot – Mateo – wartete auf sie, stand so nahe, dass sie um ihn herumlaufen würde müssen.

»Marlow Clipp«, sagte er, und Angst loderte in ihr auf. Er wusste, wer sie war. »Marlow Clipp, im Auftrag von Ms. Mitchell bitte ich Sie, mir zu folgen.«

Sie sah ihm in die Augen. Mateo blinzelte freundlich. Sie hörte das leise Surren, was andeutete, dass gleich eine Wiederholung des Satzes folgen würde.

Sie trat um den Bot herum und begann zu rennen. »Marlow«, rief ihr die Maschine ausdruckslos hinterher.

Zwischen ihr und dem Ausgang waren Menschen, die sie zuerst für eine sich langsam fortbewegende Führung hielt, doch sie kamen auf sie zu.

»Da!«, rief das Mädchen am Kopf der Gruppe, der Teenager von zuvor. Die Gruppe hinter ihr waren keine Touristen, sondern Jäger, die es auf sie abgesehen hatten.

Marlow wirbelte herum und rannte davon, streifte Mateo, der zwar keine Anstalten machte, sie festzuhalten, ihr aber seelenruhig folgte. Sie hörte, wie das Mädchen den Mob in ihre Richtung schickte, hörte die quietschenden und donnernden Schritte. Als Marlow den Gang mit Security-Bots erreichte, sah sie, wie das Mädchen und seine Meute von der anderen Seite hineinrannten. Sie blieb in der Mitte des Gangs stehen und sah sich um. Mateo kam ruhig auf sie zu.

»Marlow Clipp«, sagte er. »Bitte bewegen Sie sich langsamer, um Verletzungen oder Missverständnisse zu vermeiden.«

»Hey!«, brüllte das Mädchen am anderen Ende des Gangs. »Hört auf zu rennen. Ich habe Seitenstechen! Ich habe die Jagd ehrlich gewonnen!«

Marlow taumelte gegen die Wand vor ihr und stützte sich mit der linken Hand ab. Etwas flackerte in ihrem Augenwinkel auf – drei Wörter, die in hellblauer Schrift auf eine Tür projiziert wurden: Nur für Angestellte.

»Die Sicherheitskräfte des Archivs dienen Ihrem Schutz«, rief Mateo.

Marlow drückte gegen die Tür, die sich öffnete und einen kleinen Raum mit einem Tisch und einem Kaffeespender freigab. Eine Sekunde stand sie ratlos da, überrascht, sich inmitten der Jagd an einem so alltäglichen Ort wiederzufinden. Sie eilte hindurch und lief weiter durch den angrenzenden dunklen Raum, in den die Bilder der Überwachungskameras übertragen wurden. Marlow stürzte auf die Tür unter dem roten EXIT-Schild zu.

Sie stand an einer Straßenecke, die sie noch nie gesehen hatte. Zitternd blickte sie nach rechts und links, suchte die Gesichter der vorbeidrängenden Menschen nach einem Aufblitzen des Erkennens ab. Niemand beachtete sie. Niemand kam näher, um ihre Verkleidung genauer zu betrachten. Als sie sich um die eigene Achse drehte und versuchte, ihren Orientierungssinn wiederzufinden, trat ihr ein Mann mit seinem Sneaker von hinten gegen die Ferse. »Geh doch aus dem Weg«, schimpfte er und drängte sich an ihr vorbei.

Da war ein Taxi. Sie stolperte darauf zu, riss die Tür auf und ließ sich auf den Rücksitz fallen.

»Bitte geben Sie langsam und deutlich Ihr Ziel an«, sprach die beruhigende automatische Stimme.

»Fahr einfach«, sagte Marlow scharf. »Egal wohin.«

Die Stimme schwieg einen Moment. »Dieses Fahrzeug fährt erst los, wenn Sie eine Adresse angegeben haben.«

Sie sah durch das Fenster, wie die Verfolger aus dem Haupteingang strömten, die hereinkommenden Besucher beiseite schoben, sich wieder sammelten, laut schrien, die Köpfe in alle Richtungen drehten. Das Teenagermädchen war rot im Gesicht und aufgebracht, ihre Mutter tätschelte ihre Schulter und versuchte, ihr gut zuzureden.

Mateo stand bei ihnen. Während die Menschen um ihn herum verwirrt nach ihr Ausschau hielten, starrte er unverwandt zu ihrem Taxi, blinzelte und rührte sich nicht.

»Bitte wiederholen Sie langsam Ihre Zieladresse«, forderte sie die Stimme auf.

Ihre Zieladresse. Sie hatte keine. Sie musste einfach von hier weg. Marlow massierte ihre Schläfen. Eine Adresse, eine Adresse, sie konnte eine erfinden, *warum fiel ihr denn keine ein?* Wie hieß die Straße, in der sie sich gerade befand? Welche Hausnummer würde sie weit weg von hier bringen? Sie wühlte hektisch in ihrer Tasche und fand das Stück Tapete, auf dem sie die Adresse aus dem Internet notiert hatte. »303«, rief sie, »West Twenty-First Street.« Das Taxi rollte vom Gehsteig weg, überquerte die Kreuzung, fuhr ihren Verfolgern davon.

Die Begrüßungsnachricht des Taxis begann, die sie bei ihrer Fahrt vom Flughafen bereits gehört hatte. Bürgermeisterin Charlotte C. Mezvinsky hieß sie in der Stadt willkommen. Die ganze Fahrt zur Twenty-First Street über versuchte Marlow, bewusst ein- und auszuatmen, ihren Puls zu beruhigen. Sie lauschte den fröhlichen Werbejingles, die in Dauerschleife liefen – und sie alle fünf Minuten an das Kopfgeld erinnerten, das auf sie ausgesetzt war.

303 West Twenty-First Street war ein schmutziges Gebäude aus hellem Sandstein mit eingearbeitetem Ziegelmuster, rote Linien, die Marlow an das getrocknete Blut an ihrem Handgelenk erinnerten, wo der Chip auf ihrer Haut geklebt hatte. Das Apartmenthaus lag im Westen von Manhattan (sie hatte gemerkt, dass der blassblaue Wolkenkratzer den Süden der Insel markierte). In einiger Entfernung konnte sie die glitzernde Oberfläche des West Side Canals sehen. Die Pendler, die ihn mit ihren Kajaks auf und ab fuhren, strömten ostwärts, wo Marlow vor einem Nagelstudio stand, öffneten ihre Neoprenanzüge bis zur Brust und schüttelten sich das Wasser aus dem Haar.

Marlow ging in die Nummer 303 und fand die Briefkästen. Sie knackte das Schloss und fuhr nach oben, brach auf der sonnengebleichten Couch in der seltsamen, geisterhaften Wohnung 6D zusammen. Dort lag sie, für den Moment in Sicherheit vor ihren Verfolgern, doch nicht vor ihren eigenen Gedanken. Nicht vor Honey.

Marlow hatte unzählige Male über die Nacht, die ihr Leben verändert hatte, nachgegrübelt, und da waren die Träume noch nicht mitgezählt. Vor Hysteryl – und jetzt danach – hatte sie ständig davon geträumt und war immer mit einem schlechten Geschmack im Mund aufgewacht.

Sie und Honey hatten sich kennengelernt, als sie beide vierzehn waren. Honey kam durch den Austausch in die Stadt. Jedes Jahr zog zu Schulbeginn ein Schüler oder eine Schülerin der achten Klasse von außerhalb nach Constellation – normalerweise aus einer armen Stadt mit schlechter Luftqualität. Das Austauschprogramm warb mit der einwandfreien Luft in Constellation und der beispiellos guten Ernährung. Es versprach eine Chance für unterprivilegierte Kinder, in gesunder Umgebung zu wachsen und zu gedeihen.

Doch frische Luft hatte damit gar nichts zu tun. Das Programm war einfach nur ein weiteres Marketingtool von Constellations ständiger Mission: Menschen sollten wieder Dinge von sich im Internet preisgeben. Als Honey in die Stadt kam, waren fast zehn Jahre vergangen, seit die Regierung das Internet übernommen hatte, zehn Jahre, seit Constellation parallel dazu gegründet worden war, als Aushängeschild für das neue World Wide Web. Das sich insgesamt jedoch als Flop herausstellte. Während der letzten zehn Jahre hatte man die Menschen zwar dazu gebracht, es für ein paar grundlegende Sachen zu verwenden, wie Nachrichten zu schreiben, für Suchanfragen und um den Aufenthaltsort von Personen im Auge zu behalten. Doch bei allen Aktionen, die sie sich erlaubten, schwang Misstrauen mit. In E-Mails benutzten die Leute Codewörter, die sie untereinander abgesprochen hatten. Sie versteckten die eine echte Suchmaschinenanfrage zwischen neunzehn anderen, damit die Regierung nichts davon erfuhr. Marlows Vater erklärte ihr, warum jeder in seinem Alter versuchte, die eigenen Spuren im Internet zu verwischen. Sie waren mit einem Internet aufgewachsen, das unabhängig von der Regierung gewesen war und das zumindest vorgegeben hatte, die Menschen nicht zu überwachen. Doch das war vor der großen Flut gewesen, und jetzt ging das Informationsministerium ganz offen damit um: Ja, im neuen Internet wurden ständig Daten gesammelt. Sie wurden für immer gespeichert, benutzt und nach Ermessen der Regierung geteilt. Welche Wahl hatte man denn schon, wenn man für die Sicherheit der Menschen sorgen wollte? Ihr Vater ahmte den damaligen Präsidenten übertrieben nach, wie er verkündete, dass Amerikas neues Internet wie das chinesische funktionieren würde.

Zugegeben, irgendwann lenkten die Menschen ein. Sie akzeptierten es, wie sie schon vor langer Zeit akzeptiert hatten, dass sie ihre Schuhe am Flughafen ausziehen mussten. Doch sie würden nicht mehr von sich preisgeben als unbedingt nötig. Sie würden ganz sicher keine *sozialen* Medien mehr nutzen. Sie spotteten über die schlechten neuen Plattformen des Informationsministeriums. Die Behörde schleuste stumme Werbebotschaften durch die noch neuen Chips in die Gehirne der Menschen: *Halte das Handgelenk mit deinem Chip an etwas Cooles und mach ein Foto davon, dann poste es auf Amerigram!* Doch Amerigram mit seinem rot-weiß-blau gestreiften Hintergrund wurde kaum genutzt. »Langweilig«, hatte Marlows Mutter abschätzig gesagt, als sie das Flaggen-Design gesehen hatte.

Die Ebbe in den sozialen Medien war ein Problem für die Regierung, erklärte Aston. Das Informationsministerium war darauf angewiesen, dass Unternehmen Werbung im Internet platzierten, um das relativ niedrige Budget aufzustocken, das die Regierung zur Verfügung gestellt hatte. Doch die Unternehmen wollten keine Werbung schalten, weil sie nicht mehr wie früher wussten, was die Leute wollten.

»Und wie wusste man das damals?«, fragte Marlow ihren Vater. Seine Antwort bestand aus einer Flut an fremden Ausdrücken: Die Menschen »likten« Sachen, sie »pinnten« Bilder, diskutierten über Dinge, während ihre Smartphones danebenlagen und still und heimlich zuhörten.

Wie auch immer, egal wie sehr das Informationsministerium darum bettelte, die Amerikaner behielten ihre Angelegenheiten für sich und brachten ihren Kindern bei, dasselbe zu tun. Vor allem das jagte der Regierung richtige Angst ein. Was, wenn das von ihnen neu geschaffene Internet nur eine

Generation Bestand hatte? An diesem Punkt kam Honey ins Spiel. Das Austauschprogramm war Teil der Bemühungen, Teenager aus dem restlichen Land von ihrer gewohnten Lebensweise und Erziehung fortzulotsen. Wenn ein Kind erst einmal ein Jahr in Constellation vor den Kameras gelebt und den Geschmack der Aufmerksamkeit gekostet hatte, würde es nach seiner Rückkehr sehr wahrscheinlich weiter sein Gesicht und seine Stimme mit dem Land teilen wollen. Vielleicht würde es sogar Amerigram benutzen und auch seine Freunde davon überzeugen können.

Erst nach Jahren erkannte Marlow die Ironie hinter dem, was sie einen Austausch nannten. Denn Constellation schickte nie ein Kind nach draußen.

Honey kam aus War, West Virginia. Sie schwor, dass die Stadt wirklich so hieß. Sie ging auf eine dieser gruseligen religiösen Schulen, von denen Marlow und ihre Freundinnen nur in Geschichten gehört hatten, in denen Bilder von Menschen mit traurigen Augen und abstoßende Figuren in den Klassenzimmern hingen – der Mann am Kreuz, der aus diversen Wunden in seinem Leib blutete, die verschleierte Frau, über deren Jungfräulichkeit man ständig sprach, selbst die Kinder, selbst in Gebeten. Honeys Eltern hatten die große Flut zwar theoretisch überlebt, fielen ihr aber trotzdem zum Opfer. Als sie in der vierten Klasse war, tranken die beiden auf einer Party zu viel und gerieten wegen alter Daten in einen Streit. Ihr Vater erschoss erst ihre Mutter, dann sich selbst.

Danach lebten Honey und ihre Brüder bei ihren Großeltern. Ihr Großvater war der letzte einer langen Ahnenreihe von Mitchell-Männern, die in der Mountain-Laurel-Mine geschuftet hatten. Nach ihrer Schließung arbeitete er immer noch dort, in dem unterirdischen Erlebnispark, der dort entstanden war. Er trug eine rote Mütze, auf der Mountain Laurel Family Funzone stand, und betrieb den ganzen Tag eine Achterbahn.

Marlow wusste noch, wie ihre Lehrerin ihnen allen in der achten Klasse nahegelegt hatte, Honey zuzuhören, weil sie von ihr viel über die Geschichte Amerikas lernen konnten: über Fabriken und die Förderung von Rohstoffen, über rußige, schmutzige Energiegewinnung. Honey hatte die Lehrerin mit eiskaltem Blick angesehen und gesagt: »Das ist nur für euch Geschichte, weil ihr hier draußen lebt und nicht arm seid.« Honey hatte keine Lust, ein Gegenbeispiel zu sauberer Energie zu sein. Sie war wegen etwas anderem nach Constellation gekommen: der absoluten Macht.

Ihre Strategie, diese zu erlangen, war dilettantisch, doch sie hatte ihr hübsches Aussehen. Wenn die fraglichen Bauern auf dem Schachbrett Neuntklässler sind, was bleibt einem neuen Mädchen in der Stadt da schon verwehrt? Besonders einem, das alle mit seiner Schönheit überrumpelt hat. Nach diversen Austauschjahren hatten die Kids in Constellation eine bestimmte Vorstellung von den Teilnehmern. Normalerweise waren sie grob oder fett oder hatten pummelige Knie, ihre Haut sah aus, als hätte sie schon verschiedene Leben hinter sich. Und natürlich hatten sie alle einen Über- oder Unterbiss.

Doch Honey war perfekt. Ihre Haut war pfirsichzart und sahnig. Glänzende blonde Locken wallten ihren Rücken hinab und tanzten, wenn sie kicherte. Sie war zwar klein, doch ihre Beine erschienen endlos lang, ihre Brüste waren hoch und wohlgeformt. Marlow erinnerte sich noch an den Respekt, den ihr diese Brüste bei ihrer ersten Begegnung eingeflößt hatten. Sie hatte geglaubt, dass das Mädchen allein durch die Art, wie es seinen BH ausfüllte, mehr wusste als sie alle zusammen.

Die Königinnen in Marlows Klasse wurden zu Honeys Botschafterinnen und richteten den Jungen aus: *Honey hasst es, wenn du das machst,* oder: *Honey findet dich süß, vielleicht hast du eine Chance.* So konnten es sich die Jungen nicht leisten, sie völlig zu ignorieren, diese immer noch kurvenlosen Mädchen, mit denen sie aufgewachsen waren.

Doch Honey wollte nichts mit den populären Mädchen der Schule zu tun haben, sondern mit denen, die bei den Zuschauern beliebt waren. Auch wenn Marlow und ihre beste Freundin Grace in der achten Klasse eher von mittlerer Wichtigkeit waren, mochten die Zuschauer im ganzen Land sie in diesem Jahr. Wie üblich war es schwierig, den Grund dafür festzustellen; die Vorlieben der erwachsenen Constellation-Fans waren recht beständig, doch die jugendlichen Zuschauer behandelten die Jungdarsteller des Networks wie Teenie-Schwärmereien, folgten und entfolgten ihnen unberechenbar. Der Anstieg der Zuschauerzahlen bei Grace' Feed könnte an den Coverversionen gelegen haben, die sie in ihrem Schlafzimmer direkt in die Kamera hauchte, wozu sie sich auf der Akustikgitarre begleitete, doch das taten auch viele andere Kids. Auch wenn Marlow alles versuchte, um sich von Floss abzugrenzen, der Hofnärrin des Networks mit dem tiefen Dekolleté – sie trug schwarzen Lippenstift, Kampfstiefel und gnadenlos fest geflochtene Zöpfe –, schienen ihre Einschaltquoten immer mit denen ihrer Mutter anzusteigen. Sie schossen in die Höhe, wenn Floss etwas Floss-Typisches tat, wie etwa betrunken in einen Busch zu stolpern oder eine nackte Statue für den Vorgarten zu kaufen. Wenn ihre Mutter etwas Vulgäres tat, überprüfte sie danach sofort ihre und Marlows Followerzahlen und murmelte wie eine ehrgeizige Kinderstarmutter: »Wir sind heute so gut, Baby.«

Als Honey an ihrem ersten Tag beim Mittagessen mit ihrem Tablett in den Händen zu Grace und Marlow an den Tisch trat, sah sie zwischen den beiden hin und her und wartete, wer als Erstes etwas sagen würde. Marlow sah nicht von ihrem Tofu auf. Honey Mitchell interessierte sie nicht. Sie brauchte auf gar keinen Fall eine Klassenkameradin in ihrem Leben, die sich wie ihre Mutter in den Mittelpunkt drängte und mit ihren Brüsten angab und Marlow das Gefühl vermittelte, in jeder Hinsicht flach und langweilig zu sein.

Grace rutschte schließlich auf der Bank zur Seite – was albern war, denn außer ihnen beiden saß niemand am Tisch. Marlow sah, wie Honeys Blick von den Stacheln an Marlows Stiefeln zu Grace' scheuem Zahnlückenlächeln wanderte. Es war leicht zu erkennen, wer weicher war, wen man leichter formen konnte.

Honey setzte sich. Sie stocherte an ihrem Avocado-Toast herum und sprach von etwas, das zuvor im Klassenzimmer passiert war, während Marlow auf der Toilette war – die Stimme eines Jungen hatte sich so überschlagen, dass er wie ihre Direktorin geklungen hatte. Honey sprach nur zu Grace, sodass Marlow nur ihr Ohr anstarren konnte. Als sie versuchte, etwas einzuwerfen, wackelte Honey mit den Augenbrauen und sagte zu Grace: »Na ja, man muss schon dabei gewesen sein.«

Nach Schulende verließ Honey mit dem Sohn ihrer Gastfamilie das Gelände, ein scheues Klavierwunderkind, der Marlow leidtat, weil er mit ihr zusammenleben musste. Marlow und Grace gingen in die andere Richtung. Honey rief über die Schulter zurück: »Tschüs, G!«

»G?« Marlow sah zu Grace.

»Das soll wohl eine Abkürzung für Grace sein.« Ihre Freundin schaute zu Boden.

Am nächsten Morgen waren Honey und Grace eine Einheit und Marlow außen vor. An den Wochenenden sah sie die beiden aus der Ferne, wie sie das Wellnessstudio besuchten und aus dem Frozen-Yogurt-Laden kamen. In der Schule versuchte sie zu ignorieren, wie die beiden Insiderwitze austauschten. Grace schien das alles nur dann leidzutun, wenn sie Marlow allein traf, wie einmal, als sie gleichzeitig auf der Toilette waren und Marlow die Lüge erzählte, die alles ins Rollen brachte.

Sie wusch sich die Hände am Waschbecken, als Grace aus der Kabine hinter ihr kam. Ihre Blicke trafen sich im Spiegel. Grace sah aus, als würde sie lieber umkehren und sich in der Toilette ertränken, als mit ihr zu reden.

»Magst du heute Abend mit uns mitkommen?«, fragte sie, doch Marlow war klar, wie sehr sie auf eine Absage hoffte.

Deshalb antwortete sie spontan, sie habe keine Zeit, sie sei schon mit jemandem verabredet.

»Mit wem?«, fragte Grace.

Nervosität durchzuckte Marlow. »Eva«, sagte sie, ohne nachzudenken. Der Name stand auf dem Behälter mit der rosafarbenen Seife an der Wand zwischen ihnen.

Grace' Blick zuckte zu dem Seifenspender und wieder zurück. »Eva, und wie noch?«

Wer wusste schon, wie sie auf die nächste Antwort kam? »Baum«, hörte sich Marlow sagen, und dann schrie sie im Stillen jeden Fluch, der ihr gerade einfiel.

»Eva *Baum?*« Grace nahm eine Tube mandarinenfarbenes Lipgloss aus der Tasche. Auf Honeys Empfehlung hin trug sie es jeden Tag.

»Du kennst sie nicht«, sagte Marlow. Sie beugte sich tief über das Waschbecken, sodass ihr glühendes Gesicht nicht im

Spiegel zu sehen war. »Meine Eltern sind mit ihren Eltern befreundet. Sie ist gerade erst nach Pismo Beach gezogen. Von Paris aus.«

In der Woche, nachdem Marlow Eva Baum erfunden hatte, veranstaltete die Schule den ersten Ball des Jahres. Marlow wollte nicht hingehen, doch Floss bestand darauf. »Es ist meine Aufgabe, dich stark zu machen«, sagte sie. »Ich werde nicht zulassen, dass du dich in deinem Zimmer vergräbst, nur weil Grace gemein ist.« In erzieherischer Hinsicht ergab das Sinn, doch Marlow sah die Panik in den Augen ihrer Mutter. Sie wusste, dass Floss Pläne für den Abend hatte, die ihre Tochter nicht zunichtemachen sollte.

Deshalb ging Marlow zu dem Ball und stand allein an die kalte Turnhallenwand gelehnt da. Honey hatte beschlossen, dass sie und Grace das gleiche Kleid tragen sollten, und jetzt sah Marlow, wie sie nebeneinander in den Raum kamen. Das Kleid hatte ein rosa Paisleymuster und drei Perlmuttknöpfe an der Brust.

Als Grace schließlich zu ihr kam, eine Stunde vor Ende des Balls, wusste Marlow, was sie sagen würde. Den ganzen Abend hatte die Bosheit in ihrem Bauch gebrodelt. Es war Zeit, sie ins Freie zu entlassen.

»Das gleiche Kleid wie Honey?«, meinte sie und sah vielsagend auf Grace' flache Brust, an der das Kleid aufklaffte. »Ich schätze mal, dass das nicht *deine* Idee war.«

Grace senkte den Blick zu den muschelförmigen Spitzen ihrer weißen Sneakers. »Ich wollte dich fragen, ob du danach Zeit hast«, antwortete sie. »Und ob wir zu dir gehen können.«

So hatten sie die Freitagabende verbracht, bevor Honey aufgetaucht war. Sie lagen auf Marlows Bett, ließen die Köpfe nach hinten über den Rand hängen, schrieben Jungs alberne Nachrichten, während ihre üppigen Haare über den Boden streiften. Marlows Herz machte vor unerwarteter Hoffnung einen Sprung. Sie gab ihre ungewohnt abweisende Haltung auf. »Okay, klar«, sagte sie. »Wir haben genug Snacks zu Hause. Wir können jederzeit gehen.«

»Super.« Grace sah schuldbewusst von ihren Schuhen auf.

»Super«, wiederholte Honey, die wie aus dem Nichts auftauchte und sich bei Grace einhakte. »Ich gebe den Jungs Bescheid. Sag Eva Baum, sie soll auch kommen.«

Zu fünft gingen sie zu Marlows Haus, Marlow voraus. Zwei beliebte Jungen, die bisher von Marlow und Grace nie Notiz genommen hatten, gehörten zu der Gruppe. Beide versuchten einen Moment, neben Marlow herzulaufen, um aus der Nähe zu überprüfen, ob sie interessant war. Doch ihr war übel vor Angst, sie war zu angespannt, um zu lächeln oder zu flirten, und schon bald fielen sie wieder zurück. Einmal berührte Grace Marlows Arm, und Marlow drehte sich erwartungsvoll zu ihr. Doch da jammerte Honey schon – »G, ich brauche dich!« –, und Grace wurde wieder langsamer.

Schließlich erreichte die Gruppe Marlows Haus und stellte sich hinter sie auf die Treppe. Marlows Daumen war schweißnass, als sie den Türcode eingab. Was würde ihr Vater sagen, wenn er ihre Begleitung sah? Grace mit merkwürdig angemalten Lippen, zwei ihm unbekannte Jungs und ein frühreifes Mädchen aus den Appalachen?

Doch das Haus war dunkel, Aston war nicht daheim. Marlows Magen verkrampfte sich, während sie herumging und die Lampen mit einer Handbewegung einschaltete. Ihr Vater sollte eigentlich hier sein, so hatten es ihre Eltern vereinbart. Sie hatte darauf gehofft, dass er nach einem Blick in ihr Gesicht einen Grund gefunden hätte, die anderen hinauszuwerfen. Sie hatte auf ihn gezählt.

Als Marlow sich umdrehte und zurück in die Küche ging, standen die Jungs vor der weit geöffneten Kühlschranktür, in geisterhaftes Licht getaucht, und waren dabei, die bitteren Biere ihres Vaters herauszuholen und zu begutachten.

»Lauter Altmänner-IPAs«, murmelte der eine und verdrehte die grünen Augen. Er hieß Taylor. Eine Sportskanone. Wie der andere auch. Angel – der seine Haare zu einer Bürstenfrisur geschnitten trug – schloss den Kühlschrank und reichte Honey eine Flasche. Für sich hatte er kein Bier herausgeholt, fiel Marlow auf. Lächerlich. Vor einiger Zeit war sie in Angel verknallt gewesen, und jetzt würde sie am liebsten sofort ihr Tagebuch in ihrem Kopf aufrufen und alle Passagen über seinen glatten Bizeps und die nussbraunen Augen auslöschen. Sie änderte ihr Tagebuch ständig.

Marlow sah zu Grace, die wie immer, wenn sie zu Besuch war, auf einem Hocker an der Kücheninsel saß und das Obst in der flachen Holzschale neu arrangierte. Sie mied Marlows Blick.

Honey legte den Flaschenhals mit dem Kronkorken an den Rand der Kücheninsel, sodass der Flaschenboden zu ihr zeigte, dann schlug sie mit der Handfläche fest auf den Kronkorken. Er sprang ab und fiel zu Boden, gefolgt von ein paar Krümeln aus der Holzplatte.

»Also«, sagte Honey, während Dampf aus ihrer Flasche aufstieg. »Kommt Eva noch, oder was?«

Marlow zog sich auf die Arbeitsfläche hoch. »Ich habe ihr geschrieben, aber sie hat keine Zeit«, antwortete sie knapp. »Sie sitzt zu Hause fest und muss auf ihren kleinen Bruder

Billy aufpassen.« Sie kicherte fast über ihre eigene Verwegenheit. Wo zur *Hölle* war ihr Vater?

»Kein Problem«, meinte Honey und ließ Marlow nicht aus den Augen, während sie die Flasche hob und in großen Schlucken daraus trank. Zehn Sekunden vergingen, zwanzig, und sie hörte immer noch nicht auf. Bier lief ihr aus den Mundwinkeln und über den Hals in den Ausschnitt. Taylor folgte dem Strom gierig mit dem Blick, Angel runzelte allerdings die Stirn und wandte den Kopf ab. Bis auf das Geräusch von Honeys rhythmischem Schlucken war es still im Raum.

Schließlich war die Flasche leer, und Honey nahm sie von den Lippen. Sie rülpste so stark, dass ihr ganzer Körper bebte. Taylor lachte, als wäre es das Lustigste, was er je gehört hatte.

»Dann fahren wir eben zu ihr«, sagte Honey.

»Zu wem?«, fragte Grace. Es war, als könnten sie sich an nichts erinnern, was vor Honey und dem Bier gewesen war.

»Eva«, antwortete Honey ungeduldig. Sie warf die Flasche ins Spülbecken und ging durch die Küche, musste nicht fragen, welche Tür zur Garage führte. Sie packte sofort den Türknauf, als wäre sie schon unzählige Male hier gewesen. Sie musste schon lange Follower sein, dachte Marlow. Sie muss ein treuer Fan gewesen sein.

Honey entschied sich – natürlich – für eines von Astons Lieblingsautos, einen silberfarbenen Vintage Land Rover, den man für autonomes Fahren umgebaut hatte.

Sie setzte sich auf den immer noch so genannten Fahrersitz, Grace auf den Beifahrersitz, doch Honey brachte die Welt, die sie erschaffen hatte, ins Wanken, als sie Grace wegscheuchte und Marlow zu sich zitierte. Grace musste sich daher auf dem Rücksitz zwischen Angel und Taylor quetschen, die ihre Hände genau so auf die Polster dazwischen legten, dass ihre kleinen Finger Grace' Schenkel berührten.

»Motor an«, befahl Honey dem Wagen und sagte zu Marlow: »Wie lautet Evas Adresse?«

»Marlow.« Grace berührte sie an der Schulter. »Sag ihr einfach die Wahrheit«, flüsterte sie. »Sag ihr, dass es Eva nicht gibt.«

»Wovon redet sie, Marlow?« Honey presste ihre Hände mit durchgestreckten Armen auf das Lenkrad und wartete.

Marlow zupfte an ihrem Sicherheitsgurt. »Ich weiß die Adresse nicht genau.«

Grace seufzte.

»Kannst du nicht auf deiner Karte nachsehen?«, fragte Honey.

»Sie ...« Marlow straffte die Schultern. Sie war jetzt schon so weit gegangen, und ihr gefiel die Lüge, die ihr als Nächstes in den Sinn kam. »Eva benutzt die Karte nicht«, erwiderte sie. »Das ist so was Französisches.«

Taylor lachte wieder.

»Schon okay.« Honey setzte den Wagen in Bewegung. Marlows Herz schlug schneller. Das Garagentor spürte das sich nähernde Fahrzeug und öffnete sich. Honey fuhr die Einfahrt entlang und bog dann nach links auf die Hauptstraße ab. »Grace sagt, du behauptest, sie wohne in Pismo Beach. Pismo Beach«, wiederholte sie laut für das Navigationssystem.

»Fahr nach Hause«, warf Marlow genauso laut ein, und der Wagen bremste ab.

»Lösch den letzten Befehl«, sagte Honey. Das Auto begann wieder zu rollen.

»Honey.« Marlow beugte sich über die Mittelkonsole und hoffte, dass niemand sah, wie sie zitterte. »Ich weiß nicht, was du hier tust«, sagte sie. »Aber wir werden nicht den 2004er Land Rover meines Vaters *stehlen* und damit nach Pismo Beach fahren. Ist dir klar, was für einen Ärger wir bekommen könnten? Wir sind vierzehn. Wir können noch nicht Auto fahren.«

Honey drehte sich zu Marlow und trommelte mit den Fingern auf das Lenkrad. »Was genau muss man da schon wissen?«

Die Atmosphäre im Wagen veränderte sich, wie zuvor, als Honey das Bier hinuntergekippt hatte. Marlow wusste, dass die drei anderen dasselbe dachten wie sie: Warum war das Network noch nicht eingeschritten? Sie rechnete im Kopf nach. Okay, vielleicht würden die Verantwortlichen bei einem Bier ein Auge zudrücken. Aber Autodiebstahl? Die für das Wohlbefinden der Darsteller Zuständigen würden das nicht zulassen, oder?

Marlow überlegte, ob sie etwas sagen sollte. Sie würde Ärger mit ihren Eltern bekommen, sie alle würden Ärger mit dem Network bekommen, wenn sie vor der Kamera darauf hinwies, dass sie gefilmt wurden. Doch als Honey den Wagen auf die Schnellstraße lenkte und auf neunzig Meilen die Stunde beschleunigte, fragte sich Marlow, ob es ihr Leben retten würde, wenn sie dem Mädchen in Erinnerung rief, dass die Zuschauer sie sehen konnten.

Dann bauschte Honey ihre Haare und zwinkerte in Richtung des Armaturenbretts. Zu einer Stelle, an der eine Kamera eingebaut war.

Marlow wurde eiskalt. Honey *wollte,* dass man ihr zusah. Sie sah Honeys Plan so deutlich vor sich wie die Straße. Sie stellte sich Honey zu Hause vor, die so sehr beachtet werden wollte und die ihr Ziel von ihrem Schlafzimmer in West

Virginia aus nie erreichen würde. Wie sie beschloss, die größte Plattform des Landes zu kapern, die Hauptstadt des Ruhms: Constellation. Sie war hierhergekommen, um aus sich einen Star zu machen, und das hier war ihr Durchbruch.

»Fahr. Nach. Hause«, befahl Marlow dem Wagen erneut mit leicht schwankender Stimme.

Honey sah sie an, als sei sie das langweiligste Wesen auf der Erde. »Fahrerlose Steuerung aus«, sagte sie, dann packte sie das Lenkrad fester und runzelte die Stirn. »Das ist ja ganz schön verstaubt.«

»Äh«, meinte Angel, »was machst du da eigentlich?«

»Ich fahre«, antwortete Honey. »Manche von uns können das noch.« Um es zu beweisen, fuhr sie Zickzacklinien auf der Straße und lachte, als alle hin und her geschleudert wurden.

Marlow schrie sie an, stieß Drohungen aus. Sagte, sie würde die Cops rufen, machte dann einen Rückzieher und behauptete, sie habe sie schon angerufen. Astons Autos seien alle mit einer Diebstahlsicherung versehen, warnte sie. Mittlerweile hatte er bestimmt schon eine Nachricht bekommen.

»Dann ist es ihm wohl egal, schätze ich mal«, erwiderte Honey ungerührt.

Marlow löste ihren Sicherheitsgurt. Ohne nachzudenken, griff sie nach dem Lenkrad und zog es in ihre Richtung. Die Vorderräder des Wagens brachen zum Seitenstreifen hin aus, die Hinterräder zur Straßenmitte. Grace schrie auf, ein ohrenbetäubendes, durchdringendes Geräusch der Angst.

Honey stieß Marlow gegen die Brust, schob sie zurück auf den Beifahrersitz. Dann lenkte sie den Wagen wieder in die Spur. »Hey, Leute«, sagte sie im Rückspiegel zu den anderen. »Es ist echt supergefährlich, wenn jemand, der keine Ahnung hat, sich bei dieser Geschwindigkeit an einem Auto zu schaffen macht. Ich glaube, Marlow wird gerade hysterisch. Wir müssen sie fesseln, sonst bauen wir noch einen Unfall.«

Marlow lehnte zusammengesunken am Beifahrerfenster und keuchte.

»Was meinst du damit, sie fesseln?«, sagte Grace unsicher. »Vielleicht sollten wir einfach anhalten.«

»Auf keinen Fall«, erwiderte Honey glatt. »Also lasst uns einfach das tun, was am sichersten ist.« Sie warf einen Blick in den Rückspiegel. »Wisst ihr, was?«, fuhr sie fort. »Warum wickelt ihr Jungs nicht eure Gürtel um Marlows Hände und Füße, damit sie keine Gefahr für sich darstellt, bis sie sich beruhigt hat?«

»Das ist doch Irrsinn«, sagte Grace mit zitternder Stimme.

»Oh, ganz und gar nicht«, meinte Honey. »Das machen Sanitäter in solchen Situationen, das schwöre ich.« Sie sah im Rückspiegel zu Taylor. »Ihr tragt doch Gürtel, oder?«

Taylor und Angel warfen einander einen Blick zu. »Ich weiß nicht, ob …«, antwortete Angel.

»Es ist wirklich am sichersten für uns alle«, beharrte Honey. »Im Moment ist es für sie das Beste.« Marlow sah, wie Honey im Rückspiegel nach Taylors Augen suchte.

»Und so weit ist es auch nicht mehr zu dem Strand«, fuhr Honey fort. »Ich kann es gar nicht *erwarten*, aus diesem Kleid zu kommen.«

Schon hörte Marlow, wie Gürtelschnallen geöffnet wurden.

»Wir bleiben hier, bis du Eva erreicht hast«, verkündete Honey, als sie den Motor ausschaltete. Der Land Rover hatte die Dünen mit Leichtigkeit genommen und stand jetzt auf einem dunklen Streifen Sand am Wasser.

»Sag's ihr einfach«, flüsterte Grace zum hundertsten Mal, während sie sich nach unten beugte. Sie hielt Marlows Kopf zwischen den Händen. Marlow schwieg. Sie hatte beschlossen, nichts mehr zu sagen. Als sie das letzte Mal nachgesehen hatte, war die Anzahl ihrer Follower um das Zehnfache gewachsen. Sollten die anderen doch wie die größten Arschlöcher aussehen, Grace eingeschlossen. Marlow würde stumm und unschuldig bleiben. Sie konzentrierte sich voll darauf, ihren Bauch einzuziehen und auf dem Rücksitz, wo sie sie abgelegt hatten, eine Stellung zu finden, die vor der Kamera nicht furchtbar aussah.

»Raus mit euch«, hörte Marlow Honeys Stimme. »Es wird ihr besser gehen, wenn sie sich ausgeruht hat.« Vier Türen schlugen zu, dann war Marlow allein im Wagen. Das Rauschen der Wellen war leise zu hören. Marlow lag auf dem Rücken, ihre Handgelenke, die mit Angels braunem Gürtel gefesselt waren, vor sich auf dem Bauch. Sie stöhnte und hob die Füße. Taylors schwarzer Gürtel war um ihre Knöchel geschlungen. Nach einer Weile setzte sie sich mit vor Anstrengung brennenden Bauchmuskeln auf und sah, dass Honey die Gezeiten falsch eingeschätzt hatte. Die Flut leckte bereits am Wagen, Schaum blieb an den Reifen hängen.

Grace saß allein ein Stück entfernt am Strand, die Arme um die Knie geschlungen. Angel kauerte am Rand der Brandung und stocherte mit einem Zweig vor sich im feuchten Sand. Taylor war mit Honey im Wasser. Wie angekündigt, hatte sie ihr Kleid abgelegt. In ihrer durchweichten Unterwäsche sprang sie in den Wellen auf und ab, sie schauderte immer wieder. *Der Pazifik ist kalt, du dumme Nuss,* dachte Marlow. Sie wusste noch, was man ihr in der dritten Klasse über den Atlantik beigebracht hatte. Der unverblümte Lehrer hatte es so formuliert, als sei das Meer an der Ostküste ein gegnerisches Team: »Braun, voller Müll, pisswarm«, hatte er abfällig gesagt.

Marlow hob vorsichtig die Arme. Die Haut an ihren Handgelenken wurde langsam wund unter dem Leder. Draußen im Wasser sprang Honey plötzlich in Taylors Arme, und er schwankte unter ihrem Gewicht.

Marlow wusste, dass man ein Kind nicht mit geschlossenen Fenstern in einem Wagen zurücklassen durfte, es war zu gefährlich. Traf das auch auf sie zu? Im Moment fühlte sie sich nicht wie ein Kind, aber keiner von ihnen war erwachsen. Wären sie erwachsen, wären sie nicht hier – irgendeiner von ihnen wäre mutig genug gewesen, Einspruch zu erheben. Sie dachte an den Lehrer, der über den Atlantik hergezogen hatte. Er war noch im selben Jahr entlassen worden, aus der Stadt verschwunden, weil er mit ihrer Klasse zu offen über die große Flut geredet hatte. Sie erinnerte sich, was er darüber gesagt hatte, warum so viele der Toten Teenager gewesen waren. Es hatte nicht nur daran gelegen, dass sie ständig online gewesen waren, hatte er gesagt. Oder dass sie, im Gegensatz zu ihren Eltern, ein Leben ohne diese Technologie nicht gekannt hatten. Auch ihre Angewohnheiten oder der Zeitpunkt ihrer Geburt waren nicht der Grund gewesen. Sie waren vor allem wegen Dingen gestorben, die sich im Lauf der menschlichen Geschichte nicht geändert hatten – ihrer sich noch in der Entwicklung befindlichen Gehirne und der in ihnen Amok laufenden Hormone. »Teenager verstehen nicht, dass es über den Moment hinaus ein Leben gibt«, hatte der Lehrer gesagt. »Ihr kennt den Ausdruck ›*lieber würde ich sterben*‹? Für Teenager ist das bitterer Ernst.«

Irgendwann döste Marlow ein. Als sie wieder aufwachte, hörte sie mehrstimmiges Atmen. Die anderen waren zurück im Wagen und schliefen, sie konnte nur ihre Umrisse erkennen. Honey und Taylor lagen aneinandergedrängt auf dem zurückgeklappten Fahrersitz. Angel hatte sich auf dem Beifahrersitz eingerichtet. Grace saß bei Marlow auf dem Rücksitz, die Wange gegen das Fenster gelehnt.

Das Schlagen der Wellen war lauter als zuvor. Das Wasser musste mittlerweile die Radkästen erreicht haben. Marlows Chip vibrierte plötzlich an ihrem Handgelenk, um ihr zu zeigen, dass sie kein Netz hatte. Sie fragte sich, ob die Kameras hier am Meer auch keinen Empfang mehr hatten.

Sie sah aus dem Fenster, doch sie hätte auch einfach die Augen schließen können. Draußen war es stockfinster. Keine Lichter am Strand, kein Mond. So fühlte es sich also an, dachte sie, wenn man allein gelassen wurde. Marlow liebte ihre Eltern, wirklich. Ihren Vater liebte sie mühelos, ihre Mutter mühevoll. Doch schon als kleines Kind war ihr klar gewesen, dass beide als Eltern nur bedingt geeignet waren. Sie hatte ihre enttäuschten Blicke bemerkt, nachdem sie sich einmal aus dem Bett auf eine ihrer Partys gestohlen hatte. Sie konnte sie trotzdem lieben, weil sie wusste, dass noch jemand auf sie aufpasste: das Network. Ihre Follower. Wenn Floss behauptete, sie würde *nur mal eben wo vorbeischauen,* und dann zwei Tage später mit Jacht-Sonnenbräune zurückkam, oder wenn Aston angeblich eine Nachricht von seiner Mutter bekam, die er jedoch mit einem Grinsen las, das Marlow unangenehm war, hatte sie das Gefühl, als würden ihr die Kameras beistehen. Genauso nachts, wenn ihre Eltern meistens unterwegs waren; Marlow musste sich selbst ins Bett bringen und die Lichter im Haus löschen, und dabei musste sie sich am Ende doch immer durch einen finsteren Raum tasten. Doch richtige Angst hatte sie nie, genauso wie später, als sie älter war und keine Angst hatte, eine einsame Straße entlangzulaufen oder auf einer Party mit dem falschen Jungen auf der falschen Seite einer geschlossenen Tür zu landen. Ihr ganzes Leben hatte Marlow sich darauf verlassen, dass das Network sie beschützen würde, wenn sie in Schwierigkeiten geriet. Doch jetzt saß sie gefesselt in einem Auto, das bald vom Wasser verschluckt werden würde, und niemand schritt ein.

Sie sagte sich, dass die Kameras nicht funktionierten. Sie waren ganz sicher tot. Wenn das Network Bescheid wüsste, würde man sie nicht hier im Stich lassen. Man wollte natürlich Drama, aber nicht um jeden Preis. Ganz bestimmt. Man hätte einen Platzhalter in ihrem Feed eingeblendet, der die Zuschauer über technische Probleme informierte, während sie einen Weg suchten, um ihr zu helfen.

Etwas landete auf dem Wagendach.

Die anderen regten sich, wachten aber nicht auf. Marlow lauschte. Was auch immer über ihnen war, es kroch jetzt über die gesamte Länge des Autos. Hatte es zwei Beine? Vier? Sie zählte. Nein, fünf. Sie blickte in dem Moment hinauf, als das Ding seinen silbernen Bauch über das Dachfenster schleppte. Ein Geräusch von Glas auf Glas, dann sah Marlow ein tintenschwarzes Auge, das in den Wagen starrte.

Plötzlich blendete sie grelles Licht. Marlow sah alles, was bisher verborgen gewesen war. Wie Taylors und Honeys Haare, die fast dieselbe Blondschattierung hatten, glänzend miteinander verschmolzen. Wie Grace' Gesicht gerötet und aufgedunsen war, als hätte sie stundenlang geweint. Wie Angels Haare sich wie ein Schatten über die Kopflehne erhoben.

Das Ding auf dem Dach hatte eine dröhnend laute Stimme.

»Dieses Fahrzeug wurde als gestohlen gemeldet«, sagte es. »Verlassen Sie den Wagen mit erhobenen Händen.«

Die anderen bewegten sich, wurden blass, lösten sich voneinander. Doch Marlow sah, dass Honey vor Angst erstarrt war. »Wasistloswasistlos?«, schrie sie und hielt sich die Augen zu. »Eine Polizeidrohne«, antwortete Taylor immer wieder, bis er wütend brüllte. Doch die Erklärung schien Honey nur noch mehr Angst einzujagen. Die Drohne schlitterte am Fahrerfenster hinunter, auf der Suche nach dem Schuldigen. Honey kletterte plötzlich nach hinten auf den Rücksitz und kauerte sich zitternd an Marlow.

»Geh verdammt nochmal weg von mir«, sagte Marlow kalt. Es fühlte sich gut an, sie anzuschnauzen, löste ein wenig Druck, und sie gestattete sich noch einen Kraftausdruck – sie war sicher, dass keine Übertragung stattfand. »Mach mich los, du Schlampe«, herrschte sie Honey an und schubste sie mit der Schulter, doch Honey kreischte nur und drängte sich enger an sie. Die anderen gehorchten dem Befehl der Drohne und stapften mit erhobenen Armen auf die menschlichen Polizisten zu, die mit angelegten Gewehren herankamen. Weitere Polizisten näherten sich über den Strand mit einem Panzer, dessen Kettenantrieb den Sand platt drückte. Hinter dem Panzer tauchte Astons flacher roter Porsche auf, der sichtlich mit dem Untergrund kämpfte. Als die Reifen durchdrehten, gab er auf. Die Scheinwerfer waren noch eingeschaltet, als ihr Vater ausstieg. Der Wind vom Meer und von der Drohne wehten ihm das Haar aus dem Gesicht. Einen Moment später öffnete sich die Beifahrertür des Porsches, und eine Frau stieg aus. Marlow konnte sie nur schlecht erkennen. Sie war dünn und hielt sich im Hintergrund, also war sie definitiv nicht ihre Mutter.

Das Wasser schwappte durch die Tür ins Auto, die Grace nicht richtig geschlossen hatte. Marlow sah nach unten, wie es sich um ihre Füße sammelte, und fauchte Honey an: »Was ist? Hast du noch nie eine Polizeidrohne gesehen?«

Du kleiner Hinterwäldlerabschaum. Sie musste die Worte nicht aussprechen, ihr Ton war deutlich genug gewesen. Sie sah, dass Honey sie genau verstanden hatte.

»Nein«, antwortete Honey leise. Einen Moment klang sie so jung wie Marlow und die anderen. Doch dann sah sie nachdenklich aus dem Fenster und drehte sich zu Marlow zurück, mit dem Blick eines Menschen, der nur noch eine Kugel in seiner Pistole hatte.

»Wer ist die Frau bei deinem Dad?«, fragte sie. Sie beugte sich so dicht zum Fenster, dass ihre Nase Marlows berührte. Ein Tropfen ihres Speichels landete auf Marlows Unterlippe, den Marlow wegen der Fesseln nicht wegwischen konnte. Zwei Cops rannten auf den Wagen zu, das Licht ihrer Taschenlampen schien golden auf Honeys Locken.

Honey schob ihren Mund an Marlows Ohr. »Ich meine«, flüsterte sie, »wenn Aston überhaupt dein richtiger Vater ist. Du siehst ihm überhaupt nicht ähnlich, und deine Mom war ja immer so eine Nutte.«

Marlow spannte ihre Arme und Beine an, versuchte noch einmal, die Gürtel zu zerreißen. Etwas baute sich in ihr auf, und sie musste an damals denken, als irgendwo ein Rohr im Haus verstopft gewesen und das Abwasser in ihrem Haus durch den Abfluss im Keller gesprudelt war. Aston hatte neben dem Klempner gestanden und gefragt: »Können wir nicht einfach den Abfluss verschließen?« Der Klempner hatte zu ihm aufgeblinzelt, als wäre er alles, was er tatsächlich auch war – reich, dumm, unrealistisch –, und gesagt: »Den hier können

Sie schon verschließen. Aber die Scheiße findet einen anderen Weg hinaus.«

Das Leder an ihren Hand- und Fußgelenken gab nicht nach, und Marlow sah, wie Honey lachte und sich zurücksetzte. »So eine Nutte«, wiederholte sie.

Marlow öffnete den Mund, als wollte sie schreien, dann versenkte sie die Zähne in Honeys Gesicht, an der Stelle, an der die Wange in den Kiefer überging. Honey schnappte nach Luft, zuckte zurück und erstarrte. Dann kreischte sie, ihre Worte waren undeutlich verzerrt, als wäre sie diejenige mit vollem Mund: »Marlow, verdammte Scheiße, hör auf!« Als Honey von ihr abrückte, riss etwas ab und blieb in Marlows Mund zurück. Honey krabbelte entsetzt auf die andere Seite des Rücksitzes. Ein öliger, rosa Fleck mit gezackten Rändern war auf ihrem Gesicht zu sehen. Blut stieg daraus auf.

Honeys Haut war immer noch in ihrem Mund, als die Polizei den Wagen erreichte und Honey als Erstes hinauszog. Marlow wartete, bis sie an der Reihe war. Der pochende Fetzen zwischen ihren Zähnen wartete auch, bis sie ihn ausspucken oder schlucken würde.

Die meisten Kameras im Auto hatten nicht funktioniert. Eine nach der anderen hatten sie den Empfang verloren, während der Wagen sich immer weiter von Constellation entfernte. Doch eine Kamera im Armaturenbrett – eine Art Notfalleinrichtung, mit geringer Auflösung und ohne Ton – hatte immer noch Bilder übermittelt. Sie hatte allerdings nicht eingefangen, wie schmerzhaft Marlows Hände und Füße gefesselt waren. Die Zuschauer konnten nur ihren Kopf in Grace' Schoß sehen – und ohne Ton wirkten sie wie zwei Freundinnen, die nur Spaß machen. Die Kamera war nicht so großzügig, als

Marlow Honey attackierte. Sie zeigte Honey, die vor Angst vor der Polizeidrohne zitterte und sich an Marlow drängte. Sie zeigte Marlow, die sich plötzlich wie ein wildes Tier auf sie stürzte und sich in ihre Wange verbiss, wie Honey schließlich verwundet zurückfiel. Marlow schmeckte Galle, als ein Mitarbeiter des Teams, das sich um das Wohlbefinden der Darsteller kümmerte, ihr danach die Aufnahme vorspielte. Sie hatte sich noch nie im Fernsehen gesehen – die Constellation-Darsteller durften den Content, den sie lieferten, nicht anschauen –, weshalb sie sich zuerst fast einreden konnte, dass das da auf dem Bildschirm jemand anderes war, der sich in Honeys Gesicht festbiss, jemand, der ihr ein wenig ähnelte. Doch tief in ihrem Inneren wusste sie, dass sie es getan hatte; schließlich erinnerte sie sich an den Geschmack.

Schmeißt sie raus!, schrieb eine von Marlows Followern. *Ich schalte nach einem langen Tag ECHTER Arbeit im ECHTEN Amerika hier ein, um mal zu lachen, nicht um gestörte kleine Irre zu sehen.*

Ich habe gehört, dass ein Mädchen ein anderes vor der Kamera »gegessen« hat, und ich war ganz schön enttäuscht, als ich dann erfahren habe, was wirklich passiert ist, LOL, schrieb ein anderer.

Jemand schrieb einfach nur: *Du bist ein Monster.*

Alle wollten, dass Marlow und ihre Familie hinausgeworfen wurden. Marlow wurde in der Woche darauf der Schule verwiesen. Eltern standen in Reihen auf dem Parkplatz und hielten sie davon ab, ins Gebäude zu gehen. »Eifersüchtige *Niemande!*«, schrie ihnen Floss mit rot angelaufenem Gesicht zu und legte den Rückwärtsgang ein, während Marlow auf dem Rücksitz in sich zusammensank. Aston war an dem Morgen im Rathaus, um sich einen Anschiss vom Network abzuholen.

»Wir ziehen einfach woanders hin«, sagte er bei seiner Rückkehr. »Wir gehen zurück nach L.A. oder nach New York, und …«

»Und suchen uns Arbeit?«, vervollständigte Floss den Satz. Marlow saß mit gesenktem Kopf am Küchentisch. Sie hörte, wie Floss »Arbeit« aussprach. Ihre Stimme war unsicher, wie immer, wenn sie vorgab, Französisch sprechen zu können. Floss stand auf und verließ den Raum.

Tagelang blieb Marlow in ihrem Zimmer und dachte darüber nach, wie ihre Mutter bei dem Wort »Arbeit« geklungen hatte. Es brachte Dinge zurück, die ihr gar nicht bewusst gewesen waren, vage Erinnerungen an das Leben vor Constellation. Verschwommen sah sie die Hotels vor sich, in denen sie in ihrer Kindheit gelebt hatten; zuerst die schicken, wo Floss so gern erkannt wurde, dann die schäbigen, wo sie vorgab, jemand anders zu sein, wenn sie angesprochen wurde. Sie erinnerte sich an Versteckspiele, wie Aston hinter der Eiswürfelmaschine hervorsprang, wie sie spätabends auf Floss' Schoß auf rostigen Poolstühlen saß. Floss sang Marlow vor, damit sie leichter einschlief, und war beleidigt, wenn sie tatsächlich einschlummerte. »Ich singe nur für dich, weißt du«, sagte Floss dann verärgert. »Findest du nicht, dass Mommy eine schöne Stimme hat?« Marlow fand die Stimme ihrer Mutter wunderschön, doch sie wusste nicht, dass das etwas Besonderes war. Sie dachte, dass alle Mütter wunderschöne Stimmen hatten und man deshalb nicht wach bleiben musste. Manchmal hörte sie noch, wie Floss sich nach einem Lied Mut zusprach. »Sieh dir nur dieses Mädchen in deinen Armen an«, murmelte sie. »Sie ist wunderhübsch, und sie gehört dir. Hashtag blessed. Also reiß dich für sie zusammen, Floss. Reiß dich verdammt nochmal *sofort* zusammen.«

Sie erinnerte sich, wie die Hotels immer schlechter wurden, bis sie in einem so schmutzigen landeten, dass Floss die Decken vom Bett zog und durch das zerbrochene Fenster stopfte. Sie holte Handtücher vom Wagen des Zimmermädchens, legte sie zu einem Weg zwischen Schlaf- und Badezimmer auf dem Boden aus und verbot Marlow, woanders hinzutreten. Als sie glaubte, dass Marlow eingeschlafen war, fragte sie Aston: »Was ist mit deiner Mutter?« Und er antwortete: »Oh, kein Problem. Ich muss mich erst von dir scheiden lassen. Was ist mit deiner?« Floss schwieg.

Marlow erinnerte sich an das Gefühl, als würde das letzte Hotelzimmer anschwellen wie ein Ballon, als könnte sie sehen, wie sich die Wände vor lauter Anspannung im Raum ausdehnten. Und dann, als die Anspannung auf ihrem Höhepunkt angekommen war, stürzte Floss mit einem ganz neuen Ausdruck auf dem Gesicht und einer ganz neuen Handtasche über dem Arm herein. Sie stand in der Tür, die Hände in die Hüften gestemmt, und sagte zu Marlow und Aston: »Wir sind drin.«

»Die Aufnahmen haben ihnen gefallen?«, fragte Aston skeptisch. Er und Marlow spielten gerade Skat auf dem Walnussnachtkästchen und hatten die abgelegten Karten über das eingeritzte Mosaik aus Schimpfwörtern gelegt. (Als ihr Vater die Kraftausdrücke entdeckte, drehte er sich zu Marlow und seufzte. »Du kannst noch nicht lesen, richtig? Lassen wir es so. Versuch gar nicht erst, dir das hier zu merken.«)

Floss stemmte die Fäuste in die Hüften wie eine Superheldin, eine Silhouette vor den umnebelten, verdorrten Bergen und dem stockenden Verkehr in Kalifornien. »Sie haben sie *geliebt*«, sagte sie.

Marlow sah auf ihre Spielkarten hinunter. Sie waren ohne Bedeutung für sie; normalerweise musste Aston in ihr Blatt spähen und ihr sagen, wenn sie die einundzwanzig bald erreicht hatte. Auch wenn er wusste, welche Karten sie in der Hand hielt, spielte er weiter, als hätte er nichts gesehen.

Floss trat die Handtücher auf dem Boden aus dem Weg und ging zu den beiden. »Diese Geburtstagsparty war jeden Penny wert«, sagte sie und ließ sich auf Marlows Bett sinken.

Marlow legte ihrer Mutter den Arm um die Taille. Sie war nicht ihrer Meinung. Ihre Party zum fünften Geburtstag vor ein paar Monaten war eine seltsame Angelegenheit gewesen, mit gedämpftem Licht und langsamer Musik. Die Gäste waren alles Kinder, die sie noch nie gesehen hatte und die nicht zu wissen schienen, warum sie überhaupt hier waren. Eine Furcht einflößende Menge Männer mit Kameras dokumentierte alles. Marlow fiel auf, dass sie mehr an ihrer Mutter als an ihr interessiert waren, obwohl es doch ihre Feier war. Der Verdacht hatte sich danach bestätigt, als sie die Filmaufnahmen sah, die ihre Mutter wochenlang wie besessen studierte. Wonach sie suchte, wusste Marlow nicht.

»Wir werden in eine neue Stadt ziehen«, erzählte Floss Marlow und drückte sie fest. »An einen Ort, an dem noch nie jemand gelebt hat. Sie haben die Stadt nur für uns gebaut. Und wenn wir in unserem neuen Haus sind, werden wir wieder berühmt sein. Und du auch.«

Marlow hatte damals nichts gesagt. Die Ankündigung war ihr nicht besonders erschienen. Floss sprach von vergangenem Ruhm und gegenwärtigem Ruhm und Strategien für zukünftigen Ruhm so beiläufig und oft, wie andere Mütter erwähnten, dass die Milch aus war.

Nachdem sie sich in ihrem neuen Haus in der Pitt Street eingerichtet hatten, saß Marlow mit Stella am Küchentisch, dem Clown mit den regenbogenfarbenen Haaren, der den

Kindern Constellation erklärte. Überall in Amerika, sagte sie, schauten die Menschen Marlow zu. Fieberten mit ihr mit. »Auch Menschen, die ich gar nicht kenne?«, hatte Marlow mit einem unbehaglichen Gefühl im Bauch gefragt. Stella hatte ihren Zauberstab mit dem Stern an der Spitze beiseitegelegt und beruhigend die Hände um Marlows Gesicht gelegt. »Du kennst sie zwar nicht, so wie du deine Mom und deinen Dad kennst«, hatte sie gehaucht. »Aber deine Follower sind deine Freunde – deine ganz besonderen Freunde. Je glücklicher und fröhlicher du dich verhältst, desto mehr besondere Freunde bekommst du – und je mehr besondere Freunde du bekommst, desto glücklicher und fröhlicher wird dein Leben sein.« Stellas weiße Schminke hatte kleine Risse bekommen, als sie lächelte. »Niemand liebt dich mehr als deine Follower.«

Ein paar Wochen, nachdem Marlow Honey gebissen hatte, kam Floss in ihr Zimmer. Sie hatte denselben entschlossenen Gesichtsausdruck wie damals, als sie ins Motel zurückgekommen war und ihnen erzählt hatte, dass sie es nach Constellation geschafft hatten. »Steh auf«, sagte sie zu Marlow. Dann holte sie ein steifes, rosafarbenes Kleid aus dem Schrank, das Marlow noch nie getragen hatte, und eine weiße Strickjacke, aus der sie herausgewachsen war. Floss ignorierte Marlows Proteste und schob ihr einen weißen Haarreif in die Haare. Marlows Locken drückten ihn sofort zurück in die Stirn.

Sie fuhren nach Mountain View und wurden auf der bewachten Straße zu Antidote Pharmaceuticals langsamer. Eine Vertreterin des Networks und ein Drehbuchschreiber empfingen sie auf dem Parkplatz. Sie mieden Marlows Blick und hielten Abstand zu ihr. Sie dankten dem Mitarbeiter von

Antidote überschwänglich, der sich im Konferenzraum zu ihnen gesellte. Während Floss sprach, unterbrachen sie sie abwechselnd.

»Marlow hat so was noch nie zuvor getan«, sagte Floss. »Sie war nie wütend. Sie war nie gewalttätig. Ich meine, sie hat einmal ihren Helm nach einem Softballspiel auf den Boden geworfen, aber ich glaube, sie hat sich da einfach mitreißen lassen. Softballmädchen sind …« Floss breitete die Arme aus und gab ein gutturales Geräusch von sich.

Die Network-Vertreterin, die ihre schwarzen Haare kurz geschnitten trug, beugte sich vor, um dem Antidote-Mitarbeiter den Blick auf Floss zu versperren. »Marlow war immer eine ausgezeichnete Schülerin«, sagte sie. »Und sie hat hervorragenden Content für uns produziert. Normalerweise wäre ein Vorfall wie dieser ein Grund, den Vertrag aufzulösen.« Die Vertreterin lächelte dem Antidote-Mitarbeiter zu, der zurückgelehnt dasaß, die Finger aneinander und an den Mund gelegt. »Doch Antidote war immer ein sehr geschätzter Partner. Und als wir von Ihren Problemen bei der Vermarktung von Hysteryl gehört haben, dachten wir, dass hier sogar ein bisschen Schicksal im Spiel sein könnte.«

Der Stuhl des Mannes quietschte, als er sich vorlehnte. Er musterte Marlow lange.

»Hallo, Marlow«, sagte er, als ob sie sich gerade hingesetzt hätte. »Du magst also Softball?«

»Nein, ich habe damit aufgehört«, antwortete sie.

»Sie tanzt Ballett«, warf Floss ein.

»Das hasse ich auch«, sagte Marlow.

Der Mann lächelte. »Ich verstehe schon«, meinte er. »Marlow, hast du je das Gefühl …« Er suchte nach den richtigen Worten. »Als wäre das Leben einfach zu viel?«

»Wie bitte?« Marlow sah sich um. Alle Anwesenden bewahrten einen neutralen Gesichtsausdruck, wollten ihr nicht bei der Antwort helfen. Floss blinzelte sie fast freundlich an, als würde sie ihr beim Klavierspielen zusehen.

»Ich glaube, ich habe ein gutes Leben«, erwiderte Marlow schließlich langsam.

Der Mann nickte nachdenklich. »Aber selbst ein gutes Leben kann ganz schön hart sein, nicht wahr? Das Leben wird immer hart sein. Dagegen können wir nicht viel tun. Aber du hast das große Glück, in der heutigen Zeit zu leben, in der wir kontrollieren können, wie es dir damit geht.« Er winkte mit der Hand über die Schulter. Ein Bildschirm schaltete sich ein. Marlow sah, wie ein Junge in ihrem Alter sich eine Kapsel in den Mund warf, sie mit einem Schluck aus seiner Wasserflasche herunterschluckte und auf ein Baseball-Feld rannte. Seine Mutter sah ihm von der Tribüne aus zu. Der Slogan über dem Bild lautete: »Was, wenn die beste Version Ihres Sohnes seine einzige wäre?«

»Diese Pille, von der wir Erwachsenen sprechen, Hysteryl«, sagte der Mann, »ist wie … Nun, du weißt ja, dass dein Chip Upgrades bekommt? Stell dir Hysteryl als ein Upgrade für deine Gefühle vor. Und unsere Gefühle haben wirklich eine Menge Bugs, nicht wahr?«

Die Erwachsenen lachten, und Marlow stellte sich vor, wie sie alle ihre Köpfe gegeneinander stießen. Der Haarreif rutschte schon wieder in ihre Stirn, und sie schob ihn erneut zurück.

»Hysteryl ist speziell für Menschen in deinem Alter entwickelt worden«, fuhr der Mann fort. »Es soll mit dir wachsen. Wir hier bei Antidote stellen uns eine Zukunft vor, in der deine ganze Generation, nachdem sie als Teenager mit Hysteryl angefangen hat, zur glücklichsten, ausgeglichensten und selbstbewusstesten Generation wird, die Amerika je gesehen hat.«

Die Network-Vertreterin drehte sich zu Marlow und wackelte fröhlich mit den Augenbrauen, als ob der Mann Dessertalternativen präsentierte.

»Doch neue Dinge können auch beängstigend sein«, fuhr er fort. »Die Menschen stehen Veränderungen oft zögernd gegenüber, selbst wenn die Veränderung das Beste für sie ist.« Er senkte einen Moment ehrfürchtig den Blick und presste die Lippen aufeinander. Dann zählte er an den Fingern ab: »Mein Mitbewohner auf dem College, eine Woche vor dem Abschluss. Das jüngste Kind der Familie vom anderen Ende der Straße, mit dem ich aufgewachsen bin. Die Lieblingsschülerin meiner Mutter.«

Marlow setzte sich aufrechter hin und drückte das Kinn nach unten, wie man es Kindern beibrachte, wenn die Erwachsenen über die große Flut sprachen.

»Wenn wir in den Zweitausendzehner-, Zweitausendzwanzigerjahren Hysteryl gehabt hätten«, fuhr der Mann fort, »wären sie noch hier.«

Unter ihren gesenkten Lidern hervor sah Marlow, wie die Network-Vertreterin dem Drehbuchschreiber den Ellbogen in die Seite stieß. Der Autor nickte und klopfte auf den Tisch.

»Vielleicht brauchen die Menschen nur eine Geschichte«, sagte er. »Um zu erkennen, wie dieses Medikament Kindern helfen kann. Einem Kind, das sie bereits kennen und lieben. Sie folgen seinem Weg von Wut und Unsicherheit hin zu …«, der Autor machte eine Handbewegung, »… Glück. Mit Hysteryl.«

Der Antidote-Mitarbeiter nickte nachdenklich. Er lächelte

und drehte seinen Stuhl zu Marlow. »Das klingt gut«, sagte er. »Nicht wahr?«

Marlow sah zu ihrer Mutter. Sie fragte sich, auf was für einen Deal Floss es mit diesem Besuch abgesehen hatte. Sicher wollte sie nicht, dass der Körper ihrer Tochter als Werbefläche für irgendein Medikament diente. Sie lehnte sich zurück und wartete darauf, dass ihre Mutter ausflippen und sie eine Bande Verrückter nennen würde.

Doch dann hörte sie zu ihrem Entsetzen, wie Floss den Satz aufsagte, den sie am Morgen im Badezimmer beim Schminken geübt hatte, während sie einen »unauffälligen Alltagslook« auflegte.

»Wir fühlen uns geehrt, dass Sie Marlow überhaupt für eine solche Chance in Erwägung ziehen.« Ihre Mutter legte eine Hand auf Marlows. »Ich finde, das klingt *großartig.*«

13

Orla

New York, New York
2016

Als Orla ins Wohnzimmer kam, verteilte Craig gerade Bagel mit absurden Geschmackskombinationen. Orla drückte er einen Blaubeerbagel mit Frühlingszwiebel in die Hand. Zwei Rosinen-Walnussbagel mit allem lagen auf der Couch, zwischen Floss und Aston, die irgendwann nach Hause gekommen waren, als Orla schon längst ins Bett gegangen war.

»Was ist los?«, fragte Orla. »Wer ist tot? Was zur Hölle ist eigentlich los?«

Melissa sah zu Craig. »Craig, wir müssen es ihnen jetzt sagen. Hörst du bitte mal kurz mit den Bagels auf?«

Craig starrte auf einen Chocochipbagel mit einem neonroten Streifen Räucherlachs zwischen den Hälften. »Das stimmt so nicht«, murmelte er. »Das habe ich nicht bestellt.«

Melissa seufzte und drehte ihm den Rücken zu. »Vor einer Stunde«, sagte sie, »haben wir von einem wirklich unglücklichen Vorfall erfahren.« Sie sah Floss, Aston und Orla an. »In den nächsten Tagen dürfen wir nicht vergessen, dass Floss' Fotos den weiblichen Körper feiern wollten. Eine bestärkende Botschaft an echte Mädchen auf der ganzen Welt, was echte Schönheit ist. Stimmt's, Floss?«

»Genau.« Floss klang fast abwehrend. »Orla hat gesagt …«

»Nein.« Melissa hielt die Hand hoch. »Orla hatte nichts mit der Idee zu tun. Das ist ganz wichtig.«

Orla legte ihren Bagel neben den Fernseher. »Natürlich habe ich das«, bemerkte sie. Sie hatte immer die Ideen. Kannten sie ihre Rollen denn immer noch nicht?

Drei Minuten hatten gereicht, damit Floss' Nacktselfie Instagram zusammenbrechen ließ. Floss war noch nicht einmal wieder angezogen, als Orla den Feed auf Floss' Handy aktualisierte und eine Fehlermeldung angezeigt bekam. »Geschafft«, meinte sie. »Du bist jetzt offiziell eine eigenständige Berühmtheit. Du hast Aston nicht dafür gebraucht. Du hast nicht mal Klamotten dafür gebraucht.«

»Cool«, sagte Floss. Einen Moment später war eine Benachrichtigung von Instagram aufgeploppt, dass die Plattform sie gesperrt habe. Daher gab Orla Floss ihren Laptop und ihr Passwort. Floss loggte sich als Orla auf Instagram ein, um das Geschehen zu verfolgen. Als Orla ins Bett ging, saß Floss immer noch im Wohnzimmer, trank Moët und aktualisierte die Likes.

Jetzt saßen sie schweigend da, während Melissa laut die Nachrichten vorlas. Kein Kanal schien die ganze Geschichte zu kennen, doch alle verkündeten atemlos ihr spärliches Wissen. Den genauen Hergang mussten sie sich vor dem Fernseher selbst zusammenreimen.

Anna Salgado war siebzehn und lebte auf Staten Island.

Sie hatte es sowieso schon nicht leicht gehabt. Alle, von ihren weinenden Eltern bis zu den ernst dreinblickenden Reportern, betonten das. Niemand hatte sie zum Abschlussball begleiten wollen. Sie hatte selbst versucht, jemanden zu fragen, einen Jungen, in den sie seit der neunten Klasse verliebt gewesen war. Er sagte Anna, er habe bereits ein Date für den

Abschlussball, und fragte dann schnell Annas beste Freundin. Offenbar schickte er ihr eine Nachricht und kopierte unbeabsichtigt Anna mit in die Konversation. Doch weder er noch die Freundin waren sich bewusst, dass Anna alles mitlesen konnte. *Aber gehst du nicht mit Anna?*, fragte die Freundin, und der Junge antwortete: *O Gott, NIEMALS*. Er fügte einen Emoji hinzu, ein kleines gelbes Gesicht mit vollen, rosigen Wangen und einem Doppelkinn. Das Symbol für »fett«, das die Kids untereinander benutzten.

Anna erzählte ihren Eltern, sie gehe nicht zum Abschlussball, weil es ein Werkzeug des Patriarchats sei.

Als sie sie sanft fragten, ob sie stattdessen zu *California Pizza Kitchen* – ihrem Lieblingsrestaurant – gehen wolle, lehnte sie ab. Sie wolle in ihrem Zimmer lesen. Als Anna an dem Abend auf ihrem Handy durch die Fotos ihrer Freunde scrollte, ihre festlichen Kleider und die Lockenstab-Locken sah, fiel ihr dazwischen etwas Faszinierendes ins Auge: die nackte Floss. Anna starrte auf die Dellen an Floss' Oberschenkel, die weite Rundung ihrer Hüfte, und fühlte sich mit ihr verbunden. Floss sah überhaupt nicht wie die mageren Mädchen in Annas Schule aus, auf die die Jungen alle abfuhren.

Anna war sofort inspiriert. Sie musste beschlossen haben, einen Tribut an Floss zu veröffentlichen, ihre eigene Version des Fotos. Sie zog sich aus, stellte das Handy auf einen Stapel Taschenbücher und nahm Floss' Pose ein. Sie habe noch nie so ihre Wangen eingesogen, betonte ihre Mutter später, einen Moment lang habe sie ihre Tochter auf dem Foto gar nicht erkannt. Anna zögerte, jedoch nur kurz. Dann postete sie die Bilder auf Instagram.

Wie bei jeder Tragödie war das Timing schuld. Annas nackter Körper war zehn Minuten online zu sehen – länger als

Floss' Foto. Wäre die Plattform nicht noch mit dem von Floss verursachten Chaos beschäftigt gewesen, hätte man die Bilder sofort gelöscht. Wären nicht alle, die Anna kannten, am selben Ort gewesen und hätten sie nicht ihr verschwitztes Tanzvorspiel unterbrochen, um sich über ihre Handys zu beugen und in Gelächter auszubrechen, hätten sich die Bilder vielleicht nicht so schnell verbreitet. Wären ihre Klassenkameraden nicht so sehr vom Adrenalin und den von ihren älteren Cousins besorgten Alcopops aufgeheizt gewesen, wären ihre Kommentare vielleicht nicht so vernichtend ausgefallen. Wenn die Party in der Schule nach dem Abschlussball nicht so langweilig gewesen wäre, wenn die Aufsicht führenden Lehrer sie nicht mit diversen Spielen zu beschäftigen versucht hätten, hätten sie sich vielleicht nicht so lange mit der Angelegenheit aufgehalten und Annas Social-Media-Accounts verwüstet, lange nachdem die Fotos schon gelöscht worden waren.

Und dann war da noch Floss' Kommentar.

»Kommentar?« Floss zuckte mit dem Kopf zurück. »Ich habe nirgends einen Kommentar hinterlassen.«

Melissa sagte mit Blick auf die leere Champagnerflasche auf der Theke: »Doch, hast du.«

Jemand hatte einen Screenshot von Annas Foto gemacht, bevor es gelöscht wurde. *Ich liebe Floss Natuzzi, weil sie ECHTE Latina-Körper repräsentiert,* hatte Anna daruntergeschrieben. *Ich möchte sie so gern eines Tages mal treffen! #queen #natürlicheperfektion #frauenrechtesindmenschenrechte.*

Zwei Dutzend Kommentare waren gepostet worden, doch der Screenshot zeigte nur zwei.

yungrebel2016: bring dich um NUTTE du fette Sau

orlacadden: hier schreibt floss, und ich stimme zu. das solltest du wirklich!

Orla starrte auf ihren Namen, den sie dort nicht hinterlassen hatte, neben Wörtern, die nicht von ihr stammten. Sie hatte vergessen, dass Floss am Abend zuvor ihren Account benutzt hatte, nachdem ihr eigener wegen der Nacktfotos gesperrt war. Der Kommentar hatte zweihundertacht Likes bekommen.

»›Ich stimme zu‹«, zitierte Melissa. »›Das solltest du wirklich.‹«

»Ich habe die Bildunterschrift gemeint«, verteidigte sich Floss, während ihr die Röte ins Gesicht stieg. »Dass sie sich mit mir treffen sollte!«

Craig zerriss gerade am Spülbecken die Bagels und stopfte sie den Abfluss hinunter. Er wirbelte herum. »Aber so hat sie es verdammt nochmal nicht verstanden, Floss«, sagte er. »Oder etwa *nicht?*«

Floss' Mund stand offen, und sie sah von einem zum anderen. »Es war ein Versehen.« Ihre Stimme zitterte.

»Scheiße«, sagte Aston leise und zog seine Baseballkappe über die Augen.

»Es ging nicht nur um das, was Floss geschrieben hat«, verdeutlichte Melissa. »Die Leute sind darauf eingestiegen. Kids, die Anna kannte. Kids, die sie nicht kannte.«

Annas Eltern wollten ihr nicht das Gefühl geben, als würden sie sie überwachen, weshalb Mrs. Salgado erst um drei Uhr morgens die Zimmertür ihrer Tochter öffnete, nachdem sie selbst auf der Couch eingeschlafen und nun auf dem Weg ins Bett war. Anna lag im Bett, die Decke hochgezogen. Alles sah normal aus, doch eine Mutter weiß, wenn etwas nicht stimmt. Mrs. Salgado schaltete das Licht ein und sah die leeren Flaschen auf dem Boden – den Wodka, den Anna, die keinen Alkohol trank, für eine Freundin aufbewahrte. Mr. Salgados Schmerzmittel, die er nach einer Wurzelbehandlung bekommen hatte. Der Arzt hatte mehr verschrieben, als Mr. Salgado benötigt hatte.

Melissa wandte sich zu Orla und nahm die Fernbedienung in die Hand, als sei sie eine tickende Zeitbombe. »Wenn die Einzelheiten erst nach und nach bekannt werden«, sagte sie, »konzentrieren sich die Medien stattdessen auf den dummen Mist.« Sie schaltete den Fernseher ein und berichtete, dass sie eine Mail vom Produzenten eines Morgenmagazins bekommen hatte, der sie wegen eines Berichts vorwarnen wollte. Sie würden einen Beitrag über Orla ausstrahlen, »die Frau hinter dem Instagram-Namen«, den Floss Natuzzi benutzt hat, um ein Mädchen in den Selbstmord zu treiben. »Sie lassen nichts aus«, sagte Melissa. »Wie du über Floss geschrieben hast, als du noch bei *Lady-ish* warst. Wie du die Website benutzt hast, um Floss berühmt zu machen. Auch wenn das nichts Neues ist.«

Orla sah zum Fernseher, in dem gerade stumm eine unschuldige Werbung für einen Treppenlift lief. »Es ist nichts Neues«, wiederholte sie. »Viele wissen das – man twittert über mich. Warum ist das jetzt so eine große Sache?«

»Ich schätze, weil es ein Beispiel für deinen Charakter ist.« Melissa seufzte. »Und weil jetzt ein Mädchen tot ist. Jetzt ist alles eine große Sache.« Sie blickte auf ihr Handy. »Sie sagen, sie hätten drei wichtige Personen aus deinem Leben eingeladen. Wer könnte das sein?«

Orla hatte keine Ahnung. »Ich muss meine Eltern anrufen«, erwiderte sie. Doch die Werbung war vorbei, und die Sendung begann.

»Mach lauter«, sagte Craig dumpf.

Auf dem Bildschirm saßen Ingrid und die Yale-Frau einer ernsten blonden Moderatorin gegenüber. Orla fiel auf, dass Ingrid ihren grellen Lippenstift gegen einen geschmackvollen Nude-Ton ausgetauscht hatte, doch die Yale-Frau wollte anscheinend unbedingt auffallen. Sie trug glitzernden Lidschatten und eine limettenfarbene Bluse mit einem tränenförmigen Ausschnitt über dem Dekolleté.

Auf dem Einblender am unteren Bildschirmrand stand: »TEENAGERFAN VON FLOSS NATUZZI BEGEHT SELBSTMORD WEGEN ONLINEMOBBING.«

»Heute Morgen«, sagte die Moderatorin, »hat *Lady-ish* nach dem Selbstmord von Anna Salgado eine Bekanntmachung veröffentlicht, dass sie nicht weiter über Floss Natuzzi berichten werden. Ist das nicht ein bisschen so, als würde der Wetterkanal Gewittern abschwören?«

»Das stimmt, Kate«, erwiderte die Yale-Frau und nickte ernst. »Doch Floss Natuzzi – die bis jetzt übrigens noch kein Statement herausgegeben hat, Kate – hat unserem Gefühl nach genug bewiesen, was für eine Gefahr sie für die jungen Frauen da draußen darstellt. Und das ist unsere Kernzielgruppe, Kate.«

Ingrid räusperte sich. »Wir denken, dass wir eine besondere Verantwortung haben«, erklärte sie. »Sehen Sie, *Lady-ish* …« Sie presste einen Moment die Lippen aufeinander und sprach dann weiter. »*Lady-ish* hat leider eine ausschlaggebende Rolle beim Phänomen Floss Natuzzi gespielt.«

Orla schien von außerhalb ihres Körpers zuzusehen, als ihr Foto eingeblendet wurde.

»Die Frau, die Sie hier sehen«, sagte die Moderatorin im Hintergrund, »ist Orla Cadden, eine frühere Bloggerin bei

Lady-ish, die jetzt … als Co-Star in der Realityshow auftritt? Erkennen Sie den Namen? Unter diesem Instagram-Account hat Natuzzi das Mädchen aufgefordert, sich umzubringen.«

»Ich glaube, was sie eigentlich …«, begann Ingrid, während die Yale-Frau gleichzeitig antwortete: »Genau.«

Ärger huschte für eine Millisekunde über Ingrids Gesicht. »Orla hat für uns geschrieben«, fuhr sie fort. »Sie hat für uns über Floss Natuzzi geschrieben, als sie – ohne unser Wissen – schon mit ihr befreundet war und mit ihr ausgeheckt hatte, sie berühmt zu machen. Sie hat ihre Plattform als Bloggerin benutzt, um Floss am Anfang ihrer Karriere Presse zu verschaffen. Jetzt ist Orla als eine Art Sidekick Teil von *Flosston Public.*«

»Wir haben sie deshalb gefeuert«, platzte die Yale-Frau heraus. Ingrid legte eine Hand vor ihr auf den Tisch.

Die Moderatorin schüttelte den Kopf, und ihr Bob schwang in perfektem Einklang mit. »Also«, sagte sie in die Kamera, »was für ein Mensch *tut* so etwas? Hm.« Sie atmete tief durch. »Wir dürfen jetzt jemanden aus Orla Caddens Vergangenheit bei uns begrüßen.«

»O Gott«, sagte Orla. »Danny.«

Doch die Kamera zeigte eine dritte Frau am Tisch, die unsicher an ihrem schlecht sitzenden Blazer zupfte, während ihr die Moderatorin zunickte und sie begrüßte: »Vielen Dank, dass Sie heute bei uns sein können.«

»Klar doch«, erwiderte Catherine. Ihr Gesicht war tiefrot.

Ihr Name wurde zu dem, was sie auf der Welt am meisten fürchtete. Und er war überall.

Einmal steckte Orla mit dem Taxi im Verkehr fest, als sie auf dem Weg zu der überkorrekten Krisentherapeutin war, die Craig ihr verordnet hatte. Ihr Name erschien auf der Times-Square-Leuchtreklame eines landesweiten Nachrichtensenders. Dieses Mal war es nur ihr Nachname, am Ende einer unheilvollen Schlagzeile, die eingequetscht war zwischen Berichten zur Präsidentschaftswahl, denen sie keine Beachtung schenkte. FAMILIE SALGADO ERHEBT VIELLEICHT ANKLAGE GEGEN NATUZZI UND CADDEN. Orla hatte sich zutiefst geschämt, als sie an ihre Eltern dachte. Ihr Name sah auf der elektronischen Anzeigetafel genauso aus wie auf dem Schild aus Treibholz über dem Herd in ihrem Elternhaus: FAMILIE CADDEN, MIT LIEBE GEGR. 1985, MIFFLIN, PA. Seit Anna Salgados Tod hatte sie nicht mit Gayle und Jerry gesprochen, und sie würde das auch nur können, wenn sie vor ihrer Tür standen und klingelten, was sie bisher nicht getan hatten. Orla hatte ihr Telefon in den Flugmodus geschaltet. Sie ignorierte ihre E-Mails. Sie löschte ihre Social-Media-Profile. Sie schaute kein Fernsehen mehr – zuerst, weil sie nicht fassen konnte, dass sie in den Nachrichten war, und dann, weil sie nicht fassen konnte, dass sie es nicht mehr war. Wie konnte die Welt es wagen, sich weiterzudrehen und sie mit all dem allein zu lassen?

Die Menschen, die sie auf der Straße erkannten, warfen ihr jetzt böse Blicke zu und nannten sie ein Miststück. Im Internet hatte man sie so oft so genannt, dass das Wort mittlerweile eigentlich seine Schlagkraft verloren haben sollte. Doch es laut ausgesprochen zu hören, unerwartet, wenn sie in Jogginghose draußen war und Toilettenpapier kaufte, war eine völlig neue Dimension an Verletzung. Als Orla einmal nach Hause eilte, stand eine Frau mit Zehentrennern vor dem Nagelstudio im Erdgeschoss des Gebäudes und spuckte ihr die Beschimpfung entgegen. Dann sprach sie weiter in ihr Handy, als sei die

Beleidigung reine Routine gewesen. Als ob es ihr überhaupt keine Mühe bereitet hätte.

Danach kaufte Melissa ihr eine Kappe der Yankees und befahl ihr, das Haus nur noch damit zu verlassen. Sie schlug die Kappe gegen Orlas Schreibtisch, drückte dann den Schirm um einen Tennisball und befestigte ihn mit einem Gummiband. »Damit sie nicht so neu aussieht«, erklärte sie. Orla nickte schweigend und dachte, dass Melissa fett aussah. Orla wusste, dass sie seit Annas Tod vor fast einem Monat nicht mehr trainiert hatte, was offenbar ausreichte, um die Marmorkurven, die sie jahrelang geformt hatte, schmelzen zu lassen.

Was trieben die anderen? Mason meldete sich immer noch jeden Tag in der Wohnung. Er hatte Angst, seinem Mann zu sagen, dass der Sender *Flosston Public* auf unbestimmte Zeit eingestellt hatte und dass man Craigs bittende Nachfragen ignorierte. Craig kam ohne erkennbaren Grund immer noch an den meisten Tagen vorbei. Er werkelte herum, redete oder versank stundenlang in Schweigen. Er verfehlte die Tasse, wenn er sich Kaffee einschenken wollte. Er öffnete Küchenschranktüren und schloss sie nicht wieder. Jeden Tag musste man ihn daran erinnern, dass Aston nicht da war.

Aston war wieder zurück ins *Bowery Hotel* gezogen und verließ sein Zimmer nicht. Er reagierte auf keine Anrufe oder Nachrichten, twitterte jedoch ständig.

Anna S. war eine Schönheit. Ich hätte sie mir in einem meiner Videos vorstellen können (nach ihrem 18. Geburtstag, klar).

Mein tiefstes Mitgefühl gilt ihrer Familie und ihren Freunden

Es ist so laut in meinem Kopf, warum sollte ich ruhig sein

Ich dachte, ich erobere die Welt, dabei hat sie mich verschlungen, das Geld, das Geld hat ein Monster aus mir gemacht

Aber das Geld wird bald nicht mehr da sein

BALD

Hey, Aston-verrückte Nation, vergesst nicht, meine App herunterzuladen! Sie ist den ganzen Monat über kostenlos! Los, machen wir sie zur Nummer eins im App Store!

VERGESST DEN LETZTEN TWEET! Ich bin gehackt worden

»Du bist nicht gehackt worden«, sagte Melissa, als sie ihn irgendwie am Telefon erreichte. »Das war ein voreingestellter Werbetweet. Bitte leg dein Handy weg, ich flehe dich an. Bist du nicht auf dem Weg?« Sie warteten alle in der Wohnung, auch Amadou, dessen Hand auf Floss' Kofferstapel lag. Floss und Aston und Mason sollten in einer Stunde vom Flughafen Teterboro aus eine Reise nach Bali antreten. Auch wenn der Sender sie ignorierte, hatte Mason zugestimmt, die Dreharbeiten und den Trip für einundzwanzigtausend Dollar zu finanzieren, in der Hoffnung, dass sich die Führungskräfte des Senders das Material ansehen und sich erinnern würden, warum sie die beiden mal gemocht hatten.

»Schalt den Lautsprecher ein«, sagte Floss zu Melissa. Die schüttelte zwar den Kopf, gehorchte aber. »Aston, Baby«, gurrte Floss. »Ich weiß, dass es hart ist, aber wir müssen jetzt zusammen sein.«

Aston ignorierte sie. »Ist Craig da?«, fragte er mit kläglicher Stimme.

»Ja, ich bin hier, Kumpel, was geht?«, zwitscherte Craig.

»Ich habe gehört, dass sie vielleicht Klage einreichen«, erwiderte Aston. »Annas Eltern.«

Craig öffnete den Mund, doch Melissa hob die Hand. »Mach dir darum keine Gedanken, Aston«, sagte sie. »Das ist unser Job.«

»Ich mache mir keine Gedanken«, meinte Aston. »Ich will genannt werden. Als …« Er blätterte in etwas. »Als Angeklagter«, beendete er den Satz.

»Was meinst du, Kumpel?« Craig legte die Hand über die Augen. »Die Klage, hm. Ich meine, die Klage wird wahrscheinlich nicht zustande kommen, aber es ging bisher immer nur um Floss. Und Orla, schätze ich, weil der Kommentar von ihrem Account kam.«

»Orla wäre nicht darin verwickelt, wenn sie Floss nicht kennen würde«, sagte Aston ausdruckslos. »Und Floss wäre nicht berühmt, wenn sie mich nicht kennen würde. Wenn man also genau darüber nachdenkt, ist es meine Schuld.« Papier raschelte. »Ich habe Harry angerufen.«

»*Du* hast deinen Steuerberater angerufen?« Craig senkte die Hand und riss die Augen auf.

»Ja«, antwortete Aston mit einem Hauch Stolz in der zitternden Stimme. »Harry sagt, ich besitze neunundfünfzig Millionen Dollar.«

»Du bist neunundfünfzig Millionen Dollar *wert*«, korrigierte ihn Craig. »Das ist ein Unterschied.«

»Ich habe irgendwelchen dummen Scheiß im Internet gemacht, und jetzt habe ich neunundfünfzig Millionen Dollar«, sagte Aston träumerisch. Orla verzog das Gesicht, und ihre Schultern spannten sich an. Als sie sich im Raum umsah, wirkten auch die anderen, als hörten sie gerade das erste

Donnergrollen eines Gewitters. »Neunundfünfzig *Millionen* Dollar«, wiederholte Aston. »Anna hat ein Mal etwas Dummes im Internet gemacht – ein Mal! Und sie ist tot. Das ist nicht richtig, das ist nicht …«

Ein unterdrücktes Grunzen, dann zerbrach etwas an einer Wand. Alle in der Wohnung 6D zuckten zusammen.

»Sie sollen mein Geld bekommen«, brabbelte Aston. »Ihre Familie. Ich bin damit fertig. Ich will es nicht. Ich verdiene es nicht. Sie ist tot. Wisst ihr, wie es in meinem Kopf aussieht? Geht es euch *nicht auch so?*« Eine Pause. Astons Atem klang wie der eines Kindes, und Orla war den Tränen nahe. »Neunundfünfzig Millionen Dollar«, wiederholte Aston. »Wenn sie mich nicht verklagen, dann schicke ich es ihnen über PayPal.«

Was zur Hölle, sagte Melissa stumm zu Craig und räusperte sich. »Das ist so nett von dir, Aston«, sagte sie beruhigend. »Aber wir können der Familie Salgado im Moment nichts spenden. Falls es zu einem Gerichtsverfahren kommt, wirkt das nicht gut …«

Mason schaltete sich ein. »Können wir darüber persönlich sprechen, Aston? Bitte. Das Flugzeug wartet.«

»Welches Flugzeug?« Aston klang verärgert.

»Bali, Babe.« Floss beugte sich zum Handy. Sie sprach mit ihrer Sexy-Baby-Stimme, doch Orla sah, wie sie zitterte. »Wir brauchen die Reise wirklich dringend.«

Aston lachte, ein hohles, ungläubiges Geräusch. »Ich werde nicht nach Bali fliegen«, entgegnete er. »Mit dir?« Er lachte wieder. »Ich werde verdammt nochmal nicht nach Bali fliegen.«

Ein leises, entferntes Klopfen war zu hören, dann warf Aston das Handy weg. Eine Stimme stellte höflich eine Frage. »Nein«, hörten sie Astons Antwort. »*Nichts* ist in Ordnung.

Ein Mädchen ist tot, weil ich berühmt bin. Und das WLAN hier ist scheiße.«

Später am Tag war Orla allein in der Wohnung. Mason und Floss waren ohne Aston nach Bali geflogen, Craig und Melissa nach Hause gegangen. Orla legte sich hin, um etwas zu schlafen. Seit Annas Tod schlief sie fast mehr Stunden am Tag, als sie wach war.

Als eine Form der Buße hörte sie gelegentlich eine der Nachrichten ab, die ihre Voicemail füllten. Man beschimpfte sie weiterhin als Miststück, manchmal wurden die Leute auch kreativ und vermuteten, sie hätte keine Seele, oder boten an, sie mit einem Kantholz zu vergewaltigen.

Eines Tages wurde sie von einer Nachricht überrascht, die formal und ohne Hass war und deshalb völlig fremdartig klang. »Orla Cadden?«, fragte eine Frauenstimme verwirrt, als läse sie Orlas Namen von etwas ab, das sie noch nie gesehen hatte. »Ich habe … Sie haben mir vor einiger Zeit eine E-Mail geschrieben«, fuhr die Frau fort. »Eigentlich war es schon letztes Jahr. Es ist mindestens ein Jahr her. Es tut mir leid, dass ich mich erst so viel später deswegen melde. Aber wenn Sie noch niemand vertritt, dann lassen Sie uns einen Termin vereinbaren.« Sie verstummte. »Ach ja, hier spricht Marie Jacinto, die Literaturagentin.«

Maries Assistentin bat Orla, am Tag darauf um elf Uhr in die Agentur zu kommen. Am Morgen zog Orla eine schwarze Jerseyhose an, die enger saß, als sie in Erinnerung hatte, auch wenn sie in letzter Zeit kaum etwas hatte essen können, und eine geschenkte Bluse mit Eulenmuster aus einem Hipsterladen, der sie einmal für größer und verrückter gehalten hatte, als sie in Wirklichkeit war. Dann setzte sie die Yankees-Kappe auf.

Die Luft war warm, die Sonne strahlte heiß vom Himmel. Orla bemerkte mit einem überraschten Blick auf die Anzeige im Fenster eines Drugstores, dass es bereits Juni war, sogar fast Juli.

Nach Annas Tod hatten sich wieder Menschen vor dem Gebäude versammelt. Menschen, die sie wütend anschreien wollten, aber auch loyale Fans, die ihre Unterstützung zeigten. Nachdem der Ansturm vorüber war, hatte die Polizei die Absperrungen entfernt. Zum ersten Mal seit fast einem Jahr war der gesamte Gehsteig auf diesem Abschnitt der Twenty-First Street frei. Jetzt sah es hier so aus wie damals, als Floss noch nicht Orlas Mitbewohnerin gewesen war.

Heute saß allerdings eine Frau an der Stelle, an der die Fans sonst immer Schlange gestanden hatten. Sie schien um die fünfzig zu sein und kam Orla irgendwie bekannt vor. Sie war eine Latina, ihr wolliges Haar hatte eine kupferartige Farbe, die Augen waren mit verwischtem blauem Kajal umrandet. Ihre weichen Oberarme bebten leicht, während sie ein Sudoku bearbeitete. Sie hatte ihre eigene Sitzgelegenheit mitgebracht, eine Art gepolsterter Metallklappstuhl, den Gayle für einen zusätzlichen Essensgast an den Tisch gezogen hätte. Die Frau blickte auf, als Orla ins Freie trat, und schloss ihr Sudoku-Buch.

Orla hatte Zeit, bei *Starbucks* vorbeizugehen. Theoretisch wollte sie einen Kaffee, doch die Vorstellung, ihn auch zu trinken, bereitete ihr Übelkeit. Wahrscheinlich war sie nervös. Sie stand unter der Seejungfrauenmarkise und versuchte zu entscheiden, was sie tun sollte. Plötzlich sah sie im Schaufenster die Frau mit dem Stuhl. Sie stand ein Stück hinter ihr. Orla ging weiter, Richtung Norden. Sie überquerte die Twenty-Third Street und warf einen Blick über die Schulter. Die Frau folgte ihr immer noch und sah Orla direkt in die Augen.

Orla brach der Schweiß aus. Sie wollte die Hand heben, ein Taxi anhalten, flüchten, doch sie sah den Stau, der bis zum Madison Square Garden reichte. Sie würde mit der U-Bahn fahren müssen, um pünktlich zu ihrem Termin zu kommen. Sie ging schneller, überquerte die Eighth Avenue und steuerte auf die Seventh zu. Die Frau hielt mühelos mit ihr Schritt, schwebte ihr geradezu hinterher.

In der U-Bahn-Station Twenty-Eighth Street hielt die Frau auf dem Bahnsteig zwei Säulen Abstand. Bevor der Zug der Linie 1 langsam in den Bahnhof einfuhr, warf Orla ihr einen verstohlenen Blick zu und versuchte, sich zu erinnern, wo sie die Frau schon mal gesehen hatte. Plötzlich erschien ein Bild aus dem Fernsehen vor ihrem inneren Auge, die Frau saß irgendwo, den Blick gesenkt, den Arm eines Mannes um ihre Schultern, während sie schluchzend in Tränen ausbrach. Orla wurde schwindelig bei der Erinnerung. Die Waggontüren öffneten sich, und sie vergaß einzusteigen, bis sie sich wieder zu schließen begannen und sie sich im letzten Moment hindurchzwängte. Die Frau saß bereits am anderen Ende des Waggons und beschäftigte sich wieder mit ihrem Sudoku. Es war Mrs. Salgado, Annas Mutter.

14

Marlow

New York, New York

2051

Marlow saß immer noch in der Wohnung 6D, dachte an Honey und starrte auf das Briefpapier, als sie Schritte im Flur hörte, die sich gleichmäßig näherten. Sie stand auf, sah, wie sich der Knauf der Wohnungstür drehte. *Mensch oder Bot? Bot oder Mensch?*

Bot. Mateo aus dem Archiv trat ein, und Marlow stotterte irgendeinen Protest, als sie zurückwich, auf das schmucklose Fenster des Wohnzimmers zu. Wenn Mateo dem Archiv gehörte, wie konnte er dann hier sein, weit weg davon?

Dann sah sie, dass er jemandem die Tür aufhielt. Das Rätsel würde sich also gleich lösen.

Es war seltsam; sie hörte keine Schritte, bis Honey Mitchell auftauchte – sie schien sich aus dem Nichts heraus im Türrahmen zu materialisieren, aus verstreuten, glitzernden Atomen. Honey stand einen Moment da, musterte die Szene vor sich und ließ den Blick unbeeindruckt über das Sofa wandern, die Stehlampe, den verblichenen, abgetretenen Teppich. Irgendwo zwischen der Küche und der kaputten Gegensprechanlage, die neben der Tür aus der Wand hing, streifte ihr Blick auch Marlow, zeigte jedoch genauso wenig Interesse für sie wie für alles andere im Raum.

Schließlich räusperte sie sich. »Wir sollten uns nicht zu lange hier drin aufhalten«, meinte sie knapp. »Dieser ganze Schmutz macht mich nervös.«

Als hätte er ihre Bemerkung als Befehl verstanden, schlüpfte Mateo aus seinem Sakko und legte es über einen Barhocker. Honey setzte sich vorsichtig. Marlow musterte sie genau, jedoch nur bis zum Hals. Mit ihrem Gesicht wollte sie sich noch nicht beschäftigen. Honey trug eine leuchtend weiße Bluse, die sie in eine weiße Reiterhose gesteckt hatte, dazu einen weißen Kaschmirschal, der mehrere Male um die Schultern geschlungen war. Auf dem Kopf trug sie einen weißen, Western-artigen Hut mit einer weißen, geflochtenen Kordel, der über ihrem dicken blonden Haarknoten saß. Ihre Hände steckten in weißen Lederhandschuhen, die Füße in makellosen weißen Ledercowboystiefeln. Selbst Marlow, die erst seit weniger als einem Tag in New York war, wusste, was für ein Privileg saubere Schuhe hier waren. Ihre eigenen Achillessehnen über den Sneakers waren grau von was auch immer von den Straßen aufwirbelte.

Schließlich stellte sie sich der Narbe. In einem geschlossenen Raum wirkte sie beinahe hübsch – eine glänzende Stelle, die das Licht einfangen sollte. Doch sie wusste, dass das nur vorübergehend war. Einmal hatte sie in einem Anfall von reuevollem Interesse ihrem Chip unzählige Fragen zu Narben gestellt. Sie hatte erfahren, dass sich die Farbe von Narben ändern, sie innerhalb einer Stunde intensiver und schwächer werden konnte und dass auch der Gefühlszustand eine Rolle spielte. Manche verloren die wütende rote Färbung nie ganz. Vielleicht war Honeys Narbe im Moment nur weiß, weil sie völlig ruhig war – zumindest wirkte sie so.

»Woher weißt du von dieser Wohnung?«, fragte Marlow.

Sie stand immer noch wie erstarrt vor der Couch und wusste nicht, was sie tun, ob sie sich hinsetzen sollte. Die Eindringlinge schienen sich wohler zu fühlen als sie selbst. »Woher wusstest du, dass ich hier bin?«

Honey blickte stirnrunzelnd auf die grauen Flecken auf ihren Handschuhen, die sich dort abzeichneten, wo sie den Barhocker berührt hatte. »Ich wusste, dass du in New York bist, weil das mittlerweile jeder weiß«, antwortete sie und deutete mit der Hand zum Fenster und zu der Straße unter ihnen. »Dann habe ich gehört, wie knapp du der Jagd im Archiv entkommen bist, weshalb ich die Aufzeichnungen der Überwachungskameras habe durchsehen lassen, um herauszufinden, was du zuvor gemacht hast. Das tut man dort für mich, weißt du. Ich war sehr großzügig.« Honey lächelte Mateo an, doch der Roboter starrte höflich ins Nichts. »Ich habe dich in unserem Rechercheraum gesehen, wie du diese Adresse aufgeschrieben hast«, sagte Honey. »Die Kameras haben sie gerade noch erfasst.«

Marlow errötete. Nachdem die Menschen in New York nicht auf ihre Haltung achteten und auffällig kauend durch die Stadt liefen, hatte sie gedacht, dass es nur wenige Überwachungskameras gab. Doch ihre Lässigkeit zeigte nur, dass sich niemand dafür interessierte, was sie taten. Was aber nicht hieß, dass sie nicht gefilmt wurden.

»Das ist übergriffig«, schnauzte Marlow.

Honey lachte, und die Wohnung wirkte einen Moment wie ein Ort, an dem einmal Menschen gelebt hatten. Dann wurde sie nachdenklich. Sie betrachtete Marlow, als wäre diese gerade zum Leben erwacht und endlich interessanter als die staubigen Möbel. »Es freut mich, dass du so empfindest«, sagte sie. Dann stand sie auf und klatschte in die Hände. »Los, brechen wir auf. Bestimmt hat einer der Sicherheitsleute des Archivs schon den Tipp verkauft, dass du hier bist.«

Marlow war noch nie so wütend auf sich selbst gewesen. Hatte sie die Adresse unbedingt *aufschreiben* müssen? Hätte sie sie sich nicht merken können? (Nein, das hätte sie nicht gekonnt, das wusste sie. Seit dem Tag, an dem man den Chip an ihrem Handgelenk befestigt hatte, hatte sie sich nichts mehr merken müssen, und jetzt konnte sie es nicht mehr. Dieser Teil ihres Gehirns war außer Übung.) Ihr Instinkt war richtig gewesen. Papier bedeutete nichts Gutes. Sie nahm den Brief von der Couch, faltete ihn verlegen zusammen und stopfte ihn in ihre Jeanstasche. »Als ich das letzte Mal mit dir irgendwohin gegangen bin«, sagte sie zu Honey, »hat das mein Leben ruiniert.«

»Bei mir lief es danach auch nicht so toll«, gab Honey zurück. »Und trotzdem versuche ich dir gerade zu helfen.« Sie führte Marlow zum Fenster. Unter ihnen eilten Menschen zielstrebig die Eighth Avenue entlang und schienen sich nicht um Marlows Aufenthaltsort zu kümmern. Doch dann fuhren dicht hintereinander zwei Taxis am Gebäude vorbei, auf deren Dächern ihr Hologramm-Gesicht schimmerte.

»Also, um noch mal zusammenzufassen«, sagte Honey, »die Leute wissen bereits, dass du hier bist. Und ich glaube, du weißt, was passiert, wenn du versuchst, allein hier rauszugehen. Mein Wagen steht um die Ecke, beim Lieferanteneingang. Ich weiß, dass du mir nicht vertraust. Aber ich bin deine einzige vernünftige Option.«

Marlow drehte dem Fenster den Rücken zu und sah zur Zimmerdecke, tat so, als würde sie ihre nicht vorhandenen Optionen gegeneinander abwägen. Dabei bemerkte sie, dass über ihren Köpfen eine Reihe kleiner Zacken verlief. Scharfkantige Überreste einer Wand, die man eingerissen haben und die früher einmal die Couch vor der Sonne geschützt haben musste.

Marlow sah zu Honey. »Ich wäre beruhigter«, erwiderte sie, »wenn du mir einfach sagen würdest, was du willst. Was dein Ziel ist.«

Honey verdrehte die Augen. »Ihr Leute aus Constellation könnt auch nicht über die Handlung hinaussehen. Hier draußen in der echten Welt tun wir Dinge einfach, damit wir sie tun, und warten ab, was passiert.«

Marlow erinnerte sich plötzlich an eine Unterrichtsstunde in der Mittelschule zum Thema »Örtliche Gepflogenheiten«. Die Lehrerin hatte von einem Ort erzählt, an dem die Menschen Chili auf Spaghetti aßen – was von den Kindern mit Unverständnis quittiert wurde, da sie in Constellation beides noch nie gegessen hatten –, als eine Schülerin fragte, was ihrer Meinung nach das Besondere an Constellation sei. Was die Menschen nur hier machten. Den ganzen Tag gefilmt und an ein Millionenpublikum ausgestrahlt zu werden, war natürlich die offensichtliche Antwort. Doch da die Lehrerin das nicht vor der Kamera aussprechen konnte, verlegte sie sich auf einen Vortrag zur Architektur der Stadt. Marlow hatte eine andere Antwort, auch wenn sie nicht die Hand hob, um sich zu melden. *Wir sehen Geschichten,* hatte sie klar und deutlich gedacht. *Wir sehen überall Handlungsbögen. Das passiert, wenn man so lebt wie wir. Das ist das Besondere an uns.*

Und vielleicht konnte sie das jetzt zu ihrem Vorteil nutzen, dachte Marlow. Denn normalerweise war ihrer Erfahrung nach der einfachste Plot der richtige. Wendungen zögerten das Unvermeidliche nur heraus. Es war ganz einfach: Marlow hatte Honeys Gesicht zerstört. Selbst wenn Honey es nicht zugab, musste sie auf Rache aus sein. Und solange Marlow das wusste, konnte sie der Handlung einen Schritt voraus sein. Honey würde eine Figur in *ihrer* Geschichte sein, sagte sie sich entschieden. Und nicht umgekehrt.

»Na gut«, meinte sie zu Honey. »Gehen wir.« Zögernd fügte sie hinzu: »Danke.« Als sie hinter Mateo zu den Aufzügen gingen, achtete Marlow darauf, Honey immer im Blick zu behalten. So würde sie das Ganze durchstehen. Sie würde Honey folgen und sie nicht aus den Augen lassen.

Honeys Gebäude war ein verspiegelter, rosa-goldener Stachel, ihr Apartment umfasste das oberste Stockwerk. Die Wände waren alle aus Glas, sodass die Wohnung im Himmel zu schweben schien. Die Einrichtung war komplett in Weiß gehalten. Die Holzböden waren weiß gebleicht und von weißen Wollteppichen bedeckt, auf denen weiße Wildledersofas standen. Sämtliche Tische waren aus blendend weißem Beton und Marmor. An beiden Seiten des Raums befanden sich riesige frei stehende Kamine aus weißem Stahl. Die Küche war leuchtend perlmuttfarben. Ein Mann polierte hektisch den Kühlschrank. Als er sie sah, richtete er sich auf und versteckte den Lappen hinter dem Rücken, als wäre er etwas Unansehnliches.

»Hallo, David«, begrüßte ihn Honey fröhlich. »Das hier ist Marlow. Sie hat vor vielen Jahren ein Stück aus meinem Gesicht gebissen.«

Marlow starrte Honey an.

Doch David nickte nur höflich. »Hallo, Miss Marlow.« Er deutete auf den Kühlschrank. »Wasser? Soda?«

Sie bat um ein Wasser. Als David es ihr brachte, musterte sie die roten Äderchen in seinen Augen, den ungleichmäßigen

Haaransatz. Was musste es Honey gekostet haben, eine menschliche Haushaltshilfe zu behalten? So etwas sah man mittlerweile kaum noch. Marlow wusste, dass Honey eine Expertin war – Jacqueline, die eifrig sämtliche Erfolge und Misserfolge aller Menschen, die sie jemals getroffen hatten, verfolgte, hatte Marlow vor Jahren informiert, dass Honey »so eine Art White-Trash-Jesus war – sie predigt den Menschen, dass sie auf eine bestimmte Art leben sollen«. Marlow hatte Jacqueline gefragt, was sie damit meinte – was für eine Einstellung vertrat Honey? Jacqueline konnte sich nicht erinnern. Was es auch war, dachte Marlow und trank einen Schluck Wasser, der Verdienst war gut.

Honey zog für Marlow einen Stuhl am Küchentisch hervor. Nachdem sie sich gesetzt hatten, rief sie David zu: »Könntest du uns ein paar Cheeseburger machen? Marlow hat noch nie einen gegessen.«

»Natürlich habe ich das«, erwiderte Marlow.

Honey ignorierte sie. Eine unauffällige Make-up-Künstlerin mit schwarzer Hautfarbe und langen, vogelartigen Beinen, das Gesicht hinter Locken verborgen, kam herein und berührte Honey am Arm. »Elsa, Süße, hallo«, sagte Honey zu der jungen Frau. »Hast du Marlow schon kennengelernt? Sie hat mich ins Gesicht gebissen.«

Elsa sog scharf die Luft ein, sah jedoch nicht von ihrer Arbeit auf, während sie vorsichtig Honeys Chip mit Reinigungsalkohol entfernte. So machte man das schmerzlos, wenn man es nicht eilig hatte, erinnerte sich Marlow. »Wie schön, dich kennenzulernen«, sagte Elsa ausdruckslos.

»Gleichfalls«, meinte Marlow. »Sie hat mich provoziert.«

»Natürlich!« Honey lachte. »Oh, damals war ich sehr provokant.«

Elsa schwieg. Sie gab Honeys Chip an David weiter, der ihn in eine Küchenschublade legte. Dann rieb sie die Stelle an Honeys Handgelenk, wo der Chip gesessen hatte, mit einem Schwamm, der mit einer hellbraunen Flüssigkeit getränkt war.

»Wie auch immer«, sagte Honey zu Marlow. »Du glaubst, du hast schon mal einen Cheeseburger gegessen? Du hattest zerstoßene Heuschrecken mit Cashewkäse auf einem Quinoabratling. Wer hier«, sie drehte sich auf ihrem Stuhl um, »würde sich die Kugel geben, wenn er an einem Ort leben müsste, an dem so etwas Cheeseburger genannt wird?« Elsa und David hoben die Hände, routiniert, als gehörte es zu ihrem Job.

Marlow spürte, wie die Ungeduld wie ein Kopfschmerz in ihr aufstieg. »Ich verstehe nicht, was so toll an Fleisch ist«, erwiderte sie scharf. »Außer man *will* nur achtzig werden.« Sie hörte, wie humorlos sie klang, wie viel verbissener sie wirkte als die anderen Anwesenden. Doch Fleisch war einfach widerwärtig. Das hatte sie schon immer gewusst.

Weshalb atmete sie dann so verzweifelt den Geruch ein, der aus der zischenden Pfanne auf dem Herd aufstieg – brennend, metallisch, irgendwie tierisch?

David stellte die Burger vor ihnen ab. Das Patty sonderte eine durchsichtige, rosafarbene Flüssigkeit ab – wie Wasser mit Blut gemischt –, die sich auf dem Teller um das Brötchen sammelte. Marlows Magen verkrampfte sich, flehte, mit dem Essen gefüllt zu werden. Sie nahm den Burger in die Hand und versenkte ihre Zähne in das Brot und das Rindfleisch, die salzig nachgaben. Der Käse zog herrliche Fäden. Sie biss noch einmal ab und dann noch einmal, arbeitete sich von verschiedenen Seiten hindurch. Als sie sah, dass der Burger nur noch ein Drittel seiner ursprünglichen Größe hatte, fühlte sie abgrundtiefe Trauer. Sie blickte auf. Honey beobachtete sie amüsiert, gleichzeitig schien sie jedoch auf der Hut zu sein, als wäre Marlow ein Tier, das sie trotz besseren Wissens mit nach Hause gebracht hatte. »Du meine Güte«, murmelte sie mit funkelnden Augen.

»Du hattest recht«, gab Marlow mit vollem Mund zu. »Das hier … So etwas habe ich noch *nie* zuvor gegessen.« Als sie fertig war, wischte sie sich den Mund ab und versuchte, beiläufig zu klingen. »Ich nehme an, dass man wie bei uns zu Hause normalerweise nur einen isst?«

Honey lachte und bedeutete David, Marlow einen weiteren Burger zu bringen. »Keine schlechte Idee«, meinte sie. »Du wirst die Energie für die Party heute Abend brauchen.«

Marlow sah zu, wie ihr David eine zweite Portion auf den Teller legte, das glänzende Brötchen, der leuchtende Belag. Sie musste sich zwingen, den Blick davon zu lösen. »Party?«, fragte sie Honey. »Ich gehe auf keine Party. Ich verstecke mich hier.«

Honey zuckte mit den Schultern. »Mach dir keine Sorgen. Wir tragen Masken.« Sie wedelte mit ihrem Handgelenk, das Elsa fertig bearbeitet hatte. Die bleiche Stelle, an der ihr Chip gesessen hatte, war verschwunden. »Und keine Chips. Niemand wird dich erkennen, und selbst wenn, könnten sie dich sowieso nicht melden.«

»Ich würde lieber in meinem Zimmer bleiben«, sagte Marlow fest. Dann wurde ihr die Reisetasche zu ihren Füßen bewusst und wie unhöflich sie sich verhielt, und sie fügte hinzu: »Ich meine, wenn ich denn eins bekomme.«

Honey lachte. »Du bekommst ein Zimmer. Aber meine Partys neigen dazu … sich auszubreiten. Man kann sich eigentlich nirgends verstecken. Maskiert in der Menge bist du besser dran.« Sie stand auf und ging zu David, um mit ihm über die

Party zu sprechen. Er zeigte ihr verschiedene Cocktailgläser, sie erklärte ihm, warum alle falsch waren.

Marlow biss in ihren zweiten Burger. *Maskiert.* Sie sah sich auf der Feier, wie sie unerkannt die Zeit totschlug – vielleicht so lange, dass die Leute da draußen das Interesse an der Jagd verloren. Wie sie, wenn sich die Gelegenheit ergeben oder es notwendig werden sollte, mit ein paar anderen Partygästen aus Honeys Wohnung schlüpfte, geschützt von der Gruppe, der Maske und der Dunkelheit der Nacht. Sie sah sich in einem Taxi, wie sie erfundene Adressen in angrenzenden Staaten angab – *herausfinden, welche Staaten an New York grenzen,* nahm sie sich vor –, bis es sie weit, weit weg und außer Sicht brachte.

Die Party war ein Anfang, beschloss sie, auch wenn sie nicht wusste, von was. Die Vorstellung, genauso unerkannt und verkleidet wie alle anderen zu sein, war verlockend. Wie es sich wohl anfühlte? Vielleicht ein wenig, wie hinter den Kulissen zu stehen.

Elsa war immer noch in der Küche, packte Tiegel und Pinsel aus einem Make-up-Koffer aus und wartete darauf, dass Honey sich wieder hinsetzte und sie mit ihrer Arbeit fortfahren konnte.

»Gehst du auch auf die Party?«, fragte Marlow sie.

Elsa blinzelte und warf einen raschen Blick über die Schulter. Honey und David diskutierten immer noch. Als sie Marlow wieder ansah, war ihre Sanftmut verschwunden. Sie hatte einen beinahe verwegenen Ausdruck in den Augen, als sie mit zwei Fingern leicht an ihrer Wange, der makellosen Haut entlangstrich. »Ich?«, sagte sie grinsend zu Marlow. »Ich denke nicht. Ich würde zu sehr auffallen.«

15

Orla

New York, New York
2016

»Entschuldigen Sie«, sagte Marie Jacinto mit vollem Mund, als Orla sich ihr gegenüber hinsetzte. »Dieser Morgen war die *Hölle.* Ich bin noch nicht zum Frühstücken gekommen.«

»Kein Problem«, erwiderte Orla. Sie glättete ihre Haare, in denen die Baseballkappe einen Knick hinterlassen hatte. Sie starrte auf Maries dünner werdendes rotes Haar, während sich die Agentin über das Manuskript beugte, das Orla ihrer Assistentin am Tag zuvor gemailt hatte. Sie hoffte, Marie würde den ganzen Tag brauchen. Als sie sich auf die Drehtür des Gebäudes zubewegt hatte, war Mrs. Salgado in den Lady Foot Locker nebenan verschwunden. Orla war sich ziemlich sicher, dass noch nie jemand in einen Laden für Sportschuhe gegangen war, um einfach nur zu warten.

Marie biss hungrig in ihr Gebäckstück, Krümel rieselten auf Orlas Seiten. »Also«, sagte Marie. »Das ist …«

»Äh, eine Novelle.« Orla beugte sich vor, wollte den vorbereiteten Pitch aufsagen. »Ursprünglich hatte ich es mir als Roman vorgestellt, doch ich glaube, dass die Kürze das Thema sogar besser widerspiegelt, denn es geht um eine junge Frau, die glaubt, sie wird ein außergewöhnliches Leben haben, aber bisher noch kaum etwas erlebt hat.«

Marie verzog gequält das Gesicht, als wartete sie darauf, dass ein scharfer Schmerz nachließe.

»In einer früheren Fassung hatte ich eine Figur, die jüdisch-orthodox aufgewachsen ist«, fügte Orla hinzu. »Die könnte ich auf jeden Fall wieder einbauen, wenn Sie denken …«

Marie lehnte sich zurück und strich mit der Hand über den Papierstapel. »Das ist meine Schuld«, sagte sie. »Ich dachte, als Sie diesem Treffen zustimmten, dass Sie vielleicht ein anderes Projekt vorstellen würden. Ich meine, ich weiß, wer Sie sind, Orla. Ich weiß, dass Sie keine Interviews gegeben haben.«

Orlas Magen verkrampfte sich. »Sie meinen«, erwiderte sie, »Sie dachten, ich würde ein Buch über Floss schreiben wollen? Und Aston? Und …« Sie senkte ihre Stimme zu einem Flüstern, falls die Lüftung in Maries Büro direkt in den benachbarten Schuhladen führte. »Anna?«

Marie beugte sich vor und verschränkte die Hände. »Nun«, sagte sie, »warum wollen Sie über ein fiktives Mädchen schreiben, das nie etwas erlebt hat, wenn Sie über sich schreiben könnten – eine reale junge Frau mit einem extrem dynamischen echten Leben?«

Orla schüttelte den Kopf. »Das ist nicht mein Leben. Nur ein paar verrückte Sachen, die passiert sind. Ein verrücktes Jahr.« Sie deutete auf ihr Buch. »Vielleicht wenn ich Ihnen etwas über die dahinterliegende Thematik erzähle …«

»Oh, daran bin ich aber nicht interessiert«, sagte Marie in demselben Ton, in dem sie vielleicht angemerkt hätte, dass ihr Gebäckstück keine Blaubeeren enthielt. »Über die andere Idee würde ich hingegen sehr gern sprechen.«

Orla sah nach unten. Ihre Hose saß an den Oberschenkeln so eng, dass der Stoff glänzte. »Es gibt nur dieses Buch«, antwortete sie. »Mehr nicht.«

Marie kaute und schluckte. »Wenn Sie Ihre Meinung ändern sollten, haben Sie ja meine Karte.«

Mrs. Salgado folgte ihr den ganzen Weg nach Hause. Orla sah, wie sie sich wieder auf ihrem Stuhl niederließ, und ging ins Gebäude, ohne sie anzusprechen. In der Wohnung traf sie Melissa, die energisch putzte.

»Das ist so ein verdammtes Loch hier«, beschwerte sie sich und zeigte Orla die rostbraunen Küchentücher, mit denen sie die Arbeitsfläche abgewischt hatte. »Und euer Kühlschrank ist voller verfaultem Essen.« Sie hielt eine blau-weiße Tupperdose hoch – Orla erkannte das monatealte Hühnchen von Gayle, und plötzlich war sie den Tränen nahe. Sie wandte sich ab, brauchte frische Luft. Es war, als hätte Melissa mit ihren gelben Handschuhen alle verfaulenden Sachen in der Wohnung aufgeschreckt, und plötzlich roch Orla alles überdeutlich: den Duschvorhang, der im Bad schimmelte, den überquellenden Mülleimer unter der Spüle, das verdorbene Huhn in Melissas Hand.

»Annas Mutter verfolgt mich«, sagte sie.

Melissa stellte die Dose ab. »Was?«

»Sie sitzt unten auf der Straße auf einem Stuhl.« Orla deutete auf das Fenster. »Und als ich gegangen bin, ist sie mir gefolgt. Bis zu meinem Termin. Und wieder zurück.«

Statt aus dem Fenster zu sehen, zog Melissa die Handschuhe ab und legte sie sanft in die Spüle. Nach einem Moment drehte sie sich wieder zu Orla um. »Willst du meinen Rat hören?«, fragte sie leise. »Lass sie einfach.«

»Sie einfach lassen?« Tränen stiegen Orla in die Augen. Sie hatte auf eine Antwort von der Melissa gehofft, die ruhig Probleme beseitigte.

»Menschen trauern unterschiedlich.« Melissa ging zur frisch geputzten Kaffeemaschine, unter der eine gefüllte Kanne wartete, holte zwei Tassen aus dem Schrank darüber und füllte sie vorsichtig mit Kaffee. »Sie wird dir nichts tun, denn sonst hätte sie das schon. Offenbar will sie dir etwas mitteilen, und wir wissen nicht, was das ist, aber nach allem, was sie wegen uns durchmachen musste …?« Sie trank einen Schluck Kaffee und schob Orla die andere Tasse zu. »Vertrau mir. Verhalte dich einfach respektvoll.«

Orla nahm den Kaffee, roch daran und übergab sich in die Spüle.

»Was denn?«, fragte Melissa, als ob Orla etwas gesagt und sich nicht erbrochen hätte. »Bist du krank?«

Orla schüttelte den Kopf. »Der Kaffee«, antwortete sie zittrig. »Der Geruch.«

Sie sah das Entsetzen in Melissas Gesicht aufsteigen. Erst spannte sie den Kiefer an, dann runzelte sie die Stirn. Ihre Augen wurden groß und ernst.

»Nein, nicht das. Es ist unmöglich.« Orlas Puls dröhnte in ihren Ohren. »Es ergäbe überhaupt keinen Sinn.« Jedes einzelne Mal mit Danny – nachts, tagsüber, betrunken, noch betrunkener, wunderschön, wütend, gelangweilt – wirbelte durch ihren Kopf. Kein einziges Mal stach als etwas Besonderes heraus, als der Anfang von etwas Neuem.

Melissa nahm Orlas Tasse und kippte den Kaffee in den Ausguss. »Und doch«, meinte sie seufzend, »bist du es offensichtlich.«

Melissa blieb an dem Tag bei ihr. Orla überließ ihr die Führung. Melissa warf die Sachen aus der Küche weg, die Orla nicht zu sich nehmen durfte: Truthahn, Brie, komische Kräutertees, die Aston dagelassen hatte. Sie ließ sich Orlas Versichertenkarte geben und half ihr bei der Suche nach einer Ärztin. Als Orla wieder müde wurde – jetzt ergab die Erschöpfung stechenden Sinn –, sagte sie ihr, sie solle auf der Seite schlafen, nicht auf dem Rücken.

»Woher weißt du das alles?«, fragte Orla von ihrer Zimmertür aus.

Melissa zögerte. »Ich war einmal schwanger«, gestand sie schließlich. Orla erinnerte sich, wie sie in der Bar damals gerufen hatte, sie wolle keine Kinder. Sie ließ den Moment verstreichen.

Als sie wieder aufwachte, saß Melissa an der Theke und arbeitete. Eine Tüte aus der Apotheke stand neben ihr. »Schwangerschaftsvitamine«, sagte sie und nickte in die Richtung. »Und Cracker. Sie helfen gegen die Übelkeit.«

Orla setzte sich auf den Hocker neben Melissa. »Hast du sie gesehen?«, fragte sie. »Annas Mutter?«

Melissa nickte und sah Orla an.

»Hat sie etwas zu dir gesagt?«, fragte Orla kläglich.

»Nein.« Melissa schüttelte knapp den Kopf. »Sie hat sich die Nägel lackiert«, sagte sie und lachte dabei fast.

Orlas Telefon vibrierte in ihrer Hand, und sie drehte es um. Gayles Name stand auf dem Display.

Melissa bemerkte es auch. »Du solltest mit deinen Eltern reden«, meinte sie. »Dein Arzttermin ist erst am Mittwoch. Warum fährst du nicht zu ihnen? Ich glaube, dann würdest du dich besser fühlen.«

Orla sah plötzlich vor sich, wie sie bei ihren Eltern am Tisch saß und aus dem Erkerfenster blickte. Sie stellte sich vor, wie Mrs. Salgado sich einen Weg zwischen den Bäumen bei der Bank hindurch bahnte. »Du glaubst nicht …«, sagte sie.

Melissa schüttelte den Kopf. »Nein, Orla. Ich glaube nicht, dass sie dir nach Pennsylvania folgt.«

Um ganz sicherzugehen, verließ Orla das Gebäude durch den Lieferanteneingang. Linus, der Sohn des Hausmeisters, zeigte ihr mit der Selbstsicherheit eines Großstadtkindes den Weg.

Am Busbahnhof Port Authority stellte sie sich an Steig neunzehn in die Schlange. Sie stand hinter einem Paar, das eine alte, von hinten beleuchtete Werbung für die Greyhound-Überlandbusse betrachtete. Darauf war ein blau und grau gestreifter Bus zu sehen, der stolz am grasbewachsenen Straßenrand parkte. »Was für ein schönes Foto«, sagte der Mann. Er sprach mit leicht polnischem Akzent und meinte es völlig ernst.

Orla nahm ihr Handy aus der Tasche und schrieb ihrer Mutter eine Nachricht. *Hallo, Mom,* tippte sie. *Ich komme heim.* Sie beobachtete die drei sich bewegenden Punkte in der grauen Blase, das Zeichen, dass Gayle antwortete. Endlich erschienen die Wörter: *Okay. Dein Vater holt dich ab.*

Orlas Eltern tranken selten, das war also kein Problem. Doch ausgerechnet an diesem Abend hatte Gayle Orla zuliebe Sushi aus einem neuen Restaurant auf der Hauptgeschäftsstraße von Mifflin geholt. »Es hat keine Fenster«, berichtete sie. »Ich traue keinem Restaurant, aus dem ich nicht hinausschauen kann.« Trotzdem hatte sie das Sushi gekauft, und jetzt legte sie die Gabel zur Seite und starrte Orla an, die eine Makrelenrolle auf ihrem Teller herumschob.

»Ich dachte, das schmeckt dir«, sagte Gayle.

»Deine Mutter ist nervös«, murmelte Jerry.

»Das ist doch lächerlich.« Gayle zerteilte eine California Roll und roch an dem Inhalt. »Das bin ich nicht.«

»Doch, ich mag Sushi«, sagte Orla. »Ich fühle mich nur nicht so gut.«

Gayle und Jerry sahen einander an, dann streckte Gayle die Hand aus und streichelte Orlas Unterarm.

»Ich weiß, Schatz.« Dann richtete sie sich auf, und Orla erkannte, dass sie gleich eine vorbereitete Rede halten würde. »Ich werde wahrscheinlich nie verstehen, warum du dich an diese Frau gehängt hast«, sagte Gayle. »Aber ich kenne dich, und ich weiß, du musst darin einen Weg zu deinem Traum gesehen haben.« Sie warf Jerry einen Blick zu, der ermutigend nickte. »Und du wirst deinen Traum auf einem anderen Weg erreichen, Orla«, fuhr sie fort. »Das hier wird vorbeigehen, und du *wirst* neu anfangen. Hier, in New York, wo immer du willst. Du wirst immer etwas Besonderes sein, egal wo du bist.« Den letzten Satz sprach sie mit Nachdruck, betonte jede Silbe, und Orla wusste, dass ihre Mutter an den Restaurantbesuch in New York dachte. Wahrscheinlich hatte sie ihre Rede seither geplant. So war das wohl in einer Familie: Als Eltern musste man sich manchmal entschuldigen, ohne sich tatsächlich zu entschuldigen, und als Kind musste man manchmal noch nicht einmal das.

Jerry legte eine Hand auf Orlas und die andere auf Gayles. Orla betrachtete die Hände ihrer Eltern, die ihr zugewandten Gesichter, die zu dem Platz sahen, an dem sie schon immer gesessen hatte. Seit neunundzwanzig Jahren hatten sie all ihre Hoffnungen und bescheidenen Möglichkeiten auf ihre Tochter konzentriert. Orla hatte das Gefühl vergessen, im Mittelpunkt zu stehen und nicht nur eine Nebenfigur zu sein.

Ihre Mutter lächelte und sagte: »Ich habe auch Chicken cacciatore gemacht. Möchtest du das lieber?«

Orla nickte, auch wenn der Gedanke an Chicken cacciatore

ihr ebenfalls Übelkeit bereitete, und da wusste sie, dass sie ihnen niemals von ihrer Schwangerschaft erzählen konnte. Sie musste noch eine Weile ihr Kind bleiben. Seit sie aufs College gegangen war, hatten sie jeden Abend hier gesessen, versucht, ihren leeren Stuhl nicht anzuschauen, und die ganze Zeit hatte sie sich so oft vor ihren Anrufen gedrückt, ihre Nachrichten ignoriert. Sie schuldete ihnen wenigstens, ihnen keinen Kummer zu bereiten. Sie schuldete ihnen die Hoffnung, dass sie es zu etwas bringen würde, selbst wenn – sie dachte an Marie Jacinto und ihr krümelndes Gebäck, als sie Orlas Hoffnungen zunichtemachte – ihr in Wirklichkeit nichts gelang.

Nach dem Essen ging Orla in ihr altes Zimmer und übergab sich in ihren Tweety-Mülleimer. Danach setzte sie sich zurück und sah mit wässrigen Augen zur Zimmertür. In den letzten zehn Jahren hatte Gayle nach und nach ihre alte Einrichtung durch ein paar erwachsenere Dinge ersetzt, hatte Orlas alte Collagen und Fotonegative in Stoffschachteln verbannt, ihre alte Bettwäsche ausgetauscht. An der Tür hatte Gayle allerdings nichts geändert. Daran klebten immer noch geldbeutelgroße Schulfotos von Menschen, mit denen Orla nicht mehr sprach, das alte Klebeband löste sich an einigen Stellen. Da war Ian, der immer die Partys veranstaltet hatte. JC Kraus, ein hübscher, ein Jahr älterer Quarterback, der einmal eine Handvoll Fotos von sich in die Luft geworfen und zugesehen hatte, wie die Mädchen sie an sich rafften. Auf einem größeren Bild – ein Zeichen ihres Status als beste Freundin – war Catherine zu sehen, auf dem sie die blonden Haare anlässlich des Fototermins offen und ordentlich über die Schultern nach vorn gestrichen trug. Ihr Lächeln war uncharakteristisch breit, doch Orla erinnerte sich, dass sie ihre Zähne hatte herzeigen wollen. Die Zahnspange, mit der Orla Catherine immer noch vor sich sah, war ihr über den Sommer entfernt worden.

Was hatte Catherine über sie im Fernsehen gesagt, am Morgen nach Annas Tod? Der Anblick ihrer früheren Freundin, wie sie in die Kamera nickte, war so verstörend gewesen, dass Orla beinahe ohnmächtig geworden wäre. »Sie war also damals schon ein etwas zwielichtiger Charakter?«, hatte die Moderatorin eingeworfen und Catherines Geschwafel ungeduldig unterbrochen. »Ja«, hatte Catherine geantwortet. »Sie hat immer so unschuldig getan, aber …« Sie strich ihr Haar hinter die Ohren und verengte die Augen. »Sie hielt sich für etwas Besseres als wir anderen. Glaubte, sie verdiene mehr. Auf ihre Art war sie skrupellos.«

Unter Catherines Foto klebte Dannys an der Tür. Er trug ein blaues Structure-T-Shirt mit einem breiten roten Streifen auf der Brust. Orla lächelte. Sie sah ihn als Teenager vor sich, wie er auf den Streifen deutete und sagte: »Ja, das ist mein gutes T-Shirt.«

Natürlich war es damals einfach gewesen, sich nach ihm zu sehnen, als sie vollauf damit beschäftigt waren, ihre Rollen aufrechtzuerhalten. Der richtige Witz, ein Band-T-Shirt oder ein Buch, das beide mochten, reichte schon, um sich ineinander zu verlieben. Jetzt erkannte sie, dass sie ihr Leben auf einer fehlerhaften Annahme aufgebaut hatte. Sie hatte geglaubt, dass Danny damals im Auto nach ihrer Hand gegriffen hatte, weil er ganz tief drinnen erkannt hatte, dass sie füreinander bestimmt waren. Doch in Wirklichkeit hätte es jeden Grund haben können. Langeweile. Generelle Geilheit. Alkohol. Es könnte auch ein Zufall gewesen sein.

Sie erkannte jetzt auch, warum sie ihn zehn Jahre lang

hatte zurücklassen können, auch wenn sie gedacht hatte, sie würde sich nach ihm verzehren. Diesen Danny vom Schulfoto, den hatte sie gewollt. Warum sollte sie auch mit ihm Kontakt halten und hören, wie sich sein Leben so entwickelte? Das war schließlich vorherzusehen.

Orla drehte das Foto um. Sie war sich sicher gewesen, dass er es unterschrieben, irgendeinen Verweis auf einen Insiderwitz hinterlassen hatte. Doch bis auf das Wasserzeichen des Fotografen war die Rückseite leer.

Am Tag des Arzttermins fuhr Orla morgens zurück nach New York. Gayle und Jerry umarmten sie fest, während der Bus hinter ihnen Abgase aushustete. »Wenn du etwas brauchst, Liebes«, sagte Gayle immer wieder, »wir sind für dich da.«

Mrs. Salgados Klappstuhl stand einsam Wache vor der Haustür. Orla stürzte hinein. Annas Mutter war wahrscheinlich in der Bodega auf der anderen Straßenseite und kaufte sich eine Dose Diät-Mountain-Dew. Orla hatte sie schon öfter dort gesehen, wie sie mit der Kassiererin lachte.

Floss war von Bali zurück und lag im Wohnzimmer auf der Couch. Als Orla hereinkam, sprang sie auf und warf dabei eine volle, geöffnete Tüte Chips auf den Boden. Sie schlang Orla die Arme um den Hals. »Ich habe dich so vermisst«, sagte sie. Sie trug ein schleierartiges grünes Kleid, das aus einer Art Sackleinen zu bestehen schien. »Ist das nicht irre?«, fragte sie, als sie Orlas Blick bemerkte. »Vierzig blinde Nonnen oder so haben es gemacht.«

»Wow. Es war also schön auf Bali?«

»Es war *lebensverändernd.*« Floss drehte sich um die eigene Achse und ließ sich wieder auf die Couch fallen. »Du musst unbedingt mal dort hinfahren. Außerdem wirst du auch einen Grund dafür haben, weil ich ziemlich sicher dort hinziehen werde.«

Orla legte die Tüte mit dem Essen, das ihr ihre Mutter mitgegeben hatte, auf die Theke. Der Henkel hatte den ganzen Weg von der U-Bahn in ihre Handfläche geschnitten und sich gedehnt wie Toffee. »Habt ihr gute Aufnahmen machen können?«, fragte sie.

Floss zuckte mit den Schultern. »Wir haben die Szene gedreht, wo ich so tue, als ob ich meine Kette am Strand verloren hätte. Mason hat mich zum Weinen gebracht. Aber wenn es im Fernsehen läuft, wird es sowieso niemand glauben, weil es so materialistisch wirken wird, und ich sag's dir, nach dieser Reise will ich überhaupt nichts mehr besitzen.« Floss riss plötzlich die Augen auf. »Ach du Scheiße«, sagte sie bestürzt. »Was ist denn los?«

Orla merkte, dass sie weinte. Die Tränen tropften auf die Vorderseite ihres Mifflin-Panthers-T-Shirts, das sie von zu Hause mitgebracht hatte. Sie presste die Handballen gegen die Augen. Als sie sie wieder herunternahm, bemerkte sie, dass Floss sie anstarrte.

»Ich bin schwanger«, sagte Orla. »Ich bin verdammt nochmal schwanger.«

Floss nahm sie sofort in den Arm und ließ sie in die Arbeit von vierzig blinden Nonnen weinen. »Wir finden eine Lösung«, sagte sie. »Das tun wir doch immer.«

Orla hatte sich vorgestellt, dass man bei dem Arzttermin ein Gel auf ihrem Bauch verstreichen und sie dann so etwas wie eine zuckende Kaulquappe auf einem Bildschirm sehen würde. Doch es gab weder Gel noch Kaulquappe, nicht einmal eine Ärztin. Nur eine Schwester mit heiserer Stimme, die ihr unzählige Formulare zum Unterschreiben gab, die sie fest zusammenschob, nachdem Orla überall unterzeichnet hatte. Sie reichte ihr eine Mappe mit schlecht kopierten Infoblättern, auf denen verzückt dreinblickende Frauen und Störche abgebildet waren. Sie fragte Orla, wann ihre letzte Periode gewesen war, dann drehte sie ein kleines Kartonrad, das Orla an einen ihrer Berater in der Highschool erinnerte, der so etwas benutzt hatte, um ihr zu sagen, was für einen Beruf sie als Erwachsene ergreifen sollte. (»Irgendwas mit Forstwirtschaft, Vertrieb oder irgendetwas mit Daten oder so«, hatte er gesagt. »Oder so?«, hatte Orla wiederholt.)

Die Schwester hielt das Rad dicht vor ihre Brille und sagte: »Elf Wochen. Fast drei Monate also schon. Ihr Geburtstermin ist an Weihnachten!«

Orla hob die Hand wie in der Schule und fragte: »Ist elf Wochen zu spät, um …«

Die Schwester sah sie an, nahm die Brille ab und putzte sie am Saum ihres Oberteils. »Nein«, antwortete sie. »Nein, Sie haben noch Zeit. Ich kann …« Sie suchte in einer Schublade und holte ein weiteres Infoblatt heraus, das sie Orla über den Tisch zuschob und das in nüchternem Schwarz und Weiß gehalten war. »Bitte. Hier stehen einige Adressen.«

Orla nickte und stand auf, raffte alle Unterlagen zusammen. »Die müssen Sie nicht mitnehmen, falls Sie …«, meinte die Schwester. Orla legte sie zurück.

Auf der Heimfahrt wirkte Mrs. Salgado am anderen Ende des U-Bahn-Waggons neugierig, wo sie gerade gewesen waren. Hintereinander gingen sie zurück zu dem Apartmenthaus. Orla war so benebelt, dass sie vergaß, Angst vor der Frau zu haben, die ihr folgte. An der Haustür angekommen, warf sie ihr einen Blick zu und murmelte: »Bis später.«

Mrs. Salgado nickte und sprach zum ersten Mal, ihr Staten-Island-Akzent schliff das R in Orlas Namen ab. »Auf Wiedersehen, Orla.«

Am Abend vor Orlas Abtreibung war die Sonne gerade untergegangen, als Floss in ihr Zimmer stürzte, die eingezogene Wand zum Erbeben brachte und sagte: »Schau dir das an.« Sie streckte Orla ihr Handy entgegen.

Zusammen saßen sie auf Orlas Bett und sahen zu, wie Aston live vor einem Millionenpublikum weinte. Er saß irgendwo auf einem kleinen Teppich und starrte geradeaus in eine aufgebaute Kamera. »Ich habe jeden Penny für diesen Ort ausgegeben«, sagte er. »Zu Ehren von Anna. Ich meine, es stimmt, dass ich irgendwo für eine Weile unterkommen muss. Es stimmt, dass das *Bowery Hotel* und ich ... getrennte Wege gegangen sind. Aber ich werde nicht lange hier wohnen. Ich werde diese Wohnung Annas Familie schenken. Sie könnten hier wohnen, sie könnten sie aber auch verkaufen. Sie könnten hier Urlaub machen, was weiß ich.« Aston kaute an seiner Lippe. »Sie haben sich noch nicht bei mir gemeldet. Wahrscheinlich hassen sie mich.« Aston stand auf und verschwand einen Moment. Die Kamera wackelte, dann schwenkte sie durch das Zimmer. Orla hielt das Display näher ans Gesicht. Die Wohnung war leer bis auf Dutzende – nein, Hunderte – brennender Kerzen, die auf dem Boden standen und an denen das Wachs hinunterlief. Hinter den Flammen konnte Orla die gezackten Umrisse eines atemberaubenden Ausblicks auf Midtown erkennen.

»Er hat sich eine Wohnung im One57 gekauft«, sagte Floss trocken, Orlas Gedanken erratend. »Er ist *völlig* durchgeknallt.« Orla kannte das Gebäude. Es war ein neuer, prahlerischer Bestandteil der Skyline von Manhattan und schraubte sich mit seiner Glasfassade südlich des Central Parks in schwindelerregende Höhen.

Aston setzte sich wieder vor die Kamera und starrte aufgebracht hinein. »Seht ihr das?«, fragte er. »Eine Kerze für jedes von euch Arschlöchern, die den Kommentar gelikt haben, dass Anna sich umbringen soll.« Seine Stimme begann zu zittern. »Zweihundertundacht. Monster.« Er zog sein T-Shirt aus, warf es zur Seite, zog die Knie an die Brust und schluchzte.

Abrupt warf Floss das Handy auf Orlas Bettdecke. »Ich muss hier raus«, sagte sie. Und Orla, die sich mit der Frage gequält hatte, ob das Zittern in ihrem Bauch das Werk eines verzweifelten Fötus war, ging es genauso. Als Floss wortlos zur Tür eilte, folgte Orla ihr einfach.

Sie landeten in der Dachterrassenbar, wo sie immer gebruncht hatten, bevor sie es besser wussten. Sie saßen an ihrem alten Tisch mit ihren neuen Yankees-Kappen – Floss hatte auch eine, wie sich herausstellte, die sie aber nicht tief ins Gesicht zog, wie Melissa es ihnen empfohlen hatte. Sie bestellten Drinks bei demselben Kellner, der an dem Tag vor Wut gebrodelt hatte, als sie stundenlang einen Tisch belegt und dann die Rechnung nicht bezahlt hatten.

»Er erinnert sich nicht an uns«, bemerkte Orla, nachdem der Mann lächelnd ihre Bestellung aufgenommen hatte.

»Er erkennt uns auch nicht«, sagte Floss. »Aber die da drüben schon. Diese Kappen sind ein Witz.« Sie nickte zu einer Gruppe gut aussehender Männer aus dem Mittleren Osten. Der größte machte eine Gruppe Südstaatenblondinen, offenbar ein Junggesellinnenabschied, auf Floss und Orla aufmerksam. Die Stimme einer der jungen Frauen drang zu ihnen herüber.

»Man würde nicht glauben, dass sie sich in der *Öffentlichkeit* zeigen«, meinte sie. »Die beiden sind doch so was wie Verbrecher, oder?«

Der Kellner kam mit ihren Drinks zurück, und Floss hielt ihren in die Höhe. »Auf uns Verbrecherinnen, schätze ich mal«, sagte sie ausdruckslos.

Orla stieß mit ihrem Gin Tonic gegen Floss' Tequila, konnte sich jedoch nicht zu einem Schluck überwinden. Sie beobachtete, wie die Männer und die Teilnehmerinnen des Junggesellinnenabschieds flirteten. Eine der Frauen trug eine Schärpe mit dem Aufdruck *#TeamBraut*. Sie deutete aufgeregt auf etwas hinter der Mauer, und die anderen Frauen scharten sich um sie. Die Männer drängten sich von hinten an die Gruppe.

»Das ist ein Junggesellinnenabschied«, sagte Orla zu Floss. »Sind die *nicht alle* im Team der Braut?«

Floss antwortete nicht. Sie war vollkommen still, ihr Mund war schlaff, sie starrte in Richtung der Junggesellinnen und der Männer, die ihnen die Drinks kauften. Orla drehte sich um. Jetzt sahen alle Anwesenden nach Norden, an dem Finger der Team-Braut-Frau vorbei, auf ein Gebäude in etwa zwanzig Blocks Entfernung. Das dünne, gläserne Hochhaus war im Dämmerlicht kaum zu sehen. Die meisten Wohnungen waren dunkel, weshalb der Himmel das gesamte Gebäude in einen blauen Grauschleier tauchte. Doch genau unter dem Penthouse klaffte eine Wunde in der Fassade, ein leuchtend orangefarbenes Rechteck, hinter dem ein Feuer tobte.

Floss stand plötzlich auf und warf dabei ihren Stuhl nach hinten um. »Das ist …« Sie sah zu Orla und deutete panisch mit der Hand in Richtung des brennenden Gebäudes.

»Was?« Orla stand ebenfalls auf, Floss' Fuchteln machte ihr Angst. Doch dann erkannte sie, was passierte.

»Astons Wohnung«, sagte Floss. »Die Kerzen.«

Orla griff nach Floss' Handy auf der Tischplatte und rief das Browserfenster auf, in dem sie Aston zuletzt weinend auf dem Boden gesehen hatten. *Der Livestream ist beendet.* Sie tippte auf das Display. Sie versuchte, Aston stattdessen anzurufen, doch nach dem ersten Klingeln meldete sich die Voicemail. »Aston? Hier ist Orla«, rief sie laut über das plötzlich laute Meer aus Sirenen unter ihr. »Aston – wir machen uns Sorgen.«

Auf der anderen Seite der Dachterrasse bekreuzigte sich die Team-Braut-Frau theatralisch, drehte sich um und weinte in das Sakko des hinter ihr stehenden Mannes. »Es sieht einfach *so* sehr aus wie der elfte September«, schluchzte sie, dann lehnte sie sich schniefend zurück und blickte zu dem Mann auf. »Nicht böse gemeint.«

Die zukünftige Braut schlug ihren billigen Schleier zurück. »Ich weiß, das ist richtig übel«, sagte sie leise. »Aber von hier aus sieht es auch irgendwie schön aus.«

16

Marlow

New York, New York

2051

Um halb neun Uhr abends klopfte Honey an die Tür des Gästezimmers und kam herein, ohne eine Antwort abzuwarten. Marlow, die bis jetzt zusammengerollt gedöst hatte, richtete sich auf und sah zu Honey, die einen weißen Jersey-Jumpsuit ohne Träger trug. Ihr Haar war geglättet und nach hinten geföhnt. Vorsichtig setzte sie ein goldenes Tablett auf dem Bett ab, auf dem ein durchsichtiges Getränk stand, außerdem ein Paar weißer Leder-Ankleboots, ein gefaltetes Stück weißer Seide – ein Kleid, vermutete Marlow –, sechs silberfarbene Lippenstifthüllen, die leicht schwankten, als das Tablett abgestellt wurde, sowie eine weiße Maske, die nur das halbe Gesicht bedeckte und an den Seitenrändern geschwungen nach oben auslief.

Marlow berührte mit einem Finger sanft den Rand des Glases. Der Geruch nach Minze und Limette stieg daraus auf, die Eiswürfel darin knackten leise. »Ich würde lieber Rotwein trinken, wenn du einen hast«, sagte sie.

Honey schnaubte. »Und einen Fleck riskieren? Du kannst es dir nicht leisten, meine Couch neu polstern zu lassen.« Sie nickte zu den Lippenstiften. »Wenn du einen davon benutzt, mach es bitte über dem Waschbecken.«

Marlow sah zu den Lippenstiften. Sie waren alle wunderschön, in dunklen Auberginen- und Zinntönen, und sogar ein altmodisches Rot war dabei. »Ich trage keinen Lippenstift«, erwiderte sie. »Ich mag ihn nicht.«

»Ach nein?« Honey hob die Augenbrauen. »Und darauf bist du allein gekommen?«

Marlow verdrehte die Augen. »Ja, Honey, darauf bin ich allein gekommen.« Eine glaubhafte Behauptung – *Ich entscheide, was ich mag und was ich nicht mag* –, und trotzdem hatte sie das Gefühl, dass Honey wusste, dass sie nicht der Wahrheit entsprach. Marlow hatte damals, als sie Ellis kennenlernte, gerade versucht herauszufinden, ob sie der Typ für Lippenstift war oder nicht. Bei einem ihrer ersten Dates hatte er beiläufig erwähnt, dass er Lippenstift nicht ausstehen konnte, da er ihn an den Clown Stella erinnerte, fester Bestandteil einer Kindheit in Constellation. Seine Meinung gab den Ausschlag. Doch ihre Follower waren skeptisch. *Dieser Lippenstift-Vortrag?*, kommentierte jemand nach dem Date. *Totaler Bullshit. Seine letzte Freundin hat in dem Zeug* geschlafen. *Der Typ quatscht nur nach, was ihm seine Firma gesagt hat. Denk mal darüber nach: Die Hysteryl-Typen wollen auf GAR keinen Fall Aufmerksamkeit auf deinen Mund lenken und Erinnerungen wecken, SCHMATZ! Ich meine, warum glaubst du, dass du nicht schon längst Lippenstift trägst? Floss hat ihn dir ja nur drölfzehn Millionen Mal gegeben!!!!!* Weil ich ihn wirklich nicht mag, dachte Marlow, doch dann fiel ihr etwas ein. Unter anderem war sie deshalb kein Fan von Lippenstift, weil sie ihn immer zu verlieren schien. Später dachte sie wieder daran, als sie schon verheiratet waren und Ellis sich über ein durchsichtiges Lipgloss beschwerte, das sie aufgelegt hatte. In dieser Nacht hatte sie sich in der Stunde, in der die Kameras nicht filmten, aus dem Schlafzimmer gestohlen und sich ins Haus ihrer Eltern geschlichen. Dort ging sie in ihr altes Zimmer und räumte die Schubladen ihres Frisiertisches aus, an denen noch alter Glitter klebte. Sie fand diverse Sachen, die einfach verschwunden waren, aber keinen einzigen Lippenstift.

Unbehaglich nahm Marlow den Drink und nippte daran. Eiskalt, leicht minzig, stark. So stark, dass ihr Mund brannte. Vielleicht könnte sie ja diesen einen trinken, um sich zu entspannen und die letzten zwei Tage verschwimmen zu lassen. Sie trank das halbe Glas mit einem Schluck aus.

Honey nickte zustimmend. Die Wohnung füllte sich mit Menschen, ihr Flüstern, Lachen, verzückte Rufe des Wiedererkennens drangen über den Flur ins Zimmer. Honey strich ihren Jumpsuit glatt. »Wir sehen uns draußen«, sagte sie fast schon grimmig und verließ mit der Aura einer Frau mit einer Mission das Zimmer, während ihre Pfennigabsätze auf den dunklen Holzboden hämmerten.

Marlow schlüpfte in das Kleid, zog vorsichtig den Reißverschluss zu und schob ihre Füße in Honeys Stiefel. Die Maske war aus Gummi und warm, mit sauberen Aussparungen für die Augen. So konnte Marlow Honey im Blick behalten. Auch ihre Nase und ihr Mund waren unbedeckt. Theoretisch konnte sie frei atmen.

David fing Marlow am Ende des Flurs vor dem Wohnzimmer ab. In seiner Hand hielt er ein Tablet mit grauem Display und winziger Schrift – ein Vertrag – und bat sie, darauf mit dem Finger zu unterzeichnen.

»Die Standard-Vertraulichkeitsklausel«, erklärte er. »Alles bleibt in diesem Zimmer. Bei Honeys Partys sind keine Aufnahmen erlaubt, keine Nachrichten, keine Einträge in die Karten – generell keine Chips. Niemand darf irgendwem von seiner Anwesenheit hier erzählen.« Er nickte wohlwollend zu Marlows verschorftem Handgelenk.

»Und niemand darf sagen, dass ich hier war«, erwiderte Marlow.

David nickte. »Außer jemand möchte, dass Honeys Anwälte sein Leben ruinieren.« Er nahm sanft ihre Hand und deutete auf die Unterschriftzeile.

Etwa fünfzig Menschen hielten sich im Wohnzimmer auf, warteten unruhig mit ihren Drinks in der Hand. Wie Marlow trugen sie alle Weiß und Masken. Erst nach einem Moment fiel ihr auf, was fehlte. Alle Gäste waren hellhäutig, und sie dachte an Elsas höhnisches Grinsen. Als Marlow eintrat, blickten alle in ihre Richtung und verstummten. Sie wappnete sich gegen erkennende Blicke, fürchtete, dass sie trotz der Maske leicht zu identifizieren war, dass bei dem einen oder anderen Partygast die Versuchung, Geld mit der Jagd zu verdienen, größer war als die Furcht vor Honeys Anwälten. Doch sie sah überall nur Enttäuschung; auf sie wartete man nicht. Irgendwie stimmte es, dachte sie und entspannte sich etwas, auch dank des Alkohols – hier war sie sicher. Das beste Versteck in New York war eine Menge, die sich nur für Honey interessierte.

Und dann trat Honey unter allgemeinem Jubel ins Licht eines Scheinwerfers, der von irgendwoher auf sie gerichtet wurde. Die Gäste applaudierten. Marlow schob sich an eine Wand und beobachtete sie. Männer hatten feuchte Augen, Frauen wippten aufgeregt in ihren Schuhen auf und ab. Honey hielt ihr Glas in die Höhe.

»Meine Freunde«, sagte sie. »Es ist so schön, euch zu sehen.«

Als hätte sie ein Gebet begonnen, senkten die Gäste die Köpfe.

»Ich erinnere mich an Privatsphäre«, fuhr Honey fort. Sie schob ihre freie Hand in die Hosentasche und schwankte leicht. »Ich wurde kurz vor der großen Flut geboren. Das Internet der Regierung gab es erst, als ich fünf war, 2021. Ja – ich bin *alt.*« Sie deutete mit ihrem Drink auf eine Gruppe von jungen Mittzwanzigerfrauen, die kicherten. »Meine Eltern vertrauten ihm nicht, wie die meisten Leute«, sprach Honey weiter. »Auch wenn sie die Karte im Kopf gut fanden.« Sie lächelte verschmitzt. »Auf dem Land meines Onkels stand ein alter Ahornbaum, auf den meine Mutter mich *nie* klettern ließ. Doch ich bin ihr immer entwischt und trotzdem auf den verdammten Baum geklettert. Dieser Baum hat mir Mut verliehen. Dieser Baum hat mich stark gemacht. Doch sobald das neue Internet freigeschaltet war, wusste die Regierung zu jedem Zeitpunkt, wo sich die Leute aufhielten. Und meine Mama wusste immer, wo ich war. Ich bin nie mehr auf den Baum geklettert.«

Marlow sah sich um, ob noch jemand bemerkt hatte, dass Honey in einen schweren Südstaatenakzent verfallen war. Doch die Gäste schüttelten die Köpfe, als ob die Sache mit dem Baum das Tragischste wäre, was sie je gehört hätten.

»Und dann, als ich vierzehn war«, sagte Honey, »zog ich nach Constellation. Ihr erinnert euch alle, was dort passiert ist, nicht wahr?«

Marlow erstarrte. Um sie herum murmelten die Gäste mitfühlend. Eine Frau presste alle zehn Finger auf die Lippen und warf Honey einen gequälten Luftkuss zu.

»Ich wurde gerettet.« Honeys Augen funkelten. »Ich wurde vor dem Leben gerettet, von dem ich gedacht hatte, es zu wollen. Überall waren diese alten Werbeanzeigen, erinnert ihr euch? ›Teilt wieder amerikanische Geschichten.‹ Und ich war ein junges Mädchen mit hübschen Brüsten, und ich dachte – nun, ich dachte, was so viele Mädchen denken, wenn sie beschließen, dass mehr Leute auf sie aufmerksam werden sollten. Ich dachte: ›Warum *nicht* ich? Warum sollte nicht *ich* berühmt werden?‹« Honey lachte und strich über die Narbe an ihrer Wange. »Doch in dieser Nacht, am Strand, bei der ihr alle zugeschaut habt, erhielt ich meine wohlverdiente Strafe. Und ich erkannte, dass die Regierung falschlag. Dass das Teilen von Dingen nicht der richtige Weg war. Ich erkannte meine wahre Berufung: die Privatsphäre nach Amerika zurückzubringen. Und deshalb seid ihr alle heute Abend hier, nicht wahr?«

Beifällige Rufe aus der Menge, die vor Begeisterung über Honeys Rede leicht hin und her wogte.

»Man hat euch euer ganzes Leben lang belogen«, fuhr Honey leise fort. »Man hat euch belogen, als man euch gesagt hat, eine weitere große Flut könne nur verhindert werden, wenn die Regierung für das Internet verantwortlich sei und ihr alle dort weiter Dinge preisgebt. Man hat euch belogen, als man euch gesagt hat, dass ihr, nachdem Smartphones eure Gehirne geröstet haben, mit einem Chip besser dran wärt – mit etwas, *das direkt in eure Gehirne spricht.* Das auch alles beobachtet. Das so tut, als wäre es sein Besitzer! ›*Ich* sollte fünf Schritte nach Osten gehen. *Ich* muss mich um meine zu trockene Haut kümmern.‹ Das sind nicht *eure* Gedanken.« Honey riss den Mund auf, als wäre sie schockiert von dieser ganz neuen Entdeckung. Sie fuhr fort: »Und wie sieht euer Leben jetzt aus? Nun.« Sie schob eine Hüfte vor. »Zum einen wissen wir anhand der Farbe eures öffentlichen Profils, wie viel Geld ihr habt. Dieser Aspekt ist mir ziemlich egal. Mein Profil hat eine hübsche Platinfarbe.«

Donnerndes Gelächter. Honey leckte sich über die Lippen und wartete, bis es abgeebbt war. »Aber auch bei mir läuft nicht alles glatt. Mein Chip hat meinem Arzt immer erzählt: ›Oje, Honey hat schon wieder Gnocchi gegessen! Mit extra Parmesan!‹ Mein Chip hat meinen Freunden immer verraten, wenn ich einen Orgasmus vorgetäuscht habe. Hey, ich bin eine viel beschäftigte Frau.« Honey warf in gespieltem Ärger die Hände hoch. »Wenn ich ihn vortäuschen und dann weiterarbeiten will, dann ist das meine Sache!«

Verlegene Blicke bei den Männern, Kreischen von den Frauen, so laut, dass Marlow sich fast die Ohren zugehalten hätte.

»Deshalb habe ich mich von meinem Chip verabschiedet«, verkündete Honey. »Deshalb habe ich vor Jahren aufgehört, Sachen zu teilen.«

Marlow sah zur Küche, wo David Honeys Chip in einer Schublade unter gefalteten weißen Küchenhandtüchern verstaut hatte. Sie leerte ihren Drink und nahm sich noch einen, als ein Kellner vorbeischwebte.

»Deshalb bin ich ins Private abgetaucht«, sagte Honey und stieß bei jedem der nächsten Wörter die Faust in die Luft. »Ihr. Könnt. Das. Auch.«

Der Applaus war so laut und frenetisch, als hätten sie ihn den ganzen Abend zurückgehalten, ihr ganzes Leben.

»Nur den Teil des eigenen Lebens zu leben, den auch die eigene Großmutter sehen dürfte?«, fragte Honey. »Klingt das wie das Land der Freien? Die Heimat der Tapferen?«

»Nein!«

»Möchtet ihr sehen, was echte Freiheit ist?«

»Ja.«

»Seid ihr bereit für Privatsphäre?«

»Ja!«

»Also dann.« Honey tippte mit dem Finger gegen die Lippe, als ob sie nachdenken würde. »Mal sehen. Ihr habt eure Chips entfernt. Wir haben alle technischen Geräte in dieser Wohnung ausgeschaltet, bis hin zu den Sicherheitssensoren.« Sie legte eine Hand vor den Mund und verriet laut flüsternd ein Geheimnis. »Ich würde die verdammten Dinger am liebsten aus den Wänden reißen«, sagte sie. »Aber ich wohne hier nur zur Miete. Manchmal bin ich versucht, Tequila über die Sensoren zu kippen – ihr wisst, dass sie davon kaputtgehen, nicht wahr? Zumindest hat man mir das erzählt. Mein Tequila ist aber zu hochwertig, um ihn auf so etwas zu verschwenden.« Sie klatschte in die Hände. »Was habe ich vergessen?«

Marlow zuckte zusammen, als alle Anwesenden, ohne zu zögern, antworteten: *»Die Vorhänge!«*

Honey nickte und hob einen Finger. »Die Vorhänge!«

Marlow trat einen Schritt vor, als elfenbeinfarbene Samtstoffbahnen geisterhaft hinter ihr von der Decke nach unten glitten und die Glaswände bedeckten. Sie sah auf den Drink in ihrer Hand. Auch der war mittlerweile leer. Das Network erlaubte seinen Darstellern nur zwei Drinks, außer ein Rausch war in der Handlung vorgesehen. Wenn ein Star versuchte, einen dritten Drink zu bekommen – Jacqueline probierte es ständig –, musste ein Assistent gebückt an dem Darsteller in seinem eigenen Haus vorbeilaufen und sich das Glas in dem Moment schnappen, in dem es abgestellt wurde.

Wenn sie zu Hause wäre, müsste sie jetzt aufhören.

Doch sie war nicht zu Hause, dachte Marlow und sah der

auf sie zukommenden Kellnerin in die Augen. Sie musste nicht aufhören.

Am nächsten Morgen wachte sie in ihrem eigenen Pyjama im Gästezimmer auf, als wäre sie am Abend zuvor beim Lesen im Bett eingeschlafen. Doch ihr Haaransatz war verschwitzt, und ihr Magen pochte, als hätte er seinen eigenen Puls. Und ihr Kopf – sie horchte in sich hinein, doch ihr Kopf war leer. Die Stunden zwischen Honeys Rede und der zögerlich vor ihrem Fenster aufziehenden Morgendämmerung waren schwarz.

Sie atmete tief ein und versuchte, die gestrige Nacht zurückzuholen.

Irgendwann erkannten sie die Leute, selbst mit der Maske. Sie wünschten ihr Glück auf ihrer Flucht. Sie erzählten ihre persönlichen Hysteryl-Geschichten. »Ich habe angefangen, es zu nehmen, nachdem ich nicht Homecoming-König geworden bin, was totaler Schwachsinn war«, sagte ein Mann. »Der andere Typ hat mich gehasst und das System beschissen.« Er trank sein Bier aus. »Er war dann sowieso die Lachnummer. Meine Eltern hatten mir eine eigene Krone anfertigen lassen.«

Irgendwann wurde sie von zwei Männern in die Küche gedrängt, beide waren untersetzt, mit buschigen Brauen, vom selben Typ.

»Was machst du hier?«, fragte der eine. »Mom würde dich umbringen.«

»Was machst *du* hier, Barry?«, gab der andere zurück.

Der erste kam näher und zischte: »Hier heiße ich nicht Barry. Hier bin ich Shane.«

Eine Frau mit einer schrecklichen Stimme sang in einer

Ecke und übertönte damit die Musik, während sie die Vorhänge anstarrte.

Jemand drehte sich zu Marlow und sagte: »Ich glaube, du bist schon verrückt, aber du solltest das hier trotzdem probieren.«

Marlow nahm etwas Schmales, Schwarzes, Raketenförmiges in die Hand und saugte an dem Schlitz. Die Luft schmeckte erdig und herb.

In der Mitte des Raums stand ein weißes Pappmodell einer geplanten privaten Wohnsiedlung, einem Ort, an dem die Menschen einander nicht mehr nachforschten, wo alle ihre Chips abnehmen und ganz wortwörtlich ihre Gedanken für sich behalten würden. »Es sieht nur wie eine Stadt aus«, sagte eine blonde Mittzwanzigerin bekümmert, und Marlow lachte, ohne zu wissen, warum. Innerhalb weniger Minuten tranken sie und die Blonde Mojitos und hatten sich beieinander eingehakt. »Ich glaube, ich könnte es wirklich tun«, sagte die Blonde, als sie die Gläser senkten. »Total abtauchen, nichts mehr teilen.«

Ihre große Freundin warf ihre Haare über die Schulter nach hinten und meinte: »Klar, Jenna. Du weißt ohne den Chip doch nicht mal deine Adresse. Ich kann mir nicht vorstellen, dass du 404 komplett durchziehst.«

»404«, wiederholte Marlow. Sie wusste, sie kannte die Bedeutung, doch diese war hinter milchigem Glas versteckt. »Was heißt das?«, fragte sie.

Die Große setzte zu einer Antwort an, doch dann stolperte Jenna gegen das Modell und zerdrückte unter ihre Handfläche eine ganze Straße.

Honey mischte sich unter ihre Gäste und wiederholte den ganzen Abend Teile ihrer Rede. Sie wedelte mit einem leeren

Garnelenschwanz und erinnerte die Leute daran, dass sie sich einer der fünfzig geschlossenen Wohnanlagen anschließen sollten, die gerade gebaut wurden, wenn sie sich immer so fühlen wollten wie an diesem Abend. Dort würde man völlig unter dem Radar wohnen, versprach Honey. Keine Chips. Kein Regierungsinternet. Alle Interaktionen mit der Regierung – Steuern und so etwas – würden diskret über das Hauptbüro abgewickelt und mit dem Eigentümeranteil verrechnet werden, zusammen mit dem Mähen der Rasenflächen und der Schneeräumung.

»Eine private Stadt in jedem Staat«, sagte Honey. »Von Ozean zu Ozean. David kann euch mehr über Paketangebote und die Kosten erzählen.« Es gäbe auch eine billigere Option, erklärte David, als er das Wort ergriff. Man könne an seinem Wohnort wohnen bleiben und einfach nicht mehr über die bekannten Kanäle kommunizieren. Für eintausenddreihundertundneunundneunzig Dollar bekäme man eine Kiste mit Material, das einen durch die Entwöhnung brachte: Honeys Bücher über den Rückzug ins Private, Videos ihrer Vorträge sowie ein sperriges Gerät, das die ölig-glänzenden Scheiben abspielen konnte, auf denen die Videos gespeichert waren.

Eine Weile später, die Frau mit der schrecklichen Stimme sang immer noch, sah Marlow nach unten auf ihre Arme und Füße und stellte fest, dass sie tanzte. Auf einem Tisch. Ein Mann – einer der Brüder aus der Küche – lachte bei ihrem erschrockenen Gesichtsausdruck. Er streckte ihr eine Hand hin und half ihr hinunter. »Shane«, sagte er heiß an ihrem Ohr.

Er drängte sie gegen eine Wand. »Hast du schon mal darüber nachgedacht, wie seltsam es ist, dass Babys auf die Welt kommen, wann immer sie wollen? An einem Dienstag, wenn alle in der Arbeit sind?«, sagte er. »Oder dass Menschen an einem sonnigen Tag sterben können, während nebenan Kinder spielen?« Seine Maske war ein Stück verrutscht, und sie sah seine Augen nicht, doch so, wie seine Kiefer mahlten, wirkte er böse auf sie, als hätte sie persönlich diese Demütigungen aus der Welt schaffen sollen. Sie ließ sich von Jenna in den Flur wegziehen und sah, wie die Hände von Shane-nicht-Barry ratlos in die Luft griffen, wo sie gerade noch gestanden hatte.

Im Badezimmer ließ Marlow Jenna den Vortritt. Sie schob ihre Maske hoch und betrachtete sich selbst im Spiegel. Ihre Haare sahen aus, als hätte sie auf einem Ballon geschlafen. Die Farbe ihrer Haut unter dem Schweiß erschreckte sie, sie war leicht gräulich, als ob sie einen inneren Schatten verbergen würde. Sie sah wie jemand aus, der alt war und etwas tat, für das dieser Mensch zu alt war, und plötzlich hatte sie das Gefühl, ihre Augen keine Sekunde länger offen halten zu können. Sie sagte zu Jenna, sie komme gleich wieder nach draußen, und kletterte vorsichtig in die rutschige Betonwanne. Sie legte den Kopf zurück.

Die Tür wurde wieder geöffnet. Shane-nicht-Barry trat aus dem dunklen Flur in das grelle Badezimmerlicht. »Wolltest du mich stehen lassen?«, fragte er. »Du kannst mich nicht einfach stehen lassen.«

Sie erinnerte sich, wie er zu ihr in die Wanne gestiegen war. Sie erinnerte sich, wie sie darüber gelacht hatte, wie unbequem die Wanne war, auch wenn ihr nicht nach Lachen zumute gewesen war. Sie erinnerte sich, dass er ein Geräusch von sich gegeben – *mmm* – und sich schwer auf sie gelegt hatte. Sie erinnerte sich, dass sie etwas gemurmelt hatte, um ihn aufzuhalten, nachdem sie wahrscheinlich schon zu lang gewartet hatte. *Vielleicht nicht die beste Idee.* Sie erinnerte sich, dass Shane-nicht-Barry gekichert und den Wasserhahn über ihrem Gesicht aufgedreht und sie einen Moment in dem Strahl hatte nach Luft schnappen lassen. »Leb ein bisschen«, hatte er gesagt.

In dem Bett im Gästezimmer wurde ihr Herz eiskalt, als sie sich erinnerte, wie es geendet hatte.

Ihre Wut hatte sie gerettet.

Wie seltsam, dachte sie, dass so viele Existenzen – sie selbst, ihre Eltern, Ellis, seine Kollegen, Beschäftigte des Networks – davon abhängig gewesen waren, dass sie selbstzufrieden durch den Tag ging. Die ganze Mühe und das ganze Geld, nur um sicherzustellen, dass sie nett und ausgeglichen blieb, wenn die wahre Heldin doch die ganze Zeit dieses andere Wesen in ihr gewesen war. Das Wesen, das sie hatte unterdrücken sollen.

Etwas geschah mit Marlow, als Shane den Hahn aufdrehte. Es ging nicht um das Wasser, das den Atem in ihre Kehle zurückdrängte. Es ging darum, wie er den Wasserhahn ohne zu zögern aufdrehte, als würde er in jedem Fall damit durchkommen.

Marlow stemmte sich hoch und legte beide Hände um seinen Hals. Sie wusste noch, wie sie gedacht hatte, *nur für ein paar Sekunden, damit er weiß, dass ich es ernst meine,* doch sie konnte sich nicht erinnern, mitgezählt zu haben.

Dann kniete Honey neben ihr, bog Marlows Finger nacheinander zurück. Shane-nicht-Barry rutschte wie ein Fisch aus der Wanne und schrie *du durchgeknalltes Miststück.* Er stieß wüste Drohungen aus, doch Honey hielt nur eine Hand hoch und erinnerte ihn daran, was er unterschrieben hatte. Große Männer kamen herein und nahmen ihn mit. »Und gebt ihm zuerst eine Tablette«, trug Honey ihnen auf. »David weiß, welche ich meine.«

Marlow murmelte, sie wolle ins Bett gehen, doch Honey ignorierte sie, drängte sie zurück auf die Party, ließ nicht zu, dass sie ihre Haare richtete.

»Bitte mach nichts daran«, sagte sie. »Sie sind perfekt.«

Dann waren sie zurück im Wohnzimmer, und alle drehten sich zu ihnen um. Triumphierend hielt Honey Marlows schlaffen Körper – an den Achselhöhlen, als hätte sie sie eingefangen – und riss ihr die Maske vom Kopf. Die Leute schnappten nach Luft, als sie den Star vor sich sahen, den sie jahrelang im Internet verfolgt hatten, diese Darstellerin, die jetzt krank und abgezehrt und verzweifelt aussah. »Seht ihr?«, rief Honey ihren Gästen zu. »Sehr ihr, was aus einem wird, wenn man ein Leben lang beobachtet wird?«

Zum Frühstück gab es noch mehr Fleisch. Genauer gesagt, korrigierte sich Marlow nach einem Blick auf den gedeckten Küchentisch, gab es nur Fleisch. Würste, Speck und Schinken. Honey aß aus irgendwelchen Gründen gebratenes Hähnchen. Bevor Marlow eine Bemerkung machen konnte, leckte sie sich glänzendes Fett vom Daumen und stand auf. »Guten Morgen, meine Liebe«, sagte sie. »Lad dir etwas auf einen Teller und komm mit. Ich möchte dir etwas zeigen.«

Marlow folgte Honey zu einer Tür am hinteren Ende der Wohnung, dann eine Treppe hinauf zum Dach. »Das ist nicht möglich«, sagte sie, als sie sah, was dort parkte. Eine Drohne, eine Million Dollar teuer, groß genug, um Menschen zu befördern, ein riesiger, muskulöser Käfer mit einer sturmgrauen Frontscheibe. Beim Anblick der bösartigen kleinen Propeller machte Marlows Magen einen Satz.

Honey grinste sie an. »Wer hat jetzt Angst vor Drohnen?« Sie kletterte hinein, ihr weißer Morgenmantel blähte sich hinter ihr im Wind. Sie klopfte auf den Sitz neben sich.

Als sie abhoben, musterte Honey Marlow und nickte schließlich, als wäre sie zufrieden. »Gut«, sagte sie und nahm sich ein Würstchen von Marlows Teller. »Ich hatte Angst, du könntest wütend auf mich sein, weil ich dich als Beispiel vorgeführt habe.«

»Ich bin wütend«, erwiderte Marlow. »Oder ich werde es zumindest später sein. Im Moment bin ich vollauf damit beschäftigt, mich nicht zu übergeben.« Sie kamen an einem Wolkenkratzer vorbei, der sie an das Teleskop erinnerte, das sie als Kind gehabt hatte. Er war rund und bestand aus immer enger werdenden Ebenen und schien fast in sich zusammenzufallen.

»Ich habe mir gedacht, dass du daran gewöhnt bist«, fuhr Honey fort. »Dass mit dir etwas verkauft wird. Du hast die Welt wirklich verändert, weißt du das, Marlow? Heutzutage bringen sich keine Kinder mehr um. Eher stirbt ein Kind noch an Krebs.«

Marlow hätte gern ein Stück Speck gegessen, um sich währenddessen eine Antwort zu überlegen, doch sie wusste, dass es sofort wieder hochkommen würde. »Kinder bringen sich aus vielen Gründen nicht um«, erwiderte sie. »Heutzutage sind sie so designt, dass sie es nicht tun.« Mit plötzlicher Übelkeit dachte sie an die Simulation des Babys, die nicht fertig geworden war. »Und sie haben keine Geheimnisse mehr.«

»Du sagst das, als wäre das etwas Gutes.« Honey grinste. »Aber gib zu, dass dir ein bisschen Privatsphäre gestern Abend gefallen hat.« Sie drehte sich verschwörerisch zu Marlow und zog die Knie an die Brust, als wären sie beste Freundinnen bei einer Pyjamaparty. »Du schienst Spaß zu haben.«

Marlow sah zu Honey und spürte, wie die Wut wieder in ihr hochkochte. »Oh, ja, es war total super«, gab sie scharf zurück. »Vor allem, als ich fast vergewaltigt worden wäre.«

Honey nahm sich das letzte Stück Speck von Marlows Teller. »Übertreib nicht«, sagte sie. »Du hattest das völlig im Griff. Es hat sich bestimmt nie jemand die Mühe gemacht, dir das zu sagen, sie waren ja immer zu beschäftigt damit, dir Tabletten zu geben und Strickjacken anzuziehen, aber Marlow … Du kannst sehr gut auf dich selbst aufpassen.«

Marlow wandte abrupt den Kopf ab und blickte aus dem Fenster. Honey sollte nicht sehen, wie viel es ihr bedeutete, dass jemand so etwas sagte, selbst jemand, dem sie eigentlich egal war. Damit hätte Honey die Oberhand.

Honey nahm beide Teller und verstaute sie. »Weißt du, ich bin allein aus dem Grund nach Constellation gegangen, um mich mit euch anzulegen«, meinte sie so beiläufig, als hätte sie gesagt: *Ich bin dorthin gezogen, um einen Abschluss in Maschinenbau zu machen.* »Damals, als wir Kinder waren.«

»Ja, das habe ich schon kapiert«, erwiderte Marlow. »Etwa zu dem Zeitpunkt, als du den Wagen meines Dads ins Meer gefahren hast.« Ihr Herz verkrampfte sich bei dem Wort »Dad«. Aber das war Aston doch immer noch, oder? Auch wenn sie erfahren sollte, wer ihr biologischer Vater war, würde es für diese Person zu spät sein, ihr Dad zu werden.

»Und danach hätte es auch keinen Sinn ergeben, zurück nach Hause zu fahren.« Sie schwebten auf die Freiheitsstatue zu, und Marlow hätte schwören können, dass Honey der Statue kurz zunickte, wie einer Kollegin. »Ich war gerade in Schwung«, sagte Honey. »Plötzlich war ich berühmt. Doch

Ruhm hat nicht gereicht, weißt du. Ich wollte etwas anderes. Damals hat mir das Wort gefehlt, doch jetzt bin ich eine große Nummer und kenne viele Wörter.« Sie lächelte. »Einfluss. Das wollte ich.«

Sie sprach weiter, und eigentlich wollte Marlow sie unbedingt unterbrechen. Doch ein weiteres ihrer gerade erst neu entdeckten Gefühle machte sich bemerkbar: Neugier. Sie hungerte nach Einzelheiten. Deshalb ließ sie Honey weitererzählen. Nachdem Marlow sie gebissen hatte, war sie nicht nach War zurückgezogen, zu den Brüdern und Onkeln und den Jungen, die sie geheiratet hätte, alle mit demselben Stirnrunzeln, demselben dunklen Staub in den Fältchen. Sie wollte nicht zu dem alten Farmhaus zurückkehren. Sie wollte auch nicht zu dem Fluss hinter dem Grundstück zurückkehren, der im Lauf der Jahre so weit ausgetrocknet war, dass er die Asche ihrer Eltern nicht mehr bedeckte, als sie sie hineinstreute. Mit neun Jahren musste sie mit ihren mageren Ärmchen zurück ins Haus gehen und in der Waschküche einen Eimer mit Wasser füllen.

Statt nach Hause kam sie auf die Insel, die sie gerade überflogen, wo ihr Fernsehmoderatorinnen mit leicht verwischtem Lippenstift gegenübersaßen und ihr Fragen stellten. Alle wollten sie sofort treffen, bevor die Wunde zu sehr verheilt war. Sie fragten sie, was ihr durch den Kopf gegangen war, als sie erkannte, was Marlow da tat. Man fragte sie, ob ihrer Meinung nach Constellation, dieses gewaltige Experiment, das das Land nach den schmerzhaften Erlebnissen mit der großen Flut wieder aufrichten, das das Teilen privater Dinge wieder in ein glamouröses Licht stellen sollte, im Grunde – und hier machten sie eine Pause und hoben die perfekt geformten Augenbrauen – gefährlich war.

Die Fragen waren egal, Honey hatte sich schon ihre Antworten überlegt. »Ich habe alte Interviews gelesen«, erzählte sie Marlow. »Ich habe gelernt, was ich tun muss, wie ich einfach sage, was ich sagen will, egal, wonach sie fragen.« Sie packte das H-förmige Steuerrad der Drohne, auch wenn diese auf Autopilot flog, und riss es hin und her. »Abdrehen, abdrehen, abdrehen«, rief sie.

Sie holte sich ihre Themen von den Menschen, die sie auf der Straße ansprachen und ihr sagten, wie leid es ihnen tat, dass sie gebissen worden war. Constellation war zu dem Zeitpunkt zehn Jahre alt und zu einem umstrittenen Phänomen geworden. Jetzt hatte man einen Grund, offene Kritik an dem destruktiven Konzept zu üben: Constellation hatte Honey wehgetan – einem jungen, unschuldigen Mädchen (zumindest dachte man das) –, und es war ja nicht allein Marlows Schuld, nicht wahr? Marlow hatte ganz offensichtlich Probleme, aber das war nicht die ganze Geschichte. Natürlich würde irgendwann etwas Schlimmes in einer Welt passieren, in der die Menschen den ganzen Tag gefilmt wurden. Es war auch die Schuld der Follower – sie waren süchtig danach geworden. Und sie waren weniger wachsam. Auch wenn sie so etwas wie Amerigram noch immer ablehnten, teilten sie dann nicht doch wieder etwas von sich, wenn sie die Feeds des Constellation Networks kommentierten? Wenn sie die Kette einer Darstellerin mochten oder einen Slogan, dann sagten sie es. Bei jedem Kommentar gaben sie ein kleines Stück von sich selbst an die Regierung ab. Jetzt sahen sie die Wunde in Honeys Gesicht – sahen, was ihr da draußen zugestoßen war, wo sie genauso viel von sich geteilt hatte wie alle anderen auch –, und das Misstrauen, das sie diesem neuen Internet gegenüber schon immer gehegt hatten, regte sich erneut und forderte eine Reaktion.

Bevor die Leute auf der Straße sie gehen ließen, packten sie sie noch am Arm und fragten, ob sie schon mal daran gedacht habe, dass sie alle offline vielleicht besser dran wären? Komplett ohne Internet? Wie damals im zwanzigsten Jahrhundert?

Honey lauschte aufmerksam und hörte die Bitte hinter den Worten. Man sehnte sich verzweifelt nach jemandem, der ihnen den Weg zeigte, ihnen half, dem Internet zu entkommen. Amerika brauchte eine Rebellin, eine Schutzheilige der Privatsphäre. Und wenn sie diese Heilige sein könnte, überlegte sie, würde sie nicht zurück nach West Virginia gehen müssen.

Wenn die Journalisten Honey also nach Marlow fragten, lenkte sie sofort ab, sprach davon, wie unbedingt sie hatte bekannt werden wollen, wie die Kids in Constellation, wie sie auf die Propaganda nach der großen Flut hereingefallen war – das Teilen von Informationen sei jetzt gut, das Teilen sei jetzt sicher. Sie fragte sich laut, ob die Regierung die Daten wirklich besser schützen konnte als Facebook und Twitter, Banken und Versicherungen vor der großen Flut. Immer wieder verwendete sie das Wort Privatsphäre. Manchmal sagte sie nur entschieden: »Privatsphäre – gut, Teilen – böse.« Sie verkündete, mit erhobener Stimme, um davon abzulenken, dass sie erst vierzehn Jahre alt war: »Man weiß nur, dass die eigenen Daten bei der Regierung sicher sind, wenn sie diese erst gar nicht bekommt.«

Es funktionierte. Sie war jung und hatte blaue Augen, war dünn und frisch verwundet, und man nannte sie mutig. Sie sagten, auch sie würden sich diese Fragen stellen. Honey wurde eingeladen, in Klubs vor Jugendlichen mit Problemen zu sprechen, auf Galas und als junges Ehrenmitglied im Vorstand verschiedener wohltätiger Organisationen zu sitzen. Jeden Abend durfte sie eine Stunde bei einem Kabelsender auf die Kamera einschreien. Ihr Name tauchte auf Listen mit den interessantesten Menschen des Jahres auf – *»ich«,* sagte Honey jetzt zu Marlow und deutete mit dem Daumen auf sich, *»ich«.* Eine Frau, die ihre Kinder durchfüttern musste, schrieb rasch ein Buch, das Honey unter ihrem Namen eifrig vermarktete. Sie sang Karaoke in Late-Night-Shows und in Kindersendungen, in denen Drohnen sie mit klebriger grüner Masse bombardierten. Doch die meiste Zeit wiederholte sie sich, bis sie größer als ein Star war. Sie war nicht nur jemand, zu dem die Leute aufsahen. Sie wurde zu jemandem, dem sie gehorchten.

Der Boss des Senders, der ihre Show ausstrahlte, nahm sie bei sich auf. Er und seine Frau lebten in Central Park South. »Ich hatte mein eigenes Badezimmer«, erzählte Honey. »Dieses Bad hat mich umgehauen.« Das Ehepaar hatte keine Kinder, und auch wenn Honey bereits siebzehn war, adoptierten die beiden sie. Sie nannte sie Papa Bob und Mama Brynn. Ihren einundzwanzigsten Geburtstag feierte sie im *Plaza Hotel.* Sie verweigerten ihr nur eine Bitte: eine Schönheitsoperation. Mama Brynn berührte Honeys Narbe und sagte: »Darling, sie ist ein Teil von dir.« Papa Bob war unverblümter.

»Er sagte, sie sei meine Marke«, erzählte Honey. »Und genau das ist sie seither auch.«

Marlow erkannte jetzt, da Honey ihr Gesicht seit der Party noch nicht gewaschen hatte, dass sie ihr Make-up um die Narbe herum aufgetragen hatte. »Warum erzählst du mir das alles?«, fragte sie.

Honey sah sie so scharf an, dass sie zusammenzuckte. »Weil ich versuche, dir zu zeigen, wie hart ich arbeiten musste, um das zu erreichen, was dir in den Schoß gelegt wurde«, zischte sie. »Deine Millionen Follower, die du hast, weil du einfach in der richtigen Umgebung aufgewachsen bist. Du hast *nichts* dafür getan. Also ja, Marlow, klar. Einige meiner Fans, einige der Leute, die sich ins Private zurückziehen, die zu meinen Partys kommen – wie der Gentleman, mit dem du in der Wanne gelandet bist …« Honey atmete müde aus. »Sie haben … traditionelle Wertvorstellungen. Natürlich ist Privatsphäre für die Menschen verlockend, die etwas zu verbergen haben.« Sie beugte sich zu Marlow und presste einen Finger gegen ihre Brust. »Aber diese Bewegung, diese Menschen, mein Platz in dieser Welt – das ist alles, was ich habe, Marlow. Wenn ich dafür dann manchmal ein Auge zudrücken muss, dann *tue* ich das. Ich weiß, dass das heißt, dass meine Seele nicht so rein und weiß wie eine Milchflasche ist, wie wir in der katholischen Schule immer zu sagen pflegten. Aber mit ein paar dunklen Flecken kann ich leben, Marlow, wenn ich dafür das hier habe.«

Marlow lachte, ein scharfes Geräusch, bei dem ihre Kehle brannte. »Du kannst mit Flecken auf deiner Seele leben?«, sagte sie. »Du hältst ja nicht mal Flecken auf deiner *Couch* aus.«

Zu ihrer Überraschung, zu ihrem Erschrecken, lachte Honey ebenfalls.

Die Drohne schwebte zwischen den Gebäuden hindurch. Die Häuserspitzen erinnerten Marlow an die Nadel in einem Märchen, an der die Prinzessin sich trotz aller Vorsichtsmaßnahmen in den Finger stach und dann ihr ganzes Leben verschlief. »Leben sie noch, Papa Bob und Mama Brynn?«, fragte sie.

Honey deutete auf das Gebäude unter ihnen. »Nicht richtig«, antwortete sie knapp. »Nebel. Sie leben in dem Haus da unten.«

»Meine auch. Also, mein Dad. Er ist seit Jahren nicht mehr

ansprechbar. Meiner Mom geht es besser. Sie kann allein wohnen.«

Honey schüttelte den Kopf. »Schon komisch, wie sich das auswirkt«, meinte sie mit zitternder Stimme. »Und meine Mama Brynn – sie hat alles getan, was man gesagt hat, um nicht krank zu werden. Meditation, Augenmasken, Brettspiele. Wir haben nur Süßkartoffeln gegessen. Sie hat nicht mal auf die Anzeige eines Digitalweckers geschaut. Doch Papa Bob hat nie aufgehört. Er hat seine Geräte bis zu dem Tag benutzt, als er nicht mehr wusste, was er damit anfangen soll. Und die beiden sind gleich stark betroffen.«

»Essen sie?«, fragte Marlow. »Mein Dad isst nichts mehr. Ich träume manchmal davon, dass er ein Sandwich isst oder einen großen Teller Suppe, und wie schön es wäre, das zu sehen.« Plötzlich war ihr Gesicht warm. So viele Male hatte sie es ihrer Mutter schon gestehen wollen, jedoch nie einen Moment abseits der Kameras gefunden. Sonst konnte sie es nicht aussprechen, sie wusste, es wäre Aston peinlich, wenn sie der Welt so etwas erzählen würde.

»Ich weiß nicht, ob sie etwas essen.« Honey seufzte. »Ich besuche sie nie. Sie merken keinen Unterschied, und du darfst nicht vergessen …« Sie sah Marlow herausfordernd an, wehrte jegliche Kritik ab. »Ich habe bereits einmal meine Eltern verloren. Niemand sollte das zweimal durchmachen müssen.«

Marlow blickte geradeaus, auf die Statue. Sie hatte nicht gemerkt, dass sie ihr so nahe waren. Das mintgrüne Gesicht der Freiheitsstatue war direkt vor ihnen, die ausdruckslosen Augen waren auf sie gerichtet. »Es tut mir leid, Honey.« Sie sagte es nicht nur aus Höflichkeit oder weil hier ein guter Ort dafür war und sie über ihre Eltern sprachen, die sie verloren hatten. Sie wollte ausdrücken, dass sie, auch wenn sie den Biss ihr ganzes Leben vor sich selbst verteidigt hatte – *sie hat mich provoziert, ich hatte keine Wahl, mir waren buchstäblich die Hände gebunden* –, etwas Falsches getan hatte. Jetzt war sie erwachsen und sah beide Seiten. Natürlich hatte sie etwas Falsches getan. Sie wollte all das sagen, erklären, wofür sie sich entschuldigte. Doch so etwas wie Stolz ließ sie schweigen.

»So ist das mit echten Menschen.« Honey zuckte mit den Schultern. »Sie werden krank. Sie vergessen dein Gesicht. Sie sterben. Sie enttäuschen einen.« Honey sah nach draußen. Die Sonne hatte den Morgen aus den Wolken befreit und den Himmel um den Kopf der Freiheitsstatue hoffnungsvoll pfirsichfarben gefärbt. »Ich würde dich niemals ausliefern, Marlow«, sagte Honey. »Aber ich denke, du wärst dumm, wenn du nicht nach Constellation zurückkehren würdest. Du bist hier draußen, gibst deine ganzen Follower auf und suchst nach echten Menschen? Deinen echten Eltern? Echte Menschen sind so *unpraktisch.*«

»Nur einen Elternteil«, erwiderte Marlow. »Meinen biologischen Vater.«

Honey runzelte die Stirn, drehte sich von Marlow weg, griff mit der Hand in die Tasche an der Tür. »Da wäre ich mir nicht so sicher«, meinte sie.

Als sie sich zu Marlow zurückdrehte, hielt sie den Brief aus Orla Caddens Apartment in der Hand. Marlows Mund wurde staubtrocken.

»Flipp nicht gleich aus«, sagte Honey rasch. »Er ist dir gestern Nacht aus den Jeans gefallen, als ich nach deinem Pyjama gesucht habe.«

Marlow griff nach dem Umschlag, und Honey ließ ihn sich entreißen, mit der leicht aufgekratzten Selbstzufriedenheit von jemandem, der bereits wusste, was darin stand. »Aber du kannst ihn doch gar nicht lesen«, protestierte Marlow, als sie Honeys Gesichtsausdruck sah. »Er ist handgeschrieben.«

»Also, das verletzt mich jetzt.« Honey seufzte. »Ich folge dir, seit wir Kinder waren. Ich weiß jede verdammte Kleinigkeit über dich. Aber du kannst dir nichts über mich merken. Ich habe dir doch gerade erzählt, dass ich auf einer katholischen Schule war.«

»Und was zum Teufel hat das mit dem Ganzen zu tun?«

Viel, wie sich herausstellte.

17

Orla

New York, New York
2016

An dem Abend, an dem Aston sein neues neunundfünfzig Millionen Dollar teures Apartment verkohlte, warteten Orla und Floss in dem Übelkeit erregend rosa gestrichenen Krankenhausflügel, in einem Zimmer, das die Schwestern ihnen gegeben hatten, nachdem ihre Anwesenheit zu viel Unruhe ausgelöst hatte. Mit aneinandergelegten Köpfen dösten sie auf den Plastikstühlen. Am Morgen berührte eine Schwester Orla an der Schulter und weckte sie beide. Sie gingen zu Aston ins Zimmer. Die Ärztin sagte, er habe Glück gehabt, doch Orla fand, er sah sehr schlecht aus. Lee Kumon saß auf einem Stuhl am Fenster und starrte die beiden böse an, wollte sie mit dem Blick aus dem Raum vertreiben und wurde noch aufgebrachter, als ein Handy läutete und Orla zu spät erkannte, dass es ihres war. Sie musste sich erst noch an das Geräusch gewöhnen, hatte den Ton erst kürzlich wieder eingeschaltet, nachdem der wochenlang andauernde Hass endlich abgeflaut war. Orla ging auf den Flur, um die Mailbox abzuhören. Bevor die Frauenstimme zu sprechen begonnen hatte, sah sie zum ersten Mal an dem Tag auf die Uhr und wusste, worum es in der Nachricht ging. Sie hatte ihren Abtreibungstermin verpasst.

Sie wollte gerade zurückrufen, um einen neuen Termin zu vereinbaren, als Floss weinend auf den Flur kam. Sie hielt Orla ihr Handy mit einer E-Mail auf dem Display vors Gesicht. »Der Sender«, sagte sie. »Wir sind raus, ganz offiziell. Ich meine, ich weiß, dass sie das schon entschieden haben, als das Mädchen gestorben ist, aber …« Sie deutete mit dem Kinn zu Astons Zimmer und fuhr bitter fort: »Jetzt, mit seinem ganzen Drama … Sie sagen, dass sie nur an unsere psychische *Gesundheit* denken.«

Eine Schwester warf im Vorbeigehen einen Blick zurück und schüttelte kurz den Kopf in Orlas Richtung, fällte im Bruchteil einer Sekunde ein Urteil über sie, als ob Orla es besser hätte wissen müssen, mit wem sie sich umgab.

Orla schob Floss' Handy zur Seite. »Darum machst du dir gerade Sorgen – die Show? Gott, hast du nie mal die Nase voll von dir?«

Floss hickste und blinzelte verletzt. »Warum bist du wütend auf mich?«, jammerte sie erstickt.

»Es ist nicht *echt.*« Orla schnipste mit den Fingern. »Nichts, was du tust – nichts davon ist irgendwas, verstehst du das nicht? Es ist *nichts.*«

Floss ließ die Tränen ungehindert in ihren Mund fließen und von den Lippen tropfen. Ihr hässliches Weinkrampfgesicht war nicht umsonst berühmt. »Die Show ist auch dein Job, falls du das vergessen haben solltest«, erwiderte sie undeutlich. »Dir ist es wohl egal, wenn wir sie verlieren, weil du immer noch glaubst, anders zu sein, nicht wahr? Denn du bist eigentlich Schriftstellerin.«

»Das werde ich sein.« Orla hörte einen hohen, verzweifelten Unterton in ihrer Stimme und ignorierte ihn. »Für mich ist hier Schluss. Du magst ja ein Showtalent sein, aber ich habe *echtes* Talent. Das ist der Unterschied zwischen dir und mir.«

Floss wirbelte auf dem Absatz herum und stapfte mit schlappenden Sandalen davon. Auf der Doppeltür am Ende des Flurs stand »Zutritt nur für Personal«, doch sie stieß sie auf und verschwand dahinter.

Astons Mutter steckte wütend den Kopf aus dem Zimmer und schlug die Tür zu.

Orla legte die Hände ins Steißbein und lehnte sich gegen die längs verlaufende Leiste an der Wand, massierte ihren schmerzenden Rücken. *Du hast recht,* dachte sie, sprach sich Mut zu, denn sie zweifelte automatisch schon wieder an sich. *Alles, was du gesagt hast, war richtig.*

Doch das entsprach nicht ganz der Wahrheit. Als sie gesagt hatte, dass für sie hier Schluss sei, dass sie einfach in ihr altes Leben zurückkehren könne – da hatte sie gelogen. Die Realität sah anders aus. Wie auch immer das alles ausging, Floss würde zurechtkommen. Aston würde gesund werden, hatten die Ärzte versichert. Craig würde klarkommen. Melissa würde klarkommen. Danny würde klarkommen. Es gab nur einen kleinen, unentrinnbaren Beweis dafür, wie sie dieses letzte Jahr verbracht hatten. Diese Woche hatte er die Größe einer Avocado und lebte in Orlas Bauch.

Die nächsten Ereignisse hätten auf so viele Arten vielleicht verhindert werden können.

Wenn sie es zum Abtreibungstermin geschafft hätte.

Wenn sie einen neuen Termin vereinbart hätte, statt jedes Mal aufzulegen, wenn die Rezeptionistin sie in die Warteschleife legte, immer wieder, bis sie schließlich im fünften Monat und eine Abtreibung nicht mehr möglich war. Nicht weil sie das Kind wollte, nicht weil sie sich schuldig fühlte, sondern aus dem Grund, aus dem die meisten Dinge in ihrem Leben passierten: Sie konnte keine Entscheidung treffen.

Wenn die Sozialarbeiterin, die sie wegen einer Adoption aufgesucht hatte, nicht ihr Gesicht und den Namen auf dem Formular zweimal gemustert hätte. Wenn sie nach der Hälfte des Gesprächs nicht seufzend gesagt hätte: »Die Paare werden zunächst nicht wissen, wer Sie sind, aber irgendwann werden Sie sie kennenlernen, und dann werden Sie bestimmte … Dinge … ansprechen müssen.«

Wenn Marie Jacinto sich bereit erklärt hätte, ihr Buch zu verkaufen, statt es zusammen mit ihrer Gebäckserviette wegzuschmeißen.

Wenn Danny sie geliebt hätte.

Wenn sie Danny geliebt hätte.

Doch nichts davon war eingetreten. Stattdessen nahm Aston drei Wochen nach dem Feuer ein Uber-Taxi vom Krankenhaus zur Wohnung 6D und brach wie ein Kind in Floss' Schoß zusammen. Orla hörte von ihrem Zimmer aus ein oder zwei Stunden zu, wie sie weinten. Dann hörte sie von ihrem Zimmer aus einen Monat zu, wie sie wieder in ihre alten, widerlichen Gewohnheiten verfielen und alle Stellen in der Wohnung verunreinigten, die Orla nach ihrer Trennung desinfiziert und von denen sie gedacht hatte, sie wären endlich sicher. Manchmal hörte sie, wie sie in Floss' Zimmer ihren nächsten Schritt planten. Sie flüsterten, damit Orla sie nicht verstehen konnte, und sie fühlte sich gleichzeitig verletzt und erleichtert. Endlich war sie außen vor.

Eines Tages machte ein Google Alert sie auf ein neues Fernsehinterview von Floss und Aston aufmerksam. Orla klickte auf »Abspielen« und stellte die Lautstärke an ihrem

Laptop leise ein, damit die beiden nichts davon merkten. Floss saß vor einem schwarzen Hintergrund und sah erschüttert und kleinlaut aus, und Orla fragte sich, ob sie später in einem Küchenschrank ein neues Post-it finden würde. *Wirke betroffen!!!*

»Ich war für alles verantwortlich an dem Abend, an dem Anna gestorben ist«, sagte Floss, als die Reporterin das Thema ansprach. »Meine Freundin Orla hatte nichts damit zu tun.«

Die Reporterin berührte ihre Lippen mit ihrem Stift, dann stellte sie Floss eine der vielen Fragen, die Orla nie zu stellen gewagt hatte. »Warum tun Sie das alles, Floss?«, fragte die Frau. »Warum wollten Sie ein Realitystar werden, mit all diesen Followern – worin liegt da Ihrer Meinung nach der Sinn? Was wollten Sie erreichen?«

»Was ich erreichen wollte?«, wiederholte Floss. Sie warf Aston einen Blick zu, der in seinen Schoß starrte. Auch wenn Orla ihn nur bis zur Taille sah, war sie sicher, dass er nervös mit einem Bein auf und ab wippte.

»Wurden Sie als Kind gemobbt?« Die Reporterin beugte sich vor. »Hatten Sie ein distanziertes Verhältnis zu Ihren Eltern? Weshalb brauchen Sie die Bestätigung, die Aufmerksamkeit?«

Floss holte tief Luft. Dann antwortete sie mit dem, was sie für ihre intelligente Stimme hielt, was ihre Worte nur noch schlimmer klingen ließ. »Es ist nicht so, dass ich die Aufmerksamkeit gebraucht habe«, sagte sie. »Ich fand, dass ich sie verdient hätte. Ich finde, ich bin lustig, ich habe ein interessantes Leben. Ich glaube, ich bin etwas Besonderes.«

Aston sah zu der Reporterin, in die Kamera, darüber hinweg und verzog das Gesicht.

Die Reporterin lächelte kalt. »Sie sind natürlich einfach nur ehrlich.«

»Ich meine, jeder ist auf seine Art etwas Besonderes«, schob Floss rasch nach. Sie errötete und zupfte an ihren Haaren. »Aber je mehr Menschen mir folgten, desto besser ging es mir. Ich meine – das würden doch alle machen, wenn sie die Möglichkeit dazu hätten, oder?« Sie wirkte ehrlich verwirrt, als sie die Reporterin mit schief gelegtem Kopf ansah. »Oder? Würden Sie das nicht?«

Das Interview schien die beabsichtigte Wirkung zu haben. Orla überflog die Kommentare, die Blogposts, die das Gespräch analysierten. Floss hatte durch ihre Ehrlichkeit ihre Nahbarkeit zurückgewonnen. Wie sich herausstellte, glaubten alle, auf ihre Weise besonders zu sein. Alle waren erneut manchmal wie Floss Natuzzi. Orla hörte wieder öfter, wie Floss und Aston die Wohnung verließen und so klangen, als hätten sie ein echtes Ziel, an dem sie pünktlich eintreffen müssten. Sie konnten es sich nicht länger leisten, Menschen warten zu lassen.

Eines Morgens kam Floss in Orlas Zimmer, so als hätten sie sich nie gestritten. Sie hob einen Arm über den Kopf, ging in die Hocke und wand sich wie eine Stripperin an einer unsichtbaren Stange. »Rat mal, mit wem du heute mittagessen gehst«, verkündete sie.

»Mit niemandem«, antwortete Orla.

»Falsch.« Floss richtete sich auf und schwang die Hüften. »Polly Cummings.«

Orla setzte sich auf. »Du kennst Polly Cummings doch gar nicht.«

»Die Agentin. Groß, blond, Pariser Ausstrahlung?« Floss verlagerte das Gewicht von einem Fuß auf den anderen. »Ich habe sie gestern Abend zufällig getroffen und ihr von deinem

Buch erzählt. Ich habe ihr alles über dich erzählt, außer dass du dir auf ihre Visitenkarte einen runtergeholt hast, seit du klein warst.«

Orlas Herz schlug schneller. »Du bist ekelhaft«, sagte sie. »Ich glaube dir nicht.«

»Entschuldige bitte, ich kenne Bücherleute«, entgegnete Floss. »Ich lese.«

Orla wusste, dass Floss genau drei Bücher besaß. Sie standen auf dem Fensterbrett in ihrem Zimmer und waren alle von einer Erbin geschrieben, die hautenge Kleider trug und Tipps gab, wie man alles haben konnte. Als Orla einmal eines aufgeschlagen hatte, hatte der Rücken geknackt, weil es noch nie gelesen worden war.

»Was habe ich damals zu dir gesagt?«, fragte Floss. »Eine Agentin wird auf dich aufmerksam werden. Jetzt steh auf. Der Termin ist in einer Stunde. Wir müssen etwas zum Anziehen für dich finden.«

Am Ende trug Orla dieselben Sachen wie bei dem Termin mit Marie Jacinto, was nicht ideal war. Die schwarze Hose musste sie mit einem Schnürsenkel schließen, den Floss durch den Hosenschlitz fädelte, und die Bluse mit dem Eulenmuster saß so eng, dass sich Orlas Bauchnabel darunter abzeichnete. Ihre flachen Schuhe quietschten bei jedem Schritt und kämpften mit ihren geschwollenen Füßen. Als sie sah, dass Mrs. Salgado in ihrem Stuhl auf dem Gehsteig döste, ging sie leise auf Zehenspitzen vorbei.

Orla entdeckte Polly Cummings, sobald sie das Restaurant betrat. Polly saß am Ende des tiefer liegenden, rötlich beleuchteten Essbereichs mit dem Rücken zu ihr. Ihr akkurat geschnittener blonder Bob fiel nach vorne über die Speisekarte.

Ein olivfarbener Schal umhüllte ihre breiten Schultern. Orla hielt einen Moment inne, um einen Schweißausbruch unter Kontrolle zu bekommen, während der Maître d' sie beobachtete und offensichtlich für jemanden hielt, der nur kurz die Toilette benutzen wollte. Sie straffte die Schultern und ging an ihm vorbei.

Dann stand sie an Pollys Tisch und sah die Frau an, die sie bisher nur von Fotos kannte. Polly blickte auf und klappte die Speisekarte zusammen. »Orla Cadden«, sagte sie. »Setzen Sie sich.«

Unter Pollys Speisekarte lag ein Papierstapel mit einem Post-it auf der obersten Seite, und auf dem Post-it stand Orlas Name. Orla sah auf die Seite, die Worte, die sich um den Klebezettel herum ausbreiteten, und ihr wurde schwindelig. Das war ihr Buch. Floss musste es von ihrem Laptop aus an Polly gemailt haben, ohne Orla zu fragen oder sie zu informieren.

Orla ließ sich auf den Stuhl fallen. Polly schien jedes abstehende Haar auf ihrem Kopf zu registrieren, jeden Fussel an ihrer Bluse. Als Pollys Blick zu ihrem Bauch wanderte, platzte Orla heraus, vor allem, um sie abzulenken: »Ich fühle mich so geehrt, Sie kennenzulernen, aber ich muss aufgrund, äh, früherer Erfahrungen vorab etwas sagen.«

Polly blinzelte hinter ihrer Brille, deren Rahmen grün und schwer wirkte, als wäre er aus Stein gemeißelt. »Schießen Sie los«, sagte sie.

Der Hilfskellner schenkte ihnen Wasser ein, wobei er seine Krawatte elegant mit der Hand festhielt. »Ich will nicht über Floss schreiben«, erklärte Orla. »Natuzzi«, fügte sie errötend hinzu, falls Polly nicht fernsehschauen sollte.

Polly nickte. »Danke, Darrell«, sagte sie zu dem Kellner und dann an Orla gewandt: »Das ist kein Problem. Das will ich auch nicht von Ihnen.« Sie tippte auf den Stapel vor sich. »Das hier ist vielversprechend.« Orla hätte fast gelacht. Dasselbe hatte Pollys Assistentin damals geschrieben, als Orla siebzehn gewesen war. Als sie noch wusste, wie man Dinge zu Ende brachte.

»Das erste Kapitel gefällt mir«, fuhr Polly fort. »Sie haben da einige mutige Entscheidungen getroffen. Die experimentellen Elemente – die Zeichnungen, die Songtexte. Die jüdisch-orthodoxe Figur, die noch ausgebaut werden muss – das fand ich wirklich interessant, auch wenn wir da einen anderen Ansatz finden müssen.«

Orla erstarrte. *Die experimentellen Elemente*. Floss musste eine alte Version geschickt haben, eine wilde Version, vielleicht noch aus der Zeit, als Danny noch da gewesen war, voller Füllmaterial und Fehler und Lücken und, fiel ihr mit Entsetzen ein, einem Segelboot aus lauter kleinen r.

»Oh«, sagte sie schwach. »Ich sollte erklären, was …«

»Ich denke, das könnte ein aufsehenerregendes Debüt werden«, unterbrach sie Polly. »Mir gefällt der Ausdruck ›das nächste große Ding‹ nicht, das ist zu hart, aber …« Sie hob die Augenbrauen. »Aber vielleicht hilft er für eine Einschätzung.«

»Machen Sie Witze?« Orla starrte sie an.

Polly schüttelte den Kopf. Sie blickte auf den Salat, den der Kellner vor ihr abstellte. Der Mann sah Orla nicht an oder fragte, ob sie etwas zu essen wollte. Polly runzelte wegen des Rucolas die Stirn, dann nahm sie seufzend ihre Gabel. »Ich denke allerdings«, sagte sie und stach auf eine Tomate ein, »dass Sie ein paar logistische Probleme haben könnten.« Ihr Blick wanderte wieder nach unten.

Orla legte ihre Serviette über ihren Bauch. »Sie meinen,

weil ich schwanger bin?«, stotterte sie. »Entschuldigung. Ich weiß nicht, was …«

Polly wischte sich den Mund ab. »Ich will einfach nur wissen«, antwortete sie, »wie ernst es Ihnen damit ist, Schriftstellerin zu werden. Ob Sie es so organisieren werden, dass Sie die Zeit haben, Schriftstellerin zu sein.«

Orla überlegte. Sie fragte sich, wie Polly darauf reagieren würde, wenn sie die ganze Wahrheit gestand. *Mir ist es so ernst damit, Schriftstellerin zu werden, wie am Leben zu sein,* wollte sie gern sagen. *Aus diesem Grund habe ich es hier jahrelang ausgehalten. Deshalb habe ich über ultrakurze Shorts gebloggt. In letzter Zeit war ich faul, das stimmt. Und abgelenkt und einsam und schwanger. Aber so war ich nur während eines sehr kurzen Abschnitts meines Lebens. Die andere Frau war ich schon immer.*

»Ich habe um zwei einen Termin«, sagte Polly kühl.

»Es ist mir ernst«, erwiderte Orla rasch. »Sehr ernst.« Plötzlich war es ihr klar, so klar wie die leeren, hauchdünnen Weingläser auf dem Tisch: Sie würde tun, was für dieses Buch am besten war, was Polly Cummings von ihr verlangte. So viele Jahre hatte sie schon zurückgesteckt: Als sie Danny Catherine überlassen hatte, als sie ihn zehn Jahre im Internet beobachtet hatte, alles, was sie für Floss aufgegeben hatte. Nur eines war ihr geblieben, ihr lang vernachlässigter Traum, und den würde sie behalten. Den konnte sie nicht aufgeben, egal zu was für einem Menschen es sie machte.

Orla sah Polly in die Augen und sagte: »Ich lasse mir etwas einfallen.«

Zu ihrer Überraschung erwartete Amadou sie, als sie aus dem Restaurant kam. Sie hatte ihn nicht mehr gesehen, seit sie ihre

Ausgaben nach Annas Tod eingeschränkt hatten, da sie sowieso nirgends hingingen.

»Was machst du hier?«, fragte sie und umarmte ihn, betrachtete sich in seiner verspiegelten Sonnenbrille.

»Miss Floss hat mich gebeten, dich abzuholen«, antwortete Amadou. »Wegen einer Überraschung.«

Als sie auf dem Rücksitz des Escalade saß, fand sie in der Ausbuchtung unter dem Türgriff Ohrringe. »Ich habe in letzter Zeit keine Stammkunden gefahren«, sagte Amadou rasch, als könnte es Orla verletzen, dass er sie und Floss ersetzt hatte. »Niemand Besonderen.« Er lenkte den Wagen auf die Forty-Second Street.

Als er auf den FDR Drive abbog, beugte sich Orla vor. »Wo fahren wir hin?«

»Oh.« Amadou seufzte. Er befestigte das Navi neu, als es an der Windschutzscheibe hinunterrutschte. »An eine neue Adresse.«

Orla war noch nie in Brooklyn Heights gewesen. Es war gespenstisch ruhig, die Häuser hatten glatte Fassaden und Fensterläden, die Straßenlaternen wirkten wie aus einem Märchen.

Amadou hielt vor einem massiven zweistöckigen Haus. Es war mit grauen Schindeln verkleidet und hatte eine dunkelblaue Tür zwischen breiten weißen Säulen. Limettengrüne und kastanienbraune Farne quollen aus den Blumenkästen in den Fenstern.

Orla stieg aus und ging zum Gehsteig, der mit kleinen, glatten Platten gepflastert war, ganz anders als Chelseas schmutziger Asphalt. Sie sah nach links und bemerkte überrascht, dass die Straße nach nur einem Block endete und der Fluss zu sehen war. Auf der anderen Uferseite waren die Hochhäuser des Finanzdistrikts zu erkennen. »Wo sind wir hier?«, fragte sie.

Amadou antwortete ganz nüchtern. »Thirteen Pineapple Street.«

In diesem Moment wurde die Haustür geöffnet, und Floss beugte sich in einem bizarr anmutenden Kleid über die Schwelle. Es war erdbeerrosa, mit einem hohen, geraden Ausschnitt, einem gerüschten Rock und kleinen Puffärmeln. Ihr dunkles Haar hatte sie an den Schläfen mit Strasskämmen gebändigt. Ihre Füße steckten in weißen Lederpumps. Das Outfit erinnerte Orla an Fotos ihrer rauchenden Großtanten auf Partys in den Sechzigerjahren.

»Willkommen.« Floss machte eine Art Knicks.

»Wozu?« Orla ging die Treppe hinauf.

»In unserem neuen Zuhause.« Floss ließ sie eintreten und schloss die Tür hinter ihr.

Orla stand in der Diele und drehte langsam den Kopf. Vor ihr führte eine breite Walnussholztreppe nach oben zu einem Absatz mit einem kleinen, sechseckigen Fenster. Zu ihrer Rechten war ein Wohnzimmer mit schweren Goldvorhängen und einem langen, smaragdgrünen Sofa. Ein Feuer brannte im Kamin, in dessen Sims Früchte, Weizen und Männer mit Perücken eingraviert waren. Zu ihrer Linken ging das Esszimmer ab, ein Wirbelsturm aus Blau und Weiß. Auf dem runden, glänzenden Holztisch standen Chinoiserie-Vasen, vor den Fenstern hingen blau-weiß gestreifte Vorhänge, und in den in die Wände eingelassenen Schränken standen Kristallgläser und Geschirr. Etwas blitzte unharmonisch grün in einem der Wandschränke auf. Es war die Urne mit Biscuits Asche.

Orla sah zu Floss, die sie vorsichtig beobachtete. »Wenn

das hier ein Scherz ist«, sagte sie, »dann bin ich nicht in der Stimmung.«

Aston kam barfuß über den dicken Teppich in den Flur, direkt auf sie zu. Orla errötete heftig. Warum hatte sie bei dem Wort »unser« angenommen, dass Floss immer noch sie *beide* meinte?

Aston trug eine Hose und einen Sweater mit Reißverschluss, beides aus hellgrauem Kaschmir. Über dem Reißverschluss sah Orla die frischen rosafarbenen Narben auf seiner Brust. »Solltest du nicht eigentlich total gut drauf sein, richtig feiern?«, fragte er. »Miss neue Bestsellerautorin! Polly hat Floss gerade angerufen.«

»Ach wirklich?« Orla sah zwischen den beiden hin und her.

»Oh, ja, du kennst ja Polly«, meinte Floss ausweichend. Sie packte Orlas Hand und führte sie den Flur entlang. »Ich hoffe, du bist noch nicht satt. Ich habe gekocht.«

Sie kamen in eine Küche, die so trügerisch vorstädtisch war, dass Orla niemals gedacht hätte, dass so etwas in New York existierte, noch nicht einmal bei Reichen. Zu beiden Seiten erstreckten sich Schränke und Arbeitsflächen, eine große Spülmaschine und ein echter Herd, vor mit Zitronen gemusterten Fliesen. Aus hohen Fenstern blickte man auf einen schmalen, abfallenden Garten. Davor war eine lange Sitzbank an der Wand montiert, die mit einem geblümten Stoff bezogen war. Floss bedeutete Orla, sich dort hinzusetzen. Aston zog den Tisch etwas zurück, um Platz für ihren Bauch zu machen.

Floss brachte Unmengen Essen, alles Gerichte, die Schwangeren verboten waren – in Mayonnaise ertränkter Meeresfrüchtesalat und Truthahn-Sandwiches, die noch in der Verpackung lagen. Sie sprachen über Polly. Floss entschuldigte sich nicht, weil sie das Manuskript ohne Orlas Erlaubnis verschickt hatte – »Ich hatte doch *recht* – sie liebt dich!« Aston erkundigte sich, ob Orla ihm die »TLDR«-Version des Buches geben konnte. »Also eine Kurzversion, weil ich ein ganzes Buch nicht schaffe«, sagte er und wippte auf seinem Stuhl auf und ab. »TLDR heißt ›*Too long, didn't read*‹ – ›zu lang, nicht gelesen‹.«

Immer wieder fragten sie, ob sie es überhaupt glauben könne. Später dachte Orla, wenn sie auf das Treffen zurücksah, dass sie sich wohl versichert hatten, ob sie es auch wirklich glaubte.

Floss brachte drei Champagnerflöten an den Tisch und schob Orla die mit dem dunkleren Inhalt zu. »Apfelsaft.«

Orla schwenkte ihr Glas. »Ausnahmsweise nehme ich das richtige Zeug«, sagte sie. »Ein Glas Champagner wird das Baby schon nicht umbringen.«

Floss und Aston sahen einander an.

»Hey«, meinte Orla. »Ihr beiden seid ganz schön anders hier in Brooklyn. Na gut, ein halbes Glas.«

»Ich fände es besser, wenn du keinen Alkohol trinken würdest«, sagte Aston. Er klang wie ein Kind, das sich erwachsen gab.

Floss hob eine Puffärmelschulter. »Vielleicht bist du lieber vorsichtig?«

Orla verdrehte die Augen und griff nach der Flasche. Floss packte den Flaschenhals und zog sie zurück. Mit wirbelndem Rock stand sie auf und stellte den Champagner auf die Arbeitsfläche, als wäre das Thema damit beendet.

»Okay.« Orla beugte sich so weit über den Tisch, wie es ihr Bauch erlaubte. »Was zur Hölle ist hier los?«

»Sagen wir es einfach«, knurrte Aston leise an Floss gewandt. Er ließ die Schultern hängen. »Es ist doch nur Orla. Ich weiß nicht, warum wir hier so eine große Show veranstalten müssen.« Er schob eine Vase mit Nelken zur Seite, um Orla besser sehen zu können.

»Weil«, erwiderte Floss, »es eine große Sache ist und es sich besonders anfühlen sollte.«

Floss und Aston verschränkten ihre Finger und legten die Hände auf den Tisch. Orla schnappte nach Luft. Über das Haus und Floss' Verkleidung hinweg hatte sie es völlig übersehen: Ein riesiger tränenförmiger Diamantring funkelte an Floss' linkem Ringfinger.

Floss und Aston sprachen abwechselnd, wie nervöse Brautjungfern, die einen Toast auf das Brautpaar ausbrachten.

»Wir werden heiraten«, sagte Floss. »Bald.«

»Aber das ist nicht alles«, sagte Aston. »Wir sind irgendwie ganz neue Menschen.«

»Buchstäblich *neu*«, bestätigte Floss. »Du hattest so recht, Orla, damals im Krankenhaus. Ich musste mal richtig in mich gehen. Verstehen, was echt war. Das habe ich getan, und dann haben wir uns das Haus hier besorgt. Wir wollen alles einfacher machen. Wir haben das Haus möbliert gemietet«, fügte sie hinzu, und es klang, als hätte sie gesagt, *wir haben eigenhändig die Mauern hochgezogen und den Tisch vor dir gezimmert.*

»Hier beginnt unser neues Leben«, sagte Aston.

Orla sah zu Floss. »Du ziehst also aus?«, fragte sie.

Floss nickte. »Meine Umzugsleute holen morgen die restlichen Sachen.«

Doch das war noch nicht alles. Sie hatten dem Alkohol abgeschworen, berichteten beide stolz, bis auf Wein und Champagner zum Essen natürlich. Sie ließen sich mit Akupunktur behandeln. Sie hatten ihre Auren fotografieren lassen. Sie gingen völlig in ihrem Studium der kathartischen Bewegung auf.

»Ist das Sport?«, fragte Orla.

Beide antworteten scharf: *»Nein.«* Dreimal die Woche fuhren sie zu einem Loft in Tribeca, um dort die Hände gegen die Schenkel zu schlagen und hinauszuschreien, was sie an Strafe verdienten. Floss zeigte Orla auf ihrem Handy ein Foto der Kursleiterin. Erst nach einer Weile wurde Orla klar, woher sie das Gesicht kannte. Ihre Lehrerin war die nervöse Modelfrau, die neben Orla gestanden hatte, als sie und Floss einander zum ersten Mal bei dem Red-Carpet-Event begegneten. Sie überlegte, Floss darauf hinzuweisen, doch Aston erzählte gerade so aufgeregt eine Geschichte, dass die rosafarbenen Linien auf seiner Brust pulsierten und das Licht des Kronleuchters einfingen.

»Die Kursstunde ist also zu Ende«, sagte er, »und Floss und ich stehen noch da. Wir sind erschöpft. Unsere Kehlen sind rau. Unsere Tuniken sind durchsichtig, so verschwitzt sind wir. Alle anderen sind schon gegangen. Und wir sehen einander an. Denken dasselbe. Sprechen es im selben Moment aus.« Er strahlte. »Wir wollen ein Kind!«

»Wir haben Emily – das ist die Lehrerin – davon erzählt«, fuhr Floss fort und wedelte mit den Händen. »Und sie hat nur gemeint ›Oh, ihr hattet eine gemeinsame Offenbarung? Das passiert hier andauernd!‹«

»Und jetzt«, sagte Aston und legte den Arm um Floss, die sich an ihn lehnte, »machen wir es.«

»Äh, cool«, erwiderte Orla nach einem Moment. »Ich meine, Glückwunsch. Du bist also auch … schwanger?«

Aston schüttelte ernst den Kopf, und Floss biss sich auf die Lippe. »Nein«, antwortete sie. »Als ich jünger war, musste eine Zyste rausoperiert werden, und dabei ging etwas schief. Der Arzt war ein Arsch. Deshalb kann ich keine Kinder bekommen.«

»Und ich will sowieso *viel lieber* adoptieren«, fügte Aston hinzu. »Ich liebe Kinder so sehr, Orla. Ich habe viel mehr *Bezug* zu ihnen.« Er lehnte sich über den Tisch und legte eine Hand auf ihre. »Ich glaube, ich wäre ein wirklich guter Vater.«

Ab diesem Punkt schien alles in surrealer Zeitlupe abzulaufen. Orla konnte sich glasklar an alle Einzelheiten erinnern – wie scharf sich Floss' Wimpern von ihrer Haut abzeichneten, wie sich Astons Pullover bei jedem Atemzug hob. Wahrscheinlich wusste sie das alles eigentlich nicht, ihr Geist suchte nur nach Dingen, an denen er sich festhalten konnte, um beweisen zu können, dass das alles tatsächlich passiert war, dass Floss wirklich tief eingeatmet und gesagt hatte: »Und wir dachten, das könnte die perfekte Lösung sein, nachdem du dein Baby ja sowieso abtreiben wolltest.«

Nur das Ticken der Uhr über den Küchenschränken war zu hören. Orlas Herz schlug doppelt so schnell.

»Aber ich habe es nicht getan«, entgegnete sie. »Ich habe das Baby behalten.«

»Aber du hättest es getan«, sagte Aston. »Wenn ich nicht im Krankenhaus gewesen wäre. Du könntest also ja vielleicht irgendwie immer noch so tun, als hättest du es getan.«

»Wie bitte?«, fragte Orla.

Floss warf ihm einen Blick zu. »Wir wissen, dass das unorthodox ist.«

Orla stand auf und vergaß dabei, dass sie schwanger war und mehr Platz benötigte. Die Tischkante zwang sie wieder nach unten. »Ich weiß, dass ihr euch viel Mühe gegeben und extra die Sandwiches gekauft habt«, sagte sie. »Aber nein. Nein! Ich sollte das eigentlich nicht extra sagen müssen. Ich gebe euch mein Baby nicht.«

Floss versuchte, mitfühlend zu klingen. »Als wir darüber mit Emily gesprochen haben …«

»Als ihr darüber mit Emily gesprochen habt?« Dieses Miststück vom roten Teppich, das sich als Expertin für Pobacken und Schicksal neu erfunden hatte, sprach mit Floss und Aston über *ihr* Kind. »Ich schwöre zu Gott, Floss«, erwiderte Orla. »Du kennst wirklich überhaupt keine Grenzen!«

»Ich habe ihr ja nicht deinen Namen gesagt oder so was«, wehrte sich Floss. »Ich habe dich Pat genannt, wie unseren falschen Publizisten damals.«

»Ich meine nicht, was du rauslässt. Sondern dass du jeden einfach hereinlässt.«

Die Wahrheit wurde ihr immer bewusster. Alles, was sie zusammen ausgeheckt hatten, jeder Drink, den sie miteinander geteilt hatten, ohne die Flaschenöffnung zwischendurch abzuwischen, jede betrunkene Fahrt nach Hause, auf der sie einander die Füße in den Schoß gelegt hatten – für Orla war das die ganze Welt gewesen, für Floss nur Mittel zum Zweck.

Dieses Mal schob Orla ihnen den Tisch gegen den Bauch, als sie aufstand.

Aston eilte ihr mit lautlosen Schritten auf dem Teppich hinterher, sodass sie ihn erst bemerkte, als er die Hand ausstreckte und vor ihr auf den Türgriff legte. »Wir bitten dich nur darum«, sagte er, »dass du darüber nachdenkst. Polly und das Buch – das ist ein wichtiger Moment für dich. Wir wissen, dass du nach einer Lösung gesucht hast, und du und ich und

Floss sind doch schon eine Familie. Ist das wirklich so verrückt? Schlimmer, als sie Fremden zu geben?«

Orla starrte auf seine Hand an der Tür und bemerkte eine weitere Narbe zum ersten Mal, eine rote Schneise mit weißen Kratern auf seinen Fingerknöcheln. »Ich weiß das Geschlecht nicht«, antwortete sie. »Ich habe nicht danach gefragt.«

»Also, ich glaube, es ist ein Mädchen«, sagte Aston. In seiner Stimme lag eine Wärme, die Orla einen Moment erschütterte. Unwillkürlich dachte sie: Er wäre ein besserer Vater als Danny. Sie wusste, dass das eigentlich keinen Sinn ergab. Von außen betrachtet, war Danny das Salz der Erde, und Aston trug beträchtlich zu Amerikas kulturellem Niedergang bei. Doch er wäre besser geeignet, da war sie sich sicher. Sie schob den Gedanken beiseite und drängte sich an Aston vorbei aus der Tür. Er ließ sie gehen und rief ihr nach, als sie die Treppe hinunterging: »Vorsicht! Halt dich am Geländer fest.«

Die Straße war leer, die Überraschungsfahrt mit Amadou offensichtlich eine einmalige Angelegenheit. Orla sah sich nach der nächsten U-Bahn-Station um. Sie nahm ihr Handy hervor und versuchte, sich auf den langsam ladenden Stadtplan zu konzentrieren. Auf dem Weg aus der Küche war ihr das orangefarbene Preisschild an der Apfelsaftflasche aufgefallen. Drei Dollar neunundneunzig, nur so viel hatte sie gekostet, und sie hatten noch nicht mal den Aufkleber entfernt. Orla konzentrierte sich auf ihre Wut, versuchte, damit das Gefühl zu unterdrücken, das darunter Funken schlug. Das Gefühl, dass sie eine Lösung gefunden hatte, wenn sie das denn wollte.

18

Marlow

New York, New York

2051

In der Drohne, im Himmel, im Schatten der Freiheitsstatue, las Honey Marlow den handgeschriebenen Brief vor.

5. Januar 2022

Orla,
verdammt nochmal, für wen hältst du dich eigentlich?

Nein, im Ernst – ich würde wirklich gern wissen, was du vorhattest. Was wolltest du tun, bei den Kindern sitzen, während sie Kuchen essen, und ihnen deine traurige kleine Geschichte erzählen?

Was hättest du dem Geburtstagskind gesagt, wie hättest du dich vorgestellt? Genau deshalb – wegen der Vorstellung, dass du dich Marlow hättest nähern können – möchte ich dich am liebsten schlagen. Das wäre die Kosten für einen Flug wert. Fuck, ich würde sogar Economy fliegen. Sei also froh, dass ich nicht weiß, wo du dich aufhältst. (Was übrigens völliger Irrsinn ist. Ich habe dir das verdammte Apartment geschenkt! Wohn dort! Du musst keine Miete zahlen! Du bist frei!!)

Und dann dieses Briefpapier, Orla. Im Ernst? Ich

benutze es jetzt nur, damit du weißt, dass ich es habe und nicht sie.

Ich will kein Arschloch sein. Die erste Fassung dieses Briefs habe ich zerrissen, weil ich da total gemein war, und ich weiß, dass du es sicher gemein von mir findest, dass ich dich bei der Party rausgeworfen habe. Aber ich bin eine Mutter, Orla, und das tun Mütter – sie machen keine halben Sachen, wenn sie glauben, dass jemand ihrem Kind wehtun will.

Gerade du solltest das doch verstehen?!?

(Okay, das war jetzt härter als alles in der ersten Fassung. Aber ich bekomme langsam einen Krampf in der Hand und fange nicht noch mal an.)

Ich möchte dir noch etwas sagen. Vielleicht nicht gerade »Tut mir leid«. Ich bin niemand, der sich entschuldigt, ich bereue nichts. Ganz im Gegensatz zu Aston. Er redet übrigens immer noch dauernd über Anna. Er würde immer noch versuchen, ihrer Familie Geld zu geben, wenn wir welches hätten. Im Moment sind wir pleite, aber ich habe ein paar Ideen. Alle glauben, ich bin am Ende, aber das bin ich nicht. Wir warten gerade auf Antwort von einer Sache, die alles ändern könnte. Ich werde ihr ein großartiges Leben ermöglichen, und dann wirst du schon sehen.

Aber was ich dir eigentlich sagen wollte … Ich verstehe jetzt, dass es beschissen für dich war, wie alles gekommen ist. Aber darf ich mal kurz ehrlich sein? Es war eine Programmentscheidung. Du und ich waren daran gewöhnt. Der Sender hat gezeigt, was er zeigen wollte. Die Menschen haben gesehen, was sie sehen wollten. Du brauchtest keine Brille, hast aber trotzdem eine getragen. Wir hätten Marlow sowieso von dir bekommen, und ich schätze, mir war nicht bewusst, dass die Einzelheiten da so wichtig waren. Ich dachte, die Hochzeit wäre wie alles, was wir zusammen gemacht haben. Eine weitere Lüge, mit der wir beide leben konnten.

Schon komisch … Ich glaube, manchmal vermisse ich dich. Manchmal glaube ich, dass ich dich sehr vermisse. Aber dann habe ich dich bei der Party gesehen, und dein Gesicht – das hat mich verletzt, Orla. Mir ist klar geworden, dass du in deinem Kopf alles verdreht hast. Du hast alles ins Rollen gebracht, als du eine Entscheidung für dich getroffen hast. Aber jetzt hältst du dich für das Opfer oder die Heldin oder beides. Auch wenn du diejenige bist – das wollen wir mal nicht vergessen –, die sie buchstäblich beinahe getötet hätte. (← Jetzt bist du stolz auf mich, weil ich »buchstäblich« verwendet habe, was?!?)

Du bist so viel klüger als ich, aber mir ist eins klar, was du nie verstanden hast. Es gibt keine Helden oder Opfer oder Verbrecher. Nicht in unserer Geschichte und auch sonst wahrscheinlich nicht. Ich weiß, dass dir das eigentlich auch klar ist: Der Schnitt entscheidet alles.

Floss

»Woher soll ich wissen, dass das wirklich da steht?«, fuhr Marlow Honey an, sobald diese fertig war mit Vorlesen. »Verarschst du mich? Falls ja, dann lasse ich die Narbe in deinem Gesicht wie etwas aussehen, bei dem ich noch nett zu dir war.«

Honey hob langsam die Hände, als wolle sie Marlow nicht erschrecken. »Ich verarsche dich nicht«, sagte sie.

Der Puls hämmerte in Marlows Schläfen. Sie stellte sich ihre Mutter vor, wie sie vor vielen Jahren diesen Brief schrieb.

Ihre Mutter, die *nicht* ihre biologische Mutter war, wenn sie den Brief richtig verstand.

Aber Grace hatte nichts davon gesagt, dass Floss …

Weil sie die Designer gebeten hatte, die Gene ihrer Mutter rauszuwerfen.

Deshalb hatte Grace nur gesehen, dass ihr Vater nicht ihr richtiger Vater war.

Sie hatte nur das halbe Bild gesehen.

Und diese Frau, Orla Cadden? Bei deren Suchanfrage im Archiv die seltsame Meldung erschienen war: *Error 404. Not found.* Marlow reimte sich alles zusammen. Orla war die Freundin ihrer Mutter gewesen, ihre Mitbewohnerin, eine Statistin in Floss' Leben. Und sie war zu Marlows … welcher Geburtstagsfeier gekommen? Oh, ja, Marlow erinnerte sich. Die Party, die Floss gefilmt und die ihnen dann schließlich den Weg nach Constellation ermöglicht hatte. Marlow überlief ein Schauder bei der Vorstellung, dass Orla dort gewesen war, in der Lobby, nahe genug, um sie berühren zu können.

Diese Frau war ihre richtige Mutter? Nicht Floss?

Marlow schob die Blätter zusammen und glättete sie, starrte auf die Handschrift. »Weißt du, was 404 bedeutet?«, fragte sie Honey.

Honey deutete auf den Brief. »Sie? Ist sie 404?« Als Marlow nickte, seufzte sie. »Das bedeutet, dass sie in Atlantis lebt. Das ist nicht weit von hier. Aber man kommt natürlich unmöglich dort hin.« Marlow sah sie verständnislos an, und Honey fuhr fort: »Du weißt von Atlantis, oder?«

Marlow überlegte, doch sie hatte noch nie davon gehört.

»Nun«, sagte Honey, »vielleicht nicht. Wahrscheinlich bringen sie euch da draußen nichts darüber bei. Das wäre wohl auch eher kontraproduktiv.«

Marlow strich mit dem Daumen über die Gänseblümchen am oberen Blattrand.

»Was denkst du?«, fragte Honey leise.

Hier sah das Briefpapier anders aus als in der Wohnung in der Twenty-First Street, dachte Marlow, als es noch etwas Gestohlenes gewesen war. Jetzt wusste sie, dass es ein Geschenk war. Es sollte ihr gehören. Als Kind hätte sie das Papier geliebt.

Zurück in Honeys Wohnung kümmerte sich David auf Honeys Anweisung hin um Marlow und drängte ihr den restlichen Nachmittag Maßnahmen zur Entspannung auf. Er hatte ihr so viele Kräutersachen zum Essen, Trinken und Einreiben mitgebracht, dass sie irgendwann allergisch auf sich selbst reagierte.

Atlantis. Immer wieder dachte sie darüber nach und dass es nicht weit von hier war. Sie wusste nicht, wie sie dorthin kommen sollte, nur, dass sie es unbedingt schaffen musste. Sie begann zu packen.

Honey kam zu ihr ins Zimmer, warf einen Blick auf Marlows Tasche und ihr Gesicht und sagte: »Ich kümmere mich darum.«

»Das musst du nicht«, erwiderte Marlow, unterbrach sich aber, als Honey sich auf sie stürzen wollte. Ihre Bewegung war aggressiv, Furcht einflößend, sie riss die Hand hoch. Doch dann hatte sie sich wieder im Griff. Sie stieß Marlow gespielt freundlich gegen die Schulter, Marlow bemerkte allerdings die fest geballte Faust, die weißen Knöchel.

Honey lachte auf. »Oh«, sagte sie ein bisschen zu laut. »Weißt *du* etwa, wie man nach Atlantis hineinkommt? Nein? Das dachte ich mir.«

Sie sagte, sie kenne da einen Typen, der Marlow zu Orla bringen könnte. Er würde sie am nächsten Tag vor Sonnenaufgang abholen. In der Morgendämmerung würden sie die

Grenze nach Atlantis passieren, ohne dass der Wachposten auch nur das Gesicht verziehen würde, weil der Wagen von Honey Mitchell kam, der Prinzessin der Privatsphäre. Die Anführer von Atlantis schätzten ihre Arbeit, auch wenn diese nur eine oberflächliche, kommerzielle Kopie ihrer eigenen Bemühungen war.

Der Typ kam am Nachmittag in die Wohnung und nickte Marlow ernst zu, während er ihre Hand schüttelte. Er gab ihr eine kleine Papierlandkarte des Dreistaatengebietes und fuhr mit einem rissigen, dicken Finger darauf ihre Reiseroute nach. Er sprach mit ihr über Ausweichpläne, welche öffentlichen Verkehrsmittel sie nehmen und wo sie sie finden könnte, falls wider Erwarten etwas schiefgehen und sie auf dem Weg getrennt werden würden. Als er aufstand, um sich zu verabschieden, dankte ihm Honey. »Marlow soll Atlantis unbedingt sehen, finde ich«, sagte sie. »Ich habe ihr erzählt, wie schön es dort ist.« Nachdem sich die Tür hinter ihm geschlossen hatte, drehte sie sich zu Marlow um. »Es ist ein Drecksloch«, erklärte sie. »Und das sage ich als jemand, der mit einem Plumpsklo hinter dem Haus aufgewachsen ist. Aber jetzt ist alles organisiert. Geh los und kauf noch, was du für die Reise brauchst, auf meine Kosten. In der Schublade neben dem Herd ist ein Silikonabdruck meines Daumens. Sonnenbrillen liegen auf dem Schminktisch. Mein Perückenschrank steht im Flur, die dritte Tür rechts. Mach dir keine Sorgen«, fügte sie hinzu. »Alles wird nach Plan laufen.«

Soweit Marlow wusste, tat es das grundsätzlich auch. Nur sie selbst spielte nicht mit.

Stattdessen wartete sie im Dunkeln, bis sie sicher war, dass Honey schlief. Dann tat sie einige aufregende Dinge zum ersten Mal in ihrem Leben.

Sie fand Honeys teuren Tequila und goss ihn langsam über den Sicherheitssensor bei der Wohnungstür, der Honey benachrichtigt hätte, sobald sie das Apartment verließ. Sie sah, wie das blaue Licht des Sensors aufflackerte und erlosch.

Sie schlich sich hinaus.

Sie hielt auf der Straße jemanden an und sah dem Menschen in die Augen. Sie musste es einige Male versuchen, doch schließlich blieb jemand genervt stehen und sagte ihr, wo die Bushaltestelle war.

Sie sah einen Bus.

Sie hatte sich nicht an den vereinbarten Plan gehalten, weil sie am Nachmittag doch noch Honeys Angebot annahm und shoppen ging. Von einer mit Fell überzogenen Stange in Honeys Zimmer holte sie eine Sonnenbrille – ein klobiges, unförmiges Exemplar, das das ganze obere Drittel ihres Gesichts verbarg. Sie stand vor dem Perückenschrank und bewunderte die Strähnen, die sich von der Decke bis zum Boden ergossen und geisterhaft erbebten, als sie die Tür öffnete und sich fragte, was Orla Cadden wohl für Haare hatte. Schließlich entschied sie sich für einen glatten silberfarbenen Bob, türmte ihre Haare auf ihrem Kopf auf und zog die Perücke fest darüber.

Marlow war auf halber Strecke zu den Läden, die David ihr genannt hatte, als ihr auffiel, dass sie den Silikonabdruck von Honeys Daumen, mit dem sie ihren Geldaccount nutzen konnte, vergessen hatte.

Sie war auf der Hudson Street, auf dem Weg zurück, als sie Honey entdeckte, die zu Fuß unterwegs war, anstatt sich fahren zu lassen. Das war sehr seltsam. Auf der anderen Straßenseite ging sie nach Norden, in einem blendenden Outfit aus weißen Sneakers, weißen, weit geschnittenen Hosen, einem weißen Rollkragenpullover, weißem Schal über dem Kopf und einer Fliegersonnenbrille mit weißem Rahmen. Eine Verkleidung so unauffällig wie ein extra Ausrufezeichen.

Irgendwo in Marlows Kopf läutete eine leise Glocke.

Sie folgte Honey in einem halben Block Entfernung und hielt sich nahe an den Schaufenstern, damit sie schnell in ein Geschäft schlüpfen konnte, falls Honey sich umdrehte. Sie folgte ihr, bis sie mitten auf einem Block abrupt abbog und in der Mauer verschwand.

Als sie näher kam, sah Marlow, dass Honey durch das Tor eines Parks gegangen war, der aus dem Nichts auftauchte. Sie spähte einen Kiesweg entlang, der im Schatten von weiß blühenden Bäumen lag. Am Ende des Wegs stand eine Bank vor einer schmalen, hohen Ziegelsteinmauer. Honey saß mit gespreizten Armen und Beinen darauf und belegte den gesamten Platz. Sie atmete genervt aus und ein, offensichtlich wartete sie auf jemanden.

Marlow umrundete den Block, suchte nach einem zweiten Eingang und fand ein Tor in der Barrow Street. Sie entdeckte die Ziegelmauer. Als sie sich auf der anderen Seite flach dagegenpresste, hörte sie, dass Honey mit jemandem sprach. »Vergiss nicht, das hat für uns beide viele Vorteile«, sagte sie.

Nach einer kurzen Pause sprach ein Mann. »Ich danke dir, dass du dich bei mir gemeldet hast. Ich möchte … kooperieren. Aber ich bin mir nicht sicher, wie.«

Marlow überlief ein Schauder, ihren Nacken, ihren Rücken, ihre Beine. Sie schlug eine Hand vor den Mund. Auf der anderen Seite der Mauer stand Ellis, ihr Mann.

»Ich stelle mir das folgendermaßen vor«, sagte Honey. »Wenn Marlow nach Constellation zurückkommt, wird sie schwanger.

Dann wird sie das Baby stillen. Vielleicht gleich das zweite Kind anhängen, wenn die Einschaltquoten gut sind.«

»Und …« Ellis klang jetzt schon ungeduldig.

»Marlow wird in absehbarer Zukunft kein Hysteryl nehmen. Sie wird einen neuen Sponsor brauchen. Und ich dachte, wenn ich sie dir übergebe …« Honey holte Luft. »Dann könnte ich ihr neuer Sponsor sein.«

Langes Schweigen. »Du?«, fragte Ellis schließlich. Wie seltsam, dachte Marlow, während sie sich das Treffen vorzustellen versuchte, dass sein Gesicht in ihrer Erinnerung verschwommen war, sie es nicht zu fassen bekam. Honeys dagegen stand ihr glasklar vor Augen, bis hin zu den gezackten Rändern der Narbe. »Du bist eine Verfechterin von Privatsphäre«, erwiderte Ellis langsam, als fände er Honey unglaublich dumm. »Und du willst, dass ich dir eine riesige Werbekampagne im Constellation Network überlasse, das nur *existiert,* um das Teilen privater Informationen zu promoten.«

Marlow hörte das leise Scharren von Sneakers auf dem Kies. Honey war aufgestanden, unbeeindruckt von seiner Antwort. »Ganz ruhig«, sagte sie. »Du brauchst nur eine Story, und die Hälfte steht ja schon fest. Marlow und ich haben uns nach vielen Jahren getroffen und uns versöhnt. Sie sieht, was ich mache. Sie hat eine Offenbarung. Sie denkt über die Vorteile von Privatsphäre nach.«

Ellis schnaubte, fragte aber hörbar neugierig: »Und dann?«

»Letztendlich entscheidet sie sich dagegen«, sagte Honey. »Sie geht nach Hause zurück, nach Constellation, aber was ich ihr erzählt habe, hat sie *verändert.* Sie hat das Gefühl, es wäre nur gerecht, wenn ihre Follower – ihre sechzehn Komma drei Millionen Follower, als ich das letzte Mal nachgesehen habe – diese Entscheidung für sich auch treffen könnten. Deshalb werde ich ihr Sponsor, und ihre Follower hören alles über mich und über eine Privatsphäre.« Kies knirschte. Marlow stellte sich vor, wie Honey sich umdrehte und auf Ellis hinabblickte.

»Kannst du mir erklären«, erwiderte Ellis scharf, ungeduldig, »worin für mich der Vorteil liegen soll? Ich meine, wofür brauche ich dich eigentlich? Sie wird es hier draußen nicht schaffen, solange die Jagd läuft. Sie *wird* aus freien Stücken nach Hause kommen.«

»Ich glaube, du unterschätzt sie«, meinte Honey. »Ich habe die letzten Tage mit ihr verbracht, und weißt du, was? Ihr gefällt es, ihre Ruhe zu haben. Sie war wütend, dass ich sie gefilmt habe, als sie sich Informationen im Archiv notiert hat. Gestern Abend ist sie auf der Offline-Party, die ich veranstaltet habe, völlig ausgeflippt. Ich glaube, du läufst Gefahr, sie für immer zu verlieren.«

»Da haben wir keine Bedenken«, schnaubte Ellis, und beinahe hätte Marlow gelacht. Ellis hatte Honeys Bemerkung so verstanden, dass das Network Gefahr lief, Marlow zu verlieren. Ob er sie auch verlieren würde, schien ihm nicht so wichtig zu sein.

»Wie *läuft* es eigentlich da draußen, Ellis?« Honeys Stimme war leiser geworden, drohender. »Ich habe die Antidote-Aktie seit Marlows Flucht im Auge behalten. Deine Firma geht den Bach runter – wegen deiner Frau. Wie findet man das im Büro? Wie denkt Liberty über dieses Chaos? Lass mich raten – die Fusion ist erst einmal gestoppt? Und die Hysteryl-Verschreibungen? Ich höre, es werden schon weniger. Die Leute sehen, dass Marlow trotzdem noch verrückt ist.« Honey pfiff leise und durchdringend. »Ein absolutes Desaster epischen Ausmaßes, Ellis. Und dein Name steht darüber.«

»Die Jagd wird sich darum kümmern …«, sagte Ellis.

»Die Jagd«, rief Honey, »ist gescheitert! Zwei mickrige Tipps in einer Millionenstadt. Ich bin die Einzige, die weiß, wo sich Marlow aufhält. Und als dieser Mensch kann ich dir verraten: Sie wird nicht aus freien Stücken nach Hause kommen.«

Marlow hielt den Atem am. Die Sonne ging allmählich unter, die letzten Strahlen fielen auf die Stelle, an der sie an die Mauer gepresst dastand. Sie schloss die Augen.

»Du hast mit allem recht«, sagte Ellis. »Bis auf den letzten Teil. Ich unterschätze Marlow nicht. Ich schätze sie genau richtig ein. Ich habe ihre Eier. Hast du daran gedacht? Nein? Nun, sie aber, früher oder später. Schließlich ist sie eine Frau. Sie wird ihre Kinder nicht zurücklassen.«

Honey prustete. »Eier sind ja wohl keine *Kinder.*«

»Dann versuch mal, ohne sie Kinder zu zeugen«, erwiderte Ellis ruhig.

Marlow zitterte so stark an der Ziegelmauer, dass der Stein Fäden an ihrem Pullover zog. Sie dachte daran, wie Ellis mit ihr beim Arzt gesessen hatte. Damals hatte sie ein Formular unterschrieben, dass er nach seinem Willen über ihre Eier entscheiden könne, falls sie langfristig abwesend sein sollte.

»Wenn du nicht auf mein Angebot eingehst«, sagte Honey, »und ich Marlow nach Atlantis fahren lasse, wird sie nicht mehr rauskommen. Du wirst sie nie wiedersehen. Das momentane Desaster? Wird zum Dauerzustand. Willige ein, und wenn der Fahrer morgen früh auftaucht, schicke ich ihn stattdessen zu deinem Hotel.«

»Sie wird das mit Atlantis nicht durchziehen«, entgegnete Ellis.

»Das ist eine dumme Wette. Ich habe dir doch gesagt, es scheint so, als wäre ihre biologische Mutter dort. Marlow will sie finden. Biologie ist ein starker Antrieb.«

»Und genau auf die Macht der Biologie setze ich.« Seine Stimme schien leiser zu werden. Er musste sich ein Stück entfernt haben. »Ich bin mir sicher, dass sie ihre Mutter kennenlernen will, oder wer auch immer diese Frau ist«, sagte er. »Aber nicht um den Preis, ihr eigenes Kind nicht zu sehen.«

»Ellis«, rief ihm Honey nach. »Was ist, wenn Marlow überhaupt kein Kind will?«

Marlow schlang die Arme um den Oberkörper. Die Frage hallte in ihren Ohren nach. Was, wenn sie kein Kind wollte? Was bedeutete es, dass sie es nicht wusste, dass sie nicht einmal an ihre Eier gedacht hatte, die auf der anderen Seite des Landes auftauten? Man würde sie nicht ewig aufbewahren. Sollte sie nicht in Panik geraten und zurückgehen, wie Ellis es erwartete? Marlow tastete in dem dunklen Abgrund ihrer Gedanken herum, suchte nach einem Instinkt. Als sie nichts fand, richtete sich ihre Wut zum ersten Mal gegen sich selbst. Sie biss sich auf die Lippe. *Entscheide dich!*

Ellis hatte sie von Anfang an gewarnt: Er fand gerne Schwächen heraus. Und jetzt las er durch die Mauer hindurch ihre Gedanken.

»Vielleicht will sie sie nicht«, sagte er, und Marlow hörte, dass er lächelte. »Aber sie wird es nicht wissen. Deshalb weiß ich, dass sie gehorchen wird. Sie *weiß* nicht, wie sie wissen soll, was sie will. Das Mädchen braucht Führung.«

19

Orla

Gros Islet, St. Lucia
2016

Orla flog am 23. Dezember nach St. Lucia, am Abend vor Floss' und Astons Hochzeit. Im Dunklen, wie in dem Vertrag festgehalten war, den sie unterzeichnet hatte.

Amadou fuhr sie direkt bis an die Treppe der kleinen weißen Maschine, die am Flughafen Teterboro wartete. Sie kämpfte sich aus dem Wagen, als er ihr die Tür aufhielt, und er nahm ihren Arm. Sie gingen die Treppe hinauf zum Eingang der Maschine, ihre Gesichter und Orlas geschwollener Bauch gegen den Wind gestemmt. Sie spürte Amadous Besorgnis, seinen Widerwillen, sie gehen zu lassen. Doch Orla musste fort. Floss hatte darauf bestanden, hatte sogar einen Arzt überredet, ihr eine Erlaubnis auszustellen. »Du fliegst mit einer Privatmaschine«, hatte Floss zu Orla gesagt, »und die ganze Zeit wird ein Arzt bei dir sein. Du wirst völlig sicher sein, und außerdem, wer sagt eigentlich, dass schwangere Frauen so spät nicht mehr fliegen sollen? Frauen schaffen alles.«

Nachdem Amadou ihr ins Flugzeug geholfen hatte und die Tür geschlossen worden war, saß Orla in ihrem Sitz und nickte, während der Pilot ihr die Route auf der Karte zeigte. Es war Orlas erster Besuch in der Karibik, und sie hatte gedacht, die Inseln lägen alle nah beieinander. Doch als der Mann auf St. Lucia deutete, erkannte sie, dass sie weiter entfernt lag als gedacht, fast schon in Südamerika. Später war sie sich sicher, dass Floss St. Lucia speziell wegen der weiten Entfernung ausgesucht hatte.

Orla hatte nicht sofort zugestimmt. Wochenlang hatte sie Floss und Aston ignoriert, auch wenn diese ihr täglich schrieben. Kurze, flehende Nachrichten, in denen sie auch nach ihrer Gesundheit fragten, sowie lange, flehende E-Mails zu ihrer Verwandlung in geerdete Menschen und dem Zimmer im Obergeschoss, das sie auf alle Fälle frei hielten. Einmal hängte Floss ein Foto an, und Orla konnte nicht widerstehen. Das Zimmer war winzig und bereits lavendelfarben gestrichen. Es hatte ein rundes Buntglasfenster mit einer Rose in der Mitte.

Aston hatte recht gehabt, das Baby war ein Mädchen. Bei Orlas Sechs-Monats-Ultraschall war es einer Schwester herausgerutscht. »Ach herrje, das tut mir leid«, hatte sie atemlos gesagt und ausgesehen, als würde sie gleich in Tränen ausbrechen. »Aber wie geht es Ihnen jetzt, nachdem Sie es wissen?« Sie wischte das Gel von Orlas Bauch. »Ein Mädchen ist wundervoll, nicht wahr?« Orla hatte genickt. Doch sie hatte nur Angst empfunden und erkannt, warum sie diesen Moment hinausgezögert hatte. Jetzt war es real.

Zufällig schickten ihr Floss und Aston an diesem Nachmittag rosa Pfingstrosen. Auf der Karte standen nur ihre Namen. Orla schob die Vase ans Ende der Küchentheke and stellte ihren Laptop ab. Sie überlegte, ob sie Danny über Facebook eine Nachricht schicken sollte. Sie könnte ihm vielleicht die Wahrheit sagen. Dann machte sie den Fehler und sah sich einige neu gepostete Bilder auf seiner Seite an. Sie verstand die Beweggründe, schließlich kam sie selbst auch aus Mifflin: Es war die Buße für seine Zeit in ihrer abgehobenen Welt, dass er sich jetzt wie ein Hinterwäldler benahm. Er hatte einen Pick-up-Truck gekauft und ihn höhergelegt. Auf der hinteren Windschutzscheibe klebte ein Sticker mit der Aufschrift: *Hoch damit. Fette Mädchen können nicht springen.*

»Nein«, sagte sie laut bei diesem Anblick. Sie würde es Danny nicht erzählen.

Polly schickte per Kurier Anmerkungen zu Orlas Manuskript. Rote Tinte füllte die Seiten, brutale Doppelkreise um Wörter, skeptische Ausrufezeichen. Orlas Blick verschwamm. Sie schob die Seiten zurück in den orangefarbenen Umschlag. Als sie diesen umdrehte, sah sie, dass ihr Scheck mit der Miete für den nächsten Monat daran klebte.

Manny, der Hausmeister, saß unten an seinem Platz, zusammen mit seinem Sohn Linus, der gerade von der Schule nach Hause gekommen war. Orla sah, wie der Blick des Jungen zu ihren Brüsten zuckte, während sie fragte, warum ihr Scheck zurückgekommen war.

»Weil Ihre Mitbewohnerin die Wohnung gekauft hat.« Manny grinste schief und entblößte einen gräulichen Schneidezahn. »Wieso wissen Sie das nicht?«

Ich wollte nicht, dass du dir um die Miete und so was Gedanken machen musst, schrieb Floss, als Orla sie danach fragte. *Sie soll dein Leben lang dir gehören.* »Ich«, dachte Orla. Nicht »wir«. Sobald sie das Haus in der Pineapple Street verlassen hatte, hatte sie vermutet, dass Floss' Geld hinter all dem steckte. Große Häuser in Brooklyn mieten, heruntergekommene Wohnungen in Chelsea kaufen – Floss hatte jahrelang kostenlosen Wodka gekippt und sich Kleider geliehen und so getan, als habe sie keine Ahnung, was sie da eigentlich tat. Doch Floss hatte immer alles im Blick. Sie hatte ihr Geld für das Richtige gespart.

Egal, wie du dich entscheidest, fügte Floss hinzu, als Orla nicht antwortete.

Okay, schrieb Orla schließlich. Sie ging den Flur entlang und sah zum ersten Mal in Floss' Zimmer, seit die Umzugsleute da gewesen waren. Es war so groß, und sie war schließlich für Floss da gewesen. Warum hatte sie nie daran gedacht, selbst einzuziehen?

Wie Aston gesagt hat, tippte Floss weiter. *Du gehörst zur Familie. Dass weißt du.*

Orla konnte sich nicht zurückhalten. *Es heißt »das«, nicht »dass«.*

Dass glaube ich nicht.

Doch, es heißt »das«!

Das weiß ich doch. Ich ärgere dich nur.

Orla wusste nicht, was sie darauf erwidern sollte. Floss begann zu tippen, die kleine graue Blase bewegte sich, verschwand, kam wieder. Als Orla nicht länger zusehen konnte, ging sie zurück in die Lobby. Manny war nirgends zu sehen, doch Linus drehte sich langsam auf dem Stuhl seines Vaters.

»Ich möchte die Wand in meiner Wohnung einreißen – die, die ich für ein zweites Schlafzimmer habe einziehen lassen«, sagte sie zu ihm. »Weißt du, wen dein Dad für so was holt?«

Linus griff in ein Fach vor sich. »Den hier«, antwortete er. »Ich glaube, das kostet zwölfhundert Dollar.«

»Äh, nein.« Orla schüttelte den Kopf. »Das habe ich für den Einbau bezahlt.«

»Ja.« Linus lächelte kläglich. »Sie berechnen zwölfhundert Dollar für den Einbau und zwölfhundert für den Abriss.«

»Das kann doch nicht dein scheiß Ernst sein«, sagte Orla und fügte gleich darauf »Entschuldigung« hinzu. Einen Moment hatte sie vergessen, dass er nur ein Kind war. »Hey«, meinte sie freundlicher und beugte sich über den Tresen, zeigte ihr Dekolleté. »Meinst du, ich könnte mir mal die Axt deines Dads ausleihen?«

Eine Stunde später war die Wand mit viel Lärm eingerissen und lag in Stücken auf dem Boden. Eine gezackte Linie an den Wänden und an der Decke zeigte den früheren Verlauf an. Winzige Gipskartonpartikel schwebten im Sonnenlicht und trübten die Luft. Zum ersten Mal überhaupt fiel die Sonne auf Orlas Wohnzimmereinrichtung, die Couch, den Teppich. Alles war noch abgenutzter und billiger, als sie gedacht hatte.

Ihr Handy vibrierte. Orla zog den Hermès-Seidenschal herunter, den sie als Behelfsmaske benutzt hatte, wischte ihre Finger an der Jogginghose ab und nahm das Telefon in die Hand. Floss hatte eine ganze Reihe Nachrichten geschickt, während Orla die Wand zertrümmerte.

Ich will mich ja nicht aufdrängen, aber mir ist ein cooler Name eingefallen, falls es ein Mädchen wird. Willst du mal hören?

Marlow

Weil er alle Buchstaben deines Namens enthält

Dann wärst du immer bei ihr

Natürlich nur ein Vorschlag

Orla brach in Tränen aus. Sie weinte, wie sie es nicht mehr getan hatte, seitdem sie mit anderen Leuten zusammengezogen war. Ihre Schluchzer hallten von den Wänden der leeren Wohnung. Plötzlich fiel es Orla ein, der Trick, der sich ihr das ganze Leben über entzogen hatte. Es war ganz einfach, eine Entscheidung zu treffen, man musste nur schnell sein.

Marlow gefällt mir, schrieb Orla zurück. *Und es wird ein Mädchen.*

Und bevor sie noch einmal darüber nachdenken konnte:

Könntest du herkommen?

Die nächste Zeit verging in einem Wirbel aus Papierkram und Treffen und Einverständniserklärungen. Immer wieder erklärte Orla ihr Einverständnis. Sie unterschrieb alle Standardverträge zu ihren elterlichen Rechten und dann noch eine Menge anderer Dinge, die speziell für ihren Fall aufgesetzt worden waren. Als man ihr die Vereinbarung vorlegte, laut derer sie sich die letzten zwei Monate ihrer Schwangerschaft nicht in der Öffentlichkeit zeigen durfte, sah Orla auf und sagte: »Das klingt aber sehr hart.«

Alle Anwesenden auf der anderen Seite des Konferenztisches lächelten – Floss' und Astons Anwaltsteam bestand aus sechs Leuten. Jemand erklärte es geduldig. Die drei sollten ein Covershooting nach Marlows Geburt absolvieren und in einem Exklusivinterview von ihrem »außergewöhnlichen Arrangement« erzählen, wie sie es auf Melissas Anweisung hin nannten. Ein Paparazzifoto von Orla würde die Verhandlungen erschweren. Sie hatten Glück, dass man sie bisher nicht abgelichtet hatte.

Also blieb Orla zu Hause. Sie nahm sich Pollys Anmerkungen vor und arbeitete sie in das Manuskript ein. Als sie nichts mehr zu tun hatte und nach unten ging, um die Werbung aus dem Briefkasten zu holen, spähte sie durch die Glastür nach draußen zu Mrs. Salgado. Seitdem Orla das Haus nicht mehr verließ, blieb auch Annas Mutter an ihrem Platz vor dem Gebäude. Sie saß einfach nur in ihrem Stuhl und strickte. Manchmal, wenn der Wind durch die Twenty-First Street jagte, wehte er Mrs. Salgados Strickarbeit gegen die Glastür, sodass Orla sie von der Lobby aus sah. Der Schal machte gute Fortschritte.

Im Flugzeug nach St. Lucia gab Orla erst vor zu schlafen und schlief dann tatsächlich ein. Als der Arzt sanft ihren Arm schüttelte, wachte sie auf und sah ihn blinzelnd an. Er war jünger als erwartet, vielleicht Anfang vierzig, groß, indischer Abstammung, mit schlanker Taille und dunklen Augen, die er höflich ein wenig gesenkt hielt, als er sie aufweckte.

»Orla«, sagte er. »Ich bin Dr. Kodali. Darf ich Sie kurz untersuchen? Und Sie sollten ein bisschen aufstehen, wegen der Durchblutung.« Er hielt ihr mit einem leichten Lächeln den Arm hin, als wollte er sie auf die Tanzfläche führen.

Nach der Landung verabschiedeten sie sich von dem Piloten und stiegen in eine wartende Limousine. Sie raste los, sobald Dr. Kodali die Tür hinter sich geschlossen hatte. Der Wagen schmiegte sich in die engen Kurven, die sich durch die Berge der Insel wanden. Das Baby in Orlas Bauch bewegte sich mit.

Nach einiger Zeit ließen sie die Berge hinter sich und kamen an einigen bekannten Resorts vorbei. Der Fahrer bremste auf der Fahrt bergab. Bananenblätter strichen über das Autodach. Schließlich gaben die Bäume den Blick frei auf die gepflasterte Einfahrt eines cremefarbenen, im spanischen Stil erbauten Gebäudes. Eine Frau in einem tadellos gebügelten Poloshirt trat an den Wagen heran und hob Orlas Tasche aus dem Kofferraum, dann die von Dr. Kodali. Mühelos trug sie das Gepäck an dem blau gefliesten Brunnen vorbei und führte sie einen Weg entlang auf eine Villa zu, die ein wenig abseits des Haupthauses des Resorts stand. Die Frau gab ihnen die ganze Zeit leise Informationen zur Anlage und ihrem Angebot, zumindest vermutete Orla das, denn sie verstand kein Wort. Doch sie hatte sowieso die strenge Anweisung, auf ihrem Zimmer oder dem Balkon zu bleiben und sich auszuruhen. Dr. Kodali sollte sie als Erstes anrufen, wenn sie etwas benötigte.

Die Frau blieb unter der Lampe, die den Vorplatz der Villa erleuchtete, stehen und gab jedem einen Schlüssel. Dr. Kodalis Tür war links, Orlas rechts.

»Auf Ihren Terrassen im Obergeschoss befindet sich ein Whirlpool«, flüsterte die Frau.

»Den dürfen Sie nicht benutzen«, sagte Dr. Kodali zu Orla.

Orla nickte. »Ich weiß.« Sie hatte ihr Handy noch nicht wieder eingeschaltet und fragte nach der Uhrzeit.

»Halb zwölf Uhr nachts«, antwortete die Frau. »Wir sind eine Stunde vor New York.«

Orla dankte ihr und berührte ihren Schlüssel. Aston und Floss würden sicher gerade ins Bett gehen. Ihre Hochzeit war für den nächsten Tag um neun Uhr angesetzt, gefolgt von einem Brunchempfang. Sie heirateten in aller Frühe an einem Freitagmorgen und waren begeistert. Floss hatte Orla bei ihrer Ultraschalluntersuchung aufgeregt erzählt, dass ein Kabelsender die Hochzeit live übertragen würde. Flosston waren zurück im Fernsehen.

Die Verdunkelungsvorhänge waren zugezogen, und Orla war zurzeit ständig müde. Ohne einen Muskelkrampf im Unterschenkel hätte sie die Hochzeit verschlafen. Schwer atmend sah sie auf die Uhr auf dem Nachttisch, während der Schmerz langsam abklang. Die Hochzeit würde in sieben Minuten beginnen.

Die Gummibärchen in der Hotelbar kosteten elf Dollar, doch sie feierte ja schließlich irgendwie. Sie setzte sich in ihrem BH auf das Bett und legte die Packung auf ihren Kugelbauch. Ihre Haut war so straff gedehnt, dass sie durchsichtig war. Tausend Adern schienen allein unter der Oberfläche zu verlaufen. Das Einzige, was noch unglaublicher war, als dass ein Leben in ihr heranwuchs, war die Vorstellung, dass es aus ihrem Körper herausrutschen und sie wieder zu einem einzelnen Menschen machen würde.

Sie schaltete den Fernseher ein, eines dieser niedrig auflösenden Modelle, die es nur noch in Hotels zu geben schien, und fand den Sender. Zwei gleich aussehende Moderatoren, ein Mann und eine Frau – beide dünn, gebräunt, mit dunkelblonden Strähnen und Zähnen so weiß, dass sie beinahe blau schimmerten –, saßen auf hohen Stoffklappstühlen am hinteren Rand einer großen Freifläche. Hinter ihnen liefen hektisch schwarz gekleidete Menschen hin und her, während herausgeputzte Gäste mit Pelzen und glitzerndem Schmuck auf ihre Plätze zusteuerten und vorgaben, nicht zu merken, wenn sie durchs Bild gingen.

Das Stroh war der erste Hinweis, dass etwas nicht stimmte. Überall waren Heuballen verteilt. Orla vermisste die verzierten

Säulenbögen des *Plaza*-Ballsaales, den Floss ihr vor Wochen gezeigt hatte. »Das Motto soll Retro-Feiertagschic sein«, hatte Floss verkündet und mit der Maus den riesigen Kronleuchter eingekreist. »Rot, Grün, Gold, Kristall und Brokat. Wie Jackie Kennedys Weihnachtsfeier im Weißen Haus. Das Kleid ist total Jackie, findest du nicht?« Floss' Kleid hatte ein Korsett, das so durchsichtig war, dass Floss sich den Bauch wachsen lassen musste. Früher einmal hätte Orla etwas dazu gesagt, doch da hatte sie nur genickt. Sie war einfach ständig müde.

Eine Minute später stellte das Moderatorenteam sich vor – Gianna und Chip – und verkündete überdreht, dass man »live aus *The Foundry* in Long Island City, New York, der alten Gießerei und beliebten Hochzeitslocation« berichte. Orla hörte auf, das schal schmeckende grüne Gummibärchen zu kauen, und warf einen Blick auf ihr Handy. Keine Nachricht von Floss und Aston, aber irgendetwas musste schiefgegangen sein – vielleicht eine Paparazziinvasion im *Plaza* oder ein Rohrbruch in letzter Minute.

Giannas Augen waren feucht und gerötet. »Soweit wir wissen, wird das Paar auf dieser Hochzeit etwas Wichtiges verkünden.« Sie schniefte und sprach weiter: »Ich muss mich entschuldigen – ich reagiere allergisch auf Heu. Wir wussten nicht, dass Stroh ausliegen würde.«

»Ja, das wussten wir nicht, Gianna«, gluckste Chip. »Wie finden wir das Motto eigentlich? Was soll es darstellen? Farmhauschic?«

»Wahrscheinlich ja, Chip«, meinte Gianna schwer atmend.

Werbung wurde eingeblendet. Orla schrieb Floss eine Nachricht: *Ich habe euch gerade im* The Foundry *gesehen. Ich hoffe, es ist alles in Ordnung.* Sie unterbrach sich – sie wollte irgendeinen warmherzigen Glückwunsch hinzufügen, doch was sagte man zu jemandem, dessen Hochzeit hauptsächlich von Hausfrauen und Müttern bei ihrem zweiten Kaffee angesehen werden würde? *Hals- und Beinbruch und genießt jeden Moment.* Das klang oberflächlich und distanziert. Floss antwortete nicht, auch wenn Orla die Meldung bekam, dass die Nachricht gelesen worden war.

Orla pinkelte, und als sie sich die Hände wusch, merkte sie, dass sie noch einmal pinkeln musste. Als sie ins Zimmer zurückkam, hatte der Sender ein vorab eingespieltes Feature zu »Flosstons hochdramatischem Weg ins Glück« gebracht. Dann wurde wieder auf die Liveübertragung geschaltet. Der leere Altar war eine grobe Holzkonstruktion, auf der ebenfalls Stroh lag.

»Wir unterbrechen unser Feature«, sagte Gianna mit der Miene einer Kriegsreporterin, »denn es passiert etwas hier im *The Foundry*, wo die Hochzeit von Aston Clipp und Floss Natuzzi jeden Moment beginnen wird.« Sie verstummte. »Ein kleines Pferd … ein Pony …«

»Ich glaube, das ist ein Esel«, quietschte Chip. »Esel!«

»Ein Esel wird den Mittelgang entlanggeführt«, sprach Gianna weiter.

Die Kamera schwenkte auf eine untersetzte Frau, die einen grauen, gestriegelten Esel an einer roten Leine zwischen den Stuhlreihen entlangführte.

»Ich bin«, sagte Chip, »*wirklich* verwirrt, Gianna.«

Gianna legte einen Finger an den Stöpsel in ihrem Ohr. »Man sagt mir gerade, dass auf den Esel noch ein Ochse und einige Schafe folgen werden.«

»Wir sehen sie schon«, verkündete Chip. »Da sind sie. Vielleicht hat die Hochzeit doch ein Zoo-Motto?«

»Wie *hinreißend*«, seufzte Gianna.

Die Gummibärchentüte knisterte unter Orlas Steißbein, als sie sich vorbeugte und herauszufinden versuchte, was da vor sich ging.

»Und jetzt sehen wir den Bräutigam, wie er zum Altar schreitet«, berichtete Chip. Die Kamera folgte Aston, der eine knielange Tunika mit langen Ärmeln trug, die an der Brust geschnürt war. Sie sah aus, als wäre sie aus Sackleinen. Seine Füße steckten in einfachen braunen Sandalen.

Gianna drehte die Karte mit Notizen in ihrer Hand um und sah zu Chip. »Man hatte uns gesagt, Aston würde einen Smoking von Gucci tragen«, sagte sie. »Ich bin mir nicht sicher, was …«

Die Menge schnappte lautstark nach Luft. Chip und Gianna erhoben sich von ihren Stühlen und reckten die Hälse. Gianna sah unsicher zu jemandem außerhalb des Kamerabereichs, während Chip ein paar Schritte aus dem Bild machte und sofort atemlos zurückkehrte. Als er zurück auf seinen Stuhl kletterte, rutschte ein Hosenbein hoch und entblößte die Socke. Die Haut war käsig, ganz im Gegensatz zu seinem Gesicht und den Händen. »Das ist unglaublich«, keuchte Chip. »Selbst für *dieses* Paar ist das gewagt … Bleiben Sie dran, wir versuchen, das Geschehen für Sie einzufangen …«

Orlas Herz schlug schneller. Die Fotografen, die sich am Rand der Feierlichkeiten gehalten hatten, stürzten nun zum Mittelgang und versperrten die Sicht. Breitschultrige Sicherheitsangestellte in grauen Anzügen rückten heran und drängten die Fotografen zur Seite. Schließlich sah Orla Floss am Anfang des Mittelgangs, und ihr blieb der Mund offen stehen.

Sie wurde von hinten wie ein Engel angestrahlt, und sie trug nicht ihr nuttiges Kleid, sondern ein einfaches weißes Gewand aus Seide mit einem geflochtenen goldenen Seil um die hohe Taille. Ihr Schleier war dick, bodenlang und vogeleiblau. An den Füßen trug sie die gleichen Sandalen wie Aston.

Floss machte einen Schritt nach vorn, der Stoff bewegte sich und enthüllte ihren Bauch. Er war hoch und rund und prall. Wie Orlas.

Orla vergaß ihren Zustand, sprang auf und stolperte zum Fernseher. Die Glaspixel ließen ihre Augen tränen, als sie ganz dicht heranging. Vielleicht verzerrte der miese Fernseher etwas?

Dann hörte sie Giannas Stimme. »Leute, es ist unglaublich. Floss Natuzzi hat es irgendwie geschafft, ihre Schwangerschaft vor der gesamten Welt zu verbergen, und jetzt ergibt das Motto der Hochzeit auch völlig Sinn: die Weihnachtsgeschichte von Jesu Geburt.« Sie lachte. »Also, streng dich an, Kleines!«

»Und stell dir vor, Gianna.« Chip wedelte mit einer weiteren Stichwortkarte. »Unsere Bosse wussten davon, diese Schlingel. Man hat mir gerade mitgeteilt, um was es sich bei der wichtigen Ankündigung handelt: Floss und Aston werden im Winter mit einer neuen Dokusoap ins Fernsehen zurückkehren, *Flosston – Jetzt zu dritt.*«

Orla glaubte zu halluzinieren, als in der Ecke des Bildschirms Aston und Floss zu sehen waren, bis zur Unkenntlichkeit mit Photoshop bearbeitet, zwischen die man digital ein gesichtsloses rosa Bündel eingefügt hatte.

Orla wich zum Bett zurück, ließ sich auf den Rand sinken und rutschte langsam zu Boden.

Auf dem Bildschirm schritt Floss weiter zum Altar, die Hände unter ihrem gerundeten Bauch gefaltet. Sie lächelte glückselig den applaudierenden Gästen zu. *Sie applaudierten.* Vor dem Altar nahm Aston ihre Hände und sah liebevoll auf ihren Bauch hinunter. Craig trat grinsend zwischen sie. Das war der einzige Teil der ursprünglichen Hochzeit, den Orla wiedererkannte: Craig würde die Trauung vollziehen. Melissa sollte in der ersten Reihe sitzen, doch statt ihrer saß eine Unbekannte auf dem Platz, eine nervöse Blondine mit zu viel Augen-Make-up und zu wenig Rock.

Zweitausend Meilen von der Zeremonie entfernt schrie Orla: »Fickt euch doch alle!« Sie warf die leere Wasserflasche aus der Minibar gegen den Fernseher und traf die Braut direkt an der Nase. Floss lächelte.

Orla drehte dem Fernseher den Rücken zu und nahm ihr Handy. Twitter explodierte. Inmitten der ganzen Spekulationen entdeckte Orla eine Schlagzeile.

HOT NEWS: FLOSS WIRD AUCH EIN BUCH SCHREIBEN.

Sie klickte darauf und wartete. »Komm schon, komm schon, komm schon«, murmelte sie und schüttelte das Telefon.

Eine Pressemitteilung erschien auf dem Display, mit dem hübschen Logo eines Verlags am oberen Rand. »Floss Natuzzi, Realitystar, Influencerin und werdende Mutter, wird ein Buch mit Essays und Lebensweisheiten bei uns veröffentlichen«, lautete die Überschrift.

Der siebenstellige Deal lief über Polly Cummings.

Das hellbraune Telefon auf Orlas Nachttisch klingelte so laut, dass sie das Handy aufs Bett fallen ließ. Zitternd nahm sie den Hörer ab. »Hallo?«

»Hier ist Melissa.« Orla hörte, dass sie geweint hatte. »Sie haben es mir erst heute Morgen erzählt, und ich habe sofort gekündigt. Die beiden sind Monster.«

»Aber warum tun sie das?« Orla hielt den Hörer dicht an den Mund. »Warum?«

»Der Sender steckt dahinter«, berichtete Melissa. »Craig, dieser schwanzlose … Er hat mir alles erklärt. Vor Monaten sind Floss und Aston zum Sender gegangen und haben um eine zweite Chance gebeten. Sie haben gefragt, was sie dafür tun müssten. Sie haben *gebrainstormt*. Eine Neuerfindung. Ein neues Kapitel. Eine Familie. Ein Baby. Sie waren ungeduldig. Sie wollten nichts von Craigs Adoptionsvorschlag hören oder herausfinden, was auch immer Floss hat. Dein Baby sei schon da, haben sie gesagt. Dein Baby sei *fertig*.« Melissa atmete verbittert aus. »Und dann kam Polly ins Spiel«, fuhr sie fort. »Ich will dir das überhaupt nicht erzählen. Sie haben Polly an Bord geholt.«

»Was meinst du damit?« Orla sah zum Fernseher. Craig trat zurück, Floss und Aston küssten sich.

Melissa seufzte. »Polly wusste, dass ein Buch von Floss verdammte Millionen einbringen würde«, sagte sie. »Sie hätte alles dafür getan. Und sie haben sich gedacht, wenn *du* denkst, dass du endlich Schriftstellerin werden könntest, dass du dann bereitwilliger … mitmachen würdest. Deshalb hat Polly ihnen geholfen. Sie hat gesagt, sie würde so tun, als nähme sie dich als Autorin an. Sie hat dich übers Ohr gehauen. O Gott«, wimmerte Melissa. »Los, geh zu deinem Laptop und schick mir alles, was du unterschrieben hast. *Alles*. Okay?«

»Aber ich habe doch getan, was sie wollten«, erwiderte Orla. »Sie haben alles bekommen, was sie wollten. Warum tun sie jetzt so, als sei Floss schwanger?«

»Oh, das.« Melissa lachte, und Orla hörte den Unterton heraus. Melissa wünschte, ihr ganzes Leben wäre anders verlaufen. Sie wünschte, sie hätte Orla nie kennengelernt, wäre nie im PR-Wesen gelandet, hätte nie Englisch lieber als Mathe gemocht. »Weil dem Sender die Storyline nicht *gefallen* hat«, antwortete sie. »Ihnen hat das Baby einer anderen Frau nicht gefallen. Sie haben Floss und Aston gesagt, das müssten sie ändern. Und das haben sie getan.«

Orla packte den Hörer fester. »Sie wird es also nie erfahren«, flüsterte sie. »Sie werden ihr nie sagen, dass ich ihre echte Mutter bin.«

Melissas Atem ging abgehackt. »Oh, *das* stimmt sicher nicht. Das ist nur fürs Fernsehen. Im echten Leben ...«

Orla legte auf und zog die einzigen Schuhe an, die ihr noch passten. Dann ging sie mit ihrem Koffer zur Tür.

Dr. Kodali öffnete erst nach einer Weile. Er band gerade den Gürtel eines Hotelbademantels, darunter trug er Badeshorts. Wassertropfen liefen an seinen Schienbeinen herab und sammelten sich auf den Terrakottafliesen. »Bitte entschuldigen Sie, dass Sie warten mussten«, sagte er. »Ich habe den Whirlpool ausprobiert. Ist alles in Ordnung?«

»Wir fahren nach Hause«, antwortete Orla. »Sofort.«

Nach schrecklichen Ereignissen, die plötzlich aus der Gegenwart eine weit entfernt liegende Vergangenheit machten, fragten die Menschen: »Wo warst du, als es passiert ist?« Als das erste Flugzeug ins World Trade Center flog, war Orla in der neunten Klasse und saß in der ersten Stunde im Geometrieunterricht. »Ach herrje«, sagte die Lehrerin, während sie sich mit zusammengekniffenen Augen über einen beigen Computer beugte, der mit der Rückseite zu den Schülern stand. »Scheint, als wäre ein kleiner Zweisitzer in ein Gebäude in New York geflogen. Oder so. Also, wo haben wir gestern aufgehört? Bei den Prismen.«

Bei der großen Flut war es anders. Die Frage lautete immer: »Worauf hast du gerade geblickt?«

Orla hatte die Mikrowelle angesehen. Sie erinnerte sich an das letzte Mal, es war um 18:17 Uhr gewesen. Sie war gerade von St. Lucia nach Hause gekommen, saß auf der Couch und sah fern. Am Abend vor Weihnachten liefen nur Wiederholungen von Floss' und Astons Hochzeit, Berichte über die Enthüllung der Schwangerschaft und über Astons merkwürdige Rede. Er hatte mit manischem Überschwang gesagt, dass er und Floss »die Geschichte von Jesu Geburt neu erfinden würden – wir machen sie *hot.* Wir machen sie *sexy.*« Da hatte Craig ihm auf den Rücken geklopft und das Mikro genommen.

Orlas Handy klingelte auf dem Bett. Als sie den Wellenton hörte, der eine neue Voicemail ankündigte, hievte sie sich vom Sofa. Ihr tief gesenkter Bauch rieb an ihren Oberschenkeln. Sie dachte daran, wie Floss in den Videos von der Hochzeit getanzt hatte. Bei *Shout* war sie in die Höhe gesprungen. War das niemandem verdächtig vorgekommen, wo sie doch angeblich hochschwanger war? War denn niemand auf der Hochzeit schon mal schwanger gewesen?

Die Voicemail war von der Braut. Im Hintergrund war gedämpftes Murmeln zu hören, Aston redete mit jemandem mit der aufgesetzt fröhlichen Stimme, mit denen er vor Angestellten so tat, als sei er genau wie sie. »Ich denke gerade an dich«, sagte Floss. »Wir haben dich bei der Hochzeit vermisst. Hast du zugeschaut? Ich war mir nicht sicher, ob du sie in St. Lucia empfangen kannst.« Sie hüstelte. »Falls ja, dann hast du vielleicht gesehen, dass wir uns für etwas anderes entschieden haben.«

Vielleicht gesehen!, dachte Orla.

Floss redete weiter. »Der Sender und Mason, keine Ahnung, in letzter Minute haben sie gesagt, wir müssten es so machen, sonst würde es aussehen, als hätten wir dich ausgebeutet. *Ich* wollte es nicht. Ich meine, hast du den Bauch gesehen? Ich habe geweint. Wer will denn bei seiner Hochzeit schon fett aussehen?« Floss schniefte. »Wie auch immer, ich hoffe, du bist jetzt nicht sauer, und ich hoffe, du hast Spaß in dem Resort. Wahrscheinlich bekommst du gerade eine herrliche Vorgeburtsmassage oder so was. In New York schneit es und ist eiskalt. Wir sind gerade in unsere Suite im *St. Regis* gekommen, und ich habe einen Monsterpullover an. Na gut. Gib Marlow einen Kuss von Mommy.«

Orla ging zum Fenster. Floss hatte recht. Es schneite, die Luft war voller träger Flocken. Orla lehnte sich auf das Fensterbrett, die Kante des Klimageräts schnitt in ihren Bauch, und sah zu den Menschen auf der Eighth Avenue hinunter, die mit hochgeschlagenen Jackenkragen vorbeieilten. Sie war überrascht von dem ganzen Platz, den sie in der Glasscheibe hinter sich sah. Sie vergaß immer wieder, dass die eingezogene Wand nicht mehr da war. Sie konnte bis zur Küche mit dem kränklich grellen Licht sehen. Die Wohnung wirkte ausgehöhlt. Vor kurzer Zeit war hier noch so viel gewesen: Menschen und ihre Schuhe, ihre Handys, ihre Ladekabel, ihr Essen, ihre Streits, ihre Tränen. Floss' Decken lagen achtlos auf der Couch. Astons Riegel setzten Eis im Gefrierfach an. Craigs Fitnessstudiotasche lag vor der Tür. Melissas Laptop stand auf der Theke. Die Geschenke der Publizisten und die verwelkenden Sträuße der Arschkriecher und die Kühlschranktür voller Zeichnungen von Fans, die man ihnen geschickt oder über die Absperrung gereicht hatte. Der Fernseher – immer eingeschaltet, weshalb sie oft ihre eigenen Stimmen hörten.

»Es ist irgendwie traurig«, sagte Orla laut zu dem Baby. Ihr fiel ein, dass sie mit ihm reden sollte. »Nach allem, was sie getan hat, glaubt sie immer noch, dass sie deine Mommy wird.«

Am nächsten Tag war Weihnachten, ein Tag mit leeren Gehsteigen und Abwesenheitsnotizen. Orla würde unmöglich einen Fotografen oder eine Bloggerin ans Telefon bekommen. Doch sie hatte beschlossen, dass sie am Tag nach Weihnachten jemanden finden würde – sie würde sich zur Not auch Ingrid zu Füßen werfen –, und sie würde ihnen alles erzählen. *Die Geburt kann jederzeit losgehen! Ein Mädchen. Marlow. Wie bitte? Ich weiß! Ich hatte auch keine Ahnung, dass Floss schwanger ist! Wir werden wohl abwarten müssen, was daraus wird.*

Sollen sie doch auf sie losgehen. Sollen sie doch ihre Anwälte schicken. Orla hatte keine Angst. Sie kannte die Wahrheit. Vor ihnen musste sie keine Angst haben. Sie waren nur ein paar Menschen, die ihre kleinen Träume fälschlicherweise für sehr viel größer gehalten hatten.

Sie schob ihr Handy in die Tasche ihres Sweatshirts, legte sich auf die Couch und schloss die Augen.

Sie wusste nicht, wie lange sie genau geschlafen hatte, und würde es auch nie erfahren. Ein Hämmern an der Tür weckte sie einige Zeit später, und da sie auf der Seite lag, blickte sie als Erstes auf die Mikrowellenuhr. Die Form der Zahlen war irgendwie seltsam. Ihr erster Gedanke war, dass es einen Stromausfall gegeben haben musste. Doch die Lampen brannten noch.

Sie rief dem wild klopfenden Menschen zu, sie komme sofort, und watschelte Richtung Tür. Ihre geschwollenen Füße hinterließen Abdrücke in dem Gipskartonstaub auf dem Boden. Er erinnerte sie an das Mehl, das am ersten Tag der

Dreharbeiten überall in der Wohnung verteilt gewesen war und das sich kaum hatte entfernen lassen.

Kurz vor der Tür warf sie wieder einen Blick auf die Digitalanzeige der Mikrowelle. Die kantigen, kleinen grünen Ziffern ließen sie innehalten.

Das Display zeigte 6:66 Uhr.

20

Marlow

New York, New York

2051

Marlow blieb im Park, bis es fast dunkel geworden und außer ihr niemand mehr da war, doch sie wusste immer noch nicht, was sie wegen ihrer Eier fühlte. Immerhin hatte sie etwas anderes herausgefunden: Sie würde sich nicht mehr führen lassen.

Deshalb schlich sie sich aus der Wohnung zum Bus, während Honey im Nebenzimmer schlief und Ellis irgendwo in einem Hotel in Uptown. Sie wusste nicht, auf was sie sich schließlich geeinigt hatten, und zu ihrer eigenen Überraschung war es ihr auch egal. Je weiter sie sich von Honeys Wohnung entfernte, desto kleiner wurden die beiden in ihrem Kopf.

Der Bus brachte sie zu einem Zug. Der Zug beförderte sie aus New York heraus, unter dem Fluss hindurch und durch einen namenlosen Abschnitt von New Jersey, der nur aus mit Graffiti übersäten Felsen und Häusern mit eingeschlagenen Fenstern zu bestehen schien. Sie trug Honeys silberne Perücke, auch wenn es mitten in der Nacht war, und sie war froh darüber, als sie irgendwann aus dem Fenster sah und ein Werbehologramm für die Jagd entdeckte. Es zeigte ein Foto von ihr, das das Mädchen im Archiv von ihr gemacht haben musste. Der Hauptpreis sei verdreifacht worden, verkündete die Anzeige, die zwischen den Fahndungsaufrufen zweier Krimineller platziert war, als wäre der Programmierer des Hologramms klug genug gewesen, zu erkennen, dass zwischen ihnen kein Unterschied bestand.

Marlow fuhr bis Absecon, wo die Schienen mit Unkraut überwuchert waren und endeten. Dann ging sie zu Fuß weiter. Sie hielt sich an die kleine Papierlandkarte, die Honeys Bekannter ihr gegeben hatte. Von New York aus nach Südosten, auf »die Küste« zu, wie die Leute den Abschnitt nannten. Sie brauchte die Landkarte nicht lange. Das riesige Betonhufeisen um Atlantis war unmöglich zu verfehlen. Die u-förmige Mauer umgab Atlantis an Land und riegelte es vom restlichen Staat ab. Zu beiden Seiten erstreckte sie sich Hunderte Meter ins Meer hinein und bildete eine Grenze im Wasser. Ein paar vereinzelte Bojen hüpften zwischen den Enden des U, dahinter waren kleine mintgrüne Boote mit der Aufschrift *ATLANTIS KÜSTENWACHE* zu sehen.

Die Hochhäuser innerhalb der Mauer standen dicht beieinander, die alten Logos an den Spitzen waren zerbrochen oder abgefallen. Marlow musterte die Menschen um sich herum. Es war leicht zu sagen, wer auch heimlich die Grenze überqueren wollte. Ihre Gesichter zeigten keinen Ausdruck, ihre Augen fixierten den Boden. Ihre Schritte waren steif und gleichmäßig, um keine Aufmerksamkeit zu erregen. Marlow passte ihr Tempo einem Paar an, das etwa achtzig Jahre alt sein musste und für sein Alter schnell unterwegs war. Nach dem langen gemeinsamen Leben ähnelten sie einander, beide hatten breite Hüften, gebräunte Haut und dichtes weißes Haar. Als der Mann Marlow zunickte, bemerkte sie seine Baseballkappe, in die schmale verschiedenfarbige Streifen und in Gelb *KOREA II* eingestickt waren. Zusammen und doch jeder für sich steuerten Marlow und das Ehepaar auf die rechte Seite der Grenzmauer zu, wo sie eine Kurve bildete und dann ins Meer hinaus führte.

Ventnor, die letzte Stadt im Süden vor der Mauer, war eine seltsame Mischung aus Urlaubskitsch und Grenzstadt-Trostlosigkeit. Die Hotels aus Beton auf der rechten Seite waren mit Roststreifen überzogen. Farbige Strandhandtücher hingen von den Balkonen. Links von Marlow befanden sich kleine Buden, die ihre Waren für die Nacht mit dünnen Plastikplanen abgedeckt hatten. Sie ging näher heran und spähte in eine Bude, in der nur das matte Licht der Sicherheitsbeleuchtung brannte. In den Regalen standen Schnapsgläser und Christbaumkugeln mit einem Bild der immer noch neuen amerikanischen Grenze darauf, dem Sand und dem Meer und der Mauer, die einen langen, harten Schatten warf. Es gab T-Shirts mit der Aufschrift *SAG MEINER FREUNDIN, SIE MUSS MIR NICHT SCHREIBEN – BIN IN ATLANTIS*, außerdem mit Wasser gefüllte Kugelschreiber, in denen ein winziger Grenzpolizist mit einem Gewehr und neongelber Sonnenbrille hin und her trieb. Marlow wirbelte herum, mit einem Mal beunruhigt. Doch der einzige uniformierte Mann in der Umgebung schien sich vor allem darauf zu konzentrieren, sie nicht zu sehen. Als sich ihre Blicke zufällig trafen, drehte er sich um und ging ein paar Schritte in die andere Richtung.

Die Mauer war noch einen Block entfernt, als Marlow und das Paar plötzlich im Dunkeln standen. Die Illumidrohne, die über ihnen geschwebt war und den Weg beleuchtet hatte, stieg in die Höhe. Als Marlow noch einen Schritt auf die Mauer zumachte, flog die Drohne voran und fiel wieder zurück, als wäre sie gegen etwas gestoßen. Sie drehte um und flog zurück, weg vom Meer. Während ihre Augen sich an das schwache

Licht der Straßenlampe gewöhnten, wartete Marlow ab, was das Paar als Nächstes tun würde. Die beiden blieben kurz stehen, dann gingen sie zu einem Schuppen am Ende der Straße. Marlow konnte das Schild nicht entziffern, bis plötzlich ein Licht über dem Schuppen dreimal langsam aufleuchtete: *Cocktail Cruise für Frühaufsteher*, daneben war eine aufgehende Sonne abgebildet. Eine Bootstour im Morgengrauen mit viel Alkohol also. Das Paar eilte darauf zu und blickte sich nervös um. Marlow tat es ihnen nach.

Eine Frau in einem Neoprenanzug stand hinter dem Tresen. Sie wirkte aufgeweckt und freundlich, als wäre es mitten am Tag und sie würde normal ihrer Arbeit nachgehen. Sie streckte die Handfläche aus. Marlow wusste nicht genau, wie viel Bargeld sie ihr gab. Es war dunkel, die Frau konnte es also auch nicht nachzählen. Sie schob es unter den Tresen. »Der Treffpunkt ist am Strand bei der Dudley Avenue«, sagte sie. »Zwei Blocks in diese Richtung. Warte, bis es fast hell ist.«

Marlow verbrachte die nächste Stunde an die Rückwand des Schuppens gelehnt, sie döste und beobachtete, wie die Möwen weggeworfene Pizzaränder aufsammelten. Als der Himmel eine gräuliche Färbung annahm, stand sie auf und ging zum Strand.

Das Boot, das ein paar Meter im Wasser vertäut war, sah aus wie eine lebensgroße Version eines Spielzeugs: hellblau und weiß, plastikartig. Über der Kabine hing eine schlaffe Piratenflagge, und auf die Seite war ein bärtiger Pirat mit Augenklappe gemalt. »Bereit zum Entern, arr?«, fragte er in einer nachlässig gezeichneten Sprechblase.

Marlow zog die Schuhe aus und eilte zu der kleinen Gruppe, die sich bei der Frau im Neoprenanzug versammelt hatte. Die Frau deutete ausgreifend auf das Boot und die

Rettungsweste in ihrer Hand, sprach aber über die Überfahrt. Die Cocktail Cruise würde sie auf direktem Weg zu einer Sandbank bringen. Ein Boot, das Vorräte von einem britischen Frachtkahn nach Atlantis brachte, würde genau zwanzig Minuten, nachdem sie bei der Sandbank geankert hatten, eintreffen. »Wir steigen schnell zu«, sagte sie. »Das Boot fährt weiter nach Atlantis und legt dort bei einem Restaurant im Hafen an. Ich werde euch in den Keller bringen, wo ihr euch Kellneruniformen überzieht. Die Besitzer des Restaurants haben früher in Connecticut gelebt und vermissen ihre Eltern und Geschwister, seit sie in Atlantis leben. Sie helfen uns schon seit Jahren.« Sie ließ den Blick über die Gruppe schweifen. »Danach seid ihr auf euch allein gestellt.«

Ein Jeep näherte sich holpernd, der Fahrer trug Uniform und hatte verschlafene Augen. *VENTNOR STRAND-GRENZWACHE* stand auf der Tür. Bei seinem Anblick wackelte die Frau mit den Hüften und kreischte aufgekratzt: »Also, wer hat Lust auf Cocktails?« Nachdem der Grenzposten vorbeigefahren war, fügte sie leiser hinzu: »Tut mir leid. Also, als Letztes noch das Kleingedruckte. Nachdem ihr alle hier seid, wisst ihr sicher davon, aber ich muss es trotzdem sagen. Das US-Außenministerium verbietet Reisen in und aus dem Gebiet, das jetzt Atlantis heißt und früher unter dem Namen Atlantic City, New Jersey, bekannt war. Ihr seid euch darüber im Klaren, dass ihr etwas Illegales tun werdet. Ihr werdet in ein fremdes Land einreisen, zu dem Amerika keine diplomatischen Beziehungen führt. Wenn ihr hier erwischt werdet, landet ihr im Gefängnis. Wenn ihr da drüben erwischt werdet, kommt ihr nie wieder zurück nach Hause.« Sie deutete mit dem Kopf über die Schulter zu der Mauer, die ein paar Hundert Meter den Strand entlang aufragte. »Schaut euch an, wie weit sie hinausführt«, sagte sie. Marlow gehorchte, folgte der Betonwand mit dem Blick so weit ins Wasser wie möglich. »Und doch ...«, sagte die Frau und lächelte, und Marlow sah, dass sie einen Goldzahn hatte, wie der Pirat auf dem Boot. »Und doch«, wiederholte die Frau, »können wir um sie herumgehen, nicht wahr? Das ist das Problem bei einer Mauer. Irgendwo muss sie enden.«

Auf dem Boot stand Marlow an einer Deckreling, wie die anderen mit einem Cocktail in der Hand, den sie alle vorgaben zu trinken. Als es hell wurde, zog sie die Perücke vom Kopf und warf sie in die Wellen. Sie sah sich um, ob jemand sie erkannte. Doch alle starrten entschlossen in den Himmel, die großen Gläser fest in Händen, als wären sie ganz versunken in den Sonnenaufgang. Für sie gehörte das zur Täuschung.

Doch Marlow war wirklich verzaubert. Sie verfolgte, wie die Farben den Himmel vom Wasser aus überzogen. Sie stellte sich ihren Vater in seinem Zimmer vor. Sie stellte sich vor, wie ihre Mutter mit ihrem berühmten hässlichen Tränengesicht wegen Marlow weinte, ihre gute Gesichtshälfte der Kamera zugewandt, und auch wenn sie eigentlich etwas Gemeines denken wollte, vermisste sie Floss plötzlich so sehr, dass die Knie beinahe unter ihr nachgegeben hätten. Sie fragte sich, ob Ellis eingeknickt war und Honey angerufen hatte, ob sich Zweifel in seine wasserdichte Analyse von Marlows Persönlichkeit eingeschlichen hatten und er den Deal doch eingehen wollte. Sie stellte sich Honey in ihrem Pyjama vor, wie sie durch ihren hinreißenden Flur eilte – was wollte der Fahrer damit sagen, Marlow war nicht aufgetaucht? Ihre Mutter und ihr Ehemann und ihre berühmte Bekannte würden alle dasselbe denken. Wo könnte Marlow wohl sein, wenn sie nicht da war, wohin man sie geschickt hatte?

Hier. Hier, auf einem Boot, das durch die aufgewühlten, sandigen Wellen schnitt, das sie weg von ihnen und der Wahrheit immer näher brachte. Marlow hatte gelernt, dass das Beobachtetwerden Essen auf den Tisch brachte. Doch in New York hatte sie überall die glücklichen Niemande gesehen – Menschen, deren Tage nicht darauf ausgerichtet waren, die Aufmerksamkeitsspannen der Zuschauer zu verlängern. Sie waren übergewichtig, sprachen mit sich selbst und waren so lebendig. Wegen ihnen hatte Marlow Mitleid mit Floss und Ellis, die ständig eine Rolle spielten, ebenso mit Honey und ihrer Armee aus Anhängern mit den dunklen Seelen. Sie hatten vielleicht die ganzen Follower, doch sie würden immer etwas nachjagen.

Marlow hatte es satt, dass man sie beobachtete. Jetzt sah sie ihre Umgebung und entdeckte ständig Neues. In dem Sonnenaufgang fand sie all die Farben, die ihr die Tabletten so viele Jahre vorenthalten hatten. Eine Orangeschattierung, die ihr so gut gefiel. Ein Gelb, das sie an die Zeit erinnerte, als es noch ihre Lieblingsfarbe gewesen war. Ein Rosaton, der vielleicht doch ganz hübsch war. Seit der Chip nicht mehr in ihrem Kopf war, hörte sie auch etwas ganz Neues, eine Stimme, die ihr sagte, sie solle weitermachen.

Sie beugte sich über die Reling in die Gischt und horchte auf die Stimme. Sie war sich fast sicher, dass es ihre eigene war.

21

Orla

New York, New York
2016

Orla folgte dem Hausmeister Manny aus dem Aufzug zu seiner Wohnung, der Nummer 1A. »Die meisten im Haus sind über Weihnachten weggefahren«, sagte er. »Wir haben also genug Platz für alle, die keine Uhr haben. Wir bleiben vorsichtshalber lieber zusammen. Es scheint, als wäre der ganze Block betroffen.«

»Und keine Uhr funktioniert?«, fragte Orla. »Ihre zeigen alle dasselbe an?«

Manny nickte. »Sobald etwas am Stromnetz hängt, ist es im Eimer.«

Da fiel ihr das Handy ein. Sie tastete danach und nahm es aus ihrer Sweatshirttasche. »Aber wir können doch …« Sie verstummte, als sie das Display sah. Ihr Hintergrundbild, ein Foto von ihr und Floss aus dem Jahr zuvor, war durch eine seltsame, undeutliche Grafik ersetzt worden. Das Display war voller weißer Vierecke – eine weiße, gepolsterte Wand, erkannte Orla, wie die Zellen in psychiatrischen Kliniken. Keine Zeitanzeige, kein Datum, keine Benachrichtigungen. Nur die weißen Vierecke, die sie aus dem Gerät ausschlossen, statt sie darin einzusperren. »Sehen Sie sich das an.« Sie zeigte Manny das Telefon.

Er verzog das Gesicht. »Ja, die sehen alle so aus.« Sie gingen in die Wohnung, und er versperrte die Tür hinter ihnen.

In Mannys Küche hatte sie ein Déjà-vu-Erlebnis. Sie war genauso wie ihre in den ersten zwei Jahren in dem Haus, bevor man sie modernisiert hatte. Gelbes Licht, das noch schlimmer war als das harte, weiße, das später installiert wurde, Schränke mit Holzimitatkanten.

Orla trat ein paar Schritte näher. Ein gutes Dutzend ihrer Nachbarn drängte sich um den Küchentisch und rückte auf dem burgunderroten Sofa zusammen. In einer Ecke der Couch saß die wütende alte Frau, die tagsüber auf der Lederbank in der Lobby saß und auf den Hausmeister einredete. »Rowdys oder irgendeine Störung«, murmelte sie jetzt, an niemand Bestimmten gerichtet. »Warum müssen denn alle so überreagieren?«

An der grün gesprenkelten Arbeitsfläche lehnte der Mann aus dem zweiten Stock, dessen Boston Terrier immer die eingerollte Zeitung im Maul trug. »Genau«, sagte der Mann. »Ich habe ein Jahr lang in Downtown gelebt und jeden Tag tote Menschen gerochen. Also entschuldigt bitte meine Meinung, dass es nicht das Ende der Welt ist, wenn man mal die *Uhrzeit* nicht weiß.«

Im Wohnzimmer waren die Kinder aus dem vierten Stock, ein Junge und ein Mädchen, deren Alter Orla nicht einschätzen konnte und deren bunte Spielsachen immer zerbrochen im Aufzug lagen. Sie starrten auf den Fernseher, der, wie Orla mit schneller schlagendem Herzen bemerkte, dieselben weißen Rechtecke zeigte wie ihr Handy. Die Mutter der Kinder drehte sich zu ihr. Sie trug den gleichen Schlafanzug mit Zuckerstangenmuster wie ihre Kinder. »So ist das schon eine ganze Weile«, sagte sie. »Aber wir lassen ihn für alle Fälle eingeschaltet.«

Der muskulöse Latino, der immer zur selben Zeit wie Orla zur Arbeit gegangen war, half gerade Mannys Sohn Linus, den Weihnachtsbaum weiter in die Ecke zu schieben, um so für mehr Platz zu sorgen. Orla nickte Linus zu, der ihren Blick jedoch mied. Sie dachte, dass sie ihn vielleicht mit ihren riesigen Brüsten einschüchterte, doch dann hob er den Kopf, und sie sah seine rot geweinten Augen. Er hatte Angst.

Manny kam zu ihnen und legte dem Jungen die Hände auf die Schultern. »Wir wissen nicht viel«, rief er in den Raum. »Wir haben Strom, aber irgendwer hat die Uhren verstellt. Alle zeigen nur sechs-sechs-sechs an. Das Internet ist tot, der Fernseher auch. Alles ist … eingefroren. Eure Handys funktionieren auch nicht, oder?«

Alle tippten hastig auf ihren Telefonen herum und schüttelten dann den Kopf. Die Geräte waren tot.

»Zum Glück für euch alle«, sagte er fröhlich, »hat dieser alte Bastard hier noch einen Festnetzanschluss. Ich rufe die Cops an, die sollen sich das mal ansehen.« Er nahm den Hörer von der Wand und lauschte, dann runzelte er die Stirn und hängte wieder auf.

»Miss«, sagte ein Mann leise hinter Orla. »Möchten Sie sich hinsetzen?«

Orla drehte sich um. In einem Lehnsessel mit Zierdeckchen über dem Kopfteil saß ein breitschultriger Mann. Er trug eine Brille mit silberfarbenem Gestell, seine Augen waren ruhig und standen weit auseinander. Unter seinem zerknitterten weißen Hemd sah Orla den Rand eines vergilbten Unterhemds und hellbraune Brusthaare, die sich darüber lockten. Nach einem Moment erkannte sie ihn: Es war der Ukrainer aus dem Penthouse, dessen Terrasse sie sich vor langer Zeit ausgeliehen hatten, Floss mutig wegen ihres perfekten

Hinterns und Orla mutig wegen Floss. Sie dankte ihm und setzte sich.

Es klopfte leise an der Tür. Alle drehten sich um. Manny spähte durch den Spion. Er schüttelte bereits den Kopf, als er öffnete. »Es tut mir leid«, sagte er. »Ich muss an die Menschen hier im Haus denken.«

»Ich verstehe«, antwortete eine Frau. »Aber nur ein kleines bisschen, um mich aufzuwärmen. Ich wohne in Staten Island, und ich komme nicht nach Hause. Nichts fährt mehr, keine Busse, keine Züge. Die Tunnel und Brücken sind gesperrt, niemand darf auf die Straßen.«

»Stimmt das?«, flüsterte jemand hinter Orla. »Himmel.«

»Es geht nicht«, beharrte Manny.

»Bitte.«

Die Stimme klang bekannt. Orla stand auf und versuchte zu sehen, wer an der Tür stand. Sie erkannte ein Büschel gefärbter Haare über einem Fleece-Stirnband. Sie ging zu Manny und berührte seine Schulter.

Mrs. Salgado sah sie ausdruckslos an. Erwartete nichts.

»Sie gehört zu mir«, sagte Orla.

Manny verzog eine Lippe. »Damit können wir jetzt nicht anfangen«, erwiderte er. Doch dann seufzte er und ignorierte den bösen Blick seiner Frau. Er ließ Annas Mutter herein.

Zusammen blieben sie die ganze Nacht wach und warteten darauf, dass sich etwas änderte.

Manny ging bei Sonnenaufgang nach draußen. Er kam mit geschnittenem Brot, Erdnussbutter und verstörenden Neuigkeiten zurück, die er von Cops und schreckhaften Kassierern erfahren hatte, die alles per Hand abrechneten. Die Polizisten verwendeten alle denselben Ausdruck: ein mehrgleisiger

Hackerangriff. GPS-Signale waren tot. Alle großen Kabel-, Telefon- und Internetanbieter waren zusammengebrochen, alle Back-ups vernichtet. Ein Polizist erzählte Manny, dass in einer verschlafenen Stadt im Hinterland, in der einige Menschen noch einen örtlichen Internetanbieter benutzten, manche noch online waren und Websites ausprobierten, die jedoch alle nicht mehr funktionierten.

Das Stromnetz jagte allen am meisten Angst ein, weil es bedeutete, dass Experten am Werk waren. Die Hacker hatten einen Weg gefunden, den Strom zu manipulieren, weshalb selbst die alten, verstaubten Geräte nicht mehr richtig die Zeit erfassten. Manny hörte, dass das NYPD, das FBI, der Bürgermeister und der Gouverneur sich alle am Bahnhof Grand Central versammelt hatten, unter der alten Uhr mit den vier Zifferblättern. Und Mrs. Salgado hatte recht: Nichts ging mehr. Die Ampelschaltungen waren tot, Züge standen dunkel und nutzlos herum. Flugzeuge steckten entweder auf dem Boden fest oder kreisten in der Luft, warteten darauf, dass die Flugsicherung ihre Papierkarten zur Sicherheit dreimal überprüft hatte.

Die Straßen seien weitgehend leer, sagte Manny. Die Menschen hielten sich zu Hause auf, wie sie es bei dem Schneefall wahrscheinlich sowieso getan hätten. Doch er gab zu, mit vielen beruhigenden Gesten, um sie nicht in Angst und Schrecken zu versetzen, dass er nicht in den nächsten Supermarkt gegangen war, weil »da ein kleines bisschen geplündert wurde«.

Dann gingen die Lichter aus. Der Raum war in das gleiche bläulich graue Licht getaucht wie die Stadt unter dem bedeckten Himmel.

Sie schwiegen lange, als würde das Licht zurückkommen,

wenn sie die Dunkelheit nur nicht erwähnten. Doch schließlich schien es so zu bleiben, und der Ukrainer seufzte. »Nun«, sagte er und kratzte sich am Ohr. »Es ist Weihnachten.«

Alle spürten, dass Mannys Frau allmählich ihre Ruhe brauchte. Sie hatte die Wassergläser der Gäste ins Spülbecken geräumt. Also murmelten sie, dass sie für eine Weile in ihre eigenen Wohnungen zurückkehren würden. Sie würden baden und sich ausruhen, solange es hell war. Bei Sonnenuntergang könnte man sich wieder treffen.

Das Gefühl der ihr folgenden Mrs. Salgado war mittlerweile so normal, dass Orla erst nach kurzer Zeit erkannte, dass die Frau mit in ihre Wohnung kommen wollte. Doch wohin hätte sie auch gehen können? Orla überließ ihr zuerst die Dusche und gab ihr eine Yogahose und einen Lehigh-Sweater zum Anziehen.

Mrs. Salgado nahm die Kleidung und musterte Orlas geschwollene Knöchel. »Legen Sie besser die Füße hoch und ruhen Sie sich aus«, sagte sie. »Wann ist der Geburtstermin?«

»Heute«, antwortete Orla. »Aber heute wird nichts passieren. Ich merke überhaupt nichts.« Sie sprach entschlossen, das Baby sollte ihre Worte hören. Marlow sollte in ihr bleiben, bis das alles hier vorbei war. Bis die Fotografen zurückkehrten und das Internet wieder funktionierte und die Menschen nicht zu beschäftigt waren, um zu hören, was sie zu sagen hatte: dass Floss versuchte, ihr Baby zu stehlen.

Mrs. Salgado sah sie an, ihre Lippen zuckten. »Glauben Sie, dass es so sein wird? Dass Sie eines Tages aufwachen und sich wie eine Mutter fühlen werden?«

»Ich meine nur«, erwiderte Orla, »ich habe keine Wehen.«

»Sie werden sich niemals anders fühlen, nur damit Sie es

wissen. Das Kind wird kommen, und Sie werden auf eine Veränderung warten. Jahrelang werden Sie warten. Sie werden immer denken, dass Sie sich eines Tages ändern. Dass Sie aufwachen und sich …« Sie klappte den Lichtschalter im Badezimmer hoch und wieder runter, vergeblich. »… fähig fühlen werden«, vollendete sie den Satz. »Fähig, dieses kostbare kleine Wesen zu beschützen. Doch das passiert nicht. Deshalb werden Sie weiterhin Angst haben zu versagen. Und eines Tages werden Sie das auch.«

Orla betrachtete Mrs. Salgados Gesicht. Die Haut war trocken und kreppartig, voller Falten und dunkel um die Augen. Sie fragte sich, wie sehr Annas Leben dieses Gesicht geprägt hatte, wie sehr ihr Tod. Und für welche Spuren sie selbst verantwortlich war.

»Warum sind Sie mir gefolgt?«, fragte Orla.

Mrs. Salgado neigte den Kopf zur Seite und zog das Fleece-Stirnband aus ihrem verfilzten Haar. Sie kniff die Augen zusammen, als blicke sie in die Sonne. »Ich habe versucht, Sie nicht mehr als Monster zu sehen«, antwortete sie. »Ich kannte Sie nur aus dem Fernsehen. Ich dachte, wenn ich sehe, wie Sie laufen oder mit der U-Bahn fahren oder Lebensmittel einkaufen oder vielleicht in eine Pfütze treten, dann macht Sie das vielleicht etwas realer. Ich habe versucht, Sie als die Tochter von jemandem zu sehen.«

Orlas Herz verkrampfte sich. Sie dachte an ihre Eltern, die kurz vor dem Ende einer sechswöchigen Europareise standen, mit der Orla sie überrascht hatte. Auch wenn sich dadurch die böse rote Zahl auf ihrer Kreditkartenabrechnung fast verdoppelt hatte. Sie hatte die Reise vor Monaten gebucht, damit ihre Eltern während ihres dritten Trimesters weit weg waren und von ihrer Schwangerschaft nie erfahren würden. Gayle war sehr misstrauisch gewesen – »der siebenunddreißigste Hochzeitstag ist aber kein großes Jubiläum, Schatz« –, doch sie hatte das Geschenk angenommen.

»Hat es funktioniert?«, fragte Orla Mrs. Salgado.

Die Frau legte eine Hand auf Orlas Arm, tätschelte ihn, rieb ihn. »Kein bisschen.«

Nachdem sie geduscht hatte, schlief Orla eine Weile, allerdings so leicht, dass sie ihr eigenes Stöhnen hörte. Als es wieder dunkel war, weckte Mrs. Salgado sie, und gemeinsam gingen sie nach unten. Orla bemerkte, dass eines von Floss' Erbinnen-Büchern, die sie beim Auszug zurückgelassen hatte, auf der Küchentheke lag. Mrs. Salgado hatte eine Imbissspeisekarte als Lesezeichen hineingelegt, als ob sie zurückzukommen plante.

Sie waren jetzt weniger als am Abend zuvor. Orla, Mrs. Salgado, die alte Frau, der Ukrainer und Mannys Familie saßen um den Tisch herum und aßen das Pernil, das Mannys Frau auf dem Gasherd gekocht hatte. Sie wiederholte ständig, dass es nicht für alle reiche, wie hätte sie das auch wissen können, und die Gäste erwiderten genauso regelmäßig, dass es natürlich reiche, und wie hätte sie das auch wissen können, und außerdem schmeckte es köstlich. Der Ukrainer hatte eine Flasche Wodka mitgebracht und schenkte allen außer Orla ein, sogar Linus. Der sah zu seiner Mutter, die alle mit ihrer Reaktion überraschte. »Wenn du es hinunterbringst, dann trink nur.« Sie trug neuen Schmuck – eine Kette mit Anhänger, baumelnde Ohrringe und ein breites Armband –, was ihre Stimmung leicht zu verbessern schien. Orla war dankbar, dass Manny klug und rechtzeitig die Weihnachtseinkäufe erledigt hatte.

Zusammen räumten sie auf. Orla trocknete Geschirr ab, bis Mrs. Salgado ihr das Tuch aus der Hand nahm und ihr befahl, sich hinzusetzen. Der Ukrainer trug die alte Frau, die schläfrig und deren Wangen vom Alkohol gerötet waren, zur Couch.

Alle dachten dasselbe – *was tun wir jetzt?* –, als draußen ein bedrohliches Geräusch zu hören war, das an- und wieder abschwoll. Da sie alle langsam in der Wohnung verrückt wurden, drängten sie das Unbehagen zurück, zündeten Kerzen an und gingen ins Freie.

Der Lärm stellte sich als Gesang heraus.

Die Eighth Avenue war voller Menschen, die nach Osten zu einem Mann blickten, der sich gefährlich aus seinem Fenster im dritten Stock eines niedrigen Gebäudes lehnte. Er trug eine blinkende Scherzartikelbrille mit Weihnachtsbaumdeko und dirigierte die Menge mit wilden Armbewegungen. In einer Hand hielt er ein riesiges Martiniglas, aus dem die Flüssigkeit auf die Straße schwappte. In der anderen hielt er einen lilafarbenen, beleuchteten Dildo in Übergröße, den er wild hin und her schwenkte, während die Menge *Stille Nacht, heilige Nacht* sang.

»Hübsch«, meinte Manny grinsend. Seine Frau musterte den Dildo scharf und erwiderte: »Nein, das ist es nicht.«

Orla sah den Block entlang. Man hatte den *Starbucks* geplündert. Die Meerjungfrau, die normalerweise über der Tür hing, lag mit dem Gesicht nach unten auf dem Gehsteig, Drähte ragten aus ihrem Rücken. Weiter im Norden waren die Anzeigen am Madison Square Garden schwarz und stumm. Das Empire State Building stand dunkel da, seine Spitze zerteilte den Mond. Die gewohnten Geräusche waren verschwunden – die Martinshörner, die Sirenen, die Motoren. Es war fast schon tröstlich, wie sich der Mann mit dem wilden Blick, der sonst an der Ecke zur Twenty-Sixth Street stand, durch die Menge drängte und immer noch irgendetwas von Jesus brüllte. »Es ist zu spät!«, rief er den Sängerinnen und Sängern zu. »Zu spät!«

Bei Orla blieb er stehen und starrte sie an. Instinktiv trat sie einen Schritt zurück. »Sie sind nass«, sagte er mit völlig normaler Stimme.

»Wie bitte?« Sie schlang die Arme um ihren Bauch.

»Ich habe gesagt, Sie sind nass«, wiederholte er. »Ihre Hose ist nass.«

Sie dachte, er meinte den Hosensaum, der in den Schneematsch hing, doch dann hielt Mrs. Salgado ihre Kerze tiefer. Orla sah, dass ihre Jogginghose im Schritt durchweicht war, der Stoff dunkel gefärbt.

»Die Fruchtblase ist geplatzt, Orla«, sagte Mrs. Salgado. »Sie müssen ins Krankenhaus.«

»Nein«, wehrte Orla ab. Heute Abend war es noch nicht so weit, das musste etwas anderes sein. Doch dann durchzuckte ein heißer Schmerz ihren Rücken und ließ ihren Blick verschwimmen. »Ich will noch warten«, brachte sie mühsam hervor.

Doch niemand hörte sie. Mrs. Salgado rief Manny etwas zu, der über den Gesang hinweg einen Polizisten auf sie aufmerksam machte. Seine Stimme vermischte sich mit dem Chor, beide wetteiferten miteinander. *Hey, stille Nacht, hier drüben, ich brauche Hilfe, heilige Nacht, hier hat eine Frau Wehen. Alles schläft, einsam wacht …*

Die Generatoren im Mount Sinai West fielen immer wieder aus. Die Krankenhauslobby war entweder stockfinster oder hell erleuchtet, wie die Nachtklubs, die Floss immer geliebt und Orla immer gehasst hatte. Zusammen mit Mrs. Salgado ging sie zum Empfang.

Der Strom kam zurück, als eine Schwester Orla und Mrs. Salgado zur Geburtsstation brachte. Babys, keine Babys, Babys, keine Babys. Die Neugeborenen, die mit ihren Mützchen und in ihren winzigen Stramplern nicht voneinander zu unterscheiden waren, schienen das Blinken nicht zu bemerken.

Frischer Schmerz durchzuckte Orla, als sie sich in ihr Bett legte. »Atmen«, sagte jemand, doch sie hielt die Luft so fest wie möglich an. Eine Schwester reichte Mrs. Salgado eine Armbanduhr, die sie aus einem kleinen Eimer nahm. Die weiß behandschuhten Hände von Micky Maus behaupteten, es sei 20:15 Uhr. »Sie behalten die Wehen im Auge«, sagte die Schwester zu Annas Mutter.

Die Ärztin stand mit den Händen in den Kitteltaschen an Orlas Bett. »Tut mir leid, Liebes, keine Rückenmarksnarkose«, sagte sie. »Wir sind unterbesetzt. Aber Sie schaffen das. Millionen Frauen haben das schon geschafft. Ihre Mutter ist bei Ihnen. Alles wird gut.«

»Ich bin sechsund*vierzig*«, schnaubte Mrs. Salgado entrüstet.

Die Ärztin schob ihre Finger in Orla, die versuchte, nicht laut aufzukeuchen. »Drei Zentimeter«, verkündete sie.

Drei Stunden später waren es erst vier, und der Herzschlag des Babys verlangsamte sich. Die Ärztin rief eine Kollegin, und die beiden berieten sich in der Ecke, neben einem Yogaball, der in einer großen Netzhängematte von der Decke hing.

»Also gut«, sagte die erste Ärztin zu Orla und klatschte in die Hände. »Wir müssen einen Kaiserschnitt machen. Das bedeutet«, fuhr sie in einem heiteren Singsang fort, »Sie bekommen eine Narkose! Endlich, nicht wahr?«

Als sie sie gerade in den OP fahren wollten, beugte sich Mrs. Salgado über das Bett. »Wenn diese Uhr richtig geht, ist immer noch Weihnachten«, sagte sie zu Orla. »Ihr Baby wird vor Mitternacht hier sein – Sie werden nicht glauben, wie schnell das geht. Ich hatte auch einen Kaiserschnitt.« Zögernd strich sie Orla die feinen Locken am Haaransatz aus dem Gesicht. Es wurde wieder dunkel. Der kleine Tross Richtung OP blieb stehen und wartete.

»Es tut mir leid«, sagte Orla ins Dunkel hinein. »Es tut mir so leid.«

Einen Moment herrschte Schweigen. Dann meinte die Krankenschwester an Orlas linker Schulter: »Lustig – sonst sagen das hier oben immer die Ehemänner.«

Als das Licht wieder anging, war Mrs. Salgado nicht mehr da.

»Ganz ruhig«, sagte die Schwester, als Orla den Kopf hob und sich umsah. »Sie wird da sein, wenn Sie aus dem OP kommen.«

Doch das war sie nicht. Mrs. Salgado versuchte tatsächlich zu bleiben, aber als sich ihr Kopf mit Erinnerungen an Anna füllte, musste sie gehen. Anna, wie sie aus ihrem Bauch gezogen wurde, während sie wie Orla auf einem OP-Tisch lag und aufgeschnitten wurde. Annas erster Schrei, Annas glitschige, um sich schlagende Fäuste, Annas bläulich rote Brust, die unter ihrem ersten Atemzug anschwoll. Niemand erzählte Orla davon. Als sie nach der OP aufwachte und man ihr Marlow auf die Brust legte, musste das auch niemand. Sie war eine Mutter. Sie verstand.

Von Mrs. Salgado war nur noch ein ordentlicher Stapel Wolle auf dem Stuhl in Orlas Zimmer zurückgeblieben: eine winzige Hose, ein winziger Pullover, ein Mützchen. Orla kannte die Wolle. Sie war überzeugt, dass Mrs. Salgado in den letzten Wochen vor ihrem Gebäude einen Schal gestrickt hatte. Doch von ihrer Mutter wusste sie auch, dass jemand mit Strickerfahrung das Design mühelos ändern konnte, wenn er es sich rechtzeitig anders überlegte.

Am ersten Tag von Marlows Leben war die Welt immer noch ohne Zeit und beängstigend. Doch in Orlas Zimmer war alles perfekt. Marlow schlief, zur Erleichterung der überlasteten Schwestern. Marlow trank, zur Freude der neugierigen Stillberaterin, die grinsend »Dem Himmel sei Dank« rief. Orla strahlte zurück. Schaut nur, was sie geschaffen hatte. Sie würde nie wieder allein sein.

Normalerweise hätte man sie nicht so viel mit Marlow allein gelassen. Normalerweise hätte es Bäder und Untersuchungen gegeben, Ermahnungen, im Bett zu bleiben, damit der tiefe Schnitt in ihrem Bauch heilen konnte. *Doch unter den gegenwärtigen Umständen,* sagten sie immer wieder, was bedeutete, dass sie Orla sich weitestgehend selbst überließen. Sie sagten ihr, sie solle beim Aufstehen vorsichtig sein. Sie zeigten ihr, wie sie die Thrombosestrümpfe wechseln konnte. Sie sagten ihr, sie solle klingeln, wenn ihr schwindelig war, und Geduld haben, wenn sie nicht gleich kommen konnten. Vor allem aber sagten sie ihr, sie solle auf ihren Körper hören.

Weil es sonst nichts anderes zu tun gab, zählte Orla die Stromausfälle. Sie trafen ungefähr alle zwanzig Minuten ein und dauerten etwa dreißig Sekunden. Jedes Mal, wenn alles dunkel und still wurde, eilten die Schwestern zu den Patienten, die an wichtige Maschinen angeschlossen waren. Dann schaltete sich der Generator wieder ein, der Strom kam zurück, und alles lief wieder normal.

Später am Tag, als Marlow neben ihr in dem durchsichtigen Babywagen schlief, hörte Orla plötzlich das fröhliche Klingeln eines Handys. Sie ging zu ihrer Zimmertür und sah hinaus auf den Flur zum verglasten Stationszimmer. Die Pflegerinnen drängten sich alle um die Brünette mit dem fransigen Haar, die erst vor wenigen Minuten nach ihr gesehen hatte.

Die Brünette hielt ihr Handy in der Hand. Anhand des blauen Lichts, das auf die fettige Haut an ihrem Kinn fiel, erkannte Orla, dass das Gerät funktionierte. Etwas bewegte sich auf dem Bildschirm – wahrscheinlich ein Video. Hinter der Brünetten tauschten zwei Kolleginnen einen Blick und wichen zurück.

»Was?«, rief die Brünette plötzlich. Sie sprach zu dem Handy, als wäre jemand am anderen Ende der Leitung. Doch natürlich war da niemand. »Ava kann das sehen?«, fragte sie. »Was zum … O nein, *scheiße!*« Sie sprang auf. Die anderen Schwestern stoben auseinander wie ein Taubenschwarm. Die Brünette eilte auf ihren lautlosen Sohlen zur Treppenhaustür und stieß sie mit beiden Händen auf.

»Hat ihr Handy funktioniert?«, rief die junge Frau aus Orlas Nachbarzimmer.

»Bitte gehen Sie alle zurück in Ihre Zimmer«, erwiderte eine Schwester scharf, und Orla bemerkte, dass alle anderen Patientinnen ebenfalls auf dem Flur standen. Sie legte sich wieder ins Bett und zog die Thrombosestrümpfe an. Fünf Minuten später kam eine Schwester, die sie noch nicht kannte, mit jungem Gesicht und krausen schwarzen Locken, ins Zimmer. Sie sah Orla nicht an, als sie den Schaumstoffblock vom Rand des Whiteboards nahm, den Namen der Brünetten auswischte und ihren eigenen eintrug. Dann ging sie zurück zu ihren Kolleginnen, die sich miteinander flüsternd im Stationszimmer umeinander scharten. *Was zum Teufel war das gerade?*

Erst nach zweimal Stillen, einem Windelwechsel und dem Großteil von Marlows nächstem Schläfchen fiel Orla auf, dass seit Stunden niemand mehr bei ihnen gewesen war. Dabei hätte sie schon längst den kleinen weißen Becher mit den Schmerzmitteln bekommen sollen; die Kaiserschnittwunde brannte und schmerzte. Marlow und sie schienen durchs Raster gefallen zu sein.

Sie wollte gerade klingeln und um ihr Schmerzmittel bitten, als ihr ein Gedanke kam. Ein verrückter, undenkbarer Gedanke. Doch er passte zu der gegenwärtigen Situation.

Sie nahm den Finger von der Klingel.

»Sie ist einfach davongelaufen«, sagte die Schwester vor der Tür zu jemandem, der gerade seine Schicht begann. »Irgendetwas war mit einem Video und dass Ava es sehen kann. Ava ist doch erst neun, oder?«

Orla stand langsam auf, hielt sich am Bettgriff fest und ging ins Bad. Dort sah sie in den Spiegel und dachte, dass das Raster, durch das sie gefallen war, in Wahrheit ein Ausweg war.

Sie zuckte vor Schmerz zusammen, als sie ihre Kleider anzog, über die weiße Stützbandage und die Verbände. Sie schob alle Badartikel in ihre Tasche, selbst die, deren Sinn ihr nicht klar war: lange Kühlpads für den Schritt, die lächerlich riesigen Binden, die weiche Plastikflasche mit dem Sauger. Dann packte sie alles aus dem Babywagen ein: die Windeln, die Wischtücher, die kleinen Strampler, die sich an den sieben Pfund schweren Babykörper schmiegten, die Extramütze, den winzigen Kamm, die Saugglocke für die kleine Nase. Sie beugte sich über Marlow und überprüfte, ob alles in Ordnung war. Die Wärme von Orlas Atem ließ das Baby zusammenzucken, und es verzog das Gesicht.

Orla ging zur Tür, hängte das laminierte Schild, dass sie gerade stillte und nicht gestört werden wollte, an den Haken an der Außenseite und schloss sie leise.

Sie nahm Marlow aus dem Babybett, bewunderte wieder einmal die kleinen Gliedmaßen, die sich ihr entgegenreckten, wenn sie die Decke zur Seite schlug, den festen kleinen Bauch mit dem letzten schwarzen Rest der Schnur, die sie miteinander verbunden hatte. Marlow wartete still, während Orla mit unsicheren Fingern ihre Windel wechselte und die gelben Klebeverschlüsse immer wieder neu setzte. »Braves Mädchen«, lobte Orla.

Die Hose, die Mrs. Salgado gestrickt hatte, war zum Glück mit Füßlingen. Vorsichtig zog Orla ihrer Tochter den Pullover über den Kopf.

»Wir gehen jetzt nach Hause«, flüsterte sie dem Baby zu und legte es zurück ins Bettchen.

Sie hob ihre Reisetasche auf das Bett, und ein glühend heißer Schmerz durchzuckte ihren Unterleib. Glücklicherweise konnte sie aus den Dingen, die sie mitgebracht hatte und die sie mitnahm, eine Polsterung bauen. Sie schob den Inhalt der Tasche zur Seite und formte ein Nest.

Dann wartete sie auf den nächsten Stromausfall.

Die Plastikarmbänder, die beide am Handgelenk trugen, hatten dieselbe Nummer sowie einen Sensor. Wenn einer von ihnen vor der offiziellen Entlassung an der Schwingtür registriert werden sollte, würden die Sensoren Alarm schlagen, hatte ihr eine Schwester gesagt. Alle Türen des Krankenhauses würden automatisch verschlossen werden. »Außer«, hatte die Schwester leise und wie zu sich selbst gesagt, »wenn diese verdammten Generatoren ausfallen. Aber das sind jeweils nur ein paar Sekunden. Was soll da schon passieren, nicht wahr?«

Endlich erlosch die Lampe über Orlas Bett flackernd, es wurde ruhig auf der Station.

Orla öffnete die Tür und steckte den Kopf hinaus, sah zum Stationszimmer hinüber. Alle eilten zu den Zimmern mit wichtigen Maschinen und fragten laut, wie es den Patientinnen ging.

Orla schloss die Tür, hob Marlow hoch und legte sie vorsichtig in die Reisetasche, deren Reißverschluss sie bis auf wenige Zentimeter zuzog.

Rasch ging sie den Flur entlang, ihr Bauch brüllte bei jedem Schritt vor Schmerzen. Sie hielt den Blick fest auf den Ausgang gerichtet und fragte sich panisch, was zum Teufel sie da eigentlich tat. Die Antwort kam schnell und intuitiv. Sie hörte auf ihren Körper.

Sie legte die Hand auf die Tür und drückte sie nach außen. Sie gingen hindurch. Orla wappnete sich gegen alle möglichen schrecklichen Dinge, doch das einzige Geräusch war das der sich hinter ihr schließenden Tür.

Sie schaffte es bis ins Erdgeschoss, bis zu dem Schild mit der Aufschrift *AUSGANG ZUR STRASSE*, als die Lichter wieder aufleuchteten. Die Tür war schon offen. Und dann waren sie draußen, auf dem wunderbaren, nassen Gehsteig unter der majestätischen Überdachung, in der feuchtkalten Luft, die sich wie ein neues Leben anfühlte. Die Fifty-Eighth Street lag frei und klar vor ihr.

Es lag weniger Schnee, und es waren weniger Polizisten unterwegs als bei Orlas Einlieferung. Ein Mann kam in einem Anzug auf sie zu, was ja wohl niemand bei einem Notfall trug, dachte sie. Er hielt eine Banane in der Hand. Eine Banane!

Wie an jedem anderen beliebigen Tag, an dem er auf die Schnelle unterwegs etwas essen musste. Beim Anblick des Obstes hätte sie fast geweint.

Und als zweites gelbes Wunder fuhr ein einsames Taxi geradewegs auf sie zu. Reflexartig riss sie den Arm in die Höhe.

»Ich musste einfach aus dem Haus«, sagte der Fahrer, als sie einstieg. Er deutete auf das Taxameter, dessen Display schwarz war. »Ich berechne Ihnen nichts, aber ich fahre nicht nach Brooklyn, nicht nach Queens. Ich habe nur noch einen Vierteltank Benzin, und das muss eine Weile reichen. Scheiße, hätte die Techalypse nicht eintreffen können, *bevor* meine Schwiegermutter herkam?«

»Kein Problem«, erwiderte Orla. »Twenty-First und Eighth.« Ihr Plan war, sich bei Manny zu verstecken, bis sie einen Weg aus der Stadt gefunden hatte, zurück nach Pennsylvania. Gayle und Jerry waren zwar noch nicht zurück von ihrer Reise, doch sie würde ins Haus kommen. Sie stellte sich vor, wie sie und Marlow auf der Veranda ihrer Eltern standen, sicher hinter der Fliegengittereinfassung. Sie stellte sich vor, wie sie den Ersatzschlüssel aus der künstlichen Hortensie auf dem Hocker holte. Schon komisch, wie sie früher gedacht hatte, sie wisse, wie es wäre, etwas zu wollen. Diese brennende Sehnsucht, die sie jetzt durchfuhr, wenn sie sich den Schlüssel in ihrer Hand vorstellte, war etwas völlig Neues.

Sie zog den Reißverschluss der Tasche auf und sah mit klopfendem Herzen nach Marlow in ihrem Nest. Ihre Augen waren geschlossen, doch als Orla einen Finger an ihre Lippen legte, begann sie sofort zu saugen. »So ist's gut«, flüsterte Orla. »Braves Mädchen.«

Der Taxifahrer hielt an jedem Block, sah sich nach kreuzendem Verkehr um, und trotzdem war es immer noch die schnellste Fahrt von Midtown nach Hause, die Orla je erlebt hatte. Die Bars und Restaurants auf der Ninth waren selbst zu dieser frühen Uhrzeit gedrängt voll, Menschen strömten aus den engen Türen. Orla dachte, als das Taxi an einer bemalten Ladenfassade vorbeikroch, dass sie noch nie so viele Menschen mit hocherhobenem Kopf gesehen hatte. Früher hatten sich alle immer nur über ihre erleuchteten Displays gebeugt. In einer Bar sahen die Gäste jetzt zu einem großen, bärtigen Mann, der auf dem Tresen stand. Er sang und begleitete sich auf einer Gitarre, mit leicht gebückten Knien, damit er nicht an der Decke anstieß. Die Menge hob die Hände in fröhlichem Einklang. Der Mann hatte offenbar einen Song angestimmt, den alle kannten.

Marlow öffnete ein Auge und seufzte. Ihre winzige Faust packte den Saum einer riesigen Netzunterhose aus dem Krankenhaus. Orla streichelte Marlows Wange mit dem Finger. »Ein bisschen weiter noch«, sagte sie zu dem Fahrer, als er einen halben Block vor ihrer Haustür an den Gehsteig fuhr. An jedem anderen Tag wäre sie einfach ausgestiegen, egal wo, doch jetzt war sie für zwei Menschen verantwortlich. Mrs. Salgado hatte unrecht gehabt, dachte sie. Schon jetzt fühlte sie sich anders.

Der Fahrer schien sie nicht gehört zu haben. Er hielt den Kopf gesenkt, und Orla wurde plötzlich klar, dass er auf sein Handy starrte, das nicht mehr die weißen Kacheln zeigte, sondern ein Dokument. Selbst vom Rücksitz konnte sie die verschobenen Zeilen erkennen, die vielen Einfügezeichen, den einzeiligen Abstand – es handelte sich um einen langen E-Mail-Verkehr. Er tippte hektisch darauf ein.

»Sir?«, sagte sie. »Ich bin Ihnen sehr dankbar, dass Sie mich mitgenommen haben. Wäre es möglich, dass Sie …«

Der Mann stieg aus, ließ den Motor laufen und die Tür weit offen stehen. Er ging Richtung Ninth. Orla drehte sich um, sah ihm durch die schmutzige Heckscheibe nach. Vor der alten Feuerwache blieb er stehen und drehte sich theatralisch zu dem roten Tor, durch das einst Pferde und Kutschen gefahren waren. Der Fahrer zögerte einen Moment, dann trat er mit voller Kraft gegen die Tür, schlug auf sie ein. Die Flagge darüber erzitterte.

Orla stieg mit Marlow so schnell aus, wie es die Wunde erlaubte. Bevor sie zu ihrem Haus ging, fiel ihr ein, dass der Fahrer Benzin sparen wollte. Sie ging zur Fahrerseite und schaltete den Motor aus. Den warmen Schlüssel ließ sie stecken.

Manny reagierte nicht. Orla wiegte Marlow auf dem Arm, während sie gegen die Tür klopfte und wartete. Schon bald begann Marlow zu weinen.

»Schh«, sagte Orla. »Schh, meine Kleine, schh.«

»Orla.« Sie drehte sich um und sah, wie der Ukrainer mit einer Plastiktüte mit Lebensmitteln in der Hand auf sie zukam. Sie hatte nicht gewusst, dass er ihren Namen kannte; seinen wusste sie immer noch nicht. Er sah zu Marlow, dann zurück zu ihr. »Sie sind weg«, sagte er.

»Weg?« Orla ging leicht in die Knie und richtete sich wieder auf, versuchte, das Baby zu beruhigen, dessen Weinen immer lauter wurde. »Wo sind sie hin?«

Der Ukrainer nickte. »Natürlich, du warst im Krankenhaus. Hier draußen … Nun ja, es herrscht ein riesigen Chaos.« Er stellte die Tüte ab und krempelte die Ärmel hoch, entblößte seine Unterarme. »Also dann«, sagte er über Marlows Schreie hinweg. »Gehen wir. Wir lassen uns Zeit.«

Sie starrte ihn verständnislos an.

»Ich halte dich«, sagte er. »Du hältst sie.«

»Das Problem ist, ich kann nicht in meine Wohnung«, erwiderte Orla. Sie stellte sich vor, wie Floss an der Tür wartete und mit den Fingernägeln gegen die verschränkten Arme trommelte.

Der Ukrainer machte einen Schritt auf sie zu und hob sie sanft hoch. »Dann gehen wir zu mir.«

»Ins Penthouse?«, fragte Orla.

Er atmete angestrengt, wie ein Gewichtheber, als er sie und Marlow an seine Brust drückte. »Nur neun Stockwerke«, sagte er.

»Okay.« Orla presste Marlow an sich. Irgendwie war ihr das Haus immer höher erschienen. Sie blickte nach unten und sah den Schmuck von Mannys Frau, den sie zu Weihnachten von ihrem Mann bekommen hatte, auf dem Boden verstreut. Die Kette lag an der Fußbodenleiste, das Armband mit der Unterseite nach oben auf dem Teppich. Ein Ohrring knirschte unter dem Schuh des Ukrainers, der andere lag nicht weit davon entfernt. Als ob jemand sie wütend davongeschleudert hätte, einen nach dem anderen.

Der Mann hieß Andriy. Als er sie und das Baby in seiner Wohnung absetzte, fiel Orla als Erstes der Wecker auf dem Tisch neben dem Sofa auf. Auf der Anzeige stand 11:18 Uhr. Orla schnappte nach Luft und deutete darauf. »Stimmt das wirklich?«, fragte sie.

Andriy nickte grinsend. »Sie haben den Strom in den Griff bekommen«, berichtete er. »Meine Uhr hat geblinkt, als ich aufgewacht bin, zwölf Uhr. Ich habe sie mit auf die Straße genommen und jemanden gefragt, und seit ich sie neu eingestellt habe, funktioniert sie.«

Orla hielt das Baby zu der Uhr. »Schau, Marlow«, sagte sie.

Andriy deutete auf den Fernseher, der noch immer die Gummizellenwand zeigte. »Sie sagen, das kommt als Nächstes dran. Wir können hoffen.«

»Wo sind Manny und seine Familie jetzt?«, fragte Orla. Marlow wurde wieder unruhig. Orla schob ihr ihren Daumen in den Mund und fragte sich, wo sie das Baby in der Wohnung dieses fremden Mannes stillen sollte.

Andriy wurde ernst. »Das ist etwas, was ich noch nicht ganz verstehe. Es heißt, dass mehr dahintersteckt. Dass die Uhrzeit, der Strom, die ganzen Geräte nicht funktionieren … Das war noch das wenigste. Nur ein Deckmantel, hinter dem sie arbeiten konnten. Als ich heute Morgen mit meiner Uhr nach draußen gegangen bin, haben Manny und seine Frau sich angeschrien. Ich habe es sogar auf der Treppe gehört.« Andriy hob die Hände, als wolle er zeigen, dass er nichts damit zu tun hatte. »Und dann gehe ich auf die Straße und sehe es wieder. Menschen schreien sich an, Menschen weinen. Menschen, deren Handys wieder funktionieren.«

Er erzählte ihr, was er bei seiner Suche nach der richtigen Uhrzeit gesehen hatte. Menschen waren abrupt stehen geblieben, als die Telefone in ihren Hosentaschen plötzlich klingelten, Geräusche, die lange so vertraut gewesen und nach den letzten Tagen trotzdem überraschend waren. Er riss Augen und Mund auf, ahmte den Schock derjenigen nach, die dachten, sie hätten unglaubliches Glück, als ihre Handys wieder funktionierten. Passanten versammelten sich um die blinkenden Geräte, sahen den Besitzern über die Schultern. Und dann sei immer wieder dasselbe passiert, sagte Andriy. Das Display zeigte einen bestimmten Text. Oder eine E-Mail, ein Bild, ein Dokument, ein Video oder eine Audiodatei. Die berauschende Erleichterung der Besitzer schlug daraufhin in etwas anderes um – Angst oder Panik oder Wut. Er hatte eine junge Frau gesehen, erzählte Andriy, die die Gummihülle mit Hasenohren von ihrem Handy abzog und das Gerät an einem Metallmülleimer zerschlug. Dann setzte sie sich in eine Schneewehe und weinte.

»Ich habe versucht, sie zu trösten«, meinte er wehmütig. »Meine Tochter hat dieselbe Hülle.«

Im Lebensmittelgeschäft erlebte er Ähnliches. Der Kassierer hinter dem Kassenband, ein schlaksiger Rothaariger mit asymmetrischem Haarschnitt, rannte mitten im Kaufvorgang weg. Sein Handy ließ er zurück, daraus war Stöhnen und Keuchen zu hören. Ein Sextape wurde in voller Lautstärke abgespielt. »Zwei Männer, beide mit grauen Haaren, gleiche Penisgröße«, berichtete Andriy. »Die Qualität war sehr gut, ich habe nicht genauer hinsehen müssen.«

Er brachte seine Waren zur nächsten Kasse, zu einer Latina mit großen Ringen in den Ohren, die so tat, als beobachte sie ihren Kollegen nicht. Sie tippte Andriys Waren in einen Taschenrechner ein, ohne ihn dabei anzusehen, und ließ Kaugummiblasen platzen. Plötzlich ertönte ein *Ping* aus ihrer Bauchgegend. Sie blickte nach unten. Weißes Licht schien durch den dünnen lilafarbenen Stoff ihrer Schürze.

Die junge Frau zog langsam das Handy heraus und blickte aufs Display. Wischte einmal darüber, zweimal. Schob das Telefon zurück und nahm Andriys Tüte mit Studentenfutter.

»Was sehen Sie da?«, fragte er sie. »Wieso reagieren alle so verrückt?«

»Jeder bekommt etwas anderes zu sehen«, antwortete die Frau. »Ich habe gehört, dass sie für jeden etwas haben.«

»Und was ist das?«, fragte Andriy. »Wer steckt dahinter?«

Die Frau zuckte mit den Schultern. »Das weiß niemand. Ein Typ war hier, vom FBI oder so. Hat gesagt, dass alle, deren Geräte wieder funktionieren, etwas sehen, das außer ihnen *niemand* sehen darf, und dann erfahren sie, an wen es alles geschickt wurde.« Sie zog Waren über den Scanner, auch wenn dieser außer Betrieb war. »Bei mir sagen sie, sie hätten meiner Mom eine ganze Menge Scheiße geschickt, die ich über sie gesagt habe. *Richtig viel* Scheiße. Ich habe gesagt, ich wünsche mir, dass sie tot ist.«

»Das haben Sie in einer Nachricht geschrieben?«, fragte Andriy.

Die junge Frau schüttelte den Kopf. Sie war seltsam gefasst. Nur ihre goldenen Ohrringe bebten. »Kopien der Mitschriften meines Psychiaters«, sagte sie und zeigte es ihm. »Das ist schon der Hammer. Sie haben sich in die Arztdatenbanken gehackt. Irgendwie wissen die, wie man an Geheimnisse kommt.« Sie tippte die Beträge in den Taschenrechner, zeigte Andriy den Gesamtbetrag und schloss die Hand um das genau abgezählte Geld. »Wenn Sie also was echt Übles zu verbergen haben, Mann, spucken Sie es jetzt aus. Bevor die das für Sie übernehmen.«

Andriy tat es sehr leid, dass sich in der Wohnung mit drei Schlafzimmern kein Bett befand. Floss hatte recht gehabt, damals. Er wohnte in Delaware, in der Nähe seiner Ex-Frau und der gemeinsamen Tochter, und wenn er zum Arbeiten in der Stadt war, schlief er auf dem Sofa. Doch in der Ecke des größten Schlafzimmers stand ein Sitzsack, auf dem sich Orla niederließ. Ihr ganzer Körper protestierte lautstark gegen die weiche, nachgiebige Unterlage. Sie stillte Marlow und sah sich angespannt um. An den Wänden hingen Poster, die Orla noch aus

Collegezimmern kannte – Models in knappen Badeanzügen und Unterwäsche, die am Strand knieten oder auf Betten drapiert waren. Im College hatten die Jungs die Poster mit Klebeband an der Wand befestigt, Andriy hatte sie jedoch gerahmt.

Er machte Orla trockenes Rührei und legte zwei Advil-Schmerztabletten neben ihren Teller. Er sagte, er habe nur das. Besser als nichts, antwortete sie.

Sie aßen das Rührei, während Marlow auf der Couch schlief, mit Kissen um sie herum als notdürftiger Schutz. Sie waren fast fertig, als der Fernseher erst schwarz wurde, dann blau und dann plötzlich zu Orlas Verwirrung sein normales Bild zeigte. Die Senderübersicht starrte ihnen entgegen, als wäre sie nie weg gewesen. Andriy sprang auf und griff nach der Fernbedienung auf dem Tisch. Orla sah mit offenem Mund zu, wie er mit beiden Daumen auf die verschiedenen Knöpfe drückte.

Die meisten Sender waren dunkel, zeigten bunte Streifen oder waren bei einem Programm eingefroren. Als Andriy einen Nachrichtenkanal wählte, quietschten beide wie Kinder, als sich das Bild bewegte. Sie sahen einen grimmig wirkenden Mann an einem Tisch. Sie hörten auch seine Stimme. Die üblichen Bestandteile eines Nachrichtensenders – die Bauchbinde am unteren Bildschirmrand, die durchlaufenden Schlagzeilen, die kleine Uhr in der Ecke – fehlten. Der Mann wirkte dadurch nackt. Neben ihm auf dem Tisch stand ein billiger Wecker aus braunem Holzimitat mit roten Ziffern.

»Emotionaler Terrorismus«, sagte er und nahm seine Unterlagen. »Wenn Sie jetzt erst zuschalten«, fuhr er fort, »nach beinahe drei Tagen Sendepause übertragen wir wieder live. Es ist der 27. Dezember 2016 und …« Er sah stolz auf seine Uhr. »Hier in New York ist es 13:20 Uhr.«

Orla stand auf und setzte sich zu Andriy auf die Couch, vorsichtig, um Marlow nicht zu stören.

»Das Land sieht sich einem unvorhergesehenen Angriff ausgesetzt«, sagte der Sprecher. »Auf unser Stromnetz, unsere Kommunikationssysteme und – wie allmählich immer deutlicher wird – auf unsere Privatsphäre und Datensicherheit. Fassen wir zusammen.« Der Mann blinzelte, wartete. »Debra«, sagte er, als nichts geschah, »haben wir da keine Übersicht?« Er seufzte und drehte die oberste Seite seiner Unterlagen um. Darauf hatte jemand mit der Hand eine Zeitachse gezeichnet.

»Hier.« Er tippte auf die Zeichnung. »So viel wissen wir bisher. In den späten Abendstunden des 24. Dezembers haben Hacker einen mehrgleisigen Angriff auf Amerika gestartet, der an den stehen gebliebenen Uhren zu erkennen war. Sie haben sozusagen die Zeit eingefroren. Den Tätern gelang es, das Stromnetz zu sabotieren, sodass die Geräte nicht mehr mit Strom versorgt wurden.« Er zählte mit den Fingern mit. »Gleichzeitig haben sie sich in die großen Internet-, Kabel- und Telefonanbieter eingehackt. Sie haben ärztliche Datenbanken, Banken und andere große Sammelpunkte für persönliche Daten infiltriert. Sie haben die GPS-Satellitenkommunikation sabotiert. Der Angriff war schnell, umfassend und vernichtend. Jetzt scheinen wir uns in einer neuen Phase der Sabotage zu befinden. Wir erhalten unzählige Berichte von Menschen, deren Handys und andere Geräte auf mysteriöse Weise wieder funktionieren – um dann zu erfahren, dass die Hacker persönliche und oft demütigende Informationen verbreitet haben. An Menschen in ihrem Umfeld oder an direkt Betroffene. ›Emotionaler Terrorismus‹ ist der Begriff, den wir …«

Der Mann wurde von einem leisen Klingelton unterbrochen, der fast wie trommelnder Regen klang. Er sah an der Kamera vorbei. »Ist das meins?« Beunruhigt stand er auf.

Einen Moment später schob sich eine dürftig geschminkte Frau mit schlaff herabhängenden Haaren auf seinen Stuhl. »Ich heiße Dana Marshall«, sagte sie, »und löse Bill ab. Mein Mann hat gerade herausgefunden, dass mein Brustkrebs eine Lüge war. Sie können also davon ausgehen, dass ich den ganzen Tag mit Ihnen verbringen werde.« Sie sammelte Bills Unterlagen auf, die er beim Aufstehen verstreut hatte.

Orla drehte den Kopf zu ihrer Tochter und sah, dass Marlow aufgewacht war. So weit aufgerissen hatte Orla ihre Augen bisher noch nicht gesehen. Sie starrten einander an, und Orla spürte, dass ihr die Zeit trotz der funktionierenden Uhren erneut entglitt.

Hämmern an der Tür übertönte plötzlich die Stimme aus dem Fernseher.

Orla beugte sich schützend über Marlow und sah zu Andriy, der den Fernseher ausschaltete. Er legte einen Finger an die Lippen. Leise öffnete er eine Schublade unter dem Couchtisch und holte ein kleines Schnappmesser heraus. Er ging zur Tür und spähte durch den Spion.

Als er sich zu Orla umdrehte, zitterte er vor Erleichterung und fasste sich mit einer Hand an die Brust. »Himmel«, sagte er lächelnd. »Ihre Freundin ist verrückt.«

Es war keine Zeit für Erklärungen, keine Zeit, ihn daran zu hindern. Orla konnte das Baby nur an sich reißen und mit der anderen Hand nach der Terrassentür greifen. Sie musste dreimal fest ziehen. Auf der Terrasse bemerkte sie, dass ihr Oberteil blutdurchtränkt war. Die Nähte waren gerissen.

Sie stieß Andriys Terrassentür zu und rannte über das

Dach, zu der Tür, die zum Aufzug führte. Als sie vergeblich an dem Griff rüttelte – es war abgesperrt –, sah sie Floss hinter sich in der Glasscheibe.

Orla drehte sich um. »Geh weg«, rief sie. »Lass uns in Ruhe.«

Der Wind peitschte Floss die Haare ins Gesicht, ein paar Strähnen blieben an ihrem Lipgloss hängen, die sie hektisch zur Seite schob. »Sie sollte nicht hier draußen sein. Es ist kalt«, sagte sie und musterte Marlow. Orla merkte, dass Floss das Baby an sich reißen wollte, jedoch nicht wusste, wie sie es halten sollte.

»Nein«, weigerte sich Orla. »Nein, nein, nein.« Sie drückte Marlow fester an sich.

»Orla.« Floss drängte sie nach hinten, gegen die Tür. »Sei nicht verrückt. So war der Deal, und das wusstest du.«

»Wie hast du uns gefunden?« Orlas Stimme zitterte. Sie drückte Marlows Gesicht an ihre Brust, um sie zu wärmen und ein paar Zentimeter weiter von Floss wegzubringen. »Woher wusstest du, dass ich aus dem Krankenhaus abgehauen bin – woher wusstest du überhaupt von der Geburt?«

Floss war ruhig. »Die Polizei hat gesagt, sie würde unser ganzes Haus absuchen«, erwiderte sie. »Ich wusste von der Geburt und dass du gegangen warst, weil das Krankenhaus mich informiert hat. Eine deiner Krankenschwestern folgt mir auf Twitter. Sie hat meinen Tweet gelesen, dass Aston und ich im *St. Regis* sind, bevor diese ganze Scheiße passiert ist.«

»Aber warum«, fragte Orla wütend, »sollte sie *dich* anrufen?«

Floss winkte Marlow mit dem Finger zu. »Du hast mich als deinen Notfallkontakt angegeben, als du dich im Krankenhaus für die Geburt angemeldet hast«, erklärte sie. »Sie haben mich nicht angerufen, weil du Marlow mitgenommen hast. Sondern weil du vermisst wurdest.«

Andriy und ein Polizist näherten sich – warum hatten sie so lange gebraucht? Orla würde es nie wissen, genauso wenig, warum der Polizist Floss' Partei ergriff. Sie konnte nur Vermutungen anstellen. Er war jung, jünger als die beiden Frauen, und hatte Angst vor Floss, ihrem berühmten Gesicht, vor den Verträgen, die sie unter ihrem Parka mit Pelzkragen dabeihatte, vor ihrem Auftreten – jemand, dem es nichts ausmachte, andere Menschen zu ruinieren. Orla wusste auch, dass ihre blutende Bauchwunde sie verrückt erscheinen lassen musste und dass Marlows verängstigtes Weinen in diesem Moment auch nicht hilfreich war. Es verschlimmerte die Sache noch, dass Andriy immer wieder stotternd behauptete, die Frauen nicht zu kennen. Außerdem war der Cop allein, ohne Rückendeckung, denn die Verstärkung wurde irgendwo anders gebraucht. Überall anders.

Der Polizist hob Marlow aus Orlas Armen. Er wiederholte immer wieder, dass so das Standardvorgehen sei und er das Baby untersuchen müsse.

»Stützen Sie ihren Kopf ab«, brachte Orla erstickt heraus, als sie Marlow in seine Hände gleiten ließ. Der Polizist nickte, dann bat er Andriy, mit ihm zurück in die Wohnung zu gehen. Die Männer entfernten sich mit dem Baby.

Orla und Floss blieben zurück, zusammen und doch getrennt. Warteten, was passieren würde, am schmalen Ende des Dachs.

22

Orla

Atlantis

2051

Mit zweiundsechzig Jahren hat Orla endlich Frieden mit ihren Haaren geschlossen. Schon komisch, jetzt im Alter sind ihre Haare so schön wie nie zuvor. Sie sind immer noch dicht, und die jugendlichen Locken haben sich zu Meerjungfrauenwellen geglättet. Nicht jeder hat sich für sein natürliches Aussehen entschieden. Die meisten von Orlas Freunden, die früheren Revolutionäre, haben sich still und leise die Wissenschaft zunutze gemacht. Ihre Haare und Gesichter sehen fast noch so aus wie bei ihrer Ankunft in Atlantis. Doch genau das hat Orla unter anderem immer hier vermisst: alte Menschen. Eine Welt ohne weiße Haare hat etwas Unsicheres an sich, als wäre man allein zu Hause. Deshalb gestattet sie sich jetzt, eine alte Frau zu werden. Und Kyle schwört, dass es ihm nichts ausmacht.

Kyle ist ein guter Mann, aber immer noch ein Mann. Deswegen versteht er auch nicht, warum sie sich weigert – selbst nachdem er ihr gezeigt hat, wie es den Gewinn des Ladens steigern würde –, Babygeschenke ins Sortiment aufzunehmen, kleine gesmokte Kleidchen und weiche rosafarbene Schuhe. Deswegen bemerkt er auch nicht, dass sie immer sofort zur Toilette geht, wenn eine andere Frau ihr halb im Scherz sagt, wie glücklich sie sich schätzen könne, keine Töchter zu haben. Deswegen muss er sie immer wieder fragen, wo sie mit ihren Gedanken ist, wenn ihr Blick am Weihnachtsmorgen glasig wird, natürlich nur zu einem Zeitpunkt, an dem niemand sie braucht. Sie ist eine Mutter – sie weiß, wie sie ihre eigenen Gedanken hintanstellen kann, bis alle gefrühstückt haben.

Wenn Kyle eine Frau wäre, würde er das alles spüren. Doch er ist ein Mann, weshalb er allen, die danach fragten, erzählen würde, dass sie keine Geheimnisse voreinander hätten, er und seine Frau. Er weiß, dass Orla vor langer Zeit einmal eine kleine Tochter hatte. Er weiß auch, dass man ihr das Baby weggenommen hatte. Er glaubt, das ist lange her und längst abgeschlossen. Doch das stimmt nicht.

Nachdem Floss und der Polizist Marlow mitgenommen hatten, hielt es Orla noch zweieinhalb Monate in New York aus. Sie stellte sich vor, wie ein anderer Cop – eine irisch aussehende Polizistin mit ausladenden Brüsten – an die Tür der Wohnung 6D klopfte und ihr ihr Baby brachte. Sie würde sagen, dass sie selbst sich um Marlow gekümmert und ihr jeden Abend ins Ohr geflüstert habe, dass sie bald ihre Mutter wiedersehen würde. Sie hatte auch eine realistischere Fantasie: dass Floss eines Tages zurückkommen und ihr Marlow in die Arme schieben würde, völlig entnervt vom Weinen des Babys, wie sie sie anflehen würde, den Deal rückgängig zu machen.

Außer warten und träumen gab es nicht viel zu tun. Orlas Handy war immer noch kaputt, das Internet immer noch außer Gefecht. Sie hatte Angst, zur Polizei zu gehen. Was, wenn sie herausfinden würden, dass sie ihr eigenes Kind aus dem Krankenhaus entführt hatte? Orla zog ein feuchtes, zerknittertes Telefonbuch aus dem Stapel hinter der Tür zur Lobby und überflog die Einträge, suchte nach Gruppen und Agenturen, die »Kinder« oder »Eltern« oder »Familie« im Namen hatten. Sie ging zu den jeweiligen Adressen, auch wenn es Stunden dauerte, nur um verschlossene Türen und misstrauische Angestellte vorzufinden. Glaubte sie *wirklich,* in *dieser* Zeit, dass sie … *Was* wollte sie doch gleich noch mal? Sie ging zurück zur Anwaltskanzlei, in der sie die ganzen Papiere unterzeichnet hatte, und fand einen Zettel am Empfang: *BIS AUF WEITERES AUSSER HAUS*. Nicht geschlossen, dachte sie. *Außer Haus*.

Zweimal ging sie zu dem Haus in Brooklyn Heights. Jedes Mal waren die Fenster dunkel.

Der Januar brachte noch mehr Akten – so nannte man das, was die Handys anzeigten, die Fotos und Videos und Textnachrichten und E-Mails, die das Leben der Menschen ruinierten – sowie die Rückkehr der Late-Night-Shows. Als die Sendungen wieder starteten, stand das Studiopublikum mit Tränen in den Augen auf. Orla weinte zu Hause vor dem Fernseher ebenfalls, während die Hormone in ihrem Körper tobten. Doch der Versuch, Normalität herzustellen, erwies sich als voreilig. Innerhalb eines Monats waren alle Moderatoren ruiniert. Der letzte und selbstbewussteste von allen wurde eines Abends mitten in einem Monolog hinausgerufen. Sein Ansteckmikrofon übertrug das hektische Flüstern des Produzenten, der zu ihm vor die Kamera eilte. »Dein Computer zu Hause hat sich eingeschaltet«, sagte er. »Ich weiß nicht, was genau passiert ist, aber ich habe gerade einen Anruf erhalten, dass Rachel sich im Badezimmer eingeschlossen hat. Sie sagt … Sie sagt, sie würde …«

Der Moderator eilte von der Bühne. Die Band stand gaffend da, die Instrumente stumm in Händen.

Orla wusste, was der Produzent nicht ausgesprochen hatte.

Sie hatte kürzlich die Story in der Zeitung über Jordie gesehen, den sommersprossigen Publizisten von der Hundebekleidungsparty. Er war vom Balkon seiner Wohnung im neunzehnten Stock gesprungen. An ihn würde man sich als den Ersten erinnern, doch ihm folgten noch Hunderte andere. Experten warnten vor unerforschtem Terrain.

Im Februar waren es fast neuntausend. Die nächsten paar Jahre würden weiterhin schlimm werden, doch das war der Höhepunkt.

Die Regierung ergriff Maßnahmen. Brücken wurden vergittert, Männer mit Gewehren patrouillierten darüber und scheuchten Selbstmordkandidaten vom Rand zurück. Rezeptblöcke – die aus Papier – wurden ganz abgeschafft. Das neue System leitete die Verschreibungen an die Homeland Security weiter. Apotheken lagerten alles von Sagrotan bis zu Korrekturflüssigkeit hinter Glas. Manche Bäume – die den Zweck erfüllten, wenn der Fahrer das Lenkrad genau richtig hielt und den Fuß mutig aufs Gaspedal drückte – wurden erst zu morbiden Sensationen, dann zu Rindenmulch, nachdem die Polizei sie gefällt hatte. Die von Bäumen gesäumten Straßen in Orlas Heimatstadt, die den Eltern in Schulabschlussnächten immer so viel Angst gemacht hatten, waren jetzt lichtdurchflutet. Nur noch Stümpfe standen am Straßenrand.

Waffenverkäufe wurden durch eine Notfallverordnung eingestellt, weshalb Menschen, die bereits eine Waffe besaßen, eine Entscheidung treffen mussten. Sollten sie sie abgeben oder darauf warten, dass jemand verzweifelt bei ihnen einbrach und sie stahl? Menschen, deren Hintertüren Aufkleber mit warnenden Botschaften an Einbrecher zierten – *In diesem Haus gibt es nichts, weswegen es sich lohnt, erschossen zu werden* –, kratzten diese jetzt ab.

Selbstmord durch Erhängen war schwerer zu verhindern. Niemand wusste, wie man Seile gesetzlich verbieten konnte. Doch in jedem Eisenwarenladen des Landes stand ein Angestellter in Jeans und roter Weste, der einen Blick in die Einkaufswagen der Kunden warf und unauffällig Gespräche begann – woran arbeiteten die Kunden denn gerade, wozu brauchten sie die Schnur oder das Taschenmesser? Der Angestellte hieß immer Jeff, und er war nie ein Angestellter, und er hieß auch nie Jeff. Er war etwas ganz Neues. Ein Ladensheriff.

Im März betrank sich Orla eines Abends, während sie den Anti-Selbstmord-Kanal im Fernsehen verfolgte, die ständigen Appelle der Schauspielerin mit den rosigen Wangen, die früher Werbung für Versicherungen gemacht hatte. »Unser Land ist einer großen Herausforderung ausgesetzt«, sagte sie ungefähr sechsundneunzig Mal am Tag. »Doch unsere tapfersten Einwohner arbeiten hart daran, diese belastende Zeit zu ihrem Ende zu bringen. Wenn Ihre Akte bereits nach draußen gedrungen ist und Sie Hilfe benötigen, rufen Sie bitte die unten eingeblendete Nummer an. Wenn Ihre Akte noch unter Verschluss ist, bleiben Sie bitte ruhig und positiv. Diese bösartigen Menschen werden bald gefasst sein. Geben Sie die Hoffnung nicht auf.«

Für Orla war es jedoch an der Zeit, die Hoffnung aufzugeben. Sie begann zu packen.

Dann war sie zurück in ihrem Kinderzimmer, bis auf zehn Pfund mehr dieselbe wie früher, als wäre all das nie passiert – Marlow, Floss, der Ruhm, die Wohnung 6D, die letzten zehn Jahre ihres Lebens. Sie erzählte ihren Eltern alles. Sie hörten zu. Sie erwähnten mit keinem Wort, dass sie ihnen das Herz gebrochen hatte. Orla wusste nur, dass sich ihre Mutter schämte, weil Gayle die Rollos bei Orlas Ankunft herunterließ und sie nicht wieder hochzog.

Jeden Abend sahen sie zu dritt Dana Marshall. Dana – die Moderatorin, die Orla zum ersten Mal zusammen mit Andriy im Fernsehen gesehen hatte, als sie live für ihren Kollegen eingesprungen war – war zum Fernsehstar der großen Flut geworden. Zuvor hatte sie niemand gekannt, und auch danach würde man sie schnell wieder vergessen, doch einen Moment lang hingen alle an ihren Lippen und ahmten manchmal sogar ihre Frisur nach.

Dana Marshall erzählte ihnen eines Tages, dass sie große Neuigkeiten zu verkünden habe. Mittlerweile wusste man, dass diese furchtbare Zeit nicht wie erwartet enden würde, wenn einzelne Leute erst verhaftet wären. Die Hacker saßen nicht irgendwo in einem Büro, von dem aus sie jeden Tag die Akten aufspürten und verbreiteten. Nein. Die große Flut arbeitete eigenständig. Fast zehn Jahre lang hatten die Hacker Bots programmiert, die sich durch alles fressen konnten, was online geteilt worden, was per SMS oder E-Mail geschrieben oder auf fremden Servern gespeichert worden war oder wenn jemand beim Arzt mit einem Tablet und nicht mit Papier und Stift gearbeitet hatte. Mit der Geschwindigkeit von Suchmaschinen und einer gefühllosen Präzision trieben sie Lügen, Schulden und Fehler auf. Die Bots fraßen sich durch Firewalls und nisteten sich in der Infrastruktur ein. Über die Fake-Follower-Generatoren, wie Floss sie benutzt hatte, bahnten sie sich einen Weg in die Twitter-Konten der Leute. Sie tauchten ein in Facebooks unendlich weiten Ozean aus Daten, kaperten User-Profile und durchsuchten sie nach Verfehlungen. Sie generierten menschlich klingende Nachrichten auf Instagram und raubten jeden aus, der auf die Schmeicheleien einging. Und als sie alle Informationen hatten, die sie brauchten, bedienten sie sich einfach des gesunden Menschenverstands. Eine Geliebte war leicht zu finden. Sie würde nicht in den E-Mails eines Mannes auftauchen, auch nicht in seinen Tausenden von Fotos. Ihre Nummer wäre unter etwas lächerlich Harmlosem abgespeichert, und er hätte sie einmal die Woche zur selben Zeit kurz angerufen. Die Bots durchsuchten Kontoauszüge auf Diskrepanzen beim Geldausgang und -eingang. Sie brachten Suchanfragen für widerwärtige Pornos und Anleitungen für Abtreibungen zu Hause ans Licht. Sie fanden Namen in gemeinen E-Mail-Verkehren und suchten diese aus Kontaktverzeichnissen heraus. Sie kopierten, fügten ein, klickten auf »Senden«.

Dana Marshall sagte, vermutlich seien deshalb nicht alle Akten auf einmal geleakt worden, weil man das Land so lange wie möglich außer Gefecht setzen wolle.

»Wir sind alle so langweilig«, meinte sie seufzend. »Ähneln uns in unseren Geschichten und Sehnsüchten. Sind so begrenzt in unseren Beleidigungen und Strategien. Wissen Sie, wie oft ich nach ›äußeres Erscheinungsbild bei Brustkrebs im vierten Stadium‹ gegoogelt habe, als ich meinen Ehemann belog? So haben sie mich erwischt.« Deshalb mochten alle Dana Marshall. Sie vertrat immer ihre Meinung, und sie war genauso abgefuckt wie alle anderen.

Im April verließ Orla wieder das Haus, wenn auch nur für Erledigungen, die sich Jerry ausgedacht hatte, um sie hinauszulocken, und dann auch nur spätabends. Bei einer dieser Erledigungen hörte sie auch von Andriy. Zumindest dachte sie, dass es sich um ihn handelte, auch wenn sie seinen Nachnamen und seine Heimatstadt nicht kannte. Doch ein achtundvierzigjähriger Andriy hatte in Delaware den Kinderarzt seiner Tochter erstochen, nachdem eine Akte ihm mitgeteilt hatte, dass dieser Fotos des Mädchens auf seinem Laptop aufbewahrte. Als Orla den nüchternen Bericht im Radio hörte, lehnte sie sich gerade vor der 24h-Apotheke über das Armaturenbrett des Taurus. Sie sah über den Parkplatz hinweg zum Eingang des *TGI Fridays*, an dessen Wand Danny und Catherine standen und knutschten, als hätten sie sich gerade erst kennengelernt. Catherine trug ein steifes Satin-Cocktailkleid und lange Ohrringe, die auf ihre nackten Schultern baumelten. Sie sah seltsam aus. Doch dann dachte Orla, dass Menschen oft seltsam waren, wenn sie jemanden wollten. Und wo sonst sollte Catherine schon so ein Kleid tragen?

An diesem Wochenende ein Jahr zuvor hatte es geschneit, und Danny hatte sie geschwängert. In diesem April fuhr sie ihre Eltern überallhin und versuchte, mit ihnen die Symptome zu verstehen, über die sie seit einiger Zeit klagten. Irgendwann gegen Monatsende ging eine holprige Version des Internets online. Die Leute posteten Gerüchte, wessen Akten welche Abscheulichkeiten enthielten. Dunkle Geheimnisse häuften sich an, waren leicht zu finden, leicht zu lesen. Orla fand die düstersten Abgründe ihrer Bekannten genauso schnell wie den nächstgelegenen Burrito-Laden.

Mason, dem Produzenten, hatte man zu Hause sicher die Hölle heißgemacht. Jahrzehntelang hatte er seinem Mann erzählt, dass sie einen armen Jungen aus Camden, New Jersey, unterstützten, ihm bei den Collegegebühren und anderen Ausgaben unter die Arme griffen. In Wahrheit war der Junge ein Stricher, den Mason eine kurze Zeit lang getroffen hatte und von dem er dann lange erpresst worden war. Schecks und PayPal-Überweisungen, unzählige hitzige E-Mails, die Bots schickten alles an Masons Mann, zusammen mit der Standardfloskel: *Entschuldigung.*

Craig hatte vor zehn Jahren eine Affäre mit einer Siebzehnjährigen, als er selbst neunundzwanzig gewesen war. Seine Textnachrichten, die jetzt veröffentlicht wurden, ließen ihn unwahrscheinlich sympathisch erscheinen, dachte Orla. Er hatte das Mädchen heiraten wollen. Orla hätte es nie laut ausgesprochen, doch sie dachte: Abgesehen vom Alter war das eine ganz normale, gemeine Geschichte – ein einsamer, verliebter Mann und eine weniger verliebte Frau, die ihn verspottete.

Bevor Danny zu Orla nach New York kam, hatte er sich bereits einige Domains mit Floss' Namen und Kosmetikbezug gesichert: styledbyfloss.com, flossgloss.com, looklikefloss.com. Er wollte auch unbedingt flossy.com und recherchierte der Domain-Besitzerin nach. Seine Akte enthielt die E-Mails, die er der Frau geschrieben hatte. Zuerst waren sie noch steif und höflich (*Sehr geehrte Damen und Herren*), dann verzweifelt (*Können Sie mir WENIGSTENS Bescheid geben, dass Sie meine E-Mails bekommen?*) und schließlich drohend (*Im Ernst, du dumme Schlampe, antworte mir jetzt … Bring mich nicht dazu, andere Maßnahmen ergreifen zu müssen*). Das ärgerte Orla, jedoch nicht so sehr wie der letzte E-Mail-Verkehr in der Akte, der in die Zeit fiel, in der Danny schon bei ihr gewohnt hatte. Nachdem sie ihm von Floss' Kosmetiklinie erzählt hatte, hatte er sich schnell facebyfloss.com gesichert.

Catherine hatte die Lösungen für eine Naturwissenschaftsklausur für ihr gesamtes College-Fußballteam gestohlen. Orla bemerkte, wie alt diese Information war, wie weit die Hacker zurückgehen hatten müssen, um Catherines schlimmste und trotzdem noch unglaublich harmlose Seite zu finden.

Ingrid hatte vor Jahrzehnten das Konzept von eBay falsch verstanden, hohe Summen auf Vintagemode geboten und dann Panik bekommen, als sie bezahlen sollte. Sie hatte alle Käufe rückgängig gemacht. Sie musste der netteste Mensch sein, den Orla kannte.

Melissa hatte ihre beste Freundin ausgebootet, als sie beide Assistentinnen in einer PR-Firma gewesen waren. Sie hatte eine lange E-Mail an ihren Boss geschrieben (bei der sie bestimmt nicht nüchtern gewesen war, dachte Orla beim Überfliegen), warum sie befördert werden sollte und nicht ihre Freundin. In der Woche, nachdem die Akte veröffentlicht wurde, starb Melissa. Ein kurzer Bericht über ihren Tod kam zu dem Schluss, dass sie wahrscheinlich ausgerutscht war – schließlich hatte sie Wanderkleidung getragen, in einem Wald voller rutschiger Kanten. Doch Orla war überzeugt, dass sie es mit Absicht getan hatte. Die Menschen, die damals starben und die sie kannte – außer Melissa waren das alles Freunde von Freunden oder Cousins von Cousins –, hatten alle etwas gemeinsam. Sie hatten gar nichts Schreckliches getan, ganz im Gegenteil. Sie hatten vom Kindergarten bis ins Erwachsenenalter einen hervorragenden Ruf gehabt. Die Menschen, die als die Guten bekannt gewesen waren, konnten ihre eigenen schlechten Seiten oft nicht ertragen.

Astons Akte besagte, dass er Leuten, die für ihn gearbeitet hatten, immer wieder Geld vorenthalten hatte. Doch die Enthüllung war harmlos gegenüber allem, was Aston immer schon in der Öffentlichkeit getan hatte. Schließlich hatte er als Teenager seinen eigenen Kot auf Instagram geteilt und war einmal dabei gesehen worden, wie er das Pussy-Lecken-Zeichen vor dem Vietnam-Veteranen-Denkmal gemacht hatte.

Aus diesem Grund floppten auch Floss' und Orlas Akten in

gewissem Maß. Oh, ihre Handys schalteten sich wieder ein, zeigten fürchterliche Sachen – die aber alle nicht neu waren. Orla sah, dass die Bots fröhlich Floss' Nacktfotos gerettet und sie wieder in die Welt zurückbefördert hatten. Aber wer kannte sie nicht bereits? Orlas iPad leuchtete an einem Morgen auf, Monate nach ihrer Ankunft in Pennsylvania, und zeigte ihr eine unendlich lange Zusammenstellung. Alles war da: die frühen Tweets von Floss, die die Bots Orlas IP-Adresse zuordnen konnten. Die *Lady-ish*-Beiträge, die Orla geschrieben und mit denen sie Floss zur Berühmtheit gemacht hatte. Die E-Mails, die sie im Namen von Pat White verschickt hatten. Fotos von ihnen beiden, Videos aus der Show und als Höhepunkt der Instagram-Kommentar von Orlas Account, den Floss unter Anna Salgados Post geschrieben hatte: *hier schreibt floss, und ich stimme zu. das solltest du!* Es war klar, was die Bots erreichen wollten: Was auch immer Orlas Plan gewesen war, sie hatte mehr Schaden als Gutes angerichtet. Sie schuldete der Welt ein Leben. Ein höhnischer Zusatz der Bots teilte Orla mit, dass man ihre Akte an Annas Familie weitergeleitet habe. *Entschuldigung.*

Orla las alles ruhig durch, dann warf sie das eingeschaltete iPad in eine Schublade. Das war die Schwachstelle im tödlichen System der Bots: Sie wussten nicht, wenn die schlimmsten Abgründe in einem bereits zutage getreten waren.

Drei Jahre später hörten die Akten auf, doch die Menschen verloren immer noch ihre Jobs, verließen ihre Ehepartner, begingen Selbstmord. Der Tod bestimmte das Leben. Friedhöfe kamen mit den Beerdigungen nicht nach. Die Highschools hatten mehr Gedenkstipendien zu vergeben als Schüler, die sie hätten bekommen können. Schreckhafte Eltern versteckten

Babyphone in den Zimmern ihrer Teenagerkinder. Orla hatte vier Kleider allein für Beerdigungen. Selbst als sie immer kränker wurden, beharrten Gayle und Jerry darauf, zu so vielen wie möglich zu gehen. »Bei uns soll schließlich auch jemand kommen«, schniefte Gayle. Ständig löffelten sie zimmerwarmen Nudelsalat auf Plastikteller. Ständig machten sie Small Talk mit zutiefst erschütterten Menschen. Orla hatte die schlechten Neuigkeiten satt, wollte sie nicht mehr weitergeben. Wollte nicht mehr letzte Wünsche hören und sich freundliche Worte abringen. Sie wollte nicht mehr dabei helfen, die Wohnungen von Verstorbenen auszuräumen. Sie wollte keine Sterbebilder mehr, mit dem Foto des gerade Verstorbenen über Bibelversen oder albernen irischen Sprichwörtern. Sie war erschöpft von der Frage, ab wann es okay war, die Sterbebilder wegzuwerfen. Manchmal hätte sie am liebsten geschrien: *Ich habe auch jemanden verloren. Meine Tochter. Wo ist mein verdammter Leichenschmaus?*

Sie bekam ihren Leichenschmaus – sogar zweimal. Gayle und Jerry starben im Abstand von acht Monaten an Knochenkrebs – erst er, dann sie –, der wie ein Husten durch das Haus fegte. Kurz darauf bekam Orla Besuch von einer Anwältin – die Frau war jünger als sie und zitterte, die Perlenstecker in den Ohren konnten nicht von ihrem vom Abend zuvor verschmierten Kajal ablenken – und erfuhr, wer wahrscheinlich daran schuld war. Während Orla auf dem College gewesen war, hatte die CoreStates Bank einige Male den Namen gewechselt und war schließlich abgerissen worden. Auf dem Gelände hatte man eine Fabrik für feuerresistente Materialien gebaut. »Gute, *amerikanische* Jobs«, hatte Gayle stolz gesagt. Irgendetwas von der chemischen Oberfläche des Produkts war jahrelang ins Grundwasser ihrer Eltern gesickert. Jetzt waren sie und zwei andere Bewohner von Hidden Ponds tot, und junge Anwälte holten Erkundigungen ein. Zu jeder anderen Zeit hätte das Mifflin in Aufruhr versetzt, dachte Orla, doch die Trauergäste, die zu Gayles und Jerrys Beerdigungen kamen, waren gelangweilt. Krebs war mittlerweile so belanglos geworden, dass es egal war, wie man ihn bekommen hatte. Man war an dramatische Tode gewöhnt, und alle waren zu Trauerfeierprofis geworden. »Oh, das *TGI Fridays?*«, sagte Orlas Tante Marge entsetzt, als Orla ihr von Jerrys Beerdigung erzählte. »Das Hinterzimmer bei *Applebee's* ist viel privater.«

Ohne zu wissen, wo sie hingehen würde, machte sich Orla zum Aufbruch bereit. Sie kratzte die Fotos von ihrer Schlafzimmertür und stellte ihre Schulpokale nach draußen zum Sperrmüll. Mit dem Scheckbuch ihrer Eltern bezahlte sie Männer, die die Waschbecken im Bad austauschten und die Küchentapete mit dem Efeumuster abzogen. Einiges erledigte sie auch selbst. Sie befestigte Leisten neu und reparierte eine Tür, die ihr längst verstorbener Beagle in den Neunzigern zerkratzt hatte.

Sie ernährte sich von Pizza Hut und Frühstücksflocken und sah allein Nachrichten. Sie hörte einem Kongressabgeordneten zu, wie er im Frühstücksfernsehen die Pläne der Regierung vorstellte, eine neue und bessere Version des Internets zu programmieren, eine, die die Amerikaner beschützen und sie nicht ausliefern würde. »Der private Sektor hatte seine Chance«, sagte der Abgeordnete. »Den Menschen gefällt die Vorstellung nicht, die Regierung könnte das Internet betreiben? Sie mögen nicht, dass die Regierung sie beobachtet? Ich sage Ihnen was: So etwas wie Privatsphäre gab es auch vorher nicht. Privatsphäre war eine Illusion. Weil wir geglaubt haben, wir hätten sie, waren wir dem Angriff schutzlos ausgeliefert.

In dieser Internetversion werden wir Sie *tatsächlich* beobachten – und damit auf Sie aufpassen. Amerika muss jetzt an einem Strang ziehen. Bitte unterstützen Sie das neue Internet, benutzen Sie es wie früher – für Onlinebanking, um nach dem Weg zu fragen, um miteinander zu kommunizieren. Alle müssen zusammenhalten und wieder private Daten teilen, damit wir das Land beschützen können. Wenn Sie nichts Privates teilen, wie können wir Sie dann beschützen? Ich bitte alle Amerikanerinnen und Amerikaner: Kommen Sie ins Licht.«

Kurz danach sah Orla einen Bericht über Atlantic City, wo sich zu Tausenden die Menschen versammelten, die nicht ins Licht kommen wollten. Dort bauten sie eine Protestbewegung auf. Sie zertraten ihre Handys, während sie von anderen mit ihren Smartphones gefilmt wurden. Sie wollten ihre eigene neue Welt errichten, ohne das Internet der Regierung, ohne von der Regierung überwacht zu werden.

Kurz vor Weihnachten verkaufte Orla ihr Elternhaus. Sie räumte es nicht aus. Ihre Eltern wären ungehalten, wenn sie gewusst hätten, dass sie ihre Snacks und ihre Unterwäsche Fremden überließ, die dann alles aussortieren mussten. Doch Orla schaffte es nicht, sich dem Schrank ihrer Mutter oder der Garage ihres Vaters zu stellen. Bevor sie ihr Zuhause endgültig verließ, zog sie die Rollos hoch, die Gayle nach ihrer Rückkehr hinuntergelassen hatte.

»Schließt euch uns an!«, hatte eine junge Frau mit wilden Augen in dem Fernsehbericht über Atlantic City gerufen, während sie an einer Straßenlaterne hin und her schwang. »Aber ihr dürft nichts mitnehmen! Ihr müsst eure Welt hinter euch lassen!« *Kein Problem,* hatte Orla gedacht. Und wie oft passierte es schon, dass ihr Lebenslauf zu einer Revolution passte?

Gerade als Orla das Haus verlassen und die Schlüssel für die neuen Besitzer bereitlegen wollte, fiel ihr ein, dass der Fernseher noch eingeschaltet war. Sie griff nach der Fernbedienung, und da hörte sie ihn, Marlows Namen. Orla hob den Kopf und sah Floss' Gesicht. Die trashige Unterhaltungssendung, die vor den Nachrichten kam, zeigte gerade eine Ankündigung einer Feier zu Marlows fünftem Geburtstag. Eine Kamera folgte Floss durch ein düsteres, neues Hotel in Hollywood.

Nachdem Orla den Beitrag zu Ende gesehen hatte, zog sie die Haustür hinter sich zu und fuhr in die Stadt. Sie leerte ihr kümmerliches Konto, schob den weißen Umschlag mit dem Geld in ihre Tasche und ging über die Straße in den Laden, in dem Gayle immer Glückwunschkarten gekauft hatte. Sie wartete, während ein Mann im Hinterzimmer das Papier bedruckte. Sie entschied sich für die blau gefütterten Umschläge. Dann fuhr sie zum Flughafen von Philadelphia, stellte den Taurus im Parkbereich E ab und wiederholte am Ticketschalter diverse Male ihre Reiseroute. Von Philadelphia nach L.A., von L.A. nach Atlantic City.

Zwei Tage später stand sie in dem trendigen Hotel, hielt das Geschenk in der Hand, hörte Kinder im Zuckerdelirium schreien und wusste, dass eines davon ihre Tochter war.

Zwei riesige, gleich aussehende Sicherheitsangestellte versperrten ihr den Blick auf die Party. »O mein Gott, wie kann sie es nur wagen«, hörte Orla Floss irgendwo hinter den Riesen.

»Vergessen Sie's«, sagte einer der Männer zu Orla, sein Bariton vermischte sich mit der Musik. »Bitte gehen Sie jetzt.«

Orla stand trotzdem noch ein wenig länger da und hoffte, einen Blick auf Marlow erhaschen zu können. Doch sie hörte am Kreischen der Kinder, dass sie auf der anderen Seite des Raums waren. Schließlich wandte sie sich zum Gehen, dachte an Floss damals bei der Hundebekleidungsparty, wie sie ihr einen Drink durch den Gartenzaun auf die Straße gereicht hatte. So viele Jahre waren vergangen, dachte Orla, und noch immer durfte sie nicht hinein.

Am Anfang, als Atlantis noch Atlantic City hieß, war alles noch ein einziges Chaos. Die Demonstranten bespuckten die örtliche Polizei, diese wiederum schlug mit Tränengas zurück. Die Händler von der Strandpromenade verließen eilig die Stadt angesichts der Unruhen, und ihre Läden wurden sofort geplündert. Man riss die Bretter von den Schaufenstern und schlug die Scheiben ein, um in die Geschäfte zu gelangen. Orla ernährte sich von gestohlenen Süßigkeiten und Wasserflaschen, die von Anti-Establishment-Milliardären in die Stadt gebracht wurden. In den Gebäuden, in denen sie sich zusammendrängten, war der Strom abgestellt worden. Nachts war ihre einzige Beleuchtung das Licht der schwachen Solarlaternen. Aus für Orla nicht nachvollziehbaren Gründen brannte es ständig irgendwo.

Kamerateams der Nachrichtensender fingen alles ein. Die Sprechergruppe aus Pseudo-Hippie-Studenten, die sich selbst zu den Anführern ernannt hatten – die meisten hatten eine teure Vorbereitungsschule fürs College besucht –, schickte einen Boten mit einem Brief zum nächsten Außenposten der Regierung, dem Büro eines Abgeordneten in der Brighton Avenue. Die Nachricht war auf dem Briefpapier des *Tropicana Hotel* geschrieben. Man forderte, dass die Regierung die Kontrolle über das Internet aufgeben oder sich auf eine Revolution an der Küste vorbereiten solle. Vor den Kameras skandierten sie: »Finger weg von unseren Daten! Sonst verlassen wir die Staaten!« Die Nachrichten stellten die Demonstranten als rebellisch und mit edlen Absichten dar, als Menschen, die man ernst nehmen müsse. Doch Orla sah überall nur Chaos und dachte insgeheim, dass das Ganze bald von allein im Sand verlaufen würde. Und dann? Sie würde neu anfangen müssen, zumindest online. Beunruhigt dachte sie an ihren Ankunftstag zurück. Der junge Mann, der sie im alten *Caesars Palace* empfangen hatte, hatte ihr Handy und Laptop abgenommen und gesagt, sie werde die Geräte nicht zurückbekommen. »Aber ich habe kein Back-up in der Cloud gemacht«, antwortete sie automatisch.

»Die *Cloud*«, erwiderte er abfällig, »wollen wir hier nicht.«

Orla fühlte sich ganz nackt, als sie zu dem zweiten Tisch ging, an dem eine junge Frau saß. Die fragte Orla nach ihrem Namen, ließ sich bestätigen, welche Social-Media-Profile ihr vor der großen Flut gehört hatten, und zeigte ihr dann, wie sie jedes Suchergebnis zu Orla aus dem Internet löschte. Orla sah zu, wie die junge Frau einen ihrer alten *Lady-ish*-Beiträge auf den Bildschirm holte und irgendwie ihren Namen verschwinden ließ. »Von jetzt an«, verkündete sie stolz, »wird man bei dir nichts mehr finden, wenn man im Internet nach dir sucht. Man wird aber wissen, dass du eine von uns bist, weil wir einen Code benutzen. Sobald die Suchmaschine deinen Namen registriert hat, erscheint eine Fehlermeldung – *Error 404. Not found.*«

»Wie ein toter Link?«, fragte Orla.

»Genau.« Die Augen der Frau leuchteten. »Nur, dass du jetzt wirklich am Leben bist.«

In Atlantis fühlte sich Orla zum ersten Mal so, als wäre sie vielleicht auf der falschen Party. Einer Party voller Menschen, die ihr mit dreiunddreißig das Gefühl vermittelten, uralt zu sein, die auf selbst hergestelltem Deo bestanden, auch wenn es nicht wirkte, die jederzeit einen *Big-Brother-Is-Watching-*

You-Verweis parat hatten, sich aber erschreckenderweise keine fünf Minuten konzentrieren konnten.

Sie wurde dem Wohnungsteam zugeteilt, das die Aufgabe hatte, die alten Casinos in bewohnbare Stadtviertel umzuwandeln. Bei Orlas erstem Meeting langweilten sich sieben von acht Teilnehmern bei der Frage, wie man überall fließend Wasser in den Gebäuden installieren könnte, und stritten sich darüber, ob man die Gemeinschaftsräume mit Kicker- oder Billardtischen ausstatten sollte.

Der achte Teilnehmer war Kyle. Er saß auf der anderen Seite des Tischs und bemerkte Orlas besorgten Blick, nickte ihr mitfühlend zu. Zu ihrer großen Erleichterung war sein Bart bereits ergraut.

Ein paar Tage später war sie in seinem Zimmer, als der junge Mann, der ihr beim Einchecken den Laptop abgenommen hatte, den Kopf zur Tür hereinsteckte. Damals standen alle Hotelzimmertüren offen, wie im Studentenwohnheim, da sie keine anderen Möglichkeiten der Kommunikation hatten, als zu jemandem zu gehen und mit der Person zu sprechen. Der junge Mann wirkte aufgekratzt, hielt sich an beiden Seiten des Türrahmens fest und schwang den Oberkörper in den Raum. »Habt ihr das gehört?«, fragte er. »Wir sind keine Amerikaner mehr.«

Kyle gab Orla ihr T-Shirt. Sie standen auf und folgten dem jungen Mann durch den Flur bis zu der Gruppe, die sich um einen alten Röhrenfernseher mit Antennen scharte.

Der Präsident las von einem Teleprompter ab, wobei er seine Stecknadelkopfaugen zusammenkniff, als fände er seine eigenen Worte verdächtig. »Und deshalb«, sagte er, »nachdem Atlantic City zu einer Brutstätte gewalttätiger Verbrechen geworden ist, außerdem eine riesige Bürde für den Staat

New Jersey und seine Steuerzahler – und früher war das mal eine großartige Stadt, Atlantic City, eine fantastische Stadt, als ich dort war –, bitte ich den Kongress, den unloyalen Demonstranten dort ihren großen Wunsch zu erfüllen.«

»Großer Wunsch!«, rief jemand und äffte den Präsidenten nach und wurde sogleich von einem anderen zum Schweigen gebracht.

»Diese Menschen tun gefährliche Dinge, sehr gefährliche Dinge«, fuhr der Präsident fort. »Sie schlagen Fenster ein und tun andere schreckliche, schreckliche Dinge. Vergewaltigung. Sie wollen keinen Schutz gegen schlimme Angriffe wie der, der von Mexiko gegen uns ausging? Sie wollen eine ganz neue Nation? Sie wollen sich abspalten? Vielleicht sollte ich sie einfach machen lassen. Ihnen die Staatsbürgerschaft entziehen. Das ist Hochverrat, Leute. Hochverrat.«

Orla sah zu Kyle. »Aber wir wollen uns doch nicht *tatsächlich* abspalten«, sagte sie, »oder?«

Kyle war blass, als er dem verschwommenen Bildschirm den Mittelfinger entgegenstreckte. »Nein, das ist nur symbolisch gemeint«, antwortete er. »Eine Abspaltung ist sowieso unmöglich.« Er schlug sich leicht auf die Wange, als wolle er sich aufwecken. »Und zum hundertsten Mal«, murmelte er an den Bildschirm gewandt, »nicht Mexiko war für die große Flut verantwortlich, sondern Russland.«

Orla schüttelte den Kopf. »Hast du gehört, wie er ›Vergewaltigung‹ gesagt hat, einfach so mittendrin?«

Sie gingen zurück in ihre Zimmer. Sie lachten darüber. Ein paar Wochen später trafen die fensterlosen Busse ein und hielten vor dem baufälligen *Taj Mahal.* Menschen ohne Gepäck stiegen aus und blinzelten in die Küstensonne. »Wir können stolz verkünden«, sagte der Präsident am nächsten Tag im

Fernsehen, »dass wir es getan haben. Wir deportieren Tausende von Illegalen. Wir schaffen sie aus Amerika raus, Leute. Und jetzt werden wir die Mauer bauen – ich habe doch immer gesagt, dass wir eine wunderschöne Mauer haben werden, nicht wahr? Wir bauen sie jetzt an einem anderen Ort als ursprünglich gedacht, aber sie wird immer noch wunderschön werden, das garantiere ich euch. Und sie wird nicht nur die Illegalen abhalten, sondern auch die Verräter. Die Atlantic-City-Pussys, wie ich sie nenne. Ihr wisst, dass sie Angst vor Computern haben? Das Internet, unser großartiges neues Internet macht ihnen Angst. Was für Loser.«

Orla und die anderen verstanden von der Rede nur, dass die Menschen, die mit den Bussen hergebracht worden waren, illegale Einwanderer waren. Kyle fragte in der Stadt herum und kam mit einer Theorie zurück, die sich später als richtig herausstellen würde. »Niemand hat damit gerechnet«, sagte er zu Orla, »dass die Abspaltung wirklich passieren könnte. Ich meine … Abspaltungen *passieren einfach nicht*. Außer die Regierung will es so.« Er ging zum Fenster und sah nach draußen, Richtung Marschland. »Weißt du, wie schwer es ist, Tausende Menschen zu deportieren?«, fragte er. »Sehr schwer, wenn man sie in ein anderes Land zurückschickt. Aber wenn man sie einfach nach Atlantic City bringt und die Stadt dann zu einem anderen Land erklärt …« Er drehte sich zu Orla um. »Dann hat man es geschafft, nicht wahr?«

Orla sah ihn an. Als sie endlich verstand, was er ihr sagen wollte, erhob sie sich abrupt halb von ihrem Stuhl, wusste nicht, wohin sie gehen oder was sie tun sollte. Daher verharrte sie in dieser Haltung, auch wenn ihre Muskeln bald brannten, und fragte: »Aber was ist mit uns? Sind wir …«

»Offenbar wird es wie mit Kuba werden«, antwortete Kyle

ausdruckslos. »Wir können nicht zurück. Sie entziehen uns tatsächlich die Staatsbürgerschaft. Und die USA werden niemanden von außen hier hereinlassen.«

Die Busse wurden von Lastwagen und Bauarbeitern abgelöst. Tag und Nacht wurde an der Mauer um Atlantic City herum gearbeitet. Orla und die anderen sahen zu, wie dieser Bogen aus Beton immer höher wurde und sie vom restlichen Amerika abriegelte. Er führte an den Stadtgrenzen entlang und zu beiden Seiten weit ins Wasser hinein. Der Strand an New Jerseys Küste endete jetzt abrupt im Süden in Ventnor, wo eine Seite der Mauer direkt hinter einer Tiki-Bar in den Sand gegossen wurde.

Die jungen Leute in den alten Casinos waren kleinlaut und verängstigt. Doch Orla war so ruhig wie seit Jahren nicht mehr. Während Kyle die nächtlichen Bauarbeiten verschlief, hielt sie sich wach und sah zu. Eines Nachts blieb sie bis zum Morgengrauen auf und war seltsamerweise den Tränen nahe, als die letzten Schrauben gesetzt wurden. Die Mauer war genau das, was sie brauchte, dachte sie, eine Barriere für ihre Zweifel. Etwas, das sie endlich an ihrem Platz halten würde.

Danach blieb ihr nichts anderes übrig, als ein neues Leben aufzubauen – ein herrlich langweiliges Leben, in dem sie lernte, mit Kyle zusammen zu kochen, sich an der Stadtplanung zu beteiligen und die Wasserflaschen ihrer Söhne für das Lacrosse-Training auszuspülen.

Sie und Kyle wurden am Strand getraut, wie alle anderen auch. Das war ein Standardwitz in Atlantis: »Wir planen eine Strandhochzeit!« Es gab schlicht keine anderen Möglichkeiten. Und es gab auch keine Familie, nur wenige Freunde. Deshalb nahmen sie fröhlich gegenseitig an ihren Hochzeiten teil.

Nachdem sie und Kyle sich das Jawort gegeben hatten, erfuhr Orla von einigen ihrer Gäste überhaupt erst den Namen.

Sie und Kyle waren da fünfunddreißig und wünschten sich Kinder. Sie zogen aus dem alten Hotel aus und fanden ein richtiges Haus in der Florida Avenue. Es war ein zweistöckiges Gebäude aus weißen Ziegeln mit schlammbrauner Verkleidung, das jahrelang leer gestanden hatte. An dem ebenfalls seit Jahren verlassenen Stripklub nebenan hing noch eine schwarze, gebogene Markise und darüber ein Schild mit der lilafarbenen Silhouette einer nackten Tänzerin. Durch die Haustür gelangte man in einen engen Flur. Zur Vorderseite gingen drei kleine Schlafzimmer hinaus, ein winziges Wohnzimmer lag in der Mitte, auf der Rückseite befand sich eine große Küche mit einer schmalen, hölzernen Fliegengittertür, die immer laut klappernd zufiel. Für die nächsten zwei Jahrzehnte würde sie der Soundtrack von Orlas Leben sein. Sie wusste von jedem Ort im Haus aus, wie die zuklappende Tür klang – hinter ihr, wenn sie hineinging, aus dem Wohnzimmer, wenn sie dort auf Kyles Rückkehr aus der Arbeit wartete, von ihrem Schlafzimmer aus, wenn die Jungs als Teenager die Regeln ignorierten und spätnachts zurückkamen. Sie hatten keine Angst vor Strafen, weshalb sie sich auch nicht bemühten, leise zu sein, obwohl sie nach der vereinbarten Zeit zurückkehrten.

Die Jungs. Bei Franks Geburt war sie sechsunddreißig und bei Garys neununddreißig. Sie wollten ihnen Namen geben, die in Atlantis noch nie jemand gehört hatte.

Die Jungs kamen, verglichen mit Marlow, so leicht auf die Welt, dass die Ereignisse völlig getrennt voneinander zu sein schienen. »Möchten Sie eine VBAC versuchen?«, hatte die Gynäkologin bei einer Untersuchung gefragt, als Franks Geburt kurz bevorstand. Nachdem die Ärztin erklärt hatte, dass es sich dabei um eine vaginale Geburt nach einem Kaiserschnitt handelte, hatte Kyle Orla verwirrt gefragt: »Wie bitte? Nach welchem Kaiserschnitt?« Er behauptete, er habe die Narbe nie bemerkt, und sie glaubte ihm. Im Lauf der Jahre war sie zu einer silbrig weißen Linie verblasst.

Kyle nahm es gut auf. Natürlich. Es war schließlich Kyle. Er würde bald Vater sein, er freute sich. Er hielt ihre Hand, während sie erzählte. Er nannte Danny ein Riesenarschloch, Floss und Aston böse Menschen. Orla milderte den Teil ab, in dem sie Marlow aus dem Krankenhaus stahl. Danach sprachen sie und Kyle nie wieder darüber.

Sie wurde keine Schriftstellerin, und das war auch in Ordnung. Abends ließ sie oft den Blick um den Tisch schweifen, über Kyle und Frank und Gary, die ihr Abendessen kauten, und dachte: *Ich bin wirklich nichts Besonderes, nur seine Frau und ihre Mutter und eine halbwegs anständige Bürgerin. Und sie mögen mich. Sie lieben mich.*

Trotzdem brauchte sie noch etwas anderes. Als Gary in den Kindergarten kam, reichte sie einen Antrag für eine Ladeneröffnung ein. Ihre junge Wirtschaft basierte auf den alten Plastikchips aus den Casinos, die zur Währung von Atlantis geworden waren, und war immer noch so zerbrechlich, dass niemand ein Unternehmen ohne die Zustimmung der Gruppe gründete. Doch Orlas Idee gefiel allen von Anfang an. Seit zehn Jahren hatten sie keine Handys mehr, und ein Laden voller Bücher … Das war geradezu dekadent. Amerika wollte keinen Handel mit ihnen treiben, doch Europa hatte nichts dagegen. Zweimal pro Monat ankerte ein Frachtkahn aus Großbritannien in der Nähe des alten *Bally's* und brachte Pakete aus der Außenwelt. (Deshalb wuchsen Orlas Söhne, die in Sichtweite des Garden State Parkways wohnten, mit Arsenal-Pullovern und Cadbury-Schokoladenriegeln auf.)

Orla tätigte einige Festnetzanrufe in dem Businesscenter im *Golden Nugget* und gab bei einigen Verlagen Bestellungen auf. Sie erweiterte den Bestand anfangs mit Büchern ihrer Nachbarn, die sie damals mitgebracht und seither zu oft gelesen hatten. Orla stand auf einer Leiter vor dem Stripklub und passte die Tänzerin an. Sie malte ihr ein hochgeschlossenes rotes Kleid und eine Brille mit schwarzem Gestell. In die Hand, die die Frau nach oben streckte, zeichnete sie ein Buch. Unter die Füße in den High Heels schrieb sie *Atlantic Books*.

Eines Tages sah sie einen neuen Eintrag in einem eng gesetzten Vertriebskatalog, ein Magazin namens *Constellation Weekly*. Orla kannte Constellation, die Stadt der Stars, in der die Menschen die ganze Zeit gefilmt wurden. Es startete kurz nachdem sie 2022 nach Atlantis gekommen war, und Orla wusste noch, was sie damals gedacht hatte: *Floss würde alles tun, um dort reinzukommen.*

Sie hielt den Finger über die Bestellnummer von *Constellation Weekly* und nahm mit der anderen Hand den Hörer ab.

»Magazine?«, fragte ihre Vertreterin. »Ich kann mal nachschauen. Aber ich dachte, ihr benutzt da drüben keine moderne Technik.«

»Das tun wir auch nicht«, erwiderte Orla. »Ich meine die *gedruckten* Ausgaben.«

»Die gedruckten Ausgaben?« Die Frau verschluckte sich fast. »Orla, wissen Sie, wie teuer das wird – die Druckkosten und dann die Lieferung über Großbritannien?«

»Das ist mir bewusst«, sagte Orla. »Ich dachte, ich fange mit einem Titel an. *Constellation Weekly*.«

»Auch das noch, eine wöchentlich erscheinende Zeitschrift.« Die Vertreterin seufzte. »Ich muss Ihnen sagen, dass Sie damit kein Geld verdienen werden. Wie viele Exemplare?« Orla hörte das Tippen von Fingern auf einer Tastatur. Sie vermisste das Geräusch immer noch. Manchmal vermisste sie auch die Macht, die sie als junge Frau empfunden hatte, mit dem Handy in der Hand, wie sie eine Illusion damit schaffen konnte. Wie sie vorgab, Floss wäre berühmt, wie sie vorgab, Danny wäre wichtig, wie sie mithilfe eines Instagram-Filters vorgab, ihre Haut würde golden leuchten. Wie sie so tat, als würden Follower etwas bedeuten. Manchmal hatte sie immer noch Phantomimpulse. Wenn sie allein an einem Tisch saß, sah sie oft nach unten, auf etwas in ihrer Hand, und wollte schon eine Selfiepose einnehmen, wollte auf den Social-Media-Plattformen nachsehen, was die anderen Leute Neues gepostet hatten. Doch jedes Mal, wenn ihr wieder einfiel, dass sie gar kein Handy mehr hatte, war sie erleichtert und fühlte sich wieder frei. Als hätte man ihr mehr Leben zur Verfügung gestellt.

»Ich nehme die Mindestanzahl an Exemplaren«, sagte sie. »Egal, wie viele das sind.«

»Ich melde mich wieder bei Ihnen, wenn ich den Preis weiß.«

»Machen Sie sich nicht die Mühe«, erwiderte Orla. »Geben Sie die Bestellung auf.«

So sah sie schließlich Marlow, in den Zeitschriften, die sie den irrsinnigen Preis von zweihundertundzehn Dollar die Woche kosteten. Sie kamen jeden Freitag. Orla hob sie immer für sich auf, bis der Laden leer war. Dann blätterte sie schnell durch die Seiten, suchte nach ihrer Tochter. Meistens wurde nichts über Marlow berichtet, doch ungefähr jeden zweiten

Monat fand sie sie. Manchmal entdeckte sie sogar Amadou, wie er Marlow zu einem Restaurant oder dem Ballettunterricht brachte. Das Bild war so tröstlich, dass sie den Kopf auf die verschränkten Arme auf dem Tresen legte und weinte, als sie es zum ersten Mal sah.

Orla fragte sich, was sie Marlow erzählt hatten oder eines Tages noch würden. Sie war ein Teenager, alt genug, um nach ihrem Aussehen zu fragen, warum sie Floss oder Aston überhaupt nicht ähnlich sah. Marlow hatte Orlas Haare geerbt, die widerspenstigen Fast-Locken. Ansonsten sah sie aus wie Danny mit ihrem starken Kiefer und den dunkelblauen Augen. Orla liebte, wie diese Augen in die Kamera blickten. Marlow schien immer skeptisch in die Kamera zu schauen, als wollte sie sagen: *Wer ist da draußen?*

Orla strich dann über die Seite und dachte: *Ich.*

23

Marlow, Orla und Floss

Atlantis

2051

Im Umkleideraum im Keller des Restaurants befinden sich die trockenen Kleider, die ihnen die Frau vom Schiff versprochen hat. Die weiße Bluse ist zu klein, der schwarze Nylonrock zu groß, doch sie zieht beides an, zusammen mit den hohen schwarzen Stiefeln, die perfekt passen. Als sie eine Treppe hinaufgeht und aus der Tür mit der Aufschrift *Personal* tritt, sieht sie aus wie alle anderen, die gerade ihre Frühschicht beendet haben.

Die Tür führt zu einer Lobby, die wiederum in einen großen Raum mündet, in dem Kinder auf Hockern vor alten, unbeleuchteten Spielautomaten mit Hebeln an der Seite sitzen. Man hat Sperrholzbretter auf die Oberflächen genagelt, auf denen die Kinder ihre Stifte und Hefte ablegen. Sie drehen sich auf den Hockern zu ihrem Lehrer, der auf dem grell gemusterten Teppich auf und ab geht.

Durch das Fenster sieht Marlow das Meer. Sie geht zur Tür und ins Freie, scheucht die Tauben auf, die an einem Muffin herumpicken. Auf der Strandpromenade wartet sie, bis eine Gruppe Männer in Sandalen und mit Aktentaschen an ihr vorbeigegangen ist. Sie steuern auf das grüne Hochhaus aus Glas am Pier zu. Marlow geht zu dem Metallgeländer und sieht auf den Atlantik hinaus. Der Morgen ist kalt, der Himmel so blau, dass er sie blendet. Sie dreht dem Strand den Rücken zu und betrachtet die Menschen, versucht zu entscheiden, wen sie nach Orla fragen könnte. Sie braucht jemanden, der nicht sofort zum nächsten Polizisten rennt – ihre Uniformen sind mintgrün, dieselbe Farbe wie die Boote der Küstenwache, und erinnern sie an die Freiheitsstatue –, falls man sie verdächtigt, illegal eingereist zu sein. Sie verwirft den Mann mit der Sportsonnenbrille und dem Bürstenhaarschnitt. Die Joggerin, die auf sie zukommt, wirkt zuerst vielversprechend, doch Marlow traut ihren Sportklamotten nicht, die viel zu sehr aufeinander abgestimmt sind. Außerdem schwingt sie ihren Pferdeschwanz mit Absicht. Das ist ein schlechtes Zeichen.

Die Menge auf der Promenade dünnt sich aus. Die Menschen sind mit angespannt gerunzelter Stirn zu ihren Arbeitsplätzen in das Hochhaus verschwunden. Die letzten Nachzügler sind in die Schule gehuscht, unter dem Arm eines lächelnden Aufpassers hindurch, der sie an der offenen Tür begrüßt.

Marlow sieht, wie eine Frau aus dem pfirsichfarbenen Stuckgebäude nebenan tritt. Ein Banner hängt über dem Eingang: *NEUE WOHNUNGEN, 55+*. Die Frau zerrt an einem Pulloverärmel. Ihre Haare sind feucht. Die Tasche rutscht von ihrer Schulter, und einige Bücher fallen heraus. Die Frau trägt eine Sonnenbrille, doch Marlow sieht trotzdem, wie sie die Augen verdreht, weil sich dabei ihr gesamtes Gesicht bewegt.

Sie hat es offensichtlich eilig, und Marlow weiß, dass sie sie in Ruhe lassen sollte. Doch sie geht trotzdem zu ihr, weil die Frau etwas an sich hat, das Marlow überzeugt, dass sie sie nicht verraten wird. Die Frau hat langes, widerspenstiges graues Haar.

»Entschuldigung«, sagt Marlow, während die Frau sich hinkniet und zwei Bücher aufhebt.

Die Frau sieht zu ihr hoch und nimmt langsam die Sonnenbrille ab.

»Könnten Sie mir vielleicht sagen ...«, beginnt Marlow und verstummt, als die Frau sich aufrichtet und sie anstarrt. Ihre Tasche fällt wieder zu Boden, doch sie bemerkt es nicht. Sie legt ihre Hände um Marlows Gesicht, presst ihre Daumen so fest in Marlows Wangen, dass ihr die Tränen in die Augen steigen. Die Frau zieht sie an sich und hält sie fest. Während Marlow sich noch fragt, wie sie darauf reagieren soll, wird der Wind stärker und weht ihre Haare von hinten in die der Frau hinein. Sie unterscheiden sich nur in der Farbe. Marlow lässt sich halten, umweht von ihren und den Haaren ihrer Mutter.

Orla kauert auf dem Gehsteig und blickt nach oben, sieht sie als schwarzgraue Silhouette vor dem leuchtend blauen Himmel. Die Welt ist so hell hinter der jungen Frau, dass ihr Gesicht im Schatten liegt, doch Orla muss nicht zweimal hinsehen.

Am liebsten würde sie lachen. Es ist Mittwochmorgen. Sie hat ein paar Bücher fallen gelassen. Sie hat verschlafen. Sie hat ihre Haare nicht geföhnt. Sie hat sich immer noch nicht an diesen verdammten Seniorenkomplex gewöhnt, den Kyle so liebt, und dann hat sie auch noch den falschen Aufzug genommen – den nach oben, nicht nach unten. Wahrscheinlich warten schon Leute vor dem Laden, ganz zu schweigen von Lieferungen. Am Mittwoch kommen immer die meisten Pakete an.

So passiert es also? Sie würde wirklich gern lachen.

Stattdessen steht sie mit schmerzenden Knien auf und streckt die Hände nach dem Gesicht aus, das sie in der Zeitschrift gesehen hat. Sie erwartet beinahe, das seidige Papier zu spüren. Doch Marlows Haut ist warm und weich, lebendig. Es geht ihr gut. Es geht ihr gut. Es geht ihr gut.

Marlow setzt sich auf die Bank, auf die Orla deutet. Die heißen zuckrigen Donuts gab es im Dreierpack, Orla nimmt zwei aus der weißen Tüte und reicht sie Marlow.

»Ich kann nicht glauben, dass ich dich zufällig getroffen habe«, wiederholt Marlow immer wieder, weil sie es wirklich nicht glauben kann. Wie sie Orla gefunden hat – das hätte kein Drehbuch besser vorgeben können. »So etwas ist mir noch nie passiert«, sagt sie. »Es ist …« Sie sucht nach dem richtigen Wort. Einen Moment wünscht sie sich den Chip zurück. Mittlerweile sind die Wunden am Handgelenk verheilt, neue, junge Haut überzieht die Stelle.

Orla lächelt und versucht zu helfen. »Schicksal?«, schlägt sie vor. »Vorsehung?«

»Nein.« Marlow hat das Wort gefunden. Es rührt sie zu Tränen. »Zufall.«

Orla scheint kurz zu überlegen, dann fragt sie sanft: »Weiß deine Mutter, wo du bist?«

Marlow zuckt mit den Schultern. Sie sieht zu Orla. Sie bemerkt die weichen Falten um ihren Mund und ihre Augen. Der Anblick ist so tröstlich, dass sie sich fast auf ihren Schoß gesetzt hätte. Stattdessen schluckt sie das letzte Stück Donut und sagt: »Findest du, ich sollte ein Kind bekommen?«

Orla verengt die Augen und überlegt. »Hast du alles andere schon getan?«

Marlow denkt an das Plakat von ihrer Hochzeit am Times

Square zurück, ihr abblätterndes Gesicht. Sie denkt an das, worin sich alle einig sind: Sie hat immer brav alles mitgemacht. »Nein«, antwortet sie. »Ich weiß noch nicht mal, was alles andere sein soll.«

Orla beugt sich vor, nimmt Marlow das Wachspapier aus der Hand und wischt ihr die Krümel vom Rock. »Ein Kind zu bekommen ist eines der schönsten Dinge im Leben«, sagt sie. »Aber letztendlich auch nur eins davon.«

Diese Strandpromenade, denkt Floss. *Warum würde irgendjemand so etwas anlegen … wie eine Straße, nur viel beschissener?* Sie packt ihren Oberschenkel mit beiden Händen und zieht ihren Absatz aus einer der Spalten.

Ein Mann mit einem Surfbrett (und einem Bauch, bei dem das Sportgerät wie eine Requisite aussieht) zuckt zurück, als Floss sagt, sie sei aus Kalifornien und auf der Suche nach Orla. Er verlagert das Gewicht und fragt: »Sie sind also eine von draußen?« Floss ahnt, dass sie ihre Handtasche öffnen sollte. Sie findet darin zwei alte, weiche Geldscheine, die fast zu zerfallen drohen, und betet, dass diese Privatsphärefreaks immer noch amerikanisches Bargeld mögen. Der Mann hält ihr seine fleischige Hand entgegen und erzählt ihr von dem Buchladen, deutet die Promenade entlang und sagt, sie solle bei der dritten Rampe abbiegen. Fast ist Floss ein wenig traurig darüber, wie wenig Geld sie ihm nur geben muss. Manche Menschen wissen nicht, was es heißt zu leben.

Sie folgt seinen Anweisungen, doch schon nach einem Blick sieht sie die beiden. Zusammen. Auf einer Bank. *Einfach so*. Insgeheim ist sich Floss gar nicht sicher gewesen, ob sie überhaupt hier sein würden. Ihr einziger Anhaltspunkt für die Suche nach Marlow war der Gedanke gewesen, der sie all die Jahre verfolgt hatte: Eines Tages würde ihre Tochter es herausfinden und dann sofort verschwinden. Ihr einziger Anhaltspunkt für die Suche nach Orla war die Meldung bei jeder Internetrecherche: *Error 404. Not found.*

Doch jetzt habe ich dich gefunden, denkt Floss im Näherkommen. Zufrieden bemerkt sie, dass Marlow anders aussieht. Hübsch wie immer, aber wacher, lebendiger. Vielleicht hat sie endlich angefangen, die Seren anzuwenden, die Floss ihr immer aufzudrängen versucht.

Orla sieht aus wie früher, bis auf die grauen Haare. *Schon klar, Orla. Wir wissen, dass du anders bist.* Sie strafft die Schultern, als die beiden aufblicken und sie entdecken, und ruft sich in Erinnerung, dass in den Augen ihrer Tochter und ihrer alten Freundin sie die Böse ist. Ein bisschen Zurückhaltung könnte klug sein.

Sie war nicht die beste Mom der Welt, das weiß sie. Aber *sie* ist ihre Mutter. Um sich etwas Zeit zu verschaffen, tut sie noch einmal so, als wäre ihr Absatz wieder stecken geblieben. Sie spricht ein stummes Gebet, dass Marlow und Orla nicht zu hart über sie urteilen. Zumindest verdient sie Anerkennung dafür, was sie geleistet hat.

Orla muss sich zurückhalten, um Marlow nicht ständig zu berühren. Sie will sie abküssen und von hier wegbringen. Marlow kratzt sich am Hals, als könne sie Orlas Gedanken spüren. Dann beschattet sie die Augen mit der Hand und sagt: »Soll das ein verdammter Witz sein?«

Orla folgt ihrem Blick. Erst nach einem Moment erkennt sie die Frau, die auf sie zukommt. Floss ist doppelt so breit wie damals, es lässt sich nicht anders sagen. *Das ist gut,* denkt Orla. *Sie hat so viel Zeit darauf verwendet, dünn zu sein.*

Trotzdem war es sicher nicht leicht, das ganze Gewicht auf Zwölf-Zentimeter-Absätzen mit sich herumzuschleppen.

Eine Gruppe powerwalkender Frauen bleibt abrupt stehen, als sie Floss entdecken, und flattern mit den Händen. Sie erinnern sich an sie, von früher, aus der Zeit vor Atlantis. Floss strahlt und spricht länger mit ihnen, als sie sollte, wenn man bedenkt, dass ihre Ausreißertochter nur ein paar Meter entfernt sitzt.

Orla sieht zu Marlow, die mit zusammengekniffenen Augen die Stirn runzelt, während Floss posiert und die Luft neben den Wangen der Frauen küsst. Zum ersten Mal entdeckt Orla etwas von sich in Marlows Gesicht.

Sie legt ihr den Arm um die Schultern und versucht, die aufblitzende Erinnerung zu verdrängen, wie sie diesen Körper schon einmal gehalten hat. Einen Moment ist sie unglaublich wütend, weil man sie um diesen Körper betrogen hat. Um den Geruch seines Kopfes mit drei Jahren, wie er an ihrer Schulter liegt, um den Anblick seiner Beine im Alter von neun Jahren, wie sie einem Basketball hinterherrennen, um das Gefühl seiner Taille unter einem Hochzeitskleid, wenn sie den Arm darum legt. Sie zwingt sich zu atmen, auszusprechen, was sie hatte sagen wollen. Was sie sagen muss. »Du weißt nicht, ob ich eine bessere Mutter gewesen wäre.«

Marlow entspannt sich etwas. Floss verabschiedet sich von den Frauen und eilt, ohne zu stolpern, auf ihre Tochter zu. Floss packt Marlow und reibt ihren Rücken. Dann zieht sie mit der anderen Hand Orla ebenfalls in die Umarmung. Zuerst sind alle drei steif, widerwillig. Dann spürt Orla, wie sich die Atmosphäre zwischen ihnen ein wenig entspannt. Sie weichen zurück und sehen einander an. Holen gleichzeitig unsicher Atem. Vielleicht sind sie doch alle gar nicht so übel.

»Ich kann mir dich nicht auf einem Piratenschiff vorstellen«, sagt Orla zu Floss. Marlow wollte gerade dasselbe sagen, allerdings in einem viel spitzeren Ton.

Floss schnieft. »Was für ein Piratenschiff?«, fragt sie. »Ich bin nach London geflogen und habe in Southampton eine Jacht gechartert. Bei der Einreise gab es irgendein Problem mit dem Küstenpolizisten, wegen meines amerikanischen Passes …« Floss lächelt, als wollte sie sagen: *Ist der Polizist nicht ein Schatz?* »Doch ich habe einfach alle ihre Fragen beantwortet, den Strafzettel genommen und gesagt, dass ich mich später darum kümmern werde.«

»Den *Strafzettel?*«, sagt Orla. »Floss, der Grenzübertritt ist ein Schwerverbrechen. Du wirst nach deiner Rückkehr ins Gefängnis kommen.«

»Meine *Tochter* wurde vermisst«, erwidert Floss. Marlow hört, wie besitzergreifend sie das Wort betont. »Ich habe nicht über irgendwelche Anklagen nachgedacht. Ich habe über gar nichts nachgedacht. Ich habe nur versucht, sie zu *finden.*«

Solche Sätze hätte Floss auch gut vor der Kamera sagen können, denkt Marlow, doch der Ton stimmt nicht ganz. Floss spricht dann mit einer ganz bestimmten Stimme, und jetzt klingt sie anders. Erschöpft, gebeutelt von Angst und Adrenalin, und sie sieht so alt wie nie aus. Plötzlich wird Marlow klar, dass ihre Mutter kein Make-up trägt.

Orla sieht sich nervös um. »Du hast sonst mit niemandem hier geredet, oder?«

»Nein«, antwortet Floss, dann schnippt sie mit den Fingern. »Oh, doch, ein Mann hat mir den Weg zu deinem Laden gezeigt. Er war nicht gerade glücklich darüber, dass ich aus Kalifornien komme, aber mach dir keine Gedanken. Ich habe ihn bestochen.«

Orla bleibt der Mund offen stehen, doch Marlow lacht, denn sie ist nicht überrascht. Sie denkt an sich selbst, was sie alles auf sich genommen hat, um hierherzukommen: den Marsch im Dunkeln nach Ventnor, die illegale Einreise über die Grenze. Natürlich war Floss bis direkt an die Mauer gefahren. Natürlich hatte sie sich hereingedrängt.

»Marlow«, sagt Orla. »Geht es ihr gut?«

Marlow dreht den Kopf und sieht, dass Floss im Nebel versinkt. Orlas Gesicht ist blass, sie kennt die Krankheit kaum. Sie selbst hat keine Nebelattacken, sagt sie, und kennt auch nur wenige Menschen, die darunter leiden. In Atlantis ist es kaum verbreitet. Dass sie alle bei ihrer Ankunft Handys und Laptops abgeben mussten, hat ihre Gehirne gerade noch rechtzeitig gerettet.

Orla sagt, sie sollten nach oben in ihre Wohnung gehen. Als Marlow Floss beim Gehen hilft, zögert Orla zuerst, doch dann ergreift sie Floss' anderen Arm.

Floss möchte gerne wissen: Wer ist der Volltrottel, der einen roten Teppich auf einer Strandpromenade geplant hat?

Alle fünf Sekunden stolpert sie, auch wenn Orla ihren linken und Melissas Assistentin ihren rechten Arm hält.

Sie sieht eine Wand aus Fotografen auf sie zukommen, die ihr alle zurufen: *Hier drüben.*

Sie wappnet sich, gleich werden alle rufen, dass Orla zur Seite treten soll. Das bereitet Floss immer ein unangenehmes Gefühl, auch wenn sie nicht genau weiß, warum. Im Mittelpunkt stehen – hat sie nicht dafür so hart gearbeitet? Doch sie mag den Klang dieser Worte überhaupt nicht: *Und jetzt bitte Floss allein.*

Sie ist ein Star, ruft sie sich in Erinnerung. Sie kann tun und lassen, was sie will. Wenn Orla dieses Mal beiseitetreten soll, wird Floss sie zurückhalten.

Orla bringt Marlow und Floss in ihre neue Wohnung, in der gerade Chaos herrscht. Kaum hatten sie und Kyle sich verkleinert, kamen die beiden Söhne prompt wieder nach Hause, jeder mit seiner eigenen Krise – die falsche Arbeit, die falsche Frau.

Kyle wollte unbedingt raus aus dem alten Haus neben ihrem Buchladen, wollte in eine neuere, kleinere Wohnung an der Strandpromenade. Wie ein eifriger Hund trabte er voran, als er und Orla die Seniorenwohnungen besichtigten.

»Das hier ist ein alter Ballsaal«, verkündete der Makler stolz, als ob es in Atlantis davon nicht genug gäbe.

»Du wirst den Ausblick lieben«, versprach Kyle, und als sie die Wohnung betraten, stimmte Orla ihm zu.

»Aber ich habe gesagt, ich hätte gern zwei Schlafzimmer«, meinte sie.

Kyle tanzte hinüber zur Wand und zog an einem Griff. Eine Falttür ließ sich bis zur anderen Wand hinüberziehen und teilte eine Fläche beim Fenster ab.

»Bitte sehr«, sagte er. »Zwei Schlafzimmer.«

Orla schüttelte den Kopf, als Kyle mit dem Griff kämpfte und herauszufinden versuchte, wie er in die Wand einrastete. »Das zählt nicht«, sagte sie.

Die Jungen, die Orla ihr vorstellt, stehen erst auf, als ihre Mutter sie scharf zurechtweist. Marlow schüttelt ihnen die Hände, die etwas verschwitzt sind von den Büchern, in denen sie gelesen haben. Die beiden sehen gut aus, lächeln charmant und oft, auch wenn ihre Mutter sie zwingt, höflich zu sein. Marlow spürt die Distanz zwischen ihnen, weiß noch, wie alt fünfunddreißig für sie klang, als sie Anfang zwanzig war. Sie merkt auch, dass die beiden nicht wissen, wer sie ist. Orla sagt ihnen nur Marlows Namen.

Sie findet, dass die beiden ihr überhaupt nicht ähnlich sehen. Dann sagt Orla: »Sie haben auch unsere Haare, aber sie haben sie immer so getragen.« Frank und Gary haben beide kurz rasierte Haare.

Ein wenig später, als Floss in ihrem Stuhl eingenickt ist, fragt Marlow, ob sie ein Foto von den Jungen als Kinder sehen könne. Orla geht in ein anderes Zimmer und kommt mit einem Bild zurück, auf dem Frank und Gary am Strand die Köpfe über die Sandeimer beugen. Sie nehmen die linke Bildhälfte ein. Orla deutet auf den leeren Bereich auf der rechten Seite, wo Spielsachen und halb fertige Sandburgen stehen, und sagt: »Genau da. Da habe ich mir dich vorgestellt.«

Aus irgendeinem Grund ist es genau das, was Marlow gerade hören muss.

Sie möchte Orla auch etwas geben. Sie holt den Plastikbeutel aus der Hosentasche und zeigt ihr den Brief von Floss. Orla nimmt den Umschlag, wirft einen Blick auf die Adresse und das Datum, dann gibt sie ihn Marlow zurück. »Schon okay«, sagt sie. »Behalt ihn einfach.«

Floss gibt nur vor zu schlafen. Es ist kein schöner Anblick, dreiundsechzig und fett zu sein und in einem fremden Zuhause zu dösen, aber es ist nicht so erniedrigend, wie wach zu sein und stundenlang ignoriert zu werden. Marlow und Orla stellen einander Fragen, deren Antworten Floss bereits kennt. Wie jemand, der einen Film schon gesehen hat, würde sie ihnen am liebsten das Ende verraten und den Spaß verderben. Sie weiß so viel mehr über diese beiden Frauen, als sie je übereinander wissen werden, egal wie lange sie an Orlas Tisch sitzen und sich gegenseitig von ihrem Leben erzählen. Aber sie weiß, dass sie es nicht von ihr hören wollen. Sie weiß, dass beide dasselbe über sie denken – *ich war ihr nie wichtig* –, doch das stimmt nicht. Sie hat viel vermasselt, hat Menschen verletzt, hat ihre Karriere auf dem Eindruck aufgebaut, nur um sich selbst zu kreisen. Sie versteht, warum diese Frauen sie immer misstrauisch angesehen haben, wenn sie versucht hat, ihnen zu zeigen, wie wichtig sie ihr sind: *Was bezweckt sie damit? Worauf will sie hinaus?* Oft verfolgt sie auch ein Ziel. Oft haben sie recht. Als sie Orla hintergangen hat, war sie selbstsüchtig und verängstigt und hatte zu wenig Vertrauen in ihre eigene Stärke, um zu glauben, dass sie tatsächlich das Leben eines anderen Menschen ruinieren könnte. Als sie Marlow hintergangen und ihr diese Tabletten gegeben hat, hatte sie wieder zu wenig Vertrauen in ihre eigene Stärke, um zu glauben, dass sie einen anderen Menschen wirklich beschützen könnte. Es ist gut möglich, dass ihre Liebe zu Orla und Marlow deren Leben verschlechtert hat. Aber es hat sie selbst zu einem besseren Menschen gemacht. Keinem guten, das weiß sie. Nur einem besseren.

Sie vergisst, dass sie ja eigentlich schlafen sollte, und hebt beim Zuhören eine Augenbraue. Oh, die beiden lassen aber ganz schön was aus. Orla überspringt den Teil der Geschichte, in dem sie Marlow aus dem Krankenhaus entführt hat. Marlow überspringt den Teil, in dem sie das Mädchen angegriffen hat.

Hey, Marlow, würde Floss am liebsten rufen. *Orla hätte dich fast abgetrieben! Oh, und Orla – Marlow hat jemanden gebissen. Genau – wie ein Hund!*

Doch dann hört Floss, wie Orla Marlow ein anderes Foto zeigt, eins, auf dem Orla und Floss zu sehen sein müssen. Marlow sagt, dass sie wunderschön sind. Orla verbessert sie: Sie sind jung. Vielleicht weil sie ausnahmsweise einmal zuhört, nimmt Floss den Ton wahr, in dem Orla den Satz sagt. Als ob ihr Alter alles erklären würde.

Also beschließt sie, diese Theorie auf die Probe zu stellen. Sie will wissen, ob sie anders sein kann, nachdem Jahrzehnte vergangen sind. Ob sie jetzt, in diesem Moment, das Beste für ihre Tochter tun kann, nämlich den Mund zu halten. Beide in dem Glauben zu lassen, dass die andere so rein und perfekt ist, wie sie es sich immer vorgestellt haben. Sie versucht es fünf Sekunden, dann zehn, dann zwanzig. Sie zählt weiter.

Der Nachmittag vergeht. Orla erzählt Marlow von Danny.

»Hast du ihn geliebt?«, fragt Marlow.

»Nein«, antwortet Orla. »Ich war besessen von ihm. Das meine ich ganz wörtlich.«

»Danny war ein Loser«, sagt Floss nüchtern. »Und hatte schon fast eine Glatze. Sei froh, dass du die Haare deiner Mutter geerbt hast.«

Danach schauen sie alle verlegen in ihre Gläser. Orla mustert das Wasser in ihrem, und ihr wird klar, dass genau das ein Problem werden könnte: Wasser.

In diesem Moment kommt Kyle von der Arbeit nach Hause und beginnt, Drinks für die Gäste zu mixen. Als er erfährt, um wen es sich bei den Frauen in der Küche handelt, schießen seine Augenbrauen in die Höhe. Doch als er den Shaker abstellt, hat er sich wieder im Griff. Fünf Minuten später schwärmt Floss erleichtert von seinem Wodka Martini. Kyle verbeugt sich lächelnd, dann hebt er den Telefonhörer ab und bestellt Pizza. Orla lacht, als Marlow mit offenem Mund das alte Gerät mit den Tasten anstarrt. Sie steht auf und berührt das Kabel.

Es wird dunkel, die Jungs gehen aus, wohin auch immer. Nach dem Essen entschuldigt Kyle sich, er müsse noch arbeiten. Er will sie nicht stören, doch Orla spürt, wie sie panisch wird, als er den Flur entlanggeht. Als sie zu Floss und Marlow sieht, blicken sie ihm ebenfalls wehmütig nach. Vielleicht brauchen sie alle eine Pause.

Orla zeigt Marlow, wie die Dusche funktioniert. Dann geht sie ins Wohnzimmer und klappt das Futonsofa beim Fenster auseinander, damit Floss sich hinlegen kann.

Floss' Haare breiten sich auf dem Kopfkissen aus. »Ich dachte, du würdest mich hassen«, sagt sie, und auch diese Stimme kennt Orla nicht. Sie klingt älter, ruhig, aber deutlich.

»Ich hasse dich auch«, antwortet Orla. Sie lässt es wie einen Insiderwitz zwischen ihnen beiden klingen. Sie lachen immer noch, als Marlow zurückkommt, in Orlas bestem Nachthemd, und sich zu ihrer Mutter auf den Futon legt. Orla zieht die Falttür zu und geht über den Flur in ihr eigenes Zimmer.

Doch sie können alle nicht schlafen. Erst tritt Floss auf die Veranda, dann Marlow und schließlich Orla, die vom saugenden Geräusch der Schiebetür aufwacht.

Am nächsten Tag wird Floss seufzend auf dem Sofa sitzen. Sie sollte zurück in die Vereinigten Staaten fahren, ihre Strafe wie ein großes Mädchen auf sich nehmen, wird sie schmollend sagen. Wochenlang wird sie es jeden Morgen sagen, monatelang, bis es sie nicht mehr kümmert. Ein Mitarbeiter der Einwanderungsbehörde wird eines Tages einem Tipp nachgehen und an der Tür klopfen. Orla wird sich in ihr Schlafzimmer zurückziehen, während der Mitarbeiter sich mit Floss an den Tisch setzt, und wird ungläubig mitanhören, wie schnell sich das Gespräch dahin dreht, dass Floss eine Show aufführt und der Mitarbeiter herzlich lacht. Danach wird sie niemand mehr belästigen.

Eines Morgens wird Floss zum Frühstück in einem durchsichtigen lilafarbenen Nachthemd kommen, und Frank und Gary werden am selben Tag noch ausziehen. Eines Abends wird Kyle Floss anfauchen: »Wenn du Martinis willst, dann geh Oliven kaufen, wir haben keine mehr.« Orla wird auch die Nase voll davon haben, wie die Faltwand vor Floss' Schlafplatz das Tageslicht wegnimmt. Jeden Tag wird sie sich vornehmen, mit Floss über ihren anstehenden Auszug zu sprechen. Und jeden Tag – ein ganzes Jahr lang, bis die Frau von gegenüber zum Glück stirbt und sie Floss in deren Wohnung lotsen können, wie eine Katze – wird sie es bleiben lassen und stattdessen das Licht einschalten.

Am vierten Tag, an dem Floss nicht auszieht, wird Marlow von Orla einen Schlüssel entgegennehmen.

Sie wird Atlantis auf dem Restaurantversorgungsschiff verlassen und dieses Mal auf der Sandbank eine Wasserski-Gruppe treffen, die sie zurück nach Ventnor bringt. Von dort wird sie nach New York fahren, in die Wohnung in der Twenty-First Street. Sie gehört immer noch Floss. Wenn sie den Hausmeister sieht, der beobachtet hat, wie sie den Briefkasten geknackt hat, wird sie ihn mit dem Namen ansprechen, den sie von Orla erfahren hat – Linus –, und ihm erzählen, wer sie ist. Zu ihrer großen Überraschung wird er weinen. Sie werden Freunde werden, Marlow und Linus und seine Frau, und die beiden werden zu ihrer Familie werden. Marlow wird mit ihnen zusammen essen und die Feiertage verbringen. Zu dritt werden sie sich einen Joint beim Abwasch teilen, nachdem die Kinder ins Bett gegangen sind. Die Kinder sind nicht mehr ganz klein, das jüngste ist acht. Doch sie hatten nie zuvor eine Tante gehabt, und Marlow merkt zu ihrer Freude, dass es ihr völlig reicht, Tante zu sein.

Sie wird ihr Aussehen ändern, bis niemand sie mehr erkennt. Das bedeutet, älter zu werden und ein wenig Make-up aufzulegen, ihre Haare dunkler zu färben. Als sie die Farbe auswählt, denkt sie an das Foto, das Orla ihr gezeigt hat, als sie und Floss Mitte zwanzig waren. Doch auch wenn sie das Bild deutlich vor sich sehen kann – die beiden legen ihre jungen Gesichter selbstzufrieden aneinander, als könnte nichts sie jemals trennen –, wird sie sich nicht erinnern können, welche von beiden den Farbton hatte, den sie möchte.

Sie wird erst nach Monaten einen neuen Chip kaufen, unter dem Namen *M. Cadden*, mit dem sie neu anfangen wird. Sie wird Jacqueline – und nur ihr – ein paar Tage folgen. Sie wird sehen, wie sie eine Party für Leggins mit Neonmuster veranstaltet. Sie wird Ida sehen, die zurück ist und ihre Rastlosigkeit mit einem Rückentattoo gebändigt hat. Auf ihrem alten Platz auf Jacquelines Sofa sitzt eine neue Frau, die schwanger ist und ständig kichert. Sie wird gerade rechtzeitig einschalten, um zu hören, wie die Frau besitzergreifend »Ellis« sagen wird, und sie wird erkennen, dass diese Person sie auch in anderer Hinsicht ersetzt hat. Sie wird darüber nachdenken, ob sie mehr herausfinden möchte. Wer die neue Frau ist, welche Schwächen Ellis an ihr ausnutzen möchte. Doch beim Anblick von Jacqueline, wie sie in Leggins die Hüften schwingt, wird sie Heimweh bekommen, und sie wird dem Chip schnell befehlen, alle Constellation Network Feeds zu löschen. Sie wird niemals an den Ort zurückkehren, an dem sie aufgewachsen ist, nicht einmal als Aston stirbt. Sie wird veranlassen, dass seine Asche nach New York geschickt wird, und sie im Hudson verstreuen. Wenn sie am Wasser entlangläuft, wird sie seltsamerweise nicht an ihn denken, sondern an das Baby, von dem sie einmal dachte, es könnte sein Aussehen erben. Anfangs wird sie sich noch Sorgen machen, ob es falsch war, ihre Eier zurückzulassen. Doch im Lauf der Jahre ist sich Marlow sicher: Sie hat ein gutes Leben. Und sie muss es nicht teilen.

Sie wird als Kellnerin arbeiten und Teller mit glänzenden Ziti in einem bernsteinfarben beleuchteten Kellerrestaurant auf der Tenth Avenue servieren. Sie wird den Job lieben, die warmen Teller auf dem Arm, die Tischnummern, die sie auswendig kennt, und die aufgeheizte Hektik in der Küche. Sie wird es lieben, wie die Gäste ihr die Köpfe zudrehen, wenn sie sich dem Tisch nähert, und sich wieder abwenden, sobald sie ihre Bestellung aufgegeben haben, sie gleich wieder vergessen. Sie wird sich so wenig gesehen und so wichtig wie noch nie zuvor in ihrem Leben fühlen. Sie wird Extraschichten übernehmen, wenn ihre Freunde zu Vorsprechen gehen, ihre Freunde, die von größeren Dingen träumen und es nicht fassen können, dass es ihr nicht so geht. Sie können nicht fassen, dass sie damit glücklich ist; sie wollen so sehr berühmt werden.

Eines Tages wird Honey ins Restaurant kommen und Marlow trotz der äußerlichen Veränderungen sofort erkennen. Sie wird stottern und fragen, wie es Marlow ergangen ist. Marlow wird antworten: »Gut, danke«, und sofort zu Morcheln und Pesto übergehen. Honey wird ihr ein riesiges Trinkgeld geben und sagen, dass sie doch mal zusammen mittagessen gehen sollten. Doch die eigene Stimme in Marlows Kopf, die sie jetzt immer als Erstes hört, wird ihr empfehlen, Honey hinter sich zu lassen, weiterzugehen. Und das wird sie auch, zu dem nächsten Tisch, der sie braucht.

Sie wird nie wieder Hysteryl nehmen.

Sie wird heimisch in New York werden. Sie wird eine neue Couch kaufen und die alte, ausgebleichte ersetzen. Sie wird die Dachterrasse entdecken, mit dem verfaulten Geländer und der verrosteten Bank, und sie wird die Hausverwaltung überreden, die Gräser und Wildblumen anzupflanzen, die auf den Häusern von Constellation wachsen. Sie wird merken, dass die Briefkästen in der Lobby immer noch in Betrieb sind – zweimal die Woche kommt der Postbote –, und sie wird einen Laden in der Christopher Street finden, in dem sie weißes Briefpapier mit blau gefütterten Umschlägen kaufen kann. (Sie hat sich für ihre Lieblingsfarbe entschieden: der Himmel von New York, vor allem im Herbst. Die Wahl fiel ihr leicht.) Sie wird ihren Müttern schreiben, ihnen die Briefe über eine von Orlas Vertreterinnen in Großbritannien zuschicken, und sie werden ihr antworten. Orlas Briefe sind immer länger, und das nicht nur, weil sie noch so viel aufzuholen haben. Orla kann besser Geschichten erzählen; Floss kann besser in ihnen auftreten.

Sie wird lernen, in der Wohnung 6D einzuschlafen, allerdings erst, wenn die Lichter des Empire State Buildings um Mitternacht erlöschen – sie wird ihre Augen nie bei dem hellen Licht schließen können. Sie wird das Bett in den vorderen Bereich der Wohnung schieben, weil ihr das Fenster besser gefällt, außerdem kann sie tun und lassen, was sie möchte – sie ist ja allein. Sie ist wunderbar allein, außer wenn Linus und seine Frau einmal im Jahr verreisen und die Kinder dann mit den Schlafsäcken im Schlepptau zu ihr kommen. Einmal wird Linus' Tochter einen Lippenstift mitbringen und ihn Marlow anbieten. »Probier ihn mal aus. Du könntest echt heiß sein, Tante M!« Ihre Mutter wird ihr einen Klaps versetzen, doch Marlow wird gerührt davon sein, dass das Mädchen sie als jemanden mit Potenzial wahrnimmt. Als jemanden, für den es noch nicht zu spät ist. Sie wird den Lippenstift nehmen und ihn tragen und ihn nie verlieren.

Doch davon wissen sie alle noch nichts – weder Marlow noch Orla, noch Floss. Sie stehen auf dem Balkon in Atlantis und lehnen sich in die Brise. Orla sagt, sie habe der Wohnung schließlich doch zugestimmt, weil sie den Ausblick liebe. Marlow nickt höflich, versteht den Grund aber nicht. Das Meer ist weit entfernt. Orlas Wohnung geht auf das Land hinaus, das sie hinter sich gelassen hat.

Die drei Frauen sehen zu den Windmühlen, den Autos, die aus dem Marschland auftauchen. Sie beobachten einige Illumidrohnen, die an der Mauer anstoßen und zurück nach Amerika fliegen. In einer Nacht wie dieser vermisst niemand ihr künstliches Licht. Der Mond steht hoch am Himmel und leuchtet silberweiß über ihrem kleinen Staat. Floss und Orla denken dasselbe, auch wenn sie es beide nicht voneinander wissen. Das Licht strahlt genau auf ihr Mädchen.

Danksagung

Ich konnte in meinem Leben von enormen Privilegien profitieren. Ein seltsamer Einstieg, das ist mir bewusst, aber wo könnte man besser seine Dankbarkeit ausdrücken als in der Danksagung des eigenen Buches. Mir waren Pausen gegönnt, die nicht jeder hat, weil ich mich am sorglosen Ende eines etablierten Systems befinde. Ich versuche, mir dessen bewusster zu werden und diese Unterschiede auszugleichen.

Ich wusste nicht, ob ich ein Buch schreiben kann. Ich wusste nicht, ob ich dieses Buch schreiben kann. Ohne Stefanie Lieberman und Molly Steinblatt, die *Follow Us* unendlich oft durchgearbeitet haben, würde ich mich das immer noch fragen. Ich kann den beiden gar nicht genug danken.

Riesiger Dank geht auch an Brittany Lavery, meine Lektorin bei Graydon House, weil sie mir zugehört und verstanden hat, was ich sagen wollte, und weil sie mir geholfen hat, dafür die richtigen Worte zu finden – in diesem Buch und auf dem Weg zur Veröffentlichung.

Ich danke Rufi Thorpe und Catapult für den Kurs »Der Roman: Kapitel eins«, in dem *Follow Us* Wurzeln geschlagen hat. Ich danke den Autorinnen in diesem Kurs, die die erste Version dieses Buches kritisch gelesen haben: Katie Runde,

Andrea Arnold, Meg Duell, Norah Brzyski und Veronica Gorodetskaya.

Außerdem danke ich für die aufmerksame frühe Lektüre und Hilfe bei diversen Details: Lauren Smith Brody, Caitlin Brody, Emma Caruso, Adam Hellegers, Suzannah Bentley, Mindy Steinblatt, Jennifer Close, Jessica Liebman, Hugh King, Scott Curry, Jen Curry. Mein Dank geht an Brian Marcus, Rachel Debuque und Justin Plakas für ihre Einschätzungen zum Design.

Jovanna Tosellos Cover wurde mit unzähligen entzückten Seufzern belohnt, doch niemand war so begeistert wie ich, als ich es das erste Mal gesehen habe. Danke, Jovanna.

Dem Team bei Graydon House/Harlequin – Susan Swinwood, Dianne Moggy, Linette Kim, Heather Connor, Lisa Wray, Laura Gianino, Erin Craig, Pamela Osti, Ana Luxton, Amy Jones – danke ich, dass es mein Buch so herzlich aufgenommen und es in die Welt hinausbegleitet hat.

Ich danke Kathleen Carter, dass sie magische Mentions möglich gemacht hat.

Dann danke ich Abbi Jacobsen, weil sie sich für diese Geschichte eingesetzt hat, und für ihre Unterstützung, ebenso wie Christina Dalcher, Jennifer Close und Rufi Thorpe. Außerdem danke ich Tarryn Fisher, deren unglaubliche Social-Media-Unterstützung ich allmählich auf meine altmodische Art erwidern kann, indem ich ihr Buch *The Wives* jedem Einzelnen im Supermarkt oder im Ballettunterricht empfehle.

Ich danke Charlotte Mursell von Harlequin UK, dass sie dieses Buch sicher über den Großen Teich gebracht hat.

Für die generelle Unterstützung, die sie mir und *Follow Us* entgegengebracht haben (bitte entschuldigt die allgemeine Kategorisierung, sie macht euch nicht weniger unersetzlich!), danke ich Emily Rose, Doug Johnson, Olivia Blaustein, Michelle Kroes, Adam Hobbins, Zoe Nelson, Claire Dippel, Dawn Prestwich, Nicole Yorkin, Kenya Barris, Jamila Hunter, Anni Weisband und Erynn Sampson.

Ein großer Dank geht an die Lehrerinnen und Lehrer, die mir geholfen haben, Schriftstellerin zu werden und auch zu bleiben: an das Kollegium der St. Isidore School, der Quakertown Community Senior High School (vor allem Tracy Houston) und der Villanova University (vor allem Jeff Silberman und Mary Beth Simmons).

Dieser Absatz ist all den Menschen in meinem Leben gewidmet, die immer sagen »Doch, das IST eine große Sache«, wenn ich einen Satz mit »Das ist keine große Sache, aber …« beginne. Ich danke meinen Freunden aus Quakertown, Villanova und New York und meiner gesamten Familie, vor allem Mark und Ashley Angelo, Greg und Tessa Angelo, Tom und Peggy Castronova und Janie Calvo.

Ich danke meinen Eltern Ed und Mary Ann Angelo, denen dieses Buch gewidmet ist, für die Schreibmaschine, die ich als Kind bekommen habe. Außerdem danke ich ihnen, dass sie auf meine Kinder aufgepasst haben, als ich erwachsen war, und für alles dazwischen, was mich an diesen Punkt gebracht hat.

Ich danke meinen Kindern für ihre Geduld, während ich dieses Buch geschrieben habe. Ich weiß, ihr habt euch weder geduldig benommen noch so geklungen, aber irgendwie hat es trotzdem geklappt. Deshalb denke ich, dass ihr es im Grunde doch wart.

Und ich danke Parker, der immer gesagt hat, ich könne auf seiner Couch schlafen, und das immer noch sagt.